一休どくろ譚・異聞

朝松健 著

◉目次

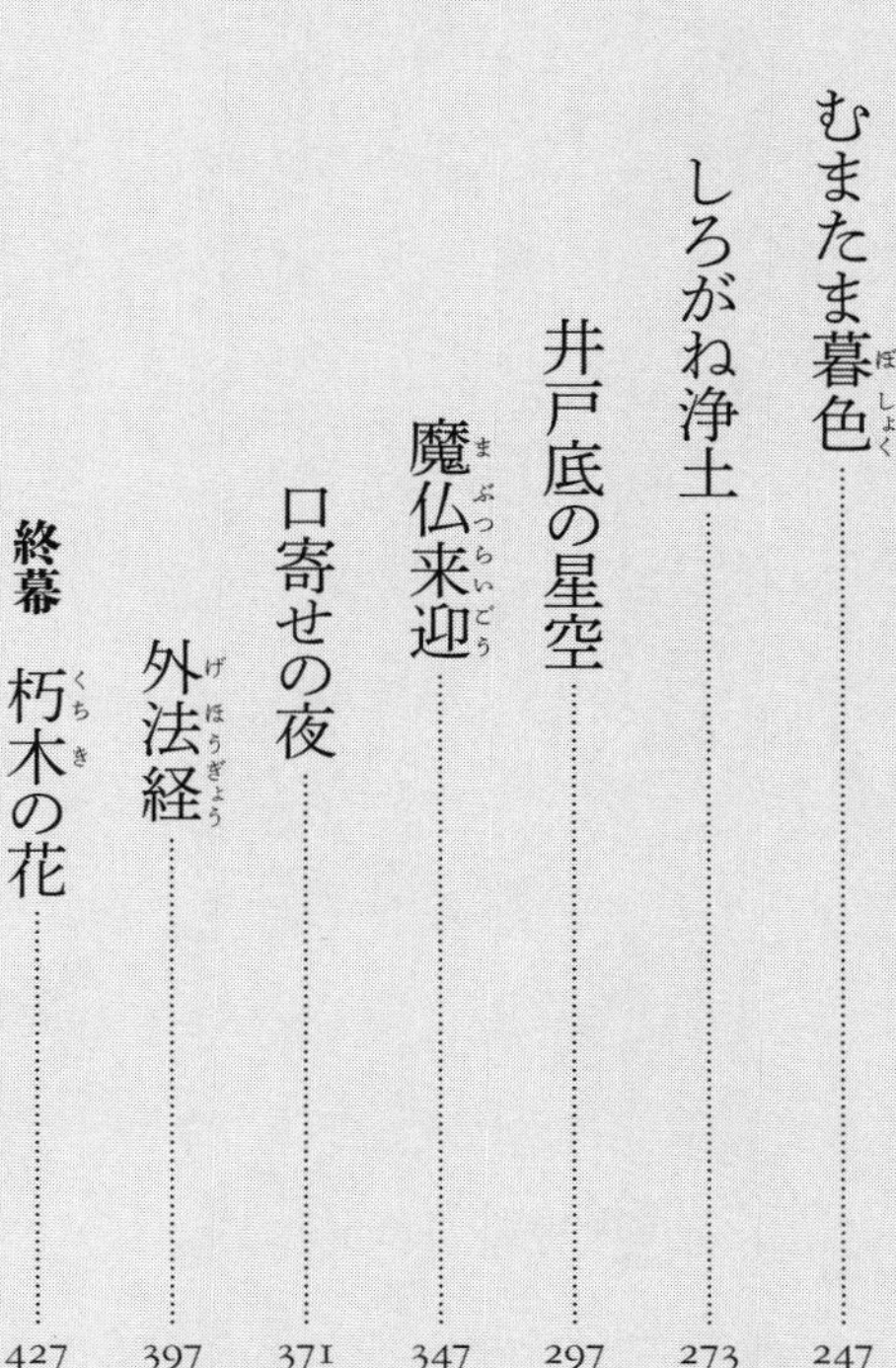

一休どくろ譚・異聞

室町時代については近年、日々、新発見がなされ旧説が覆り続けておりますが、本書収録の作品群は伝奇小説という性質上、史実の一部を敢えて無視したり、物語としての面白さに寄せて捻じ曲げたりしております。その点、悪しからず——

〝あると思っておくんなさい〟

作者

序幕　一休葛籠（つづら）

春立つといへば霞むや玉手箱　ふたみの浦の明け方の空

北畠国永

一

「いかかかな？」

突然、皺枯（しわが）れた声が響いた。

それに驚いて一休（いっきゅう）は我に返ると面（おもて）を上げた。

一瞬ぼんやりしていたらしい。

一息二息待って、ようやく自分が広い板の間に坐していたと思い出した。

（いかんな。わしもいよいよボケてきたようだ）

そう考えて苦笑したところへ、眼前に人が静かに坐った。

一休はそちらに目を向けた。

板の床に円座もおかず無造作に坐ったのは、かれこれ九十近いと思われる老僧である。若い頃はさぞや筋骨たくましかったのではなかろうか。まだ背中も曲がってはおらず両膝に置いた手の関節には一休とおなじような武道胼胝（だこ）があった。全体の雰囲気がまるで鍛鉄のように感じられる気迫を漂わせている。

（わしより二回りも上のようじゃが。……はて。こちらは何処のどなただったか？）

一休は眉間に皺を刻んだ。

最近、年のせいか、一休は物忘れが激しい。

（とはいえ、目の前に坐った人物が誰なのかさえ忘れてしまうのは初めてだな）

目も口も皺の奥に畳まれたような老僧は妙に張りのある声で言葉を続ける。

「お前様のように諸国を旅して神も仏も悪も魔も——清濁併せて色々見てきた御仁（ごじん）には、こりゃ、退屈このうえもない品と思うがの。いや、そんなふうに拙僧が言うのは他でもない。これは見ての通り、何の変哲もない、ただの古葛籠（つづら）だからじゃよ」

（そうだった。わしはこの寺に古くから伝わるという〝寺宝〟を見せてもらいに来たのだ。——それが手掛かりになると聞いたから）

老僧の言葉を聞きながら、一休の心に少しずつ記憶が甦るが、同時にこんな問いも沸き起こってきた。

（――だが、なんの手掛かりだったかな？）

一休が思い浮かべた問いに答えるかのように目の前の老僧が言った。

「いくら見つめたとて、しょせん葛籠は葛籠。どれほど待っても、お前様が探す御方の居所など教えてはくれまいよ」

（わしが探す御方だと？　いつ、わしが人を探したと言うたんだ？　このジジイは誰のことを言っておる？　……いや、待てよ。わしが求める手掛かりとは、その御方とやらいう人のことだったのか？）

自問すると、

（その御方）

という言葉と共に、脳裏に細面の美しい女が浮かんだ。

年は四十半ばすぎだろうか。

その年頃の女によく見受けられる日々の暮らしの疲れや、京の女にありがちな荒（すさ）みややつれはまったく見受けられない。

女の瞳は少女のように澄み切り、ただ虚空の一点をのみ見つめている。

女は盲目だった。

その名を一休は心で呟いた。

（森（しん）さん……）

森は一休の身の回りの世話を焼く侍女であった。

ただそれだけ――。

ごくありきたりな僧と侍女の関係なのに、一休は森のことを「自分の女」と公言して憚らず、幕府の人間も、近所の者も、森を「一休の女」と認識し、敬意をもって対していた。

だが、実はそのような事実のないことなど森はもちろん、公言して威張っている一休本人が一番よく知っていた。

これは目の見えない美女を侍女として寺に置く一休特有の照れ隠しであり、得意の韜晦（とうかい）なのであった。

（わしは森さんを探していたのか？　その手掛かりを摑むためにこの寺に来て、こんな古葛籠を眺めているのか？）

訝しく思った一休は心で続けた。

（しかし、森さんとはぐれて摂津まで彷徨い歩いたのは、応仁の乱の頃のこと。……今から三年か四年も前のことではなかったか？）

そこまで考えた時、眼前に坐った老僧が言った。

「大きな葛籠には化け物がいっぱい、小さな葛籠には金銀珊瑚とは、御伽噺の中のことじゃ。当寺に伝わっておるのは、この小汚い古葛籠ただ一つ。他に大きな葛籠も小さい葛籠もありゃせんわい」

と老僧は皮肉な調子で言って鼻を鳴らした。

「なるほど」

空返事をしながらも一休は、

（ええい。どんなに考えても自分が何しに来たのか、思い出せん。それ以前に、このジジイは何を勿体ぶって『舌切り雀』の話なんかしているんだ？）

と、そっと歯噛みした。

そんな真似してみても思い出せない。

眉を寄せても、思い出せない。

鼻を啜る真似をしても、胡坐をかいた腿のあたりをたたいてみても、思い出せない。禅行（ぜんぎょう）で鍛えた鋭い内省力を駆使しても、何も思い出せなかった。

唯一思い出せるのは、この寺がいずこの何という寺院かさえ、拭ったように忘れている——その事実ばかりだった。

一休は膝の前に置かれた葛籠にまた目を落とした。

何の変哲もない。

大きくも小さくもない、ありふれた古い葛籠であった。

「ううむ。……確かにこいつは相当昔の葛籠じゃな」

一休はそんなことを口にして足を組み直した。

ついでに、そっと葛籠の向こうに視線を移してみた。

老僧は微動だにせず端座している。

葛籠を見つめる振りをして上目遣いに観察すれば、老僧はこちらを見つめているような様子に見えた。

なんだか老僧は、一休が何かするのを待っているような気がするのだが、それでいて咳（しわぶき）一つこぼさず、それどころか息の音も立ててはいないのだ。

（九十過ぎたジジイだぞ。普通なら気息奄々（きそくえんえん）の態（てい）で荒く息をついとるもんだろう。どうなっとるんだ、このクソジジイは）

老僧の深く屈んだ背はピクリとも動かない。

いや、現れた時から、息をしているようにさえ見えなかった。

老僧はずっと古葛籠の前にいる。

ただ、それだけだった。

（わしが見ておるのは汚い葛籠なのか、それとも汚いジジイなのか。どっちなんだ？）

一休は少しずつ苛立ちを覚え始めた。

（ええい。目の前のクソジジイでイラついてくる）

いや、それは正しくない。

ここが何処か忘れ、何のために古葛籠を前にしているか忘れている己れに苛立ち、もっともらしくガラクタを眺めている自分にむかっ腹が立っているのだ。

（こいつ、人間のようなツラしておるが、本当はジジイ坊主を象（かたど）った木像じゃないのか？　わしがちょっと葛籠を見ている隙に、あのクソジジイ、自分そっくりに作った木像と入れ替わったんじゃないのか？　そして、この薄汚い寺の何処かから、わしを眺め、口を押えて笑っているんじゃないのか？）

今すぐ立ち上がって、この老僧の木像を蹴倒してやりたくなってきた。立ち上がって蹴る代わりに一休は葛籠から目をそらした。

大きく息を吸い、息を吐いた。深呼吸を何度か繰り返して、むかっ腹から来る衝動を鎮めると、一休は面(おもて)を上げた。

　老僧を正面から見つめる。

　そうしてみれば、不思議なことに苛立ちが消え、妙な親近感が感じられてくる。じっと見つめているうちに一休の眼差しは優しくなっていった。

　一休は思い切って老僧に尋ねた。

「ときに、わしは、何ゆえここにおるのでしたかな」

　その瞬間、不意に目の前が真っ暗になり、同時に全身から力が抜けるのを感じた。

二

　遠くから声が聞こえる。

　自分を呼んでいるようだ。

　誰の声だろう。

　少女の声？　わしを呼んでおるのか？　おや、大人の女の声に変わった？　聞き覚えがある声だな。誰だったかな？　や、また、声が変わった。今度は男の声みたいだな。近頃、耳も遠くなってかなわん。むう……。どうやら、男の声に変わったようだが——。

　張りのある男の声が、はっきりとこちらを呼んだ。

「一休様！」

　さらに続けて、声は、尋ねた。

「一休様、聞こえますか？　本当に拙者の話を聞いておいでなのでしょうね。眠ってなどされておられんでしょうね？」

（誰だ、こいつは？）

　少し間をおいて、その声が、自分の高弟にして無二の親友のものだと思い出しながら、一休は応えた。

「聞いておるよ。勿論だ。聞いておるとも」

　重い瞼を持ち上げれば、横になった一休の前で、二十半ばの若侍が眉を寄せていた。

　一休は若侍に尋ねた。

「……ところで何の話だったっけな？」

若侍は額に手をやって顔をしかめた。

「これだ。聞いておられなかったのですね」

「聞いておったが、お前のつまらん顔を見たら忘れてしもうた」

一休が悪びれもせずに言って舌を出せば、囲炉裏端で縫物をしている少女が声をあげて笑った。

「森殿まで左様な……」

若侍は少女に振り返った。

肘枕をしたまま一休は眉根に皺を刻んだ。

（森さんだと？　この少女が？）

一休の知る森は四十半ば過ぎである。

若侍が森と呼んだこの少女はどう見ても十四、五ではないか。

少女の一点を見つめたままの瞳といい、傍らに置かれた杖といい、こちらも盲目のようである。

（森さんは目の不自由な、美しい女子(おなご)。星みたいに澄んだ目と、晴れた日の太陽のような明るい笑い顔が特徴だ。……してみると、この娘さんが森さんなのは間違いない）

一休は心でそう呟くと、

（おかしいな。わしはどうして森さんを四十半ば過ぎだなんて思いこんでいたのだろう？）

そう思った。

「大丈夫だろうな。先日の熱がぶり返したのではないだろうな？」

前の若侍は首をかしげている。

「一休様、まさか六十前にして、早くも耄碌(もうろく)されたのではないでしょうね。拙者が誰か、お分かりになますか？」

「馬鹿にするなよ」

と一休は苦笑交じりに言った。

「お前さんが誰かくらい、分かってる」

「では、拙者の役職と名をおっしゃって下さい」

「お前さんは公儀目付人(こうぎめつけにん)、蜷川新右衛門親当(にながわしんえもんちかまさ)だろう」

「これだ！」

若侍は咎めるような調子で叫び、森のほうに振り返った。

「これですよ、森殿――」

森はクスクス笑って答えない。

どうやら一休が若侍をからかっていると思っているらしい。

「いいですか、一休様。拙者は蜷川親元。親当は拙者の父です」

「そうだ。お前はモトチカで、親当はお前の亡き父上だ。よく出来たな。誉めてやろう。父上は大層な男前で、立派な武士だったなあ。仕事も良くできて六代様の信も篤かったっけ」

平気な顔でそんなふうに言ったが、一休は内心、自信がなかった。

（そうだったか？　どうも記憶が混濁しているぞ。口が勝手に応えてくれるから誤魔化せたが――）

一休は肘枕のまま周囲を眺め渡した。

（ここは、さっきまでおった寺ではない。ここはわしの寺……売扇庵ではないか）

そう思って驚いた時、親元が一休に尋ねた。

「――それでは今までの拙者がお話ししたことは覚えてらっしゃいますか？」

「う……」

驚いている時にいきなり質問を投げられたので誤魔化しようがなく、一休は口ごもった。

（ええい。かくなれば話を逸らせんわ）

覚悟すると悪びれた表情になり、蜷川親元に答えた。

「すまん。ぼうっとして、つい聞きそびれた。何の話だったな」

親元は一瞬呆れ顔になったが、すぐに気を取り直して口を開いた。

「では、改めてお話ししますが、今度は聞き流さぬようお願い申す」

「お前……エッラそうに……」

と言いかけてから一休は、こっちを睨んだ親元に何度もうなずいて見せた。

「何でもない。わしはちゃんと聞いておった。聞いとったとも」

「では、最初から。……一休様は舌切り雀の御伽噺はご存じですか？」

「知っている。いやしい雀が意地悪ばあさんの糊を食ったので舌を切られる話だ。御伽草子で読んだし、寺に集まる善男善女や子供たちに読んできかせもしたが、まったく酷い噺だよな」

「その舌切り雀の噺をどことなく想起させる、不思議な事件が起こったのです」

「そうだ。起こったんだ、不思議なアレが。わしは、ちゃんと聞いとったぞ」

一休は適当な相槌を打った。

それを聞いて、親元はムッとしたように一休を見たが、こんな反応は毎度のことと流して説明を続ける。

「すずめという娘が消えてしまったのです」

「変わった名だな。つばめというのはたまに聞くが、すずめとはなあ」

「すずめは娘の渾名です」

親元はうんざり顔で説明した。

「ま、そうだろうな、普通は。すずめというからにゃ小さくて可愛い――」

「拙者は変わった名の娘の話をしておるのではございません」

「分かっておるよ。それで。……今度は、何処の公家の姫だったかな？」

「公家の姫ではないと、最初に申しております」

「そうだ。そうだよ。……で、どこぞの守護の娘だったかな。ほら、いつかあっただろう。殺人鬼にやられた娘が山名だか細川だかの家臣の娘だったというのが……」

親元は首を横に振った。

「それとも違います。今回は、この売扇庵近くの村の百姓の娘の難事です」

「百姓の娘の難事か？」

「はい」

「ただのお百姓の困りごとだと言うのだな？」

「左様でござる。他の百姓どももこのままでは安心できないと騒ぎ出してまして。いつぞやの大一挨のようなことの原因になってはと、拙者、管領殿より一刻も早い解決を命じられ――」

「馬鹿管領のことなどどうでもいい。お百姓衆の難儀なら難儀と、それを早く言わんか、モトチカ！」

一休は小さく叫んで弾かれたように起き上がった。

「だから先程よりそのように申しておりましょう」

親元と向き合う形に坐りなおすと、

「ええい、うるさい。権柄ずくで他人を動かそうとする公家や武家など、鬼に食われようが蛇に呑まれようが、わしの知ったことではない。したが、お百姓が困ってると聞いては寝た振りもできん。さあ詳しく、その、すずめという娘が神隠しに遭った仔細を話してみろ、早く。早く」

一休は、もどかしげに親元に促した。

「では――」

と話しはじめた親元の説明を要約すると次のようになる。

売扇庵から二里ほど離れた集落で、十日前に娘が一人、忽然と消えた。歳は五つで、すずめという愛称でもわかるように、黒いつぶらな瞳が愛らしい、小さな可愛い娘であった。

すずめの父はさして裕福でもない平百姓だが、娘を人一倍可愛がっており、すずめの母は一年前に病死。後妻に来た新しい母親も娘を我が子のように可愛がっていたという。

「継母(ままはは)というのは大概、こうした話では娘を虐(いじ)める役なのに珍しいな」

一休がそんなことを呟けば、

「これは御伽噺ではのうて、現実にござれば」

「ああ、それも道理か」

と、一休は妙なところで納得して、うなずいた。

「ただ、娘のほうが流石に新しい母親には少し懐いていなかったそうです。ほんの少しですが」

「うむ。五歳なら知恵もつく。一年くらいでは容易に新しい母に懐かんかもしれんなあ。……それから？」

一休が身を乗り出せば、親元は言った。

「その娘が消えました」

「いきなり話を飛ばすなよ」

不興そうに眉をひそめると一休が、

「消える前に何かあったんだろう。継母と喧嘩したとか、前夜から様子がおかしかったとか」

そう尋ねると親元はきっぱりと首を横に振った。

「それが何もありません」

「何も、だと？　消えた前後は、どうだったんだ？」

「父親は土間で農具の手入れをしておったそうです。母親は作物を選り分けたり、夕飯の支度をはじめたりと、何処でも見られる百姓家の夕刻近くで」

「消える前に、娘は何処にいたんだ？」

「父親や母親の間を行ったり来たり、一人遊びをしたりしていたのですが……」

と、そこで親元は言い淀んだ。

「異変が起こったのか？」

「はっ、家の外で誰かの歌声が聞こえたとか言って飛び出しました」

「歌だと？」

「はい。それが、こんな歌が聞こえると言って歌いながら——」

「どんな歌だ？」

「母親は、こんなふうに聞こえたと申しております」

前措いて、親元は不思議な歌を歌いはじめた。

すずめ、すずめ
お宿は何処じゃ
月のお宿にいやるなら
白銀(しろがね)飾りを飛ばそうぞ
海のお宿にいやるなら
青い珊瑚を沈めよう

その調子っぱずれに一休は露骨に耳に小指を突

っ込んで顔をしかめ、

「お前の歌って、初めて聞いたが、酷いもんだな。それ、歌か？　死にかけた鷺が鳴いたかと思ったぞ。……お前の父上は歌も謡も大変に上手かったのに」

しかし森は楽しそうに笑った。

「でも……なんか懐かしいみたいな、聞き覚えがあるような……。笛の音に合わせて舞が舞えそうです」

「ふん。森さんはいつでもモトチカにゃ甘いな。惚れた弱みという奴かな、面白くもない。……じゃまあ、歌のことはもういいとするか」

と、一休は無精髭の伸びた顎をひと撫でした。

「それは兎も角、そいつは聞いたこともない歌だな。歌の始めのほうは御伽草子に出てくる歌に似ているが。あれは雀を探す爺さんが旅のつれづれに歌ったんだ。すずめが歌った歌じゃない」

「いや。御伽噺ではなく、これは現実に起きた哀れな事件です」

親元はきっぱりと断じた。

「歌のことは頭に入れたとして。……それで、こっちのすずめは、その日、帰らなかったんだな」

「左様でござる」

「普通、子供は、親と喧嘩して家を飛び出しても、大概、すぐに飽きるか怖くなって帰ってくるもんだがな」

「はっ、父親もその日は一休様と同じように思っておったそうで。夕方まで待ち、夜まで待ったが、まだ戻らない。そうこうするうちに三日経ち、五日経ちました」

「そして十日か。こりゃあ、人さらいに攫われたかな。あるいは肝取りに殺されてしまったかも。当節は子供の肝を狙って、こんな場所にも現れると噂を聞いた……」

と一休が言いかけると、

「一休様！」

すかさず森の叱声が飛んだ。

「親御様たちが必死で探していらっしゃって、蜷川様もそれを哀れと思召して、役目違いなのに探していらっしゃるのに。それを、人さらいの、肝取りの、と不謹慎でございましょう」

（しまった！）

一休は顔をギュッとしかめた。

（森さんも、幼い頃に人さらいに攫われ、売りに出されたところを、親切な旅芸人に買われて、我が子同然に芸人として育てられたのだった）

そう思い出して、

「す、すまんかった。他意はなかったんじゃ。考える前に動き出すこの口を許してくれ」

一休は慌てて森に頭を下げた。

「今後は左様な悪い冗談はお慎みなされましょう」

と、一休をたしなめる森の声が、ゆっくりと耳の奥から消えていく。

声だけでなく、森の姿も消えていく。

さらに、一休の目の前に坐った親元も、ゆっくりと大気に溶けて煙のように消えていった。

（思い出した……）

一休は心で独りごちた。

（わしはモトチカ、森さんと三人で、消えた娘を探し求めたのだ）

気が付けば、一休は、知らない寺の客間で古葛籠を見つめている。

三

あの老僧はいつの間にか消えていた。

一休の坐った板の間は隅々まで拭き清められて、暗い中にも光って見える。

長らく修業を積んだ大徳寺が思い出された。

（そういえば微かに漂う薫香も、空気の匂いも、なんとなく大徳寺に似ている）

そんなことを考えた一休は、ふと、くすぐったさを覚えて笑いをこぼした。

と。一休の笑い声より、ひと息おいて――。

「ふ、ふふ」

何者かの含み笑いが聞こえてきた。

（何処からだ？　何処から聞こえた？）

板の間に満ちた浅黄色の闇を透かして周囲を見渡した。

含み笑いが、また、聞こえた。

（いや。含み笑いではない。これは……溜息だ）

何もかも諦めきったような深い溜息である。ただし、それが男のものか、女のものかは分からない。生きていることの辛さや重みに耐えかねて涙と共に洩らしてしまったような溜息だった。

ただし、普通そうした溜息は聞くものに悲しみを感じさせるのに、いま一休の耳にした溜息は悲しみとは全く別の感覚をもたらした。

一休は不意に寒気に襲われて、ぶるっ、と身を震わせた。

次いで、そんな自分に驚いた。

幼いころからの修行と禅行による内省で、大抵のことでは戦慄も恐怖も感じない、鉄壁の平常心を得た一休である。

（どうした？　わしはなにを畏れておる？）

自らに問うたその時、また、溜息が聞こえた。

今度は何処から起こったのか、容易に摑めた。

「葛籠の中から聞こえた。うむ、間違いない」

独りごちて、一休は葛籠に目を転じた。

葛籠の内側が急に暗くなった。

まだ灯の要る時刻ではない。だから、たった今まで一休の前に置かれた葛籠も内側を見ることができたのだ。

だが、いま一休の真ん前にある葛籠の中は暗い。まるで井戸を覗いたように暗かった。

「………」

身を乗り出して葛籠の中を見つめる。また冷たいものが走った。一休は矢を受けたように背中をすぼめる。全身に鳥肌が立った。

「むっ――！」

危険を感じて一休は葛籠から大きく身を引いた。

葛籠の内部（なか）に充満した闇の底から溜息が聞こえた。

さっきのより数倍もはっきり聞こえる。

数倍も生々しい。

まるで耳元で溜息をつかれたようだ。

その溜息で耳朶(じだ)の産毛が戦(そよ)ぐのを、はっきりと感じた。

一休は静かに身構えた。

近くに杖があれば若い頃に学んだ明式杖術(みんしきじょうじゅつ)の構えをとっているところだった。

身構えたまま、一休は葛籠を見据えた。

葛籠の底がほんのり明るくなった。光ではない。煙だ。

白い煙の柱が一本、葛籠から立ち上ってきた。

煙は葛籠から出ても空気に散って消えようとしない。

白い長い布を垂らしたように、一本の煙柱のまま、空中で揺れている。

また溜息が響いた。

今度は葛籠の中からではない。

宙に留まって揺れている煙柱から聞こえたものだった。

それに思い至った瞬間、

「こいつは——」

一休は銀色の眉を寄せて全身を緊張させた。秒毫とおかず、素早く立ち上がった。揺らめき続ける煙柱に目を据えたまま、

（こいつ、わしは前にも遭ったぞ！）

一休は心で叫んでいた。

あれは今から二十五、六年前のことである。

一休は師に命じられて、吉山明兆(きっさんみんちょう)の描いた三世仏図(さんぜぶつず)を周防国徳山(すおうのくにとくやま)へ届けるため、山陽道を西の長旅に出た。

そして迷いこんだ行者道(ぎょうじゃみち)で、旅人の生血を吸う奇怪な物の怪に遭遇したのであった。

物の怪は人間の溜息そっくりな音を漏らしながら旅人を包み込み、毛穴から血を吸い上げるのだが、その時、白い煙そっくりな物の怪は人間の生血と同じ色に染まるのである。

「山陽道に出る化け物が、どうしてここに!?」

と一休は葛籠から大きく後じさった。

すでに五十半ばを過ぎた身ではあるが、まだまだ身は軽い。持ち慣れた三尺五寸の杖こそないが、拳と蹴りで充分に戦える。そこまで考えたところで、脳裏で響く声があった。

（しかし、こやつと戦うすべなどあっただろうか）

記憶では、あの時、一休はただ行者道を必死で駆け、追ってくる煙の化け物から逃げて来たのではなかったか。

――そこまで考えた時である。

突然、白い煙柱が葛籠の真上で止まった。

「むう」

一休が低く呻いて目を凝らせば、煙柱の動きがぴたりと静止した。

（二本目か？）

だが、それ以上の煙柱が葛籠から出て来る気配はない。

煙柱は空中で凍り付いたように動かなかった。

葛籠の内部からも溜息は聞こえない。

（どうした？）

一休は激しく瞬きした。

と、――その刹那、葛籠の中から黒い物が飛び出した。

煙柱が大きく揺れる。

白い煙を貫いて、飛び出した黒い物はさらに高く流れて、天井近くの宙で、今度はくるくると大きく旋回し始めた。

一休の目にそれは影と見えた。高い宙を泳ぐ漆黒の影だ。

影は大きな鱶（ふか）の形をしている。

それを目で捉えた瞬間、一休は叫んでいた。

「影わにか！」

四

出雲国のほうでは鱶を「わに」と呼ぶ。

影わにはもともと出雲国で見られる物の怪で、

人間の影を食う。

影わにに影を完全に食われた者は死んでしまうと伝えられる。

――と、一休が聞き、影わにそのものと遭遇したのは、江州堅田は禅興庵で修行していた遥か昔のことだった。

「まだ若僧の頃に目にした影わにが、どうして、いまここに!?」

空中を周回する影わにを見上げる一休には、煙柱が現れた時のような戦慄はなかった。

あるのは、ただ驚きである。

宙の高い位置を大きく回り続ける影わにの下では、一本の煙柱が時折、人間臭い溜息を落として、ずっと静止している。

それらの下で、葛籠が生き物のように身じろぎした。

葛籠の中に満ちた闇の底から、激しい羽ばたきの音をたてて、さらに奇怪な鳥類が飛び出した。

それは四角い木の胴体から鉤爪のある足を二本伸ばした鳥である。

しかも鳥の頭部は総髪の中年男なのだ。

「あれは、笈鳥か！」

と一休は目を見張った。

異形の鳥の胴体は良く見れば行者が背負う笈であり、妖鳥の頭部も、総髪に頭巾を載せた行者の首から上だった。

その、行者の頭をした妖鳥が総髪を乱して「きあっ、きあっ」と耳障りな、人間臭い鳴き声をあげながら、空中の影わにを追い廻す有様は、滑稽であると同時に不気味で、一休は生ぬるい不快な汗を禁じえない。

思わず一休は呟いた。

「わしは熱に魘されて悪い夢を見ているのではないのか？　そうでなければ、こんな有様はこの世のものではない」

葛籠から、さらに歪んだもの、奇怪なもの、醜いもの、おぞましいものが溢れ出してくる。

一休はまた呟いた。

「これは現実(うつつ)のものではない。高熱に魘された頭で見る悪夢だ。そうでなければ……」

そこで一休は少し言葉を切り、こう続けた。

「わしはとっくに死んで、もう地獄におるのだ」

その刹那、一休の意識は「空白」に呑まれた。

「空白」は葛籠の内部(うち)に満ちた闇よりも濃い闇、森の笑顔より眩い光にあふれている。

五

夢のない長い眠りから一休は唐突に目覚めた。

額の上に手拭いが置かれ、頭の下には枕、身には夜着(よぎ)が掛けられている。

少し離れたところから女の歌声と水音が聞こえた。

（わしは水辺におるのか）

怪訝に思って一休は、そちらに目だけ向けた。

ぼんやりと人の影が見える。暗い家の中らしい。と思っているうちに、目が次第に焦点を合わせていく。

（ここは……）

そこは住み慣れた一休の寺、売扇庵の囲炉裏端だった。

（いつの間に、わしは、あのクソジジイの寺からここに移ったのだろう？）

まだ霞の晴れない頭で一休は思った。

板の間に直に坐った老僧の姿や、その前に置かれた古葛籠などが、細部まではっきりと思い出された。

人の影も焦点が合い、森の姿となっていく。森は十三、四の少女ではない。四十半ばの美しい女だった。

森は一休の枕元に坐り、手探りで、濡らした手拭いを絞っていた。水音は盥で水を使う音だったのだ。

（では。歌声は？）

一休がそう考えるのを待っていたように、女の優しい歌声が、また聞こえてきた。

すずめ、すずめ
お宿は何処じゃ
月のお宿にいやるなら
白銀（しろがね）飾りを飛ばそうぞ
海のお宿にいやるなら
青い珊瑚を沈めよう

歌は森がうたっていた。

つい先ほど聞かされた親元の下手な歌と違って、歌声は澄み切って良く通り、歌はいつまでも聞いていたいほど美しかった。

森の歌声をうっとり聞きながら一休は思った。

（わしはいつの間にか寝てしまったのか……）

そう考えると、急に、親元の話してくれた娘が消えた話を思い出した。

（あの話の娘はどうしたのだろう？　わしが寝てしまった間に、森さんと親元で探しに行ったのだろうか？）


眠ってしまった後、とても長い時間が経っているように感じられた。

一休は手拭いをこちらの額に置こうとしている森に呼び掛けた。

「……森さん……」

森は驚いて、見えぬ瞳を一休に向けると、尋ねた。

「いつ起きられたのです？」

そう言った森は四十半ばである。森が少女でないことに微かな安堵を覚えて一休は尋ねた。

「わしは眠っておったのかな？」

「はい。薬師（くすし）から高い熱によく効く薬をもらって飲んだら、まる二日昏昏（こんこん）と眠っておいででした」

「熱？　わしは熱を出したのか？」

「はい。瘧（おこり）とか申す病だそうです。最初は風邪に似ているので油断すると、たちまち恐ろしい高熱が出て、全身が震えて、恐ろしい寒気に襲われるとか」

「瘧だと？　このわしがかかね？」

一休とて僧侶の端くれ、医術の知識は持ち合わせている。

「瘧といえば年寄りの病ではないか」

「はい。もう八十過ぎていらっしゃるので、次に瘧を患えば大変なことになると、薬師は申しておりました」

そう言うと森は一休に微笑みかけて、その額に冷たくした手拭いを置いた。

「お加減は如何でございますか？」

森に問われて一休は「ああ」と生返事をすると、自分の手を目の前まで持っていった。その手は痩せて張りのない皮膚に覆われていた。

(骨と皮だけのこの手は、まさしく八十過ぎのクソジジイの手だ。……そうだ。ようやく思い出した。わしはもう、八十三になるのじゃった)

ようやく明晰になった意識でそこまで思い出せば、あの、すずめという渾名の少女が神隠しに遭ったという親元の話が本当のことなのか、それとも瘧の高熱に魘されて見た悪夢の中のことなのか、確かめずにいられぬ気持ちが湧き起こってくる。

(だが、すぐ後に葛籠から化け物が出てくる悪夢へと変じたから、やはり夢の中の事件だったのだろう)

どうやって森に尋ねたものかと考え出した一休の耳に、また、森の歌声が聞こえてくる。

すずめ、すずめ
お宿は何処じゃ
月のお宿にいやるなら
白銀(しろがね)飾りを飛ばそうぞ
海のお宿にいやるなら
青い珊瑚を沈めよう

「その歌……」

一休がかすれ声で言いかければ、森は笑みを拡げた。

「お耳障りでしたか？」

「いいや、ちっとも耳障りではない」

一休は力なくかぶりを振った。

「良い歌だねえ。優しくて、綺麗で、懐かしくて、ずっと聞いていたくなってくるよ」

それから森を見上げて尋ねた。

「やはり、舌切り雀の？」

「さ、さあ、それは」

と森は首を傾げた。

「わたくしもこの歌が何処の何という歌なのかは存じません」

「と言うと？」

「ずっと前にもお話ししたかと思いますが、わたくしは何処かの百姓家に生まれ、四つか五つまで父母と共におりましたが、人さらいに攫われて、人買いに売られ、通りすがりの旅芸人に買われたのでございます」

「………」

言われれば、そんな生い立ちを聞かされたこともあったような気がするが、今は、

(それは、たった今まで見ていた夢で、森さんが話してた——)

という思いのほうが強かった。

愕然とする一休に森は言葉をつづけた。

「その人が優しい方で、実の母同然に育ててくれて、笛や鼓や舞や歌、旅の芸人として生きていけるよう教えてくれたのですが、六つの時に熱病にかかり、育てのおっ母さんの必死の看病も空しく、熱が引いた時には目が見えなくなっておりました」

そこで森は寂しげに笑った。

「でも、不思議でございますね。この年になりましても、幼い頃に実の母が歌ってくれた舌切り雀の歌を今でも歌えますし——」

そこで、森は少し言葉を切って、言い足した。

「父母と一緒にいた頃には、自分がすずめという渾名で呼ばれていたことなんかを、まだ覚えているのでございます。本当に不思議でございましょう？　本当のお父っつあんやおっ母さんの顔も、自分が何という村で育ってたかも、すっかり忘れ

てしまったのに、幼い頃の渾名や、聞かされた歌だけは、四十過ぎた今でもはっきりと覚えているなんて」

　森がそこまで言った時、一休は夜着から手を出した。

「森さん、手を握ってくれないか」

「え？」

　唐突なことを乞われて当惑した森に一休は畳みかけた。

「お願いだ。わしの手を握っておくれ。握ってもらわないと、お前様が何処か遠くへ行ってしまうような気がするんだよ」

　そう訴えるうちに、一休は涙ぐんでいた。

「……」

　森はじっと一休とその痩せ細った手を交互に見つめていたが、やがて母親のような慈愛に満ちた微笑みを浮かべると、

「はい」

　と、一休の手を優しく握り締めた。

「歌も……」

　一休に請われるままに森は歌いはじめる。

　すずめ、すずめ
　お宿は何処じゃ
　月のお宿にいやるなら
　白銀（しろがね）飾りを飛ばそうぞ
　海のお宿にいやるなら
　青い珊瑚を沈めよう

　薄い瞼を閉じて、一休は、じっと森の歌を聴いていたが、歌が終わると、

「雀のお宿はここだよ、森さん」

　と呟いた。

「え？　どうされました？」

「すずめや、お宿はここだ。もう何処にも行くことはない。わしとお前の宿はこの寺なんだよ」

六

一休宗純が再び罹患した虐によって入寂したのは、それから五年後の文明十三年（一四八一年）十一月七日、一休八十八歳のことであった。

一休宗純　森女を恋ひて歌へる

おもひねの　うきねのとこに　うきしずむ
　なみだながらに　なぐさみもなし

かはほり検校

誰が乗るならし夜半の小車

「竹林抄」宗伊

一

森（しん）は深い眠りから唐突に目が覚めた。何かの匂いが鼻を掠める。森は鼻を鳴らした。匂うのは湿った土の匂い。微かなキナ臭さ。湿った土の匂いとキナ臭い匂いはここが火事場跡だからだが、もう一つ、別な匂いがした。嗅いだ事のない厭な臭気だ。それは濃密な黴の臭いであった。

（ここ半月余り雨も降らないのに、どうして黴の匂いがするのだろう？）

森は激しく瞬いた。だが、森が目覚めたのは、この吐き気を催すような黴の臭いのせいではなかった。彼女を目覚めさせたのは予感である。恐ろしいことが起こる予感だ。

それはこっちに来る。こっちにやって来たなら、恐ろしいことが起こる。とてつもなく恐ろしいことが。――わたしだけじゃない。京の都に住む人すべてに。

森はたった一つの財産とも呼ぶべき横笛を胸に抱くと、前方に瞳を凝らした。少女のように清澄な森の瞳には何も映らなかった。映るのは夢である。黒闇闇（こくあんあん）たる虚空に漂う夢の残り滓。それだけだった。森の夢は形がなかった。影も光もなかった。色もなかった。代わりに匂いがあった。手触りがあった。肌触りがあった。温もりと冷たさがあった。森は夢の中でも目覚めていても、漆汁（うるしじる）のような漆黒の闇しか見えなかった。

森は盲目だったのである。盲目の旅芸人、それが森の生業（なりわい）だった。視覚に代わって発達した予感が、森に、こう告げていた。

何かが来る。何かが来る。何かが来る。

澄ませた耳に車輪の軋みが響いた。牛の荒々しい息遣いも聞こえた。項（うなじ）の産毛がちりちりと逆立つ。貧しい衣の下で鳥肌が立った。

（何かは来た）

森はそう体感した。

（何か……恐ろしい何かが自分の近くまで迫

り……牛車の車輪の軋みを上げて……いま……目と鼻の先に止まった）

森は息をひそめた。目の前の何かの動きを音で読み取ろうとする。

沈黙。夜の息吹も聞こえるほどのまったき沈黙。心の臓の脈打つ音が物凄く大きく聞こえてくる。森は沈黙に耳を凝らした。沈黙の中に、微かに黴の臭気が漂っていた。

――突然、前方から琵琶の音（ね）が起こった。弦を弾く音に合わせて歌う声も響いてくる。

悲しき哉、無常の春の風、忽ちに花の御すがたを散らし、なさけなきかな、分段のあらき浪、玉体をしづめ奉る。

沈黙を砕くその音と歌声に驚いて、森の心の臓が喉元までせり上がった。

（平家物語の『壇ノ浦』だ）

殿をば長生と名づけてながきすみかとさだめ、門をば不老と号して、老せぬとざしとかきたれども、いまだ十歳のうちにして、底の水屑とならせ給ふ。

（たった今まで、人の気配など、少しもなかった所なのに）

十善帝位の御果報、申すもなかなかおろかなり。雲上の竜くだッて海底の魚となり給ふ。大梵高台の閣の上、釈提喜見の宮の内、いにしへは槐門棘路のあひだに九族をなびかし、

平家物語の「壇ノ浦」の冒頭を謳う何者かの歌声と、それに合わせて弾かれる神韻たる琵琶の音が森を不安にさせた。

歌も琵琶も、森が生まれてから一度も聞いたことのない異様な音に聞こえた。琵琶の弦の響きはくぐもっている。それに重なる「壇ノ浦」の歌声

もくぐもっている。二つともまるで水中で琵琶を弾き語っているかのような遠くてくぐもった音だった。

「誰？　……どなたです？」

　森は震え声で尋ねた。返事はない。ただ、車の軋む音と巨大な動物の荒い息が聞こえる。

　そして「壇ノ浦」を歌う声と琵琶の音が。

　今は舟のうち、浪のしたに御命を一時にほろぼし給ふこそ悲しけれ。

　そこで、歌と琵琶は唐突に熄んだ。

　闇の向こうから、視線が放たれた。視線は、震える森の美しい顔からしなやかに伸びた首、さらに胸のあたりをじっと凝視する。森はその視線を鋭い矢のように感じた。十五の娘のたおやかな肉体の頭から爪先まで何十本となく突き立つ細くて鋭い矢だ。

　視線に痛みさえ覚えて、

「あの、もし……」

　森は震え声で呼びかけた。

「わたくしの笛か舞を、ご所望でございましょうか？」

　相手は何も言わない。だが、視線は、今度は森の全身を睨め回してくる。淫らな触感を伴った厭らしい視線だった。森は冷たく湿った手が自分の肌を撫で廻しているように感じた。牛車の御簾を上げる音がした。

　荒い息が響いた。息は、牛車を引く牛のものだが、森には相手の激しい呼吸のように感じられた。

「もし……」

　森は牛車の主に呼びかけた。

「ご覧の通り、目の不自由な旅芸人にございます。どうぞ哀れと思し召して、左様にお嬲りになられるのはお止め下さいませ」

　すると闇の向こうで鋭い音が響いた。琵琶の弦が切れた音だ。相手は森の言葉に怒って、手にした撥で弦を切ったらしい。

「お、お怒りになられましたか。どうぞお許しを……」

そう言いかけたところで森は不意に咳の発作に襲われた。凄まじい臭気が鼻と口を襲ったのだ。息も出来ぬ程の物凄い悪臭だ。悪臭は黴と埃、それに血の匂いだった。口に手をやって激しくむせ込む森めがけて何かが伸びた。それは異様な手であった。手は糸のように細く長く、蛇のようにうねり、透けるほどに青白く、牛車の御簾の奥――闇に満ちた内部から信じられない速度で森に向かって伸びていく。盲目の森にもその手の形、長さ、色、異様さがはっきりと見えた。

そして、森の喉まであと一寸の近さまで迫った時である。突然、通りのほうから大きな嚏（くさめ）が発せられた。

森に迫った無気味な手が止まる。

大きく鼻を啜る音がして、男の声が続いた。

「や。誰かがわしを褒めておる」

と言いかけた所で、前のに倍するほどの大きな嚏がまたしても発せられた。

「ええい、こん畜生。褒められたと思うたが、悪口だったかい。こんな夜更けにわしの悪口を叩く暇人は誰じゃい。……さては養叟（ようそう）だな。あいつめ。兄弟子だと思ってこっちが遠慮してれば好い気になりおって」

口調こそ年寄り臭いが、その声には青年の様に張りがあり、それ以上に、突き抜けるような明るさがあった。

（誰か、火事場跡に通りかかった!?）

森は助けを求めようと、男の声のほうに振り返った。

「お助け下さいまし」

と呼びかけようとする。

だが、森が呼びかけるより早く、奇怪なものの気配が、唐突に消えた。

いや気配だけではない。

異様な手も、牛車も、牛も、実際に闇に溶けたかと思うと、音もなく、消えてしまった。

その様子が、森の見えない目に、見えた。

盲目の視覚で〝妖異〟が消失する様を幻視(み)たことに衝撃を受けて森は、

「あっ……」

と洩らすなり、その場に頽(くずお)れた。

倒れた音が闇の通りに異様に大きく響き渡った。

その音に驚いて、嚔を発した男は、森の許に駆けてくる。男は屈んで森を抱き起した。

「しっかりしなされ」

と男が言った時、叢雲から月が顔を覗かせた。

月光に男の顔が照らされる。短く刈り込んだ髪に、太い眉と、大きくて表情豊かな目をした精悍な男だった。硬くて剛い髪は見事な銀髪で、痩せた顔は褐色に陽に焼けていた。目尻と鼻の両脇に刻まれた皺は深い。恐らく年齢は五十半ばであろう。だが、男は三十代の男のような精悍さと生気を放っていた。

「娘さん、しっかりしなさい」

男はしっかりと抱き起こした森に繰り返した。

森は見えぬ目を静かに開くと、たった今まであれのいた方向を指さした。

「恐ろしいものが……牛車に乗って……琵琶を弾いて……平家物語を吟じながら……わたしに襲いかかろうと……蜘蛛の巣みたいな気配がこちらに……」

「牛車？　琵琶？　蜘蛛の巣？　あたりには何もおらんし、わしの耳には何も聞こえんかったが」

そう断言すると、男は言い足した。

「よしんば妖怪変化がおっても、あんたみたいに美しい娘さんには指一本触れさせせんよ」

「貴方様は？」

「わしは京の二本杉にある売扇庵(ばいせんあん)という寺の坊主じゃ。一休宗純(いっきゅうそうじゅん)というのが名前だよ」

「一休宗純和尚様……ですか」

「一休と呼び捨てにしても、クソ坊主と呼んでも助平坊主でも何でもいい。名前などただの記号にすぎん。好きなように呼びなさい」

一休は声をあげて笑った。

明るい笑い声だった。まるで周囲の闇を粉々に砕いてしまうかと思われる。

森は一休の笑いにつられて、

「まあ……」

と、たった今までの恐ろしさを忘れて微笑みを拡げた。

「あんたの名は？」

「森と申します」

「森さんか。きれいな名だ。特に目が美しい」

森が盲目の旅芸人だと一目見たら分かるのに、一休はそんなことを言うと、また快活な声で笑った。

これが一休と森の初めての出会いだった。

時に文安六年（一四四九年）六月——。

一休、五十五歳。森、十五歳のことである。

二

この年の四月、第七代義勝の急死によって空位のままだった第八代将軍の座に足利義成がようやく就き、幕府に将軍不在の異状事態は六年振りに解消された。

義成は身体の壮健さにおいて初代尊氏に、頭脳明晰さにおいては父の六代義教に似ていると噂され、これから日本国は、三代義満の時代の繁栄を取り戻すものと誰もが期待した。

だが、この時点において、誰や知らん。

この足利義成こそ、のちの足利義政。一国の富を、東山殿とその庭園を築くのに費やし、そのため、遂には我が国を大きく傾ける「大暗君」となる人物であることを。

それは兎も角、一休が森と出会った文安六年六月、日本国は異常気象による飢饉、関東より流行しはじめた熱病、六代義教の恐怖政治による民心の荒廃、慢性的な財政難、財政難を補うための過酷な年貢の取り立てに抗する土一揆などが荒れ狂っていた。

そして、京の都は、付け火・強盗・略奪・刃傷沙汰は日常茶飯事となり、それらを取り締まるべき役所は賄賂と汚職で機能不全に陥って、大路でさえ女子供は暗くなると一人では歩けない有様だった。

また京を離れた諸国においても、守護大名家は家督相続を巡り、親と子、兄と弟、夫と妻、主君と家臣が互いに裏切り合い殺し合うと言う修羅の世の様相を呈していた。

つまり、文安六年において、すでに、来るべき応仁の大乱の布石は着々と打たれていたのである。

そして――。

この乱世の大波は一休も巻き込んでいた。

六代義教暗殺以降、犯罪が絶えない京の喧騒を嫌った一休は丹波国（たんばのくに）へとのがれた。

同国の譲羽山（ゆずりはやま）の山中深く分け入った一休は、そこに無人の屋敷を見つけたのだった。

「これぞ観音菩薩のお導き」

と喜んだ一休は、勝手にここを「尸陀寺（しだでら）」と名づけて、以後、修行三昧の日々を送ることとしたのである。

だが、静かな修行の日々も束の間に過ぎなかった。

一休の属する大徳寺派内に揉め事が起こったのである。

大徳寺の僧侶が自殺し、何人もの僧が官憲に囚われるほどの騒乱に巻き込まれた一休は、これを諫めるため、譲羽山を下りて京に舞い戻った。

そうして、長らく「権威権勢の奴隷」と軽蔑していた兄弟子・養叟宗頤（ようそうそうい）を尋ねて、一休は大徳寺を訪れた。

大徳寺では、同寺の高僧に出世していた養叟と力を合わせ、大変な苦心をして、ようやく大徳寺内の争いを納めたのであった。

「大徳寺派は治まったが……。これから、丹波国に戻っても、どうせ尸陀寺は山賊の巣にでもなってしまっていることだろうな」

と一休は、譲羽山に帰ることを諦めた。

そして、十数年前に世話になった源宰相久（みなもとのさいしょうこ）

我清通（がきよみち）を訪ねたのである。

一休の熱心な信者で、同時に、目端の利く投機家でもある源宰相は早速、

「一休殿のために新しい寺院を建立いたしましょう」

と申し出た。大徳寺の争いを納めた一休に貸しを作っておけば、後々、自分の利益になると投機家の直感で判断したのである。

だが、一休は首を横に振って言った。

「それには及ばんよ、宰相殿。それより、お前さん、沢山、妾を囲っているだろう？」

「メカケ？」

「愛人さ。つまり……あれだ。早い話が、コレのことだよ」

一休が小指を立てて、片目をつぶって見せると、ようやく源宰相は照れたような表情を拡げた。

「いやあ。まあ、その、なんですな。そうした女でしたら、わたくしも幾人かは……」

「そのうちの誰かの屋敷の離れを、わしに提供してくれんかね」

「離れで宜しいので？」

「ああ、離れが良い。座禅に飽きたら、お前さんの妾が行水を浴びるところでも、じっくり眺めさせてもらうでな」

「お戯れを」

と苦笑しながらも、源宰相は、数ある愛人のなかで最も信心深い女の住む屋敷の庭に、簡素な草庵を拵えさせると、一休をここに住まわせたのだった。

その草庵こそ、一休が森に言った「二本杉の売（ばい）扇庵（せんあん）」なのであった。

三

一休に導かれて二本杉の売扇庵を訪ねた森は、庵で白湯と粥を馳走になった。

そして一休に問われるままに自分に近づいた牛車の気配や琵琶の音、壇ノ浦を吟じる声、蜘蛛の

糸のような無気味な手の気配のことを語ると、すっかり疲れてしまった。

疲労を自覚したのは久しぶりだった。疲労することさえ許されぬ過酷な日常に生きていたためである。

（火事場跡で遭った妖かしから離れて、安心したのだろうか）

森は自問した。疲れを自覚できた理由の一つは、きっとそれだろう。久し振りに食事らしい物を口にできた。これは理由の第二と思われた。

だが、なにより大きかったのは、この一休という僧侶が、盲目の旅芸人の森に対して、普通の娘と同じように接し、優しい言葉をくれること、いたる所で優しい心遣いを見せてくれることに違いなかった。

安心の余り、思わず森が欠伸を洩らせば、一休は草庵の隅の葛篭から一枚の夜着（よぎ）を取り出した。

「屋敷の主人の側室殿がくれた夜着だ。少し白粉臭いかもしれんが、暖かいぞ」

「一休さまは使われないのですか」

「わし？　わしはいらんよ。身一つで野宿するのに慣れてしまってるんでな。夜着なんか掛けて寝たら、かえって風邪をひく」

そういって一休は快活に笑った。

森も、つられて笑った。

そして、その夜は、いつの間にか眠ってしまった。

その翌日、森と一休が朝食の粥を啜っていると、庵の外から若い男の声がした。

「御免。一休様、おられますか。……御免」

一休は箸を止めると顔をしかめて、

「なんだ、やかましいな。食事時に他人の家を訪問するものではないと教わらなかったのか」

「なにをのんびりしたことを申されます！」

「ほい、怒られた」

と一休は顔をしかめて、立ち上がると、庵の戸を開いた。戸口の向こうには十八、九歳くらいと思われる凛々しい若者が士烏帽子（さむらいえぼし）を被り、直衣をまとい、刀を提げて立っている。若侍は戸口に一休が現われるなり、まくしたてた。

「一休様、大変でございます」

「静かにしてくれんか。今、お客に朝飯を御馳走しておったところなんじゃ」

一休が露骨に厭な顔をしても、若侍はさらに大きな声でまくしたてた。

「朝食など食べておる場合ではござらん。大変なのです」

「お前の言うことは、いっつも、大変、じゃないか」

「今日こそは大変中の大変、まさに天下の一大事で……」

若侍がそこまで言った時、奥で粥を啜っていた森は、おそるおそる、一休の背に声を懸けた。

「和尚様。大事なお客様のご様子ですので、わたしは、おいとまを」

すると一休は振り返り、森に言った。

「いや、こいつは別に客じゃない。蜷川親元（ちかもと）といって、昨年亡くなった親友の息子なんじゃ。父親は蜷川親右衛門といってな。六代義教公に仕えて政所の重役まで出世した。息子のこいつは、親父の後を継いで、公儀目付人（こうぎめつけにん）の任に就いてるのだ」

「目付人様……」

公儀目付人と言えば将軍直々の隠密だ。現代風に言えば親衛隊の将校であり、情報部員である。そんな高い身分の人間が戸口の向こうにいると知り、森は慌てて、その場に土下座しようとした。

すかさず一休が、森を制止して言った。

「頭なんか下げんでいい。土下座なんてすると癖になる。親元は今でこそ目付人なんてコワモテする役職についとるが、こないだまで、寝小便しておったんだ」

「い、一休様――」

蜷川親元はまだ少年の面影を残した顔を真っ赤にさせた。

「怒るな。怒るな」

一休は片手をヒラヒラさせて笑ってから、蜷川親元に尋ねた。

「で、用件はなんだ、モトチカ」

「天下の――」

「一大事は、もう、いい。早く一大事の中身を言え」

「それが……妖かしが出現いたしました」

「化け物か。化け物は間にあってる。また明日、来い」

と言って一休は木戸を閉めかけた。

「お待ち下され。せめて、如何なる妖かしか、それだけでも、お聞き留め下さいませ」

「じゃ。……どんな妖かしだ？」

一休が投げやりに問うと、蜷川親元は小声で応えた。

「血を吸う魔怪にございます」

「あ、そういうのは、全然、いらん。来年まで間にあってる。来年おいで」

そう言って一休は戸を閉めようとする。

だが、それより早く、蜷川親元は戸を押さえて、必死の形相で訴えた。

「八名もの女人が犠牲になっているのです。せめて話だけでもお聞きくださいませ。さもなければ、拙者は上役や公方様に合わせる顔がございませんん」

「いらんと言ったらいらん。妖怪変化は若い頃ゲップの出るほど遭遇した。もうお断りだ」

「話をお聞き願えませぬ場合は、拙者、切腹いたします」

「腹でも背中でも勝手に切るがいい。そも妖変怪化とは人の心の迷いより生ずるもの、わしなんかに頼らず、他を当たれ。なんなら、友人を紹介してやる。連如殿と言うて活き仏のごとき立派な人物だから、そっちに頼め」

「それはなりませんぞ！」

それから小半時後――。

「入れぬと言うのにとうとう入りやがった」

一休は不貞腐れたように鼻を鳴らした。囲炉裏の前に蜷川親元は正座している。背を伸ばして、膝に手を置いて、「大事」とやらを話そうと言う体勢だ。

「勿体ぶらずに早く話せ。このタワケめが」

　悪態など聞こえない振りをして蜷川親元は口を開いた。

「此度の一件に関わった者たちには、我々が堅く口封じをいたしましたゆえ、未だ都雀の噂にはなっておりませんが、京のあちこちで妖かしが出没しておりまして」

と前置いて蜷川親元は説明しはじめた。

　最初の犠牲者が誰で、何時のことなのかは今となっては定かではないが、侍所の役人がそれを「事件」と認めたのは半月ほど前だったという。

　それは、八年前に僅か十歳で急死した七代義勝の四月の月忌（月命日）のことである。その日は義勝の生母、日野重子の提案で、法要の後、高貴な身分の女たちだけの特別な催しが行なわれた。

　近頃、兵庫津で評判の検校、河堀龍一の弾き語る「平家物語」を聞いて、亡き幼将軍の霊を慰め、その遺徳を偲ぶ、というのがその催しの趣向である。

　催しは日野重子の別邸で行なわれた。集まったのは三管四職の正室・側室・娘、従三位以上のいわゆる公卿の正室や側室、さらに日野重子の御覚えめでたい守護大名の正室や娘たちで、その数は五十数名にも及んだという。

　一同は河堀検校の奏でるこの世のものとも思えぬ神韻たる琵琶の音色と、「平家物語」を吟じる、高山より吹き降ろす寒風にも似た渺渺とした楽声に聞き惚れた。

「河堀検校の琵琶と声を聞いた御婦人らは口々に、目の前に壇ノ浦の荒海が現われた、幼き帝の御最期を確かに目に見た、と申されております」

「そんな話はどうでもいいよ。肝心の妖かしは、その場に出たのか、出なかったのか」

「今少しお聞きください」

　河堀龍一の演奏の後は珍味佳肴を揃えた食事となり、この日は越前や近江や河内より取り寄せた銘酒も出て、宴は遅くまで賑わった。

さて、事件はその夜に起こった。場所は公卿大名北畠教具(きたばたけのりとも)の側室、石山局(いしやまのつぼね)の屋敷である。深夜の見回りをしていた腰元が、石山局の寝所の唐紙が開いたままなのに気がついた。調べてみれば石山局の姿がない。大騒ぎになって家中が起きて探しまわると、石山局は屋敷の裏庭で無残な姿で発見された。

「無残な？」

「なにぶんにも御身分のある御方のご側室ゆえ内聞に願いますが……」

「勿体付けずに早く遺骸の状態を教えんか」

「一滴残らず血を失っておったと」

「血を失っていた？　で、目に見える傷は？」

「それが何も見当たらなかったとか」

「馬鹿なこと、言うんじゃない。傷がないのに、どうして血が一滴残らず無くなるんだ」

「いえ。あるにはあったのですが」

「ほら見ろ。どんな傷だ。刀傷か。それとも矢傷か、槍とか薙刀によるものか？」

「いえ。それが……首筋に、こう、鋭い牙で噛まれたような孔が二つだけ……」

蜷川親元が横首を指差すと、一休は慌てて森に振り返った。

「森さん、恐ろしい話を聞かせて済まん。もし聞くのが厭なら、わしらは外で話すよ」

「いいえ。わたくしは気になりません。どうぞお話し下さい」

森の言葉に一休は「悪いね」ともう一度口にして、親元に向き直る。「続きを話せ」とうなずいた。

「石山局の一件は結局、流行り病による急死ということで片付けられましたが、それから五日後、またしても同様の事件が出来(しゅったい)いたしまして」

それからというもの、昨日はどこそこの守護の娘、今日は何某と言う公卿の正室、明日は何やらの大臣(おとど)の側室と、高貴な身分の女ばかりが次々と死体で発見されているのだ。と、蜷川親元は続けた。四月の二十一日から六月一日まで、すでに八人の女が怪死を遂げている。八人はすべて石山局と同じように、真夜中に寝所から抜けだし、裸足のまま庭に出て、明け方、死体で発見された。一連の事件では、女が襲われる現場を目にした者がない。ただし、寝所近くにいた人間が牛車の車が回るガラガラという音や、琵琶の弦の切れるような音を聞き、凄まじい寒気を覚えたというのだ。

「ふうん、変わってるな。で、怪死した女人衆(おなご)には何か共通した者はないのかね」

「共通……」

「ほら、石山局は北畠教具の妾だろう。北畠といえば、奴の親父は南朝の旗を担いでたくせに、奴さんは幕府に恭順してるだろう。いわば南朝残党から見れば裏切り者だ。そっちから一連の事件は南朝残党の恨みとは考えられないか」

「お言葉ですが、今はもう、南朝がどうのなどと古臭いことを申しておる人間は、朝廷周囲にも、伊勢にも、皆無かと」

「そうか。では、幕府に恨みを持つ一族の復讐とか」

「そうしたものはことごとく六代様の命に従い、幕府軍によって壊滅状態、僅かな生き残りは幕府に復権を哀訴し続ける有様でござる」

「そのセンも駄目か。でも……何かあるはずだろう。どんな奴でも出鱈目に暴れると言うことは有り得ない。絶対にやられた者には共通項があるはずなんだ」

「ううむ。……怪死した者は八名全て女でございます」

「いいぞ。他には」

「ううむ……」

「守護とか公卿とか身分の高い女ばかりなのだろう。酒盛りに参加してんじゃないのか」

「酒盛り……」

「ほら、日野重子の宴会だよ」

「一休様。いやしくも公方様の御母君様の催されたる七代様追悼の宴を、酒盛りなどと、山賊の夜宴のような……あまつさえ将軍母公君を呼び捨てになさるとは……いかに今上の義兄(あに)上と言えど……」

「喧しいッ」

雷霆(らいてい)のごとき大喝で親元を黙らせると、一休は言った。

「怪死した女たちにどんな共通項があったか。それを知れば、怪死の原因は自ずから解けるのだ。細かいことをゴチャゴチャ吐(ぬ)かすと、その前歯を残らず叩き折るぞ。思い当たることを、さっさと言ってみんか」

このように激怒した一休に接したことが無かったのか、親元は蒼白になった。切れ長の瞳の底の方にうっすらと涙が浮かんでいる。どうやら怒った一休が怖くてたまらなかったらしい。ややあって、親元は震え声で言った。

「申しますれば……怪死した方々はいずれも……河堀検校の『壇ノ浦』に聞き惚れていたかと……」

「かとでは分からん。河堀検校の琵琶と吟ずる声を聞いていたのか、いなかったのか」

「聞いておりました。た、確かに聞いておりました」

「ふうむ、やはり酒盛りに集まっておった女の一部だったか。最初から素直にそう言ってればいいものを」

「しかし、河堀検校の壇ノ浦を聞いていたことと、怪死と、どう関わるのでござろう」

「ふん。そんなことは分からんよ。ただ、共通項が河堀検校。それが分かったのでこれから調べてやるのだ」

「そんな乱暴に関連づけて宜しいのですか」

「もう一つの共通項は日野重子だ。何なら日野重子の仕業として、調べても良いのだぞ」

「いいえ。けっして左様な」

「なら、好きなように動くぞ。良いな」

「ははっ。一休禅師の英邁極まりなきお知恵によってこの一件、何とぞ、ご解決をばお願い仕(つかまつ)

る」

　蜷川親元が手をついて頭を下げるのを無視して、一休は立ち上がった。

「森さん。ちと、人助けの手伝いをお願いできんかな」

「は、はい」

　と返事をして森は腰を上げた。

「でも……わたくしごときが何のお役に立ちましょう」

「あんたでのうては出来ないことがある。さ、行こう」

　そう呼びかけた一休を見て親元は笑った。

「おお。お引き受け下さいますか」

「引き受けてやる。ただし、只ではないぞ」

「えっ。一休様、報酬を求めるので？」

「当たり前だ。この売扇庵で、わしは薬師(くすし)の真似事をしておる。薬草を処方するには金が掛かるのだ。さらに戦乱や一揆や流行り病で親を亡くした子供を集めて、飯を食わしたり、文字を教えることもある。また、面倒見てくれる子供に死なれて行き場のない年寄りに薬をやり、飯を食わせ、経を教えることもしておる。地獄とやらは行ったことがないので知らんが、この世の沙汰は銭次第。戦さをするくらい銭が余ってるのなら、わしに回せ」

　一休の言葉に親元は眉をひそめた。

「なにを仏頂面してる。ボヤボヤしてないで早いとこ、一番最後に怪死のあった場所に案内せい」

四

　最後に怪死のあったのは昨夜。三条實富(さねとみ)卿の側室の屋敷である。屋敷の場所は上柳原町だった。このあたりに来ると京も北の外れである。何年か前、強盗一味がこの辺の屋敷を襲い、家人を皆殺しにして、火を放ったせいで、今も火事場のまま打ち捨てられている。

　三条實富卿の側室、雅楽殿(うたどの)はその夜遅く、子ノ刻（午前零時）から丑ノ刻（午前二時）の間に寝所を抜けだして庭に出たらしいという。これは当夜見回り役だった宿直（とのい）の侍の証言なので確かなことだ。雅楽殿の死体は、例によって血を失っていたのである。

　死体が見つかった裏庭に出ると、一休はしゃがんで、地面を仔細に検（しら）べだした。

「昨夜は晴れていたな」

　一休は呟くと、顎を撫でた。

「宿直の侍も牛車の車輪の軋む音を聞き、琵琶の弦が切れる音を聞いている。だが、地面には轍（わだち）がない。昨夜は晴れていたのにも拘わらずだ」

　それから近くに立つ森のほうに振り返った。

「森さん、ここが何処か分かるかね」

「いいえ」

「ここは、昨夜、あんたが襲われた火事場のすぐそばなんだよ」

「まことですか!?」

　森と親元は同時に声を発して驚いた。

「森さんが火事場跡で寒さをしのいで休んでいた時、妖かしは現われたのだ。つまり、妖かしはここで雅楽殿を襲い、血を吸った後で、森さんを襲った。……一晩で二人もだ」

　そこで一休は親元に振り返り、

「モトチカ、同夜に二人が襲われたことは？」

「ございません」

「ということは、相手は、森さんを襲わねばならない理由があったのだな」

「わ、わたくしが、どうして妖かしに……」

「思い出してごらん、森さん。化け物のことを。何が聞こえた。何を感じた」

「それは……牛車の車が軋む音……荒い牛の息遣い……琵琶の弦の切れる音……」

「そうしたことは殺された女の周囲も気づいている。だが、見回りの腰元も、宿直の侍も、誰一人として気づかなかったことがあるはずだ。それは何だろう」

　一休はじっと森を見つめて静かに尋ねた。

「何だろうね、森さん」

困ったように眉宇をひそめた森に微笑むと、一休は親元に振り返って言った。

「モトチカ、目付人の職権で今すぐ噂を広めろ。上柳原町あたりを塒にする盲目の芸人が、京の町に出没する血を吸う魔の正体を知ったとな。盲目なのでその姿を見てはいないが、代わりにそいつの特徴はコレコレだと言いふらしていると」

「左様な噂を流してどうなさるのです」

「決まっておる。吸血魔と疑わしい二名の耳に入れてやるのだ」

「と申しますと？」

「日野重子と河堀検校と。両方の耳に入って、さあて。どっちが動くかな」

一休は悪童のごとき笑みを拡げた。

五

六月の夜風はまだ冷たい。今夜は一段と風が冷たかった。肉を裂き、骨を断つような冷たさである。まして、ここは火事場跡。風を食い止めるべき築地塀は崩れ果て、漆喰の壁も焼け落ちて、焼けた土と伸び切った雑草の上に、黒焦げの床と、申し訳程度の壁ばかり残った有様は寒々しいばかりだった。その壁に身を寄せて、森は屈んでいた。その胸にはたった一つの財産である横笛が抱かれている。遥か遠くから鐘の音が響く。どうやら子(ね)の刻になったようだった。夜闇の中で森は神経を集中していた。もとより目は見えない。だが幼いころより盲目ゆえに、聴覚も、嗅覚も、触覚も、味覚も、常人の数十倍も優れていた。その優れた耳が、突然起こった音を捉えた。牛車の車の軋む音だ。荒々しい牛の息遣いだ。牛車に垂らした御簾が夜風にそよぐ音だ。牛車が軋みながら火事場跡を越え、湿った土を踏んで、森のいる場所まで近づいてくる。森は胸に抱いた笛を握った。手は冷汗で濡れている。脈の音さえ破れ鐘のように聞こえてきそうだった。不意に強烈な悪臭を感じた。

あの時もわたしはこの臭いで目が覚めた。森は思った。物凄く厭な臭いだ。黴のような、埃のような、生まれてから一度も湯浴みしたことのない人間の垢じみた体臭のような、……墓場の土のような厭な臭い。森はそう考えながら身を固くした。

闇の中で牛車が静止した。小山ほどもある牛が引いていた。牛の両目が篝火のように爛々と燃え、眩いばかりの光を放っている。御簾が独りでに上がった。御簾の奥は手応えさえ感じそうな闇が充満していた。その闇の中から不意に琵琶の音が響いた。神韻たる音色であった。さらに夜の底にまで響くような声で壇ノ浦の一節を吟ずる声が響き起こる。

悲しき哉、無常の春の風、忽ちに花の御すがたを散らし、なさけなきかな、分段のあらき浪、玉体をしづめ奉る。

森の身に戦慄が走った。小袖の下で肌が粟立った。恐ろしい。何かが自分を凝視するのを体感する。恐ろしい。何かが来る。何かが来る。何かが来る。森がそう考えるうちにも、琵琶の弦のプッツリと切れる音がした。牛車の闇から手が伸びてくる。糸のように細く――信じられないほど長く――蜘蛛の巣のような質感の――だが先が五本に分かれた――まごうかたなき左手が、恐ろしさに凍結した森の喉元めがけて伸びてくる。

その指先があと一寸でたおやかな森の喉に触れんとした時――。

「南無釈迦如来ッ」

闇も砕かんばかりの大音声と共に、漆黒の影が宙に舞い上がった。ハッとした気配が牛車から起こった。その屋根の中央めがけて三尺五寸余の杖が振り下ろされた。それこそは墨染の裾を翻して夜空に舞い、渾身の力を込めて杖を牛車に叩きつけた一休だった。脆い骨を砕いたような手応えが杖に伝わった。牛車が中央から裂けた。地に着くや、一休は身を翻して、牛車めがけて杖の先を突きこんだ。人間の肉体を突いた感触はなかった。あったのは舞い狂う鳥の群れに杖を入れたような手応えである。

「これは」

思わず顔を歪めた一休の背後で、

「公儀目付人、蜷川親右衛門親元、見参！」

そんな気合を上げて親元が小山のような牛に斬り掛かった。牛の頭部を真っ向から唐竹割りにせんと振り下ろす。刃が牛の頭に触れると同時に、牛の形が崩れた。巨大な牛は、何千もの黒く小さな影となり、蜷川親元の周囲で舞い立った。蝙蝠だ。それを見て親元が叫びをあげた。

一休の眼前でも牛車の中に満ちていた闇が大量の蝙蝠と化して溢れ出た。

信じられないほどの数の蝙蝠が鳴き声をあげて、蜷川親元と一休の周りで荒れ狂う。蝙蝠の群れは二人を襲わんとするようだ。だが、それより早く、一休は牛車に飛び乗った。中には何もなかった。ただ、真っ赤な琵琶が一つ、立て掛けられている。その弦の色も、撥の色も血塗られたような蘇芳の色に染まっているのを目にして一休は唇を歪めた。

「うぬ。これが妖かしの正体か」

そう呟くなり、手にした杖を振り上げて、

「『碧巌録』に曰く、直に須らく懸崖に手を撤し、自肯承当すべし、と！」

朗々たる大音声で叫んで、三尺五寸余の杖で琵琶を叩き割った。

*

その瞬間、遥か離れた室町第において、日野重子のために、繻子の陰で琵琶を弾き語っていた河堀検校の手の中で琵琶の弦が切れた。一本ではない。四本同時である。切れた四本の弦の断面から血が噴き出した。玉虫の繻子が真紅に染まった。繻子の向こうから発せられた苦悶の声に、日野重子は面を上げた。楽師の座から血が溢れだしていた。

「誰やある」

日野重子の声に近侍が駆けつけて、血塗られた繻子をめくったが、そこに河堀検校の姿はなく、ただ、弦を失った琵琶が鮮血に洗われたまま放置されていたのだった。

その夜、河堀検校は都から消え、以後、二度と人々の前に姿を表わすことはなかったという。

六

「結局、河堀検校とは何者だったのです」

一件が片付いた後、売扇庵を訪れた蜷川親元は一休に尋ねた。

「わしが知るかい。妖怪のことは妖怪に訊け」

「生憎、妖怪の知り合いは一休様しかいないものでして」

「……言うじゃないか、モトチカ」

ニヤリと笑った一休は真面目な表情になると、

「蝙蝠のことを昔はかわほりと言ったらしいが。ひょっとすると河堀龍一の河堀とは蝙蝠の意味だったのかもしれん」

「蝙蝠……。ですが、蝙蝠が血など吸うものでしょうか」

「若い頃、若狭小浜で会った唐人から聞いたことがあるよ。この世には人の生き血を吸う蝙蝠がおるとね。それに、天竺のほうには人間の生き血を吸う魔物がいるそうだ。仏典には吸血鬼と記されておる」

「蝙蝠の化けたものでしょうか」

「そうかもしれんし、そうでないかもしれん。わしは魔界のことなど知りたくもないね」

「しかし、琵琶の化け物だったのかも……」

蜷川親元が食い下がると、一休は露骨に不機嫌な顔になり、

「うるさいな、モトチカは。わしはこれから森さんの笛を楽しもうとしておるのだ。今回の魔怪退治の報酬を払ったら、とっとと帰れ」

そう言って革財布を受け取って親元を外に追い出すと、一休は遠い目つきになって、一首の道歌を呟いた。

仏性（ぶっしょう）は四大和合（しだいわごう）の体（てい）なるに
　五欲（ごよく）のちりはいかが引きけん

それから囲炉裏の向こうに森に微笑んで呼びかけた。

「森さん、お待たせしましたね。それでは、貴女の横笛をゆるりと聞かせて頂きましょうか」

魔経海（まきょうかい）

波間より寄る船近し雲帰る　山はそれともわかぬ霞に

冷泉政為

一

文安年間は六年で終わり、七月二十八日より年号は宝徳と改まった。

遥か南よりやって来た琉球商人が、四月に第八代征夷大将軍となった足利義成（よししげ）の祝いに、と大量の薬種と銭一千貫を献上したのは、その宝徳元年（一四四九年）八月のことである。

予想もしなかった南からの来訪者を管領（かんれい）畠山持国（もちくに）は大いに喜び、琉球商人の定期的な来航を無条件で許可した。

かくして明国や朝鮮の文物に加えて、琉球の名産も京に供給されることとなり、室町の世はいよいよ三代義満の時代のごとき繁栄に輝くかと思われたのだった。

だが、こうした繁栄に浴することのできるのは京の富める者、権力ある者のみだと指摘し、室町の世に怒りの目を向けて、かれらを悪しざまに批判する人間も僅かにあった。

京は二本杉にある臨済（りんざい）の草庵、売扇庵（ばいせんあん）に住まいする僧侶、一休宗純（いっきゅうそうじゅん）は、そのような少数派の代表だった。

「細川勝元（ほそかわかつもと）の阿呆は、ゴロタ石を並べた寺を設けて龍安寺（りょうあんじ）などと名付けて得意顔だがな。箱根の山の向こうで、どれほど恐ろしい戦さが繰り広げられておるか、どいつもこいつも見て見ぬ振りをしておる。まったく嫌な時代だよ。なあ、森（しん）さん」

一休は囲炉裏の前に坐った少女に椀と箸を手渡しながら腹立たしげに言った。

時は宝徳元年仲秋（ちゅうしゅう）――。

新暦でいえば八月も十日を過ぎて、京の外れでは裏山の奥にススキの穂が目につきだした頃である。

一休は囲炉裏の火に掛かった鍋から粥を救うと、「熱いよ」と注意して、森と呼んだ少女の椀によそってやった。

「米は少ししか入ってない。ほとんど粟（あわ）と稗（ひえ）ばかりの粥だが、味噌で味を付けたから美味いぞ。いや、味噌だけじゃない。今日の粥には鹿の肉も入っておる」

「まあ、鹿でございますか。一休様、いつの間に獲られたのです？」

森は澄んだ瞳を一休の声のしたほうに向けて微笑んだ。

森の年齢は十五歳か。端整な面立ちに色白な肌、黒々とした美しい髪が特徴的な少女である。

貴族の娘にもいないような品の良さと清楚さを併せ持ちながら、森は旅芸人だった。

生まれついての盲目で、それゆえ過酷な環境で育ち、旅を続けてきたものと思われる。

ふとしたことから一休と知り合い、「行く所がなければ、わしの草庵においで」と、京は二本柳にある売扇庵に誘われたのであった。

「は、は、は、わしなんぞに鹿は獲れんさ。朝早くに山から知り合いの猟師が降りて来てね。去年、お袋さんが亡くなった時にわしが引導を渡して弔ってくれた礼だと、獲りたての鹿の肉の、一番良い所を持って来てくれたのだ。本当は鍋に山盛りあったんだがね。文字を習いに来た子供や、経を覚えに来た年寄りに、小分けにして持ち帰らせてるうちに気がついたら、ほれ、この通りさ。粥のダシくらいしか残らなかった」

一休がそう言って高笑いした時である。

「御免！　一休様、おられますか。御免！」

草庵の入り口に木戸代わりに垂らした莚の外から、息せき切った若い男の声が湧き起こった。

それを聞いた一休は顔をしかめて、

「や、あの声はモトチカだ。奴め、いつも飯時を狙ってやって来る」

そう小声で独りごちると、

「一休は留守だ。九州に旅に出て、半年は戻ってこんよ」

外の男に怒鳴り返した。

すかさず外の男が苦笑混じりに言った。

「また、左様なお戯れを。囲炉裏の前で森殿とお食事されているではございませんか」

「何を見てきたように……」

と、一休が振り返れば、木戸を開け、莚をめくって若い男が草庵の中を覗いている。

「……なんだ。見ていたのか」

「何が九州ですか。そこにおられるでは」

「これから行こうと思ってたんだ。そんなことより、モトチカ。お前、どうして、いっつも食事中に現われる？」

「お食事中でもなければ、昼は孤児たちに字を教え、夜は在の年寄り衆に経の読み方を教え、それ以外の時は托鉢に出られて、いつも草庵におられぬではありませんか。一休様を捕まえるには食事時に限ります」

そんなことを言って草庵に入って来た青年は十八、九。士烏帽子(さむらいえぼし)に直衣(のうし)をまとい、刀を提げていた。

この青年の名は蜷川親元(にながわちかもと)という。一休の親友で信者だった故蜷川親右衛門(しんえもん)親当(ちかまさ)の一子である。

「ふん。なんのかんのと申してお前も鹿の肉入りの粥にありつきたいのだろう」

一休に決めつけられた親元は、きっぱりとかぶりを振って、

「粥の話は止めにして、拙者の話をお聞きください」

「じゃ、聞こう。お前、何の用だ」

「一大事にございます」

「また、それか。お前の持ってくる話はいっつも一大事だ」

げんなりした顔になった一休に親元は話しはじめた。

「今度という今度は天下の一大事。足利将軍家存亡に関わる大事にござる！」

「大きく出たな。……で、何がどうした。八代様が滑ったか、転んだか」

「話の腰を折られなさいますな」

「はは、ついうっかり、いつも癖が出た。許せ。それで、どうした？」

「はい。実は……」

と話しだした蜷川親元の話を説明すると、こうなる。――先頃、管領の許しを得て、琉球商人の船が定期的に摂津（せっつ）国の兵庫湊（ひょうごのみなと）に入港するようになった。

兵庫湊は大輪田泊（おおわだとまり）として、平安の昔より発達してきた港であるが、今日あるような形に整えたのは平清盛（たいらのきよもり）であった。

福原遷都を企図した清盛は、この大輪田泊を日宋貿易の拠点にして、莫大な富を得ようと計画したのである。

だが、大輪田泊の西は和田岬が西風を遮ってくれて安全だが、泊の南東地区は海より吹く強い南東風（みなみごち）が直撃して、船は難破してしまう。

そこで清盛は南東風を防ぐ島を人工的に築くことを企図したのだった。

人工島建設の工事は応保二年（一一六二年）に始まったが、予想を越える難工事であり、さらに自然災害や政変に阻まれ、完成したのは平氏滅亡後の建久七年（一一九六年）のことであった。

今日、この人工島は「経ヶ島（きょうがしま）」と呼ばれるが、その名は、平清盛にまつわる伝説に由来する。

古伝にいう、人工島工事があまりに難航した時、土地の貴族や神官は海神の怒りを鎮めるため、在の里人を生贄に捧げよと騒いだ。だが、当時すでに出家していた清盛はその要求を退け、代わりに基礎工事に用いる石に一切経を書かせ、これを埋め立てに用いさせた。すると、大風・高波といった自然の猛威も、反清盛派の決起も鎮まり、無事、人工島の基礎が完成に到った、と。

「さて。貴重な薬種や金銀珊瑚、さらに、ルソンや高台（タカシャン）、暹羅（しゃむろ）などから琉球にもたらされた銅、硫黄、刀剣、香木などを積んだ琉球船が兵庫津に参ったのが五日前のことでした」

と親元は続けた。

「経ヶ島近くまで進み、間もなく湊に入る、という夜半、突如、船で何かが起こりました」

「勿体つけるなよ。船で起こる何かといえば海難に決まっておろう」

「いえ。それが、その日の海は至って穏やかで、心配される大風もまったく吹いてきませんでした」

「なんだと」

　それまで退屈そうに聞いていた一休は急に真剣な顔になると、

「では、水夫（かこ）の反乱か。海賊でも現われたか」

「兵庫湊は年に四千四百もの船が出入りいたします。大海の真ん中ならいざ知らず、兵庫湊内、経ヶ島近くでは水夫が反乱致しても即刻鎮圧され、海賊など現れようものなら、幕府や大内様の水軍に全滅させられましょう」

「それもそうか。では、何が起こったのだ」

　身を乗り出した一休が尋ねれば、親元は眉をひそめて首を横に振った。

「それがまったく謎でございます。……ただ、翌朝、経ヶ島付近で座礁した琉球船が発見されました」

「座礁だと？　琉球の船は商船といえど、その造りは頑丈な軍船（いくさぶね）だ。しかも大風や高波もものともせず、遥か南のルソンや暹羅まで鼻歌交じりで航海しておるのだぞ。それがどうして、晴れた夜の兵庫湊で座礁する？　おまけにその夜は晴れて、風とてなく、海はすっかり凪いでおったのだろう」

「はい。……幕府の役人が船を出し、琉球船に近づきましたところ、半死半生の水夫（かこ）が一人、漂っておりました。これを助け上げてみれば、全身に鋭い爪と牙によるものと思われる傷が刻まれ、まるで襤褸布（ぼろきれ）のごとき有様。虫の息の水夫に気付けの薬と水を与えましたが、水夫は『マジムン』とか、『マジムンぬウミ』とか口走ったきり、錯乱し、悲鳴を上げるや、その場で息を引き取りました」

　そこで、これまで横で聞いていた森が呟いた。

「マジムン……マジムンぬウミ……とは、どのような意味でございますか？」

「さあ。生憎、その場にいた役人にも、報告を受けた者にも琉球語の分かる人間がおりませんで。拙者にも如何なる意味やら……」

と首を傾げた親元に皆まで言わせず、一休が答えた。

「〝マジムン〟とは〝魔物〟の謂(いい)。〝マジムンぬウミ〟は琉球語で〝魔物の海〟という意味だ」

「一休様は明や朝鮮の言葉ばかりか、琉球語もお分かりになられるのですか」

　森が心から感心した調子で言えば一休は、

「若い頃、わしは日本中をさすらっておってね。薩摩国で、島津の家来に捕えられた琉球国の巫女を助けたことがあるよ。その時、少しばかり、琉球語を学んだのだ」

　そう答えてから、親元に向き直るなり、片手をヌッと差し出した。

「幾ら出す?」

「は?」

「その座礁した琉球船を救え、と申すのだろう。幕府——いや、畠山持国や日野重子は、わしに幾ら払うのだ」

「あ、いや。琉球船に乗っていた者は商人も水夫も、おそらく全滅かと思われます。なんと申しましても、たった一人の生き残りを助けた段階で、座礁した船から無数の化け物が出現いたしまして。役人たちは必死で難破船から遠ざかったそうでございまして」

「だから何だと言うんだ。回りくどい奴だな。お前の親父は、ズバッと物事の核心を突く物言いをしたのだが、一人息子はフニャフニャモゴモゴと、さっぱり要領を得んじゃないか」

「では亡き父に倣いまして用件の核心を申し上げます」

「よし、来い」

　と一休は手を打った。

「座礁した琉球船には琉球王が、我が国の帝(みかど)に贈られた、有り難い仏像も積まれておりました」

「なんだ、金銀珊瑚を持ってこいと言うのではないのか」

「千金にも勝る宝で」

「また、勿体ぶりおって」

「一言で申せば、天竺の近くにある、僧伽羅国（シンガラ）とか申す国より伝わりし釈迦如来像です。その大きさは八寸足らずながら金無垢。霊験あらたかな有り難い仏像で、琉球では一万貫でも手に入らない宝とか」

「僧伽羅国……。天竺の隣にそんな名前の国があった筈だな。成程、天竺の隣国で作られた仏像なら、大変な宝物だ」

一休は顎に手を当てて呟いた。

ここでいう「僧伽羅国」とは現在のスリランカのことである。仏典を通じてインドとその周辺国の名前や地理は日本にも伝わっていたのだ。

「おお、天竺の隣国でございましたか。されば、あらたかなる霊験も当然のこと。……おほん。それは横に置きまして。……座礁した船から、琉球王より帝に贈られた金無垢の仏像だけでも運びだして欲しいと、管領殿と日野重子様よりのたってのお願いで」

「ふん。用向きは良く分かった。それでコレは？」

一休は親指と人差し指で丸を拵（こしら）えると、親元の鼻先に突きつけた。

「管領殿と日野重子様——お二方より、合わせて……コレで如何かと」

と親元は人差し指と中指を立てて一休に提示した。

「なんだ、二十文か。扇二十本の賃金だな。それっぽっちで〝魔物（マジムン）〟の出る〝魔物の海（マジムンぬウミ）〟に行って僧伽羅国の仏像を持って来い、だと。畠山も日野重子もとんだケチンボだ。ああ、なんたる不景気。これもお前ら武士（さむらい）が、しなくてもいい戦さばかりしおるから……」

「いいえ、一休様。お礼の桁（けた）が違います」

「なにッ、二百文!?」

「いいえ。管領殿より百貫、日野重子様より百貫。

〆て、二百貫で」

「ぜ、銭二百貫だと」

　一休は一瞬目を剝いた。先に琉球船が幕府に献上した銭が五百貫である。——日野重子と畠山持国は、富を誇る琉球商人が幕府に献上する金額の実に四割もの銭を今回の報酬として一休に与えると言うのだ。

（それだけあれば、近在近郷の孤児と年寄りに、着物や米をたっぷり分けてやれる。いや、戦さで田畑を焼かれたお百姓衆の助けにもなってやれる）

　一休はそう考えて、微笑みかけた。

　だが、すぐに臨在の禅境を説くような冷徹な表情になると、森に振り返った。

「森さんや。大儀とは思うが、わしと一緒に兵庫湊まで付き合ってはくれんかな」

　そう問われた森は怪訝な表情で、

「わたくしなど、足手まといではございましょう？」

　と訊き返した。

「なんの。お前様がいてくれれば、一休、鬼に金棒だ」

「……左様なのでございますか」

「こないだの河堀検校の一件の折、わしがお前様に申した言葉を覚えてるかね」

「さあ、何でございましたでしょう」

「わしは言っただろう。『あんたでのうては出来ないことがある』とな」

「………」

「は、は、自分では分からぬかもしれんな。では教えよう。お前様は目が不自由な分、感覚や知覚、感性といったものが人並み外れて優れておる。わしはお前様の筆舌に尽くし難い横笛の妙なる調べを聞き、河堀検校の正体を黴くさい臭いや無気味な気配で察したという話を聞いて、それを察したのさ」

「………」

「森さん、お前様には妖気を鋭敏に察知し、妖物の正体を見破り、その妖かしの〈核〉を見切る能力（ちから）がある。だからね、ほんに大儀とは思うが、わしと一緒に兵庫湊に行って欲しいのだ」

一休に請われた森は優しく微笑むと、静かにうなずいた。

「一休様のお役に立つのでしたら、わたくし、何処でも参ります」

「有難う」

一休が森の手を握ったのを見て、蜷川親元は、

「良かった。まことに良かった」

と呟いて何度もうなずき、

「されば。拙者は、これにて――」

小声で断って、その場から立ち去ろうとした。

と、草庵から去ろうとした親元の背中に、すかさず、一休の怒鳴り声が飛んだ。

「待て、モトチカ!!」

親元はビクッとして立ち止まり、恐々と一休に振り返った。

「お、お礼は僧伽羅国の秘仏と交換と、日野重子様が……」

「わしの言いたいのはそんなことじゃない」

「は？　と、申されますと」

「お前も、わしらと一緒に、兵庫湊の経ヶ島に参るのだ」

「な、なぜ、拙者が!?」

「決まっておる。わしと森さんの警護役。ついでに、財布代わりだ」

二

かくして一休は森と蜷川親元を供に兵庫湊へと向かったのだった。

先を急ぐ親元は、嫌がる一休を強引に森と共に馬に乗せ、京から兵庫津までの西国街道を一息に駆け抜けた。

兵庫湊に着いた一行が、現地の湊役人の案内で浜に出てみれば、座礁した琉球船は兵庫湊の何処からも、はっきりと眺めることが出来た。

目測では兵庫湊の波止場から経ヶ島までは目と鼻の先の半里、二十町とない距離である。現代でいえば二キロ弱というところか。

ところが、そんな短い距離なのに、湊の舟主たちに小舟を借りたいと申し出ると、誰も彼も口裏を合わせたように首を横に振るのだ。

琉球船の水夫の噂が怖いのか、と親元が問い糺せば、舟主の一人が言った。

「死んだ水夫など少しも怖いことはございません。ただ……」

「ただ、何だと申すのか」

「ただ……昼はカモメもカラスも座礁船に近づきませんで。また、夜ともなれば船の中からテラテラ青く光る妖火(あやしび)が漂い出します」

「左様なもの……ただの不知火であろう」

「ところが、その不知火はオン、オン、と気味の悪い声で鳴き、近くを通った漁船を襲いよります。襲われた漁師の話では飛び魚の体に人間の頭、それに鋭い爪のある細い手足が付いてるそうで。漁師の中にはその化け物にやられて酷い怪我を負った者もおります。そんな次第ですので、琉球船に近づこうとする人間に小舟を貸す舟主は、おそらく兵庫湊に一人もおらんでしょう」

そう言って舟主は眉を垂れた。

「ううむ。そこを曲げて、何とかならぬか。管領殿のご命令なのだぞ」

親元は刀の柄に手を掛けかけた。いざとなったら刀で脅して小舟を徴用する気だった。

舟主と親元を囲んで話を聞いていた船頭たちが、それに気づいて一斉に身構えた。

険悪な空気がその場に漂ったその時――、

「いやあ、話を聞くだに気味が悪いなあ」

そばに立っていた一休が素っ頓狂な声を上げて顔をしかめた。

「坊さんもそう思いますでしょう」

と舟主は一休に向き直る。

「うむ。気味が悪過ぎてどうにも化け物を退治せんことには治まらなくなったよ。舟主殿」

一休が腕組みしてしみじみ答えれば、船頭の一人が一休に尋ねた。

「ところで、坊さん、誰？」

その言葉を聞いた親元は船頭に振り返り、

「無礼者！　この御方をどなたと心得る。ここにおわすは先の上皇陛下のご落胤、今上の義兄(あに)君にして、大徳寺(だいとくじ)住持(じゅうじ)養叟宗頤(ようそうそうい)殿の弟弟子、一休宗純禅師なるぞ」

それを聞いた舟主と船頭たちは一斉にその場に「へへーっ」と声を合わせて土下座した。

上皇の落胤とか、今上の兄とかいう説明に畏敬を表わしたのではない。

かの名刹(めいさつ)、大徳寺の「住持の弟弟子」というほうに腰を抜かしたのである。

「ああ、わしは六代義教(よしのり)公じゃないから、そんなに頭を下げなくても良い。土下座しないからと言って、矢鱈に首は刎ねんよ。実はな、舟主殿の言う妖火を払えという八代将軍義成(よししげ)公と、管領殿のご命令で、かくいう一休宗純は兵庫湊に出向いたのだ」

一休がそんな出任せを言ったので、森は吹きだしそうになって思わず口を押さえた。

だが、舟主も船頭たちも誰一人として一休の言葉を怪しむ者はいない。

「それならそうと、早くおっしゃって下されば」

と舟主は蜷川親元に頑丈な小舟を貸し出し、さらに兵庫湊の潮の流れと風の向き——特に経ヶ島の周りの潮流に明るい船頭を二人も、無償で貸してくれたのだった。

さて、三人は船頭二人と共に浜に出ると、

「船主の話では嵐が迫っておるとか。今夜か明日の朝に嵐が来れば、座礁した船はひとたまりもありません。迅速に船に接近し、僧伽羅国の仏様を運び出し、迅速に湊に戻るといたしましょう」

親元がそう言いながら、湊役人に用意させた薙刀や弓矢や長槍を小舟に積もうとすると、一休は慌てて制止した。

「お前は子供の頃から大袈裟だな。そんな……壇の浦の合戦に参るのでもあるまいし」

「水夫（かこ）は牙と爪で殺められておったのです。さらに在の漁師も襲われているのですぞ。人智を超えた魔物と戦うには応分の戦さ支度が必要でございましょう」

「魔物が出たら、わしが何とかするわい」

　きっぱり言い切った一休を親元はじっと見つめ、少し間を置いて、

「では……一本だけ、薙刀を持って行きましょうか」

「あっ、この寝小便垂れめ。無礼なことを言いおって」

「何とでも申されませ。拙者には何も聞こえませぬ」

「お前、近頃、すっごく嫌な奴になったなあ」

　しかし、そんな軽口を叩きあうのも、浜から小舟を漕ぎ出すまでのことだった。

　小舟は艫に二人の船頭が立ち櫂を漕ぐ。

「ただし、ゆっくりと近づけよ。わしが思うに琉球船は強烈な妖気を帯びておる。急激に接近してはこちらの体がやられるぞ」

　一休がそう命じると、

「へえ」

　船頭たちは用心深い櫂捌きで静かに座礁した船に近づいていく。もっとも静かに接近するのは別に船頭や親元の身を案じてのことではない。

　妖気を敏感に看取する森の具合が悪くならないようにとの配慮だった。

　船頭が櫂を漕げば海面に映った太陽が砕け散った。

　砕けた陽の色が赤過ぎるのに気づいて一休は眉を寄せた。浜のほうに振り返る。

　浜辺から波止場、さらに後ろのほうの兵庫津の町並みが真紅の色に染められていた。まるで燃えているようだ。

（まだ夕刻ではない筈なのに）

　一休がそう思えば、隣に坐った森が囁いた。

「琉球船には〈負〉の想念が渦巻いています」

「〈負〉の想念だと」

「はい。憎しみ・怒り・恨み・妬み・悔み・その他……普通の人なら心の底に秘め隠しておきたいような思いです」

「そうした〈負〉の想念が凝って、毒のような妖気を放っているのだな」

「妖気の源が琉球船の奥に潜んで、化け物を現わしているようでございます」

「今も、〈負〉の想念は渦巻き続けておるのかね？」

「はい。先程から、わたくしの耳は陶器を擦り合わせるような嫌な音を聞き、眉間には釘で打たれるような痛みを感じております」

琉球船の放射する妖気が盲目の森には音感と触感と痛覚への刺激となって感じられるのだ。それを察した一休は、森の手に自らの数珠を握らせた。

「これを持っていなさい。気休めくらいにはなるだろう」

そうするうちにも小舟は経ヶ島へと進み続ける。

薙刀の刃を検べながら親元は船頭たちに尋ねた。

「琉球船に乗り移れる場所にこの舟を止めるのだぞ。……正確な位置は分かるな」

「へえ、この目でしっかと睨んでおります」

「見なせえ。琉球船のあたりは早々と陽が暮れてしまいましたわ」

船頭が顎で示したほうに目を転じれば、いかにも経ヶ島から琉球船の座礁地点にかけて暗くなっていた。

沖の波は細かく砕けた昼過ぎの光に煌めいているのに、琉球船の破れた紅色の帆は浜辺の夕照に映えて、今にも音を立てて燃え上がりそうである。そのような有様なのに、経ヶ島はすでに紺青の暮色に沈んでいるのだ。座礁して斜めになった琉球船は、夜の色で輪郭がぼやけて、黒い船腹も、赤・青・黒で塗り分けられた船体も、船首に飾られた龍の頭も、折れた柱にまとわりついた神旗も、なにもかもが紺汁に染められたようである。

「琉球船の周囲のみ夜とは……斯様なこと……こ

の世に……あるものなのか……」

蜷川親元は愕然と呟くと、険しい目になって船頭に命じた。

「嵐の来る前に琉球船に乗り移るのだ。くどいようだが、運び出すのは仏像だけだぞ。こちらの舟に移したら即刻、浜に戻る。琉球船内で如何なる宝を目にしても、奪うことは許さぬ。奪おうとしたところを目にしたら、その場で、拙者が貴様らを叩き斬る。よいな」

「へえ」

船頭は首を縦に振り、櫂を操る手に一層力を込めた。櫂を一搔きするごとに、一休の鼻に刺すような臭気が迫る。それは強烈な酸の臭いだ。ただし、親元や船頭たちにはこの臭気は別な臭いに感じるらしい。

「なんだ、この……腐った魚のような臭いは」

親元が鼻と口を押さえて眉根を寄せた。

「おげえっ、こりゃ溺死体の臭いだわ」

「違う。腐ったハラワタの臭いじゃ」

櫂を漕ぎながら船頭たちは何度も海に唾を吐いた。

「この濃密な妖気の臭気を、人は異なる臭いと感じるのか。おそらく嗅いだ当人にとっての、最も嫌な臭いを感じるのだな」

低く呟いて一休は手拭を懐から取り出し、森に渡した。

「お前様は杖を手から離せぬからな。これで鼻と口をふさぐがいい」

「ありがとうございます」

と手拭を受け取った森は、ハッとして、琉球船のほうに見えぬ瞳を向けた。

「一休様！　琉球船から、何か、恐ろしい物が飛びだしました」

森に言われて一休は琉球船に振り返る。

その船腹に開いた裂け目の奥――闇の向こうで仄かな光が瞬く。光は青白い。蛍か。蛍ではない。それよりずっと大きかった。

一休の目に、それは青白く光る火の玉の群れと映った。火の玉は小指の先ほどの大きさと見えたが、見る見るうちに大人の拳ほどの大きさへと膨らんでいく。火の玉の群れは裂け目から飛び出した。

　夜に覆われた宙を舞い、それらは、オン、オン、と無気味な鳴き声をあげて、小舟めがけて飛んでくる。飛ぶうちに青白い火の玉は細長くなり、輪郭を明確にし、全体の形を整えていった。

　最初に、それの形をハッキリと捉えたのは一休だった。――小さな人間の頭を持った飛び魚のようだ。その頭部は髪のない老人のように見える。化け物全体は青白い光に覆われていた。化け物のテラテラ光る背には脂ぎった光を帯びた虫の羽が四枚、羽ばたいている。細長い胴体は鱗に覆われた魚類のそれなのに、前方と後方に二本ずつ蹴爪の付いた肉食鳥の脚が伸びているのが異様だった。化け物が、オン、オン、という鳴き声を発した。そのたびに老人そっくりな顔面でひび割れた唇が開閉し、口の中に並んだ鋭い牙を見せつけた。鋸のような牙の連なりだ。

「地獄の飛び魚だ!?」

　船頭の一人が震え声を洩らした。

「案ずるな。わしが倒す」

　一休はそう叫ぶが、出現した妖物(モノ)が何物で、どう倒すべきかさえ分からない。だが、琉球船の水夫はこの妖物に殺されているらしいのだ。手をこまねいている訳にはいかなかった。

　一休は目を凝らし、こちらに向かってくる妖物群の数を素早く数えた。

　全部で十六匹――。

「わし一人で倒せぬ数ではなさそうだ」

　そう独りごちた一休の唇に不敵な笑みが拡がった。三尺五寸の杖を握り直した。若い頃に明国の武人より教わった明式杖術の腕前は、五十半ばを過ぎた今でも、寸毫(すんごう)も衰えてはいなかった。

三

妖物群は脂ぎった光を帯びた羽を羽ばたかせ小舟に迫る。群れから一匹が飛びだして一休に襲いかかった。それまでの鬼火のごとき動きを止めて、射放たれた矢さながら、まっすぐ宙を貫いた。細かい皺で覆われた老人の顔を一休は睨みつけた。瞬く間に妖物の顔面が一尺足らずに接近する。咫尺の間に目にした妖物は、完全に人間そのものである。一毛だにない頭部は剃髪したようで、端整な面立ちには知性や教養さえ感じられる。まるで身分のある人間――何十年と修行した僧侶に見える。それゆえ、自然の気が変化した妖怪より遥かにおぞましかった。

気合一閃、一休は杖を振った。

「はッ！」

杖に手応えがあった。びじゃりという汚らしい音をたてて妖物の頭が砕けた。空中に青い漿液がぶちまけられ、船頭たちの足元に人間そっくりな顔面が叩きつけられる。悲鳴をあげた船頭に一休は叫んだ。

「畏れるな。こやつらは不死身ではない。見かけこそ恐ろしいが生き物だ。生き物だから琉球船の水夫を噛み殺せたのだ」

「このおぞましきものどもが生き物ですと!?」

森を庇いながら親元が一休に振り返った。

「そうだ、魚やカモメと同じ、天然自然の摂理に従って生きる存在だ。だからな、モトチカ。生き物ということは即ち――」

口早に言いながら一休は飛んで来た二匹目と三匹目を立て続けに杖で打ち砕いた。

「――魚やカモメ同様、杖で打っても、刀で斬っても倒すことが出来るということだ」

「し、しかし勇猛で知られる琉球の水夫は皆殺し……」

「人の顔をして鷲の爪を持った飛び魚が襲ってくれば誰でも驚く。まして水夫たちは船が座礁して、

動揺しておったのだ。そんな時にこんな姿の化け物が襲ってくれれば驚いて手も足も出ぬうちに牙と爪でやられておるわ」

一休の杖が鞭のようにしなった。宙を舞う妖物は杖に弾かれて次々と砕かれる。青い漿液が小舟の床を汚し、無気味な肉片が親元の顔や手足にしぶいた。親元は妖物の肉片を顔から引き剥がすと、

「おのれ。ここな化け物がッ」

唇を歪めて薙刀を取った。薙刀を振りまわし、自分のほうに飛んで来た妖物を一匹、また一匹と叩き斬る。厚い薙刀の刃で斬られた妖物は、あるいは胴体の真ん中から斬断され、あるいは縦真っ二つに分かれていった。

「おお、やるな、モトチカ」

「親元でござる」

「どっちでも同じじゃ、今日からモトチカにせい」

「そんな乱暴な――」

そんな会話を声高に交わしながら、一休と親元は、たちまち襲ってきた妖物のほとんどを倒していた。

そうするうちにも小舟は座礁した琉球船の真横まで接近する。船頭の一人が鉤の付いた縄梯子を琉球船めがけて投げつけた。ガッという音がして、縄梯子の左右に付いた鉄の鉤が、琉球船の艫垣立(ともかきたつ)に引っ掛かった。

「一休様、縄梯子が掛かりましたで、次のご指示を」

船頭が叫べば、

「よし」

と一休は、親元の背後に手を伸ばし、

「さあ、森さん。こっちへおいで。わしの背におぶさるがいい」

と森の腕を摑んで引き寄せた。

「何をなさるお積りです。気でも触れられましたか」

「モトチカは黙ってろ。わしは森さんと琉球船に上る。そして僧伽羅仏を探して取って来るのだ」

「ならば、禅師お一人で行かれませ」

「わし一人じゃ僧伽羅仏の在り処が分からん。だから森さんに一緒に行こうと、そう言ってるのだ。横から口を出すな、寝小便垂れが」

　森は一休の手を握り返すと、

「先程より、妖気が激しく渦巻きはじめました。早く琉球船に乗せて下さいませ。渦の真ん中に妖気の〈核〉——水夫（かこ）の言ってた魔物（マジムン）がいるのを感じます」

　そう言いながら手探りで一休の背中におぶさった。

「ようし、その調子で心眼を凝らしておくんなさいよ。魔物（マジムン）めが僧伽羅国の仏を護っておるに違いないでな」

　森をおぶった一休は船頭から縄梯子を受け取ると、杖を帯に差し、縄梯子に足を掛けた。

　森が軽いとは言え、二人分の体重で引かれて座礁船が軋みをあげた。一休は縄梯子を上りだした。船がギイッと軋んでこちらに傾きかけた。

「一休殿、危ない」

　小舟の親元が悲鳴混じりの叫びをあげた。

「大丈夫じゃ。琉球船はこれくらいで引っくり返りはせん。なにより船倉には相当な船荷が積み込まれているのだ」

「い、いや、しかし」

「しかしも案山子もない。何も出来ぬのならモトチカは黙ってろ」

　一休は悪態ついて、さらに縄梯子を上りだした。縄梯子は不安定で頼りなかった。一段上るごとに足場が下がり、横に張った縄が切れるかと思われる。「なにくそ……」と歯を食いしばり、森をおぶった両肩、縄梯子を握った手と、踏んだ足に力を込めた。五十半ばを過ぎた一休の腕と脚に筋肉が盛り上がる。その逞しさはまるで金剛不動を思わせた。

　不意に一休の頬を風が撫でた。冷たい。一休は眉をひそめた。

「風向きと潮目が急に変わりましたわ。嵐が来ますで。坊様、お早く、お早く！」

　船頭の声が下方から湧き起こった。それを聞いた一休は座礁船を仰ぎ見た。あと三段ほどで甲板に上れそうだった。

　額の汗が流れて一休の目に入ってきた。沁みる。一休は歯を食いしばった。あと二段。そう自分に言い聞かせて、腕に力を込めた。

　ぐいっ、と一段上った時である。

　突然、背に負った森が言った。

「魔物は男の人です」

「え!?」

　一休は背中の森に振り返る。

「今、なんと申された？」

　そう森に訊き返しながら、一休は縄梯子の次の横縄に手を掛けた。あと二段だ。二段上れば、甲板に移動できる。そう思って己れの身を引き上げた一休に森が答えた。

「高貴な殿方です。ご自身も出家されたことがあるご様子で……だから……僧伽羅国の仏を恐れ……畏れると同時に……僧伽羅国の仏に帰依して……救われたいと思ってます」

「なんだと」

　と一休が眉根を寄せた瞬間、雷鳴のような轟音が真横から起こった。心臓が縮みかける。だが、それより早く、船腹の板を内側より砕いて丸太のような物体が突き出された。丸太ではない。太さと長さこそ丸太のようだが、自らの意思で蠢いている。それは生物の一部だ。どうやら蛸や烏賊といった頭足類の触手のようである。触手は一本ではない。もう一本、また一本、全部で三本、琉球船の船腹や船底から、横板を突き破って現われた。そして無気味にうねりながら、一休と森めがけて伸びてくる。

「おのれ」

　と呻く暇もなく、一休は背におぶった森もろとも触手に巻き付かれた。ぼんやりした銀色の光を放つ触手は、一休を持ち上げ、その背から森を引き剝がそうとする。

そうはさせじと腰から抜いた杖が、別の触手に絡め取られた。もう一本の触手が伸びて森に巻きつく。一休の背から引き剝がした。そのまま、二人は空中に持ち上げられた。どうやら触手は丈余の高みから、一休と森の脳天を甲板に叩きつけて殺してしまうつもりのようだった。

「南無三宝！」

一休は思わず天に祈りかけた。

次の刹那、遥かな下方で風を斬る音が走り、稲妻が閃いた。ハッとすれば、いきなり解放感が起こる。一休と森は、フワリ、と宙に舞った。一息置いて、二人は斜めに傾いだ甲板に落下する。落ちてきた森を受け止めた逞しい腕があった。船頭だ。その横には薙刀を構えた蜷川親元がいる。

触手が出現したのを見た蜷川親元は船頭を従えて、縄梯子を駆け上り、三本の触手を薙刀で裁ち斬ったのだった。

甲板に受け身を取った一休は、触手の絡んだ杖を取った。一振りすると、触手は海のほうに消えてしまう。

「ご無事で？」

「ようやった、モトチカ」

「現し身（うつみ）の我らを襲うというのは、とりもなおさず、奴らも我らの攻撃で傷ついたり倒したり出来る――一休様のお言葉に、拙者、恐れを捨てて薙刀を振るうことが出来ました」

「うむ、でかした。父上写しの機転だ。見事だ」

そう言うと一休は、森に振り返った。

「心眼で、僧伽羅仏は何処にあると？」

船頭の腕から下ろされた森は手にした竹の杖で一点を示した。

「あちらです。あちらで魔物が護っています」

森が示したのは琉球船の艫のほうである。そこは甲板上に、船旅を護る神が祭られていた。琉球船や明国の船に必ずある「神堂」であり、何本もの神の幟（のぼり）を立てた「将台（しょうだい）」と呼ばれる場所だった。

神堂の扉を破って将台に踏み込んだ一同が目撃したのは、頑丈な箱の近くでうずくまった銀色の魔物であった。

扉を破られた神堂に光が射しこめた。

光に照らされて、神堂の奥にいたモノが蠢いた。

「魔物は名前や姿を知られると魔力が衰えると言う。モトチカ、神堂の壁を壊して光を入れろ」

「はっ」

親元が力任せに薙刀を振り、神堂の手近な壁を破った。座礁船を覆った夜の色が拭ったように消えていく。偽りの夕陽が、真実の陽の光に圧倒されていく。やがて、大きく破られた裂け目から入った真昼の光が、暗い神堂を照らし上げた。光に触れて魔物が叫んだ。その叫びは苦痛に喘ぐ人間そっくりだ。その恐ろしさに森と船頭は思わず耳を塞いだ。

光が神堂に溢れるにつれ、叫び声は次第に弱々しくなっていく。さらに弱く――さらに弱く――もっと弱く――やがて、叫び声は苦しげな喘ぎへと変わってしまった。

一休は光に照らされた魔物の前に進んだ。

魔物の全体は金属(かね)の蛸のようだった。だが頭は蛸ではない。その頭にあたる部分には、剃髪した人間の頭部があった。

差し渡しが五尺近い大きな頭部――細面な初老の男の頭部である。頭の半分藤壺に覆われ、その首の部分から烏賊とも蛸ともつかない触手が伸びていた。斬断された三本の触手は最も逞しいものだったようだ。残った触手はいずれも細く、さらに真昼の光を浴びたためか、ピクピクと蠢くのが精一杯だった。魔物は薄い瞼を閉じ、僅かに開いた口が微かに開閉して何事か呟いている。

そんな魔物の顔をじっと見つめてから、一休は不意に悲しげな表情になって呼びかけた。

「やはり貴殿(おこと)でござったか」

魔物は苦しげに瞼を開いた。色の薄い瞳が一休を見返した。

「拙僧を覚えておられますかな」

魔物は何も答えない。

「覚えてはおられぬご様子。……魔物と化したのは貴殿（おこと）ご自身にあらず、貴殿（おこと）の捨てた何かのご様子」

魔物が微かにうなずいたように感じて、一休は魔物に手を合わせた。

「されば。一休宗純、貴殿（おこと）のために経を誦（ず）し、成仏得脱なさしめん」

そして一休は念を凝らして経を唱えた。

「天魔外道皆仏性　四魔三障成道来
魔界仏界同如理　一相平等無差別」

さらに一息置いて、

「喝ッ」

気合を込めて警策（きょうさく）代わりに三尺五寸余の杖で、魔物を力の限りに打ち据えた。ガッ、と鐘が割れるような音が響いた。強烈な酸の臭気を帯びた銀色の蒸気が立ち込めて、周囲を一瞬曇らせた。蒸気の晴れた後には魔物の姿はない。魔物のいた場所には、ただ、藤壺と海藻に覆われた銀色の板のような物があるばかりだ。

「こ、これは――」

「モトチカ、藤壺をこそいでみろ。お前、腰を抜かすぞ」

親元が駆け寄り、銀色の板を手に取って、藤壺をこそいでみれば、そこに現われたのは、腐食の度合が激しいがなんとか「丸に三」らしき紋が彫られていると確認できた。さらにいじってみれば、板ではなく、銀箔の貼られた薄い箱だと分かった。

「一休様……」

「開けてみろ。多分、とんでもない代物だぞ」

一休の言葉に鬼が出るか、蛇が出るかと、親元は震える手で箱を開いた。

そこに現われたのは、魚の妖怪群と、蛸と、烏賊が諸仏のごとく並んだ曼陀羅図の刻まれた銀板である。

さらに難解な文字の連なる経の一文が彫られた銀の薄板だ。

一休はその表面に刻まれた経を覗きこむと、鼻を鳴らした。

「やはりな。『妙法青蓮華秘密刹鬼経（みょうほうしょうれんげひみつせっききょう）』の一節だ」

「なんでございますか？」

「妖教立川流のことを聞いたことがあるか」

「南北朝の昔に左様な邪教があったとだけは」

「その銀板に彫られておるのは立川流の根本経典の一節だ」

「なんですと。な、何者が左様な恐ろしい物を」

「箱に彫られていた家紋をよく見てみろ。分からぬか？　それは引き両紋だ。それも、足利二つ引きだよ」

「ま、まさか、将軍家のいずれかが邪教に帰依していたと…」

「お前、あの化け物の顔に見覚えはなかったか」

と親元に訊いてから一休は失笑した。

「…と言っても、奴が生きていた頃には、お前は、まだ小便垂れの子供だったか。ふん、ならば、あのツラに見覚えがないのも当然だ」

「また左様なことを」

「いい、わしの悪態は忘れろ。親元、教えてやる。……この銀板は、立川流が銀読密法（ぎんどみっほう）なる秘法で用いた一種の法具だそうでな。妖教の行者は己が悪念や邪念を、妖教の経を刻んだ銀板に封じ、成仏せんとしたという」

「では、我々を襲ったのは、何者かの悪念が凝（こご）ったもので？」

「正確にはもっと邪悪なものだな。あやつは自らを魔界の仏――〝魔仏〟にせんものと、自分の邪性・魔性を銀板に封じたのだ」

「魔仏とはなんでございましょう」

「魔王を凌（しの）ぐもの、天界も魔界も人間界も、過去も未来も現在も、宇宙のすべてを統（す）べるものだ」

「左様な恐ろしい存在（もの）になりたがる人間など、この世におるのですか」

「いる。現に、わしは、奴がまだ天台の高僧であった頃より知っておるし、会ったことも戦ったこともある」

「一休様、それは一体…」

「将軍家の〝誰か〟とだけ教えておこうか。そやつは、魔仏となるために、己が存在の魔性をことごとくそれなる銀板に封じ込め、銀の箱に封じて、奴が自分の前世と信じる平清盛ゆかりの兵庫津沖に棄てたのだ。ところが、海底に沈んだ銀の箱のすぐ近くに、僧伽羅国より伝えられた有り難い黄金仏を蔵した琉球船が座礁した。……かくして、将軍何某（なにがし）の〈魔性〉は、僧伽羅仏の仏性に反応し、魔物と化して、仏像を独占しようとしたと、これが、わしの解釈だ」

「魔物は仏像の納められた櫃に触れてもいない様子でございますが、それでも、僧伽羅仏を独占したかったのでしょうか」

「魔物とて、成仏したいのだよ。魔王波旬（はじゅん）も、釈迦如来の説法に涙し、仏法に帰依したと仏典にある」

「……ですが、恐れている仏像を独占しようとは矛盾しているような…」

「まだ、世間の仕組みも、天地の理（ことわり）も理解できぬようだな、親元」

「………」

「いいか。森さんもよくお聞き。魔とは影だよ。影は影なるがゆえに、一層、光を求めるもの。光に触れて消え去りたいものなんだよ。つまり魔物（マジムン）とは、存在の影の謂（いい）なのさ。それゆえ、魔物は、まことは空無に帰したいのだ」

「分かったような、分からぬような」

と首をひねった親元の手から銀の箱と、邪教経典の一節を刻んだ銀板を取り上げ、甲板でそれらを

「えいっ」

と杖で砕くと、一休は、

「義教（よしのり）公。無念も、邪念も、魔性も、すべて経ヶ島の海に捨てて、今度こそ水底にて成仏されよ」

そっと、銀の破片に囁きかけた。

それから、一休は破片を海に投げ捨てる。

そんな一休の背中に親元は、

「義教公ですと…では…魔仏になろうとした人間とは…六代義教公……」

そう言いかけたが、一休は親元の言葉を遮って、

心こそ心まどわす心なれ
　心に心こころゆるすな

などと、人を食ったような道歌をそらんじると、

「森さん。僧伽羅仏はこちらかな」

傍らに立つ森に振り返った。

「はい。そちらにある白檀の櫃に眠っておられます」

「やれやれ。人騒がせなお釈迦様だよ」

苦笑して一休は神堂の奥に海神と並んで安置された白檀の櫃を持ち上げると、船頭に言った。

「船頭さん、この仏様を運んでくれないかね」

「よ、喜んで」

「ありがとうよ。仏さまも六代様より船頭さんに抱かれるほうが、ずっと居心地が宜しいとさ」

そう言って笑った一休は、森をしずかにおぶり、琉球船の神堂から去るのだった。

白巾
はくきん

一

蜷川親元の屋敷に一休が「夕涼みの会」に呼ばれたのは夏も盛りのある暑い日のことだった。

「そういえば、もうすぐ盆だ。では先代新右衛門殿のご位牌に手を合わせるついでに、夕涼みの酒でも馳走になるとしようか」

使いの小者が持ってきた手紙を読んで、一休はそう独りごちると、後ろで扇を作る森に尋ねた。

「森さんは今宵、空いてるかな」

「はい。……でも、どうしてでございますか」

「ここに必ず森さんも連れて来いと書いてあるからさ」

「わたくしも、でございますか」

「うむ。わしを誘うのは口実。あいつ、森さんを屋敷に呼び、辰殿に会わせたいのだろう」

「辰殿とはどなたです？」

「辰さんは、今は亡き我が友、蜷川新右衛門親当殿の奥方だよ」

「つまり、親元様の母上様……」

森は怪訝な顔のままである。

「でも……わたくしごとき下賤な身分の者を母上様にご紹介などと……」

「あいつは森さんが好きなのさ。夕涼みの会にかこつけて、片思いの相手を母親に見せたいんだ。はははは、モトチカめ。隠密だけあって搦め手で来やがる」

「そんな……わたくしごときに……」

と森は頬を染めて身を縮めた。自分は元旅芸人で、今は一休の身の周りの世話をする者。いわば下女である。対するに蜷川親元は将軍直属の隠密の公儀目付人だ。両者の身分は天と地ほどにもかけ離れている。森はそう言いたかったのだ。だが、そんな身分の差の道理など、「天下の横紙破り」を以て任ずる一休には通じない。

「どれ。ずっと前、経を教えてやった礼に庄屋からもらった絹小袖の良いのがあったな。あれなら若くて綺麗な森さんに似合いそうだ」

遠慮する森に半ば無理やり小袖を着せると、

「おお、良く似合うよ、森さん。まるで朝顔の花のような慎ましさと美しさじゃ。それなら堂上の姫君にも見劣りせん。モトチカには勿体ない。わしの嫁さんに欲しいくらいだ」

そんなことを言うと一休は、夕刻、森の手を引いて、猪熊通りに面した蜷川邸を訪れた。

迎えに現われた辰は五十前後というところか、いかにも武家の老婦人という様子だ。

「今宵はようこそお出で下さいました」

と微笑みかけた顔は限りなく優しいが、一本、鋼の筋が通ったような強さが感じられた。

「お久しぶりですな。辰さんは相変わらずお美しい」

一休は辰を眩しげに見つめ返すと、

「こちらは森さんと申されての。わしの寺で身の周りの世話を焼いてくれておる」

「森でございます」

森は辰の気配のするほうに頭を垂れた。

「貴女が森さんでいらっしゃいますか。お噂はいつも親元より伺っております」

辰はそう呼び掛けて、

「そこは高くなっておりますゆえ危のうございます」

と森に手を貸して屋敷にあげてやる。一言も森が盲目であることに触れず、さり気なく心遣いを見せるあたりにも、辰の優しさが感じられた。

「わたくしは生まれが卑しゅうございますゆえ、粗相がありましたらお許しください」

そう言った森の言葉には微笑を返すだけで何も答えず、

「親元は今か今かと待ちわびておりましたよ」

と、離れの小広間に二人を案内した。

離れには親元と、その友人か上役と思われる男が三人、てんでに自由勝手な格好でくつろいで、早々と濁り酒を飲んでいた。

「これは森さん。よくお出で下さいました」

親元は一休に手を引かれた森を見るなり、弾かれたように立ち上がった。

「お気を付けて。廊下と小広間の間に少し段差がございますから」

　そう声を掛けると一休に代わって森の手を取った。

「なんじゃ、モトチカ。わしから森さんの手を奪い取るみたいに」

　口を尖らせた一休を無視して、親元は森のたおやかな手を引き、小広間の上座へと導いた。

　すると、すかさず、上座の右手で盃を傾けていた若い男が、

「板の間は冷える。さ、この円座をあてがわれい」

　円座とは藺草を円形に編んだ物で坐る時に敷く。現代でいうなら座布団である。男が森のために円座を差し出すのを見て、

「なんだ。お前は。今、俺が出そうとしたのに」

　親元がムッとして言っても男はそれを無視して、森の手を引いて円座に坐らせた。それから森に軽く頭を下げ、

「身共は錦織景基と申す。蜷川と同じ公儀目付人でござる」

　錦織と名乗った男は公家の血でも入っているのか、色白で面長、顎が細い。ちろりと探りを入れるような視線を親元にくれて薄く笑った。

　と、その瞬間、錦織の高い鼻先をかすめるようにヌッと毛深い手が突き出された。

　錦織が目を剝くのも構わず、

「森殿とやら、まずは盃を」

　と、森に盃を勧めたのは、濃紺の士烏帽子を被った、見るからに豪傑然とした髭達磨である。

　森が手探りでそれを受け取れば、それに濁り酒を注ぎながら髭達磨は名乗った。

「わしは石川慶晴と申す。走衆の中では薙刀慶晴と呼ばれておりますわい。薙刀の腕でわしの右に出る者はないからでしてのう」

　石川はカラカラと笑って自分の盃を傾けた。

石川の言った走衆とは、将軍の親衛隊である。

どうやら錦織のような職務上の同僚ではなく、同じ八代将軍義政に仕える者として、蜷川親元と付き合い、こうして涼みの会に呼ばれて酒を酌み交わす友となったらしい。

「森さんや、わしはこっちにおるで、何かあったら声を掛けておくれ」

そういって一休は一座の端に坐った。

「モトチカ、盃」

と親元に盃を取らせて、勝手に手酌で注ぐ。

とりあえず一口、酒を啜りながら、一休は、

（ウラナリ瓢簞（ひょうたん）に、髭達磨か。流石はモトチカの友達だけあって変な奴らじゃ）

と、失笑した。すると坐った隣から、

「こやつら、まっこと変な奴らとは思われんかな？　のう、和尚」

一休の思っていたことと同じことを言って同意を求めた声がある。

「さて、そう言うおぬしは？」

一休は隣に振り返った。隣では肉の詰まった赤ら顔の肥満漢が黒い扇で、大きくくつろげた胸元に風を入れながら盃を啜っている。

名を問われた肥満漢は居住まいを正すと、

「や、これはお初にお目に掛かる。拙者は大槻将臣（おおつきまさおみ）。蜷川や錦織と同じ公儀目付人にござる」

「わしは一休宗純じゃ。宜しくな」

軽く頭を下げながら一休は、

（こっちは出家前の布袋様じゃな）

と思って笑いを堪えた。

やがて辰殿が現われ、その後ろから女中たちが山盛りの素麺（そうめん）を運んでくる。素麺は鎌倉時代に禅僧によって中国から我が国に伝えられ、一休晩年の室町時代末には、素麺屋が商売として成り立つほど、一般に普及していた。

「やあ、忝い」

「ご母堂の素麺は大徳寺の蒸し素麺に負けぬほど美味うござるでな」

「錦織め、隠密の癖に口が上手い」

三人の悪友はそんなことを言い交わした。

（ははは、食い物が出ると美人もそっちのけか。こんな辺りはそこらの男の子と変わらんな）

一休は苦笑してしまった。

「さ、森さん。箸をどうぞ」

親元は森の隣に割り込んで箸を渡し、さらに汁の入った器も持たせてやる。

（モトチカめ。なんやかやと言って森さんの手を取りおって。こいつ、親の目も憚(はばか)らずに森さんの手に触れたかったのだな。ちっ、助平め。後で父親の位牌に告げ口してやる）

一休はそっと顔をしかめた。

「何もございませんが、御酒(ごしゅ)と素麺で涼みましょう」

辰殿のそんな言葉で一同は素麺を食べはじめた。大きく開け放った窓から夕風が吹きこんでくる。虫の音も聞こえてきた。庭では夕顔の花が風に揺れていた。

「ううむ、今宵は夕涼みには絶好だな」

「夏ももうすぐ終わる」

「いや。そう言うのは早いぞ。敵はそう思わせておいて、また攻めてくる」

「敵とは誰のことだ、石川」

などと談笑して素麺を平らげ、酒を酌み交わすうちに、若い男たちの関心は季節の風物などより目の前の若く美しい女へと自然に移っていき、いつしか話題は森のことになっていった。

「そういえば森殿は、かの河堀(かわほり)検校が吸血鬼と、誰より早く察したとか」

錦織が森に尋ねた。

「そんな……一休様が倒されたのです」

森は首を横に振った。

「いやいや、退治(たいじ)たのは、そうかもしれんが。検校が妖怪と見破ったのは森殿と、室町第の腰元たちが噂しており申したぞ」

石川はいつの間にか盃代わりにした片口を手に身を乗り出した。

「わたくしは、ただ、目の見えぬ者の勘で検校様の気配が常人と異なると感じ、そのことを一休様に申し上げただけで……」

「森さんが感じたことを一休殿に話されたから、一休殿は検校を倒した、と。つまり森さんは日野重子様の危難を救ったのです」

　親元は自分がやったような誇らしげな調子で言うと、森に「さあ、もう少しお飲みなさい」と酒を勧めた。

「おいおい、モトチカ。森さんを酔いつぶそうとしても無駄だぞ。酔い潰れたら、わしがおぶって帰るからな」

　酒を勧められて困っている森を見かねて一休がたしなめれば、

「あっ、妖怪が見ていた」

　親元は殊更に顔をしかめて、森や母親を笑わせた。一同がひとしきり笑って盛りあがり、その笑いがおさまったところで、

「妖怪と言えば……」

　肥満漢の大槻が声を低めて話しだした。

「三条烏丸通りにある化け物屋敷の話を聞いたことがあるか？」

「なんだ、それは。職務上、聞き捨てならん」

　親元が真面目な顔になって尋ねた。

「真夜中になるとな、誰もいない屋敷に明かりが点り、大勢が飲めや歌えの大騒ぎをする声が響いてくるというのだ」

「ふん。どうせ乞食や辻君や泥棒が安酒を持ち寄って騒いでいるのであろうよ」

　石川が鼻を鳴らせば、大槻は首を横に振る。

「歌っているのが流行歌（はやりうた）や戯歌（ざれうた）ならば、そうでもあろうが」

「違うのか？」

　錦織が問えば、大槻はかぶりを振ると、裏声でおかしな節に乗せて歌を歌ってみせた。

　トッポー、トッテエ、
　トーツポテン、
　トッテエ、トッポー、
　トーツポテン、

「気持ちが悪いな」

「そうであろう。拙者、噂を聞いた細川勝元様のご命令で、くだんの屋敷を調べてみた」

「で、首尾は？」と石川。

「それが何もない。屋敷の中に誰もいなかった。ただ……」

「ただ？　ただ何があった」

錦織が息を呑んだ。

「ただ、庭に物凄く大きな栃の木があって、草茫々の下生えから大きな茸が十何本も伸びていた。異常と言えば、それだけでな」

大槻は薄気味悪そうに説明した。

するとふわああ」と、大槻の横から気の抜けるような欠伸の音が起こる。ギョッとして一同が声のほうを見れば、手酌で飲んでいた酒が回ったのか、屋敷の主人の前にも拘わらず、一休が肘枕で横になっていた。

「一休殿、大槻が話しておるのに横になって大欠伸とは、ご無礼が過ぎましょう」

親元が少し怒気を帯びた調子で言うと、一休はまた欠伸をしてから答えた。

「大槻殿の話した化け物の正体はその茸じゃよ。庭に延びた栃の木から栃の実が落ちて、それが下の茸の笠にめり込んだのだ。痛くて敵わんから、茸が『栃の実とって、栃の実とって』と訴えるうちに、その訴えが『トッポートッテ』となり、『トーッポテン』と変わった。毎晩騒いでいたのは茸の化け物だよ。嘘だと思うのなら、昼間、もう一度、化け物屋敷の庭に生えた茸を調べてみるがいい。どの茸の笠にも栃の実がめりこんでおるから」

「ほんまかいな」

などと親元が半信半疑で一休を見ると、今度は錦織が真面目な顔になり、

「では禅師。身共が聞いた妖怪譚はどのようにご解釈なされますかな？」

「いや。その前に、拙者の見聞した怪異、聞いてもらいたい」

石川も負けじと口を開いた。

「不思議な話なら、わたくしも、故殿、新右衛門様よりたんと聞かされておりますよ」

「わたしも旅のつれづれに見聞きしたことがございます」

辰や森までもが楽しそうに話の輪に加わって――。

蜷川邸の夕涼みの会は、いつしか京で囁き交わされる妖しい噂、自らが体験した怪奇な出来事を語り合う場へと移っていった。

二

錦織は昨年、公家の紅葉狩りの警護を命じられ、とある山に同行したところが、山道を進むにつれて紅葉狩りの一行七人が七人とも、急に何かが背中にのしかかったような感覚に襲われた、と話しだした。

「七人いずれも手足がだるくなってきて、眠気も催し、頭もふらふら、やがて紅葉で真っ赤な山道に全員へたりこんでしまい申した。そのまま折り重なって眠りかけ、あわや七人揃って野垂れ死にか、と思われたところ、偶然、炭焼きが通りかかった。炭焼きは『あんたら、皆、ひだる神に憑かれておる。まずは起き上がり、十数えて大きく息を吸ったり吐いたりいたしなせえ。今、ひだる神を祓う薬をお持ちしますで』と言うと、近くに実っていたアケビの実を取って来た。そして炭焼きは、それを、必死で眠気と戦いながら大きく息をする身共らに、食わせてくれたのだ。そうしたら、どうだろう。アケビの甘い実を口にしたところが、たちまち眠気もだるさも、背中に重いモノがのしかかった感覚も雲散霧消、七人はすっかり元気になった。そうして一同、秋の山には魔物がおると話し合ったことだった……」

「ううむ。ひだる神にはアケビの実が効くのか。覚えておこう」

親元と大槻が感心したように言い、森と辰がう

なずくと、

「ふあああ、あ」

一休は変な声で欠伸した。男たちはムッとして一休を睨む。座の雰囲気が険悪になりかけたところへ、すかさず辰が、

「それで。石川殿の見聞した怪異とは、どのようなものだったのですか？」

「……あれは相国寺の門前に市の立った、夏の盛りのある日のこと……あの日も今日のように暑うござった」

　石川は片口を手にしたまま、話しはじめた。

「夏の暑い最中に市へ行って、人込みに揉まれて大汗掻くのは好かんのだが、古道具の良いのが出ていると下男に聞き、ちょうど手頃な刀簞笥はないかと探していた所でもあり、出かけてみることにした。で、行ってみれば相国寺門前の市は、物凄い人出でな。人また人で、只でさえ蒸し暑い場所はムンムンと熱気が籠り、遠くから見ると陽炎で揺れ、市の上には雲が湧き起こっておるほどだった」

「また、大袈裟な」

　と親元が半畳を入れた。

「いやまあ、雲は立たなかったが、兎に角、それくらいの熱気だったという話だ。人を掻き分け、掻き分けられて、ようやく目指す古道具屋に辿り着いた」

「それで、掘り出し物には巡り合えたのか？」

「うむ。新品同様の刀簞笥が店の隅に置いてあった」

「それは良かった喃」

　と大槻が言えば、石川は首を横に振った。

「いやな。それが……あまり良くはない」

「何かあったのか」

　と親元が眉をひそめた。

「まあ、聞け。刀簞笥というのは武士の魂を仕舞う場所だから、いい加減な品は選べん。良く品定めをしてみようと、四段ある抽斗の一番下の金具に手を伸ばしたのだ。金具は真新しくてピカピカ

光っていた。ところが金具を握って引けば容易に開かない」

「………」

　横になって肘枕の一休を除いて、あとの六人は身を乗り出した。

「拙者は思い切り、力を込めて引いてみた。すると、どうだ。抽斗から、きいいいいぃぃぃ……という厭ぁな音が響き起こったのだ。周囲は物凄い人通り、市の雑踏は目の前の店の者の声も聞きとれないほどなのに、簞笥の抽斗の軋むその音だけはハッキリと聞こえた。それでも引けば抽斗の奥でブツッと切れる感触がして、僅かに動いた。動いたのは良いが、抽斗の隙間から真っ黒い、糸屑の塊みたいな物がモワッと出かけた。よく見てみれば、そいつは長い髪の毛だ。長くて沢山の髪の毛で刀簞笥の抽斗が溢れている。しかも、髪の毛は赤いもので濡れていた。……と、血に濡れた髪の毛を目にした拙者の口からこんな言葉が迸り出た。『おのれ。斬られてなお、逆恨みを俺に申すか』と同時に、溢れかけてた髪の毛が引っ込み、抽斗は独りで引かれて、閉じてしまった。それと同時に、拙者は背中に氷でも当てられたような寒気を覚え、身を翻して、逃げるようにその場から立ち去った」

「……お主、女を斬ったことが……」

「馬鹿を申すな。そんな覚えなどない。あの刀簞笥の前の持ち主が、女房か、妾か、あるいは女中を斬り殺したのだ。そして斬った女の首でも、あの刀簞笥に隠したのではなかろうか。拙者は、一瞬、その殺された女の亡霊と遭遇し、同時に、前の持ち主に取り憑かれたのだ。拙者は、今ではそう考えておる」

　一同は黙りこんだ。

　外から響く虫の音が聞こえてくる。

　夜風に吹かれて揺れる茂みから葉擦れの音が、やけに大きく響いてきた。

と。——その沈黙を破って、

「ああぁーあ」

一休の欠伸の声が、また、発せられた。

　皆がたしなめるように一休を見ても、当人は悪びれるでもなく、

「わしに遠慮せず、話を続けられい」

「では、わたくしが……」

と、今度は辰が亡き夫、先代蜷川新右衛門がまだ公儀目付人として働いていた頃、上長者町通りの豪壮な屋敷で、女の幽霊と遭遇し、さらにその幽霊に導かれて、当時、京を荒らしていた足軽強盗八虐毒兵衛（はちぎゃくどくべえ）一味が屋敷に侵入するのを目撃した話を語った。

　続いて親元が御役目で関東管領（かんとうかんれい）の動向を探りに下東した時に見聞きした怪異を語り、錦織が百匹もの狐の行進を間近で見た体験を語っていった。

　一人が不思議を語るたびに一同は戦慄を覚えた。一人が怪異を話し終えると、一同は震えあがったが――。

　――そのたびに、一休は聞えよがしに大欠伸を発し、酒を飲んで噯（おくび）を洩らして、せっかく盛り上がりかけた鬼趣（きしゅ）を思い切り削いでしまった。

「一休殿！」

　とうとう堪えかねた親元が叫んだ。

「大概になされませ。話した相手に失礼でございましょう」

「これは失礼。方々、無礼をお詫びする。したが、お主ら、その程度の話で恐怖を感じることが出来るとは、いやはや揃いも揃って、公家でもないのにご繊細な御心の持ち主じゃ」

「それでは、御坊は、我らの語ったより恐ろしい話を――」と石川が問うた。

「知っておる。それも聞いた話ではない。この身で体験した、まことの話じゃ。わしの話は恐ろしいぞ。お主ら、覚悟して最後まで聞けよ」

　と前置いて、一休は語りはじめた。

三

　わしがまだ修行中だった頃の話だ。いつ頃かっ

て？　さてな。確か近江坂本の馬借衆が北野天満宮に火を放とうと京に押し寄せ、それを幕府の軍勢が押し戻すという大騒ぎのあった年だから、応永三十三年。今から三十年くらい前だろう。当時、わしはまだ三十三歳。江州堅田で修行の身であった。

ちとややこしい経緯（いきさつ）があって、京から若狭国までかなりしんどい旅をしたわしは、少しばかり向こうで暮らすことにした。あの頃の若狭国は大層活気があってな。今はなくなったが、当時、若狭の小浜には唐人坂（とうじんざか）と呼ばれる一角があった。ここは明や朝鮮はもとより韃靼（だったん）、安南（あんなん）、暹羅（しゃむろ）、天竺（てんじく）——さまざまな異国の商人や海賊や泥棒が集まり、毎日がお祭りのような騒ぎだった。わしが若狭小浜から去り難かったのも、そんな闇鍋のような賑やかさ、猥雑さがすこぶる居心地良かったからだと思う。

だが、祭りもいつか終わる時が来るものだ。

明国から逃れてきた道士に頼まれて、わしは、道士の師匠の妾だったという女の病を救おうとした。この病というのが、また大層おぞましいものだったのな……。だが、それは、これからする話の眼目ではない。色々あったけど、わしは未熟ゆえ救うことが出来なかった、とそう言いたかっただけじゃ。

兎に角、我が身の未熟で、なす術（すべ）もなく美しい女は死に、道士は悲しみのあまり正気を失って小浜の雑踏に消えてしまった。

二人の哀れな者たちを救うことも出来なかったのに、臨済の教えも、明国杖術も、何の役に立つことだろう。

——と、わしはすっかり自信を失ってしまった。そして、「江州堅田に帰ろう。禅興庵に帰って一から修行をやり直そう」と思ったのだ。

旅支度を整えていよいよ小浜を離れようとしたのだが、その日は物凄い嵐でな。雨は大粒で滝のように降り注ぎ、風は何もかも吹き飛ばさんほどに吹き荒れて、波は海浜どころか、小浜の町の海沿いのほうまで洗うという、若狭国でも滅多にないほどの大嵐だった。

　嵐は一晩中続き、翌朝、水平線が明るくなる頃、ようやく治まった。

　早朝、わしは在の人たちに混じって、嵐の被害に遭った者はないかと様子を見ることにした。浜辺に出てみれば、どうやら中くらいの船が大風と大波に流されて、何処かの岩礁に激突したらしい。浜には沢山の船材の破片や帆柱の残骸、幾多の船荷が、多くの水死体と一緒に打ち上げられていた。

　水死体は朝鮮や明の水夫（かこ）のように見えたが、日本人の武士らしき者も二、三人混じっている。

「これは何処かの守護が朝鮮か明に何かを買い付けるため派遣した船と、その船荷の残骸であろう」

「ならば、船荷を勝手に持ち出せば罪になると、在の者たちに触れを出さねばなりませんな」

　港奉行と役人はそんなことをひとしきり話した後、近くで水死体を集めていたわしを見つけ、

「御坊、まことに大儀だが、水死した者たちに引導を渡してはもらえんかな。応分の礼は奉行所よりいたすぞ」

　と呼び掛けてきた。引導を渡すのはわしの務め、別に謝礼などいらぬが、ちょうど堅田に帰ろうとしていたところだ。路銀の足しにしようと、わしは、

「あい分かり申した」

　と返事して、浜辺に幾つも並べられた水死体のほうに行った。そうして、手近に横たわる武士の遺体に向かうと、この者から弔ってやろうと手を合わせた。

　と、その瞬間、氷のように冷たい手がわしの足首をギュッと摑んだ。

　心の臓が喉までせり上がった。

　ちょっと前にこの世のものとも思えぬ病を目にして神経が高ぶっていたのかもしれぬ。

　わしは危うく悲鳴を洩らすところだった。

　だが、必死に叫びを呑みこんで、足元に目を落

としたよ。見れば、横たえられた武士が手を伸ばし、わしの足を摑んでおる。

武士は薄く目を開けて、わしのことを見上げていた。紙のように白い顔をしていたが、まだ微かに息があったのだ。

わしは慌てて、

「ここの御方はまだ生きてござっしゃるぞ」

そう叫ぼうとした。

すると武士は首を横に振り、

「お願いじゃ……人を呼ばんでくれ、人を呼ぶと彼奴も来る……」

と乞うてきた。その必死の形相を見て、これは何か事情があるなと、ピンときた。

「どうした。わしに頼みたいことでもあるのか。彼奴とは誰だ」

と尋ねれば武士は切れ切れに洩らした。

「身共は……美濃の守護、土岐持益様の家来で……池田元久と申す者……」

「池田殿と申されるのだな。で、ご家族は？　何か伝えたいことがございましたら拙僧が美濃に参ってお伝えいたしましょう」

「家族への伝言より……まず何をさておいても……これを……一刻も早く……我が殿に……お渡し願いたい」

池田と名乗った武士は切れ切れに、そんなことを洩らしながら、懐に手をねじ込んだ。

死に掛けた人間が家族に残す言葉の前に、主人に渡してほしいものがあるという。これは、池田殿、美濃の殿様の命令で何かを明か朝鮮に取りに行ったのだなと、わしは合点したよ。

そうして見守るうちに、池田殿が濡れた着物の懐から取り出したのは、金の桔梗が刺繍された純白の錦の袋だ。

そう大きなものではない。

大人の拳より一回り小さいくらいだろう。

ただ、袋が純白、しかも錦で、土岐家の家紋である桔梗の印が金糸で縫い取られているからには、土岐家にとっては大変に大事な品だと察せられた。

「これを……殿にお届け下され……。これは……天下の流れを大きく変えるもの……世の貧者という貧者に光明をもたらすもの……」

「左様な大切な品なのか、この袋に入っておるのは」

池田殿が差し出した袋をわしはしっかと受け取った。

握りしめれば濡れた布の下にゴワゴワした油紙の感触。さらにシャリシャリという砂か小石のような手ごたえを感じた。どうやら錦の袋の中に厚めの油紙で作った袋があり、さらにその中に細かい何かを納めているようだ。

仔細に見れば袋には何か文字が記されているのだが、海でさんざん水に浸かったせいで記された文字はあらかた滲み、かろうじて読めたのは「白」と「巾」――その二文字だけだった。

「池田殿。しかと受け取り申した。一休宗純、命に替えても必ず、これを美濃のご領主、土岐持益殿にお届けいたします」

わしがそう答えると、

「寧波（ニンボー）から……ずっと……それを狙って……身共から奪おうとし続ける者が……彼奴（きゃつ）めが……」

「なんですって。彼奴とは何者です？」

「日本の行者とも……道教の道士ともつかぬ……得体の知れない術を使う者……その正体は拙者にも分からぬが……あるいは土岐家に恨みのある者か……」

そこまで言い掛けたところで、池田殿は、がっくりと頭を落とした。脈を取れば、止まっておる。

「池田殿……」

わしは池田殿の目を閉じさせると、その遺体に手を合わせ、

「必ず、この袋を美濃までお届けいたします」

と声に出して誓ったよ。

明国から来た道士と女を救えず、自責の念で闇に沈みかけていたわしに、何がどうあっても生き続けなければならない使命が出来たのだ。

「釈迦如来と栄西師が、わたしのために賜った使

命に相違ない」

そのように考えて、わしは、池田殿を荼毘に付した後、すぐに若狭小浜から美濃に向かった。

四

美濃に行くために、わしは、まず小浜から大野に向かった。

知っての通り、大野は美濃街道のとば口、そこから美濃国に入る訳だ。

わしの若い頃の話だから、街道もまだ今日のごとく、軍馬が通りやすいように広く平らには整えられておらず、まるで大和のほうの田舎道のようで、大きな石がゴロゴロしとってな。海岸沿いに進むのも、それはそれで、なかなか大変だったよ。

途中、足軽強盗みたいなのも出たし、夜ともなれば狸や狐がわしを化かそうと現われたし、山犬や狼も襲ってきた。

お主ら、狸や狐に化かされそうになった時にどう対処すべきか、知っておるか？　あいつらは一瞬で人間の眉毛の数を数える。眉毛の数を数えられた人間は、狐や狸の思いのままよ。馬糞を饅頭と騙されて食わされたり、肥溜めを風呂と信じて首まで浸かる。そうならないためには妖しい気配を感じたら指に唾を付けて眉をサッとこすることだ。濡れた眉では、奴等は数が数えられんので、こっちを化かせないのだ。

……いや、狐狸の話ではなかったな。「白巾」なる物の入った袋を運ぶ話じゃった。

池田殿を弔って、わしは旅をはじめたのだが、若狭から大野まで長くもないのに、まるでわしの行く手を阻むかのように手を替え品を替え、次から次へと変なモノが現われた。

だが、わしもまだ三十過ぎたばかり、気迫もあったし、身も軽かった。

足軽強盗一味には得意の明式杖術で立ち向かい、山犬や狼の群れは火と裂帛の気合で追い散らし、狐や狸には眉に唾を付けて、……「眉唾」という言い方は狐狸に騙されまいと眉毛に唾を付けたまま、じゃないから起こったのじゃ。覚えておけよ、モトチカ。……ま、そんなことはどうでもいいか。年を取ると話が横道にそれていかん。

兎に角だ。次から次へと襲って来るおかしな奴等と戦ううちに、わしは気がついた。

おかしい。小浜から大野までの短い距離の間で、わしにだけこんなに危難が集中する訳がない。（ははあ、寧波から池田殿を追い続けたという道士だか行者だか分からない奴の仕業だな。そいつが術を使い、偶然を装ってずっと攻撃してくるのに違いない）

妖術師の中には偶然を操り、本来そこに出る筈の無いものどもを、自分の思う場所に出現させたり、狙う相手にぶつける真似をする奴がいるという。

わしは、昔、知り合いの密教僧に教えられたことを思い出して、大野へ進むのを一旦中止した。

そして夕暮れ時に、街道から外れ、海岸に出たのだ。

なぜ夕暮れ時かというと、夕暮れ時は逢魔ヶ刻といってな、古くから妖かしが徘徊する時刻だからなのじゃ。

それで浜辺に立ち、沖に顔を向けると、まず心経を三十遍唱えた。

唱え終えて海を見つめていると、沖の一点にポツリと白い霞が滲み上がるように現われた。

紙に落とした一滴の墨が滲んで広がるように、白い霞は瞬く間に大きくなって何かの形をとっていく。

カモメか。

カモメではない。

わしが固唾を呑んで見守るうちに、それは人間の形となり、動き出した。

それは波の上を飛ぶのではなく、こちらに向かって歩いてくる。

近づくにつれて、それがゆったりした白い道服を着た男だと分かってきた。男は長くのばした銀髪と銀色の髭を潮風になびかせていた。肌の色は紫とも褐色ともつかん。鋭い目が炯々と輝いて夕陽より眩しく感じられた。

男は浜から半町ほどのところまで足を止めた。歩くのをやめた男の足元を見れば、寄せては返す波の上で、明人のような鞋を履いた足が上下している。

男は幽霊や幻影ではなく、現実にある舟のように、海に浮かんでいたのだ。

わしは男を睨みつけ、若い頃に覚えた片言の明語で尋ねたよ。

「池田殿を殺めたのはお前だな。何者だ。何故に人を殺めた」

すると男は口髭を歪めてわしに笑いかけた。

「明語が話せるようだが、無理に話すことはない。私はお前たちの言葉は分からぬが、他心通を究めておるゆえ、そちらの話していることは理解できる。言いたいことは日本語で言え。……我が名は黎尊法。方士――お前らの言葉で言う妖術師だ」

「わたしは一休宗純。臨済宗大徳寺派の修行僧だ」

と、わしは胸を張って名乗ってやった。

「私は日本のある人物より送られた依頼状に従い、池田元久を殺し、池田が美濃の大名に運ぼうとした品を闇に葬った。池田元久が死んだ今、お前の持っている品を始末してしまえば使命を終えて明国に帰ることが出来る」

「それは生憎だったな。わたしは池田殿から大切な品を美濃の土岐持益殿にお届けすると誓ったのだ」

「それは知っておる。だが、私は方術士としては僧侶を殺したくない。釈迦如来の弟子を殺せば、こちらは負わなくても良い業を負ってしまうからな。だから穏便に話そうと、お前の呼び掛けに応じて現われたのだ」

「わたしは、断じて預かった品は渡さん、必ずや守り抜くと、それをお前に言いたくて呼んだ」

「では、どうする？　ここで勝負をつけるか」

「いや。そうはいかん。そちらは得意の方術で、ここでわたしを殺せば済むと思ってるのだろうが……」

「ほう、お前も他心通が使えるのか」

「それくらい方術を使わずとも分かる。わたしはまだ修行僧だから方術はおろか、法力もない。あるのは杖術で鍛えた我が身と、臨済禅で育てたこの心のみ。波の上を歩むような方士と真正面から戦ったのでは、こちらはなす術もなく殺されるに決まっている」

「ふ、流石は僧侶だけのことはある。己れという者を良く知っておるらしい」

黎尊法はそう言って皮肉に笑った。

向こうが笑った処をすかさず衝いて、

「そこで提案だ。互角の立場で勝負せんか？」

と、わしは持ち掛けた。

「ほう。お前と私と、互角の勝負だと。左様なことが出来るというのか？」

「互いの力を条件で縛り、限られた条件の中で闘うというのはどうだ？　剣術の決闘でも、杖術の試合でも、仏教宗派同士の宗論（教義論争）でも、全て一定条件の下で死力を尽くし合う。方術の達人と修行僧では、まるで槍と丸腰の者が闘うようなもの、お主は圧倒的に有利に過ぎる。五分と五分とはいかなくても、せめて三分の勝機は、わたしに与えられるべきだ」

「……それも理屈だな。では、お前にも三分の勝機が回ってくる条件を言え」

「まず、戦いはわたしが若狭の国境を越えて美濃国に入るまでとする」

「良かろう。その条件、受け入れた」

「次に、方術の攻撃は三度までとする」

「なぜ三度と限る？」

「数を限らねば、こっちが圧倒的に不利ではないか。お前ほどの達人ならば、大雨でわたしを流し、海に流されたら、今度は大魚に食われるというような、連続的な方術を簡単に仕掛けられる」

「わたしほどの……達人か。……ふん。まあ確かにそれくらいの方術はたやすいがな」

「ならばこそ、だ。わたしが美濃の国境を越えるその時までに使える方術は三度と限らせてもらおう」

「しかし、なんで三度なのだ。四度でも五度でも、どうせ負けるのはそっちなのだから、同じであろう？」

黎尊法は納得できない表情で睨んだが、こっちは坊主だ、口では負けん。こう言い返してやったよ。

「仏の顔も三度まで、と言うではないか。昔から霊的に優れた存在は三という数字にこだわるものだ」

「霊的に優れた……。そうか。いかにもそうかもしれんな」

と、黎尊法は満足げに口髭をしごいた。方士も守護も将軍も、この世におだてに乗らぬ者はない。

「よし。お前が美濃国の境を越えるまでに、方術攻撃は三度と限ってやろう」

「それから寝ている時、食事と排泄の時、身を清めている時、経を誦している時、わたしが禅行している時は、方術の攻撃は禁止だ」

「ううむ」

黎尊法は下顎に手をやった。じっと考え込む。どうやら、わしが並べた条件のいずれかの時に生じた隙を衝いて攻撃しようと考えていたようだ。

「無理なのか？　天下の方術士、黎尊法ともあろう者が日本の修行僧の出したこんなつまらん条件も呑めないのか。……あい分かった。ならば明国の方術士は皆、小心でケチくさい奴ばかりだと、一筆したためてわが師に送らせてもらおう。わたしの修行する大徳寺には、明国の臨済僧も沢山来ておるからな。たちまち噂になり、半年後には、黎尊法という名は臆病でケチな奴の代名詞になるだろう」

「ええい、待たんか。あまりに容易い条件なので驚いただけだ。……よかろう。お前の条件、すべて聞いてやる。だが、覚えておけ。私の妖力に掛けて、お前に美濃国の土は踏ませんぞ」

「……草鞋は履くまで分からんし、賽は投げてみるまで分からんぞ」

と言ってわしは黎尊法を睨みつけた。

「一休、それはどういう意味だ？」

「勝負は最後の最後まで分からんという意味だ」

かくして方術士と修行僧、前代未聞の美濃国の勝負の幕が切って落とされた。わしが無事に美濃国の土を踏めば、わしの勝ち。池田殿から受け取った、日本中の貧者を救えるという品を土岐持益殿に渡すことが出来る。

逆に黎尊法が勝てば、わしは命も、預かった品も失ってしまう。

どっちにせよ、戦いは若狭を離れて美濃に着くまで。——わしと黎尊法が会った場所から測れば、男の足で五日と掛からない。

なに？ ちっとも怖くならないだと？ 馬鹿者が。これから、世にも恐ろしい物語へと展開するのだ。恐ろしさで一人で厠に行けなくなるかもしれんからな。用を足したいものは今のうちに行ってくるが良い。

わしは、ちょっと濁り酒で喉を湿らせてもらうでな。おい、そこの髭達磨。ええと、石川か。石川、もそっと盃に酒を注げ。

良いか、御一同。怖くて面白くなるのはこれからじゃよ。

＊

すっかり調子の出てきた一休はそこで話を中断し、石川に注がせた濁り酒を一息に飲み干した。

開け放った窓からは虫の声が夜風に乗って流れてくる。庭の草木が擦れ合うさやさやという音も聞こえてきた。

さらに遠くから辻君の吹く横笛の音も微かに聞こえて、蜷川邸の夕涼みはまだまだ続く。

五

ようやく喉が潤ったか、盃をかたえに置くと一休は再び語りはじめた。

＊

わしが黎尊法の妖術をかわして無事に美濃の国の土を踏んだら勝ち、貧者という貧者に光明をもたらす「白巾」を渡すことが出来る。だが、万が一でも負ければ「白巾」はおろか、こちらの命もない。――そんな賭けを交わすと黎尊法は突然空を見上げた。

つられて見上げれば、夕暮れの空はすっかり暗くなっている。月はなく、星もない。ただ薄白い霧だけが、風に流される蜘蛛の巣のように紺青の空にたなびいているのだ。その霧にふと不吉なものを感じて面（おもて）を戻し、黎尊法を見ると、海の上に立っていた妖術方士の姿はいつの間にか消えていた。わしは奴のいたあたりに向かって言った。

「何処に消えた。まだ、いつから戦いがはじまるか決めておらんぞ」

すると、この耳元で黎尊法の声が、

「今からだ」

と、はっきり聞こえてきた。その声ときたら、向こうの息がわしの耳に吹きかかるのを感じたほど生々しい。ハッとして、わしは身の周りを見渡した。すると、どうじゃ、砂浜の三寸ばかり上から濛々と霧が湧き起こりはじめたのだ。

（おいでなすったな）

わしはそう思うと、急いで浜から街道に駆け戻った。霧が浜を蔽うにつれてヒューヒューと、潮風とも口笛とも死に掛けた人間の苦しげな息遣いともつかない音が響いてくる。こいつは長嘯（ちょうしょう）と言って、妖術を使う時に一部の方士が口をすぼめて発する音じゃ。我が国の行者は妖術を使う時、ムニャムニャと怪しげな呪文を唱え、わしら坊主の真似して真言を唱えたり九字を切ったりするが、向こうの方士はこんな音で悪鬼悪霊を集めて妖術を使う。昔、杖術を教えてくれた明の武人より、杖のついでにそんなことも教わっていたので、わしはピンときたよ。

（その手は食わんぞ）

　わしは走りながら口の中で素早く心経を唱え、臍下丹田に〝気〟を凝らした。精神一統し〝気〟を凝らせば自ずから視界を遮らんと立ちこめる霧の向こうも見通せる。走りながら、わしは街道まで一町とないと目測した。ところが敵はそんなわしの心を読んだらしい。潮風に乗って長嘯の音はさらに大きく、甲高く、響き渡るのだ。

　目の前を漂う霧が渦巻いたかと思えば今は亡き我が師の姿となり、老師の姿が揺らめいて若き日に恋した娘となり、娘の胸辺りから崩れて、霧は我が母や乳母の姿へと変わる。

（わたしの心を乱して妖術に誘い込もうというのだな。そうはいくか）

　絶えず変化する霧にわしは突進し、街道めざしてひた走った。霧は人の形になり、駆けるのを止めさせようと、こちらに手を差し伸べてくる。目と鼻の先に不意に懐かしい女の似姿を現わして、わしを掻き抱こうとする。

　そうするうちにも黎尊法の吹き鳴らす長嘯の音はそれまでより、さらに甲高く、一層長く尾を引いて響く。その音はまるで女の泣く声そのままだ。そう感じて顔をしかめた瞬間、わしは片足を取られた。砂から飛び出した手に足首を掴まれ、ぐいと引かれたのだ。わっ、と叫んで前のめりに倒れた。そんなわしの足を握った手はさらにグイグイ引いてくる。

（おのれ。砂の中に引きずり込もうというのか）

　わしは身をよじり、足首を掴んだ手を振りほどこうと蹴り飛ばした。すると「きゃっ」と女の悲鳴が聞こえる。目を足首あたりに向ければ、そこには旅装束の若い女が倒れ、痛そうに片手を引いて顔をしかめていた。どうやら今蹴ったのは魔物の手ではなく、この女の腕だったらしい。

「お助け下さいませ」

女はわしに訴えた。

「旅の者にございます。この霧に迷って街道から逸れ、こちらの浜に出てしまいました。砂に足を取られて、倒れて難儀しておりましたところ、お坊様が行き過ぎるのに出会い、助けを求めたい一心でお引き留めいたしました。お慈悲にございます。何とぞお助け下さいまし」

よく見れば女は瓜実顔も美しく、つぶらな瞳一杯に涙を浮かべている。さらに、切々と訴えてくるその声は、まるで鈴の音が鳴るようだった。

わしは旅の女をじっと見つめた。女が唇に引いた紅の色、わしの足首にすがるたおやかな指、地味だが品のある小袖の模様まではっきりと見てとれる。幻には見えなかった。

わしは面を仰いで耳を澄ませた。潮風の音も、海鳥の声も、波の音も聞こえない。

(――あの長嘯の音も)

それに気づくと、わしは改めて女の手を振り払って立ち上がった。杖を握った手を背に隠し、女に歩み寄る。

「お助け下さいますか?」

そう尋ねた女の顔が明るくなった。

わしは何も言わず、女のほうに左手を差し出した。

「有難うございます。有難うございます」

礼を言いながら女はわしの左手に手を伸ばした。この手を摑んだ女の手の、柔らかさが左手に伝わってくる。その肌のすべらかな触感も、ひんやりとした心地よい冷たさも、確かな現実のものとして感じられた。わしは何も言わずに女の手を握り、ぐい、と引き上げた。女はそれに合わせて立ち上がろうとする。砂から腰を上げて、ようやく女が立ちかけたその瞬間、わしは背に隠した右手を素早く振った。杖を大きく回して女の脳天めがけて振り下ろす。

「待てッ!」

前方から男の声が投げられた。砂を蹴る音が聞こえた。しかし、振り下ろしたわしの杖は止まらない。そのまま女の脳天に杖を叩きつけた。

「女子（おなご）を殺す気か!?」

そんな男の叫び声に、ガツッ、という鈍い音が重なった。固い物を打ち砕いた音だ。確かな手応えが杖を握ったこの右手に伝わった。

「おおお、なんということを」

そんなことを喚きながら、後ろから駆けてきた男が、わしを押しのけた。次の刹那、男は驚嘆の声を洩らした。わしが頭を叩き割った女のいた場所には大きな古木が一本、転がっているばかりだったのだ。

「な、なんと。女と見えたは……」

と男が呟くうちに、あれほど濃かった霧は静かに消えていく。それにも気づかず男はわしが打ち砕いた古木を愕然と見つめている。驚きで固まった男に、わしは言ってやった。

「波に打ち上げられ浜辺で乾いた古木でございます」

「これは一体――」

心底から驚いたようにわしに振り返ったのは齢（よわい）七十前後と見える老人じゃった。

薄黄に近い白髪がすっかり後退した頭に、チョコンと士烏帽子を被った老人は、身の丈は五尺にも満たない。ただし体つきこそ小さくて貧弱だが、身には仕立ての見事な直垂（ひたたれ）をまとい、襟元から覗く白衣の生地も縮（ちぢみ）である。何もかもが高価そうで、なんとなく名のある守護の家老といった雰囲気の老人だ。ただ、何処かで雨にでも遭ったのか、着物も烏帽子も乾かして間もない様子であった。

「古木が女……」

まだ合点のいかぬ様子の老人に、

「明国の方士の妖術によって女と見えていたのです」

わしは説明してやった。

「ううむ、成程。あの女は妖術が見せた〝まやかし〟であったか。そういえば確かに妖しい霧が立ち込めておった。……したが、見ればお主は旅の僧。何ゆえに僧侶が明国の妖術方士などと関わりを？」

「さる御方が、ある品を美濃の国に運んでくれと拙僧に頼まれました。それはこの世の貧者を救うことになるかも知れぬ素晴らしい品だと言い残して、その御方は息を引き取られたのです。その方を追って明国より参った妖術方士とわたしは賭けをいたしました。五日以内に品物を美濃に届けたならわたしの勝ち。届けられなかったら方士の勝ちとなり、恐らくわたしは預かった品と共に命を奪われることでしょう」

　わしの話を聞いた老人は眉をひそめた。

「なんと左様な経緯がござったか」

　そう呟いて、少し考えると老人は言い足した。

「わしは一色家に仕える文目(もんめ)綸直(いとなお)と申す者。母方の先祖が美濃の生まれで、その菩提を弔わんと、主家の許しを得て、美濃に旅しておったのだが。……御坊は美濃への道にはお詳しいか？」

「いいえ。わたくしは江州堅田の修行僧ゆえ、こちらの道にはとんと不安内で」

「ならば拙者が道案内がてらお伴いたそう」

　そう言って笑った文目殿の顔が、わしには大黒様のように福々しくも有り難く見えた。だが、わしも修行中の身、しかも当時はまだ青年だ。七十過ぎた老人を煩わせてはいかんと思ってお断りした。

「いいえ、それは」

　すると文目殿はわしの肩を叩いてこう申されたよ。

「遠慮はいらぬ。こっちは先祖の国に帰る道じゃ。それに旅の僧侶と一緒ならば、きっと御仏のご加護を賜れよう。拙者のほうからお願いする。どうぞ、旅の道連れに」

　老人が頭を下げておるのに、その願いを無碍に断ることも出来ん。ましてわしは美濃への道には不案内だ。

　そんな訳で、わしは文目なるご老人と二人で街道を進むことにしたのだった。

六

街道と言っても軍馬が何頭も駆け抜ける石畳の広い道ではない。当時の街道というのは石ころだらけの細い道でな。伏見あたりの裏小路と変わらない。軍馬どころか、大の男が二人、肩を並べて歩けば一杯いっぱいだ。

加えて旅籠はおろか田舎家もまったく見当たらないから、日が暮れて一刻もすると、鼻をつままれても分からないような闇に包まれてしまった。

そこらに野宿すればいいだと？　いや、それがそうもいかなかった。

どうしてか？

まあ、そう先を急がず、話を聞け。

わしと文目老人が闇の中を半里も進むうち、山犬の遠吠えが響いてくる。

（遠吠えは近いな。それもかなりの群れだ）

わしがそんなことを思うと同時に、すぐ近くから低い唸りが聞こえてきた。

わしたちは息を潜めて闇に目を凝らした。そうして見つめれば漆汁のような闇の向こうに、赤くてギラギラ光る点がそこここに浮かんでくる。蛍の出る季節でも土地でもない。光はどれも二つ一組の対になっている。

山犬の目であった。

わしは肩を並べて進む老人に囁いた。

「できるだけ静かに。わたしから離れずにいてください。急いでこの場を離れましょう」

「そ、それが良さそうだ。山犬どもめ、じっと我等を凝視しておる。ううむ、視線が針のようにこの身に突き刺さる」

「黙って」

わしは少しずつ足を早め、老人もそれに合わせて歩いていった。

山犬どもの目はわしらを追って来る。進み方が早歩きになり、ほとんど走るようになっても、唸り声はすぐ近くから湧き続けた。

とうとう老人が腰の刀を押さえて言った。

「かくなるうえは戦うしかあるまいて」

わしも杖を握ってうなずいた。

「そのようで」

そして、わしらが身構えた時だ。不意に山犬どもの唸りが唐突に止んだ。赤く輝く光点もフッと一斉に消えてしまった。

「ふん。獰猛とは言え、所詮は畜生。人間が身構えたので恐れをなしたようじゃな」

文目老人は得意げに呟いた。

わしは首を横に振った。

「それは違うようです」

「なんだと。では、山犬どもはどうして……」

尋ねる老人にわたしは小声で答えた。

「何かがやって来るようです。山犬が恐れるなにかが」

「何か？　山犬の群れが何を恐れると言うのじゃ」

「……耳を澄ましてごらんなさい。何か聞えませんか？」

「なんじゃと？」

「こうするのです」

と老人に、わしは頭を傾けて見せた。もちろん鼻をつままれても分からぬ暗闇の中だから、隣に立つわしがそんなことをして見せても、老人の目に映る筈もない。

だが、老人はわしの言わんとすることが分かったのだろう。身を動かす音が聞こえた。わしらが一息か二息ほど耳を澄ませていると、ゆっくりと、星一つ見えない空から音が落とされた。

それは物凄い数の鳥の羽音だ。さらに羽音に、ぎゃっぎゃっという耳障りな鳴き声も重なった。山犬の群れが恐れて逃げるとは、この羽音や鳴き声を発する鳥の大群はどんな恐ろしい鳥なのだろう。天を仰いでも何も見えないだけに、わしらは闇空を飛んでくる謎の鳥の群れがとてつもなく妖しくて、醜くて、しかも獰猛きわまりないものに思えてきた。

わしは文目老人に提案したよ。

「立ち止まるのは危険です。野宿は諦めて、今夜は寝ずに、朝まで先へ進みましょう」

「うむ。それが良いようじゃ」

「では――」

と、わしらは肺腑の中まで黒く染まりそうな闇の中を手さぐりで、かつ早足で進み続けた。

　モトチカはじめ、ここにおる男どもは目付人や走衆だから洞窟や暗渠（あんきょ）を歩いたことがあるから知っておろうが、闇の中を歩き続けるのは恐ろしい物でな。歩を進めるうちに段々と外界に対する感覚がおかしくなってくる。そうして闇の中にグニャグニャした青白い光が漂うのが見えてきたり、キーンという耳鳴りが聞こえてきたりした揚げ句、息苦しくなってくるものだ。

　わしら禅を学ぶ坊主は、そんなものは心の迷いと餓鬼の頃から教えられておるから屁でもないが、文目老人はただの人、外界の闇によって惹き起こされる心の闇に惑わされはしないかと、

「大丈夫ですか」

と声を掛けてみれば、

「御心配は無用。闇を彷徨うのにはもう慣れた」

なんだか意味ありげな口ぶりじゃ。

「何と申されました？」

わしが訊き返せば、文目老人は明るい調子で答えた。

「ははは、わしのことじゃ」

成程、ご老人ほどの年齢なれば闇の中での進行や夜を徹しての強行軍も慣れていよう。わしは得心すると、さらに闇夜の街道を早足で進んでいった。そうやって一刻かそこいら歩き続けた頃であろうか。前方からゴウゴウという轟音が聞こえてきた。音からしてかなり大きな川だ。しかも流れが相当に急とみた。

「この先に川があるようです」

わしは後ろの文目老人に言った。

「九頭竜川じゃ」

ご老人は大きな声で答えた。

「美濃への道はここからが勝負。気を付けなされ」

　却ってご老人にそう言われ、

「有難うございます」

と言うしかなかったよ。

　先を進むにつれて、夜気がひんやりと冷えてきた。川音も徐々に大きくなってきて、終いには互いの声もよく聞き取れない。背後で文目老人が何事か言った。だが、すでにクタクタに疲れ果てていたので、問い返すのも面倒と思い、何も答えず、わしはそのまま左足を大きく前に踏み出した。

　……踏んだはずの地面がなかった。足裏が虚空を踏み、この身が大きく左に傾く。わしは左半身から漆黒の闇の中に身を投じかけた。

「危ない」

　鋭い声と同時に手が伸びてきて、わしの肩と二の腕を掴まえた。

　文目老人の両腕だった。老人は小柄にも似ぬ膂力で、わしをぐいいと引きもどしてくれた。

「そこから先は、道幅がずっと狭くなっておるので気を付けられい、と申したのだが。聞こえんかったようじゃの」

「……はい」

「道幅はこれまでの三分の一ほど、道を左に踏み外せば断崖。崖の下には九頭竜川じゃ」

「お陰で助かりました……」

　わしは震えを帯びた声でそう呟くのがやっとだった。足元からは物凄い勢いで九頭竜川の流れる音がゴウゴウと轟いてくる。文目老人がいなければ、断崖から真っ逆様に落ちて、濁流に呑まれるところだった。

（助かった）

　と思うと、その場にへたりこみそうになる。しかし、へたり込むことさえ、ままならん。なんといっても自分の立っている場所の幅も未だ分からないのだからな。

　文目老人はわしの右手を取るとずいいと横に引いた。

「掌を開かれい」

言われた通りにすれば右の掌が岩壁に触れた。

「右側は衝立を立てたような断崖絶壁になっておる。しかも、時折、大きな岩が落ちて来ることがあってな。今まで何人もの旅の者が岩に潰されたり、巻き込まれて岩と共に眼下の濁流に消えていった」

わしは声を出すことも適わず、うなずくばかりだ。文目老人はさらに言い足す。

「道幅は一尺弱。しかも左端は脆く崩れやすい。踏み違えれば、たちまち千尋の谷底じゃ」

「心して進みます」

わしはしゃがれ声でそう言うのが精一杯だった。

「半里も行ったら道は元に戻る。つまり断崖ではなく普通の山道に」

「たった半里の長さでしたら、行けないことはないかと」

「この難所を進むコツは身を思い切り右に寄せ、右手を立ちはだかる断崖に軽く付けて、ソロソロと進むことじゃ。左に踏み外せば命はない」

暗闇の中で、わしは何度もうなずいた。

その気配を感じてくれたのか、

「まず、わしが先に行こう。絶えず声を掛けるで。わしの声と気配を追って進むがよいわ」

そう言って文目老人はわしを一度下がらせると、先に、この恐ろしい難所を進みはじめた。

七

何も見えない暗闇の中で、衝立のごとき断崖にへばりついたような道を進まねばならぬ。しかも道の幅は一尺に満たないし、誤って左に踏み外せば、そこから千尋の谷底に墜落、谷底では轟音をたてて九頭竜川が流れておる。怖くないと言えば嘘になる。

いくらわしが風狂と呼ばれる阿呆でも、落ちて死ぬのはまっぴらだし、こんな場所を半里も歩くのは恐ろしい。

ゴウゴウと流れる川音や、右側の崖から石が落ちるパラパラという音を聞いていているだけで足が竦んで動きそうになかった。

しかし、怯えていたとて何も進みはせん。

なんといってもご老人はすでに歩きだし、暗闇の向こうへ消えてしまったではないか。自分だけ身を翻して来た道を戻る訳にはいかん。わしは己れにそう言い聞かせた。

「南無観世音菩薩（なむかんぜおんぼさつ）」

口の中でそっと唱えて観世音菩薩にご加護をお祈りすると、わしは意を決して歩き始めた。

何より恐ろしいのは第一歩だ。わしは息を止め、震える足で断崖の道にそっと踏みだした。一歩目を踏むと同時に、突然、濁流の音が低くなる。さらにわしは暗闇の向こうに何者かの視線を感じた。

（黎尊法め。川音を静まらせて、わしが恐怖で泣き喚く声を楽しもうというのか）

そう考えて、負けるものかと、わしは二歩目を進んだ。小石の転がる小径をそっと左足で踏む。と、足元が崩れた。

いや、崩れたような気がしただけだ。単に爪先に弾かれた小石が左に飛んで谷底に消えただけだった。だが、それでも小石の落ちた音さえ聞こえないのに、却って谷底の深さを想像してしまい、恐ろしい。わしは震える右手で岩壁に触れた。もし足元が崩れたなら、この断崖にしがみつこうと考えた。

しかし、右の掌で岩壁を素早く撫でてみて、すぐにその考えは捨てた。岩壁の表面は滑らかで、この身を支えられそうな飛び出た岩などありそうもなかったからだ。

「余計なことを考えず、そっと一歩ずつ進むんじゃ」

先を行く文目老人の声が闇から聞こえた。

「は、はい」

わしはそう答えると、さらに爪先を伸ばして小径に先のあることを確かめた。なぜ三歩目でそんな真似をしたのか。不意に「黎尊法が妖術で虚空からご老人の声を響かせることもあり得る」という考えが閃いたのだ。

幸い、小径は途切れてはいない。わしはそっと安堵して、さらに一歩先へと進む。足の裏が堅い地面を踏んだ。よし、この感触は本物だぞと、わしはさらに一歩を踏み出そうとした。右足に力を入れて身を支える。左の足裏を地面から離す。前へ運んで、そのまま左足にこの身の重心を移す。――重心を移したその瞬間、右手の掌がズブリと沈んだ。堅かった崖の表面がいきなり泥濘(ぬかるみ)へと変じたような沈み方だった。

二寸ほど沈んだ右手がぶよぶよした脂身みたいな物に触れる。

(なんだ、これは)

と眉を潜めれば、耳元に唇の触れる感触がして、

「恐ろしいのはこれからじゃ」

黎尊法の囁き声が耳の孔に吹き込まれた。妖術師の髭が耳朶(じだ)とその下の皮膚に触れる。その感触の生々しさは、過去に怪異という怪異と遭遇したこのわしも鳥肌を立ててしまったほどじゃった。

「一休よ、せいぜい楽しむがいい」

そんな言葉が続いたと思えば、右の掌の下で脂身の感触がパチンと弾けた。ピンと張られた皮の弾け飛んだ手応えに掌が微かな痛みを覚えた。そして、わしの掌がスッポリ嵌るほどの孔が穿たれた。孔の奥からペチャクチャという甲高くて何を言ってるのか聞き取れない声が湧き起こり、掌の皮膚にチクチクと針で突かれる痛みを感じた。その痛みはまるで一寸に満たない小さな武士たちに針の刀で突かれているようだ。

だが、わしは右手を引かなかった。

(これは妖術師がこちらの触感を操っているのだ。本当は岩壁は堅いままだし、脂身のような気味悪い手応えも、チクチクした痛みもまやかしに他ならない)

呼吸を整え、臍下丹田に気を込めて、自らにそう言い聞かせた。するとどうだ。瞬時にして右手は岩壁を触れた状態に戻ってペチャクチャ言う声

も止み、痛みも消えてしまった。闇の彼方から口笛の音が響いてくる。それを聞いてわしはそっと笑った。口笛の音が黎尊法の悔しがる声に思われたからだった。

わしは爪先で小径がまだ続いていることを確かめながら、今までよりずっと早く進みはじめた。

「ご油断召さるな」

文目老人の声が聞こえた。老人はかなり先を進んでいるようだ。その声は黎尊法の口笛の音より遠く、再び蘇った川音の切れ切れに聞こえてきた。

（何の心配などと……）

と苦笑しながら、右足に重心を移して、左足を上げた時だ。行く手で真っ赤な炎が浮かび上がった。はっとして前方を見れば、片手に松明を掲げ、もう一方の手に槍を構えた鎧武者が、黒い軍馬を駆ってくる。黒馬の鉄蹄が火花を散らすのが、ずっと離れたわしの位置からもはっきりと見えた。黒馬の鼻や口から吐き出される息が闇の虚空に濛々と白く光っているのも、この目に映った。馬の全身から撒き散らかされる物凄い汗が光って、黒馬の全身を月の暈（かさ）のごとく包んでいるのも見てとれた。

わしは、それらを見つめながら金縛りに遭ってしまって微動だに出来なかった。軍馬は断崖にへばりつくようにして伸びた小径を踏み砕かんばかりの勢いで、わしが必死で立つほうへと迫る。

騎馬武者の構えた槍がこちらに向けられた。このままでは軍馬の鉄蹄に踏み潰されるか、騎馬武者の槍で串刺しにされるしかない。

岩壁の小径がドドウッ、ドドウッ、という蹄の音に激しく揺れた。このままではやられると思ってわしは叫んだ。

「いずくのご家中やは存じませぬが、わたくしは臨済の修行僧、けっして妖しい者ではござらぬ。ただ、この道を抜けて美濃国に参らんといたすのみでございます」

すると、唐突に馬の足が緩んだ。わしの言葉が通じたらしい。騎馬武者は手綱を強く引いた。

真っ直ぐ向こうから駆けてくる馬の鼻面が、わしから見て右に寄せられた。馬が道を逸れた。これで踏み潰される恐れはない。わしは溜息をついた。馬はわしと擦れ違う形で右に駆けてゆく。わしは安堵しつつ、急に止まることが出来ずに右横を駆け抜ける軍馬を避けようと、半歩だけ横にずれた。

左のほうへ。

その瞬間、闇の間近から、

「かかったな、一休」

という黎尊法の声とそれに続く含み笑いが耳元間近より湧き起こった。

武者を乗せた軍馬が駆けていく。その姿に薄茶の紗の幕が掛かったかと思う間に、紗は黒々とした岩壁に変じ、半透明な岩のなかを軍馬は走りながら影になりつつ消えていった。

（しまった。軍馬も騎馬武者も妖術だった）

そう悔やむ暇もなく、馬を避けようとした左足が空を踏み、この身は小径の左に広がる虚空に投げ出された。心の臓が喉までせり上がった。

頭の中がギュッと縮んだ。全身の毛が逆立った。九頭竜川の濁流の無気味な音がすぐ間近まで迫ったような気がした。

その刹那、逞しい手が伸びて来て、この右腕をがっちりと握ってくれたのだ。

振り返れば、文目老人ではないか。老人はわしを引き上げながら言った。

「突然、岩壁に向かって、『いずくのご家中やは存じませぬが……』などと叫び出したので、これはおかしいと、慌てて引き返したのじゃ。したが、まさかああも平静な様子で虚空に踏み出すとは……」

わしは一度ならず二度までもご老人に助けられたのだった。

「ありがとうございます……」

わしはそう礼を言うのが精一杯だった。

「先を急ぎましょうぞ」

老人に促され、わしはのろのろした動きで、また歩きはじめた。

八

　それでも物事には必ず終わりがやって来る。一寸先も見えぬ真闇（まやみ）に静かに光が射しこめた。そっと天を仰げば、ぶ厚い雲に切れ目が開いて、そこから青い月が覗いている。その月光の明るいこと、有り難いこと、思わずわしは心で、

「ナウマク・サンマンダ・ボダナン・センダラヤ・ソワカ」

　と真言を唱えて月天に感謝したよ。

「漆黒の闇は夜空が雲に覆われていたためだったのか」

　文目老人の声に前方を見やれば、小径の先、ほんの五、六歩の所で、ご老人は足を止めて煌々と照る月を見上げていた。

「ただ天が雲に覆われただけで、視界が完全に閉ざされるほどの闇に満たされる筈はありません。あれも、また、黎尊法の妖術だったのでしょう」

「うむ。そうかもしれぬ。確かにあの闇は尋常ではなかった」

　うなずくと文目老人は耳を澄ませた。

「ほ、妖術師め。わしらが無事に渡り切ったので悔しがっておる」

　言われて、わしも耳を澄ませれば、あの、口笛とも歯笛ともつかぬ長嘯（ちょうしょう）の音がくるったように吹き鳴らされていた。

「聞こえますかの？」

「はい、聞こえます」

「ははは、悔しがってももう遅い。闇はすでに尽きたし、小径もここでお終いじゃ」

　文目老人はわしに振り返って言葉を続けた。

「わしの立つ所で小径は終わります。一休殿とやら、まだお若いのに凄まじい難所をよく半里も頑張りましたの」

「お言葉有難うございます。亡き池田殿の思いと、世の貧しき人々を救うためとの言葉がわたくしを

導いて下さったのでしょう」

わしがうなずけば、文目老人は微笑んだ。

「最後の小径と地上の道の間が二歩ほど離れておるでな。お気をつけなされ」

そうして小径と向こう側の道の間に開いた間隙をひょいと跳び越した。その身ごなしの軽いこと、とても老人とも思われぬ。

「さ、こちじゃ。こっちじゃ」

向こう側の端から三、四歩ばかり退いて老人はわしに手招きした。ようやく小径のどん詰まりに辿りついたわしは足元を見た。なるほど崩落か何かで小径と向こう側とは大人の足で二歩ほど離れ、そこに空いた隙間から、遥か眼下を九頭竜川の濁流が流れているのが見えた。ただし川音が轟くのは聞こえない。轟音の代わりに聞こえるのはいずこからともなく響く黎尊法の長嘯じゃった。

(黎尊法め、余程、悔しいと見える)

その時、わしの心に拡がったのは得意とか妖術師をせせら笑うとかいう気持ちではなかった。大明国から海を渡って遥か日本まで来ながら任務を果たせなくて、さぞ無念であろうな。という憐憫の思いだった。

(だが、これも運命、諦めて帰国してくれ)

と、わしは心で呼び掛けた。するとどうだ。ぴたりと長嘯が止んだではないか。

(黎尊法よ、分かってくれたか)

わしは安堵すると改めて、小径と向こう側との距離を目測した。まったき闇の中を手探りで進むのも恐ろしかったが、こうして千尋の谷底が月光に照らされてハッキリ見えるのも、これはこれで怖いものだ。

それでもこれっぱかりの幅を飛び越えるなぞ、若い頃のわしには造作もない。

「二歩というが一歩半ほどだな」

独りごちると助走もせずに、

「たあっ」

と気合一閃、小径から向こう側に跳んだ。

若者の足でたった一歩半。それだけの間隙を軽々と跳んだ……つもりだった。ところが間隙の底の底――ずっと底のほうの濁流から、突如、棒のような物が飛び出した。それは瞬時に伸びあがり、千尋の谷を越えて、一歩半の隙間を飛び越えているわしの足を襲ったのだ。物凄く長大な棒かと思えば、それは隙間を飛び出すなり、突然堅さを失い、それはうねうねした動きに変じた。空中を跳ぶわしの右足首に絡みつく。まるで蛸か烏賊の触手みたいな動きで足首から脛、脹脛、太腿へと撒きついていった。

グイッと引かれる。足首から谷底に引きずり込まれそうだ。わしは素早く身を転じた。真横の岩壁に跳ぶ。岩壁を蹴る。蹴った勢いで向こう側まででさらに跳んだ。地面の上で身を起こし、この足に絡みついた触手めがけて、杖を叩きつけてやった。杖術を究めた人間の振るう杖はもはや只の細くて長い棒ではない。刃物だ。打ち据え、打つより素早く引いて、また打てば、太い松の根みたいな触手はたやすく斬断された。

「まもなく美濃の国じゃ」

文目老人の言葉に弾かれたように立ち上がり、わしは無言で老人を背負うと駆けだした。

深い森の真ん中に一本伸びた細い道が月に照らされて黒い帯のようだ。

わしはその黒い帯の上を無我夢中で駆け続けた。長嘯の音がわしらを追いかけてくる。夜空は晴れ渡っているのに稲妻が、必死で走るわしの右へ、左へ、と槍のように突き刺さる。

赤子の拳ほどもある雹が物凄い勢いで降って来て、この身に横殴りに叩きつけられる。

シャーッという乾いた音を立てて雷気(らいき)が地上を走った。

森のそこここで高木に雷が落ち、炎を上げて倒れた。

土がめくれあがり、至るところで天まで届くほどの土埃が立ち上った。

「急げ、急げ、急げ」

背中から発せられる文目老人の叫びに煽られて、

わしは森の中を駆けに駆けた。

月が天を流れて沈んでいった。

東から陽が昇り、青天を走って西に沈んだ。

森の中は青い月の光に照らされたかと思うと、桃色の朝陽が射しこめ、眩い陽光に照らし上げられたかと見れば、西のほうより差し込める橙色の夕陽に彩られた。

森を駆け抜けながら、わしはそんな不思議な光景を三度も四度も目にしていた。

そして五度目の朝陽を浴びながら森を抜け、文目老人をおぶったわしは、荒れ果てた畑地のとば口に差し掛かった。

その時――。

突然、黎尊法の声が浅黄色の空から雷鳴のようにおとされた。

「五日目」

天地を揺るがす大声は一息置いてこう続けた。

「約束の五日目になったぞ。一休、貴様の負けだ」

九

(もう五日、経っただと!?)

驚いた瞬間、足元から枯れ枝のような手が出現して、走るわしの足を摑んだ。藪から棒とはこのことだ。不意を衝かれてわしは前につんのめった。

わしが倒れるより早く、文目老人が背中より飛び降りた。文目老人が着地するザシャッという音を背中で聞きながら、わしは顔面から柔らかい土に倒れ込んだ。

「一休、覚悟は良いか」

破(わ)れ鐘(がね)のごとき黎尊法の声は今度は天ではなく、倒れたわしの真ん前から起こった。泥に汚れた顔を上げれば、そこに黎尊法が立っている。

妖術師は唇の端を歪めて笑うと、左手を上げた。中指と人差し指を立てて拳を握ったその手は「剣指(けんし)」といって妖術師が術を使う時の結印(けちいん)だった。

転んだ格好のまま、妖術で始末されてはかなわ

んと思い、

「馬鹿な。妖術で日にちを早めるなど、卑怯すぎる」

わしは起き上がると黎尊法に抗議した。

だが黎尊法は首を横に振るばかりだ。

「最初からこちらは妖術師だと断り、それを知ってお前は勝負に乗ったのではないか。勝負に負けてから四の五の言うとは、そちらこそ卑怯千万ぞ」

そう居直られるとわしは返す言葉がない。

「ううむ」

と呻いて黙るしかなかった。

そんなわしに向かって黎尊法は左手の剣指をわしに据えた。

「では炎に包まれて死んでいただこうか」

と吐き捨てて黎尊法が妖術の呪文を唱えようとした、まさにその時だ。

「待たらっしゃい」

文目老人の怒声が荒れた畑に響き渡った。

「むう……」

と黎尊法は、わしのずっと後方で地面に手をついた文目老人に目を転じた。

「お前は……」

何か言いかけた黎尊法に皆まで言わせず、文目老人は叫んだ。

「この勝負、一休殿の勝ちぞ」

「なんだと？　五日以内に美濃に着かねば奴の負けと、貴様は聞いてなかったのか」

「聞いておる。聞いておるから、貴様の負けと申しているのだ」

「何を根拠に」

黎尊法が問えば、文目老人は胡坐をかいた足をちょいと退けた。その下から現われたのは小さな石だ。

「この石が見えるか」

「おう」

「これは小さいが国境(くにざかい)を示した石碑だ」

「なんだと？　いい加減なことを……」

「いい加減ではない。石の表面には『これより美濃守土岐持益が家来、鈴木伯耆が所領なり』とある。つまり、この荒れ果てた畑は土岐家の家臣のものということぞ。飛び領なるものは明国にもござろうが。早い話が、ここはれっきとした美濃国ということになるのじゃ」

文目老人がそうまくしたてれば、黎尊法は叫んだよ。

「遺憾ッ！」

日本語でいうなら「おのれッ」というところじゃろう。

その声が大気を震わした。

振動は瞬時にして黒い〝気〟へと変じ、黎尊法の全身を包みこんだ。

闇だ。

あの断崖の小径を包みこんだ一寸先も分からぬ闇の気を起こし、口惜しさに震えるその身を隠すと、闇は漆黒の雲塊へと変わり、長い尾を引いて上昇し、そのまま西に向かって飛んでいった。

黎尊法は去った。

負けを認めて明国に帰還したのだ。

わしはその時になって初めて笑ったよ。

だが、声は出なかった。

力ない笑いを広げたまま、その場に坐り続けたのであった。

＊

しばらくして黒雲が飛び領の荒れ畑から湧いたと聞いた美濃の役人が馬で駆けつけた。

役人にわしはことの次第を訴え、

「命懸けで飛び領まで来たのも池田殿より預かった品を土岐様にお渡しするため」

と続けた。

「殿のご命令で池田殿が朝鮮から大事な品を運ばれた由、確かに承ってござる」

役人はうなずくと、

「して、その品は？」

「それはここに……」

と懐に手を入れれば肝心の白巾の袋がない。

「や、これはどうしたことだ」

わしは大いにうろたえた。

すると美濃の役人が苦笑して、わしの後方を指差したよ。

「あちらに当家の桔梗紋が金糸で縫い取られた袋がござるが、ひょっとして、あれなる袋ではござらぬか？」

「えっ……」

役人の指差すほうを見れば、たった今まで文目老人のいた場所にその姿はなく、代わって、ただ海水に汚れた錦の袋が置いてあるばかり。それこそ池田なる武士より託された謎の袋「白巾」である。

「文目綸直殿はいずこに？」

わしが呟けば、役人は問い返した。

「もめんいと？」

「糸ではない。文目と申されるご老人です」

と言ったが老人は影も形もない。

「御仏がお助け下されたのか？」

と首をひねりながらもわしは白金の袋を取り上げると役人に手渡した。

「池田殿より承った約束、確かに果たし申した」

「有難うございます。御役目、御苦労でございました」

「……ところで。袋の中身は何だったのですか？」

とわしが尋ねると、役人は白巾の袋を恭しく押し戴いて懐に納めてから答えた。

「これなるは、痩せた土地でも育つ朝鮮木綿の種でござる」

「木綿の種……つまり木綿布の素(もと)だと？。池田元久殿は、世の貧者という貧者に光明をもたらす、と申されていましたが、それが？」

「いかにも。土地が痩せていたり水はけが悪かったりで満足に田畑を耕せなかった美濃の百姓衆もこの木綿の栽培によって貧しさから救われます。

高価な朝鮮木綿に代わって、安価な美濃木綿がたちまち日本全土で用いられるようになりましょう」

「綿の種の袋に、どうして〝白巾〟などと記されていたのでしょう?」

「いや、いや。それは〝白巾〟ではござらん。〝綿〟と大書されていたのが海水に洗われて墨が流れてしまい、〝綿〟の字の偏が消えて旁（つくり）だけが大きく残ってしまったので……」

「それで〝白巾（はくきん）〟でしたか」

呟いて一息置くと肚の底から突然笑いが込み上げてきて、わしはしばし声をあげて笑い続けた。

そして笑いながら自分の笑声に、かの文目綸直老人の笑う声が重なって聞こえてくるように感じたことであった。

十

話し終えると一休は、

「以上だ」

と言って手酌で濁り酒を注ぎ足して、盃を傾けた一休に、石川慶晴が尋ねた。

「で、文目なる老人は何者だったのです?」

「分からん。ただ、わしは、木綿の種が美濃の国に育ちたくて変じた小さな神だと思う。いわば木綿神じゃ」

「いや。木綿神はいいとして。これで、お話は終わりなのですか?」

石川は眉を垂れさせて困ったような表情である。

「これで終わりと言ったら終わりじゃ」

一休はしれっとした顔で応えると濁り酒をまた一口啜った。それを聞いた錦織景基と大槻将臣が顔を見合わせた。二人の顔にも石川と同じような表情が張りついている。錦織が念を押すよう尋ねた。

「本当に終わりでござるか?」

「本当の本当に、話はこれでおしまいじゃ」

「……なあんだ」

と蜷川親元が拍子抜けしたように言った。

「なんだとは、なんだ。面白かっただろう」

「面白いことは面白かったですが。話をされる前に、一休殿がさんざん、物凄く怖いだの、厠に行けなくなるだの言われたので、大の男が夜も寝られなくなるような怪談かと期待したのですが」

蜷川の言葉に大槻がうなずいた。

「うん。まさか木綿が美濃に伝わるまでの話とは」

「羊頭狗肉とはこのことだな」

と石川も懐に風を入れながら呟いた。

「はは、期待はずれ――」

苦笑混じりに言いかけた錦織景基に皆まで言わせず、

「黙らっしゃい!」

一休は大喝した。

その雷霆もかくやの大音声に、一同が飛びあがると、さらに一休はまくしたてた。

「考えてもみい。わしが木綿神の御力を借りて美濃に木綿の種を伝えねば、日本の民は未だに木綿を朝鮮から買い入れねばならなかったのだぞ。お主らは知らんじゃろうが、わしらの子供の頃には朝鮮木綿は大層高価で、守護や、身分の高い公家や高僧、裕福な者でも晴れ着にしか使えんかったのだ。それが、美濃に木綿の種が伝わり、貧しいお百姓衆が木綿の種を撒いて綿畑を耕し、木綿が大量に作られて、美濃木綿が安く手に入るようになった。お陰で、お主らの褌も暖かくて柔らかくて安価な木綿で作られるようになったのだ。わしが木綿の種を美濃に運ばなければ、お主らは今もなお錦の下帯で腹を冷やすか、白衣の下は褌なしで過ごさねばならなかったのだ。もし、そんな世の中だったら、と考えてみい。……どうじゃ。とてつもなく恐ろしい話であろうが」

そう言うと一休は、ぐうの音も出ない男どもの顔を見渡し、身を揺すって、痛快そうに笑うのだった。

十一

　さて、宴が終わって、猪熊通りの蜷川邸からの帰り道――。

「それにしても、美濃に木綿を伝えたのが一休様とは、わたくし、存じませんでした」

　森が感心したように言うと、一休は皮肉な調子で呟いた。

「そうだろうねえ。わしも初めて聞いた」

「えええっ」

　と森は声を上げて、清澄な目を隣を歩む一休に向けた。

「では、蜷川様のお屋敷で話されたことは全て嘘なのですか？」

「ははは、こう見えても、わしは売扇庵の住職じゃ。御仏に仕える者がどうして嘘などつこう？」

「ああ良かった。やはり本当だったのですね」

　安心した調子で森がつぶやいた。

　それを聞くと一休は、

うそをつき地獄に落つるものならば
　　なき事つくる釈迦いかがせん

という即興の道歌を詠じて、森に振り返り、そっと片目をつぶって舌を出した。

たそかれの宿

頼めつる人こそあるらし橘の　忍びに薫るたそかれの宿

肖柏（しょうはく）

一、一休宗純の独白（一）

この三月ほど京の都は静穏このうえもなく、世間にはこれといった事件もなかった。

事件がないのはまことに結構なのだが、そうなると、蜷川親元の奴が「事件を解決してくれ」と頼みに来なくなる。小うるさい公儀目付人が来ないのは慶賀の至りと言うべきか。

しかし、奴が来てくれないと、わたしが事件を解決して受け取る報酬が途絶えてしまう。

わたし一人ならば、そこいらに生えている草木の根でもかじれば生きていけるだろうが、目下のわたしには救わねばならぬ人が大勢いるのだ。

宰相の愛人の屋敷に設けたささやかな寺院、我が売扇庵で共に暮らす盲目の少女森だけではない。

たび重なる戦さで父母を失った孤児たち、土地や牛馬を失ったお百姓衆、息子を足軽に徴用された老母、娘を軍兵や盗賊にさらわれた老父、そういった人々に食料を与え、読み書きを教え、御仏の教えを説かねばならないのだ。

天竺で釈迦如来が経を説いた昔から、人を救うのにも金が要る。腹が立つが、要るものは要るのだから、一人で暴れてみても仕様がない。要るものは用立てなければ、前に進めないのである。

そこで思いついたのが、若い頃から朝廷や将軍家、また三管四職より持ち掛けられてきた難題の解決に、一件なんぼの報酬を求めることだった。

今は亡き親友、蜷川新右衛門親当ならば「流石は一休殿。そこらの有徳人よりやりますな」と言って賛同してくれただろう。

だが、奴の息子の親元はデコで釘が打てそうなくらい頭の固い男で、わたしの考えを初めて聞いた時には「人助けに報酬を求めるとは」と、くそったれな兄弟子、養叟宗頤みたいなことを言いくさる。

「奴め、こっちの遣り方に腹を立てて、事件が起きてもわしに相談せず、公儀目付人の間で解決することにしたのかな」

　扇を作りながらブツブツ言えば、囲炉裏の向こうで、同じく扇を作る森が笑った。

「何を申されますか。世間に何事もないのは結構なことではございませんか」

　森は器用に扇の骨を組み、わたしが絵を描いた紙を扇の骨に貼っていく。目が見えないのに大したものではないか。森はもともと芸人であった。盲目の身で旅をして笛を吹き、唄を歌い、舞を舞って幾ばくかのお鳥目(ちょうもく)をもらう類の芸人だったのである。

　ひょんなことから縁ができ、共に暮らすようになった。

　旅芸人とも思えぬ気品のある美貌や、理知的な物腰、笛や歌や舞の素晴らしさ以外にも森には瞠目すべき才がある。それは妖気を敏感に感じ取り、霊異な存在を幻視し、なおかつそうした存在(モノ)の本質を見抜く能力である。

「そうは言っても、せんに兵庫湊くんだりまで遠出して得た二百貫は、とうに近在近郷の戦さに巻き込まれた人々のために使いはたしてしもうた。もう櫃(ひつ)には一握りの粟もない」

　出来た扇をまとめてズダ袋に入れて、

「どれ、知り合いの扇問屋に行って参るか」

と腰をあげれば、森が言った。

「それでしたら、わたくしもお伴させてくださいませ」

　そこで一息置いて森は言い添えた。

「……お邪魔でなければ」

「いやいや、邪魔ということはないが。お前様が扇の仕入れに付き合ってくれるなんて珍しいね」

　わたしが目を丸くすると森は含羞(はにか)んだように微笑んで答えた。

「今日はなんだか一休様とご一緒に参りたい気持ちなのです」

　たとえ相手が自分の孫ほどの年齢(とし)でも美しい娘にそう言われれば、老いたりと言えど、わたしも男の端くれ。悪い気持はしない。早速、森と共に仕入れに行くことにした。

　そうしてズダ袋を担ぎ、森の手を引きながら売扇庵を出て、源宰相の愛人の屋敷の正門をくぐり、屋敷のある北大路を離れ、扇問屋に向かって大宮大路を歩き出した。

　折しも初冬の昼過ぎである。

　空は濁り酒を薄くしたような色の雲に覆われていた。時折吹く強い北風は冷たくて目に痛いほどだが、それ以上に閉口するのが土埃を巻あげて走る強いつむじ風である。これが走るや、周囲は薄茶の闇に包まれて何も見えず、埃と冷たさで息が止まるかと思われる。

　わたしは墨染の袂で鼻と口を押さえて森に言った。

「昨年までこんなつむじ風など吹かなかったのだがね。きっと守護どもが戦さばかりするので、天の理とか地の気とかいったものが狂ってしまったんじゃろう」

「ほんにおそろしゅう……」

と言ったところで森の言葉が中断した。

　小袖の袂で鼻と口を隠したまま、見えぬ瞳を真正面に向けていたが、やがて身を左右に軽く揺らしだした。

　そんな森の様子は、まるで岐れ道の分岐点に立ち、左右どちらの道を行こうかと考えあぐねているように見える。

　そうするうちに肩から首を左に、右に、不安定に大きく振りはじめる。

　森のそんな姿を見つめていると、突然、森がこの場から消えてしまうような――神隠しに遭ってしまいそうな胸騒ぎに襲われて、わたしは思わず森の肩を摑んで呼びかけた。

「森さん、行っては駄目だ」

　森はその声にハッとして、わたしのほうに振り返った。

　同時に再びつむじ風が起こり、冷たく乾いた強風が二人を巻き込んだかと思うと、何処かへ去っていった。

土埃が晴れると森はわたしを見上げた。

「一休様……」

そう呟いた森の顔は血の気が失せている。

「どうしたんだね?」

「いえ……あの……わたくしたちの行く手に女の人が恐ろしい顔で立ち塞がっていたものでして」

「恐ろしい顔で? 立ち塞がると言っても、お前さまは目が不自由……」

と言いかけて、わたしは尋ねた。

「お前さまの心眼——心の瞳でそう見えたと申すのだね?」

「はい。はっきりとそのように見えました」

「どんな女だった?」

「お姫様のような身なり……でもお公家様の姫君ではなかったような……」

「金持ちの娘か。酒屋か土倉の娘か、若造りした女房だな」

「それなのに……高価な生地に見事な仕立ての小袖をまとっているのに……着物も顔も泥だらけで……おまけに裸足で……長い髪には血がべっとりと……」

「なんだか辻強盗にでも襲われた感じだな。笠や頭巾は被っていなかったのかな?」

「はい。笠も頭巾も被衣もかぶってはいませんでした」

「金持ちの女にしては変だな。で、その女が?」

「……そのような方が、この先はわたくしたちを通させまいと、両手を広げて睨みつけておりました」

森は生まれついての盲目ではなかった。五つか六つの時に熱病を患い、熱が引いたら目が見えなくなっていたという。

そのため、子供の頃に見た人の特徴や身なりをしっかりと記憶していた。それゆえ武家の奥方と商家の女房の区別もつくのだった。

「幽霊かな?」

「それにしてはハッキリと見えました」

「でも消えてしまったのだろう?」

「ええ、つむじ風が吹くと同時に消えてしまいました」

「ふうむ。……どうやらそれは、この先に行くなと言う天の声に違いない。よし。今日は売扇庵に戻ろう」

「でも……扇問屋に行かれるのでは？」

「なに。問屋は逃げやしないさ。また明日にでも行けばいい」

わたしは笑って今来た道を戻ることにした。

自分のせいで手間をかけさせたのでは、と森は心配している。

そう察して、わたしはつとめて今あったことを忘れさせようと、つまらない話題を森に振ってみた。

「しかし寒くなったね」

「はい。本当に寒くなりましたね、一休様」

「もうすぐ年の瀬か。やれやれ年の過ぎゆくのは、まったく普請場を駆ける馬のようだ」

「それはどういう意味でございます？」

「過ぎた後には杭ばかり……悔いばかり残るということだよ」

「……………」

と、一息置いてから森は声をあげて笑いだした。

「一休様ったら。何の前触れもなく頓知をおっしゃるので、わたくし、面喰ってしまいます」

そうして森が発した笑い声の明るさには、冷たい北風も竜巻のようなつむじ風も、和んでしまうかと思われた。

その明るさにつられて、わたしも笑った。

「ははは、森さんは察しが良いな。これが親元の石頭ならば容易に理解できず、来年の夏に、やっと頓知の意味に思いが至り、ようやく笑いだすところだよ」

「来年の夏に、ですか？」

「ああ、しかも八代様の前でな。そうして、あいつは赤っ恥をかくんだ。わははは」

「公方さまの御前で？　それは蜷川さま、大汗をかかれるでしょうね」

「ははは、モトチカめ。いい気味だ」

わたしと森は腹の底から笑い合った。

すると、後ろのほうから咳払いが発せられた。

振り返れば、背後に馬が二頭並んでいる。二頭のうち片方に乗っているのは身分のありそうな口髭をたくわえた中年男だ。もう一方は十九、二十歳の若侍であった。

　こちらの若侍こそ、たったいまわたしと森が冗談種にしていた蜷川親元である。

　わたしは、まったく悪びれずに蜷川親元に笑いかけた。

「誰かと思えば。……よう、モトチカ。久し振りじゃな」

「何が、よう、ですか。久し振りじゃな、ではございません。拙者は親元です。それに天下の往来でヒトのことを大声で笑いものにして……」

　憮然とした表情で親元は文句を言いはじめる。

　わたしはそれを無視して、親元と轡（くつわ）を並べた髭の武士に目を移した。

「おや、こちらはどなたかな。なんとなく見覚えがあるような、ないような御仁だが……」

　これは世辞や追従ではない。馬上の髭武者を見上げるうちに、本当に何処かで会ったことがある、という気がしてきたのであった。

　しかし、いつ会ったかは思い出せない。大層昔に会って話し、あまつさえ殴られたような気もしてきた。

　わたしはそんな思いを隠すことなく髭武者に呼びかけた。

「あんたとは随分昔に会っておるな。確か、わしはあんたに、しこたま、棒で殴られたんだ。してみると酒屋か酒楼の用心棒かとも思うが。酒屋の用心棒がそんな立派な格好をして連銭葦毛（れんせんあしげ）の名馬に乗っておるはずもなし。のう、どなたじゃったかな」

　すると髭武者は作法をわきまえた武士らしく、鐙（あぶみ）から足を外すと、わたしに深々と頭を下げた。

「馬上より失礼仕る。拙者、剣持弥十郎利元（けんもちやじゅうろうとしもと）と申す者にござる」

「剣持……」

と相手の名を口にした瞬間にやっとすべてを思い出した。

随分昔、わたしが、まだ江州（ごうしゅう）堅田（かたた）の禅興庵で修行中の頃、訳あって野ざらしの髑髏を竿の先に引っかけ、「ご用心ご用心」と歌って回ったことがあった。

その時、挙動不審な者としてわたしを捕え、獄につないで、思い切り棒で殴って訊問した役人ではないか。

「ああ、思い出した。まあ立派な髭なんぞ生やしてふんぞり返っとるから、全然分からんかったよ」

「おおっ。お覚えくださったとは恐悦至極。いかにも拙者、二十年ほど前、一休殿と一度お目に掛かってござる」

わたしと剣持が抱きあわんばかりに懐かしがっていると、馬の上から親元が咳払いをした。

「おほん、お知り合いのご様子なれば結構このうえもなし。実は、こちらの御仁（ごじん）が一休様にお願いいたしたき儀がござるとか」

「天下の一大事か？」

と、わたしは探りを入れてみた。

「一大事と申すより……正義のためと申しますか」

「報酬は出るのか？」

「こないだ管領様と日野重子様より賜った二百貫はどうしたのです？」

咎めるような調子で親元が問うたので、わたしは大声で答えてやった。

「お前、米が今いくらするのか知っておるのか？昨年一石千銭だったのに、今年は一石千二百銭だ。こんなに急騰するのも、お前ら侍がやらんでもいい戦さをして田を荒らし、米を運ぶ道を兵法とかヌカして通れなくしたからではないか」

「いや……左様なこと、身共に申されても……」

「四の五の言うとこの杖で殴るぞ。報酬は出るのか、出ないのか、大事なことに早く答えんか!?」

「は、はい。……それはもう……侍所より少なからぬ報酬が……」

親元は真っ赤な顔で俯いて小さな声で答えた。すると横から剣持が、

「さらに、一件落着なった暁には、侍所頭人(さむらいどころとうにん)様からもお礼の意味で些か――」

そう言い添えるのを聞いて、わたしは道行く人々が驚くような声で叫んだ。

「よし、乗った！　今すぐ売扇庵に案内しよう。そこでゆっくり話を聞かせてもらおうか」

二、剣持弥十郎の独白

一休殿に案内された売扇庵は、北大路から少し奥まった所にある屋敷の庭に設けられた小さな庵だった。二間(ま)あるから、方丈というには少し広い。まるで屋敷の使用人の家のようなつましい作りの禅庵である。

その売扇庵に通されて囲炉裏の前に坐り、森という盲目の侍女(じじょ)が出してくれた茶を一口飲むと、蜷川親元殿が、まず口火を切った。

「すでに知己のご様子ではございますが、とりあえずご紹介申し上げます。一休殿、こちらは侍所奉行人頭(ぶぎょうにんがしら)の剣持殿にござる」

「奉行人頭とは、あんた、またえらく出世したな」

「本年より頭人(とうにん)様になられた飯尾加賀守(いいおかがのかみ)様より格別のお取り立てを賜りまして。昨年一月、拝命仕りました」

「もう牢屋で疑わしい人間を鉄棒で殴って無理矢理に自白させなくとも良いという訳だ」

一休殿は声高く笑うと、拙者を指差して、囲炉裏の隅に坐った森に言った。

「わしはこの人にさんざん殴られたんだが、いやもう、その痛いことと言ったら……」

そこで一休殿が昔話に向かいそうになると、

「おほん」

蜷川殿が咳払いをして話を元に戻した。

「実は、今回、剣持殿が相談したいのは人殺しの一件でして」

「なに人殺し？　妖怪変化や淫祀邪教や妖術幻術の類ではないのか？」

「ございません」

親元はきっぱりと言った。

「なんだ、普通の人間相手か。ならばすぐに一件落着だ。こないだみたいに難破船に乗りこむような事件は、この歳になると流石に堪えるからな。それさえなければ、話のあらましを聞けばすぐに解決さ」

「いや、それが、なかなか……」

と、拙者はかぶりを振った。

「何故だね？　何か事件があって、その下手人を現場の状況から推して考えるのだろう？」

一休殿は怪訝な顔になる。まあ、それも無理はない。普通、侍所の者が「名知識」と呼ばれる僧侶の意見を求めるのは事件の動機を推量するか、下手人は誰か推し考える場合に限られるだろう。

「ところが、ご相談に参った一件、すでに下手人は判明しております」

そう拙者が答えると、一休殿は、

「えええっ⁉」

小さく叫んで拙者の顔を見返した。

「だったら、こんな場所でわしと話しとる暇に下手人をお裁きの場に引き立てれば済むことだろう？　そうしたら、あとは頭人の飯尾加賀守殿が、下手人の犯した罪に相当した罰を下すであろうに」

「ところが、そうも参らぬ事情があるのです」

と、横から蜷川殿が言った。

「事情？　人殺しがあって、侍所は下手人を押さえていて、このうえ如何なる事情があると言うのだ？」

「それがですな。下手人が特別のうえにも特別な……」

「馬鹿か、モトチカは。平静な世にあって、人を殺めるような輩はそもそも特別な人間に決まっておろう」

「いや、そういう意味ではなく、拙者は特別な身分で扱いに困っていると……」

「お前の言うことはいつも分かりづらいな」

なんだか口喧嘩になりかけたお二人を見かね、慌てて拙者は割って入った。

「お二方も、まずはお控え下され。身共が詳しくご説明申しあげましょう」

「よし、聞こう」

と一休殿は腕を組んだ。

「剣持殿、お願いします」

そう蜷川殿に促され、拙者は説明しはじめた。

「一休殿は〝薄香夜叉〟と呼ばれた化け物のことを覚えてはございませんでしょうか?」

「〝薄香夜叉〟とな。はて、聞いたことがあるような、ないような……」

首を傾げて唇をひねった一休殿に拙者は説明した。

「忍び逢いのために、やんごとなき身分の御方の許を訪れ、つい長居いたした姫君が夜半を過ぎた頃、牛車で屋敷に急いでおると、黒闇闇たる大路の道端に白い影が立っておりまして」

「妖怪か?」

「いいえ。……夜闇を透かして見れば、紗の被衣をかついだ姿でござる。目を凝らせば、紗に透けて、薄香色をした若くて美しい容貌が見えてござった」

「貴族の娘かな?」

「牛車の姫君もそう考えまして、こんな夜更けにうら若い女がただ一人立っているとは、これは何か訳があるのかと考え申した」

「自分が恋しい男とお楽しみの後だから、よその女にも気を配ることが出来た訳だ。これが逢瀬の前ならそうはいかん。寸毫を惜しんで男の許に行きたいから他人のことなど目に入らん」

一休殿が皮肉な調子で言えば、すかさず蜷川親元殿が、

「一休様。剣持殿が話しておられる最中ですぞ」

「ああ、済まん、済まん。それでどうした?」

「……そこで、姫君は牛車を止めさせて、従者に命じて声を掛けさせたのでござる」

「ほう。そうしたら?」

「ところが、声を掛けるや否や、相手は被衣をさっと脱ぎ捨てました。その下から現われたのは、顔だけが美女で体は屈強な男の姿。その異形に驚けば、さらに美しい女の顔に手をやって、その顔をサッと脱ぎ捨てました」

「顔を脱ぎ捨てた?　どういうことだ?」

「男が女の顔の皮を剝ぎ、それを能面のように被っていたのです」

「死人の顔だったから薄香色に見えたのか。なんという酷い話だ。それで?」

「顔の皮を脱いだその下から現われたのは、二十三、四の若い男の顔。で、その若い男は薄笑いを浮かべて、ヒラリと牛車に飛び乗ってき申した」

「そして?」

「……瞬く間に従者たちの喉を掻き切り、さらに牛車の姫君に襲いかかりますと、姫君が悲鳴をあげる暇もなく、こちらも首を斬って殺してしまいました。さらに姫君の死体の顔の皮を剝ぎ取ると、それを奪って逃げ去ったそうでござる。……これは辻陰から一部始終を見ておった辻君とその客が、のちに拙者に話してくれ申した」

拙者がそこまで話すと、囲炉裏の端で聞いていた侍女の森が、恐ろしげに身を竦ませて、ぽつりと洩らした。

「酷いこと……」

見れば、盲目の瞳に悲しげな色が拡がっている。森と言う侍女は心清らかなだけでなく、相当に感受性が鋭い娘と察せられた。

森の言葉を受けて一休殿は大きくうなずいた。

「ううむ。まったく酷い。思い出したぞ。被衣をかついだ女に化けて現われ、次々に女ばかりを斬り殺す。その顔に被った女の顔の皮が夜目にぼんやり薄香色に見えるので、誰が付けたか、薄香夜叉――」

「はい。薄香夜叉は自分が殺した女の顔の皮を剥ぎ、次の凶行において、その皮を面の代わりに被ります」

拙者が言い足せば、森は口を押さえて立ち上がり、手探りでその場を離れてしまった。まだ十六か七の心優しい娘には、あまりにも惨たらしすぎる話だったようだ。

「や、これはいかん」

小さく洩らして一休殿も立ち上がり、森の後を追って隣の部屋に消えていく。

「しまった。森さんには残酷すぎる話でしたね」

と蜷川親元殿は困ったように膝立ちになった。

普段、公方様直属の隠密として働き、「斬り捨て御免も有り得べし」という認可状まで賜った公儀目付人が、侍女の気分が悪くなったのを気遣うなど初めて見る光景だ。

拙者は森のことなどより蜷川殿のことを思わず心配してしまったが、その目の色を見れば、なんとなく熱っぽい。

(ははあ、蜷川殿は森に惚れているな)

と察したが、そのようなことは拙者が口を差し挟むことではない。素知らぬ顔をして、ここは「場」の空気の流れに任せることにした。

一休殿は森と隣室で何やら話していたが、すぐに戻って来て、囲炉裏の前に胡坐を掻くと、拙者に言った。

「森さんは向こうで休ませることにしたよ。……さて、剣持さん。話の大筋は分かった。お前さんは、それでわしに薄香夜叉を捕えろと申すのだね。昔取った杵柄だ。十日ももらえれば、そやつを捕まえて……」

「いいえ、それには及ばぬのですよ、一休様」

と蜷川親元殿が首を横に振った。

「なんじゃと?」

「下手人はすでに、こちらの剣持殿が捕えております」

「なんだ。それじゃ、わしのやることはないじゃないか。ああ、アレだな。下手人を鋸引きの刑にするから引導を渡してやれと……」

「いいえ。そうでもござらん」

と拙者は答えた。

「なんだ、なんだ。それでは、わしにどうしろと言うのだね？」

「去んぬる十月末日、拙者の娘を公家の姫君に化けさせまして、囮の牛車を仕立てて、侍所の役人を姫君の伴の者たちに変装させ、拙者は娘と一緒に車に乗り申した」

「娘を囮にするなんて、よく奥方が許したね」

「都の平穏のためなれば奥も納得いたしました」

「出来た奥方だなあ」

「……そうして、夜の大路を室町殿あたりから六角堂方面へ牛車を進めてみたところ、やがて、行く手にぼんやりした人影が見えてきた。車の中から目を凝らせば紗の被衣を頭からかついだ女のようだ。これは薄香夜叉だな、と牛車を近づけて、相手の前で停めると、従者に化けた配下が『どうなさいました？』と声を掛けました」

「……」

「すると薄香夜叉は紗の被衣を脱ぎ捨て、さらに女の顔を剥ぎ取ると、こちらに襲いかかろうとした。――と、それより早く、拙者が『それっ』と二本の十手を振りかざし、牛車から薄香夜叉に襲いかかったのでござる。三人がかりで押さえつけようとしても、相手は刀を振りまわして大暴れする。やむなく配下が呼子を吹いて捕り方を呼びました。そうして駆けつけた十人からの捕り方と力を合わせて、ようやく取り押さえたのでござった」

「それは大捕物だったねえ」

「はい。薄香夜叉は無傷で捕えましたが、味方に五名ほど怪我人が出ました」

「何はともあれ良かったなあ。捕り方に人死にが出なくて本当に良かった」

「ところが、ちっとも良くなかったのです」

と、横から蜷川殿が言った。

「凶賊が捕えられたのに良くなかったとは、お前、変なことを言うな。腹に悪い虫でもいるんじゃないのか？」

　げんなりした表情になって一休殿が蜷川殿の顔を睨んだ。蜷川殿がムッとして何か言い返そうとするのを見て、拙者は慌てて一休殿に説明した。

「侍所に連行し、取り調べたところ、薄香夜叉の正体が判明したのでございますが。それが、とんだ人物だったのでござる」

「とんだ人物？　それは……」

「大舘葦氏（おおだてよしうじ）といって、名門新田氏の流れを汲む大舘家の人間――」

「なんだ。あんたもモトチカも真剣な顔しとるから将軍家ゆかりの男が殺人鬼だったのかと心配したが、新田義貞の流れなんて、鎌倉の昔ならいざ知らず。この宝徳の世になんの有難味があるものかい。あんたら、血統なんてモノを過大に考え過ぎなんだよ」

「確かに新田家の血筋と申しても、今は何の意味もございませぬ。が、しかし、捕まった大舘葦氏が今参局（いままいりのつぼね）様の又従姉弟（またいとこ）で、乳兄妹（ちきょうだい）となりますと話はまた別でござっ……」

「なにッ!?」

　一休殿の顔が歪んだ。

「薄香夜叉の正体は、三魔（さんま）の一人の又従姉弟だったのか」

「しっ、お声が高い」

　拙者は慌てて唇に指を立てた。

　すると、ようやく気分が治ったか、森が隣の部屋から顔を覗かせて、

「一休様。その今参局様とか、三魔とか申されるのは何のことでございましょう？」

　一休殿は森に振り返って大きな声で答えた。

「今参局というのは今の将軍、八代義政公の乳母なんだ。乳母のみならず義政公を男にしてやったのも今参局と噂されておる。お陰で義政公は自分の母の言葉も、正室の日野富子の言葉も、細川勝元や畠山持国の意見も聞かず、今参局の言うがま

まだそうでな。他に義政公の側近には烏丸資任、有馬元家というのがいて、お今・烏丸・有馬をもって将軍家をほしいままに操る三魔と呼ばれているんだよ」

そう説明してから一休殿は改めて腕組みして唸った。

「女を殺して顔の皮を剝ぐ殺人鬼の正体が今参局の又従姉弟とは……。こいつは大変な話だ。下手な裁きや刑を下すと、今参局が黙ってないな。今参局が動けば、きっと義政公を焚きつけて無罪にしようとするぞ……」

それを聞いた蜷川殿が、

「一休様こそ血統や閨閥というものを軽んじ過ぎるのです。いくら帝の義兄上と言っても無造作過ぎでございましょう」

と、ここぞとばかりに大きな声で一休殿を非難する。

「うるさい。モトチカは黙っとれ。……しかし、どうして、そいつは自分の正体を名乗ったんだ。女殺しの薄香夜叉だと知れれば大舘家の恥になるであろうに……」

「薄香夜叉は、自分が大舘家の人間だと敢えて名乗ったのです。侍所が彼奴の身分確認のため、大舘家に『大舘葦氏なる者がおるか』と尋ねるように仕向けたのですな。そうして、我々に『自分には今参局という後ろ盾が付いている』と知らしめるため、同時に、今参局様がこの一件に干渉いたすために――」

「それで、頭人殿は、どのように考えているんだ？」

一休殿に尋ねられて拙者は答えた。

「ここで今参局様の横槍に屈して、大舘葦氏を解き放てば、彼奴は必ず他の女に同様の所業をいたすに決まっておる。また、天下の侍所が将軍家の乳母の横槍に屈しては、この世の正義も、ご政道も立ち行かん。ここは何としても大舘葦氏を裁き、犯した罪相応の罰を下さねばならぬ、と。飯尾加賀守様は左様申され、拙者に、天下の名知識、一休殿のお知恵を借りて八方治まるよう、命じられたのでございます」

　拙者がそこまで言えば、目をつぶって腕組みしたまま、じっとこちらの話を聞いていた一休殿は、カッと目を開いた。

「おおッ！　早くも名案が閃かれましたか」

　拙者と蜷川殿が同時に叫べば、一休殿は首を横に振り、皮肉な笑みを拡げて答えた。

「そう簡単に名案が湧くものかい。三日後にもう一度来い。それまでに上手く片付く名案をひり出しておく」

　拙者がそれを受けて、

「では、宜しくお頼み申します」

と頭を垂れれば、さらに一休殿は言い足した。

「ところで、少し金を貸してくれんか。米と野菜と魚と、味噌と醤油を買いたいのだ」

「は……？」

　一休殿が何を言われておるのか測りかねて、拙者がそう問い返せば、

「皆まで言わせるなよ。……わしと森さんが飯を食うのだ。腹が減っては知恵も出ぬと、釈迦如来も申しておられるだろう」

　そう言って一休殿は照れたように笑った。

三、蜷川新右衛門親元の独白

　三日あれば名案が浮かぶ。——一休様はそのように申していたが、なにしろ相手は自由勝手、奔放気儘に生きる「風狂」の御方だ。何も浮かばなくて森殿と夜逃げでもしまいか、と待っているうちに心配になってきた。

「大丈夫でしょうか」

と、つい屋敷でこぼしたら、傍で聞いていた母に笑われた。

「親元。あなた、一休様が心配なのですか？　それとも一休様が森さんを連れて夜逃げするのが心配なのですか？」

「な、何を申されます。拙者は、決して左様

な……」

言い返そうとした言葉が自然にどもったのには自分でも驚いた。

すると母は縫物をしながら、

「一休様は腕も知恵もお有りの方です。心配には及びませんよ」

などと呑気なことを言うのだ。

父が生きていた頃、一休様が「やっぱり気が向かぬ」とか嘯(うそぶ)いて管領殿のお招きをすっぽかしたのを知ってる身としては、母のように構えてはいられない。

「いや、しかし……」

思わず母に口答えしてしまった。

すると、母は顔を上げ、

「そんなに心配なら、毎日、売扇庵に見に行けば宜しいではありませんか」

と笑った。

「よくぞ申してくれました。その手がありましたね！」

そう叫ぶなり屋敷を飛び出して、北大路の売扇庵まで馬を駆った。

源宰相殿の妾姫(しょうき)の屋敷の門を潜り、庭に建てられた売扇庵まで駆けつける。

そうして木戸の隙間から中を覗こうとすると、

「どなたですか？　売扇庵に御用でございましょうか？」

背後から声を掛けられて息が止まりそうになった。

振り返れば、森殿が片手に薪を抱え、もう一方の手で杖をついて立っている。

「や、これは森殿!?」

胸を押さえて、喘ぐように呟いた。

「その声は蜷川様……？」

「いかにも蜷川新右衛門親元でござる」

そう答えると森殿に歩み寄り、

「一休様がちゃんとお考えになっておられるか、些か心配になりまして」

と口早に説明して、

「左様に重たい物を女子(おなご)が持たれてはなりません。腕や指が太くなります」

　森殿の薪をひったくった。

　すると木戸の向こうから一休様の声がする。

「うるさいと思ったらモトチカか。今日は飯を食ってはおらんぞ。飯時にまた来い」

　木戸を引いて、森殿を庵の中に先に進ませると、薪を抱えて売扇庵に上がる。囲炉裏の横に薪を積んでから、正座し直して一休様に問いかけた。

「如何です？　良いお知恵は出ましたか？」

　一休様は、うるさそうに頬を掻きながら答えた。

「出た」

「おおっ、して、それは!?」

「わしの考えを話す前にちょっと尋ねたい」

「如何なることでもお尋ねください」

　と胸を張って答えれば、一休様は片目をつぶって意味ありげに、にまあっと笑った。

「な、なんでございますか。いきなり気味悪い笑いなど浮かべて？」

「モトチカ。お前も公儀目付人なら幕府内の人間関係は掌握しておるはず。そこで問う。……お前、幕府内の情痴関係には明るいか？」

「情痴？」

「つまり誰と誰とがデキていて、誰と誰とがアヤしいという話だ」

「そんな下賤なことが、どうして薄香夜叉を裁くのに関わるのですか？」

「下賤？　この世の罪咎、凶事(まがごと)はことごとく男女の縺れ――言わば、色と欲から生まれるものよ。かつて大唐が傾いたのは玄宗皇帝が楊貴妃に入れ上げたせいとの故事を忘れたか。大は国と国との戦さから小は人と人との憎みあいまで、この世の争いの原因は色と欲と申しても過言ではない」

「そ、それは存じておりますが……。此度の一件とどう結び付くのです？」

「侍所が、どうして薄香夜叉こと大舘葦氏を処断出来ぬかと申せば、今参局が居るため。今参局がなぜに侍所に睨みを利かせておるかと言えば、公方の乳母でメカケのせいだ」

「またメカケなどと無礼な申されようを……」

「うるさい。最後まで聞け。わしの見立てでは今参局の相手は義政公ただ一人ではない。きっと公方以外にも男がいる。それも公方や正室の日野富子、母親の日野重子にも睨みがきく男が」

「一休様！　貴方様は今、大変なことを申されたのですぞ。今参局様に八代様以外の男がおるなどと――!!」

「いないのか？」

「おりません」

「では、どうして義政とお今はデキた？　乳母と公方が自然にそうなる筈はない。誰か、公方と寝ろと、裏で糸を引いた男がおるはずだ」

「左様な男は断じて……」

　おりませぬ、と言下に否定しようとした時、脳裏に、一人の男が浮かんだ。

　――あれは自分が亡父の跡を継いで公儀目付人になったばかりの一年ほど前のことだ。新顔の自分を大奥の宿直（とのい）と間違えて、

「本日、上様のお夜伽（よとぎ）役はどなたか？」

と尋ねてきた守護がいた。

　士烏帽子（さむらいえぼし）に細面、理知と情熱を同時に帯びた表情豊かな瞳の持ち主である。

「何某の局様でござる」

　そう答えると、渠（かれ）は眉を寄せ、

「まことか？　今参局様ではないのだな？」

　念を入れるように尋ねてきた。

　また、渠が室町第の奥の間より、慌ただしく出て来るのを、たまたま通りがかりに目撃したことがあった。

　あの時、渠は自分に気が付くと何度となく唇や首筋を拭ったのではなかったか。

　渠の直衣（のうし）から微かに蘭の花の匂いが漂ってきたのではなかったか。

　そして――。

　渠が足早に立ち去った後に、その部屋から侍女も連れずに、自ら唐紙を引いて出て参ったのは、

今参局様ではなかったか。

さらに、その場で一揖（いちゆう）した自分を無視して歩み去った今参局様の身から濃密な蘭の花の薫りが匂ってきたのではなかったか。

そこまで思い出した所で一休様が言った。

「心当たりがあるようだな、モトチカ」

「はい」

小さくうなずいて、いま思い出したことを話すと、一休様はニヤニヤ笑いを拡げた。

「成程。そいつと今参局は人目を忍んでよろしくやっておった訳だ」

「い、いや。左様決めつけるのは早計でございましょう」

「だって、状況があからさまにそう物語っておるではないか」

「しかし……同衾（どうきん）の現場をこの目で確かめた訳ではございません」

「だが、お前、今、蘭の花が匂ったと言っただろうが」

「そうは申しましたが……」

「ええい、この石部金吉め。ウチに帰って母上に教えてもらえ。そそくさと部屋から出てきた男女双方の身から、蘭の花の薫りが濃密に匂うとはどういうことでしょうか、とな」

からかうような調子で言ってから一休様は畳みかけた。

「それで、お前の会った守護とは誰だ？」

「細川勝元様です」

「よし」

と、一休様は腰を上げた。

「あっ。どちらへ参られます？」

自分が尋ねると、一休様は振り返り、鋭い目で一瞥してこう答えた。

「細川勝元の屋敷だ。ちょっと話をつけてくる」

四、森の独白（一）

一休様が細川勝元様のお屋敷に出かけてから三

日後、わたくしは剣持弥十郎様が手綱を握る馬に乗り、山城国に向かいました。

　向かった先は琵琶湖のほとり錦織荘(にしきおりのしょう)にある名主の屋敷でございます。

　そちらでは、すでに侍所のお役人が四名待っていて、何やら忙しげに立ち働いているようでした。

「バタバタしておる四名はいずれも拙者の部下じゃ。牛車やら何やら、今夜の狂言の用意をしておる」

　剣持様はそう教えてくれて、

「こちらで夜になるのを待とう」

　と、わたくしを屋敷の奥に案内してくれました。

「拙者はかいつまんでしか教えられておらんのだが、今夜の狂言は、ここから二町ほど向こう、琵琶湖のほとりの古い屋敷が舞台となるのだったな？」

「はい」

　と、わたくしはうなずきました。

「本来、赤松満祐様ゆかりのお屋敷だったのでございますが、赤松様が〝嘉吉(かきつ)の変〟と、続く〝赤松討伐〟で討たれて、赤松家が没落した今は細川勝元様の別邸となっているそうでございます」

「嘉吉の変か。六代様を弑(しい)し奉り、御首を槍に刺して播磨国まで行進したと聞くが。……そのような真似をして討たれた赤松ゆかりの屋敷ならば、いかにも何か化けて出そうだ」

「はい。一休様が、わざわざ細川勝元様に『あんたの持ってる別邸で幽霊か化け物が出そうなものはないかね？』とお尋ねになり、細川様が『ならば、打ってつけの化け物屋敷がある。赤松ゆかりの屋敷で、身共が戯れに黄昏屋敷と名付けた場所じゃ』と手配して下さったのだそうです」

「黄昏屋敷だと。ふん、黄昏刻(たそがれどき)は逢魔ヶ刻(おうまがどき)か……。如何にも何か出てきそうな名前の屋敷であるな。それで？　その、打ってつけの化け物屋敷に、今夜集まるのは誰と誰じゃ？」

「まずは一休様と蜷川親元様です。それからお役人に引っ立てられて、薄香夜叉――大舘葦氏が」

「うむ。狂言の主役（シテ）と脇役（アド）。それに悪役と言う訳だな」

感心した調子の剣持様にわたくしは続けて申しました。

「それから今参局様」

「なんと、大舘葦氏めを最も庇（かば）う人間も、この狂言に立ち合せるのか。……大丈夫かね？」

「又従姉妹の今参局様が立ち合えば、大舘葦氏は心を許して隙を見せると一休様は申しておられました。それに、今参局様の目の前で怪事が起これば、局さまもお裁きに横槍を入れて無理矢理、黒を白となさろうとすることも出来まいと」

「そうなら良いがな。……その他には？」

「怪異に立ち合い、それに接した大舘葦氏がどのような反応をするか。また、どんな言葉を口走るか。それを確かめて、薄香夜叉の一件に裁定を下される役目として、頭人の飯尾加賀守様」

「なにッ、頭人様も今夜の狂言に立ち合われると申すのか」

剣持様が動く気配がしました。腕を組んで考えこまれたご様子です。少し間を置いて剣持様は、

「今参局様と細川様の御前で狂言を打つのだぞ。もし大舘葦氏が何の反応を見せず、局様と細川様のご不興を買ったらどうする？　拙者やここの四人は御役目ゆえ不服はない。だが、飯尾加賀守様までが断罪されるようなことになったら……。一休殿はなんとする御積りなのか」

剣持様は声の底のほうが震え、激しい不安を隠しようもないご様子でございます。

わたくしは剣持様にこう申し上げました。

「ここは一休様を信じましょう」

「森、お前は信じているのか？」

「はい」

と、わたくしは答えました。

「信じております。信じておりますから、今夜は精一杯、薄香夜叉に殺されて、顔の皮を剥がれた姫君を演じさせて頂きます」

五、細川勝元の独白

斯様なバカバカしい狂言に加担しようと思った余がくるってないのなら、こんな狂言を持ちかけた一休宗純こそ、真の気触れに相違ない。

だが、実際には、余も一休もすこぶる正気である。

正気だからこそ、薄香夜叉こと大舘輦氏に犯した罪を認めさせて、後ろ盾と頼む今参局の真ん前で『娘たちを殺して顔の皮を剝いだのは自分だ』と懺悔させ、心の底から神仏に許しを請わせるための狂言を仕掛ける気になったのだ。

三日前のことだ。

一休は、上京は室町第近くにある余の屋敷を訪れて、余と顔を合わせるなり、こう言った。

「幽霊を呼ぼうと思うのだが、あんた、力を貸してくれんかな？」

「はて。それは何のことかな？」

と余は憮然として問うた。

折しも昼間、室町第で政務について山名宗峯と口論になり、言い負かされたその直後だ。

余は非常に機嫌が悪かった。

「京を騒がす殺人鬼、薄香夜叉を裁くのに細川勝元殿のご尽力を請いたいと、そう申しておるのじゃ」

言葉こそ丁寧で腰が低いが、目の前の一休は少しも余に請うてはいなかった。大胡坐を搔いてそっくり返り、むしろ威張っておる。

そんな一休の傲慢極まりない面を見ているうちに、余は意地悪な気分が湧いてきて、皮肉な調子でこう言ってやった。

「はて？　身共は禅師に何か借りでもござったかな」

すると一休は頭を搔き、

「いや、別に借りや貸しはないのだがな。……以前のことだが、わしが作庭について意見を奏上してから、義政公とはいかい親しくてな」

「ふん、それは重畳」

「だから、明日にでも御所に参って、作庭話のついでに、乳母殿の抱き心地は如何かな、とお尋ね申し上げようと思っておる」

「……」

余は怒りで顔がひくひくと痙攣するのを自覚した。

（この糞爺は何を言いたいのだ。ことと次第によっては、その皺首を叩き落としてくれよう）

そう考えると、一休は下顎を撫でながらにたあと笑いかけた。

「今参局を使って、八代様を籠絡しようと、乳母から側室扱いにしようと裏で手を回したのは、あんただそうじゃないか」

「なにを！」

「はは、図星を刺されると、人間、誰でも怒るものよ。だが、無礼討ちされる前に、もう少し悪態つかせてもらおうかい。どうして今参局を八代様に押しつけたかと言えば、その味がすこぶる良かったから。百人斬りの勝元でさえたっぷり楽しめたのだから、まだ世間も女も碌に知らぬ八代様をたらしこむなど造作もないこと。――そう考えて、自分の食い残しを上様に押しつけた」

「貴様ッ」

余はカッとなって床の間に手を伸ばし、刀掛に掛けた大太刀を引き寄せた。

「まあ待て。クソ爺の悪態は最後まで聞くものだ。聞いてから斬っても損はないぞ」

「黙れ」

と大太刀を抜こうとすれば、一休は言った。

「今参局が閨（ねや）のつれづれに、義政公にあることないこと吹きこんでおるのを、あんた、知ってるか？」

「あることないこと？」

余は思わず大太刀を抜きかけた手を止めた。

「たとえば摂津国の守護が自分に色目を使ったから制裁せよだの、尾張の守護代を織田何某にするべきだの……」

「戯けたことを。あの女は余の操り人形ぞ。自分の考えで左様なことを上様に申すものか」

と余は嗤った。

「甘いな、勝元。そんな考えでは山名の赤坊主に早晩寝首を搔かれよう」

「うっ……」

山名の名を出され、余は思わず胸を押さえた。

すると一休は真剣な顔になり、

「さて。本日お邪魔した訳をもう一度話させて頂こう。公家の姫君を次々と殺め、その顔の皮を剝ぐことで悦楽を得る殺人鬼――薄香夜叉が捕えられた。正体を知れば、名を大舘葦氏と申して、なんと今参局の又従姉弟で乳姉弟じゃ。大舘葦氏は己れの後ろ盾が八代様の乳母兼メカケの今参局であることをひけらかして奉行に釈放を迫る。だが、ここで釈放してはまた多くの姫君が殺められ顔の皮を剝がれてしまう。相談を持ち掛けられたわしは、そこで一計を案じた。――大舘葦氏と今参局の眼前で、幽霊の狂言を打ってやろうとな」

「幽霊の狂言……？」

「そうだ。何処か、曰くありげな屋敷に大舘葦氏と今参局を同席させて、夜更け、何か出そうな頃合を測って牛車を歩かせる。これは近くの屋敷に戻ろうとしてたところ、道端でぼんやりしている姫君を見つけた。こんな時刻に危ないので、牛車に乗せてやったと言う話だ。で、牛車が古屋敷の門前に来たところで、姫君がなんか申して無理矢理降り立ち、そのまま屋敷に入ってしまった、と。ところが、屋敷に入ったきり、姫君は戻らない。怪訝に思った牛車の御者が『こちらの姫様でいらっしゃいますか』と屋敷を訪れる。そこで『どんな様子の姫君か』と尋ねれば『顔を隠すようにしていた』との答え。それから突然ドロドロと無気味な気配が起こって、一座の真ん中に、拵えものの顔の皮がポーンと投げ出されるのだ。これを目にしたならば、如何に悪逆非道な薄香夜叉といえど、必ずや動転して自分の犯した罪を認め、神仏に許しを請うだろう。今参局も目の前で乳姉弟が人殺しの告白をしたならば横槍の入れ様がない。かくして、大舘葦氏は死罪が申し渡され、今参局も少しは大人しくなる。という筋書きだ」

一休はそこまでひと息にまくしたてた。

「成程。それはご趣向じゃ」

余はうなずいてみせたが、次いで皮肉な笑みを拡げると尋ねた。

「だが、身共は何を得られるのかな？　今参局を脅かしてアハハと笑い、薄香夜叉に死罪を申し渡されるのを見て快哉を叫ぶ。ただそれだけか？」

「どっこい、おまけがある」

と一休は片目をつぶって見せた。

「おまけ？　それはなんだ？」

尋ねた余に一休はこう言った。

「薄香夜叉も、今参局も、ともに同じ新田氏だ。……あんたが大嫌いな山名宗峯も新田の一門。同じ新田一族から娘の顔の皮を剝いで喜ぶ鬼のような咎人が出たとなれば……。ははは、山名宗峯は、当分、あんたと口論するのは控えるし、今参局も上様に抱かれている最中、あんたの悪口を吹きこむのは止めることになるだろうの」

「そう来たか」

余は膝を打った。

「どうだね？　わしが打とうとしておる狂言に一枚乗る気になってくれたかな？」

「よかろう」

余は答えた。

「山城国錦織荘（にしきおりのしょう）に赤松満祐の別邸だった屋敷を持っている。余が黄昏屋敷と名付けた、今にも妖怪変化が現われそうな荒れ屋敷だ。そこをお貸しよう」

「有り難い。早速、大舘葦氏をその黄昏屋敷に移送させよう。それから、奉行の飯尾加賀守と今参局も口実を設けて立ち合わせねばな」

「されば、禅師。狂言を手伝うに当たり、一つ、条件がある」

と余は持ちかけた。

「条件？　何かな」

一休に問われて、余はニヤリと笑うと、こう言った。

「余も黄昏屋敷の狂言に立ち合せて頂きたい」

「はて、もの好きな」

「今参局が恐怖に怯える姿と、乳姉弟に死罪を言い渡されるのを目の当たりにして、あの女が恥辱に悶える顔を見てみたい」

そう言って、心に恐怖と恥辱にのたうつ今参局を思い浮かべた時、余は激しく昂ぶるのを体感していた。

六、一休の独白（二）

黄昏屋敷の小広間には銀の燭台が人数分――八台並べられ、次第に暗くなる周囲をぼんやりと照らしていた。

その場に集まった八名の人々に、まず、わたしは呼びかけた。

「黄昏屋敷と呼ばれるこの屋敷ですが、今宵一夜は皆様と共に過ごす仮の宿。されば今夜だけは〝たそかれの宿〟と呼ぶことにいたしましょう」

すると今参局が小首を傾げた。

「一休様。それは何故（なにゆえ）でございますか？」

「〝たそかれ〟とは〝誰（た）そ彼（かれ）〟――薄闇に紛れて、彼処より来るものも、すれちがうものも、それが何者かは分からぬ宿……との謂（いい）でござる。彼岸と此岸の境目に、この宿は建っていると思ってくだされ」

そうわたしが説明すると、すかさず小広間の隅から冷やかすような声が湧き起こる。

「ご趣向、ご趣向」

大舘葦氏こと薄香夜叉であった。

その両手には手鎖をされ、さらに足首も鎖の足枷で縛されている。

「静かにせぬか」

すぐにそう言って大舘葦氏は、二人の役人に六尺棒で顔が床に着くほど押さえられた。

それを見た今参局が、

「不浄役人ども、お控えなさい。葦氏は新田義貞公の血を引く大舘の者ですぞ」

鋭く役人たちを制した。

「いやいや、お今殿」

細川勝元は敢えて今参局をそのように呼んで、

「この場の葦氏殿は大舘の者に非ず。京で公家の姫君を多数殺害し、その顔の皮を剝いだ薄香夜叉として鎖に繋がれた身でござれば、左様なお口出しは無用とされたい」

と静かに諫めた。

「なんですって⁉ 勝元殿、貴方様はわたくしの乳姉弟をそんな恐ろしい賊と信じていらっしゃるのですか？」

「さあ、それは」

細川勝元はニヤニヤと意味ありげな笑いを見せて答えた。

「黒白いずくと見定めて、裁かれるのは余にあらず。そちらの頭人殿――飯尾加賀守殿にござればうそぶくように答えて細川勝元は上座に坐した」

飯尾加賀守のほうに振り返った。

「のう、そうでござろう、加賀殿」

「はっ」

飯尾加賀守が答えた。

「それでは始めましょうか」

一休がそう呼びかけると、

「ははっ！」

飯尾加賀守は古武士然とした厳めしい顔で一礼すると、小広間に居合わせた者たちを眺め渡した。

「しからば、ご列席の方々に申し上げる。これより逆礼ながら御定法により、侍所頭人、飯尾加賀守之清、上座にて御詮議をはじめることといたします。……なお、御詮議に当たり、これより言葉を改める。左様心得られい」

役人たちは「はっ」と蹲踞の礼を取って一礼し、蜷川新右衛門はもとより、細川勝元や今参局までが深々と頭を垂れる。わたしも付き合いでお座なりに頭を下げておいた。

「さて、それなる下手人、大舘葦氏。夜な夜な、殺めた女性（にょしょう）より剝いだる顔の皮を顔面に被り、紗の被衣をかつぎて女に化け、通りかかる牛車を騙し、牛車が停まりたる所に細身の剣を手にして飛び掛かり、牛車の御者や供の者たちを殺し、さらに牛車内の姫君に襲いかかりてこれを殺害。顔の皮を剝ぎたること、調べにより明白である。左様、相違ないか？」

飯尾加賀守が険しい表情で尋ねれば、大舘葦氏はニタニタと薄笑いを拡げて、

「畏れながら拙者には覚えなきことでござる」

「されど、薄香夜叉として捕えられたのではないのか？」

「これは拙者と大舘家、さらには今参局様を貶めんとする何者かが仕組みしこと――」

「では、京において薄香夜叉が犯せし非道な行ないは、其の方の仕業ではないと申すのか」

「一切関わりのないことにござる」

「しかと左様か？」

「間違いございません」

「まことか？」

「天地神明に懸けてまことにござる」

「……」

飯尾加賀守は一瞬、激しい怒りで顔を歪めたが、すぐに冷静な表情に戻ると、小広間の隅に正座したわたしに視線を転じずると、こう言った。

「やむをえぬ。禅師、かの儀式の用意をお願いしたい」

「いかい承知」

わたしは思い切り芝居がかった調子で答えた。

「儀式……？」

縛された大舘葦氏が怪訝な顔になる。

同時に、小広間の左隅に細川勝元と並んだ今参局も小さく洩らして、眉宇をひそめた。

「はて、それは如何なるものでございましょう？」

すかさず、わたしは立ち上がり、

「我が臨済の宗祖栄西（ようさい）より伝わる円密禅（えんみつぜん）の秘法に

ござる。非業の最期を遂げたため、未だ現世に漂う死者の霊を、殺められたる時そのままの姿で呼び出し、誰に殺されたのか死霊に答えさせる秘密儀式。この儀式は深更子の刻より始むるべしと定められ、かつ臨済僧一名と、高貴な身分の者二名を必要と決められており申す。今回、かくのごとき真夜中に方々に参集願ったのはそのためであり、今参局殿、細川勝元殿、ご両名のご臨席を賜ったは、この秘法を行なわんがため――」

朗々と嘘八百を説明すると、数珠を巻いた右手を面前に立て、今参局と細川勝元に一礼した。

我ながら迫真の演技だ。

「余はかねて親しき一休禅師より此度の事を持ち掛けられ、さればと、この黄昏屋敷を提供し、さらに儀式に連なることにいたしたのだ」

と、細川勝元は言うと、今参局のほうに目をやった。

「お今殿は余がお誘いしたのだが、偶然にも、今回御詮議を受けるのが、お今殿の乳姉弟と知って、まっこと驚愕いたした。儀式を行う前よりこのような奇跡のごとき偶然が起こるとは、げにも栄西禅師より伝わる臨済の秘法は霊験あらたかなものと、余は今、心の底より畏怖しておる」

細川勝元は真剣そのものの顔で言う。流石は居並ぶ守護の中でも山名宗峯と並ぶ大タヌキだ。わたし以上にもっともらしい。

細川勝元は大舘葦氏のほうに顔を向け、

「しかしな、葦氏殿、畏れることはない。おことが潔白なれば死者の霊も祟りを為すことなどないのだ」

そう付け加えて親切そうに微笑みかけた。

「では――」

わたしは一同を見渡すと、

「大舘葦氏をわしの前に据えろ。その後方に今参局殿と細川勝元殿が並んで坐し、役人と蜷川親元はそれぞれ左右を護るかたちで位置せよ」

と厳かに命じる。

皆が言われたように移動して坐り直すと、わたしはその廻りを囲む円陣となるよう八本の燭台を並べさせた。そうして準備なったと見せるや、燭台の蠟燭のうち四本を吹き消したのである。

小広間が一気に暗くなった。

橙色の明かりに一同の影が揺れる。

わたしは大舘葦氏の前に立つと、厳かな調子で仏頂尊勝陀羅尼（ぶっちょうそんしょうだらに）を唱えながら考えた。

（あとは剣持殿と森さんが来るのを待つだけだ。頼みますよ、お二方——）

七、森の独白（二）

遠くで鐘の音が一つだけ響きました。

「あれは子の刻前の予鐘じゃ。よし、黄昏屋敷に参るぞ」

牛車の外から剣持様の声がそう聞こえたかと思うと、牛車が大きく揺れました。御者に化けた剣持様が牛を進ませたようです。

「森、用意はいいな？」

牛を引きながら剣持様は牛車に乗ったわたくしに問いかけました。

「はい」

そう返事をしたわたくしは公家の姫君の格好です。ただし、この顔はお役人の手で血の色に塗られております。これは、闇の中でわたくしを見た大舘葦氏が、わたくしを顔の皮を剝がれた娘と見間違えるための化粧でございました。

「黄昏屋敷までは小半時ほどだ」

牛車を護る侍に化けたお役人たちに剣持様が言うのが聞こえました。

「はっ」

庄屋屋敷から黄昏屋敷に続く田舎道を牛車は進み続けます。

牛車の中に控えているわたくしに聞こえるのは夜の息吹と、時折そよぐ草の葉がすれ合う音、そして微かな風に揺れた琵琶湖の波が、岸辺を洗う音ばかりです。

こうして黙っていると、広い世界に自分

独りだけになってしまったような――旅から旅の暮らしに戻ってしまったような、どうにも寂しい気持ちになって来そうです。

（これではいけない）

と思い直して背を伸ばせば、不意に、生ぬるい風が牛車の中に吹きこんできました。風は腐った魚のような嫌な臭いを微かに帯びています。

その微風に頬を撫でられた途端、わたくしの背に冷たいものが走り、錦の衣の下で肌が粟立（あわだ）ちました。同時にすぐ傍に人のいる気配を感じます。

わたくしは思わず囁きかけました。

「誰？　どなたか、いらっしゃるのですか？」

返事はありません。

ただ、くすりという女の含み笑いの声が、耳元で起こり、息がこの耳に吹き掛かりました。

ハッとそちらに振り返れば、人の気配は唐突に消えてしまいます。

わたくしが、剣持様に「誰かが牛車にいます」と訴えようとした時、急に牛車が停まりました。

（どうしたのだろう）

と尋ねようとすれば、牛車は右に少し進みます。でも、すぐに停まり、今度は左に少し寄って進みました。停まります。また少しだけ、右へ。すぐ停まって、今度は左に寄りました。

まるで牛車を引く牛が熱に魘されて満足に歩けないような有様です。

外からお役人たちの声が響きます。

「これ、何をしておる」

「我らは先を急ぎおるのだ」

その声を不審に思い、わたくしは牛車の中から牛を引く剣持様に尋ねました。

「どうなさいましたか？」

すると剣持様は苦り切った声で答えます。

「いやな、行く手に女子が一人、この細道を塞ぐように立っておるのだ。それで道を開けてやろうと車を右に寄せれば、女は右に寄り、ならばと左に寄せてやると、女子も左に移る。お陰で牛車を先に進めることが出来んのだよ」

「女子……？　間もなく子の刻になろうという真夜中に……しかも誰も通りそうにないこんな田舎道で……女の人がたった一人で立っているのですか」

「そうなのだ」

と剣持様はわたくしに答え、続いて牛車の前に立ち塞がった女の人に叫びました。

「これっ、女、退かぬか。退かぬと力ずくでも退かせるぞ」

すると、一息置いて、突然、わたくしの右の耳許にこんな女の声が囁かれます。

「お主らには進ませぬ」

さらに左のほうからも、

「黄昏屋敷には行かせはしない」

そして、わたくしの周りから十人近い女の声が湧き起こりました。

「薄香夜叉は我らの獲物ぞ！」

次の瞬間、落雷のような物凄い音と共に牛車が激しく揺れたかと思うと、牛車全体が左の方にガクンッと傾きました。

同時に外からお役人たちの叫びが――、

「や、牛車の車軸が折れた」

「おおっ、女が飛んだ！　夜空に吸い込まれるように真っ直ぐ飛んでいく」

「ああ……夜空に吸い込まれて……」

少し間を置いて、剣持様の声が聞こえます。

「女が夜に溶けたように消えてしまった」

次の瞬間、子の刻を告げる鐘の音が響きます。

その陰に籠った音を聞いて、わたくしは思わず唇を噛んでしまいました。

（しまった！　……一休様と約束した刻限に遅れてしまった）

八、今参局の独白

不意に鐘の音が響いた。

子の刻の鐘だ。

その音があまりにも近く聞こえたので、私は驚いた。

身を竦めた動きに銀燭の炎が揺れた。明かりがチラチラと瞬き、壁に大きく映し出された私たちの影が揺らぐ。

何処からか小広間に風が吹き込んできた。

真夏の風のように生ぬるくて力ない。

その風に頬を撫でられると、私は意味もなく背筋がゾッとするのを覚えた。

突然、屋敷の外から歯の浮きそうな軋みが聞こえた。

(なんの音だろう)

そう思っていると屋敷の玄関のほうから何人もの人間が声高に喚きあう声がした。

一休殿は銀燭の円陣の前に立ち手を合わせたまま、念を凝らして微動だにしない。

胸騒ぎがしてきた。

何かが起こる。

何か、とてつもなく恐ろしいことが起こる。

そんな思いに駆られて落ち着かなくなってきた。

急に葦氏が心配になってきて、そちらに振り返った。葦氏は儀式の雰囲気も恐ろしくはないのか、にやにやと笑っている。

突然、玄関が激しく叩かれた。

「お頼み申します、お頼み申します」

戸を叩きながら屋敷内に呼びかける若い女の声が響く。

一休殿は手を合わせて目をつむったまま叫んだ。

「この真夜中にどなたが何の御用じゃ」

戸を叩く音が止んだ。

女の声も消えた。

沈黙が小広間に甦った。

だが、すぐに女の声が、

「御用のありますのは貴方様ではございません」

明かりが一斉に瞬いた。小広間の闇が無限大に濃くなった。メリメリメリと屋敷の窓という窓が軋む音がした。

そして、虚空からポーンと紗の被衣が投げ出された。

儀式に集った一同がハッとそれに視線を集めれば、紗の被衣はふうわりと落下するごとに縮んでいき、やがて能面ほどの大きさになると、大舘葦氏の膝の前にぺちゃりと落ちた。

大舘葦氏が息を呑んで床のものに目を落とした。

それは薄香色をした人の顔——否、人の顔の皮だった。

大舘葦氏は驚いてのけ反った。

そちらに向かって顔の皮は口の部分に開いた穴を笑う形に歪めた。

大舘葦氏の悲鳴が小広間に響き渡った。

その叫び声に分厚い板が押し破られた轟音が重なった。

燭台の明かりが同時に消えた。

夜闇が小広間を覆い包んだ。

私は恐ろしさに身を縮めて隣の細川勝元殿にしがみついた。

だが、細川勝元殿は私を押し退けると、一人逃げようと膝を立て掛ける。

床に手をついた私は、闇を透かして何かがが動くのを見た。

たとえば押し破られた窓を乗り越えて、何人もの女の影が、小広間に踏み込んでくる様子を——たとえば大舘葦氏がそれらの影に囲まれる様子を——たとえば葦氏が何人もの女たちに手足を取られて小広間から窓へと引きずられる様子を——窓の外に葦氏が引き出されていく姿を——。

それはひどく長く続いたように感じたが、実は、一休殿や飯尾加賀守や蜷川親元が制止する暇もないほどの短い時間だった。

多分、一刹那の出来事だったのだろう。

葦氏の悲鳴とそれを圧する何人もの女の哄笑が消えた。それらが消えると同時に明かりは瞬くのを止め、元のように小広間を照らし上げた。

照らされた小広間に浮かんだ一同の顔は血の気を失っていた。

おそらく私も死人のような顔をしていたことだろう。

それでも葦氏を求めて周囲を見渡した。

さっきまでいた場所に葦氏はいなかった。

ただ手枷と足枷がねじ切られた鎖と共に投げ捨てられていた。

小広間の連子窓が外から破られ、床に窓の桟が散らばっていた。

床には何人もの女の足跡があった。

それから、葦氏のいた場所から窓まで、重い荷物が引きずられたような跡が残っていた。

「何が……あったのですか……」

私はやっと声を振り絞って一休殿に尋ねた。

「さてな」

一休殿は憮然として答えた。

「神仏の裁きが如何なるものか、我ら凡夫には知ることも出来ぬよ」

＊

牛車の御者の格好をした侍所の者が、

「相済みませぬ、途中、牛車の車軸が折れると言う有り得ぬことが起こりまして。森も連れの者どもも、おっつけ歩いてこちらに参ります」

と報告に駆けつけたのは、全てが終わってから半刻も後のことだった。

九、飯尾加賀守の独白

翌朝、琵琶湖畔で男の死体が発見された。

死体には紗の被衣が絡みつき、その喉肉は何匹もの山犬に噛みちぎられたように深く抉れていた。

これが死因であることは明らかだったが、在の者が言うには、琵琶湖湖畔で山犬に襲われた話など聞いたこともないという。

男の顔の皮は額の付け根から剝ぎ取られて、見ただけでは何者か判別できなかった。

騒ぎを聞いて駆けつけた一休禅師は、死体を目にすると、

「こいつは黄昏屋敷で消えた大舘葦氏に間違いない。だが、顔の皮が見事に剝がされて、何処の誰かも分からん。これが本当の〝誰そ渠〟の宿だ

わ」

共に現場にやって来た蜷川親元殿と剣持弥十郎にそう吐き捨てた。

それを聞いた親元殿が、

「一休様、如何に薄香夜叉のなれの果てとは申せ、死なば仏。言葉が過ぎましょう」

とたしなめれば、一休禅師は「ふん」と鼻を鳴らし、

仏をも鬼をも殺す悪人は
　閻魔王とて許すべきかは

そんな即興の道歌を呟くと、さっさと身を翻し、侍女の森の待つ黄昏屋敷に向かって足早に去っていった。

＊

十年後の長禄三年、権勢を恣（ほしいまま）にするかに思われた今参局は、何者かの手によって室町第より拉致され、琵琶湖近くの廃屋に運び込まれて斬殺された。

この、今参局が惨殺された廃屋こそ、かつて一休が仕掛けた狂言の舞台となった「たそかれの宿」――琵琶湖畔に建つ細川家別邸に他ならなかったのである。

その噂を小耳に挟んだ蜷川親元が、

「今参局が暗殺された場所は十年前のたそかれの宿だったそうです」

と教えれば、それまで寝転がっていた一休は、ふと目を開くと、困惑とも皮肉ともつかぬ微苦笑を浮かべて呟いた。

「やっぱり、この世にはタタリって奴があるらしいな、モトチカ」

人食い 小路

花盛り過ぐるも知らず垂れこめて　壁にねぶれる春の古寺

大内政弘

一

宝徳元年（一四四九年）の暮れも押し迫った頃のことである。

師走とは思えぬほどうららかなある日の昼過ぎ、一人の侍が売扇庵（ばいせんあん）を訪れた。侍は三十前後ほどか。精悍な面構え（つらがまえ）で、身に一分（いちぶ）の隙もない。まとった直垂は上等で、名のある守護の家来のようである。その身ごなしには一分の隙もなく、一休はひと目、男を見るなり、研ぎ澄ました刃を連想してしまった。

男はまず恭しく書状を一休に差し出した。

「こちらは細川勝元様よりの紹介状にござる」

「こんなもの出されてもわしは読まんよ。本当に困ってるというのなら、紹介状なぞいらん。早く用件を聞かせんか」

一休は失笑混じりに言って紹介状を横にのけた。開きもせずに後で囲炉裏にくべてしまうのは明らかだ。

だが、男は肩ひじ張った態度を崩そうともせず、

「身共は京極持清（きょうごくもちきよ）様の家来で、多賀高忠（たがたかただ）と申します。主人が先日、ご公儀より侍所所司（さむらいどころしょし）を拝命し、それに伴いまして拙者は侍所頭人（とうにん）の任に就きました。目下は京市中の悪人追捕（ついぶ）を主な職務といたしおります」

まずそう名乗った。

「ほう。お前さまの名には覚えがあるよ。京の辻強盗やら人さらい共が恐れる〝鉞（まさかり）高忠〟とは、お前さまのことかね」

「恥ずかしながら、一部では左様な名で呼ばれおるようで」

多賀高忠はそう言うと唇だけ微笑んだ。

「それで？　その鉞（まさかり）高忠殿が、このジジイに何の御用かな」

「御坊は〝人食い小路〟の噂はご存知で？」

「いいや。そいつは、まだ食ったことがないなあ。どこの菓子だい？」

一休がそんなことを言ってとぼけてみせても、

「菓子ではござらぬ」

多賀高忠は生真面目な顔で訂正すると、

「今道の下口近くにある細い小路——烏丸資任殿別邸跡前を通る細い小路に京の町衆が付けた名でございます」

「ふむ。あの辺は昼でも人通りがなくて寂しい所だが。足軽強盗の一味でも現われたかね」

「強盗なれば身共らが行って捕えれば済むこと。そう済まぬ事柄ゆえ、御坊にご相談に参りました」

「わしは化け物が仲間とでも間違えるのか、若い頃からゲップの出るほど怪異な事件に巻き込まれてきたがな。決して助けにはならんぞ。なんと言っても臨済の教えは『一切の妖異は人心より生ず』だ。だからお前さまの相談は聞くが、悪霊祓いみたいな真似はせん。それでも良かったら、話してみなさい」

「……その人食い小路に立ち入って帰ってこなかった者が何人もございまして」

「なるほど。それで、付いた渾名が人食い小路か」

「迷い込んだが最後、行方不明にならぬまでも、妖物を見かけたり、鬼火を見たり、幽霊に遭遇したり、いや……それより奇ッ怪至極なことどもに遭遇するとか。左様な怪事が三年前より頻繁に起こっておりまして」

「ふん、神隠しだけでなく、そんなに色んな目に逢わせるとは、近頃の化け物は、また、えらく人間に受けようと媚びまくるな。まるで場末の狂言師みたいだ」

一休はそう言って舌を出しかけたが、多賀高忠が生真面目な顔のままなのに気づいて、出しかけた舌を引っ込めた。

「それで？　その人食い小路で何か大変なことでも起こったのかな？」

「左様で」

多賀はうなずいた。それから少し間を置くと、眉根を寄せて、苦しげに言った。

「実は……五日ほど前……身共の妻と従者が人食い小路に迷い込みまして……それきり、神隠しに遭ってしまったのでござる」

「なんと、侍所目付人の奥方と従者が人食い小路に食われたと！」

「八方手を尽くしましたが二名は見つからず。それのみか、何の手掛かりもございません」

多賀は無念そうに言った。

「お可哀そうにの。心よりご同情申し上げる」

「有難うございます。……ところが、その二日後の夜――」

「何かあったか？」

「身共は不思議な夢を見まして」

多賀はそう言ってから、困惑と戸惑いの入り混じった表情になり、口の両端に力を入れて黙ってしまう。

その多賀の変化をじっと見ていた一休は尋ねた。

「自分の体験をどう話したものか、考えているのではないかな？」

「は、なんとも……。斯様（かよう）なことを申しますと……身共の……正気が疑われてしまいそうな……奇怪な夢でございまして」

多賀が途切れがちに言えば、それまで囲炉裏端でずっと話を聞いていた森が初めて口を開いた。

「夢には様々な種類があると、ずっと前、神南（こうなん）で会った夢買いから聞いたことがございます。夢とは眠りによって魂が肉体（からだ）という縛めから解き放たれて見るものなので、どんな不思議なことでも、それは魂の国の真実だから恥ずかしいと思ってはいけない。ありのままに受け止めるべきなのだ……夢買いはそんなことを申しておりましたよ」

「魂の国の真実……」

多賀が森の言葉を繰り返せば、一休が畳みかけた。

「お前さまの見た夢の話は道々聞かせてもらうとして、暗くならんうちに参ろうか」

そう言って腰をあげた一休に、

「参ると申されても……何処へ参るのでござろう」

多賀が驚いて尋ねれば、

「お前さまの奥方と従者が消えた場所――人食い小路じゃ」

一休はこともなげに答えた。

「これから参るので？」

「当たり前じゃ。明日は大徳寺に行く用事がある。今日出来ることは今日済ませろと言うじゃろうが」

そんなことを言って壁に寄ると、一休は壁に立てかけた杖を取り、森に手渡した。

「森さん、さ、杖だ。すぐに参るよ」

「はい」

と、森が杖を受け取るのを見て、多賀はさらに驚きの表情を拡げると一休に訊いた。

「御坊！　こちらの娘御も人食い小路に連れて行くと？」

「うむ。森さんは必要なのじゃ」

「しかし……この娘は……盲目(めしい)ではござらぬか」

「目は見えぬが、森さんには、目あきにはない素晴らしい心眼がある。日野重子殿に取り憑かんとしていた吸血鬼の噂は聞いておろう。あやつの正体を誰より早く見破ったのが、この森さんなのだ」

「河堀検校の正体を見破った……」

一休の説明に多賀高忠は、森の清楚な貌(かんばせ)を思わず見つめたが、すぐにかぶりを振って眉をひそめた。

「なりませんぞ、御坊。人食い小路に近づけば我らも神隠しに遭うやもしれません。そんな危険な場所に、うら若き女子(おなご)を同道させるなど絶対になりません」

「心配するな。森さんとは一緒に兵庫湊(ひょうごのみなと)に魔物退治に行ったこともあるのだ。あの時の森さんは、同道した公儀目付人より頼りになったよ」

「いや、しかし……」

「大丈夫だと言ったら大丈夫じゃ。それに。それに――」

「それに？　それに、何でござるか？」

「汚いジジイと二人きりで神隠しに遭うよりは、きれいな娘も交えて三人で神隠しされたほうが、お前さまも、楽しかろう。……違うかな？」

大声で笑いながら一休は「さ、参るぞ」と多賀高忠を促した。

二

人食い小路のある今道の下口近くに向かう道すがら、多賀高忠は、妻と従者が消えた三日後に見た夢のことを話しはじめた。

「夢の中で身共は奥と誰かを待っておりました。そこは広壮な屋敷の、小広間ほどもある玄関で、身共と奥は屋敷に招かれたようでした。立派なお屋敷だなどと奥と話しておると、そこに、奥の従者が現われました。従者――奥と一緒に神隠しに遭った者にござる――は、『本日は准大臣（じゅだいじん）様はお出でにならないそうにございます』と、奥に報せました」

「准大臣？　ああ、烏丸資任（からすまるすけとう）のことか。そういえば、人食い小路には烏丸資任の別邸があったな。わしも覚えとるよ」

「……三年半ほど前に火事を出してからは修復も施されぬまま、今は焼け焦げた屋敷の廃墟が残るのみで」

「お前さま、火事になる前に烏丸の屋敷に上がったことは？」

「ございません。もとより別邸は烏丸殿が側室の初瀬（はつせ）殿のために設けられた屋敷なれば、我々のような者には招かれることはおろか門を潜ることもなりませぬ」

「成程、屋敷に入ったことはないと。覚えておこう。それで……夢の中でお前さまと奥方はどうしたね？」

「気がつけば、いつの間にか奥の姿はなく、玄関に立つのは身共一人になっており申した。

それのみか、ほんの今しがたまで明るかったのに、夕暮れ過ぎのように暗くなっております。どうしたことだ、と呟くうちにも薄闇は潮が満ちるように玄関を包んでいき、踝から脹脛、さらに膝近くまで闇に呑まれていきます。その闇の濃いことと言ったら、まるで漆汁のようで、己れの足だというのに立った位置から見たのでは、もはや何処にあるのかさえ分からない始末です」

話しながらも夢の光景が生々しく思い出されるのか、多賀高忠は何度となく片手で顔の周囲を払うような仕草を見せた。

「それで？」

「その濃密な闇に膝から下が呑みこまれるにつれて、広い玄関が――邪悪な気配と申すのでござろうか――誰かが物陰から悪意を持ってこちらの様子を窺っているような気配や、なんとも居心地の悪い雰囲気が満ちていき、そんな場所に一人佇んでおると、何かとてつもなく良くないことが起こるような気持ちが湧いてまいりました」

「それは妖気だな」

と一休は眉をひそめた。

「妖かしの類が現われる前には必ずそんな感じがするものだよ。……それで、お前さまはどうなされたね？」

「厭な気配が耐えきれないほどまで高まった時、突如、屋敷のずっと向こうから微かに、『お助け下さいませ』と、身共に救いを求める奥の声が響いてきました。身共は奥の名を呼んで玄関から屋敷に上がろうといたしますが、闇に呑まれた膝から下が容易に動きません。まるで酷い泥濘に浸かってしまったようです。さらに、この身にも何か目に見えぬ物が絡みついていた様子で、動きが水中にでもいるかのように緩慢にしか動きません。闇から逃れようともがくうちにも、早くこの場を脱せねば奥の身が危ない、という気持ちは高まっていきます」

「お前さまは凄まじく毒性の強い妖気の中におったようだな。……それで、もがくうちに目が覚めたか？」

「いいえ。——もがいておると、屋敷の上のほうから、一筋眩い光が差しこめて、眼前の闇を貫いたと思ったら、その光の下に、立子(りゅうこ)が——我が奥が浮かび上がったのです。奥は横坐りに足を投げ出し、片手で身を支え、もう一方の手を、身共に助けを求めるように差し出して、身共に何かを訴えておりました。されど、闇から逃れようと、もがき続ける身共の耳には、奥の声は聞こえません。身共は『立子、立子よ』と奥の名を呼びました。すると、立子は身共に片手を差し伸べたその格好のまま——目に見えない船に乗せられたかのように、あるいは闇に潜む妖物に引かれていくかのように——屋敷のずっと彼方へ——奥のほうへ——奥のほうへ——吸い込まれていったのでした」

「それから？」

「そこで……身共は屋敷に吸い込まれる奥の名を叫んだ己れの声で、目が覚めたのでござった」

「惜しかったたな」

と一休は顔をしかめた。

「もう少し夢を見続けておれば、お前さまの奥方の居所や、人食い小路の秘密の手掛かりなりとも見出だすことが出来たかもしれなかったのに」

「身共もそう思います。……そう思うがゆえに、夢の中でも奥を救えなかった己れに歯がゆさを覚え申す」

「そんなに自分を責めることはない。わしら坊主でも同じ目に遭えば、きっと何も出来なかったじゃろう。ましてお前さまは鉞(まさかり)高忠、盗人どもの巣なれば縦横無尽の活躍も出来ようが、妖気に満ちた屋敷の夢の中では身動きならぬも当然のことというものだ」

そう言って多賀に微笑んだ一休は、後ろに従うように歩む森に振り返ると、

「ときに森さん、何か感じないかね？」

「はい……」

と応えて森は足を止め、杖を握り直して精神を集中させる。すぐに何かを感じ取ったか、形の良

い眉をひそめて呟いた。

「先程から変な胸騒ぎがしているのですが。——多賀さま、人食い小路というのは、ここからまだ遠いのでございましょうか？」

森の言葉に多賀高忠はハッとすると、左右を見渡し、打たれたように身を竦ませた。

「や、これはどうしたこと。いつの間にやら夕暮れになっておる。……それのみか、知らぬうちに人食い小路のとば口におるではないか！」

表通りから脇道にそれた細い小路である。

左には崩れかけた黒焦げの築地塀が続き、塀の向こうには火事場跡の廃墟が悪性の腫れ物のように黒々と盛り上がっていた。一方、右は目に沁みるような真っ白い築地塀とその向こうに大きな倉の白壁が続いている。どうやら長者とか有徳人(うとくにん)とか呼ばれる大金持ちの蔵と屋敷のようである。

その左と右、荒廃と繁栄、黒と白の真ん中を貫く細い道をじっと見つめて、

「そうか。ここが人食い小路か」

一休は真っ黒に日焼けした顔一杯に悪童めいた笑いを拡げた。

三

人食い小路——。

聴くだに恐ろしい名前をもつ小路だが、一休の目に映ったのは、火事場と築地塀しかない短い道でしかなかった。

おそらく長さは一町と少しというところだろう。さして長い距離ではない。

しかも一直線の道で、後ろに戻れば今道の下口、前に進めるだけ進めば、行く手は何某という公家の屋敷の塀で遮られている。その塀の裏側には公家屋敷の裏庭がある様子で、ナラの木の枝が低く築地塀の屋根に掛かっていた。

小路はこれまで、一見した所は何の変哲もない裏の小路道である。

「ははは、こりゃ、人食い小路ならぬ袋小路じゃ。

こんなに真っすぐでは迷おうにも迷えんだろうの」

と一休は唇を歪めた。

「斯様な小路で神隠しに遭ったり、道に迷ったり、近頃の人間はえらく器用になったものだなあ」

「御坊！」

一休と肩を並べた多賀高忠が険しい調子でたしなめた。

「笑っておられるのも今のうちですぞ」

「そうかな？」

「身共も最初はそのように笑っており申したが、やがて――」

その時、後方の森が二人に背に呼び掛けた。

「牛車が参りました。道の脇にお寄りくださいませ」

「お……」

多賀高忠は「恐ろしいことが」と言いかけた言葉を呑みこんで振り返る。一休も振り返ると、「はいはい」と返事をして振り返った。

見れば、夕照（せきしょう）に紅く染まった網代（あじろ）牛車が、公家屋敷のほうからゆっくりと進み出たところである。

牛車は身分のある者の物の様子で、前に一人、横に二人、童形をした小者が従って、牛を操っていた。

道脇に多賀や森と共に身を寄せた一休は、牛車の下立板（したたていた）に最上等の錦が張られ、その錦には持ち主の物と思しき紋所が織り込まれているのに気が付いた。

その紋が蝶を象ったものであると読み取って、一休は少し首を傾げて呟いた。

「蝶紋とは……西桐院（にしのとういん）流の公家だな。したが丸に揚羽蝶（あげはちょう）とは珍しい。さてはて、いずれの家紋であったか……。ううむ、度忘れしてもうた。いずれの家紋か喉元まで出かけるのに、出てこんぞ」

それを聞いた多賀高忠が応える。

「御坊。丸に揚羽蝶なれば、それは平清盛入道の家紋でございましょう」

「なにっ」

一休は眉間に皺を刻んで多賀の横顔を見た。

「どうして清盛の牛車が今の京におるのだ」

「それより……」

多賀は一休に訊き返した。

「いつの間に我らは突きあたりを背にして立っていたので？」

「えっ……」

問われてみれば、たった今まで自分の立っていたのは人食い小路のとば口。真っすぐ突きあたりに公家屋敷の塀が道を遮り、左には烏丸資任別邸跡、右は真っ白く長い築地塀だった。

ところが牛車が来たのは、その突きあたりの方角で、三人は後ろから来た牛車を避けようと、右側の空き地――火事場に廃墟のある場所のほうに寄っていた。

「裏返っておる」

愕然として一休は呟いた。

「にしても……いったい……いつ裏返ったと言うのだ……全然気づかなかったぞ」

それから口に手をやると、

「森さん。お前さま、何か感じはしないかね。その…怪しい気配を」

と森のほうに振り返れば、森は脇に寄った位置から左に伸びた細道を歩きはじめている。

一休の目に森の後ろ姿と、その杖を引いて進む墨染の僧衣を着た男、さらに森と墨染の後ろを歩む直垂姿の侍の背中が飛び込んできた。

（あれは……わしと多賀殿……森さんの手を引いてスタスタ歩いていく……）

そう心で独りごちてから、一休はかぶりを振り、拳を握って額を軽く打った。

（何を考えておるのだ、わしは。わしも多賀殿もここにおるではないか）

それから目を凝らして、突然左に現われた細道を改めて見つめた。だが、そうしてみても三人の後ろ姿は消えることなく、夕陽で真っ赤に染まった細道を別な一休と森と多賀高忠は歩いていくのだ。

「ならば、奴らは何者だ？　森さんを何処へ連れてゆく？　……それ以上に……こんな細い横道、いつ人食い小路の火事場のほうに出来たのじゃ」

呆然と見つめるうちに、ふと三人の後ろ姿が夕陽の紅い光の中で、海草のごとく揺らいだように感じて一休は三人の背に呼びかけた。

「おおい、何処へ行く？　そっちに行ってては駄目じゃ！」

不意に後ろのほうから声が起こり、一休は振り返った。

背後には誰もいない。

今道の下口に続く通りが伸びているばかりで、そこを歩む人影もない。

だが、確かに初老の男の声が「行くな」と呼びかける声を聞いた。

（こいつが人食い小路の魔力とやらか。おのれ、高をくくって油断した）

一休は杖を握る手に力を込めた。五感を澄ませた。臍下丹田に気を凝らした。

だが、「飢人の食を奪う」とまで恐れられた臨済宗大徳寺派の荒行で鍛えた一休の五感には何も響いては来ない。

（修行で鍛えた感覚では捉えられぬ類の妖かし。……生身では捕捉不能なるモノか……）

妖かしの気配が盲目の身の霊感に響かないか、森に尋ねようと一休は右に立つ森に声を掛けた。

「森さん――」

――森は誰かに呼ばれたように感じて足を止める。声のした左のほうに面を向けた。

「はい？」

盲目の視界には何も映らない。だが、その心眼は確かに、左のほうになにかの気配を捉えた。ひとつ所にいて、じっと動かないなにかである。それは一休ではない。一休の気配ならすぐ分かる。断じてこれは一休の気配ではなかった。

では、一休以外の人間――多賀高忠か、あるいは別の誰かか？

否。――息遣いも、微かな衣擦れの音も、身じろぎする気配も感じられない。微動だにせず、同じ場所にいる。

（こいつは人間じゃない）

と森は断じた。

では、仏像や石像、木彫の類か？

否。――人間の形も、仏の姿も、動物の形もしていない。それは伝わってくる空気で判断できる。

（木に彫った仏さまや、石に刻んだお稲荷さま、神社の狛犬が化けたモノに出会ったこともあるけど、こいつはそうした種類の妖かしじゃない）

森はほんの少しだけ首を横に振った。

（もっと別な奴だ）

森は息を殺して、さらに霊感を凝らした。

すると相手がフッと笑いを落とすのを感じた。

こちらに悪意と敵意を放ちつつ、相手は森が霊感を凝らすのを見て、せせら笑ったようだ。

――お前ごときに、余の何が分かる？

そんなことを嘯いた、と森は全身で体感した。

森は思わず杖を身に寄せた。竹の杖一本で盲目の娘が妖かしを相手に出来るなどとは、毛頭思ってもいない。だが、細い竹の杖でも構えずにはおられないほど相手は森に悪意と敵意を剝き出しにしていた。

――食ってやる。

森はそんな思念を確かに感じた。

――お前を頭から食ってやる。

それと同時に、多賀高忠が教えてくれたこの小路の渾名を思い出した。

――人食い小路。

森は最大限に凝らした霊感と心眼を、自分の立つ小路道へと向けていった。

肩すかしを食ったような感じを受けた。

あるいは一休の肩を借りようとして、伸ばした手が空を切ったような感触である。そこにあると思ったものがなかった感じだった。

「ちがう」

森は思わず声に出して呟いた。

続く言葉は唇が独りでに発していた。

「人を食うのは小路じゃない」

さらに、自分の左横を歩んでいる一休に顔を向けて言った。

「一休さま、人食いは小路ではございません……」

ませんん……と続けようとした言葉が宙に呑まれた。


(左に一休さまがいないのは知ってたはずだ。わたしは誰に話しかけたのだろう？　いや、その前に、人食い小路に入る直前まで多賀さまと一緒にわたしの真ん前を歩いてらっしゃった一休さまは何処に行ってしまわれたのだろう？)

森は見えぬ目を左右に泳がせた。

(一休さまばかりじゃない。多賀さまも、いつの間にか消えている!?)

驚いて森は足を止めると小さく叫んだ。

「多賀さま、一休さま、どちらに行ってしまわれたのですか」

多賀高忠は不意に名を呼ばれたように思って面を上げた。


三畳足らずの狭くて薄暗い部屋である。

青畳の匂いが狭い部屋一杯に満ちていた。

「おかしい」

多賀は独りごちた。

「さっきまで奥と二人で小広間ほどもある玄関におった筈なのに。……いつの間に俺はこんな部屋に移ったのだろう」

次いで、ハッとして口に手を遣った。

「奥は何処におるのだ？」

そう呟いてから、多賀は、激しく瞬いた。

「……いや違う……そうではない。奥は人食い小路で神隠しに遭った……それで俺は一休和尚に見つけてもらおうと売扇庵に参ったのではなかったか……そうして和尚と、和尚の侍女の、森という盲目の娘と三人で人食い小路を訪れたのではなかったか……。人食い小路の入口に三人で立っていた筈なのに……いつの間にか自分だけが……こんな狭くて暗い部屋で坐っている。……これはどうしたことだ」

そこで多賀は、

「ええい、こうしてはいられない。人食い小路に戻らねば」

胡坐を解いて立ちあがった。目の前の唐紙を開こうと手を伸ばす。触れるより先に、唐紙が独りでに横に滑った。誰かが向こう側から唐紙を開いたのだ。

「む……」

伸ばしかけた手を引くと、多賀は何が現われるかと固唾を呑んだ。前方の唐紙が完全に開かれるより早く、背後から、シュッ、という唐紙の滑る音がした。後ろの唐紙が大きく開いた。と同時に薄暗い部屋に光が差しこめる。光は朱と金色の混じった色——夕照の色だった。

「なぜ夕日が？」

と多賀高忠は肩越しに振り返る。

振り返ってみても、後ろには何もない。見えるのは、ただ、夕方の表通りだ。通りは今道の下口へと続いている。前方から軋み音が響いたので、多賀高忠は前に向き直った。

突き当たりの公家屋敷のほうから立派な牛車がこちらに近づいていた。牛車には従者の姿はない。操る者もいないのに、牛はゆっくり車を引いて、こちらにやってくる。

多賀高忠は牛車を避けようと道の脇に寄った。左のほうへ寄れば、目の前を牛車が横切っていく。風もないのに牛車の御簾（みす）がめくれ上がった。中に端坐する女の顔が夕陽に照らされて、はっきりと見えた。

「や、奥——」

多賀高忠は、そこに現われた貌（かんばせ）が已れの妻のものだと知って、小さく叫んでしまった。牛車は多賀の声など構わずに、そのまま、前へ前へと進んでいく。牛車の重みに足元から耳障りな軋みが起こった。目を落とせば板張りの廊下である。

地平線の果てまで続く長い廊下を燃えるような夕陽が照らしていた。

四

「ちがう」

　森は声に出して呟いた。

「一休さま、人を食うのは小路ではありません」

　一休はその森の声を遠く聞いていた。

（ここは何処だろう？）

　薄暗い部屋の中である。ゴロゴロという音が絶え間なく響いて部屋全体が揺れていた。微かな獣臭を感じた。

（これは牛か馬の臭いだ）

　一休は眉をひそめた。

「しっ、しっ」

　という若い男の声が部屋の外から聞こえる。それに続いて柔らかい毛に覆われた胴体を軽く打つ音も聞こえてきた。

（牛車だな。わしは牛車に乗っておるのだな）

　そう一休が思い至ると同時に、御簾を通して、紅い光が狭い部屋に差し込めた。その光の中にぼんやりと、しろい女の顔が浮かんだ。美しくも何処か悲しげな盲目の少女の貌(かんばせ)である。

「おお、森さん――」

　一休が小さく叫びかければ、森の顔に誰か別の顔が重なって見え、森の面影は消えていき、瞬く間にそれは二十歳前後の公家の娘へと変化した。

「や、これはどうしたことじゃ」

　驚きの声を洩らした一休のほうに、公家娘は向き直り、銀の鈴が鳴るような美しい声で尋ねた。

「資任(すけとう)さま、お恨めしゅうございます」

「資任だと？　御身は烏丸資任のことを言っておられるのか？」

　一休が尋ね返しても、娘はかれの問いは聞えぬ様子で言葉を続けた。

「なにゆえ、わたくしを遠ざけて、こんな寂れた所に閉じ込めるのです？」

「何を申しておるのだ。わしは烏丸資任ではない。人違いじゃ。良く見てみい、あんな狒狒親父とは似ても似つかぬだろうが……」

　そう言っても、娘は涙で潤んだ瞳で一休を睨みつける。聞き分けられぬほど小さな声で何やら呟く。さらに床にしろくて繊細な手をついたかと思うと、一休のほうへ、にじり寄ってくる。娘がなんと呟いているのか、その言葉が次第に明瞭に聞き分けられてくる。

「……いいえ……もう騙されませぬ……もう、どんな美辞麗句を並べられても……貴方さまの棘だらけの舌から吐かれる言葉には……騙されませぬ……」

　娘が近づくにつれて異様な匂いが漂ってきた。それは抹香の匂い、木の焼けた臭い、腐肉の悪臭、濃密な没薬（もつやく）の臭気である。娘がこちらに寄るのにつれて、床を摩（す）る衣の裾が端のほうから、薄青い、微かな烟（けむり）を上げて焦げていく。

「待て。お前さまは、何処の誰だ？　見れば、烏丸資任に恨みを残して焼け死んだご様子。拙僧に仔細をお聞かせ下され。この場で心経を唱え、お前さまを成仏得脱なさしましょうぞ」

　一休が必死で訴えても、娘はこちらに迫り続ける。床についた娘の手から焦げた腐肉が零れ落ちた。娘の身を食い荒らしていた蛆虫が何匹となく落ちてきて、御簾から漏れ入る夕照の中で、純白の身をよじらせる。娘は半ば骨に僅かな腐肉がこびり付いた状態となっても一休に迫り続けた。一休は逃げることなく、そんな娘を見守り続ける。相手が幽霊でも生ける屍でもいい。僧である限り、この哀れな者の存在を受け止めて、魂の地獄から救済してやらねばならぬ。――そう心に決めていた。

　娘は両腕を広げた。衣の袖口から骨と腐肉の手が露わになった。こちらに抱きつこうと言うのだ。

「資任さま――」

　娘の声が虚ろに響いた。一休は静かに手を合わせた。すでに口の中では般若心経を唱え始めていた。

（来い。お前さまが誰であろうとも受け止めてや

ろう）

一休は静かに目を閉じた。

次の瞬間――。

「一休さま！」

と叫んで森が一休に抱きついてきた。しなやかな腕が太い首に絡む。森は何かに怯えた様子にも、一休がそこにいることに安堵したようにも見えた。

「……森さん」

一休はほんの少し驚いた表情で森を見つめた。

「どうしたね、そんなに青い顔をして」

森は一休を抱きしめたまま言った。

「そう言う一休さまこそ冷や汗をかいて少し震えてらっしゃいます」

「幽霊に抱きつかれたと思った刹那、生きた別嬪さんに変わったんだ。冷や汗もかこうよ」

そんな軽口を叩いて一休は森の腕を優しく解き、顔を少し遠ざけてから、笑いかけた。

「何を感じたんだね？　教えておくれ」

「人食い小路に踏み入った人たちを惑わし、神隠しに遭わせたのは、この竹の杖で示した先には小路が延びているが牛車は影も形もない。

「……この人食い小路ではありません」

「では、何がやっていたと申すのかな？」

竹の杖の先がゆっくりと左方に流れた。その先にあるのは火事場の廃墟――烏丸資任の別邸跡である。

「この屋敷跡がやったと？」

一休が問うと、森はこっくりとうなずいた。

「そうか。……資任めの屋敷跡が一連の怪事の下手人ならば、わしが逢うた公家娘は……資任の側室の初瀬であったか」

得心したように独りごちた一休の耳に、多くの人々の「おお、戻れた」「やれ、御仏の助けだ」という驚嘆や感嘆の声が聞こえてくる。

「よし、行ってみよう」

「……大丈夫でしょうか？」

「うむ。今度は幻ではない。まことの声だ」

「本当でございますか？」

「ああ、きっと大丈夫。わしが初瀬殿に成仏得脱させてやると誓って、初瀬殿はそれを信じて、皆を解放してくれたのさ」

そう言うと一休は森の手を引いて烏丸資任の別邸跡に向かって歩き出した。少し進んだ所で、後ろから男の声が投げられた。

「お待ち下され、身共も参り申す！」

肩越しに振り返れば、いつの間にかそこに立っていた多賀高忠である。多賀は一休たちに追いつくと、二人と共に、人々の現われた別邸跡に歩きだした。火事場跡に進みながら多賀高忠は言った。

「消えた奥と出会えたかと思えば夢でござった。身共は人食い小路のとば口に立ちながら白昼夢を見ていたようでござる」

「奥方も、神隠しに遭った人たちと一緒に、ほれ、あの廃墟におるよ」

「まことにござるか？」

「ああ。みんな、おる。間違いない」

そう応えて一休は声を上げて笑った。

やがて――。

かつて豪壮を極め、今は見る影もなくただ巨大な廃墟と化した烏丸資任別邸に立ち入った三人は、敷地内で神隠しに遭った十一人を発見した。人々は神隠しに遭った時そのままの格好で、ある者は夏衣裳、ある者は冬衣装であり、身分も旅芸人、商人、武家、百姓女とさまざまであった。その中に愛する妻を発見して多賀高忠は小さな叫びを洩らし、妻の許へと駆け寄った。

「さあさあ、皆の衆、見世物は終わりじゃ。早いとこ、帰ったり、帰ったり」

一休は騒ぐ人々にそう言って解散を促し、人々もこんな場所に長居は無用と早々に散っていったのであった。

――後日。

事件解決の礼を言うために、売扇庵を訪れた多賀高忠は一休に、まずその後を報告した。

「帰宅した後、奥に話を聞いた所、ずっと悪い夢を見続けていたと申すばかりでして。自分が神隠しに遭っていたことも知りませんでした」

「ふふ、悪夢は奥方の見ていたものではなかったようだが、なんにしても覚めてよかった」

「奥の悪夢ではなかったと申されると、それでは、火事で亡くなった初瀬殿の悪夢で？」

「烏丸資任が初瀬殿にどんな非道な仕打ちをしたか、別邸に日を放ったのが資任だったのか、そこまでは当人から聞きそびれたがな。ただ、人の恨みは建物や土地に刻まれると言う。此度の出来事は、みな、あの火事場が原因で起こったものであろうよ」

「すると、火事場の祟りということでござるか」

「少し違うな。むしろ先程、お前さまが申された〝悪夢〟に近い」

「………」

首を傾げた多賀高忠に一休は言った。

「あえて申すなら、人や幽霊の見た悪夢に非ず。廃墟の見た悪夢に、小路に通りかかった人たちが迷い込んでしまったのだ。それがどんな悪夢かは、わしも森さんもお前さまも、皆、人食い小路のとば口で見た通り――。いやはや、あんな場所に閉じ込められて死ぬまで出られなかったら、それこそ地獄じゃ」

そう苦笑すると一休は、森が運んできてくれた茶を啜り、その場で即興の道歌を口の端に上らせた。

道はただ世間世外のことどもに
　慈悲真実の人にたずねよ

殺生鉤の春霞

一

桜も散り、そろそろ春も終わろうかという頃、噂好きな京雀が三人寄れば、囁き合うのは春霞の立つ夜に現われる謎の人殺しとその恐ろしい凶行のことだった。

まず五日間に三人が無残な方法で殺された。

殺されたのはいずれも女、それも辻君（つじぎみ）ばかりである。侍所の役人の見立てでは、三人は暗い小路や町外れの寂しい場所で客待ちしていたところを襲われたらしい。

五日間に三人殺されたというだけでも恐ろしいのに、さらに人々に鳥肌を立てさせたのは、被害に遭った辻君たちが腹を裂かれ、喉を掻き切られ、さらに内臓（はらわた）を引き出されたのみならず、いずれも着物を剝ぎ取られた姿で無残な傷跡を晒していたことだった。

事件のあった夜はいずれも春霞（はるがすみ）が立っていたことと、殺された辻君の傷がいずれも腰刀のような物か、鋭い鉤（かぎ）と思しき凶器で裂かれていたことから、誰いうともなくついた呼び名が「春霞」あるいは「鉤冠者（かぎかじゃ）」――。

「このままでは〝春霞〟に間違えられそうで、おちおち辻君買いも出来ぬ喃（のう）」

「何を呑気なことを。きっとアレは妖怪じゃ。今までは女だけだったが、次は男が殺されるやもしれんぞ」

「桑原。桑原」

などと町衆が囁き交わすうちに、六日目の夜、第四、第五の犠牲者が出た。

今度は辻君ではない。

先の管領畠山持国（はたけやまもちくに）に仕える武士の娘と、その侍女である。

娘が侍女を従えて、とある禅寺に行って説教を聴いての帰りを襲われたらしい。二人は辻君たちと同じように喉を掻き切られ、腹を裂かれていた。

内臓が道にぶちまけられていたのも、衣服を剝がれて生まれたままの姿を天に晒した無残な状態で発見されたのも、辻君の例と同じだった。

一晩に二人の犠牲者は初めて、しかも殺されたのが前管領に仕える侍の娘とその侍女ということで、事件は細川勝元の命令で侍所の役人から公儀目付人の手に移された。

「大きな声では申せぬが」

目付人として呼び出された蜷川親元に、細川勝元は言った。

「殺された娘は禅寺の若い坊主に惚れておったそうでな。なんでも坊主はもと大内家に仕える侍であったらしい。父親は身分や家柄の上でなんら問題はないので、いずれ還俗させ、娘を嫁がせてもいいと考えて、娘が坊主の許に通うのも黙認しておったということだ」

「ならば、別に侍所の扱いでも構わぬのではございませぬか?」

怪訝な顔で問うた親元に、

「侍所では、お前のように一休を動かせんではないか」

細川勝元は唇を歪めた。

「と、申されますと?」

「皆まで言わせるな。畠山持国殿は管領の癖に侍所をまったく信じておらんのだ。そして、これまで上は上皇様のご難儀から、下は河原の物乞いの身に降りかかった怪異まで、ことごとく解決した一休しか、家来の娘を殺めた下手人を捕えられぬと信じておる」

「でしたら、拙者ではなく、直接、一休様にご依頼なされては……」

「それをして一休が簡単に引き受けるなら、なにも今ここで貴様の間抜け面など見ておらんわ。たわけッ」

細川勝元は声を荒げて決めつけた。

「ははっ」

親元が身を縮めて畏まると、細川勝元も若造相手に大人げないと思ったようで、

「畠山殿が申されるには、一休は口が堅い。だか

ら家来の娘が男の許に通った帰りに殺されたなどとは絶対に漏らさん。公儀目付人も同じく口が堅い。そこが侍所の役人輩とはまったく違う。ゆえに、隠密裏に今回の下手人を捜して捕えてくれと頼める相手は一休と、一休とは父親の代より子弟の交わりを保つ蜷川親元しかおらぬ。——と、斯様な次第だ。分かったな」

「ははっ」

「分かればよし。今すぐ、一休の許に参り、畠山殿と余の顔を立てて引き受けさせろ。そして一刻も早く下手人を探し出して京の善男善女を安堵させるのだ」

「ははっ」

幕府に仕える者として、前管領と現管領の命令は絶対である。蜷川親元は畏まって命を聞き、それを遂行するしかなかった。

(とはいえ……)

細川勝元の前を辞して、室町第から侍所に寄り、「管領殿の命により、例の婦女子五人殺しの件を任された公儀目付人、蜷川新右衛門親元にござる」

と名乗って今回の調書を受け取った。

公儀目付人だけあって調書を読んで捜査に必要な情報を頭に流し込むのは早い。あっと言う間に五人が殺された場所、殺されたと推定される時刻、その時の天候、遺体が受けた損傷の特徴……といった事柄を調書なしでも一休に説明できる程度には頭に刻みこんでいた。

そうして調書を懐に一休の売扇庵へ向かうのだが、歩むにつれ親元の気は重くなっていった。

(相手は誰でもない、あの一休様だぞ。帝のご依頼でも公方様のご命令でも、天が落ちても地が裂けても、気が向かなければ梃子でも動かぬ偏屈ジジイだ。俺が頼んだって簡単に引き受ける筈ないじゃないか)

と眉を垂れさせた時、親元は、ふと厭なことを思い出した。

一休は二ケ月ほど前、兄弟子の養叟宗頤(ようそうそうい)に呼ばれて大徳寺に赴いてから、養叟と喧嘩でもしたのか、以前にもいや増して、偏屈で頑固で毒舌――早い話が物凄く気難しくなったように思われるのだ。

だから親元も、ここしばらくは、ひそかに恋する盲目の美少女、森を訪ねることもなく、売扇庵から足を遠ざけていたのであった。

二

売扇庵に着くと、親元はいつものように木戸の前に立った。

「一休様、一休様」

大声で名を呼べば、すぐに森が手探りで現われた。

「その御声は蜷川様ですね」

「はい」

と大きくうなずいた親元の顔はすでに思い切り綻んでいる。美しく気品を漂わせた森を見ると、親元の顔には自然と喜色が滲んでくるのだ。

「少しくご無沙汰しておりました。本日伺いましたのは管領殿のお言い付けで――」

明るく切り出した親元に、

「済みません。まだ一休様はお具合が宜しくないのです」

そう応えて森は眉宇をひそめた。

「ずっとですか？」

「はい、ふた月ほど前に大徳寺で出された品が腐っていたとかで、ずっと伏せっておいでなのです」

「鬼の霍乱（かくらん）とはこのことだな」

親元は皮肉な笑みで唇を歪めた。

「はあ？」

森は清澄な瞳を親元に向けた。盲目とはいえその目は光で溢れ、見つめられると、心の底まで見とおされたような気分になる。

いや、森には鋭い霊感と豊かな感受性があるので痛快そうに歯を剝いて笑ったのも、すでに気取られたかもしれない。

そう考えた親元は慌てて口を押さえた。

「いや、あの、その……それでご容体は、とお尋ねしたのです」

すると森は不安げに額を翳らせた。

「ずっと寝たり起きたりでして」

「それはいけませんな」

取ってつけたように言って親元は、

「兎に角、ご挨拶と管領殿に命じられた用件だけでも。……御免」

森に断るなり、売扇庵に上がった。

「誰だ、喧しい」

すかさず奥の間から一休の声がした。

「老人が病の床に伏せっておると森さんが申しておるのに、ドヤドヤと押し込んでくる無遠慮な振る舞い……さてはモトチカだな」

言ってることはいつもの毒舌だが、今日の一休の声は上ずって張りが無い。どうやら本格的に具合が悪いようだ、と親元は察した。

それでも親元は奥の間に進んで、仏壇の前に延べられた寝床の枕元に坐り、

「病に伏せっておる場合ではございません、一休様」

「その口調では、どうせ天下の一大事と言うのだろう。お前に言わせれば犬が喧嘩しても天下の一大事だからな」

「本当に天下の一大事なのです。どうぞ、お聞きください」

「やだね、聞きたくない。聞けば、わしが床からガバと起きて、お前の話に乗ると思ってるんだろう。そうはいかん。養叟宗頤と一緒に、腐った公方の影を食ったせいで、わしは本当に具合が悪いんだ」

訳の分からぬことを吐き捨てて、ギュッと眉を寄せた一休の顔を見れば、日々の行と乞食で真っ黒に日焼けした皮膚の所々に、薄茶の老人班が浮かび、全体的に黒ずんで煤けたような色合いになっている。

（同じ日焼けでも、不健康な日焼けだな）

親元は眉をひそめた。それでも事件の概要を話さねば、と思い直して、

「六日間に、すでに五人もの女人(にょにん)が殺められたのです。まさに天下の一大事でございましょう」

と切り出した。一休のほうを見る。一休は薄い瞼をつぶっていた。寝息が聞こえないから眠ってはいないらしい。親元は続けた。

「五人が五人とも着物を剝ぎ取られ、腹を裂かれて、ハラワタを引きずり出されておりました」

言葉を切って、また一休を見やった。一休は微かに顎をしゃくりあげる。続きを話せ、という意味と察して親元は説明を続けた。

「殺されたのは始めの三人は辻君で、あとの二人は先の管領殿のご家中の娘御とその侍女――」

そこまで話したところで一休は目をつぶったまま言った。

「場所は？　五人が殺された場所は何処と何処だ？」

「は、いずれも中京の――」

「六波羅界隈か」

「はい」

「やはりか。鳥野辺の近くだな」

鳥野辺は京の町衆の墓地のある場所だ。古来、冥界の入口として知られ、同時に、諸行無常の代名詞として、多くの歌人に歌われてきた土地である。

「では、下手人は墓地と関わる者ですか？」

親元が一膝前に乗り出せば、一休は大きな欠伸をした。

「ふああ、わしは疲れた。森さん、ちょっと」

目をつぶったまま面倒くさそうに片手を上げて森を呼び寄せた。

「なんでございましょう」

「大儀かもしれんが、ひとつ、頼まれ事をしてくれんかね」

「はい。何なりとお申し付けください」

森がうなずけば、一休は言った。

「この馬鹿と一緒に、女たちが殺されたという場所を調べてやってくれんか」

それを聞いて親元は思わず膝立ちになった。

「一休様、何をおっしゃいます！　森さんはまだ若い娘。しかも目の見えぬご不自由な身ですよ。そのような方を、惨たらしい殺しのあった現場へは連れて参りませぬ。いつ下手人が戻るやも知れぬではないですか。まして拙者と共に探りまわるなど、そんな危険な真似など出来ようはずも——」

大声をあげた親元に一休は、

「病の床にある年寄りを叩き起こしてなら出来ると言うのか、モトチカ」

そんな問いで親元の言葉を押し戻すと、ゆっくり瞼を開いた。まだ膝立ちの青年隠密を凄い目で睨みあげた。その迫力は、閻魔大王もかくやという迫力だ。とても病床の年寄りとは思えなかった。

「う……」

思わず黙り込んだ親元から目を逸らすと、一休は打って変わった優しい眼差しで森を見やった。

「わしは若い頃、あの界隈をよく鉢を持って布施を乞いに回ったんでね。いささか詳しいんだよ。記憶が正しければ近くにとても古い観音堂があった。千手観音と迦楼羅天を祀ったお堂でなあ。観音様と迦楼羅天という組み合わせが珍しかったので、よく覚えておるよ。その界隈に何というか、その……霊的に歪んだところがないか調べてくれんかな。あ、勿論、このバカに付き合うついででいいんだがね」

（このバカって……。クソ爺が言うか）

そう思って顔をしかめた親元の横で森が、

「観音堂でございますね」

と、うなずいた。

親元はまだ膝立ちなのに、ようやく気がついて坐り直すと、

「一休様、その観音堂と今回の五人殺しの下手人はどう結び付くのですか？」

するとー休はうんざりしたような表情になり、

怒りの籠った目で親元を睨んだ。

「それを調べるのがお前の役目だろうが、バカモン。森さんに手伝ってもらえ。きっと何かが分かる。そして……」

「そして？　そして、なんでござろう？」

　思わず音を立てて唾を呑み込んだ親元に、

「そして、何か分かったら森さんにたっぷり礼をしろよ。それから、わしの肩と腰を揉むんだ。二か月も伏せるなんて初めてでな。流石に全身が凝ってきた。床擦れが出来そうだ」

　そんなことをまくしたてると、一休はプイとこちらに背中を向けてしまった。

「そう突き放さず、もう少し何か、手がかりになるようなことをお教え下さい。一休様には、何か心当たりがおありなのでしょう」

　親元が声を掛ければ、一休はそれに応えるように大きな鼾をかきはじめた。鼾の合間に寝息も聞こえる。これは狸寝入りではない。どうやらもう眠ってしまったらしい。

三

　一休は何度呼んでも返事をせず大鼾で眠り続ける。だが、ここで室町第に戻れば、細川勝元に譴責を食らうに決まっている。下手をすれば親元は切腹、蜷川家は断絶と言うことにもなりかねない。

（背に腹は代えられん。ここは森さんの霊感を信じるしかないな。万が一、危険なことがあったなら、俺が森さんを守ればいいんだ）

　そこまで考えたら、

（ひょっとして、それが切っ掛けとなって森さんが俺に恋心を抱くようになるかも知れん。よし、一か八かだ。連れて参ろう）

と、そんな下心も湧いてきて、結局、親元は森の手を引き、事件のあった鳥野辺付近に向かうことにした。

「最初の辻君が殺されたのはこの辺りです」

　親元が足を止めて説明したのは五条通の外れ、

十字路の東は五条坂という場所だった。

　現代なら殺人現場はテープで遺体の倒れていた位置を示し、警察が付近を立ち入り禁止にするところだが、室町時代ゆえ遺体はとっくに荼毘に付されて、血の痕は水と塩で清められた後だった。

　さらに野次馬どもが現場を歩きまわった様子で、女のものらしい裸足の足跡や、足半（あしなか）と呼ばれる前半分しかない草履の痕がベタベタと残されていた。

「これでは検証など出来んな」

　げんなりした顔で親元は呟いた。と、その手を放して、森が虚空に目を向ける。

「この近くには何があるのですか」

「右のほうに六波羅密寺がありますが。――何か感じましたか？」

「え、ええ。ほんの少しだけ。微かに血の臭いを」

「おかしいな。もう血は洗い流されて、そのうえ塩で清められてるのだがな」

　親元が首をひねれば、森はかぶりを振った。

「本当の臭いではありません。気配です。この場に残された……」

　そう説明した森はその場で立ち止まり、じっと殺害現場に刻まれた〈場〉の気配を読みはじめた。

*

――周囲が濃い靄に包まれた。靄は月の光に映えて、淡い桃色を帯びている。春霞だ。霞を透かして人影が見えた。影は頭から被衣（かつぎ）を被って背が低い。女らしい。そよ風が吹いて、霞を散らす。被衣の下の女の顔が表れた。女は白粉を厚く塗りたくり、どぎつい紅を引いている。通りがかりの男に声を掛けて、客になった男に春を売ぐ（ひさぐ）商売の女である。客待ちの辻君だ。

*

「森さん。何か感じますか？」

　親元の声も聞こえないくらい森は己れの超感覚に全神経を集中させた。

*

　突然、辻君の背後に真っ黒い影が出現する。左右はおろか、後ろからも前方からも、近づく者など見えなかった。まるで春霞から湧きだしたような唐突さだった。

　影が現われて一息置いてから、ようやく辻君は背後に気がついたらしい。作り笑いを拡げて、ゆっくり身を翻（ひるがえ）す。

　辻君と向き合うや否や、影が素早く動いた。

　――乱れる霞。稲妻のような光。――森の心に、辻君が目にしたもの・感じたものが閃き、なだれ込んでくる。――氷のように冷たい手。青光りする鋼（はがね）の鉤。腹に走る激痛。小袖の裂かれる感覚。体内に突き込まれた腕。体内が掻きまわされる感覚。

*

　森は小さな悲鳴を洩らし、その場にしゃがみこんだ。顔を見れば紙のように蒼白で、秀でた額には細かい汗が浮いていた。

「だ、大丈夫ですか」

　親元は声を掛けて、思わず自らもしゃがみこんだ。

「……大丈夫です」

　苦しげな息をつきながら森は力なくうなずいた。

「何か感じたんですね」

　森の背に手をやって親元は尋ねた。

「ええ……」

　そのただならぬ様子に親元は、

「恐ろしいものを見たのですか？」

「……はい」

「心で何を見たか、拙者に話せますか？　無理にとは申しませんが」

「わたくしが感じたことが、少しでも蜷川様のお役目の役に立つのならば、お話しします」

　喘ぐように呟いて、森は呼吸を整えた。おぞましい事件のあったこの〈場〉の気配を、心の中からすっかり払ってしまおうと、一休から習った心経を口の中で唱えた。

　そうして、心で感じた断片的な光景と感覚を、かいつまんで親元に説明した。

それを聞いた親元は尋ねた。

「下手人の顔は見えませんでしたか？」

その顔はすでに森を気遣う優しい青年の表情から、捜査を始めた若き目付人の表情になっている。

「はい。恐らく殺(あや)められた方の目にも見えなかったことでしょう」

「それでは歩き方の特徴などは如何です。片足を引いていたとか、年寄りみたいに足元が危うかったとか？」

「それが……相手の近づく気配が全然なくて、まるで春霞から湧いて出たようでした」

「霞から湧き出た？」

親元は眉間に皺を寄せた。

「他になにか、印象に残ったことはありませんか？　凶器は見ませんでしたか？　世間で言われているような鉤なのか、それとも腰刀のような短い剣だったのか、それはどうです」

畳かけるように問うた親元に、森はきっぱりと答えた。

「鉤でした。青光りする鋭い鋼の鉤で、女の方のお腹を切り裂いたのです」

「やはり鉤か」

と親元は唇をひねった。

「ということは下手人は漁師か、魚や肉を運ぶ者、あるいは変わり武器を使う細人(しのび)の類か……」

そう独りごちてから、親元は森に言った。

「今日はもう、これで止めますか？」

「いいえ」

森は蒼ざめた顔を横に振って応えた。

「最後まで見届けます。蜷川様、次の場所にご案内下さいませ」

四

二人目の辻君が殺されたのは第一の現場から少し離れた一角である。大和大路を折れ、さらに緩やかな坂を上ったところ――京の善男善女が「六道参り」をするあたりだ。現場から見える寺院は

「六道さん」の名で親しまれる珍皇寺である。「六道さん」の呼び名は本堂の前に六道の辻と呼ばれる一角があり、そこが冥土に続く道と古くから言い伝えられてきたからだ。

「この二月、あそこの境内で小犬という唱門師が勧進興行を打とうとして役人に蹴散らされ、大変な騒ぎだったそうですね。売扇庵にお布施を下さるお婆さんから聞きましたが」

「観世や金春の一門が猿楽を汚すと管領殿に訴えたらしいですよ。たかが唱門師の勧進に目くじら立てるとは観世・金春もケツの穴が……」

そこまで言い掛けて親元は、森さんの前でとんだ汚い言葉を使ってしまった、と慌てて咳払いをして誤魔化した。

「ええ……おほん……それにしてもあの世に続く六道の辻と目と鼻の先で人殺しなど、下手人はどれだけ悪意に凝り固まっておるのでしょうねえ」

そして、親元は森を坂の隅に寄せて呼びかけた。

「ここです。この場で二番目の辻君が殺されました」

その場に立った森は再び、清澄な瞳を虚空に据えて、精神を集中させた。

*

春霞が湧き起こり、瞬く間に松原坂を薄桃色の帷で覆っていった。その向こうに女が行ったり来たりを繰り返していた。女はすっかり裾の擦り切れた小袖をまとっている。最初の女のような被衣も被っていないし、化粧もしていない。まだ十三、四だろうか。女というより娘と呼ぶべき年頃なのに薄汚れて見えるのは生活も心も荒みきっているせいだろう。

霞が急に濃くなった。目に入る何もかもが薄桃色の靄につつまれて、娘の顔も見えなくなる。その向こうから娘の声がする。

『行者さん、遊んでってよ。今夜は霞のせいで、てんでしけちまってるんだ。ね、行者さんってば。人助けと思ってさ』

行者さん？　誰のことだろう？　過去を観察す

る森がそう思ううちに、一息か二息の間を置いて、娘の前に人影が現われた。これが行者だろうか？　言われてみれば確かに、背中に修験者や行者が背負う笈（おい）をしょっているように見える。

行者の顔を確かめなくては。

そう考えて森は霊的な視点を近づけ、さらに娘の背後のほうに視点を廻しかけた。

だが、完全に娘の後ろに廻るより早く、森の脳裡に、稲妻のごとき素早さで、娘の目にするものが閃いた。それは——。

——青光りした鉤。霞から突き出されて小袖が横一文字に引き裂かれる。赫（あか）い痛み。血が迸る。霞が真紅に染まった。皮が破れた。筋が切れた。腹から五臓六腑が溢れ出た。娘はその言語に絶する苦痛よりも、感じた恐怖と受けた衝撃の凄まじさで気を失った。

＊

霊的視覚で見た娘と同じように、森は気を失いかけた。その身がゆっくりと倒れていく。

すかさず蜷川親元の声が、

「危ないッ」

と響いた。良く通るその声に、森は気を取り戻した。意識が引き戻されると同時に、森のたおやかな身は、親元の差し出した両腕に抱きとめられた。

森は親元の腕の中で言った。

「行者です」

「行者？　何のことですか」

「二番目の辻君は下手人をそう呼んでました。笈を背負ってたので行者に見えたんです。でも、修験者かもしれません」

「行者か、修験者。笈を負った男ですね。それだけでも大した収穫だ」

と言うと、親元は手拭で森の額を拭ってやった。額どころか、その顔一面には、細かい冷や汗の粒が浮かんでいる。

親元は森の額に掌を当てた。

「熱が出たようです。今日はもうやめましょう」

すると、その手を、森の手がそっと摑んだ。

「いえ、大丈夫です。調べる所はあと二箇所残ってます。全部調べて廻るまで、わたしはやめる訳にはいきません」

「しかし……」

と顔を覗き込むようにして、親元は暫し森の端正な貌を見つめた。互いの息が吹きかかるほどの近さだ。見つめるうちに親元は鼓動が早まり息苦しくなってくるのを覚えた。

「……大丈夫です、わたくしは」

森は繰り返すと、身を起こし、親元から離れて言った。

「さあ、あと二箇所、日の暮れないうちに廻りましょう」

五

三番目の現場は珍皇寺から東に行き、一度、大和大路に出てから、さらに東のほうに延びた坂を五十歩ほど進んだ所だった。

ここは清水坂と呼ばれる坂である。

「六波羅界隈は坂が多くて、平安の昔から〝坂の者〟と呼ばれる連中が住んでましてね。まともな人間は、夜、あんまり近寄りたがらないのです」

親元が説明すれば森は蒼ざめた顔に微笑を拡げた。

「でしたら、わたしのほうが話しやすそうですね」

「え、どうしてです？」

「だって、お忘れかもしれませんが、わたしの出自は旅芸人。さっきのお話しにも出た唱門師と同じ身分――坂の者たちの同類でございますから」

森の手を引く親元はこの言葉に思わず、

（しまった）

と顔をしかめた。恋する森の手を引いて二人だけで歩く嬉しさに、なんとか森を飽きさせまいと思って、今日の親元は隠密の癖に、余計なことを言い過ぎるのだ。

だが、森はそんな親元から手を放すと、

「こちらですね」

杖を頼りに坂の隅のほうに進んでいった。森は坂に入った時からすでに何かを感じていた。だが、最初、それは漠然とした「厭な感じ」――なんとなくここに入りたくない、という微かな予感に過ぎなかった。

ところが、親元に引かれて坂を上るにつれて、予感は心の眼に映像として結ばれた。二十六、七ほどの痩せた女である。女は坂の隅に立ち、森に手招きしていた。粗末な小袖をまとい、その腰から下が朱(あけ)に染まって、地面にポタポタと赤い滴を垂らしている。

三番目の犠牲者だ。

その姿は幽霊というには明確だが、霊体というには夢の記憶のようにぼんやりしている。

敢えて表現すれば事件の夜に森を招こうとする、坂という空間に刻まれた「過去」だった。

森は女の前に立つ。

それと同時に坂が薄桃色の靄に包まれた。

犯行の夜の春霞だ。

事件当夜――その時の直前に森の意識は滑り込んだ。

＊

「ちっ、通りかかるのはこの坂に住んでる貧乏人ばかりかよ。しけた夜だなあ」

女の掠れ声が春霞を震わせた。大酒で喉が焼けた者特有の声である。それに森が気づけば、痩せた女が坂の上に現われた。第三の犠牲者だ。

女は通り過ぎる幾つもの人影に向かって、

「ねえ、ちょっと。ちょっと」

と声を掛けるが、どの影も立ち止まることなく、そのまま歩き過ぎてゆく。そんなことが繰り返されるうちに女は足元に唾を吐いた。

「なんでえ、スボマラ野郎。てめえのお袋でも抱いてやがれってんだ」

そう悪態をついた瞬間である。

不意に女の背後で人の気配が起こった。

それはまるで虚空から、たった今、その場に生まれたかのような唐突さだった。

気配を察した女の顔に喜色が拡がる。

「なんだね、脅かそうってのかい。お馴染さんだろ。人が悪い――」

嬉しそうに女は身を翻した。背後の影と向かい合った。その刹那、青い閃光が春霞を切り裂く。小袖の腹が横一文字に引き裂かれ、その下から血が迸った。女は自分の身に何が起こったのかさえ知らずに絶命した。

倒れた女の死体に人影がしゃがみこんだ。

その後に展開されたおぞましい光景を感知するより早く、森は、くずおれた。

＊

親元の目から見た森は、いきなり親元の手を払い、杖を頼りに坂の隅のほうまで進んでいた。次いで何もない虚空に面を向け、何か念じている様子だった。そうしてほんの少し後、顔から血の気が引いたかと思うと、膝から力が抜けて、倒れたのだった。

（幸い頭は打っていなかったようだ）

と思いながら親元は森を抱き起して、

「森さん、森さん」

何度もその名を呼びながら身を揺すった。

「揺さぶっちゃ駄目だ」

年寄りの声に振り向けば、汚れた烏帽子に粗末な小袖の男が後ろに立っていた。銀色の眉が垂れさがった六十がらみの老人である。

「いきなり倒れたのだ」

親元が言うと、老人はうなずいた。

「この界隈は、わしら坂の者だけじゃない。あの世の者や未だあの世に行けない者が一杯おるでな。その姉さんはその類の亡者を見てしまったんじゃろう」

そう言いながら老人は親元に歩み寄ると、腰に手を廻した。腰に提げた瓢箪を取り、親元に差しだす。

「ほれ」

「なんだ、これは？　薬か？」

「酒じゃよ。物凄く強い酒じゃ。傷を洗ったり気付け薬にしておる。これを使うがええ」

「そうか。済まん」

うなずいて受け取った親元は栓を抜き、注ぎ口を森の唇に近づけた。そのまま注いでやろうと瓢簞を傾ける。だが注ぎ口から流れた酒は、森に呑ませることが出来ず、唇から顎のほうへ零れていった。

「駄目じゃ、駄目じゃ。それでは酒は無駄になるし、姉さんは気がつかん」

「どうすればいいのだ」

親元は老人を睨み上げた。

「あんたが口に含んで、口移しで呑ませるんだ」

「そんな真似……」

「四の五の言うとる暇はなかろうが。早く口移しで飲ませんか」

親元は瓢簞と森の唇とを交互に見やった。逡巡する。だが森の顔色はすでに紙のようになっていた。

「ええい、一休様とおんなじようなことを言いおって」

舌打ち混じりに呟くと、親元は瓢簞の注ぎ口を己の唇に持っていった。酒を含んだ。口と鼻いっぱいにツンとくる酒精の気が広がった。

（かなり強いぞ、これは。少量だけ飲ませるよう注意せねばならんな）

そう思いながら、親元は森の顔を見つめた。蒼白でも森は美しかった。その唇は少しめくれて開きかけた花の蕾を思わせる。

（ええい、火急の時だ。森さん、御免――）

心で断って親元は森の唇に己れの唇を重ねた。高鳴る鼓動をなだめながら、唇で森の唇を開かせた。そして、口に含んだ酒を森の口の中に移していった。

（唇が甘い……）

そう感じるや否や、親元は森の口から顔を引いた。腕の中で目を閉じた森の顔を見つめる。一息置いて、森はゆっくりと目を開いた。

「よかった。気がつかれましたか」

親元は微笑んだ。

「はい」

と答えた森は親元の顔を見上げて微笑んだ。もとより見える筈はない。だが、親元は森が自分に気づいてくれたと感じて、さらに微笑を拡げた。

六

瓢箪を老人に返して幾ばくかの小銭を与えると、親元は、また森の手を引いて歩きはじめた。

「次が四番目――二人同時に襲われた場所です」

そう説明してから親元は森に尋ねた。

「しかし、大丈夫でござるか。森さんは相当消耗されたように見受けられますが」

「ご心配には及びません。お酒を飲ませて頂いたお陰か、少し元気になりました」

応えた森の頰はほんの少しだが血の気が戻ったように見える。

「それならば良いのですが……」

言葉を濁して歩く親元は、森の体調は勿論だが、それ以上に気になることがあった。

(その酒を口移しで飲ませたのには気づいてないようだな。ま、森さんに気づかれてはいないだろう。飲んだ後で気がついたのだからな)

それでも不安で親元はチラチラと横目で森の表情を盗み見てしまった。親元とて子供ではない。悪友と悪所に通ったこともあるし、人並みに恋もしたことはあるのだが、相手が森だと、つい気持ちは十二やそこらの少年に戻ってしまうのだ。

(森さんは優しいから気づかない振りをしてくれてるのかもしれないな。いや、大丈夫だ。この様子では本当に気づいてない……)

「あっ、ここは」

そこまで考えた時、不意に森が小さく叫んだ。

親元は一瞬、心の臓が縮みあがるのを感じて、振り返った。

森は足を止めている。澄んだ瞳を、いつしか夕なずむ空に向け、何かを感じ取ろうとする様子だった。

「どうしました」

親元が尋ねれば森は訊き返した。

「この辺に何かありませんか」

「何かと申されると？」

「廃れたお寺とか、お社のようなものが……」

森に言われて親元は周囲を見回した。そこは東大路通りから東に入って少し進んだ辺り、左手には崩れかけた築地塀と廃屋、右手は小さな寺が並んでいる。

「廃屋と寺ばかりです。何も怪しいものは見当たりません」

「荒れ屋敷にはどなたがお住みでしたか」

「ええと。確か、日野何某と申す人物でしたね。日野家の傍系で、晩年の長慶（ちょうけい）帝と交わりがあったのが露見し、一切の役職を解かれて日野一族からも幕府からも、当然、朝廷からも排斥されて、最期は餓死したとかいう噂ですが」

長慶帝とは南朝の後村上帝の皇子である。康永二年（一三四三年）に生まれ、応永元年（一三九四年）に没した。

「南北合体の二年後には亡くなった帝と日野家の者がどうして交わりがあったのか、今では分かりませんが。兎に角、かれこれ二十何年も屋敷は誰も近づかぬ有様――」

親元の説明が終わらぬというのに森は廃屋のほうに歩きだした。

「あっ、何処に行かれます⁉　場所はあと少し先ですよ」

だが森は親元の呼びかけに応えず、築地塀の崩れた所を杖を使って器用に越え、荒れ屋敷の裏庭に入っていく。その様子は目に見えない何かに引かれているかのようだ。塀の向こうの裏庭は草が茫々と伸び放題で大半は枯れていた。大人の腰あたりまで伸びた雑草の下は地苔（こけ）に覆われた湿った黒土である。

「お待ち下され」

森を追って築地塀を越えた親元は、草履の底が地面を踏むなり、「うっ」と低く呻いた。背中に氷柱を押し当てられたような寒気を覚えたのである。

「なんだ、今のは？」

訝しむうちにも森はさらに先に進んでいく。雑草と歪んだ灌木の陰に紛れて、森の姿を見失いそうになる。——否。森の後ろ姿を隠そうとしてるのは草木の陰ではない。それに気づいて親元は目を凝らした。地面から立ち上る靄が視界を端からぼやけさせている。靄は晩春の陽光に映えて薄桃色に染まっていた。

「春霞……一連の殺しが起きた時に立っていた……また寒気を感じる……これはただの霞ではないぞ……妖気を帯びた霞だ……」

追いながら親元は呟いた。前を遮る草を掻き分け、苔や黒土を蹴って森を追う速度を上げた。湿った土が親元の足を取る。まるで土が泥濘（ぬかるみ）に変じたかのようだった。

「ええい、妖気になぞ負けるか」

親元は進みながら腰の刀に手を掛けた。鯉口を切ってほんの少しだけ刃を露わにする。以前、剣術の師匠から刀は神代の昔には護符であったと教えられたのを思い出したのだ。

「これは我が父より賜りし刀、幾度となく一休様と共に死地をかい潜った父の友だ。されば如何なる守り札や千万遍の経より俺を守ってくれる」

そう己れに言いきかせて臍下丹田に気を凝らした。刀の柄を握った手に力を感じる。一陣の風が吹いて春霞が裂けた。裂け目の向こうに森が見えた。崩れかけた小さな御堂の前に立っている。

（何だろう？　氏神の類を祀った御堂か？）

親元は足を緩めつつ森に声を掛けた。

「どうしました、森さん」

ハッとして森は振り返った。

「ここです」

応えた森の声は怯えを帯びていた。

「ここに二人の女の人を殺めたものが――」

ようやく追いついた親元は、

「ここから先は拙者が引き受け申した」

親元は森を後ろに退かせ、刀に手を掛けたまま、御堂の傾いた扉を開いた。生臭い悪臭が御堂の中から溢れ出る。その臭いが血と腐肉の臭いと察して親元は手拭で鼻と口を隠した。凄まじい悪臭をものともせず御堂に進み入った。内部は暗くない。天井から外の光が柱となって御堂の仏の座を照らしている。光に右半身だけ照らされているのは埃まみれの古びた観音像だ。

「これが一休様の仰っていた観音像か。が……迦楼羅像と祀られている筈だが」

観音像だけで迦楼羅天の像は見当たらないのである。観音像に近寄って蓮華座の周囲に目を凝らした。やはり何もない。ただ、観音像の左横に何も載っていない蓮華座があるばかりだった。腰を屈めて仔細に検分する。空の蓮華座には埃が丸く積っているが、真ん中は埃が見当たらなかった。ぼんやりした光の柱は観音像ではなく、空の蓮華座を照らしているように見える。

「妙だな。誰かが御堂の屋根から引き上げたのでもあるまいに」

眉をひそめて天井を見上げれば天井には大きな穴が開いており、そこから外の光が御堂の中に落とされているのが分かった。

「……」

怪訝な表情で天井を見上げた。天井板には大きな穴が開いている。ただし穴の周囲の古い板は、いずれも内側にめくれてはいない。

(まるで何かが天井板を破り、屋根を破って外に、飛び出したように)

親元の脳裡に閃くものがあった。

素早く身を翻すと、親元は御堂の戸口に駆け寄った。御堂の前には森が立っている。その周りには薄桃色の春霞が立ちこめて森の姿もぼんやりしてしまうほどだ。親元の背を寒気が走った。森も感じたらしい。ハッと顔を上げた。それと同時に親元は叫んだ。

「森さん、危ない！　逃げるんだ！」

叫んだ時には床を蹴って宙に舞っていた。

親元は空中で刀を抜いた。

森を覆い隠しつつあった春霞が上方から揺らいだ。森の真後ろに人影が現われた――上から下へ――影は空から森の背後に降り立った。降り立つと同時に、背中で広げた翼が畳まれた。濃密な春霞の中で見たそれは笈を背負った修験者にも似ている。

迦楼羅天像だ！

生ける木像は森を引き裂こうと片手を上げた。

その先には鋼の鉤爪が青光りしている。

迦楼羅天の鉤爪が森の胸乳（むなち）めがけて振り下ろされた。

と、鉤爪が森を傷つける寸前――。

ガッ、という鋭い音が発せられ、霞に青い火花が散った。

蜷川親元の刀が鉤爪を受け止めている。

迦楼羅の頭が親元を向いた。空洞で表現された木像の目に膿にも似た色の光が瞬いた。

この像には意思があるのだ。

そう悟った刹那、親元の口から魔を祓う言葉が気合となって迸った。

「南無釈迦如来！」

刃が迦楼羅の鉤爪を払い上げ、さらに親元は空中に剣で弧を描き、力の限り斬り下げた。

手応えがあった。

迦楼羅天の片腕が付け根から斬り落とされた。

斬られた木像の肩から血が噴出した。それは六日間に殺された女たちの血に他ならなかった。親元は不浄を祓うべく再び叫んだ。

「南無釈迦如来」

叫びながら袈裟掛けに斬りつけた。木像の左肩から右の腰上まで刃は一刀のもとに斬断された。斬り口に膿の色をした光が走った。そこから上下の半身がずれたかと見るや、迦楼羅の像は二つに分かれて地面に叩きつけられる。

断面から肉片や切れ切れな内臓（はらわた）がぶちまけられた。それらもまた哀れな女たちのものだった。親元は木像を睨みつけた。甦（よみがえ）る気配はないようだ。そう確認すると、懐紙で刃を拭い、鞘におさめた。片手を挙げて犠牲者のために祈る。それから肩から力を抜くと、ようやく森に呼びかけた。

「もう大丈夫です。春霞の夜に跳梁する殺人鬼は二度と現われないでしょう」

「……わたしが霊視した時、人影が霞から湧き出たように見えたのは、宙から降り立ったからだったのですね」

「厭なものを霊視させてしまいました。お許しください」

そう言って一礼すると、親元は森に手を差し伸べた。森の手がそっとその手を握り締める。冷たく、華奢で、繊細さを感じさせる手だった。その手で親元の手を固く握りしめると、森は微笑み返した。

「許すなどと、とんでもございません。お陰で恐ろしい迦楼羅天の変化を倒し、殺された方々の恨みを晴らして菩提を弔うことが出来たのです。わたしは蜷川様に感謝しております」

そこで森は少し間を置いて小さな声で言い足した。

「それに……蜷川様に美味しいお酒もごちそうになりましたし……」

（しまった。口移しに気づかれていたか）

そう思った親元の顔が真っ赤になっていく。寄りそう森の頬も朱に染まっていた。それは夕陽に映えたせいではない。すでに春霞は消え、日も暮れて、六波羅界隈は夜に沈もうとしていた。

七

「やはりあの迦楼羅天だったか」

ことの経緯を森と親元から聞いた一休は床の中で納得した。

「やはり、と仰ると一休様はご存じだったのでござるか」

「いや、ご存知ということはない。だが、あの屋敷の主の悪評は聞こえていた」

「悪評？」

「うむ。日野の一族の癖に南朝に肩入れしたのは、屋敷の主が真言立川流に帰依しておったらしいとな。まあ、そんな悪評じゃ」

「立川流!?」

「立川流にも顕教と密教があったらしい。後醍醐帝が帰依なされたのは顕教のほうだったが、恐ろしいのは立川流の〝密〟のほうでな。真言宗と天台宗が力を合わせて叩き潰し、経典から本尊仏まで焼き払ったのは、この〝密〟あるがゆえだった。それは殺戮を喜び、血と炎でこの世を沈めんとするという教義だったらしいが詳しいことは未だ分からん。したが、わしが若いころより遭遇し、戦ってきた妖術やおぞましい儀式は、どれも立川流の〝密〟の部分より生まれたものであったのだ」

「それでは此度の一件――迦楼羅の犯した五人殺しはことごとく立川流の儀式と関わりがあったと？」

「断言はできんが、そうかもしれん」

「立川流ゆかりの者が迦楼羅を動かし、女たちを生贄に、何かの儀式を行っていたと？」

「そうかもしれんし、違うかもしれん。いずれにせよ、だ」

「なんでございましょう」

親元は身を乗り出した。

「お前な。明日、室町第に昇ったら細川勝元に今回の一件を報告して、最後に、あの屋敷は焼き払い、後は塩で清めろ、と進言してやれ」

「はっ、必ず」

大きくうなずいた親元に、一休は急に意味ありげな笑いを拡げると声を低めて言った。

「ときに、森さんとモトチカはえらく遅かったな。六波羅が遠いとは申しても、かれこれ亥の刻だぞ。お前らの話では一件が落着したのは夕方から夜のことだから、それから数えても、ざっと一刻半は経っている。今まで二人きりで何をしておったんだ？」

そうして一休が片目をつぶった途端、森はうつむいた。

それを見た親元は思わず叫んでしまった。

「余計なお世話だ、この助平爺！」

迷い風

一

「鬼の霍乱(かくらん)」と陰口をきかれた一休の体調不良は春いっぱい続き、売扇庵住職としての日常に戻れたのは、結局、梅雨を過ぎて夏となっていた。

「今年の夏はまた殊更に暑いね」

　売り物の扇で懐に風を入れながら一休は言った。深い皺の奥から湧いてくるように汗がやむことなく流れている。空気は熱く、湿った綿のようだ。

「病み上がりで暑さが堪えるのかな？　昔はこんなこと、なかったのだが」

「先程、水汲みに行きましたら、陽射しが熱いというより痛かったです。わたくしも、この暑さは辛うございますよ」

　囲炉裏の向こうで扇を作りながら、森は微笑んだ。そういえば美しい富士額にうっすら汗が浮かんでいる。

「そうか、わしだけじゃなかったんだ。ああ、良かった。……って何が良いか、分からんか」

　宝徳二年（一四五〇年）八月も終わりに近い頃——現代でいうとまだ七月である。

「本格的な夏はこれからだというのにな。まったく今年は暑い。ひどく暑い。まるで地獄の釜におるようじゃ。わしがなかなか行かんから、待ちくたびれて地獄のほうでやって来たのかな？」

　一休がそんな冗談を呟いて、ふと玄関のほうに目を遣った瞬間である。

　突然、ゴオッという地響きのような音がしたかと思うと、戸口に垂らした木戸代わりの筵を巻き上げて、埃っぽい熱風が寺に吹き込んだ。

　経巻がバタバタと音を立ててめくれて、仏壇から法具が落とされる。

　熱風はさらに奥の衝立まで倒して吹き抜けていった。

「や、こいつはいかん」

　慌てて一休が腰を上げると、

「お頼み申す、お頼み申す」

筵の向こうから破鐘のような声が起こった。

「なんじゃ。誰ぞ討ち入りにでも参ったか。わしを逆恨みしとる奴は多いからな。森さん、今のうちに逃げる用意をしといたほうがいいよ」

「はいはい。明日にでも、遠くに逃げるための馬を呼びましょうね」

森が軽く流して笑えば、二人の笑みを吹き消すかのように、再び、

「頼もう！」

売扇庵全体が震えるような大声が轟いた。

「どオれエ！」

一休は声の主に負けぬほどの大声で答えながら玄関に出た。筵をめくれば、一休は豪傑然とした髭達磨が立っている。真ん前に六尺豊かの目にして、ちょっと困惑の色を浮かべた。

だが、男のベンベンと突き出た腹と、濃紺の士烏帽子に目を移していき、

「ややっ、お主はいしか――」

と驚いて髭達磨を指すと、相手は一休に皆まで言わせず、

「走衆の石川慶晴でござる。天下に隠れもない一休禅師に、我が名をお覚え頂けたとは恐悦至極」

そんなことを大声で言った。

髭達磨のいう「走衆」とは将軍直属の精鋭部隊、いわば親衛隊のような役職である。

「そのむさ苦しい顔は忘れようとしても忘れられんわい。いつぞやの蜷川邸の夕涼み以来じゃな。それで今日はどうした？　世間を暑苦しくしたので詫びに参ったか？」

「は、は、は、禅師の諧謔は相変わらずでござるな」

石川慶晴は破顔した。

「実はご相談いたしき儀がござって……」

「なに、相談？　金なら貸せんぞ」

「いや、いや。禅師に借金を申し込むような真似など、如何に拙者でも出来申さん」

「まあ、無心される前に人様に貸してやれる金な

ど何処にもないがな。……立話もなんだ。まずは入れ。寺の中は涼しいぞ。何にもないからな」

珍しく一休が機嫌よく客を招き入れたのは、石川が荒縄で縛った酒甕を提げていたからだった。

「されば失礼仕る」

石川慶晴は売扇庵に上がると、

「森殿、真に恐れ入るが酒盃をお借りしたい」

「只今お持ちします」

戸棚に向かった森の背に一休は、

「こないだ村田珠光がくれた茶碗があっただろう。あれをな、三つ持ってきておくれ」

と言い足した。

「三つとは？　蜷川でも来ておりましたか？」

ちょっと困った表情になった石川に一休は首を振った。

「ふん、モトチカなんぞ来ておらんよ。よしんば来ておっても、誰が酒など出すものか。奴には水で十分じゃ。三つ頼んだのは森さんも暑気払いに呑んだほうが良いと思ったからじゃよ」

「成程。……蜷川が来てなければ、一層、好都合で」

そんなことを言いながら石川慶晴は売扇庵に上がって、囲炉裏の前にどっかりと大胡坐をかいた。

間もなく森が朝鮮の産と思われる見事な茶碗を三つ持ってくる。石川が酒甕の縄を解き、蓋を開けて、三つの茶碗に注ぎはじめた。

石川に勧められるより早く、まだ他の茶碗に注ぎ終えていないのに、一休は素早く手を伸ばし、

「モトチカは先日、思いっ切りからかってやったら子供みたいに脹れっ面しおってな。近頃、寺に寄り付かんのだ」

「蜷川も室町第では目付人として職務に追われておるようで」

「ふん。おおかた八代将軍の洟でもかんでやっとるのだろう」

そうするうちにも石川慶晴は、森の持ってきた三つの茶碗に酒を注ぎ終えた。

注がれた酒を一休はキューッと飲み干して、口

の周りを拭いながら言った。

「こいつは美味い。……京近辺の酒ではないな」

「周防(すおう)の上酒でござる」

「なに、周防？　お主、防州に行ってたのか」

「は、上様の命により大内様の故国に書状を届けに行っており申した」

「わしも周防に行ったことがある。もう三十年前のことじゃ。吉山明兆(きっさんみんちょう)の描いた仏様の絵を届けに行ったんだ」

「では出雲街道を歩かれましたか？」

と石川が尋ねた時、ゴオッ、と物凄い音がしたかと思うと、熱い風がまた寺に吹き込んだ。また仏壇から色々なものが落ちてくる。それを見た森が腰を上げかけるのを制し、

「いいよ、森さん。物が落ちても転んでも、それも天然自然(てんねんしぜん)の摂理だ。放っておきなさい」

　そう森に微笑んでから石川に向き直った。

「うん、出雲街道だ。いま思い出した。まだ三十年は経っておらんな。……かれこれ二十五年も前になろうか。当時は今みたいに街道が整備されてなくてな。途中、難所が幾つもあったよ」

　一休は懐かしそうに言いながら酒甕を取って自分の茶碗に注ぎ足した。

「ほう、難所でござるか」

「山あり、谷あり、断崖あり、だ。そうそう、化け物にも何度か出会ったな」

「化け物!?」

「いかにも化け物だ。しかもただの化け物ではない。血を吸う霧とか、その……なんだ、色々と都では逢えぬものどもにな」

　また音を立てて熱風が吹き込んだ。風に埃も混じっていたか、一休は目の痛みを感じた。森もしきりに瞬きをはじめる。ただ石川だけは目を大きく見開いて一休を見据えてこう尋ねた。

「他には？　他に、何か特にご記憶に残られたモノはございませんかな？」

「なんじゃ、その探りを入れるような口ぶりは。わしはこれっぽちも法螺など吹きゃせんぞ」

「いや。法螺などとは滅相な。微塵も禅師を疑っておる訳ではござらん」

「ならば、なんだというのだ？　せっかくの上酒が不味くなるような……」

　不愉快そうに一休が言った。大徳寺で兄弟子と何か悪いものを食べて中ってから、一段と気難しくなっているのだ。

　すると森が横から微笑みつつ言った。

「一休様。御酒に酔われるのは、まだ早うございましょう。石川様は何か、一休様にお尋ねしたいことがおありのご様子。それで、あのように申されたように拝見いたしましたが」

「や、森殿。助け舟、忝い。いかにも、そうなのでござる。拙者、大内領内で、ちと気になるものと遭遇しましてな。彼の地でそれのタタリが凝ったという石像を京に持ち帰ったのですが、帰りの道中、ずっと前にこれと似たものの話を蜷川より聞いたのを思い出しました。……禅師のお若き砌、何やら出雲街道でなにか……非常に恐ろしいものと出会ったとか……」

「おお、その話か。さっきも話しかけただろう。お主のような豪傑は化け物など端から馬鹿にして笑い飛ばすじゃろうが、わしは物凄いのに出会ったのだ」

「して、その物凄いものとは、なんでござろう」

　石川は声をひそめて尋ねれば、一休も殊更、声をひそめて応えた。

「それは……唇がある岩じゃよ」

「唇ある岩ですと!?」

「一つ二つの唇ではない。岩の表面に八十七もの唇があってな。それが開いたり閉じたりしておったのじゃ。……しかもだ。この岩が化け物の眼目ではない。岩についてた沢山の唇は、化け物ではなくて、化け物の犠牲者だったのだ。そして、さらに申すなら、わしの戦った相手は妖怪変化ではなかった……」

「と、申されますと？」

　石川に問われて一休は口の中に飛び込んだ羽虫

を吐きだすように言った。

「……神じゃ」

「なに、神!!」

石川は叫んだ。

「そうじゃ。遥かなる太古に八百万の神々によって封じられた凶神（まがつがみ）だ。そやつが旅人を殺し、唇を奪い、さらにそやつの巫女となるに相応しい、霊能のある娘に乗り移って、八百万の神々に封じられた己れの身を甦らせようと、復活の儀式を行なっていたのだ」

「それで、その凶神は？　どうなりました？」

「わしが封じてやったよ」

一休がこともなげに答えた時、不意に、どこからか大きな溜息が響いた。一休は石川を見やり、次いで森のほうを見る。二人のいずれでもない。溜息のような音は寺の天井のほうから落とされたようだった。

「風かな？」

と呟いて一休は首を傾げた。

だが、そんな声も豪傑の石川には聞こえないらしい。石川は酒を一口啜ると、こう言った。

「拙者が大内家の領内で遭った異様なモノも、どうやら、禅師が若き日に封じられた凶神……あるいはその眷属のようでござるな」

「何があった？　手短に話してみい」

「実は……」

と、石川は周防国で遭遇した怪異を話しはじめた。

二

「大内家の領内に羽賀芽山（はがめさん）という山がござってな。〝山（さん）〟などと大層な名がついておるが、さほど高くもない岩山で。周囲は青々とした森林なのですが、その山だけは草木一本生えておりません。

「妙な名前とは思いましたが、それも道理。元は朝鮮語だという。大昔に朝廷に招かれて彼（か）の地より参った方士（呪術師）がおりまして、朝廷に請われて、この辺で何らかの祭祀を執り行なったらしいのですが、詳しいことは分かり申さん。ただ、羽賀芽山という名はハガメサン――〝風の山〟というような意味の朝鮮語から来ておるらしいと、それだけは今日に伝わっております。

「祭祀の名残でござろうか、羽賀芽山の山頂には祠があって、方士の残した小さな石像が祀られておりました。なんでもこれは、かつて天地に吹き荒れていた悪しき風を地の底に封じておるという。そして、再びその風がこの世に吹く時は、眩く輝いて人々に知らせるのだという伝説が、近在の古老に言い伝えられていたのでござる。

「話を聞いた拙者は、なに今のこの時代にそんな迷信が未だはびこっておるのか。どれ、ひとつ、その予兆の石像なる物を防州土産に見てくれん、と思って羽賀芽山に単身登ってみました。

「いかにも山頂には道教ゆかりと見える真っ赤な祠がござった。ただし祠は黄金と朱色に塗りたくられた扉が鎖されて、その上には幾重にも御札が貼られている。御札の文字は漢字でもなければ仮名でもない。さりとて山伏や修験者が使う神代文字とやらでもない。祠の石像とやらが見たいが、御札を剝がさなければ扉は開けられません。

「ひとしきり祠の外観と御札を観察した拙者は、――これが海の向こうの祠というものか。

と納得しました。しかし、そのまま踵を返して大内家に戻るのも、祠の主に無礼というもの。されば、と近くに咲いていた赤い花を一輪、祠に捧げ、

『これからもこの地を見守り下され』

と声を掛けて手を合わせました。

「――さて帰るか。と拙者が思った時でござる。突然、ゴオッという音と共に物凄い風が吹き抜け申した。その風の、まあ熱いこと、激しいこと。あまりの熱さと激しさに拙者の息が止められたほどで。さらに荒れ地の土埃が烈風に巻き上げられて、あたり一面が薄茶の紗に覆われたようになった。拙者はその場に立ち尽くし、鼻と口を手

で覆い、目をかたく瞑って下を向きました。そうして一息、二息かすると、やっと風が止み、土埃も収まりました。『やれ、ひどい風じゃった』などと独りごちれば、祠のほうから、ギイ、と軋む音がする。ハッと振り返ると、今の風で剝がされたものか、貼られていた御札が何枚も剝がれかけて、扉がほんの少し開きかけていた。『おや、あれは』と目を凝らしたら、祠の奥からほんの少し、淡い光が発せられている。

「それを目にした途端、拙者は何故ということもなく、無性に祠に祀られた石像が見たくなり申した。まるで子供のように祠に飛びつくと、御札を剝がし朱と金に塗りたくられた扉を開きました。開いてみれば、光などまったくない。ただ二尺足らずの石で象った女神か観音様の像があるばかり。拙者は拝むでもなく、扉を閉めるでもなく、その女神像を穴があくほど見つめました。

「見つめているうちに妙な胸騒ぎがして参りましてな。なんと申すのでしょう。戦に臨む直前の昂ぶりのような、遊里で目の覚めるような遊び女と出会ったような——そんな思いが混然となった感情です。それに衝き動かされ、気がついた時には拙者は腕を伸ばして、女神像を摑み、懐に入れておりました。

「さて、それからのことはしかとは覚えてござらん。大内邸に戻ったのも、一夜明けて早々に大内邸を後にしたのも、出雲街道から京に戻ったのも、なにもかもが夢の記憶のようでござる。

「京に戻れば、上様へのご報告もそこそこに、京におられた道士殿に請うて、屋敷の庭に明国の神を祀りたいから、と道教風の祠を作ってもらいました。そして、一人になると件の石像を祠に祀り、『我が家の守り神となられんことを』と手を合わせたのでござる。

「さて、その夜のこと。寝ておると枕元に人の気配がする。気配は女のものだ。何処からか吹き込む微かな風に乗って香の匂いがしてきた。この鼻をフワリと紗が撫でられた感覚もする。ところが、そこまで感じたら、普段なら目を開けるなり、何者ッと撥ね起きて刀を取るなり、何かいたすところなのにそれが出来ない。首から下が全然動きません。

「――これはどうしたこと、と怪しみ驚くうちにも、女の気配が近づいてきて、耳元に唇が寄せられる感じがいたしました。そして珠を転がすような美しい女の声が、

『わが君、愛しい御方』

と囁きかけてきた。不思議なことに、こちらは目を閉じているのに、そのように囁く女の姿が拙者にはハッキリと感じられ申した。それは艶やかな黒髪を唐輪に結い、身には薄紫の唐様の衣をまとった美しい女でござる。女は唇で拙者の耳朶から頬、喉元にそっと触れながら、こんなことを申したのでござる。

『一休宗純様をここに――わたくしの祠に連れて来て下さいませ。そして、一度で結構ですから般若心経を、わたくしのために唱えて下さるよう、お計らい下さい。それをして頂ければ、わたくしは末の世まで石川様のものでございます』

「……目覚めた後も、寝所には、まだ女の香の匂いが残っておりました。

「実は、それが三日前の朝のことで。これは周防の妖物を京まで持ち帰ってしまったか、と祠を作ってくれた道士殿に妖物祓いをお願いしようと行ってみれば、道士殿は急な病を得られて亡くなられたとのこと。驚いて帰宅いたし、自分なりに祠に手を合わせ、心経を読誦いたして、妖物に周防に帰れと祈ってみましたが、二日前の朝にも、本日の朝にも、金縛りにあい、微風と女の香、紗の感触、さらに『一休宗純様をお呼び下さい』との懇願。眼が覚めてから、如何したものか、思案に思案を重ねましたが、これという名案も出ませぬ。止むを得ず、こうして、売扇庵までまかり越した次第にござる」

三

石川の話を聞き終えた一休は口の周りの酒を手で拭いながら言った。

「話のあらましは分かった。それでお主は、わしに女神像を祀った祠に行って、女神像に手を合わせて心経を唱えろと、こう申すのじゃな」

「ははっ、それで女神が安らかになると申されるのです。この炎暑の中、大儀とは存じますが、何とぞお願い申し上げます」

　手をついて石川が床に額を擦りつけんばかりに頭を下げた。それを見た一休が手を上げて、

「いや。何もそんなに頭を下げんでも――」

と言いかけたところで大きな噯（おくび）が口から洩れる。

一休は口に手を遣って苦笑すると、

「これはとんだ粗相を。許されい。歳を取ると恥もへったくれもないものでな」

　と石川と森に詫びてから、

「森さんや、仏壇の下にわしの払子（ほっす）があるから取って来て下さらんか」

　そう頼まれた森は困惑げに問い返した。

「払子……でございますか？」

「そうじゃ。普段は使わんから、お前様が知らんのも無理はない。ハタキほどの長さで、先にモシャモシャしたのが付いた棒のことを払子というのだよ。紙に包んでおるから直ぐそれと分かるさ。こう、長い紙包みがそれだからね」

「……はい」

　森は怪訝な調子で応えた。一休が払子などを使うと、ついぞ聞いたことがなかったのだ。それでも立ち上がり、言われた通りに仏壇の下を手探りでさがしてみれば、若い頃のものらしい僧衣や割れた鉦（かね）に混じってそれらしい紙包みがある。盲目（めしい）の繊細な手で触れてみれば一休の説明するハタキのような棒というより太い綱と紙のような手応えだった。

「こちらでございますね」

森が自信なさげに手渡すと、

「おお、間違いない。有難うよ。こいつに昔、大いに救われたんじゃ」

一休は嬉しそうに受け取った。

森は微笑んで、

「これから石川様のお屋敷に参られますか」

と尋ねれば、一休が答えるより早く、

「是非ともお願いいたします」

急いた口調で石川が頭を下げた。

「そうだね。それじゃ、これから行って、その女神とやらと話をつけてこよう」

一休がうなずけば、

「では、わたくし、出掛ける支度をして参ります」

森がそう言って身を返そうとした。すると一休は払子の紙包みを持って立ち上がった。

「あ、森さんは行かんほうがええ」

「どうしてでございます？」

「なにも、お前様が邪魔とか足手まといと言ってるんじゃない。今度の相手は女神様だというでな」

そう言ってから、石川に振り返って念を押すように訊いた。

「女神様だと言ったよな？」

「は、いかにも女神にござる」

「ならば女人(にょにん)——特に美しい女子(おなご)が一緒に行っては行かん」

「それは何故ですか？」

石川と森が同時に尋ねた。

「女神という奴は焼き餅焼きでな。自分より美しい女子が来ると嫉妬して悪さする。だから女神絡みの相談に乗るは、むさい爺一人のほうがええんじゃよ」

とぼけるようなことを言って一休は真っ白い歯を見せて笑った。

四

石川に案内されて、一休が、堀川通りと今出川通りのぶつかった辺りにある屋敷に着いた頃には、陽は炎天の天頂まで昇りつめていた。

「ここがお主の屋敷だったか。わしはこの辺を昔から何度も托鉢に来てるが、人が住んでるとは思わなんだ」

「はは、走衆は御役目が忙しゅうござってな。屋敷に滅多に帰らぬうえ、独り身の不精で手入れもせんので、近所の子供には化け物屋敷と呼ばれておりますようで」

「いかにも化け物屋敷よな」

「はは、手厳しい。……さ、こちらでござる」

前庭に入れば眩しすぎる陽光から日陰に移ったお陰で、一瞬、視界は銀色とも紺藍ともつかぬ真昼の暗黒に包まれる。

一休は軽い眩暈を覚え、杖を握る手に力を込めた。

臍下丹田に気を凝らして眩暈を払おうとすると、不意に眉間に皺を寄せて一休は「むう……」と声を洩らした。

それに気づいた石川は、庭に案内しようと先に歩んでいた足を止めて尋ねる。

「如何なされました？」

「なんでもない、気のせいだ。さ、早く、その女神像を祀った祠に案内してくれ」

「は、すぐそこで」

と言って石川が進み入った庭は碌に手入れもしていない様子で、灌木も下生えも伸び放題、植木の枝など伸びるだけ伸び、曲がるだけ曲がって、その辺の林の木々のほうが余程手入れされたものに見えそうだった。

「これは、まあ……流石は豪傑じゃな。庭木も剛の者らしく元気に伸びておるわ」

と一休は快活に笑った。

「なにぶんにもお役目柄、遠国に行ってばかりで、庭師を頼むのも、つい億劫になってしまいまして。お恥ずかしい限りでござる」

「いやいや、こういう自然のままに伸びた草木にこそ仏性が宿ろうというもの。わしは大好きだよ。細川勝元みたいに小細工を弄した小石ばかりの庭園を拵えて自慢するのは愚か者だ」

「は、は、は……」

石川は何と応えて良いか判断が付きかねる様子で、曖昧な笑いで一休の言葉を流すと、そのまま草茫々の庭の片隅まで歩み続け、やがて苔むした大きな石の前に鎮座する小さな社の前で立ち止まった。

石川より四、五歩後ろを進む一休は苔に覆われた庭石と社を目にするなり、突然、噎せ込んだ。

「なにか?」

「何でもない。痰が詰まっただけだ」

苦しそうに応えたが、一休の咳はなかなかおさまらない。噎せながら一休は尋ねた。

「お主は埃臭くないかの?」

「いいえ、少しも。禅師は埃臭うござるか」

「いや、なに……埃というか垢じみた臭いを感じたものでな。お主が感じないのなら、わしの鼻が馬鹿になったのだろう」

そう言うと一休は話題を逸らせるように、

「それで? その庭石の前にあるのが?」

「はっ。こちらが女神像をお祀りした祠にござる」

と石川が示した社は、小さいながらも白木で拵えた本格的なものである。

「これは、また、見事だな。小さいが本物の神社と比べて遜色ない」

感心した調子で一休は言ったが、あくまでも口調のみである。その眉間には深い皺が刻まれたままだった。

まるで弁解するように石川は言った。

「石造りとは申しても女神でございますので、拙者も相応に対処せねばと思いまして……」

その説明を聞いて、一休は露骨に顔をしかめると、ぽつりと洩らした。

「……いかんな」

「いけませんでしたか?」

「大いにいかん。素性の知れぬ神には気軽に手を合わせてはいかんよ。まして、このように立派な白木の祠を拵えてやるなぞ、言語道断。昔から〝さわらぬ神にタタリなし〟というじゃろう」

「それは、まあ、そう申しますが……」

「この庭に踏み込んだ時、背中に氷柱を押しつけられたような寒気を覚え、そこの庭石と白木の祠を見て、今度は何年も埃まみれで放っておかれた荒れ寺に入ったような悪臭を感じた」

「それは、また、何ゆえに……」

「この敷地全体を覆った妖気のせいじゃ」

「妖気……と申されますと?」

「妖しきものの放つ気配じゃ」

「そ、それは……」

「女神像に良からぬものが宿っていると見た」

「なんと、恐ろしい。左様なことがあるとは」

「まあ、豪傑には信じ難いじゃろうが、まことだ」

一休が断ずると、石川はうろたえた調子で尋ねた。

「禅師、拙者はどうしたら宜しいのでござろう」

「案ずるな。わしには、これがある」

一休は左手に提げた細長い紙包みを指示してニヤリと笑って見せた。

「おお、なんと頼もしきお言葉。禅師、何とぞ女神像に取りついた妖しきものをお祓いくだされ」

「任せておけ。馳走になった上酒の礼はする」

そう言うと一休は、屋敷の庭に面して並ぶ腰高障子を顎でさした。

「その障子の向こうには本当に上(あが)れるのか?」

「本当に、もなにも——」

石川は「この坊主は変なことを申すな」と言いたげな顔になると、

「——障子の向こうは座敷でござるが?」

「ああ、そうか」

一休は軽く受け流して続けた。

「飾りで障子に見せてる訳ではないのだな。ならば、お主は、障子の向こうの座敷にいろ。……そうさな、ただ坐っていてもそれらしくないから、結跏趺坐でもしておれ。それで臍下丹田に気を凝らして、精神一統、何も考えず、ただ御仏のお姿を思い浮かべていろ」

　何処か投げ遣りに指示した一休に、石川は問うた。

「それで、禅師は？」

「わしか？　わしはこっちで般若聞持不忘陀羅尼（はんにゃもんじふぼうだらに）という有り難い陀羅尼を心経と共に唱える。これが臨済に伝わる悪鬼祓いの秘法よ。さすれば、女神像に取り憑いた妖しきものは祓われ、お主も、二度と妖夢に悩まされることはなくなるのだ」

「流石は禅師。そのお言葉を聞いて、いやはや、すでに女神像が救われたように感じられます」

「そう簡単にはいくか。こっちは元手がかかっとるんだ」

「はあ？」

「なんでもない、こっちの話じゃ。さ、さ、とっとと座敷に上がって、障子を閉めたら結跏趺坐するのじゃ。さ、さ、行ったり、行ったり」

　一休は「しっ、しっ」とまるで追い立てるような調子で石川に腰高障子を開けさせ、その向こうの座敷に上らせた。

　石川が座敷で結跏趺坐下のを確かめると、

「臨済の秘法が終わるまでそこにそうしておれよ。庭からどんな音が聞こえても、絶対に障子を開けるな」

「はっ」

「たとい、このわしの声で『助けてくれ』『障子を開けろ』と言っても駄目だぞ。それはわしではない。わしならば『憑きものは祓い終えた』としか言わぬと、そのように心に刻め」

「はっ」

「分かったな。分かったのか、分からなかったのか、どうなんじゃ？　この髭達磨⁉」

そう言った一休の剣幕に、

「いやもう、よく分かり申した」

石川は怯えたようにうなずいた。

「分かればいいんだ」

鼻を鳴らして一休は腰高障子を、ぴしゃり、と閉めた。

そして庭に鎮座する白木の祠に向き直ると、

「久し振りじゃな。長いこと会わなんだで、うっかり忘れかけとったぞ」

意味ありげに笑いかけ、手にした紙包みを胸に寄せ、用心深い足取りで、祠の前へと歩み出した。すでに太陽は天の頂きまで上りきり、陽光に晒された素肌が炙られたように痛い。

祠に近づく一休の墨染姿は、光に照らされて、すっかり小さくなった足元の影と見分けがつかぬほどだ。

一休の眼前で、祠の白木が能の本舞台のごとく、しらじらと輝いている。

五

一休は祠の真ん前で足を止めると、やにわに扉に手を伸ばした。
無造作な動きのようだが、一休の身ごなしには寸毫（すんごう）の隙もなかった。
節くれだった指の先が朱と金色に彩られた扉に近づく。
扉に触れた。
指をそっと動かす。
扉の引手を摘まんだ。
そして指を引こうとした。
その刹那――、
パンッ、という破裂音をあげて扉が開いた。
自分が引く前に開いた！
そう察するのと、一休が斜め前方に身を投げ出したのは、同時だった。
白木の社から烈風が吹きだした。風は微かに赤色を帯びている。その風を受けて下生えが焼けた。伸び放題に枝を伸ばした大樹の下のほうが燃えて炎を上げた。庭一面に燃えた生木から立った煙が広がっていく。

左手に握った紙包みが焦げて、火の粉が舞っている。それに気づいて一休は素早く払子を包んだ紙をほどいた。

そこに現われたのは払子ではない。

麻で編んだ太い縄である。その所々には先端が切られた白い紙が巻かれていた。紙はもとは清浄な純白であったのだろうが、今は黄ばんで些か煤けている。それでも縄のお陰で、それが何かは理解できた。紙は四手（しで）であった。

これは神社の拝殿などに飾られる注連縄（しめなわ）。――あの白い紙を付けた――である。神道では神域を表わすとされ、また魔除けや、結界を張る時にも使われるあの神具であった。

「いきなり〈火気〉の風を吹かせてくるとは、やりおるな。どうやら、わしがこれを使うと観取しおったようだの。化け物とは言え、かつては神とも呼ばれたもの、まずは天晴れと褒めてやろう」

腹這いになって注連縄を左から右に持ち替えながら、一休は祠に向かって大声で呼びかけた。

ゴオオッ、という音が祠の内部から起こった。風の吹きだす音だった。風の帯びる赤い色が濃くなった。

風は吹き続ける。

社の内部からなおも吹きだして、庭木や草花を焼いていく。

「……したが所詮、化け物は化け物。風を避けさえすれば、恐ろしくもなんともないわい」

一休は言い放つと地に伏した身を横に転がした。そうして風の向きから外れると幣串を片手に祠の後方に回っていった。

完全に後方に移動するや、一休は汚れた足を上げ、そのまま、輝くような白木の社の屋根に載せた。

挑発する調子で社に呼びかける。

「おい、化け物。いま、貴様の頭に足を掛けたぞ。分かるか？　分かったら何とか言ってみろ」

一休の足の下で社が烈しく震えた。屋根が堅さを失い、その表面に血管の筋が浮き上がる。社ばかりか、その下の地面までもが細かく縦揺れしはじめた。周囲の木々の根方よりメリメリという音が響く。音はまるで社がたてた歯軋りのようだ。

（ふふ、化け物め、怒っておる）

得たり、と言いたげな笑みを一休は拡げかけた。しかし、そんな表情は長くは続かなかった。

突然、社の左右と後ろの側面が倒れて、その内側から凄まじい風を吹きだしたのだ。

「うわっ」

一休は胸と腹に猪が全力でぶつかったような物凄い衝撃を受けて撥ね飛ばされた。

社から一間半も離れた辺りまで飛んでいき、アカマツの大樹の幹に、背中から叩きつけられた。

「なんじゃ」

素早く一休は身を起こした。〈火気〉を帯びた風を浴びたせいで墨染の胸や腹あたりから紫の煙が薄く上がっている。それでも火だるまにならなかったのは、三面を倒した攻撃に切り替えたのが速すぎて、〈火気〉の強度が弱まったためらしい。

「社には、なんもなしかい!?」

驚愕の声をあげて一休は目を凝らした。

三つの側面板を倒した社は、すでに白木の柱と屋根だけとなっている。

石川慶晴のいう石造りの女神像など何処にも見当たらない。

そこにあるのは空虚そのもの。四本の細柱。柱に支えられた屋根。そして何もない空間より吹き荒れる烈風――。

それのみだった。

「女神像を毀せば話は済むと思うたが、どっこい、そうは問屋が下さないという訳か」

いまいましげに呟くと、一休は注連縄を握る手に力を込めた。まず心経を、次いで陀羅尼を、口の中で唱えた。

続いて、握った注連縄を面前に据えると目を閉じた。念を凝らしてこう唱える。

「南無釈迦如来に頼み奉る。請い願わくば、我に、かの禍（まが）つ神を祓わせたまえ」

心の奥底でカチッという手応えを感じた。

（よし。この願い、御仏にしかと届いた）

そう体感した瞬間、一休の両手は注連縄を張り、烈風を吹きだし続ける空虚な社に向かって差し示した。

口が開いて、一休の意思とは関わりなく、若者のように張りのある朗々たる声でこう叫んでいた。

「臨済宗大徳寺派売扇庵住持、一休宗純、いざ蠅声（さばえ）なす邪（あ）しき風津主神（ふつぬしのかみ）を祓わんとす。請い願わくば、伊佐那岐の神、伊耶那美の神、京に座（あ）れまする諸々の国津神よ、我に力を貸したまえ。若（も）し力を貸さぬなら、釈迦如来、観音菩薩、高祖栄西（ようさい）師の仏罰が下るなり！」

白木の屋根が飛んだ。

四本の柱も次々に倒れた。

風は一層強くなり、一休は足が地から浮きそうになるのを覚えた。

庭の大木が根から倒れていく。

それでも一休は吹き飛ばされることなく注連縄をかざし、心経を唱え続けた。

社の後方にあった苔で覆われた大きな石が動いた。

風のせいではなかった。

全体がふるふると身動きするように震えたかと思うと、真ん中から大きく裂けた。

裂け目は真紅で周囲に牙が並んでいる。

丸い緑の胴に開いた巨獣の口だった。

大石は動き、鋭い牙の並んだ巨大な口を一休に向ける。

一休は天を仰いで叫んだ。

「早く助けんか！　ここでわしが食われれば、この世で誰も神仏など信じなくなるぞ！」

緑色の怪物が飛んだ。

風に乗り、それは牙を剝いて一休に襲いかかる。

一休は素早く身を躱した。老人とも思えぬ動きだった。一休のいた位置で土煙が上がり、苔だらけの大石が地面にめりこんだ。

「何をしておる⁉　早くしないと、わしは仏を捨てるぞ。魔王の眷属になって三界に祟りをなしてくれようぞ！」

苔だらけの巨石がくるりと半転した。態勢を整えたのだ。大口が再び一休に向いた。カッと開かれ、真紅の口の中と桃色の舌、さらに純白の牙が露わになる。

一休は舌打ちした。

「ええい、今日は神も仏も休みかい。室町第の役人のように働かん奴らじゃ」

そう吐き捨てると、

「神仏、頼るに値せず！」

決めつけるなり、注連縄を右手に巻いた。視殺せんばかりの鋭い一瞥を緑の怪物にくれると、一休は言い放った。

「来い、化け物。貴様の主人の禍津神の許に送り返してくれるぞ」

大口が一瞬、歪んだ。

（こやつ、笑いおった……）

と感じるや、一休の頭の中が白熱した。注連縄を巻いた右手に拳を握った。そうした時の一休はすでに老境に達した「禅師」と呼ばれる存在ではなかった。

かつて出雲街道の僻村で恐るべき邪神と対峙した若き修行僧だった。

一休は裂帛の気合を叫ぶや、力の限りに地面を蹴った。

緑の怪物も飛び上がった。

空中で両者はぶつかり合う——と見えたが、緑の怪物の真ん前まで飛んだ一休は、その口の中に、注連縄を投げ込んだ。

「神域」を表わす清浄な神具が真紅の大口に呑まれていった。

それを見届けた次の刹那、一休は身を丸くした。毬のようになった身が下生えで覆われた柔らかい地面に叩きつけられた。

苦痛の表情を浮かべた一休を眩い光が照らした。天を仰げば緑の怪物を稲妻が打っていた。それは魔界の存在を打ち据えた神仏の鉄槌であった。耳を聾する爆発音と、目を射ぬく閃光と共に緑の怪物が飛散した。

神仏の振るった雷霆（らいてい）の鉄槌はさらに白木の社の屋根や側壁のあった所にも振るわれた。

落雷が屋敷と庭を烈しく揺るがしたが、破壊されたのは白木の社を構成していた物だけだった。

「ふん、仕事に駆けつけるのが遅いところも、無能な役人と一緒だわい」

一休はそんなことを独りごちると、天に向かって呼びかけた。

「神仏よ、もそっと早く働かんと、この世は地獄より酷い有様になってしまうぞ」

悪態に応えるかのように、一休の頬をポツリと濡らすものがあった。そっと触れると雨粒だった。

長い炎暑で焼かれた大地を冷やすかのように静かに雨が降り始める。

「恵みの雨か。成程、もう手の施しようもないほど堕落した人間どもに神仏が恵めるのは、少しばかりの雨くらいだと、そう言いたいらしいな。ふ、神仏のほうがわしなぞより、よっぽど食えないクソ爺だわい」

得心したように呟くと、一休は、屋敷に向き直った。

庭を向いて並んだ腰高障子まで歩み寄り、座敷で結跏趺坐する石川に呼びかけた。

「石川。女神に心経は唱えられなんだが、兎に角、済んだぞ」

返事はない。

「おい、石川、どうした？　寝てしまったのか？」

そう呼びかければ、腰高障子の一枚の、真っ白い紙の面の真ん中にポツリと黒い点が浮かんだ。

「む……」

眉をひそめて見つめるうちに黒い点は瞬く間に

黒い穴へと広がっていく。

その穴の縁は薄赤い炎で彩られていた。

「や、火事か」

驚いて叫びかけた瞬間、真紅の熱風が座敷から吹きだした。

予想だにしなかった衝撃に一休の身は後ろ倒しになった。

熱風は全部の障子を吹き飛ばし、庭を吹きぬけて西のほうへ吹きぬけていった。

その熱風のゴオゴオという風音に混じって、微かに「助けてくれ」と訴える石川慶晴の声を、一休は聞いたように感じた。

だがそれを確かめる暇もなく熱風の風音は、次第に繁くなる雨の音に呑まれ、いつしか土砂降りの音にかき消されてしまったのだった。

六

「石川が参ったですと⁉」

一休の話を聞いて、蜷川親元は驚きの叫びをあげた。

細川勝元の命で行っていた西国の旅から戻った親元は土産の酒と菓子を下げて久し振りに売扇庵を訪れたのである。

そこで一休から聞かされたのが、石川に頼まれて、渠(かれ)の屋敷で、風の怪物と戦ったという話であった。

「しかし、石川は昨年末、周防よりの旅の帰り、急な病を得て客死したと。……そう一休殿にもお教えいたした筈ですが」

「わしも石川が死んだとは覚えていたが、上酒提げて頼みごととして来られるとなあ。そう無下(むげ)にも出来んと思い、相談を聞くうちに、つい石川が死んでたのを忘れてしまった」

親元の土産の酒を飲みながら一休は悪びれもせずに笑った。

「それで」

と横から森が尋ねる。

「石川様の幽霊が頼まれた女神像とは何だったのでしょう」

「女神像など最初から無かったんじゃよ。あれは幽霊の作り話だ。わしを廃屋に招き入れ、二十五年前の仇を討つために、幽霊め、狂言を仕組みおった」

「で、それは納得しましたが」

　親元が言った。

「肝心の禍つ神とは何だったので？」

「あれか？　あれは大昔に高天原の神々に封じられた神々の一柱じゃよ。古事記にもあるじゃろう。太古、我が日の本は禍津神のものだった。ところがこの国の覇権を巡り、高天原の神々と、禍津神たちとの間で大戦さが起こり、勝った高天原軍がこの国の神となり、負けた禍津神は一部は大地の底に封じられ、一部は神としての記憶も消されて妖怪変化に堕落してしまったんだと」

「そんな話、初耳です」

「物部氏に伝わる神話だそうな。物部氏は禍津神を崇めておったとか。いやなに、わしも全部信じとる訳ではないぞ。この話は二十五年も前に、出雲街道にあった風石庄で聞いた話だ。話したのは風津神の斎主――神主みたいなものだから、話半分だろう」

「その風津神が二十五年振りに一休様に復讐に参ったと？」

「そうらしい。恐らくは風石庄に封ぜられた蠅声なす邪しき風津主神の封印を解いた奴が出たのじゃろう。これから何もなければよいがな」

「まったくでございますね」

と森が呟くと、

「拙者も同感です」

　蜷川親元は大きくうなずいて、森の茶碗に酒を注いだ。

「おい、わしにも注がんか」

　一休が茶碗を出せば親元は首を横に振った。

「なりません。老人に深酒は毒にござる」

「あ、貴様、わしに凹まされた仕返しにそんなこと言いおって」

と一休は顔をしかめると、

「いつまでも細かいことを忘れずに仕返しの機会を待ち続けるとは、お前は禍津神か」

するとと森は静かに笑って応えた。

「一休様がいつまでもお元気でいらっしゃるためならば、わたくしたちは、いつでも禍津神になりましょう」

「ちえっ、森さんまで……」

子供のように脹れっ面をした一休の背後では静かな雨音が響いていた。

むまたま暮色(ぼしょく)

むばたまの闇のうつつはさだかなる夢にいくらもまさらざりけり

古今集・恋三・読人しらず

一

「八代様に呼ばれたんで、わしはちょっと紅葉狩りに行ってくる。目の不自由な娘一人では心細かろうと思って、モトチカに来るよう頼んでおいたから、じきに参るだろう。森さん、留守番を頼んだよ」

と言い残して一休は室町第に出かけていった。売扇庵に残された森は独りになると、いつものように一休の着物の繕い物をはじめた。

目の見えぬ身でありながら、針と糸を操る森の手付きはしっかりとしている。これも幼い頃より盲目の芸人として旅から旅の暮らしを送ってきたお陰であった。

秋だというのに今日は春のように温かい。

外からは微かに庭木の枝々のこすれ合う音が聞こえて来るが、木戸一枚の玄関からはまったく風が入らなかった。

うららかな静寂の中で森は針を操り続けた。

そうして小半時もいた頃であろうか、不意に表から女の声が投げられた。

「御免下さいませ。一休様、おいでですか？」

声の主はすぐに分かった。東雲である。売扇庵が土地を借りる二本杉の屋敷の女主人で、源宰相久我清通の愛妾の一人だった。

はい、と応えて森は縫い物を傍らに置いて立ち上がった。囲炉裏から玄関までは、おおよその勘で、杖なしでも移動できる。手探りで玄関の木戸を開くと、森は、東雲の気配のするほうに微笑んで答えた。

「一休様は公方様のお呼ばれを受けて花の御所に行かれました」

「おや、そうなの。ならば一休様が戻られたらこ、いれを渡しておくれ」

東雲は「これ」と言って袱紗に包んだ小さな物を森に押しつけた。受け取った手応えは桐か白木の小箱のようである。胸に寄せればカタカタと堅い音がした。音の感じは石か金属に似ている。

（金物（かなもの）かしら）

と森は思った。

「一休様にお渡しするんだよ。他の誰に渡しても駄目だからね」

「はい……」

とうなずいたその鼻先を白檀香（びゃくだんこう）の匂いが微かにかすめた。香の香りはどうやら包みの中から漂っているらしい。

「これは南朝ゆかりの品ということでね。旦那様が、さる高貴な御方より頂いたのだけれど、恐ろしい祟りを呼ぶので一休様にお経を上げて頂き、供養してほしいのだよ。一休様が戻られたら必ずそうお伝えして」

「承知いたしました」

森は東雲の声のするほうに向かって恭しく頭を下げた。

ところが――。

東雲は森に命じたきり、ウンともスンとも言わない。

森は頭を下げたまま眉をひそめた。東雲という女は若いのに心配性で物を命じる時、いつもなら「宜しく頼んだよ」「忘れるんじゃないよ」と、しつこいくらいに念を押すのだが、もう何も言わないのが不思議だった。

珍しいこともあると思いつつ頭を上げて、

「あら……」

と、森は小さく洩らした。

真ん前に立っていたはずの東雲の気配が消えているのだ。

森は東雲の気配を求めて神経を集中させた。闇に塗り込められた視覚の向こうから普段なら嗅ぐことの出来る様々な匂い――着物に焚きしめた香、髪油――あるいは微かな音――息遣いや衣擦れ――そういったものがまったく感じられない。

（どうやら東雲様は、わたしにお命じになったきり、屋敷に戻ってしまわれたらしい）

と森は思った。

（ご機嫌でも悪いのかしら？）

そう思いつつ売扇庵に戻り、預かった包みを仏壇の前に置いた。囲炉裏端に坐り直すと、また縫い物を始める。

しばらく針を使っていると、在の年寄りの話し声が遠くから聞こえてきた。何を話しているのかは分からない。ただ同じ調子でいつ果てることなく話を続け、時々、静かな笑い声を上げている。

ボワボワとしたその声音と単調な話し方に、

（まるで波の音のようだ）

と森は針を繰りながら思った。

老人たちの会話に重なるようにして虫の声や、風が樽か何かを転がす音、また庭の竹林の笹の葉が触れあう音などがさやさやと響いてくる。それらは視覚を失った森の鋭い耳には静かな楽（がく）の音（ね）のように聞こえた。

（温かい）

木戸の隙間や小窓から漏れ入る陽の温もりを感じて森は心で呟いた。

（本当に今日は春のようだ）

そう心で続けた森の鼻先をたおやかな香りがかすめた。

白檀香である。

「あら……？」

森は声に出して洩らすと眉宇をひそめた。

（一休様は滅多に香など焚かないし、焚くとしても沈香（じんこう）に決まっている。白檀ということは東雲様より預かった香炉の香りが漂ってきたのだろうか）

繕い物の手を動かしながら森は思った。

甘い果実の匂いにも似た白檀の香りを嗅ぎ、夕暮れ前の陽の温もりを感じつつ、単調に針を操り続ける。

しばらくそうするうちに、眠気が背中から這い上がってきた。

（どうしたんだろう……）

森は軽く頭を振れば、

（……急に眠くなってきた……）

眠気は一瞬払われてついと遠ざかるが、森が繕い物に戻り、再び手を動かしはじめれば、また腰から背中、頭の後ろへと蟻の群れのように這い上ってくる。

虫の声、白檀の香り、笹の葉の擦れ合う音、遠い人の声、そよ風の吹く音――外の音は陽の光に溶けて売扇庵の隙間という隙間から忍び入り、森の四方からジワジワと寄ってくる。

寄ってきて森の意識を朦朧とさせていく。

眠い。

眠い。

森は俯(うつむ)いた。

針を動かす手が自然に止まってしまう。

(眠い。眠い。ねむい。ねむい。ねむい)

と。――そこで……

不意に、人の声がしたような気がした。ウトウトしかけていた面(おもて)を上げる。

男の柔らかい声が聞こえた。

声は自分を呼んでいる。

「森さん、森さん」

声は囲炉裏端に坐る森の真ん前から発せられたものだった。

「はい……」

答えだ森の声はくぐもっていた。眠りかけていたせいだ。そう思って森は慌てて背筋を伸ばして尋ねた。

「どなた様でございましょう?」

「森さん。拙者です。蜷川親元です。一休様にはすぐに参りますなどと答えましたが、出かける段になると色々と用事が出来てしまい、すっかり夕方になってしまいました」

(夕方? まだ昼過ぎなのに)

いぶかしく思いながらも森は言った。

「蜷川様でございましたか。うたた寝しかけておりましたもので、とんだご無礼を――」

「いやいや、無礼は拙者のほうです。お呼びして返事がないのをいいことに、勝手に上がりこんでしまいまして。一休様がおられたら、いけ図々しいぞ。モトチカの癖に、と怒鳴りつけられますね」

親元は声を上げて笑った。その快活な笑いにつられて森も笑う。ひとしきり笑ったところで、たった今気がついたか、親元が尋ねた。

「なんだか白檀の香りがいたしますが、売扇庵で香を焚かれるとは珍しい。法要でもありましたか？」

「いいえ、香など焚いてはおりません。ただ東雲様より香炉を……」

森が「お預かりしたもので」と説明するより早く、衣擦れの音を立てて親元は立ち上がった。足音を踏み鳴らして仏壇のほうに歩み寄った。何かを取り上げた気配がして、

「この香炉ですか」

親元は尋ねた。

「えっ」

森の口から驚きの声が洩れた。

だが、それも無理はない。森は東雲から預かった時のまま、袱紗に包まれた品物を仏壇の前に置いただけなのである。

（いつの間に、誰が、袱紗をほどいて香炉を箱から出したのだろう）

いぶかしく思った森の顔を見たか、親元が問うた。

「どうしました？　なにか不審なことでも？」

「はい」

と眉を寄せて森は言った。

「わたくしは、まだ、香炉を包みから出してはいないのです。それが、どうして出ているのかと」

「は、は、出してないと申されても。……ほら、ここに」

ご覧下さい、と言いかけて親元は言葉を濁した。森が盲目なのを思い出したのだ。普段の森があまりに普通の仕草、自然な振舞なので、つい目の不自由なことを忘れてしまうのである。

親元は声をひそめて説明した。

「畳んだ袱紗が箱の上に載っていて、その上に、

小さいけれど見事な香炉が置かれております」

「どのような香炉でございましょう？」

「表面に竜が彫られた瑪瑙の香炉です。どうやら明か韓国の品のようですね。しかも……こいつは金具で掘った細工じゃないな。この、飴のような滑らかさは、細い水流に何十年も瑪瑙を当て続け、竜の形になるよう研磨したものです。ううむ。なんという見事な細工だろう。拙者、かようなまでに見事な瑪瑙細工は生まれて初めて目にいたしました。いずれ身分のある御方の宝だったに相違ありません」

「東雲様は、高貴な御方より、源宰相様が賜ったと申されておいででした」

「いかにも。そうでござろう」

「ただ南朝ゆかりの品であると……」

「なに、南朝の」

親元は驚きの叫びを洩らした。息を呑んだ気配がする。続いて何かを慎重に布の上に戻す気配がした。南朝ゆかりと聞いて恐れをなしたか、公儀目付人として遠ざけねばという意識が働いたらしい。森はそう察して言い足した。

「た、祟りがあるので、一休様に経を上げて供養してもらいたいと東雲様はお言いでした」

「森さん」

と親元は咎めるように言った。

「左様なことはもう少し早く申して下らんか。拙者、祟りの香炉にべたべたと触れてしまい申した」

「申し訳ございません」

森がその場に手をついて頭を下げると、親元はそれを制して、

「いやいや、森さんが詫びることではない。これは説明を聞く前に持ってしまった拙者の失態――」

親元は森の前に戻ると、

「さ、どうぞ、頭を上げられよ」

森の肩に手を置いて優しく促した。

「はい」

森は頭を上げ、親元に微笑むと、

「いま、お茶でも」

と腰を上げた。

「や、忝い」

恐縮しながらも親元は茶を断らない。どうせ一休は夜まで戻らない。それまで長居をする覚悟で売扇庵に来たようだった。

森は囲炉裏から離れて茶の用意をしようと、手探りで茶碗や茶筅を求めた。全ては囲炉裏の横の決まった位置に、森が作業しやすいようにと、一休が纏めて並べていた。森は記憶に従って茶碗、茶杓と取っていったが――。

茶匙を求めて伸ばした手の先に、突然、異物が触れた。

ぺちゃりとした感触の濡れて柔らかいものである。

その手応えは蛞蝓に似てそれより堅く、舌のようでそれより表面が粘っている。

その手触りの気持ち悪さにゾッとするとそれは左右に身をくねらせた。

手を引っ込めた。

同時に森の耳元で、

「ふふっ」

という女の笑い声が発せられる。

それを聞いた森は思わず悲鳴をあげた。

二

「森さん、どうしました」

親元が森の許に駆け寄った。

「何か……何かがこの手に……」

「どの辺です？」

覗きこむ気配がした。森は震え声で囁く。

「そこ……そこです」

たった今、気持ちの悪い手応えを感じたほうを森が指し示せば、そちらを覗きこんだ様子がして一息置くと、

「ややっ、なんだ、こいつは!?」

親元の激しく驚いた声が響いた。

「なんでしょう？」

「どう申したらいいのやら……全体が油でも浴びたようにテラテラして、色は真っ赤で、平べったい海鼠（なまこ）か、獣の舌を切り取ったみたいな奴です」

「そんな恐ろしいものが、どうして売扇庵に。まさか香炉の祟りというのはこのことでは……」

呟きながら森はその場から身を引いた。

杖か、棒か、とにかく身を守る物はないかと手探りしてみたが、何も指先には触れなかった。

そんな森をよそに親元はさらに言った。

「全体は六寸ほどもありましょうか。平たい胴は絶えず細かく震えており申す。こうやって棒を取って突いてみると……おお、どうしたことだ。堂の左右から脚を出しおった」

囲炉裏の向こうまで手探りで這って逃げながら森は親元に訴えた。

「怖い。……お聞きするだけで恐ろしいです。お願いでございます。どうぞ、おやめ下さい、蜷川様」

しかし親元には森の懇願する声が聞こえないようで、無気味なもののことをなおも説明し続ける。

「突き出した脚は百足のようで、これまたテラテラと脂ぎっておりますが、その脚の一本一本の先には、鶏の肢そっくりな鉤爪があり、その色は橙色。その色は絵具のようで。……うぅむ、こやつはこの世の生き物ではない。地獄か魔界より参った妖物に他ならぬ」

それを聞いた森の鼻先を異臭がかすめた。腐った肉を思わせる悪臭だった。異臭は蜷川が妖物を見ている方角から漂っているのではなかった。それは森の左のほう――すぐ近くより湧き起こっていた。

床についた左手の指先に何かが触れた。濡れた毛に覆われた物のようだが、犬や猫の類ではない。

いや、動物ですらなかった。突然ブンブンという唸りをあげて、それは濡れた毛の奥から蔓より細い触手を何本となく伸ばしてくる。

その一本が森のほうに伸びてきて手首に巻き付いた。ぬちゃりとした感触。――まるで蛸か烏賊の肢に巻き付かれたようだ。

「蜷川様！　こちらにも。こちらにも妖かしが！」

手首に巻き付いた細い触手を必死で解きながら森は叫んだ。その声に驚いたか、濡れた毛に覆われたものが何処かへ逃げ隠れた気配がした。

蜷川はそんな森の様子にも気づくことなく、依然として憑かれたような調子で説明し続ける。

「……おお、また蠢きだした。蠢くたびに表面に青や橙の斑点が浮かんで消える。それのみか真ん中から角を三本も伸ばしましたぞ。まるで毒茸の色をした蝸牛のようだ。その癖、小さくミィミィという鳴き声をたてておる。ううむ、なんという醜い生き物だ。斯様な妖物は、こうしてくれる。――ええいっ」

手近の棒で妖物を殴りつけたか、泥濘に大きな石を投げ込んだような音がした。

と、次の瞬間、親元の声が売扇庵全体を震わせた。

「うわあ、こやつ、増えおった。真ん中から二つに分かれて二匹に増えましたぞ、森さん」

森の顔から血の気が引いた。親元の聞きたくもない説明のせいだ。蒼白な顔をまるで嫌々と訴えるかのように力なく左右に振る。

「えいっ、この畜生」

親元が力任せに棒で床を打った。

一息置いて、ぞぞッ、ぞぞッ、と大きな虫の這う音が二方向から響く。

百足かヤスデのような沢山の肢のある生き物の気配がした。

妖物は親元の棒を逃れ、二手に分かれたらしい。

「森さん、気をつけろ。一匹がそちらに行ったぞ」

「えっ」

身を竦めた森の耳に、ぞぞぞッ、ぞぞッ、という音が近づく。

森は片手を前に伸ばし、見えぬなりに身を庇おうとした。

すでにその顔は紙のように真っ白になっている。

ぞぞぞッ、ぞぞッ、厭らしい音がさらに近づいてくる。

ぞ、ぞぞッ、ぞ、ぞぞッ、ぞぞぞッ、と音を立てて近づいてきたが、ぞ……と、妖物の這い寄る音は、唐突に吹き消されたように止まった。

音の消えたのは森から二尺ほどの所である。

森は頭から水を浴びせられたような寒気に襲われた。

音を求めて耳を澄ませる。

右に左に面（おもて）を向けた。

床に両の手をついてそこに伝わる震動に神経を集中させた。掌には何も感じない。――さっきの濡れた毛の妖物の気配も消えていた。

「蜷川様……」森は親元に呼びかける。「妖物はどちらに逃げたのでしょう？」

そう問うた声は不安と恐怖で激しく震えていた。

親元は答えない。森は耳を澄ませて妖物の這いずる音を求めた。音は聞こえない。何処に行ったのだろうという疑念が森の胸に湧き起こる。

それは瞬く間に水に落とした墨のごとく広がって、真っ黒い不安の塊に凝っていく。

（まさか……まさか……まさか、わたしのすぐ近くに隠れたのでは？）

「森さん、動かないで」

耳元で親元が囁いた。いつの間に咫尺（しせき）の近くまで寄ったのか、緊張した口調で、囁きは息と共に森の耳朶（じだ）に吹き掛かる。

「二匹とも、森さんの後ろ、五寸と離れていない所にいます」

「――！」

森は口を悲鳴をあげる形に開いた。

「しっ。声を出してはいけない。奴ら、森さんの悲鳴で飛びかかりそうだ」

森は顔を強張らせて叫びを呑みこんだ。

沈黙して、後ろに動くものの気配を読もうとする。

背後の床の上、右後方の壁、左後方の窓際、何か動くものの気配はないか。這いずるような音は聞こえないか。妖物ならば必ず妖気を漂わせているに相違ない。ならば、後ろの空気が妖しく変化した様子はないだろうか。

(――何も感じない)

森は微かに眉根を寄せた。さらに神経を澄ませる。だが、音も気配も妖気もまったく感知できない。森はそっと緊張を緩めた。

(ひょっとして外に行ってしまったのかもしれない)

その瞬間――、

「おお、二匹がさらに四匹に!」

親元の叫びが森の間近から湧き起こった。

森は反射的に身を竦ませ、床に左右の手を置いた。目の不自由な者が正体の知れない相手を警戒する時、自然に取る姿勢である。森がそのまま、右に、左に、何度も顔を向け続けると、

「ふふっ」

という笑いがこぼれた。

先程、妖物が発した含み笑いとそっくりだが、親元の声だった。

蜷川親元の笑い声は悪意と嘲り(あざけ)を帯びていた。盲目の芸人として旅してきた森が数えきれないくらい浴びせられてきたあの笑いであった。

「に、蜷川様……」

親元が自分にそんな笑いを浴びせるなどとは信じられない。

森は親元の声のしたほうを振り向いた。

「に、にながわさま」

親元は森の言葉を鸚鵡返しに繰り返すと、真剣な調子になって、

「森さん、貴女の肩に妖物が。おお、もう一匹は背中に。あと二匹はその手のすぐ先におりますぞ」

それから森の声音を真似て言った。

「に、にながわさま」

言い終えるや、親元は、ぷっと吹き出して笑いだした。好漢として知られる蜷川親元がいつも聞かせる快活な笑い声ではない。悪意と蔑みと嘲けりを込めてせせら笑う声である。

一休の次に信じ、憎からず思っていた蜷川親元にこのような嘲笑を浴びせられるなんて信じられない。

森は屈辱と、信じていた者に裏切られた思いに蒼白になり身を震わせた。

すると、そんな森の様子を見た親元は急に声をひそめて言った。

「や、そんなに震えてはいけませんな。震えると妖物どもが森さんのほうに寄りつきますよ」

床についた森の左右の手の指先に、不意に濡れて生温かい大きな蛞蝓のようなものが触れた。

(二匹!)

森が反射的に両手を引けば、さらにその項（うなじ）にも同じものが触れてくる。

まるで濡れた長い舌のようだ。

その、あまりのおぞましさに――血が凍るほどの嫌悪と恐怖を覚えて、森は、そのまま気が遠くなっていった。

三

失神は長く続かず、フッと気が遠くなった次の瞬間には、森は我に返っていた。

ただし独りでに意識が戻ったのではない。

聞き慣れた声が森を意識の暗闇から引き戻したのだ。

「ただいま、今帰ったよ」

という一休の声である。

「ああ、こっちに来なくても大丈夫さ。足をすすぐ水は自分で汲んで来たから」

一休はそんなことを言いながら玄関の前で盥（たらい）を使い、汚れた足をすすぎ始めたようである。

「飯を馳走になるまで粘ろうと思ったんだがね。八代様の書かれた、この世の何もかも厭になったような歌を読まされたら、物凄く気分が悪くなった。それで細川勝元にも山名持豊にも挨拶せずに、とっとと帰ってきたのさ」

足をきれいにした一休は話しながら売扇庵に上がってきたが、

「だから生憎だが土産は……ない……」

そこまで言いかけたところで、森がまったく返事をしないのに気がついたらしい。

「どうした、森さん」

一休は囲炉裏端に半ば倒れるようになった森に駆け寄った。

「大丈夫です」

起き上がりつつ森は答えた。

「大丈夫なことがあるかい。紙みたいに真っ白い顔色をして」

「実は……先ほど東雲様がお出でになりまして」

「なに、源宰相の妾が来たと。滅多に立ち寄らないのに、珍しいこともあるな。で、何の用だというんだい？」

「祟りのある品を一休様に供養して頂きたいと香炉を置いていかれたのですが……」

「ぷっ、祟りだと？」

一休は吹きだして、ひとしきり大きな声で笑ってから言った。

「あの女にとって最大の祟りは久我清通みたいな男の妾になったことだろうな。ははは……そんな軽口は置いといて……ええと。その祟りの品というのは何処かな？」

「そちらの仏壇の下に置いた香炉でございます」

森が答えると一休の仏壇に振り返る音が聞こえ、そちらに近づく気配がした。

「やあ、これが祟りの香炉とやらかね。くそ細かい瑪瑙細工だな。何年もかけてこんな香炉作るくらいなら米でも作れば良いものを」

馬鹿にした調子で言い、クンクンと音を立てて香炉の匂いを嗅いだ一休は、

「く、臭い。こいつは白檀香だ。それも物凄く濃密な匂いだな。森さん、預かってすぐに白檀香を

焚いたのかい？　ウチには白檀香なんて洒落た物はなかった筈だが。さては東雲が香炉と一緒に持ってきたのだな。いやはや、この匂いときたら、あいつの濃い化粧の匂いとそっくりだ。虚飾と嘘の悪臭で吐き気がする」

「いえ。そうではございません。東雲様から香炉をお預かりして、また繕い物に戻ったところ、急にウトウトしてきまして、眠りかけたかと思ったら、蜷川様が現われまして、そのあたりで、いつの間にかお香が焚かれていたようです」

「なんだって？」

一休は怪訝な声になった。あたりを見渡す気配がする。「おかしいな」と独りごちてから一休は玄関まで行き、囲炉裏に戻ってくると、森に尋ねた。

「森さんや、モトチカが来たというのは確かかね。奴が来たような様子はまったく見当たらないのぞ。玄関前には、あんたと、わしと、女物の履物の痕しかないのだが。……モトチカの草履の痕なんか何処にも見当たらん」

「えっ！」

森は驚きの声をあげた。その声は売扇庵内にキンッと反響する。森は思わず口に手を当てた。あんまり驚いたので、つい、自分でも驚くくらいの大声を出してしまったのだった。

「そんな……」

そう呟いたきり森は絶句してしまった。

（あれほどハッキリと蜷川様の声が聞こえたし、気配も明瞭に感じたのに）

と思ったが、すぐに疑念が湧いてくる。

（蜷川様はあんなふうに目の見えないものを蔑んだり、嬲ったりなさるような方では絶対にない）

そう考えると、ついさっき親元に嬲られたり怖がらされたりしたことも本当だったのか、次第に自信がなくなり、

（ひょっとして今までのことは全部、夢だったのではないだろうか？）

自分の体験したことが何もかも疑わしくなって

きてしまった。

そういえば親元は一休や森に断らずに無言で売扇庵に上がりこむような真似などするはずがない。そんな無礼な男ではないし、公儀目付人という職務柄、礼儀には人一倍気を遣う男だった筈だ。

(ということは……蜷川様がいらしたのは夢？　でも、もしそうなら、東雲様がいらしたのは……)

その時、玄関から売扇庵の中に戻った一休が、まるで森の心を見透かしたように言った。

「祟りの香炉か。やれやれ、東雲の奴もとんだ品を押しつけてきおった」

それを聞いて森は激しく瞬きした。

(香炉はある。本当にある。ということは東雲様がいらしたのは夢ではなく本当のこと……)

仏壇のほうに行った一休は腰を屈めたようだ。その声が一瞬くぐもった。すぐに背を伸ばしたか、声はまたハッキリと聞こえる。

「ふうん……南朝ゆかりの祟りの香炉ねえ。とてもそんな恐ろしい品には見えんがなあ」

一休は矯めつ眇めつ香炉を検分しているようだ。

森の心に仏壇の前に立って香炉を睨む一休がぼんやり浮かんだ。幼い頃には目が見えていたからだろうか。墨染の衣を着た僧侶の姿がどんなふうか、仏壇とはどんな物なのか、といったことは視覚化できる。ただ一休の顔だけが想像できないのだ。

森の心に映し出された一休は青年の顔をしていた。端正な面立ちで優しそうな目の青年僧である。限りなく優しそうだが、ただ引き締まった唇に厳しさと意志の強さが感じられた。それは不正や悪や偽善を憎む「風狂」の優しさであり厳しさだった。

そんな顔の一休は森の心の中で瑪瑙の香炉を検べている。

(南朝ゆかりの祟りの香炉を)

と、そう考えた次の刹那、森の心に小さな疑念が湧き起こった。

（南朝ゆかりの……？）

森の心から青年僧一休の姿が消えた。目の前にあるのは闇ばかりだ。その闇の向こうに向かって森は呼びかけた。

「一休様」

「なんだい？」

いつもの口調で答える一休に森は問うた。

「どうして一休様は香炉が南朝ゆかりの品と知ってらっしゃるのです？　わたしはお帰りになってから、まだ一度もそのようなことは申していないのですが」

闇の向こうで小さく息を呑む気配がした。

沈黙。森は闇の向こうから返される一休の言葉を待った。

沈黙。森は耳を澄ませた。何も聞こえない。外から響く虫の音も、在の人の声高な話声も、風のそよぎも、一休の返事も。

たった今まで聞こえていた全ての音が唐突に消え、森は、まったき沈黙の中に投げ出された。

盲目の人間にとって最大の恐怖は聴覚を失ってしまうことである。それは目明きが失明を恐れるのよりも遥かに恐ろしい。いま、森はその恐怖の底に叩き込まれたのだった。

沈黙。

沈黙はほんの一息か二息の間に過ぎなかったが、森はその沈黙に耐えきれなくなって震え声で呼んだ。

「一休様」

やっぱり返事はない。息遣いも聞こえない。死のごとき暗黒の向こうからは一休の気配さえ感じられなかった。

「一休様……」

森はまた売扇庵の主に呼びかけた。自然と探りを入れるような調子になってしまうのは、旅芸人として盲目の身を弄ばれた経験のせいだった。耳鳴りさえ聞こえぬ沈黙で、自然に、忘れてしまいたい過去の記憶が甦ってきたのである。

「一休様――」

森はもう一度、一休の名を呼び、さらにこう続けた。

「そこにいらっしゃるんでしょう？　一休様」

闇の向こうから吹きだす声が響いた。

「ぷっ……」

そして、その声は呟いた。

「森さん、貴女の肩に妖物が。おお、もう一匹は背中に。あと二匹はその手のすぐ先におりますぞ」

それは一休の声ではなかった。

「蜷川様！」

愕然と叫んだ森の視界の闇に蜷川親元の悪意を込めた冷笑が響き渡る。その声は森の口調と声音を真似て言った。

「にながわさま」

親元の声だ。気が遠くなっていただけで森は失神などしていなかった。一休は未だ花の御所から戻ってはいなかった。森の前にはずっと親元がいて、一休そっくりの声で応対していたのだ。

「違う！」

森は弾かれたようにその場で立ち上がった。

さらに森は悲鳴混じりに叫んだ。

「違う。あなたは蜷川様でも一休様でもない。……あああ……誰なの、あなたは⁉」

せせら笑いを帯びた親元の声が答えた。

「妙香如夢幻」

相手の言葉の意味を量りかねている森に、謎の相手は今度は一休の声で言った。

「妙（たえ）なる香は夢まぼろしのごとし」

「あなたは……どなた……誰……**何なのです**？」

すると闇の奥——ずっと離れた所から真剣な口調の親元の声が、

「森さん、動くな。足元が危ない！」

「えッ」

と驚いた森の足元からガラガラと断崖の崩れるような音が湧き起こった。反射的に森は右の爪先で足元を確かめる。何が崩れたかはすぐに分かった。売扇庵の床である。森は爪先で自分の足場を素早くなぞり、声なき悲鳴を洩らした。ない。ない。床がない。――足場がない。

森が立つ場の周囲にあるのは虚空。それのみだった。

（足元の小さな四角い床板を残して、あとは何もかも崩れ落ちて消えている）

何処に崩れたというのだ。ここは売扇庵。東雲の屋敷の庭の一角を借りて建てた禅庵のはずではないか。

だが――。

いま、森の立っているのは小さな真四角の板の上で、あとは何もないのだ。

「ここは何処なの？」

と呟いた森の心に奇怪な風景が浮かんできた。それは頂きが四角い、まるで柱のような形の奇岩と、それ以外は何もない暗黒の空間である。いつ崩れるとも知れない柱の岩の上には盲目の娘が震えて立っている。その娘は、森本人に他ならなかった。

「助けて！」

と森はやっと悲鳴を上げた。

闇の彼方から悪意に満ちた声が山彦のように返ってくる。

「たすけて、たすけて、たすけて」

その声は東雲であり、親元であり、一休だった。混じり合った声は、三度、森の悲鳴を真似する。それから真剣な調子の親元の声になって、震える森に言った。

「助けなど来ぬ。お前は死ぬまでこの闇に鎖（とざ）された虚空の中におる運命（さだめ）なのだ」

それから親元の声の何かは笑いはじめた。哄笑が闇を震わせる。まるで破れ鐘のごとき大音声だ。その哄笑の凄まじい大きさに共鳴したか、森の足元が横に揺れ出した。四角い平面を頂きに持つ柱のような奇岩は不安定だった。

はじめはさざ波のような揺れだったが、瞬くうちに揺れはより大きく、さらに大きく、次第に激しいものと変じていく。

やがて森を振り落としそうなほど凄まじい揺れとなった時、闇の彼方から何万人もの人間が声を合わせて唱える真言が轟いた。

「オン・ダキニ・サハハラキャティ・ソワカ」

音の津波が森に襲いかかった。森の足元が崩れ、底のない淵へと森は真っ逆様に落下する。落ちる森の身を真言の大合唱が烈しく震わせた。その姿は風に舞う木の葉のようだ。

「オン・ダキニ・サハハラキャティ・ソワカ」

耳を聾せんばかりの真言の津波は、森の失われた視覚神経に激痛を喚起する。目が痛い。鼓膜が破れそうだ。

（音が痛い）

と森は落下しながら思った。

（こんなにも痛い音をわたしは知っている……覚えている……）

両目が抉られるような痛みは闇一色の深淵を何か別のものにしようとしていた。

（これをわたしは覚えている！）

息も出来ぬほどの速度で続く落下のなかで森はこの痛みと同じ感覚を記憶の底から掬い取ろうとする。

脳裏に真っ黒い山々が浮かんだ。幼い頃、愛する母と見上げた遠い山々の影である。その山間（やまあい）に消えなんとするものが浮かんでくる。熟れすぎて腐る寸前の果実のようなものだった。それは森に痛みを覚えさせた。目が抉られるような痛み——。

（違う。わたしは痛いのではない）

森は落下しつつ首を横に振った。

（ま、まぶしいのだ）

そう森が思った時、激痛は痛いほど眩い光と、見つめられないほど鮮やかな色彩へと変化（へんげ）した。

（これは夕陽だ）

なおも逆しまに落ち続けながら森は感じた。

（山に沈む夕陽の眩しさと、息も詰まりそうなほど鮮やかな夕焼けの色だ）

さらに森は思った。

（わたしは子供の時に見たあの光景を見てい

る！）

そう心で叫んだ刹那――。

「えっほん」

わざとらしい咳払いが聞こえた。

四

長い長い落下の末に床に叩きつけられたように森は全身をビクッと痙攣させた。

瞬間的な痙攣のせいだろうか、魂が肉体に強引に戻されたような気がした。

瞼を開く。一休の気配を感じた。森は慌てて身を起こし、身繕いした。いつの間にか寝てしまったようである。

「や、しまった。起こしてしまったか」

玄関から一休の声がした。

「済まんね、森さん。帰ってきたら囲炉裏端で寝てたもので、起こさぬように気をつけたんだが」

「つい、うたた寝してしまいました。お帰りなさいませ。今すぐ盥に水を――」

森が立ち上がろうとすると、

「足はもう濯いだからいいよ」

と言いながら一休は森の前を通り過ぎ、仏壇のほうへ移動した。

「やあ、あれか。祟りのあるナニは」

「一休様、どうしてそれを？」

「なに。門前で東雲に会ってね。自分はこれから久我清通の所に行ってくるが、売扇庵に祟りの品を預けたので供養をよろしくと言われたのさ」

一休の足音が仏壇の前で止まった。「むう」と呻った一休から急に険しい気配が発せられる。

「どうなされました？」

森は恐る恐る尋ねた。

「あんた、この品の包みを解いたのかね？」

「滅相もございません。お預かりした時のままに仏壇の前に置いておきました」

「では……袱紗は自然にほどけたのか？」

まさか香炉が独りでに現われたのでは、と思って森は震え声で問うた。

「袱紗が解けて、どうなっているのでしょう？」

「白木の箱の蓋もずれている。なんだか箱に隠れてた猫が勝手に出ていった痕のようだ」

「それで、瑪瑙の香炉は？　香炉はどうなっておりますか？　まさか白檀香が焚かれているのでは？」

たった今見ていた夢のように香炉がいつの間にか包みから出て香煙を立てていたりしたならば、この先は夢の通りになってしまう。そんな怯えが森の心から真っ黒い頭をもたげてきた。すると一休が怪訝そうに訊き返した。

「香炉だって？　誰がそんなことを。東雲が香炉をよろしくと言ったのかね？」

「いえ。左様なことは」

森がかぶりを振れば一休は、

「袱紗は解かれ、白木の箱の蓋もずれている。だが、その近くにあるのは香炉ではない」

きっぱりと言い切った。

「では、何が箱から独りでに？」

「こいつは水晶玉だよ。正確には仏の持つ宝珠という玉（ぎょく）を水晶でこさえたものだ。だが、薄気味の悪い宝珠だな。よいしょ」

一休の動く気配がした。

水晶玉を手に取ったらしい。

「一休様、お気をつけ下さいませ」

「心配はいらん。どんなに妖気を帯び、薄気味悪い雰囲気でもモノはモノだ。勝手に包みを解いたり箱から出ることは出来ても、それ以上のことは出来ん。――どれ」

一休は水晶玉を覗きこんだ様子である。

「どうなさいました？」

「水晶玉の中に金文字が浮かんでいる。えらく凝った細工だな。ふむ」

沈黙。

森は片時でも沈黙すると、またあの悪夢に戻ってしまうような気持ちに襲われて、震え声で尋ねた。

「一休様。どうなさいました？」

「東雲は南朝ゆかりとか何とか、あんたに言わなかったかな」

「はい。はいっ、そう申されました。でも、どうして一休様はそれを？」

「水晶玉にそう書かれてるからさ。いいかね。水晶の中に浮かんだ金文字にはこうある。――妙香如夢幻。妙なる香りは夢まぼろしのごとし、とね。次の行は梵字の真言で――オン・ダキニ・サハハラキャテイソワカ。こいつは荼枳尼天の真言だ」

「………」

「そして最後の行にはこの金文字を水晶玉の中に妖術で焼き込んだ野郎の揮毫が記されておるよ。……文観とね」

「もんかん……？」

「後醍醐帝が帰依した妖教立川流の大僧正の名前だよ。南北朝の昔には南朝の連中が深く帰依したそうだが。わしに言わせると、とんだ魔界の教えだ」

「つまり、東雲様が託された祟りの品は水晶玉で、それは立川流の……。ああっ、それでわたしは恐ろしい夢に魘されたのでしたか」

「あんたの夢にまで干渉するとは、水晶玉ならぬ夢魔玉だったか。こいつはいよいよもって見過ごせん。おそらくこの玉は立川流の儀式に用いられた法具の一つだろう。ええい、おぞましい。こんな物、供養の経を上げるのも汚らわしいわ」

吐き捨てるように言って一休は森に尋ねた。

「森さんや、玄翁は何処にあったかな？」

「玄翁をどうなさるのですか？　釘でも打たれるのですか？」

「この水晶玉を玄翁で砕くのさ。こんな物、誰にも触れることがないように、わしが粉々に打ち砕いてやる」

森にそう答えた一休は、

「こんな所にあったか。やっと見つけたぞ」

と玄翁を手にして玄関の外まで出ると、

夢ぞとは常に言えども目を醒ます
　人こそ見えねあわれ世の中

即興の道歌を口の端に上らせて、

「喝ッ」

と気合一閃、力任せに玄翁を振りおろした。

次の瞬間、森は何万人という人間の阿鼻叫喚の声を聞いたように感じたが、刹那の後、凄まじい叫喚は水晶の砕け散る音に変わり、あとには、ただ秋の夕暮れの静けさと、虫の声だけが残された。

しろがね浄土

夏ぞなき高根の雪を見るに冬　聞くに秋ある富士の川風

足利義政

一

宝永二年秋、八代将軍義政は紅葉狩りの宴を催した。とはいえ、そのような催しを義政が前向きに行なおうとしたのではない。

義政は生まれてこの方、自分から何かを行なおうとしたことなど一度もなかった。

「紅葉狩りを催せ」と義政に進言したのは細川勝元であり、「是非とも催すべきだ」と強く推したのは日野重子である。

義政は諾とも否とも己れの意見を口にすることなく、いつものように、ただ「良きにはからえ」と呟いただけだった。

もとより義政は幕府の行事など発案する立場になく、また、決められた行事を中止させる権利とてない。

それを決めるのは先の管領、細川勝元であり、義政の母である日野重子だったのである。

「大樹様（たいじゅ）」と呼ばれ、大樹様が望めば太陽も西から昇ると言われた三代義満すでになく、「天魔」と恐れられ「仏敵」とまで呪われて、その前進を阻もうとする人間を何万人虐殺しようと顔色ひとつ変えなかった六代義教も暗殺された。今は八代義政の御代――すなわち細川勝元の御代であり、日野重子の御代なのだ。

だが、公方として何の実権もない義教でも行事に誰を招きたいか、意見を述べるくらいのことは許されていた。

「上様、此度（こたび）の紅葉狩りにどなたかお招きになりたい方はございますかな？」

細川勝元にそう尋ねられ、

「一休禅師を呼べ。久方ぶりに禅師の謦咳（けいがい）に接したく思うぞ」

義政がすぐさまそんなふうに答えたのは細川勝元が一休を大の苦手と知っていればこその要望であった。いわば義政の精一杯の抵抗だったのである。

一休の名を聞いた細川勝元は端正な細面を歪めて訊き返した。

「一休禅師でございますか」

義政の目に、細川勝元の表情は竹藪で蝮に遭ったように見えた。

「呼べぬか？　風のごとく流離う禅師ならば、いかに前管領と申せ、その居所も掴めぬのも道理じゃ」

義政はどうでもいい話題を口にした時のような欠伸混じりの調子で畳みかけた。こんな時の義政の表情は人生に倦みきった老人のような雰囲気に包まれている。

だが、義政はそんな退屈げな顔をしながら、内心、（ざまを見ろ）と細川勝元をあざ笑った。公方という立場でなければ鼻を鳴らして、唇でも歪めて見せるところだった。

義政は痛快極まりない思いで、

「余は無理は申さぬぞ」

などと嘯き、扇で欠伸を隠す振りをしながらそっと細川勝元の反応を観察した。

だが、残念なことに、細川勝元が嫌な顔を見せたのは、ほんの一瞬でしかなく、口を開いた時には普段の傲岸不遜な前管領の顔に戻っている。

「一休禅師ならば源宰相殿ゆかりの場所に売扇庵なる寺を構え、盲目の侍女と暮らしておられます」

細川勝元は誰でも知っていることと言いたげに説明した。

「しかと左様か」

義政は眉間に皺を刻みかけた。だが細川勝元に義政の反応は落胆ではなく、軽く驚いたように見えたらしい。

得意そうに細川勝元は続けた。

「拙者、少し前に禅師にお会い申しました。いや、会っただけではござらぬ。都を騒がす不逞の輩を捕縛するお手伝いをいたしましてな」

「左様か……」

義政は力なく洩らした。そう言った刹那には一休を招くことなど、もうどうでも良かった。

扇の陰で溜息をつき、小鳥の声に耳を傾けるように少し頭を傾けた。もとより御所の館の奥深くである。小鳥の声など聞こえる筈はない。将軍宣下して、自分は母と細川勝元の操り人形だと思い知らされた時から、義政は考えるのを放棄すると、鳥の声や虫の音に耳を澄ませるような顔と姿勢をとるようになっていたのである。

公方がいつもの様子に戻ったと見ると、細川勝元は得意げな薄ら笑いを湛え、

「承りました」

と恭しく答えて頭を下げた。

「紅葉狩りには一休禅師をお招きいたしましょう」

二

八代将軍の命により十月庚午日（かのえうま）に紅葉狩りが行なうと発表されたのは、それから三日ほど後のことであった。

朝晩の風が冷たくなり、百姓は大麦・小麦の種を蒔き、家々では火鉢を出そうかという頃合だった。

例年ならば、幕府主催の紅葉狩りは花の御所の庭園に白木で組んだ大座敷を設け、関白を招いて盛大に行なわれる。

だが、今年の紅葉狩りの舞台は花の御所の庭園ではなく、義政の邸宅である烏丸殿（からすまるどの）の庭で、集うのは公方と日野重子、幕府の重役、さらに義政の招待した人間と紅葉狩りを盛り上げる御伽衆（おとぎしゅう）のみと布告されていた。

「烏丸殿の庭はまだ整ってはいないと聞いておるが」

と、自邸の座敷で首をひねったのは、管領畠山持国（はたけやまもちくに）である。

畠山持国がこんなことを口にしたのは五年前の文安二年より、花の御所から建物や庭園の佳木、奇花、珍石など主たるものを移す工事が未だ完成

していないからだ。

陰陽師による算法（占術）や風水を持ち出して御所の移転を幕府が決定し、各国守護に移転費用寄進の幕命を下してはいるが、真実は、有力守護から銭を絞り取って勢力を殺ぎ、同時にすっかり金のなくなった幕府の懐を肥やそうという細川勝元の思いついた姦計であることは、各国守護の間ではすでに常識だった。

贅を凝らした庭園作りも、全面的な普請も、まったく不要な御所の移動も、今日的に言えば「経済復興策」であり、「破綻した政府財政の立て直し」なのであった。

「まあ、ものは考えようじゃ」

碁盤を前に山名持豊（宗峯）が皮肉な調子で答えた。

「先日完成なった細川勝元自慢の龍安寺で得意の鯉でも振る舞う気かとげんなりしておったがの。やれ嬉しや、下手の横好きの鯉料理に付き合わずに済みそうだわ、はははは」

細川勝元は自ら包丁を持って鯉を捌き、酒宴で客に食わせ、それが一部の守護大名の不評を買っていたのである。

「これ、山名殿。そんなに高笑いしておる場合ではないぞ」

「なんだ。まだ勝元が何か企みおるとでも？」

「此度の宴席で、彼奴は上様のご威光を笠に何やら無理難題を我らに押しつけてくる気らしいとか」

「それはまことか」

山名持豊は険しい目になった。

「おお。斯波持種が、日野重子様がそのように口を滑らせたと申しておった」

「ふうむ。重子様と勝元めはコレじゃからな。そいつは信じられそうな噂だが」

山名持豊はコレという語を口にしながら人差し指と親指を付けては離した。細川勝元と日野重子が男女の関係であることは、公然の秘密なのである。

「重子様とのことさえなければ、あんな若造、すぐにも素っ首叩き落としてくれようものを」

畠山持国は音高く舌打ちした。

二人にとって細川勝元は共通の敵だった。いや、二人だけではない。日本中の守護にとって勝元こそは殺しても殺し足りない仇敵に他ならない。

それは細川勝元がここ何年か、幕府の権威をかざして畠山家・山名家・斯波家をはじめとする有力な大守護の家督相続や親族内のいざこざに干渉していたためである。

自分の勢力拡大の妨げとなる有力守護の勢いを止めるために、幕府の名において細川勝元が繰り返すこの横車と干渉が、のちに日本国を血と炎の叫喚地獄へと変える大乱の遠因となるのだが、宝徳二年現在においては、神ならぬ身の哀しさ、この世の誰一人として夢にも思わぬことであった。

山名持豊は前管領の言葉を聞きながら、ずっと碁盤を睨み続けていたが、

「とは申せ――」

怒った調子で言った。

「彼奴の宴に参らねば、なぜ来なかったなどと言い掛かりを付けられる」

「まったくじゃ」

畠山持国も唇を歪めた。

「むう、不味い鯉料理から逃れても、勝元めの網からは逃れられぬか。なんだか六代様の霊が勝元に乗り移ったようだ」

六代義教の暴竜のごとき恐怖政治を思い浮かべて畠山持国は身震いした。

「やむを得ぬ。泣いても喚いても、今回ばかりは行くしかあるまいて」

「ふん、せいぜい油断せぬことじゃ」

大守護二人は大きく溜息を洩らすと、また碁を打ちはじめた。

三

紅葉狩り当日は快晴だった。

しかも、秋にしては珍しくうららかで風もなく、長い間屋外にいても苦にならない——まさに紅葉狩り日和とも言うべき天気であった。

烏丸殿の庭に設けられた白木の座敷より眺めた築山や池の端の紅葉は真紅が目の底に灼き付けられるほどに赤く、まだ日は秋の青天に高くあるのに、そこだけ夕照(せきしょう)か、血の蘇芳(すおう)に染められたようだ。

白木で組まれた座敷には繧繝縁(うんげんべり)の畳が敷き詰められ、その上に緋毛氈(ひもうせん)が敷かれている。さらに、大鷹狩りを絢爛に描いた屏風が秋空に輝く陽の光に映え、屏風絵の金箔は賓客の並ぶその場を黄金(こがね)の靄にけぶらせていた。

招待された公家や守護、高僧、さらに茶人や歌人や能楽師といった御伽衆は近くに侍(はべ)った御殿女中が大杯に注ぐ上酒を傾け、豪奢な器に盛られた珍味佳肴に舌鼓を打っては「紅葉」を御題に風雅を凝らした歌を競い合うのである。

それは平安の昔に公家が楽しんだ催しの無骨な真似だった。

将軍家も第八代を数えて、坂東武者たちはすっかり貴族化していたのである。

「招いた客はすべて集まったようだな」

庭園に集うた人々を眺め渡して細川勝元は独りごちるように呟いた。すかさず、その陰から走衆(はしりしゅう)が小さく囁く。

「一休禅師が未だお見えになってございませぬ」

細川勝元の眉が片方だけピクリと動いた。

「なに。……あのクソ坊主め。将軍家の招きを拒むというのか？」

「め、滅相な」

走衆は自分が管領に怒鳴られたようにかぶりを振ると、

「禅師からは、必ず参る、とのお応えを頂いておりますゆえ、何らかのご都合で遅参されたかと」

「八代様直々のお招きに遅れるとは慮外者め」

細川勝元は小さく舌打ちしたが、すぐに思い直したように薄笑いを拡げて、

「まあよい。参ったら、近頃、増長が過ぎると思い知らせてくれよう」

と言った。一休が現われたならば面と向かって痛罵するか、悪意の籠った皮肉を浴びせてやろうと心に決めたのである。

「ふん。いつまでも風狂坊主なんぞにかまけておられるか」

そう呟くと、

「早々に始めい」

大声で近侍に命じた。

——そんな細川勝元の横顔を義政は咫尺（しせき）の距離から眺めていた。

眺める瞳は虚ろである。

そこには光も表情もない。

血の気がなくて少し浮腫（むく）んだ顔は仮面のようだし、虚ろな目は能面に穿（うが）たれた双（ふた）つの孔のようだった。

だが、見かけこそ、糸の切れた人形か屍蠟化した亡骸（なきがら）のようだが、義政は生きていた。

その証（あかし）に、今こうしている間にも、

（余はどうしてここにおるのだろう）

と、ぼんやりと自問していたのである。

「楓は霜に揉まれねば、色鮮やかな紅葉とはならぬとか。そのようにこちらにおわす八代様も、六代様、七代様のご不幸と言う霜に揉まれて、本日のごとくに輝ける公方家となられたのでござる……」

前管領は義政の父、足利義教の暗殺と、兄、足利義勝の夭折（ようせつ）を譬えに引いて、義政を持ち上げた。

その後、勝元は居並ぶ賓客一人びとりに機知に溢れた言葉を投げ、畠山持国や山名持豊といった政敵には底に匕首をチラつかせたような警句を送りながら宴席を悠然と泳ぎはじめた。

まるで公方その人のごとき迫力と威厳を帯びて移動する細川勝元は話に聞く獅子のようである。

そんな勝元をぼんやり眺めつつ義政は思った。

（勝元も母君様も、手を伸ばせばすぐに届く場所にいながら、遥か遠く離れた星の世界におるよう

だ）

山名持豊が細川勝元に何か言葉を返した。どうやら勝元への皮肉らしい。

それを聞いた近くの賓客たちが細波のような笑声を洩らした。

細川勝元は真っ皓い歯を見せて笑ったが、目は笑ってはいない。

刃に似た青い光をギラリと輝かせる。

もともと反りの合わなかった細川勝元と山名持豊だが、ここ一年ほどで二人の仲はさらに険悪になったようだった。

（遠からず二人は正面から衝突するだろう）

欠伸を堪えながら義政は確信した。

それは政治的なぶつかり合いではない。

全面的な武力衝突だ。

多分、それによって二人の領国は炎に包まれ、人々は血を流すことだろう。

（だが……）

義政はほんの少し扇を広げると、その下で欠伸を洩らした。

（……勝元と持豊の戦さを、余は止めることも出来ない。余にとって戦さも、京を流れる全ての川を真紅に染める民草の血も、大地を揺らす叫喚も、月か星の世界で起こる出来事だ）

そこまで考えると、義政は細川勝元と山名持豊の言葉の応酬を右から左に流し、手にした短冊に目を落とした。

短冊には、この何日か推敲し続けている和歌が記されている。

いたづらになすこともなく月日へて
　ことしもまたや暮れんとすらむ

それは昨年の暮れ、母、日野重子と細川勝元がまるで契り合った者同士のごとく顔を近づけて、親しげに何事か囁き合う姿を御簾の中からとおく眺めながら歌った一首であった。

母と勝元の仲は薄々察していた。

だが、御簾を隔てているとはいいながら、かくもあけすけに身を寄せ合う二人を目にするのは初めてだった。

　この時、義政は自分が悪いことでもしたようにそっと目を伏せて吐息を落とした。

　その時の溜息は薄（すすき）の葉ずれのように力なく、義政自身の耳にさえ、しかとは聞こえなかった。

（余は何のために生まれ、どうして今ここにおるというのだろう。気がつけば花の御所で暮らし、昨日と同じ今日を生き、今日と変わらぬ明日を待っている。このまま余は何を為すということもなく、公方としての日々を送り、老い、死んでいくのだ）

　そんな虚ろな絶望を義政は歌に託して記してみたのである。

　この一首こそは今の義政そのものだった。

　それゆえ、義政は、この歌を推敲しなければならないと、あの時以来、ずっと考え続けていた。

　いずれ名のある歌人に見てもらい、完璧な形にしなくてはいけない。せめてこの歌を完全な形にし、この世に足利義政という公方がいたことだけは残しておきたいと考えた。

（そうしなければ――）

「なすこともなく月日へて」という一節を凝視しながら義政は心で呟いた。

（余は父君の影、兄君の残り香のような存在（もの）に堕してしまう）

　義政は細川勝元に悟られぬようにそっと下唇を嚙みしめた。

　その瞬間、歌を記した短冊に赤いものが一滴、滴（したた）った。

　落ちると同時に、それは矮（ちい）さな手形となって広がった。

（強く嚙み過ぎて唇を切ってしまったか）

　義政ははっとして目を見張った。よく見れば、それは血が滴って短冊のうえに広がったものではない。小さな紅葉の葉だ。真紅の葉は、不意に吹き抜けた冷たい風に運ばれて、何処かへ飛んでしまった。

（余の血ではなかった……）

そう考えて安堵しかけた瞬間、まるで隙を衝いたように、

「えっほん」

大きな咳払いが響いた。

（や。あのわざとらしい咳払いは一休――）

聞き覚えがあるその声に義政は反射的に面を上げた。

一休を見つけるより早く、瞳に赫々たる真紅の色彩が津波のごとく押し寄せた。

紅葉に彩られた庭の景観だ。紅蓮の炎にも似た紅に義政の双眸が射抜かれる。

あまりに強烈な赫い色は脳まで焼けるかと思われるほど凄まじい。

神経が色を感じるのを拒んだか、義政の目は真紅を黒と感じ、次の刹那には眩い白銀と捉えていた。

だが、それも束の間のことである。

義政は激しい眩暈を覚えて瞼を瞑り、がっくりと項垂れてしまった。

四

白銀の光輝は未だ視界に充ちている。

そのあまりの眩しさに義政は思わず呟いた。

「しろがね……」

刹那、己れの声に驚いた。

数え十四になる少年の声ではない。

それは老人のように掠れ、ほとんど咳のように聞こえた。

「……!?」

義政は声なき叫びを洩らして反射的に口を押さえた。唇の周囲に砂のような手応えがある。砂ではない。瘡蓋でもない。義政はかぶりを振った。

（髭だ……）

義政は愕然として呟いた。

「髭が伸びておる」

すぐに後方から女の声がした。

「お目覚めの時、念入りに剃らせましたのに、お気に障られますか」

義政は声のしたほうに振り返った。渠の背後三尺ほど後ろに二十五、六くらいの女が立っている。女の美しい顔を見て義政は小さく叫んだ。

「母君様……!?」

女は日野重子に生き写しだったのだ。

だが、そう呼んではみたが、背後の女が母だと断言出来する自信がない。

日野重子は今、花の御所にいるはずだし、なんといっても母は当年数え四十歳である。

ところが義政の後ろに立って親しげに微笑む女は、まだ二十代半ばという所ではないか。

「まあ。今度はわたくしと高松殿様とをお間違えられるなんて。上様、少し御酒(ごしゅ)をお過ごしになられたのではございませんか」

と言って女は椿の蕾にも似た唇をそっと押さえると静かに笑った。

「……お前は……」

「お戯れでございますか？」

ひとしきり笑うと、女は笑いを堪えた表情になり、義政の瞳を真っ直ぐ見つめた。静かに名乗った。

「日野富子でございます。お忘れにございますか？」

「……日野富子……」

(初めて聞く名前だ)

と思ってから義政は何度も瞬いた。

(いや違う。日野富子という名には覚えがある。母君様の又姪だ。内大臣殿が、大きくなったら富子を上様の正室に、と申していたのを思い出したぞ)

内大臣とは母方の祖父、日野重光(しげみつ)のことである。

(だが、日野富子は未だ五つかそこらに過ぎぬ。だが、目の前の日野富子だと申す女は二十五か六というところ――。これはどういうことだ？）

　自問する義政の視界に、大きな坊主頭が割り込んできた。

「上様、紅葉狩りはもう飽きられましたか」

　べんべんと腹を突き出した、坊主頭の肥満漢が破れ鐘のような声で義政に尋ねてきた。相手は親しげだが、義政には見覚えがない。

（……いや。この大きな頭と濁声には微かに覚えがある）

　義政は眉間に皺を寄せて尋ねた。

「誰じゃ、お前は」

「はあ？」

　困惑した大入道に日野富子と名乗った女が言った。

「上様は先程よりお戯ればかり申されますのよ」

「なんと」

「きっと宗全殿のことも知らぬと申されるのでしょう、上様」

「宗全殿？」

　義政が困惑した調子で尋ねれば、宗全は腹を揺すって、

「いかにも山名入道宗全にござる」

「山名の一族には覚えがあるが、宗全などという者は」

「これはしたり」

　山名宗全は音を立てて額を叩くと、

「ならば改めて名乗らせて頂き申す。身共は新田義貞が後裔、山名時熙が三男、正四位下左右衛門佐山名持豊。出家いたしまして宗全と法号いたしおりまする。義政公にあらせられましては以後、御昵懇を賜りたく」

　芝居がかった様子で恭しく一揖した。

「山名持豊だと。お前がか。余のよく知る持豊は四十半ば、もっと痩せておるし、髪も髭も黒々と……お前はどう見ても六十半ばの爺ではないか」

「お、上様。口が過ぎましょうぞ。細川の化けギツネに聞かれたら、上様が山名の赤入道を見知ら

ぬジジイと呼ばれた、と新花の御所で言いふらしますわい」

そうまくしたてると山名宗全は声をあげて笑い転げた。

「……どうなっておるのだ……」

義政は激しい眩暈と軽い吐き気を覚えて、数歩進んだ。

すぐに石に当たって足を止める。

池のほとりに並んだ奇石だ。

思わずそこで俯けば、池の水面に顔が映った。

顔はゆらめいている。

（この顔は……）

頰に手を当てて目を凝らした。揺らぎが静かに治まれば、そこに現われたのは青ざめた顔の男だった。

三十前後だろうか。端正な面立ちが母に似ている。

（これは何者だ?）

義政は数え十四である。九歳の時に将軍宣下のために元服したとはいえ、年齢の倍も老けこむはずはない。

だが、水面に映った男は義政と同じように頰に手を当て、愕然とした表情を浮かべていた。

（これは……余なのか……）

血の気が引くのを体感しながら義政は顎を撫で、額に手をやり、唇を押さえた。すると水面の男も同じように頰から額、さらに口に手を移していく。

「これは余だ」

義政は激しい驚愕に打たれて呟いた。

すると、日野富子と山名宗全が歩み寄り、義政に声を掛けた。

「上様、お顔の色がよろしくないようでございますが」

「お心持ちが宜しくないのでござれば、今すぐ紅葉狩りを中止いたしましょうほどに」

義政は二人に背を向けたまま、かぶりを振って、

「いや、それには及ばぬ。ちと……」

義政は面(おもて)を上げて言葉を続けた。

「錦鏡池の向こうの紅葉があまりに赫(あか)くて目が眩み、白銀(しろがね)色に見えたのだ」

「まあ、紅葉が銀色に……」

「うむ」

と応えた義政に、山名宗全がすぐ後ろまで進み出て言った。

「それは恐らく夕陽に観音堂の銀色が照り返したせいでございましょう」

「観音堂の銀色？」

なんのことだろう、と振り返った義政に、

「ほれ、あちらにござる」

と、山名宗全は手を挙げて右を示した。

つられて義政はそれへ視線を転じる。すかさず白銀の反射光が義政の双眸を射抜いた。凄まじい眩さだった。

（まるで処女雪が白昼の陽光に照り映えているようだ。あるいは磨き上げた銀燭を何万台も並べたようだ……）

眩さに目を細くしながらも義政は視線を逸らすことなく、しろがねの光暈に包まれた観音殿を見つめた。次第に目が慣れてくる。

慣れるにつれて唐様(からよう)と国風を見事な調和で融合させた観音殿の全容が目を通して脳へと伝わってきた。

「これは……」

義教は苦しげに洩らして言葉を失った。

（……浄土の御堂がこの世に現われたのか）

そう心で呻いたが、しろがねに輝く建築物の美しさに打たれて容易に言葉を発することが出来なかった。

「観音殿にございます」

日野富子が義政の背後に歩み寄って囁いた。

「何度見ても惚れ惚れいたしますが、こうして紅葉の季節に眺めますと、紅葉の赤と観音殿の銀が互いに競い合い、まるで極楽の景色のようにございますね」

「げにも」

と山名宗全が相槌を打った。

「斯様に見事な玉楼を建てられながら、加賀・尾張・越前に起こりつつあった守護と守護代との内紛を調停され、さらに増長止むことなき関東管領を力攻めに抑え込んで幕府のご威光を全国に知らしめた辣腕は、父君六代様を凌いでおりましたなあ」

「この……白銀の観音殿を作りながら……余は……左様なことをしたと申すのか……」

義政は呆然と呟いた。

「世の学者も名知識も、三代義満様が太陽ならば、八代義政様は月と評し、鹿苑寺の舎利殿を金閣と呼び、この慈照寺観音殿を銀閣と呼んで上様のご業績を心より称えてございます」

まことの尊崇と敬愛の籠った日野富子の言葉が、義政の心をわななかせた。

「金閣に……銀閣……」

「何億貫とも知れぬ銭を銀閣の普請と東山殿御庭の完成に注ぎ込まれ、細川勝元などは『何処から金を集めるのか』などと冷や汗をかいておりましたが。それも日野富子様のお考えになられた関所を設けて通過税を取る方法と、倭寇の稼ぎを没収すること、さらに全国に天領を設けたり、関東を開発して天領とすることで、見事解決されましたなあ」

「……」

観音殿の白銀の輝きを見つめたまま、義政は、感慨深げに話す山名宗全の言葉を聞いていた。

(そうか、思い出した)

と義政は得心した。

(余は八代将軍として三代様や父君にも劣らぬ業績をわずか三十過ぎにして達成した。そして完成なった観音殿前に賓客を集め、紅葉狩りを催して、細川勝元の肝入りで花の御所を移し始めた頃を懐かしんでいたのだった)

そこで錦鏡池(きょうち)の向こうで色づく紅葉の燃えるような色に目を移した。

(この燃えるような紅葉の色に気を惑わされ、一瞬、自分が十四の若造だった頃に——細川勝元と母君の傀儡に過ぎなかった昔に——意識だけ戻ってしまっていた。だが、真実は違う。余は月だ。夜の闇に覆われた濁世を銀色の光で照らしてやる月となったのだ）

義政はそこまで考えると、静かに拳を握った。

（余はまだ三十だ。山名入道のような老人とは違う。余にはまだ未来がある。まだやらねばならぬことがある。月の化身たる公方として、飢えや戦さをこの世から失くし、苦しむ民草を救い、陽の下に広がる全ての土地を極楽浄土と変えてやらねばならぬのだ）

そこまで考えた時、日野富子がまるで義政の思いを読みとったかのように言った。

「上様、本日——応仁元年十月庚午日こそ、我が日本国が浄土と成った佳き日として千代の後まで祝われることでございましょう」

日野富子の言葉に義政は大きくうなずいた。

「うむ」

そして自分が完成させた浄土の象徴を確かめんと、もう一度、しろがねに輝く観音殿のほうに目を移した。

紅葉の色が目の底に残っていたらしい。

銀色の光輝に真紅の残影が重なって暗く黒く変わった。色はそのまま暗転して、より暗く、より黒く変じて白銀の輝きを喪ってしまう。

そして——義政の目の前には、玉楼の銀ではなく短冊の白が残った。

自ら詠んだ一首を記した短冊である。

五

「えっほん」

大きな咳払いが響いた。

（や、このわざとらしい咳払いは）

そう思って咳払いのしたほうに振り返れば、一休が畳に手をついて頭を下げていた。一休はすぐに頭を上げると真っ黒い顔で笑った。笑い皺が深く刻まれる。真っ白い歯の笑顔を見せて一休は言った。

「出かける前に腹具合が悪くなりましてな。用足しに時間がかかりまして、失礼をばいたしました」

「……大事ない……」

と流した声は若々しく声変わりして間もない少年のそれだった。

はっとして義政は口を押さえた。唇の周囲はすべらかで髭の手触りもない。頬に触れれば桃の実のように感じられた。

（どういうことだ……）

呆然とした義政の表情を読んで一休が眉をひそめた。

「おや、上様、如何なさいましたかな」

今にも繧繝縁の青畳に突っ伏してしまいそうな眩暈を覚えて義政は問うた。

「一休……今日は何年の何月じゃ？」

「はあ？　宝徳二年の十月でございますが。……いかに風狂と呼ばれるこのわしでも、上様にお目通りする大切な紅葉狩りの日は間違えませぬ。それに、いくら腹を下して雪隠に閉じ篭ろうとも、そう何日も入ってはおりませんわい」

一休はそんな軽口を叩いて声を出して笑いかけたが、ふと、義政の手にした短冊に気づくと、

「上様のお詠みになられた一首でござるかな」

「……うむ」

「ちと失礼」

と言って一休は義政の返事を待たずに手を伸ばした。反射的にそれを手渡すと、

「ふむ……」

険しい表情になって義政の歌を声に出して詠みあげた。

「いたづらになすこともなく月日へてことしもまたや暮れんとすらむ」

「先日浮かんだので誰かに推敲を命じようと思っておったのだ」

答えた義政に、

「いけませんな」

と言って一休は短冊を恭しく義政に返した。

「何がいかん？」

「この歌からは孤独と虚無と絶望しか感じられません。十四の若者が歌うべき歌ではございませんな。これはわしのような年寄り――いや、死の床にある九十九の老人の歌でございます」

「死の床の老人の歌……」

「左様」

きっぱりとうなずくと一休は言った。

「上様、今、その御心は魔境にありますようで」

「魔境とは？」

「立ち入るべきではない心の境地を我が臨済では魔境と呼びならわします。普通は高慢や増長や修行不足によって悟りを得たと錯覚する坊主の境地のことなれども、在家の者も孤独や絶望や焦燥や虚無感によって魔境へと迷いこみます」

「そう申すなら――」

義政は微かな怒りを覚えて言い返した。

「魔境に迷い込んだ公方を見て、お前は如何なる歌を詠む？」

「されば」

と前置いて、一休は、

生まれては死ぬるなりけりおしなべて
　釈迦も達磨も猫も杓子も

義政を小馬鹿にしたような即興の道歌を詠むと、恭しく一揖して、その場を去ってしまった。

六

八代将軍足利義政はこの後も生き続けた。

正室日野富子が京とその近郊の至る場所に関所を設けて通過者から関銭を徴収して庶民から守銭奴呼ばわりされても、義政は妻に意見らしきことは口にせず、新花の御所の庭園を理想に近づけようと庭師と指図（設計図）を引き続けた。

家督争いに端を発して畠山一族が同族互いに殺

し合う騒乱を起こしても、越前で守護の斯波義敏と守護代甲斐常治とが内乱に突入しても、義政は、母、日野重子のために高倉御所を造営していた。

　常ならぬ台風が近畿地方を襲っても、鴨川が氾濫して流域の家屋が流されても、義政は観音殿を普請し、東求堂を築かせるのに没頭した。

　災害で家族を失った民の嘆きが轟く中で義政は熱に魘されたような目で庭園を飾る花や樹を選び続けた。

　旱魃と虫害と水害が近江・丹波・和泉・大和を荒廃させても、義政は全神経を建築と作庭に傾注した。

　田畑を失って飢え死にしていく百姓の怨嗟も渠の耳には聞こえず、何万もの人が餓死する間、義政は本堂の襖を飾る絵について絵師に注文をつけていた。

　地震と暴風雨と洪水と炎旱が機内を襲っても、義政はただ己れの美意識の結晶である慈照寺と庭園をより完璧にせんと、何百万貫もの金を費やした。

　やがて、細川勝元と山名持豊が遂に正面から衝突して干戈を交えた。日本国を血と炎の地獄へと叩き込む応仁の乱の幕が切って落とされたのだ。

　都のいたる所に「構」と呼ばれる塹壕が迷路のごとく張り巡らされ、「塁」という名の土塁が盛られて、京の空が血の色に染まり、地平線まで炎に包まれ、見渡す限り屍と白骨で埋め尽くされた。

　だが、それでも義政は美と調和に満ちた庭園と、そこに白銀の光暈に包まれたこの世のものならぬ建築に思いを馳せていた。

　宝徳二年――十四の秋に、烏丸殿の庭で催された紅葉狩りで幻視た銀色に輝く観音殿と、極楽浄土のごとき庭園に義政は取り憑かれていたのである。

（しろがねの観音殿と完璧な庭園が完成した時、世界は変容する）

　そう思った義政の瞳に光が甦り、蒼白な頬は仄かに紅潮した。

すでに渠の目は能面の孔ではなく、渠の顔にはうっとりした表情が甦っていた。

義政は心で続けた。

少年時代の懐かしい夢が現世に立ち現われる時、戦さは終わるだろう。

荒廃した土地に馥郁たる花が咲き、ひび割れた土地に穀物の芽が出て、乾き切った川底に豊かな清水が流れはじめるだろう。

鎧武者は血刀を捨てて戦うのをやめ、軍馬から降りて、敵味方の別なく見つめ合い許し合い愛し合うだろう。

(その時、死者たちは甦り、闇は光に代わり、憎しみが慈しみへと変わるだろう)

義政はそれを信じ、夢見て、ここまで来たのだった。

「あと少しだ。この観音堂に銀箔を貼り尽くせば、しろがねの浄土が現世に現われる」

そう言った義政の前には、唐様(からよう)の禅堂形式と国風の書院造りが融合した二層の観音堂が完成していた。

あとは銀箔で飾れば金閣寺に匹敵する華麗な建物となるはずであった。

銀箔を貼り尽くした観音堂は朝陽に燦然と輝き、渠の庭園をし、ろ、が、ね、に照らして、この世の嘆きも苦しみも吹き消してしまうはずであった。

しろがねの浄土が京に出現するはずだった。

だが――。

この時、すでに幕府の金蔵には観音堂を銀箔で飾り立てるに足る金など一貫もなかった。

一国の国家予算を作庭と観音堂の普請に注ぎ込むあまり、足利幕府の財政は完全に破綻していたのである。

かくして延徳元年、観音殿は銀箔を貼らない義政にとっては不本意な形のまま立柱上棟され、その翌年の延徳二年一月七日、八代将軍義政は死亡した。

かくして渠の幻想したしろがね浄土は永遠にこ

の世に立ち現われることなく、日本国は殺戮と焼尽を繰り返しつつ、地獄の戦国時代へと滑り落ちていくこととなる。

七

八代将軍義政　辞世

何事も夢まぼろしと思い知る
　身には憂いも喜びもなし

井戸底の星空

夢の中は夢も現（うつゝ）も夢なれば　さめなば夢も現（うつゝ）とを知れ

覚鑁（かくばん）上人

一

森と出会い、ともに暮らすようになってからもう一年以上になる。

この間、一休はただの一度も、「何処で生まれたのか」とか、「自分と出会うまで何処でどうしていたのか」などと尋ねたことはなかった。

十六というが、ややもすれば十四ほどにしか見えぬ稚(いとけな)いその身と、感受性豊かな繊細な心で受け止めるにはあまりに過酷な出来事が続いたであろうと察して、あえてそうした事どもには触れずにおいたのであった。

だが、一休が尋ねなくても、何気ない会話の折節に森の口からその過去がこぼれることはある。

井戸には龍神の宿るものと、森が言いだしたのもそんな時だった。

宝徳二年（一四五〇年）十二月十四日、淡く雪の降る昼過ぎのことである。

蜷川親元に案内されて、身分のありそうな武士が家来を従えて、一休の住まう売扇庵を訪れたのが全てのきっかけであった。

「師走の忙しい時になんの用だ、モトチカ。昼飯ならもう残ってないぞ」

一休は囲炉裏の前で数珠を直しながら顔をしかめた。

直しているのは、もう三十年近く愛用している柘植(つげ)の数珠である。長いこと一休の膏(あぶら)で磨かれたお陰で、どの珠も、琥珀と見まごうばかりの良い色になっている数珠だった。それがどういう訳か、朝の読経の最中にぷっつりと切れて、珠が筵の上に散らばってしまったのだ。

慌てて散らばった数珠玉を掻き集めたが、何処に行ってしまったものやら一個だけ見つからない。

仕方なく一休は、随分前に、斯波義淳(しばよしあつ)から貰った翡翠の数珠の糸を切り、一個だけ翡翠で、他は柘植の数珠に造り変えたのだ。

目下の一休の不機嫌は、数珠の珠に糸を通す作業が面倒なこと、気に入りの数珠の珠が一個だけ翡翠になってしまったこと、そして、そんなことでイライラしている最中に、蜷川親元が訪れたせいなのである。

　ところが、一休がついでに、

「用はないから足元の明るいうちに帰れ」

と悪態をついても、蜷川親元は眉一つ動かさない。

「間もなく正月でござれば、一休様に餅代をお世話しようと思いまして」

　そんなことを言いながら、一休が「入れ」と言う前に、連れてきた武士とその従者を売扇庵に上げて、自らも上がってしまった。

「近頃、わしの悪態に言葉を返すのがえらく上手くなったな、モトチカ」

　一休は苦労してやっと修復なった数珠を、懐に仕舞いながら言った。

「なに。一休様と長くお付き合いさせて頂いておれば返しも、捌(さば)きも、悪態も、悪口も、何でも上達いたします」

　そんなことを答えてから、親元は囲炉裏の向こうで、せっせと扇の骨に紙を張っている森に微笑みかけた。

「この世には一休様と暮らしても少しも感化されず、いつまでも清らかな、森さんのような方もおられるようですが」

「ちっ、世辞まで上達してやがる。森さんや、お客に茶を出しとくれ。ああ、モトチカには茶は要らん。塩でも撒いておけ」

「拙者はチカモトです。それに……ヒトのことを蛞蝓(なめくじ)みたいに言わないで下さい」

「利いたふうな口を叩くな、モトチカ蛞蝓め」

「只今お持ちいたします」

　一休と蜷川親元の言い合いに苦笑して、森は、

と笑いながら立ち上がり、茶を淹れるために席を外した。

「で。……こちらの御仁は？」

と一休に尋ねられて、

「これは失礼いたしました」

蜷川親元は連れてきた武士を紹介した。

「こちらは近江の守護、六角(ろっかく)殿のご家来で伊庭(いば)殿と申されます」

「伊庭順遠(よりとお)でございます。六角久頼(ひさより)に仕え、目下は主人と共に京に暮らしております。以後、ご昵懇を賜りますよう宜しくお願い致します」

「むう、六角久頼殿といえば、元は僧籍におられた方と記憶しておるが」

一休が問えば、伊庭はうなずいた。

「はい。四年前まで……」

伊庭の説明によると、六角久頼は相国寺の僧侶だったのだが、六角家の家督を狙った次兄が父親と長兄を殺して家を乗っ取ったので、父と長兄の仇を討つよう幕命が下り、やむなく主人は還俗したのだそうだ。

そして文安三年、主人は見事、次兄を討ち果たし、近江の守護となったという。

「なんと幕府も酷いことをさせるものだなあ」

と一休は溜息を落とし、ついでに蜷川親元を睨みつけた。

「ど、どうして拙者をそんな目で見るのです。六角殿にそのようなことを命じられたのはご公儀であって、拙者ではございません。それに似たような話は今日び、近江どころか美濃でも越前でも山城でも起こっているではございませんか」

家督を巡って親が子を殺し、子が親を殺し、兄弟親族互いに裏切り合い殺し合う血なまぐさい「時代の風」は日本全土で吹き荒れていた。この「風」がやがて応仁の乱という「大嵐」へと発展するのだが、それはまた別の話である。

「おほん、ともかくですな」

一休と蜷川親元の間に割って入って伊庭順遠は咳払いした。

「主人は京に上り、東山のほうに近頃、別邸を建てたのです」

「ふむ、あの辺なら閑静このうえない。別邸を設けるのにはもってこいだ」

うなずいた一休に伊庭は畳みかける。

「ところが庭を設えておったら斯様な物が土の中から掘り出されまして。なんとも無気味な形状ゆえ、天下の名知識、一休禅師にご覧頂き、必要とあらば供養して頂きたく思った次第で……」

すると蜷川親元が横から口を挟んだ。

「六角殿は応分のお礼を用意してございます」

「ふむ、六角一族の総領が〝応分〟と言われるからには、わしと森さんのみならず、近在近郷の貧しき人々も正月は餅が食えそうだな。……宜しい、診て進ぜよう。何処にあるんだね、その怪しい品は？」

一休は下顎を撫でながら尋ねた。――どうせ自分と森の糧食と、近隣の貧しい人々に分け与える米味噌を稼ぐため、報酬を受け取って乗る相談ごとである。適当に話を聞いて、あとは経を上げ、即興の道歌でも聞かせて追い返そうという考えが露骨に表情に現われている。

それに気づいて蜷川親元は一瞬顔をしかめたが、隣の伊庭には分からないようだ。

「さればでござる」

すこぶる真剣に、伊庭は家来に命じた。

「さ、持参した包みを解いて禅師にご覧いただくのだ」

「ははっ」

と従者が包みを解けば、そこに現われたのは円形をした灰色の物体である。

大きさは手鏡より一回り大きいくらいか。一見灰色の丸盆のようだが、完全に扁平ではない。円の中心部から縁に向かって螺旋形の筋が彫られていた。縄を束ねたようにも見えるが、円形の端から紡錘形の突起が突き出ている。その様子は長い蛇がとぐろを巻いた姿そのままである。

「なんじゃ、これは？」

一休が眉をひそめた。

蜷川親元も覗きこみ、しばし凝視したのち、

「石……でしょうか？」

自信なさそうに呟いた。

「これが石なのは見りゃ分かるだろう。モトチカには蒟蒻（こんにゃく）に見えるのか？」

一休はそう吐き捨てて、身を乗り出した。

「しかしまあ、これは……。良く出来ておる。ちょっと手で触れても宜しいかな？」

「どうぞ」

伊庭に言われて一休は袱紗の上に載ったそれを手に取ると、鼻先まで近づけた。

触れてみた時の手応えは間違いなく石である。重さも硬さも石そのものだ。どんなに目を凝らしても鑿（のみ）を使って彫刻した痕跡はない。さらに仔細に検（しら）べても、人間の手が加えられた気配は皆無であった。

だが、石はまるで蛇がとぐろを巻き、鎌首をもたげた姿そのままで、驚くべきことに鎌首には目の位置にはそれらしい窪みがあり、カッと開いた口の中には先が二股に別れた舌まで見えるのだ。

「恐れ入ったな。これは石の蛇だ。亀そっくりの石とか、猿の形の岩とかは見たことがあるが、自然がこさえた石の蛇など初めて見たわい。しかもご丁寧にトグロまで巻いておる」

「地面から掘り起こした庭師は熱を出して寝込んでしまい、祟りのある物かと思って悪鬼祓いを頼んだ行者は、内側から閉じた拝殿に籠って、翌朝には拝殿から煙のように消えておりました。後に残ったのは、ただこの蛇石のみという奇怪さで……」

伊庭は沈痛な表情で説明した。

横から覗きこんだ親元が、

「ううむ、伊庭殿から話を伺った時には蛇に見える自然石だと想像しておりましたが、まさかこれほどとは。まるで腕の良い石工が彫って造った物としか……」

何度も瞬きしたところに森が手探りで茶を運んでくる。それに気がついた親元は石から森に目を移すと、

「どうです、森さん。この石、見た感じが蛇そっ

くりだとは思いませんか?」

そう呼びかけて微笑んだ。

「さ、さあ、どうなんでしょう……」

と言って森は困ったような笑みを拡げた。

すかさず一休が親元を怒鳴りつける。

「モトチカ! お前は、気配りひとつ出来んのか」

「えっ……」

蜷川親元は一休の剣幕に驚いて、一瞬、言葉を失った。どうして一休が怒ったか全然分からず、まるで暗闇から石を投げつけられたような顔になる。すかさず伊庭が咳払いして、

「やあ、これは忝い」

わざわざ礼を言いながら、森が手探りで出した茶を受け取った。

そんな様子や、森の澄み切った瞳が虚空を見つめたままであるのにようやく気がつくと、

「しまった。あまりに自然な立ち居振る舞いに、つい、目の不自由なことを忘れてしまった。……森さん、今のは拙者の失言です。貴女を傷つける積りはなかった。済みませぬ。この通りだ。許してくだされ」

慌てて威儀を正し、土下座せんばかりに頭を下げた。

「いいんですよ。一休様も『あの花はきれいだと思わんかね』なんて、時々、わたしの目のことを忘れられますから」

森が微笑みながら優しく答えれば、今度は一休が激しくむせこんだ。

「あら。大丈夫ですか、一休様」

森は一休のほうに回って、その背中をさすりはじめる。

「ああ、もう大丈夫だ。咳は止まった。それより、森さんや、ちょっとこの蛇石に触れてみてくれんかね」

と言って一休は森の手を握ると、片手に持った蛇石へと導いた。

「この森さんは目が見えぬ分、心眼と、万物の本

質を見極める能力が素晴らしく発達しておるのだ」

伊庭にそう説明しながら、森の手に蛇石を触れさせた。

と、森は小さな悲鳴を洩らして手を引き掛ける。まるで焼け火箸にでも触れたようなその反応に一休は驚いて、

「どうしたんだ、森さん」

親元も膝立ちになり掛けて森に呼びかけた。

「何か感じるのかね？」

そう言って森の両の手に蛇石をしっかりと握らせた。すると森は石を両手で挟んだ。精神を統一して、瞳を大きく見開く。蛇石を持った手が細かく震えだした。息が荒くなる。そんな様子はまるで瘧の発作に襲われたように見えた。蜷川親元は、森の反応に危険な物を感じて声を掛ける。

「森さん、嫌なら石を投げだすんですよ。苦痛や恐怖を感じるようでしたら、無理しなくてもいいのですからね」

「……むう……蛇石はやはり邪悪な物でござったか」

森の様子を見つめながら伊庭が洩らせば、森は軽くかぶりを振った。

蛇石に触発されて何かを感じ、何かを幻視しながらも、森には周囲の声が聞こえるのだ。

「邪悪な物ではないのだな？」

一休が尋ねると、森は一度だけ大きくうなずいて、意味のある言葉を切れ切れに洩らしはじめる。

「この石は井戸が変じたものです……その井戸は東山にありました……雀の森近く……三本の梅の木……通りの脇には首なし地蔵が五つ……」

森の唇より零れ落ちた言葉を聞いて伊庭の顔色が変わった。

「身共は、ただ、東山の別邸、としか申しておらぬのに。どうして……」

伊庭が震え声で呟くと同時に、森は蛇石を取り落とした。蛇石が床に敷いた筵にゆっくりと転がる。

と、その刹那――。

一休は目撃した。筵のけば立った表面が一瞬、真っ黒い水面に変わり、そこに反射した青い月を砕いて、幾重もの波紋を広げていくのを――。

「こ、これは――!?」

愕然として一休が叫ぶうちにも、何千万もの細かい光を反射した水面は瞬く間に、けば立った粗筵へと戻っていった。

「なんだったのだ、今のは……」

一休は震え声で呟いた。

「禅師、何か異変でも感じ取られましたか」

伊庭が怪訝な顔で尋ねて、筵に転がった蛇石を拾い上げた。

「あんたは今のを……」

と言いかけて一休は言葉を呑んだ。

伊庭も、蜷川親元も、筵とその上に転がった蛇石に目は向けていない。二人の視線は一休に注がれていた。

（筵が水面へと変わったのを親元も伊庭も目にしてはいないのだ。……ということは今のはわしの錯覚か？　心の目を通して感知した幻視でもあったのか？）

そう考えてから、一休は、

（いや、違う）

と、かぶりを振った。

（二人の侍には見えなかったかもしれんが、森さんは何かを見た――見ないまでも、確かに、蛇石から何かを感じ取った。だから熾った炭に触れたかのように蛇石を取り落としたのだ）

一休は森に向き直り、そっと尋ねた。

「森さん、お前様は何かを感じたのだね？」

「はい」

森は大きくうなずいた。その頬が桜色に染まっている。森は感知したものに気を昂ぶらせているようだ。森は言った。

「一休様、蛇石の見つかった場所に、わたくしは行ったことがあります！」

「なんだって？」

「まだ目の見えた頃、今から十二年ほど前に、この場所に行き、母上と一緒に井戸を覗いたことが――」

「井戸だと……」

「はい。底が別の世界に繋がっている古井戸を――母上と覗きこんだことがございます！　たった今、あの時のことを思い出しました」

「あの時？　あの時とは？」

　一休に問われて森は声を震わせて答えた。

「わたくしの瞳が何も見なくなってしまった恐ろしいことの起こったのも、あの時のことでした。そして不思議なお方と出会い、その方が『誰にも見せてはならぬぞ』と、秘密のお守りを下さったのも、その時だったのです」

二

　それから少し後――。

「ご依頼の筋は良く分かった。明日、森を伴って普請中の東山別邸を訪れよう。蛇石の謎を解いて、六角殿が安心して別邸を建てられるようにしてみせる」

「何とぞ宜しくお願い申す」

　伊庭順遠が安堵した顔で頭を下げると、一休は厳とした調子で言った。

「蛇石は今夜だけわしの許にお預け下され。お手前の話では、どうやら妖気を帯びておるようだ。今宵、夜通し経をあげて妖気を祓って進ぜよう」

「それは忝い。では、明日、東山に普請中の六角別邸までお出で下さいませ。我が主人、六角久頼ともどもお待ちしております」

「任せなされ。ああ……此度の報酬のご用意を忘れぬようにな」

　と一休は念を押した。

「勿論でござる。では、これにて御免」

　恭しく礼をして伊庭順遠は従者と共に売扇庵を辞した。一緒に蜷川親元も帰るものと思ったが、どっこい親元は居座っている。そうして伊庭が帰

ると囲炉裏の隅から立ち上がり、

「森さん、少し休んだ方が良いですよ。拙者が今、寝床を整えましょう」

　などと言って奥の間に寝床を設え始めた。

「お前、そんなこと始めて……。一体いつまで居る積りだ？」

　露骨に疎ましい表情を見せて一休が尋ねても、

「拙者は森殿が心配でござるゆえ」

　親元は、いそいそと森の手を引いて、奥の間に導いていこうとするのだ。

「勿体のうございます、蜷川様。先程は蛇石の放つ妖気でクラクラしておりましたが、もう平気ですので」

　森がそう断っても、親元は受け流し、

「いやいや。お顔の色が優れません。ささ、横になられて」

　と無理矢理、森を寝かしつけようとする。

　それを見て一休は顔をしかめた。

「ちっ、助平め。下心が丸見えだぞ」

　それから親元は、公儀目付人などという強面（こわもて）する役職にも拘わらず、盥に水を汲んで濡れ手拭を森の額に当てたり、水差しと湯呑みを枕元に置いてやったりと甲斐甲斐しく働きだした。

　そんな親元を見れば悪態つくも失せて、

「何もないが、わしと晩飯でも食っていかんか」

　と一休は声を掛けた。

　だが親元は、

「いえ、この後も職務がございますゆえ、一休様のお気持ちだけ頂いて参ります」

　そう礼をして、ようやく帰っていった。

「やれやれ。まったく父親にも似ない四角四面な奴だ。一緒におると、こっちまで肩が凝ってくるわい」

　などと苦笑しながら、一休は森のために粥を作ってやると、盆にのせて枕元に運んでいった。

　森の身を起こし、粥を食べさせながら尋ねてみる。

「さっき、森さんは竜神様が宿った井戸を覗いたころまでは目が見えていた、とか言いかけとったね。……差し仕えなかったら、その辺のことを今少し詳しく聞かせてはもらえんかね？」

「一休様から蛇石を受け取って、しっかりこの手にした瞬間、まだ目が見えていた頃の光景や、起こったこと、人に聞いたことなんかが、一気に心の中に拡がってきたのです」

「それであのような……瘧にでもかかったごとき状態になったのだね？」

「はい。それで、真っ先に心に浮かんだのは、母と一緒に井戸を覗きこんだ時の様子でした」

「………」

「あれは、わたしがまだ三つか四つのときのことだと思います。水を汲んでいた母上様が何を思ったのか、『井戸の中を覗いてごらんなさい』と呼びかけたのです。言われるままに、井戸を覗いてみると、母はわたしにおっしゃいました」

「何が見えたね？」

「初めは井戸の中は真っ暗で何も見えません。それで、わたしが『何も見えないよ』と申しましたら、母は『じっと覗き続けてごらんなさい。すぐに見えてくるわよ』と言います。母の言葉に従って井戸の底を見つめていたら――」

「今度は何か見えたのかい」

「はい。真っ暗な井戸の底で光がいくつも瞬いているのが見えて参りました」

「ほほう」

と一休は下顎を撫でた。

「わたしが『見えたよ、かあさま。真っ暗な中にキラキラ光ってる。まるでお星さまみたい』と、はしゃぎましたら、母は『井戸の底は別の世界に繋がってるの』と教えてくださいました。『別の世界？』と、わたしが尋ねれば、『星の向こうの世界よ。そこは何もかもこちらとはさかさまなの。だから、昼間にこっちから覗けば井戸の底は夜で、お星さまが光っているの』と、母はそのように申されたのです」

「……井戸の底が別の世界と繋がっていて、こっちが昼だと向こうは夜……」

一休は腕組みして首を傾げた。

（そんな言い伝えをわしも聞いたことがある）

と感じたのだ。

（誰から聞いたのだったかな……）

軽く目を閉じて考えれば、井戸を覗く髪を垂髪にして、丸領の長絹を着た、公家の子らしい男の子と、袿単衣を着た若い女の姿が瞼に浮かんできた。まるで幼い頃の牛若丸と、説経節の「山椒大夫」に出てくる安寿が並んでいるような二人である。

それは、一休がまだ千菊丸と呼ばれていた、幼少の頃の思い出だった。

（わしといたのは母上様ではない。……ああそうだ……。わしに話してくれたのは、おくろだった……）

おくろとは、母の侍女である。一休の母が後小松天皇の寵愛を受け、せっかく男児を授かりながら、出自が南朝ゆかりの家系であったため讒言にあい、石もて逐われるようにして朝廷から放逐された時、共に従ってきた侍女だった。

本当は玉江といったのだが、色が黒いので幼い一休がおくろという渾名を付けたのである。

『千菊丸様、ご覧下さいまし。井戸の底を。……ほら真っ暗な中できらめく物が見えるでしょう。あれは星ですよ。こちらの世界が昼間だと、井戸の底と繋がっている星の世界は夜なので、ね、あやってお星さまがキラキラしている星空が見えるのです』

そんなふうに教えてくれたおくろに幼い一休は言い返したものである。

『おくろ、なに言ってるんだ。井戸の底はどう見たって真っ暗じゃないか。井戸の底で光るのは星なんかじゃない。井戸に溜まった水の表面に、井戸の上の光が反射ただけ——キラキラきらめいているのは水面に映った光が波紋に砕けただけだろう』

だが、おくろは、

『そんなことはありません。井戸底には星空が広がっているのです』

と言って引かず、二人は言い合いをして、とうとう一休はおくろを泣かしてしまったのだった。

そんなことまで思い出した一休は、

（あの頃から、わしは、可愛げのない餓鬼だった）

心の中で独りごちて苦笑した。

すると、それを気配で察した森が、

「どうなさいました？」

「いや、別になんでもない」

「でも……今、一休様、吹き出されたでしょう？」

「ははは、森さんの心眼には敵わないな。いかにも、今、吹き出したよ。わしも同じような話を母上様の侍女から聞かされたものでね」

「それじゃあ、やはり、井戸の底が星の世界になっているのは龍神様の井戸だけと？」

森は嬉しそうに微笑んで尋ねた。

「なに？　龍神様の井戸？　はてさて。そういうのは初耳だが……」

「わたしの育った吉野のほうでは、そう言われてました。――底が星の世界と繋がってる井戸には龍神様が宿っていらっしゃると。だから有り難い井戸だと」

そこで森は少し間を置くと、見えぬ瞳を、一休が蛇石を置いたほうに向け、言葉を継いだ。

「龍神様が宿られた有り難い井戸を潰すと、その井戸のあった場所から蛇そっくりの石が出てくるとか、その石には龍神様の御力が宿っているので持つべきものが持ったら、龍神様が奇瑞（きずい）を現わしてくださるとか、そのような言い伝えもございました」

三

龍神の宿った井戸を潰すと、そこから蛇石が出てくる。森が話してくれたのは、ただの言い伝えである。それ自体は幼い頃におくろが話した井戸底に星空があるだの、井戸底は星の世界とつながっているだのといった迷信話と変わらない。

（だが……）

一休は眉をひそめて蛇石を取った。

（蛇石を筵に落とした瞬間、我が寺のボロ筵は石を落とした水面のごとく揺らめいたように見えた）

肩越しに振り返り、次の間で森が寝ているのを確かめると、一休は手にした蛇石をそっと筵に落とした。鈍い音がして蛇石が、筵の上に転がった。それだけのことだった。何も起こりはしない。

（さっきは確かに筵が一瞬、水面と化したのに）

一休は眉根を寄せた。

（ところが、そう見えたのはわし一人で、一緒にいた親元にも伊庭にも見えなかった。ただ、森さんが蛇石から何かを感知して、忘れていた井戸と蛇石の言い伝えを思い出せた……）

「どうも分からんな」

一休は声に出して呟き、首を傾げた。

「あの状態になるのには、なにか特殊な条件を必要とするのだろうか？　あるいはわしや森さんだけが、龍神の奇瑞とやらを感知したのであろうか？」

そこで一休は欠伸の発作に襲われて、猫のような大欠伸を発した。

「ふああ、いくら考えても分からん。推量や思弁といった真似をしてみようにも、手掛かりがなさすぎる。……まあ、いい。明日になって、普請中の六角別邸に行ってみれば、きっと色んな事が見えてくるかも知れん」

そこまで呟いたところで一休はまた大欠伸を洩らした。

「今日はこの辺にして寝てしまおう」

そうして囲炉裏端に横になると、蛇石を枕に、夜着も掛けず、そのまま眠ってしまった。

囲炉裏の火が少しずつ小さくなっていく。ゆっくりと闇に包まれる売扇庵に、一休の鼾が高らかに響きだした。

それに伴って――。

蛇石の部分から変容がはじまった。まず、床に敷いた筵の色が薄茶色から次第に黒色に変じていく。筵の質感も、けば立った筵とは別の物へと変わりはじめた。それは柔らかく、しなやかで、光沢を帯び、別珍（べっちん）そっくりな質感を帯びたなにかだった。

布地のようだが布地ではない。表面が絶えずふるふると震え、囲炉裏の炎の色を反射させる。それは布地から液体の質感へと変移しているようだった。敷きつめた別珍から一面の水面へ――。

突然、一休が寝返りを打った。

水音が響いた。一休の下に広がった真っ黒い水面（おもて）に波紋が広がる。表面に映った囲炉裏の火の光が千々（ちぢ）に砕ける。その様子は、一休の記憶に甦った井戸底の星空そのままであった。

と――。

一休の身は右を向いて横たわったまま、この筵の床が変容した井戸底の水面へと沈みはじめた。右半身が沈み、頭を支えた腕が完全に沈み切り、左半身も沈んでいく。とこうするうちに、横を向いて寝ている一休は完全に真っ黒い水の中に沈み、消えてしまった。……

四

東山に普請中の六角家別邸に一休は一人で訪れた。在の人間に道を訊けば、「雀の森の近く、首なしの五つ地蔵の横を曲がった所」と教えてくれた。

「雀の森？」

と一休が訊き返せば、天暦六年に崩御された朱雀帝の御骨を御火葬したあたり、「雀」とは「朱雀」が訛ったものだと、尋ねてもいないのに説明してくれる。

どうやら地元の人間には朱雀帝を荼毘に付した場所というのが大変な誇りらしかった。

「忝い」

　と礼を述べて一休が行ってみれば、雀の森は、泉湧寺の近くにある。

「なんだ。最初から泉湧寺のあたりと教えてくれれば良かったものを」

　と一休は顔をしかめた。

　そうして、泉湧寺近くの狭い道を進んで行けば、通りの脇に首のない地蔵が五体、並んでいる。その横道に入ってさして行かないうちに、周囲が森に囲まれた更地に出た。

　更地の周囲には縄が張られて、その内側には七割ほど出来あがった武家屋敷があった。

「これが六角久頼の別邸か」

　一休は独りごちた。

　すると左のほうから、

「ご足労、誠にありがとうございます」

　と声が湧き起こった。今まで誰もいなかったのに、と驚いて振り返れば、伊庭順遠が立っていた。

「いつの間に……」

　一休が驚いても、

「先程より、ここに控えておりました」

　伊庭順遠は澄ました顔で答えると、傍らに立った四十前後の痩せた男を示し、

「こちらが身共の主人、六角久頼にございます」

「お初にお目にかかる。臨済宗大徳寺派の一休宗純と申す」

　名乗りながら一休は、六角久頼を素早く観察した。士烏帽子（さむらいえぼし）に高価そうな素襖をまとい、面立ちに気品があるが、絶えず瞬いている瞳が渠（かれ）を潔癖症で癇が強い性格と教えていた。

（髭がないのは僧籍にあったためかな）

　と一休は思った。

「近江の守護、六角久頼にござる。禅師の御噂は拙者が僧籍にある頃よりかねがね伺っております」

　六角久頼は柔らかい声でそう挨拶すると、

「それで如何でござろう？　禅師の見立ては」

「ああ、見立てですか。見立てですな。ああ、見

立ては……」

一休は口ごもった。

すると横から伊庭順遠が主人に、

「禅師は昨夜遅くまで経をあげて蛇石の妖気を祓って下されたそうにございます」

「おお、それは忝い」

六角久頼に礼を言われて一休は、

「なんの、お安いことですわい」

と、呵々大笑（かかたいしょう）して誤魔化した。もとより妖気を祓うだの、経をあげておくだの、という言葉は伊庭を安心させるための方便である。昨夜の一休は囲炉裏端（いろりばた）で、早々と眠ってしまったのだ。

「禅師の侍女に森殿と申される御方が居りまして、この方が妖かしの気配を感知するのだそうで」

そこまで説明してから伊庭は怪訝な顔になって一休に尋ねた。

「おや？　本日は森殿をお連れではいらっしゃらないのですか？」

「森……ああ、森さんは……」

言われてみれば、こんな時には森の盲目ゆえの神秘的直観と、異変を誰より察知する感性が必要なのに、今日に限って一休は森を伴っていない。

（おかしいな。森さんはどうしたんだ？　わしは森さんを何処に忘れてきた？）

一休は脇腹を冷や汗が滴っていくのを感じた。

（おかしい。今日のわしはどうかしておる。参ったな。大事な時だと言うのに、ボケが始まったのか）

鼻の下に浮かんだ汗をそっと拭うと、一休は六角久頼に説明した。

「森さんは大徳寺に行かせております。大徳寺の古い記録に蛇石に関わる記述がないか、拙僧の兄弟子に調べてもらうためでして」

「おお、大徳寺の」

六角久頼は感心したように何度もうなずいた。

「大徳寺の古記録でしたら、何らかの手掛かりがつかめそうでござるな」

「ははは、まったくじゃ。わははは」

一休は一層、高笑いして誤魔化した。

「されば、古記録は森殿にお任せするとして、我らは、蛇石の見つかった庭園のほうへ参りましょう」

そう言うと伊庭順遠は一休を造りかけの庭園のほうに促した。庭師たちが働く横を通って、三人は庭園予定地をずっと横切っていく。

「しかし、本宅ではなくて別邸なのに、えらく庭に金をお掛けのご様子じゃな」

大きな奇岩や、梅の大樹に、見事なアカマツ、さらに築山と花畑、まだ冬だと言うのに庭園は花々が咲き賑わうのを計算に入れて、石と木々とを配置していた。

「さすがは禅師。よく見ていらっしゃいますな。身共は近い将来、庭園というものが、詩歌や水墨画や建築と同じように、一つの芸として認められると信じております」

六角久頼の言う通り、造園はこれから十年と俟たずに一個の芸術として高貴な人々に認知される。そして、ついには東山殿（銀閣）とその庭園に現在の将軍が入れ上げて、日本国を傾けることになるのである。その意味において六角久頼は未来を予見した審美眼の持ち主だったと言えよう。

それは兎も角――。

「蛇石の見つかったのはこちらでござる」

と伊庭が足を止めたのは庭園の外れだった。

「しかと、こちらで」

伊庭が示したのは少し土が盛り上がった場所だ。近くに三本、高い木が生えている。

「梅の木か」

独りごちた一休は、蛇石を手にした森が呟いた『雀の森近く……三本の梅の木……通りの脇には首なし地蔵が五つ……』という言葉を思い出した。

「成程、森さんの言った通りだ。森さんがおっ母さんと一緒にここに来たと言うのは間違いない」

一休はしゃがんで盛り上がった所の土に触れてみた。良く肥えた真っ黒い土である。一休はそこから少し離れると、地面の土を指先で掘ってみた。

「こっちの土と、盛り上がっている所の土とは別ですな」

「はっ、この土地の元の持ち主が他所から大量の土を運んで来て、井戸を埋めたそうで」

「やはり井戸を埋めていたのか」

「なんでござるか？」

「いや、こちらのことで。……ときに、六角殿がここを手に入れられる前には、この場所には何があったのですかな？」

「なんでも黒木何某（くろきなにがし）という武士が屋敷を構えていたのだそうですが、南朝ゆかりの公家と通じているとの噂が立ち、細川様のお裁きで黒木殿は切腹。御家は断絶で一家は散り散りに。屋敷も焼き払われたのだそうです。黒木家には大層清らかで豊富な水の湧く井戸があったのだそうですが、それも埋め立てられてしまったとのことで」

「ふうむ」

一休は唇をひねった。

「それは何年前の話かな？」

「今から十二年か三年も前のことだとか」

「むう……いよいよもって森さんが思いだした幼い頃の記憶と話が合うな」

そう独りごちながら一休は、

（森さんとおっ母さんは、その黒木家に身を寄せていたようだな。あるいは森さんのおっ母さんは黒木家で働く御殿女中だったのかもしれない）

室町時代もこの頃は、大身の武士の屋敷となると相当な大きさであった。敷地内には主人の住まいだけでなく、足軽や小者や女中などの住居である「長屋」も設けられ、そこでは屋敷に働く人間が家族と生活していたのである。

（森さんの記憶については、ほぼ正しいことを確かめたが。これは黙っていよう。ことによれば森さんの家も、主家の黒木同様、南朝との関わりを疑われる惧れがあるからな）

そんなことを思い巡らして、一休は懐に手を入れた。

（確かに懐に仕舞った筈だが……）

懐に入れた手で、手探りで蛇石を探しながら、相手にそれを気取られないように尋ねた。

「ときに、お尋ねするが」

「なんでござろう」

六角久頼は一休の顔を見返した。

「蛇石が見つかってから、何か不都合なことや、怪事、妖変と呼ぶべき出来事は起こりませんでしたかな？」

「怪事……」

六角久頼は眉間に皺を刻んだ。

「はて、怪事と言われても、拙者はこちらに未だ住んではおりませんので、何か異変が起こっても気がつくのは、こちらに在で住む者から訴えがなければ、おおよそ気が付きませんが」

「ならば、作庭の庭師たちからは、何か報告はございませぬかな？」

「庭師からの報告……」

六角久頼は少し考えこんでから、伊庭に目を向けた。

「お前は何か聞いてはおらぬか？」

「はっ」

伊庭は畏まると答えた。

「……そうそう、怪事と申さば、この場所にしばしば妖怪が出るとか」

「妖怪？　どのような妖怪だ」

一休と六角久頼は同時に伊庭に尋ねた。

「妖怪と言うより幽霊に近いような」

「なに、幽霊？」

「は、それが総髪を乱した男の影なのですが。その影が伸びたり、縮んだり、丸くなったり、扁平になったり、絶えず形状を変えるとか」

「総髪の男の幽霊に心当たりは？」

「いやあ、それが、その……」

伊庭は困ったように眉を垂れさせた。

「何か思い当たるようだね」

と一休は砕けた調子で伊庭に尋ねた。

「いえ……総髪の男と申しますと、蛇石に憑いた妖物を祓うために内側から鍵を掛けた拝殿に籠って、そのまま消えてしまった行者しか思い当たらなものでして。……そのせいでございましょうか。庭師や当家の人間の中には、消えた行者が妖かしになって化けて出たというようなことを囁き合う者もおりますようで」

「なんだと」

一休は険しい顔になった。

「蛇石だけでもややこしいのに、このうえ、さらにややこしい人間が妖怪に化けて現われると言うのか」

「はあ……」

伊庭が困惑の表情を拡げた時である。

不意に奇怪な声が何処からともなく湧き起こった。

「わあああ、おわあああああ、あああああ」

長く尾を引く叫び声である。

(この声は聞く者に恐怖を喚起するが、どうも恨みを訴える叫びではないようだ)

と、一休は思った。

「おわあああぁぁぁぁぁ、うおぉぉぉぉ……」

叫ぶ声は一町向こうから聞こえたかと思うと、いきなり耳元近くから発せられ、造りかけの庭園に立つ一休たち三人の周囲をぐるぐると駆けまわるようにも聞こえた。

(今聞こえるこの声こそが、恐怖に震え、不安に戦き、救いを求めているように、わしには聞こえる)

そう考えながら、一休は聞こえ続ける叫び声の源を求めて目を凝らし、周囲を見渡した。

と。——三本梅の向こう側に男の影が浮かび上がった。総髪を乱し、修験者の着るような衣をはためかせて、長身な男の影は右端の梅の木の陰から真ん中の梅の木の陰へと映っていく。駆ける男の影を目で追ううちに、三本の梅の木の、木と木のあいだの距離がどんどん離れていく。たった今まで一本と一本の間は三尺少しほどだったのが、見ているうちに一町にも、二町にも見えてきた。その様子を目で追ううちに、一休の心に(逃がしてはいかん。今逃がすと二度と捕まらん）などという焦るような気持ちが湧いてきた。そして、その気持ちに急きたてられるままに、

「待て」

と一声叫ぶなり、一休は真っ黒い土を蹴って、総髪の男の影を追って駆けだした。駆けるうちに懐に隠した蛇石が、僧衣の前から零れ落ちた。地面に石の蛇が転がった。蛇は自分の尾を噛んでいるために円形だった。その円形の真ん中に三本の梅が生え、円盤の上を一休は男の影を追って駆けていた。駆ける一休をずっと上のほうから別な一休が見おろしていた。グルグルと丸い石の蛇が回転して、一休は六角と伊庭から遥か遠い場所に向かい始める。駆ける。駆ける。駆ける。駆けるうちに――行く手に井戸が見えてきた。

井戸の前には半透明な母親と小さな娘が立っている。三本の梅の木が瞬く間に低くなっていく。それに伴って、井戸の前の母娘の姿に陰影が生じ、輪郭が明確になり、細かい部位がくっきりとしてくる。駆ける一休の耳に母と娘の会話が聞こえてくる。

『何も見えないよ』

『じっと覗き続けてごらんなさい。すぐに見えてくるわよ』

どうやら母と娘は井戸端に立って、井戸の中を覗きこんでいるようだった。

そして――。

一休は円形の石の上を外れて、井戸の近くの地面に頭から倒れ込んだ。

音に驚いて母と娘が振り返った。

母の顔を地面から見上げて一休は目を瞠った。母親は森そっくりの容貌（かんばせ）だった。

ただし、大きな瞳が一休を見つめている。

驚きの色を瞳一杯に湛えて。

五

一休は地面に倒れこんだ。倒れるというより叩

きつけられるといったほうが良い倒れ込み方だった。凄い音が周囲に木霊する。まるで大樹が伐り倒されたような音だった。しかし、一休の耳にその音は、井戸底で反響した水音と聞こえていた。

　誰もいなかった場所から突然起こった音に驚いて、井戸端にいた母と娘はハッとして振り返った。初老の僧侶が腹這いに倒れている。それに気づいて二人は慌てて駆け寄った。

「もし、お坊様。大丈夫でございますか」

　母親が一休を抱き起して尋ねれば、娘もつぶらな瞳を瞬かせ、心配げに一休の顔を覗きこむ。

「しっかりして下さい、お坊さま」

　一休は二人に「大事ない」と答えたいのだが、倒れた衝撃が存外その身にこたえたのか、声を出すことが出来なかった。――たった今まで全速力で走っていたせいか？　走っていたのが巨大な円盤型の蛇石の上だったせいか？　あるいは「尾を嚙む蛇」という呪術的な形状をした蛇石の魔力に魅せられたせいなのか？

　そんなことを考えることは出来るのだが、声は出ず、体も動かない。まるで何十里も全力で駆け抜けた直後のように疲れ果て、激しい眩暈に襲われていた。

(ううむ、まるで金縛りに遭ったようではないか。これは何としたことだ)

　眩暈が止まず、声が出ず、体が動かなくとも一休の目と耳は確かである。自分を抱き起してくれた母親の顔、その横から一休のことを覗く娘の顔、そして二人の声は鮮明に見え、かつ聞こえる。一休は持ち前の好奇心と、年を取って身に着けた冷静さとで母子を観察しはじめた。

(母御の顔は森さんと瓜二つ。倒れる寸前、わしが森さんと見間違えたのも道理というものだ)

　森そっくりな母親の娘の声は、かなり幼くて、かん高いが、これまた森の声質に良く似ている。

(ひょっとしてこの母子は森さんの遠縁なのか？)

　一休は一瞬そう思ったが、すぐに眉を寄せた。

（しかし、遠縁と言うならば、それはそれで赤の他人。だが、この二人は親類縁者で良く似た者という印象とは違う。……全然違って、むしろ森さんその人が母と娘に分かれてしまったような感じではないか）

一休に仔細に観察されているとも知らず、母親は娘に命じた。

「これ、森や。井戸のお水を汲んでおくれ」

「お坊さまに差し上げるのですね」

「そうです。だから、早く」

「はいっ」

元気に返事をすると森と呼ばれた女の子は一所懸命長柄（ながえ）を操って、井戸の水を汲みあげた。——森だと？　この子も森というのか？　そんなことを驚いているうちに少しずつ手足の先から金縛りが解けてきた。

「さあ、お水ですよ。何も器がないのでわたしの手でどうぞ」

幼い森は貝殻のような小さな手を合わせ、そこに溜めた水を一休の口に運んでくれた。その水を飲みながら一休はさらに森という娘を見つめた。声質だけでなく、目鼻立ちも表情も、一休の良く知る森が幼い頃にはこんなふうだったに相違ないと思われる。つぶらな目がよく動き、黒檀の瞳には清らかな光さえ帯びていた。——そうだ。わしのよく知る森さんも、わしの仕草をこんな表情で見ているではないか。観察するうちに一休は自分が売扇庵に戻って森を見ているような気分になってきた。清澄な瞳で一休を見ながら、眼前の〝幼い森〟は呟いた。

「お坊様のお顔……真っ白で紙のよう」

（森さんはいつの間に目が見えるようになったのだ!?）

と驚きかけたが、次の瞬間、一休は慌ててそんな考えを打ち消した。

（何を言っておるのだ、わしは？　ここにいる森は、森さんとは別人ではないか）

森という娘と一緒にいると、激しく混乱してきて、自分が何処に居るのかさえ、おぼつかなくなってくる。

（ここが何処なのか、それを母御に尋ねてみよう。さすれば、目下の不可思議な現象の手掛かりが何かしら得られるだろう）

一休はやっと動くようになった手で娘の手を優しく遠ざけた。

「有難う。もう水は結構じゃ。なんとか人心地ついた」

声もどうにか出るようになったらしい。

「まあ、よかった」

森と母親は笑みを拡げた。

「ときに此処は何処かな」

「雀の森近くにございます、黒木様のお屋敷です」

「黒木だと？　その名は聞いた事がある……が、しかし……」

と一休が言いかけた、その時である。

井戸傍の三人に破れ鐘（われがね）のような声が投げられた。

「お前ら、そこで何をしおるか」

振り返れば男が二人、こちらを睨んでいた。一人は士烏帽子（さむらいえぼし）に直衣をまとった髭面の武士。もう一人は六尺余もある錫杖（しゃくじょう）をつき修験者の衣を着た、蓬髪の男である。長く伸ばした髪を肩に掛かるほど伸ばしている癖に髭や眉は剃っているから正規の修験者ではなく、市井の行者か、巫覡（おとこみこ）の類なのだろう。神仏に仕える者にしては全身から精気が溢れすぎているし、鋭い目が陽光の下でもギラギラと輝いて見えるのがなんとも気に食わなかった。

「ふん」

一休は周りに聞こえないくらい小さく鼻を鳴らした。髭の武士を見て母と娘は立ち上がり、「これはお殿様――」と、うやうやしく礼をする。その様子を見て一休は、

（母御はあの侍に仕えているようだな）

と察した。次いで、自分に射抜くような視線を放ち続ける総髪の男を見つめ直した一休は、

「おや、あんたは……」

そう呟きかけて口を押さえ、「何処かで会ったな」と言いかけた言葉を呑みこんだ。ただし、何処で会ったかは覚えていない。それゆえ言葉を呑みこんだのだった。

「お坊さまは充湊善輝（じゅうそうぜんき）様をご存知なのですか？」

一休を見上げて森が尋ねた。質問する時のほんの少し小首を傾げる仕草も、あの森と瓜二つである。一休の頭に（この幼い森とあの森とは生き別れになった姉妹ではないか）という考えが過った。

だが、こちらを睨む充湊善輝が、

「そんな薄汚い坊主など知らぬわ」

しゃがれた声で言ったので一休は森について思いを巡らすのを止めて善輝を睨み返した。

何処の乞食坊主とも知れぬ身なりの初老の僧が、まさか睨み返してくるとは思わなかったらしい。善輝は素早く視線を逸らす。その瞬間を狙って一休は大声で笑った。

「はははは、人は見てくれで判断するものではないよ。こんな薄汚い坊主でも、あんたよりずっと世間や人々の役に立ってるかも知れんわな」

それを聞いた善輝は「むっ」と低く洩らして錫杖で一休を打とうと振りかざした。すかさず一休は足元に転がった木の枝を軽く蹴る。枝は高く舞い上がる。

その枝を素早く摑んだ次の刹那には、一休は尖った枝先を善輝の鼻先に突きつけていた。

「小僧時代に習い覚えた明式杖術だが、まだまだ鈍（なま）ってはおらんぞ。わしとやる気なら、腕や足の一本は折られるものと覚悟せい」

「ぬうっ」

一休は枝を突きつけ、善輝は錫杖を大上段に振り上げたまま静止した。そんな有様は剣豪二人が決闘に臨んで睨み合ったようである。二人の間は僅か一間ほどなのだが、そこに鋭利な刃のごとき緊張がみなぎっていく。ちりちりと青い火花が散りそうなほどの殺気に、

「こわい！」

森は母親に抱きついた。

と。――その瞬間、

「双方、そこまでッ」

髭の武士がよく通る声で叫んだ。それに従い、一休と善輝は同時に身構えを解く。途端に緊張が消え、同時に、森を抱いた母親の口から大きな溜息が洩れた。髭の武士は一休に歩み寄ると、

「出家の身でありながら武家にも劣らぬ気迫でござった。さぞ名のある御方とお見受けいたしましたが、ご尊名をお聞かせ下されい」

「わしは京の二本杉にある禅寺、売扇庵の住職で一休宗純と言う者だ」

一休が名乗ると、髭の武士は大きな目を万に見開いた。

「なに、一休。……一休殿と申されると先年、参内して病中の上皇陛下に説法されたという――あの一休殿で!?」

「えらく昔のことを持ちだしたな。ま、いいか。いかにも、その一休じゃ」

「ややっ、これは知らぬとは申せ、ご無礼仕った。拙者はこの屋敷の主人(あるじ)で明石は櫛淵(くしぶち)の領主、黒木将矩(まさのり)と申す者。何とぞお見知りおきを」

　と武士はその場に膝をつかんばかりに頭を下げた。

「いや、そんなにアレすることはない。上皇陛下はわしの父君でな。あの時は病が重くて長くなさそうだったから、お心を鎮めて差し上げようと心要を説いただけの話じゃ」

　手を振った一休の説明も黒木将矩の耳には届いていないらしい。黒木将矩はすぐに怪訝な顔になると、

「一休殿は土御門にある源宰相(みなもとのさいしょう)殿の館におられると伺っておりましたが」

「それも、十年以上も昔のことだよ。今はその宰相殿のメカケの屋敷の庭に建てた小さな禅庵で暮らしておる」

「成程、左様でございましたか。で、本日は拙者の屋敷の庭に如何なる御用でお越し下されました

か？」

「いや、お前さまのお屋敷とは知らずに来てしまったのだ。いや……井戸を埋め立てて……現われた蛇石を調べてほしいとさる人物に頼まれて……蛇石を枕に寝たら水が……いや、そうじゃない……蛇石の上を走ったらここに……底に星空の見える井戸の前に飛ばされて来たのだ……」

蛇石の謎を解くべく普請中の六角邸を訪れて、主人の六角久頼や伊庭順遠と共に井戸は端にいた筈なのに、蛇石の魔力に引っ掛かり、気がつけば六角久頼も伊庭順遠も何処かに消え、森と瓜二つな母子の前に転がっていたのだ。どうしてこんな場所にいるのか、自分でも理解できないのに、他人に説明できよう筈がない。一休はなんとも要領を得ない調子で話すしかなかった。だが、黒木将矩という人物は少々早合点に加えて他人の話は都合よく端折って聞く性質のようで、

「おおっ。一休殿も、我が黒木館が自慢の星井戸に出没する化け物を退治にお出で下されましたか」

と大きな声でいい、得心したように掌を拳で叩いた。

「なに、化け物？　……星の井戸とは、そこの井戸のことだな。その星の井戸に化け物が出るのか？」

「はい。糸のように細長いと思えば、次の瞬間には毬のように丸くなり、さらに次の刹那には幟のごとくユラユラ揺らめいて――まるで陽炎のように、一瞬たりとも同じ形でいることのない、男の姿の化け物が頻繁にこの井戸付近から現われましてな。そやつは無気味極まりない声で喚きながら、屋敷の中となく、庭となく、牛車寄せとなく、厩となく駆け廻るのです。お陰で家来や女中、出入りの者から、牛や馬まで震えあがる始末で。ほとほと困り果てていたところ、知己がこれなる行者、充湊善輝殿を紹介してくれましてな。本日より善輝殿お得意の法術で、化け物を祓ってもらう処にござった」

「なに、絶えず形を変える化け物とな」

一休の脳裏に、長く尾を引く奇怪な叫びを発しながらゆらめき続ける男の幻影が閃いた。閃くと同時に一休は口を開いた。

「おお、そうじゃ。そうであった。わしも、その化け物の噂を聞いてな。有難迷惑かもしれんが、我が法力で祓って進ぜようと裏口から、この星の井戸まで参ったのだ。そうしたら、不意にクラクラッときて倒れてしまった。そこをこちらの母御と森ちゃんに助けられたと。――こういう訳じゃ」

口から出まかせに黒木に説明した一休の顔には、まるで悪戯を企む悪童のような笑いが拡がっていた。

六

庭園に設えた小さな亭に一休を案内した黒木将矩は森の母親に命じた。

「桂、茶を持って参れ」

「はい。ただいまお持ちいたします」

と桂は答えて森を連れてその場から離れた。ほどなく桂が茶を持ってきた。出された茶を一息に飲み干すと一休は黒木に尋ねる。

「……それで。その化け物はいつから出るようになったのかな？」

「は、十四日の夜からで」

「十四日と言うと……」

一休が眉根を寄せれば、横から善輝がじれったそうに答える。

「十四日と申せば師走十四日に決まっとる。己未（つちのとひつじ）の年の師走十四日じゃ」

いかにも行者らしく善輝がそんなふうに答えれば、一休の目の奥で光が閃いた。善輝をじっと見つめたまま、一休は言った。

「今年は己未……でしたかの」

「そうに決まっておろう。お主、坊主の癖に今年の干支も知らんのか」

居丈高な善輝の言いように一休の片目がほんの一瞬だけヒクリと動いたが、すぐに何事もなかった戻ると、

「や、そうでした。そうでした。年は取りたくないものですわい。……ところで今年は宝徳何年でしたかな？」

「宝徳？　いつの事じゃ？　今の年号は永享に決まっておる」

「ははは、いかにも永享にござったわい。これはしたり」

一休は額をポンと打って笑って見せたが、

（永享じゃと。奴は己未と言ってたな。してみると永享十一年……。わしが六角久頼に呼ばれた年の十年も前ではないか）

そう思って心の中で顔をしかめた。――どういうことじゃ。蛇石の魔力で、わしはわしらの住んでいたのとは違う国に飛ばされてしまったのか。と考えを巡らせた一休の脳裏をよぎったのは、若い頃、明国の商人から聞いた「山の彼方にある秦の始皇帝の時代の格好や言葉を使う人々の国」の伝説である。

その国では時というものが止まっていて人々は年を取ることがないのだが、一たび国境（くにざかい）を越えると一瞬にして塵と化してしまうという。あるいは九州で朝鮮の役人より聞いた海底の里の伝承であった。船が難破して溺れた水夫が海底へと沈んでいたところが、突然、息が出来るようになり、彼は魚や龍が人間のように着物を着て暮らす不思議な里に舞い降りたが、その里では魚が頭上の海面に釣り糸を投げ上げると、「海面の上から」人間が釣れたのだった。そのような異界でありながら、今が永享十一年であるという以外は自分が暮らしていた世界とほとんど変わらない国に、蛇石の魔力で飛ばされたと、一休は考えたのである。

現代的な時間や空間や次元の概念が確立されず、過去や未来への転移といった考えが存在さえしなかった室町時代の僧侶としては、それが最も理に適った「仮説」なのであった。

（しかし、そんな国にも森さんがいて、森さんの母御がおる。この国の森さんは目が見えるが、それだって、十年後には見えなくなっておるかもしれん）

　そう思いを巡らせた一休はハッとした。昨日の森の言葉を思い出したのだ。――あれはわたしがまだ三つか四つの頃だったと思います。……その頃までは森はまだ目が見えたという。否、母親と黒木邸の井戸を覗き、井戸の底に星空を見た時までは見えていたのだが、母子が井戸を覗いた直後に何かが起こり、そのため、森は病に倒れ、その病が癒えた後にはすっかり目が見えなくなっていたというのである。森は視力を失ったのは母親と井戸底の星空を覗いた三歳か四歳のことと言っていたが、それはあくまでも細部の記憶も朧な幼い頃の思い出に過ぎず、実際は数え五歳くらいの出来事だったのだろうか。

（わしの国の森さんは、十年前に目が見えなくなったと申しておった。ということは、こっちの国の森ちゃんも、間もなく、何らかの事故か過失か病のために失明してしまうかもしれないではないか）

　これから起こる何かであの幼い森が失明してしまい、さらに母を失って、幼い身で流浪の旅芸人として暮らさなければならないとしたら――。

（そんなこと、絶対にさせるものか）

　そう考えた一休は、唇の両端に力を込めていた。次いで一休は、険しい目で周囲を眺め渡すと小さく独りごちた。

「何だ？　何が起こる？　何が――誰が――あの森さんの瞳から光を奪うというのだ？」

　すると、茶を飲み終えた黒木将矩が答えた。

「左様。間もなくでござる」

「間もなく？　なにが〝間もなく〟なのかな」

　一休が尋ねれば、善輝が高圧的に断じた。

「間もなく、星空の井戸の近くを化け物が駆けまわる。黒木様はそう仰せなのじゃ」

「化け物が……」

と呟いて怪訝な顔で周囲を眺めれば、いつの間にか亭の周囲には夜の帳が垂れこめ、黒木屋敷の庭園はすっかり夜闇に包まれていた。

「おおっ、いつの間に」

一休は小さく叫んでしまった。さっきまで夕暮れ時と思っていたのに気がつけばこんな夜更けになっている。

（今日はまっこと奇妙じゃ。時の経過が速すぎて夢でも見ておるようだ）

だが、今はそんなことに驚嘆している暇はない。

「それでは」

黒木将矩が一休と善輝に言った。

「そろそろ星空の井戸に参りましょう。お二方の法力で、あの陽炎のごとき化け物を退治して頂かねば」

七

星の井戸に戻れば、黒木将矩の家来たちが篝火を焚き、庭に幕屋を立てていた。

（まるで戦陣だな）

と思って家来たちを眺めれば、いずれも殺気立ち、これから合戦に臨むような気配である。

（いよいよもって合戦じゃな）

げんなりした一休は火の粉を散らして燃え上がる篝火に照らされた黒木家中の顔の中に、森の母親と幼い森も混じっているのに気が付いて、そちらに駆け寄った。

「森ちゃんや、まだ寝んのか？」

一休が心配げに尋ねれば、

「はい」

と、森は大きくうなずいた。

「星空のお井戸は母さまとわたしの働く場所でございます。その大事な場所に出る化け物を祓って下さるのですから、お祓いが済むまで、わたしたち、離れるわけには参りません」

そのしっかりした言いように一休は感心した。可愛らしさの中にも凛々しさが感じられる森の顔を見る目を細め、一休は言った。

「大したものだ。お前さんは、わしの知ってる森さんそっくりだよ」

「わたしの他にも森という方をご存知なのですか？」

「うん。……まあな」

言葉を濁した一休に、星の井戸の傍に立った黒木が呼びかけた。

「一休殿、如何なされました。早く、こちらへ参られい」

「おう、今参る」

黒木将矩に答えて一休は幼い森に囁いた。

「子供が夜中の化け物退治なんぞに立ち合うものではない。悪い夢を見るようになるから、お帰り」

「でも……母様がお家に戻らなければ、わたしも戻れません……」

おずおずと言い返す森の声に、焦れたような善輝の喚きが重なる。

「何をしておるか。お主、実は、化け物退治の法力など持ってないのではないのか⁉」

(図星じゃ、悪輝さん)

暗がりでペロリと舌を出して一休は星の井戸のほうへ駆けていった。

星の井戸に立った一休と善輝と黒木将矩の三人に冬の冷気が静かに迫る。

「急に寒くなってきたな」

黒木将矩が呟けば、

「霊的な事象が迫りますと、人によっては激しい寒気や怖気を覚えるもの。黒木様、化け物の祟りがあるやも知れぬ。幕屋のほうにご退去なされい」

善輝が険しい目つきで忠告した。

「拙者はこの屋敷の主人。家来どものように祟りや化け物に畏れる訳には参りません」

黒木将矩は髭面を横に振った。

(善輝め、知ったようなことを。何が霊的じゃ、自分が妖的の癖しおってからに。……黒木殿を遠

ざけて、貴様、何か仕掛けようと企んでおるのだろう）

善輝を睨めば、向こうはいつの間に出したのか、大幣を恭しく抱いている。

しかもこの大幣は只の白い紙ではなくて、梵字とも神代文字とも天狗の書き殴りとも――なんとも得体の知れない文字がびっしり記された御幣ではないか。御幣から放たれる〝気〟はとても神聖なものではない。強烈な妖気を放ち、それ自ら魔界に属するものと訴えていた。

その気配を感じ取った一休は、

（いよいよもって、こやつ、妖的だな）

と鼻白んだ。

すると善輝が一休に尋ねた。

「お手前は御幣や護符の類はお使いにならぬのでござるか？」

「わしにはこれがある」

と答えて一休は懐から数珠を取り出した。数珠は柘植の木で拵えた物である。

「ほう……琥珀の数珠とな」

感服した黒木将矩に一休は被りを振り、

「なに、ただの柘植の数珠じゃよ。ただ三十年近く使い込んだお陰で、数珠玉の芯までわしの手の膏が染み込んで、琥珀みたいな色になったのだ。これ、そう鼻で笑うものではない。材質は柘植なれど琥珀の数珠なんぞより、法力あらたじゃ」

「ご謙遜されても見事な翡翠の玉がござりましょう」

「なに、翡翠だと？　……しまった。昨日、糸が切れて一個消えたので、斯波義淳から貰った翡翠の数珠を解き、その玉を一個だけ柘植の数珠に足したのだった。ははは、細かいことは気にするな。兎に角、法力は数珠で出す者ではない。大事なのは術を操る者の心……」

そこまで言った時、遠くで見張る家来の喚きが、一休の言葉を中断させた。

「来たッ！　化け物が現れたぞ。方々、油断召さるな」

「おおっ」

　黒木将矩が大きく吠えて身構えた。

「うわあああぁぁ、おわあああぁぁ」

　例によって遠くなったり近くなったり、大きくなったり小さくなったりを繰り返しながら総髪を乱した化け物の姿が現われる。化け物は今夜も陽炎のごとく揺らめき、片時も同じ形に留まらず、空中を糸の切れた凧のように飛び回る。

「おぉぅあああぁぁ、うああああぁぁ」

　糸のようなったかと思えば平たくなり、丸くなったかと思えば四角くなるが、時折一瞬だけ普通の人間の形になることがあり、そんな時に化け物は総髪を乱して暴れ狂う痩せた男と映じるのだった。その姿を見定めた一休は呟いた。

「似ておる。……誰かに。わしの知りおる誰かに似ておるぞ」——だが何者に似ているのか、化け物の姿が絶えず揺らめき変化するために思い出せそうで出てこなかった。——もどかしい。このもどかしさは物忘れによるそれではない。まるで夢の中でのみ見知った人間の名を思い出そうとするようなもどかしさだ、と一休は歯噛みした。

　井戸口の向こうより紙束の擦れ合う音が響する。反射に振り返った。善輝が御幣で拵えた大幣を振りはじめた音だった。だが、しかし、神聖な儀式の前に響くその音は、一休の耳に陶器が触れあうような耳障りなものに聞こえた。

　音と同時に一休は背筋に冷たい物が走るのを覚える。墨染の下で腕の毛が逆立つ。鳥肌も立ってきた。

（なんじゃ、この戦慄は？　妖気か？　化け物の妖気を感じるのか？　……いや。妖怪変化の放つ妖気ではないぞ、これは。では、何が？）

　心の中で一休は自問した。寒気はいよいよ募ってくるが、それ以上に「何か起こる」「恐ろしくて良くないことが間もなく起こる」という胸騒ぎが心の底から湧いてきた。

（むう、これはまことの予感や胸騒ぎではない。妖気……井戸近くに濃密な妖気が発生しつつある

という証じゃ）

　幼いころより厳しい修行を重ね、なおかつ怪奇妖異な事象に接してきたお陰で、真の予兆と、妖気による似て非なる気分とを割然と判別できる一休であった。

　一休は鋭く目を凝らした。井戸の向こうで善輝が大幣を振り、節を付けて何やら唱えだしている。それは普通に聞き流せば、祝詞とも起請文とも、陰陽師の呪文とも聞こえるものだ。だが、一休は善輝が節を付けて唱えるものが真言陀羅尼と聞きわけていた。善輝はこんな真言を祝詞の節で繰り返している。

「オン・キリ・カクウン・ソワカ」「オン・ダキニ・サハハラ・キャテイ・ソワカ」「ダキニ・バサラ・ダトバン」

　一休はそちらを険しい表情で睨みつけた。唇の端が自然に歪んでくる。いま善輝が祝詞の節に乗せて唱える真言こそは、一休が若き日より闘い続けた妖教立川流の守護仏、茶枳尼天（だきにてん）の真言に他ならなかった。

（このインチキ行者め）

　一休が心で決めつけた瞬間、幕屋から悲鳴があがった。

「出た」

「暴れおるぞ」

「おわっ、物凄い力じゃ！」

「助けてぇッッ」

　家中の侍や小者の叫びに腰元の悲鳴もまじっている。

（森ちゃんと母御は大丈夫か!?）

　と、そちらに向き直った一休の目に恐ろしい光景が飛び込んだ。

　揺らめくものが空中を舞い狂い、幕屋を倒し、篝火を蹴散らし、さらに躍りかかった侍を弾き飛ばしていた。化け物はいつもの幻影とも幽霊とも知れない状態ではなかった。突き上げられた槍を摑んでは槍の武士を振り飛ばす。篝火から燃え盛る薪を摑んでは警護の武士に投げつける。女たちを摑まえては高く持ち上げ、空中から灌木の茂みに叩きつける。これを見た黒木将矩は愕然として呟いた。

「やっ、これはどうしたことじゃ。今宵の化け物は昨日より遥かに凶暴。何があった？　何があやつに力を与えたと申すのだ？」

善輝が真言を中断させ、黒木に呼びかけた。

「黒木殿、ご家来の許に行かれい。この場はわしたちだけで対処いたす」

「さ、左様か。では……。一休殿、聞いての通りじゃ。家来どもが心配ゆえ拙者はこの場を離れるが、くれぐれもご油断召されるな」

「いかい承知。さ、早（はよ）う行かれよ」

一休は黒木将矩にうなずいたが、その目は善輝を睨み据えている。

「お頼み申しましたぞ、お二方」

と言い置いて黒木将矩は出現した化け物の暴れる一角に駆けていった。

黒木将矩がその場を外れるや否や、善輝は物凄い目で一休を睨みつけてこう言った。

「一休宗純。貴様、臨済の坊主の分際で〝星の井〟の秘密を何処で嗅ぎつけた？」

豹変に驚きながらも一休は訊き返した。

「〝星の井〟とはこの星空の井戸のことか？」

「知れたことよ。この場は貴様とわしだけじゃ。言え、臨済も星の井に注目しておるのか。それとも貴様が星の井の力を独り占めしたいのか」

「ふん。それは、まあ、その、アレじゃ」

一休は誤魔化す振りをして言葉を濁した。

（こやつ、わしが〝星の井〟の秘密を知っていて、その力を悪用するため、ここに来たと思っておるのだな。それなら、それで、適当に話を合わせて探りを入れ、あの化け物がこっちに来る前にこの井戸の秘密と、奴の目的を突き止めてやろう）

そう考えると善輝に答えた。

「わしに星の井の秘密を教えてくれたのは、殺された六代様——足利義教公じゃ。六代様がこの世の神秘や隠された知恵に通じていたのは、お主も知っておろう」

　一休はそんな出まかせを口にすると、大きな溜息を落とし、もっともらしく言い足した。

「とはいえ、まさか〝星の井〟が場所もあろうに黒木将矩殿の屋敷にあろうとは。これは昨日になるまで信じられなんだ」

「ふ、ふ、そうであろう。普通は誰でも驚く。わしも一年前に知った時には驚いた」

「なんじゃ。お主も宝探しのお仲間だったのか」

「一年前の師走十三日、朱雀帝の墓所に詣でて口寄せ（降霊）を行なおうと、真夜中、この近くを通りかかったらば、あの化け物が現われた。片時も同じ姿をしておらぬその形状に、これは何処かに星の井があるに相違ないと察したのだ」

「ほう。細くなったり丸くなったり揺らめいたりし続けるあの姿で分かったか」

「当たり前だ。陽炎か水面の光のごときあんな形状は〝時隧洞（ときずいどう）〟に嵌（はま）った者としか考えられん」

「〝時隧洞〟？　ほう、立川流ではそのように呼ぶのか」

「禅僧どもが何というかは知らんが、我らはそう呼ぶ」

　時隧洞なる物が何かは分からない。だが、それが井戸のような場所にあり、それに嵌ると、黒木屋敷に出没する化け物のように、一秒たりとも同じ形を保つことが出来ず、空中を舞い狂う化け物になってしまうことだけは一休にも察しがついた。

「で、〝時隧洞〟に嵌った人間をお主はどう使おうと思ったのだ」

「ふふん、貴様、知っておるようで何も知らんのだな。嵌った者など何の役にも立たぬ」

「ほう。では、何をどう使おうと……」

　一休が慎重に探りを入れかけた時——。

　黒木将矩の声がこちらに投げられた。

「善輝殿、一休殿！　化け物はそちらに飛び申したぞ。ご用心為されませい」

　ハッとして振り返れば、化け物はいつものように細くなったり揺らめいたり丸くなったりしながら、夜闇を滑って、こちらに飛んでくるところである。

思わず身構えた一休は、次いで、揺らめく化け物が何かを下げているのに気がついた。

化け物は陽炎のようにユラユラと形を変えながらもその両手で人間の襟首を摑み、その人を吊り下げている。吊り下げられた人間が篝火に照らされた。橙色の炎に照り映えたその者の顔は恐怖と苦痛に歪んでいた。それでも、それが何ものか、一休はすぐに理解した。

森である。

八

森は化け物の手から逃れようともがいていた。化け物は細くなったり丸くなったり揺らめいたりしながらも森を放そうとしない。化け物は絶えず形を変えるのに、それに捕えられた森だけは形を変えることなくもがき続けているのだ。

森を救おうと一休は身構え——杖がないのに気がついた。杖はどうしたのだろう。一休は杖を求めて目を左右に走らせた。こんな肝心の時に杖がないとは。三十年近くも身から放したことなどなかったのに。

焦る視界の隅で善輝が動いた。善輝は片手で大幣を振りながら、もう一方の手の指を複雑に蠢かした。五本の指は関節とは逆の方向に曲がり、触手のようにもつれ合い、小さな蛇のごとき動きを見せる。だが、その動きには法則があり、密教的な象徴が秘められていた。

（立川流の結印（けちいん）か!?）

まるで指の骨がないような奇怪な結印を結び、善輝は大幣を激しく振り、真言陀羅尼を唱え続ける。

と。——遠くから無気味な音とも声ともつかない響きが湧き起こった。

一休の耳にその音声はこう聞こえた。

「ダキニ」

「バサラ」

「ダトバン」

音声は星の井から湧いてくる。

(善輝の結印や陀羅尼に魔界から答えがあった……)

音声と共に何かがせり上がる気配がした。粘稠な空気のような物だ。瘴気か。妖気か。いずれにせよ、井戸底に溜まっていた有毒な〝気〟がむくむくと頭をもたげて地上に現われつつある。一休はそれを体感した。井戸口あたりがふるふると震える。

(星の井に隠れていた何かが、いよいよ現われようとしている)

そう感じた一休は善輝の霊的集中を乱さんと呼び掛けた。

「善輝よ――」

半眼に閉じていた善輝の瞼が痙攣し、ほんの少し持ち上げられる。鋭い視線が一休に向けられた。

「お主の強力な妖力に惹かれて星の井から〝魔のモノ〟が昇って来た。いかにお主でも、あの化け物と、〝魔のモノ〟と二匹同時に捌くことは出来まい。今宵は化け物を消すことに集中してはどうじゃ」

それを聞くと善輝の目がすうっと細められる。善気は一休を冷笑したらしい。絡み合う指を口元に近づけ、善輝は言った。

「貴様、あの化け物と、この星の井と、全く別の存在と思うておったのか」

「……」

「たわけめ。六代義教に何を教えられたか知らぬが、貴様は星の井について何も知らぬも同然じゃ」

そう決めつけると、善輝はせせら笑うような表情で言った。

「星の井の、井戸口から井戸底の水面までの空間こそが〝時隧洞〟なのだ。そして、あの化け物はその〝時隧洞〟に入ろうとして失敗し、〝時隧洞〟の扉となり果てた行者なのじゃ」

一休は善輝の言わんとすることが測りかねて呟いた。

「……それは一体なんのこと……」

まるで狂人の妄言に付き合わされているような、あるいは悪夢の中で禅問答を吹っ掛けられたごとき気分だった。

「知るより、その目でしかと見ろ。――わしが扉を開いて戸口の向こう――〝時隧洞〟に踏み込むのを」

「……そんな真似をしてどうなるというのだ」

「立川流の行者には〝時隧洞〟に踏み込むのは貴様らのいう解脱と同じこと。ただし、我らが解脱するは俗世でも煩悩でもない。時間(とき)の束縛からの解脱じゃ。時間の鉄鎖(てつさ)を逃れ、過去世も未来世も現世もいつの時でも、何処の場所でも、自由自在に移動することが可能となるのだ」

「なんだと。〝時隧洞〟に踏み込めば、自在に過去や未来へと行けると申すのか」

「それだけではない。昨日の貴様を殺せば、わしの目の前から、今そこにいる貴様は消えるし、明日の貴様を背後から刺し殺すこともできる。ふふ、もっとも、わしが〝時隧洞〟に踏み込まんとするは、そんなちっぽけな目的のためではないがな」

「……なにを企む……」

「知れたこと。南北朝争乱の昔に還り、我が宗派の聖者、文観上人をお助け申し上げて、文観上人と後醍醐帝の勝利――南朝方の勝利に、この世を書き替えるのだ」

「この世を書き替えじゃと!? そんな馬鹿なことが……」

と一休が言いかけた時である。

「うわわああああああああぁぁぁぁ……」

大きくなったり小さくなったり、渦を巻いたり捩れたり、地面から聞こえたり天の高みから響いたりを繰り返す化け物の喚きが一休の言葉を遮った。さらに化け物に襟首を摑まえられた森の悲鳴が一休の耳に突き刺さる。

「きゃああ、一休様ぁ!」

絶えず形状を変化させる化け物に吊り上げられて星の井へと運ばれてくる森は、夜闇の庭園にあって、火影を頭の上で揺らめかせる幼女姿の妖怪のごとく見えた。

森を見上げて善輝が唇を歪めた。

歓喜の笑みだ。

善輝は大幣の柄の付け根を握りしめると、もう一方の手で真ん中あたりを摑んで、グイ、と引き下げた。大幣の柄が抜ける。先が錐のごとく尖り、細い刃は剃刀のようなかつて見たこともない武器が現われた。

「お主、それで何を……」

一休が震える声で問えば、善輝は答えた。

「知れたこと。化け物はあの小娘を己れの生贄と選んだ。されば、これなる刃で小娘の心の臓を抉り出し、娘の血と共に荼枳尼天に捧げる。そうして秘密儀式に則り、時隧洞の扉なるあの化け物を開き、わしは時隧洞に踏み込む。時隧洞を伝って過去へ――文観上人の御元に参ずることが出来るのだ」

「馬鹿な。ひと度起きてしまった事実を覆すことなど出来ぬ。いかな魔神でも左様な真似は不可能じゃ」

「出来るものか、出来ぬものか。一休、そこで見物しておれ」

と吐き捨てると善輝はこちらに飛んでくる化け物に目を転じ、真言陀羅尼を叫んだ。

「ダキニ・バザラ・ダトバン！」

化け物が善輝を見返した。それと同時に星の井の底から粘るような厭らしい声が――、

「ダキニ」

「バサラ」

「ダトバン」

化け物は形状を変化させつつこちらに飛んでくる。星の井の底から冷たい物が噴き上がった。水ではない。光だ。冷気を帯びた眩い青色の光だった。光の中では銀色の輝く粒子が舞っている。それは地上に噴き上がり、空中から地上に霧雨のよ

うに散りしぶく。

一休はそれを頭から顔面に浴びた。浴びると同時に、今この時に見える光景に別な景色が重なった。それは、星の井の前で向きあって話すつい先程の善輝と一休だ。星の井を覗きこむ森と母親だ。黒木屋敷の普請に当たる大工たちと造園師たちだ。黒木屋敷の庭がどんどん片付けられて、黒木屋敷が骨組みだけになり、雀の森を行き来する樵や百姓だ。五つ並んだ地蔵だ。首のない地蔵たちに瞬く間に首が戻っていく様子だ――。

「星の井から過去が噴きだした」

現在の光景に重なって浮かんでは消える、過去へ過去へと遡る有様を見ながら一休は呟いた。それが耳に入ったか、勝ち誇ったような善輝の声が投げられた。

「貴様にも見えるか、一休。これぞ時隧洞より逆流してきた過去だ。だが、これは幻影に過ぎん。まことと過去に遡るには儀式を完遂して〝扉〟を開き、時隧洞に踏み込まねばならぬのだ」

まるで餌を前にした山犬のように、善輝は薄い唇を何度も舐めていた。大幣の鞘を捨て、片手を、頭上まで来た化け物に伸ばす。その指先に吊り下げられた森の爪先が触れた。森はすでにピクとも動かない。抵抗に疲れたか、吊り下げられるままになっている。

「儀式を仕上げるぞ。娘、お前はわしのものだ」

善輝は、ぐったりした森をひったくるように化け物から奪った。森の体が善輝の片腕に抱かれる。善輝は奇怪な武器を振りあげると、片手で抱いた森に呼びかけた。

「過去の幻影よ、ひとたび、我とこの娘の前より去れ」

善輝が星の井と、頭上に静止した化け物に呼び掛ける。星の井から噴出する光が止まった。化け物もそれに合わせて、少しずつ揺らぎが収まっていく。糸のように細くなったままで三秒から五秒。毬のように丸くなった状態で五秒から十秒。陽炎のようにたゆたう状態で十五秒……。

善輝は勝ち誇った表情で真言陀羅尼を唱える。

「ダキニ・バサラ・ダト・バン」

唱え終わるや、刃を森の胸めがけて振り下ろす。――その様子を見て一休は思った。

（まるで狂える者の見る幻影のようだ）と。

――幻影の一語が脳に響き渡る。

（幻影だと？　……そうか。夜の庭園に重なって映る光景――絶え間なく過去に向かって遡り続けるこの光景は幻影なのか。これが幻影に過ぎぬのならば、こちらにも、まだ打つ手はある）

その考えに至った一休の眼前で、善輝はひどく緩慢に刃を下している。あまりに一休の思考が速くて現実の動きが追いつかないのだ。

臍下丹田に気を込め、一休は自分自身に向かって叫んだ。

「大澄（だいとう）国師の偈（げ）に曰く、裂古破今（れっこはこん）。即ち、古（いにしえ）を裂きて今を破るべし、と。過去を裂き現在を破らば未来自（おのずか）ら生ず」

次いで一休は声を限りに叫んだ。

「喝ッ！」

裂帛の気が一休から発せられた。――空中で静止していた化け物が人間の形をした真っ黒い穴に変化した。夜の空中に生じた穴は、虚無そのものだった。一休の気を受け止めた穴は、そのまま落下して、今にも森の心臓を抉ろうとしていた善輝にぶつかり、そのまま善輝そのものに重なった。

虚無が強引に己れの存在に重なる衝撃に善輝は森を放りだした。奇怪な刃が宙に舞って消えた。雷に打たれたような電撃を受けた善輝はたたらを踏んで、そのまま、星の井に背中から落下した。

一休に見えたのはそこまでだった。星の井から爆炎が噴き上がり、眩い光があたりを包み、夜の裾が大きくはためいた。

そして、星の井も、黒木屋敷も、投げ出された森も、黒木将矩や家来たちや森の母親の姿も、何もかもが眼の底まで灼かれそうな銀色の光に消えていった。意識を完全に失う寸前、一休は思い至った。

――善輝を初めて見た時、誰かに似ていると思ったのも道理。善輝は化け物そっくりだった。いや、揺らめく化け物の正体こそ時隧洞に踏み入るのに失敗した善輝に他ならぬ。あやつは化け物のように揺らめき、絶えず形を変えながら、永遠に飛び回らねばならぬ運命となったのだ。

　そんな考えも光に溶けて消えていく。

九

　不意に蜷川親元の声が一休の耳に届いた。

「一休様、何をしておられます?」

　一休はうるさそうに売扇庵の入り口に振り返る。そこには親元が一人で立っている。一休の口から勝手に言葉が流れ出した。

「見て分からぬか。鈍いな、モトチカは。大事な柘植の数珠がプツリと切れたので数珠玉を纏めて糸に通し直しておるのだ。ところが柘植の玉が一個足りぬ。で、やむなく一個だけは翡翠の玉に……」

「何を申されます。全部、柘植の玉ではございませんか」

　親元に指摘されて、一休は直していた数珠に目を落とした。――いかにも数珠玉は全て柘植ばかりである。一休に何十年も手繰られて、すっかり膏が染み通り、まるで琥珀と見まごうようだ。

「や、これは、どうしたこと……」

　驚いた一休は糸を結ぶと、改めて、修繕なった柘植の数珠をしげしげと見つめた。

「ひょっとして……善輝が時隧洞に嵌り、揺らめく化け物と一体化したせいで、過去が書き替えられたのか……」

　そんな独り言を呟いてから、

「そうだ。森さん！　森さんはどうした。森さんの過去も書き替えられたのか」

　一休は森が求めて狭い売扇庵の中を眺め渡した。――わたしが会ったのは別の国の森さんではない。あれはまだ幼かった森さんだ。……だとしたならば、わたしの数珠の柘植の数珠玉が一個も紛失してないように、あるいは森さんの目も見えるようになっているのではなかろうか。もしそうだとしたら、森さんがこれまで味わってきた過酷な人生もなかったことになっているのでは……。

「森さん、森さん。何処だ、何処にいる」

森を呼ぶ一休の姿が、蜷川親元には、半狂乱の態に見えたのだろう。親元も森の名を呼んだ。

「森さん、森さん！」

ただし親元は別の用事で森を呼んでいた。

「森さん、来て下さい。一休様のご様子がおかしいのです。頭がどうかしてしまわれたご様子です。早く、森さん、来て下さい！」

するとと売扇庵の入り口のほうから、

「はい」

森の声が外から返された。

一休は勢いよく立ちあがると外に飛び出した。つられて蜷川親元も後を追う。外に出た二人の前に、森は立っていた。片手に杖をつき、もう一方の手に笄（こうがい）のような細い品を持っていた。

「森さん……」

一休は目を見開いた。森はいつものように美しく、たおやかで、そして盲目だった。

「森さん。お前さまは目が見えないのか？」

一休は力なく洩らした。見る見るうちにその目に悲しげな色が拡がっていった。

（夢か。わたしは奇妙な夢を見ていたのか）

蜷川親元が森に訴える。

「森さん、一休様のご様子がおかしいのです」

「まあ。さっきまでは何事もなかったのに」

と困惑した森の手に光る品に気づいて親元は尋ねた。

「何を持っていらっしゃるのです」

「これですか？　井戸で水を汲んでおりましたら、急に、一休様のお声が聞こえまして。次いでチャリンという音がしまして、何かしらと探ってみたら、こんな刃物が落ちておりました。誰か怪我をしてはいけないと思い、持ってきたのですが」

と説明して森は一休に続ける。

「一休様、こんな奇妙な刃物をご覧になったことがございますか？　錐のような、針のような……。わたくし、これを拾った時から何だか怖くて怖くて仕方がないのです」

そうして森は手にした刃物を一休に差しだした。

それは先が尖った錐のような刃物だった。

錐のように鋭く、針金のように細く、――十年前に黒木屋敷の星の井で善輝が森の心臓を抉ろうとしたあの時のままに禍々しい光を帯びている。

「もう一つの過去の遺物じゃ。あってはならぬ過去。なかった過去の遺物に過ぎん」

眉間に皺を刻んで吐き捨てた一休は、森から刃物を取り上げた。

「モトチカ。こんなモノ、見たくもない。早いとこ、刀供養にかこつけて近くの神社に押しつけてしまえ」

蜷川親元にそう命じ、

もとの身はもとの処へ帰るべし
　いらぬ所を尋ねばしすな

そんな道歌を口にすると、怒ったように身を返し、売扇庵に戻っていった。

魔仏来迎（まぶつらいごう）

一

宝徳二年（一四五〇年）如月は節分の日の宵のことである。

一休は売扇庵を出て大徳寺に赴いた。

前月末に兄弟子の養叟宗頤が使いを寄越し、

「節分の日に大徳寺に参れ。お前の意見を聞きたい」

といってきたので、それに応じて向かったのである。

「本当はあんな俗物のツラには接したくはないのだがね。師走に米代を借りた弱みだ。仕方ない、行ってくるよ」

一休は森にそんなことを言い置いた。

その言葉にはいつものように、繊細な心を隠すための照れと、一休お得意の韜晦が入り混じっていたが、兄弟子への怒りや憎悪は微塵もなかった。

それどころか、一休は使いの平僧がふと洩らした言葉に反応して、節分の日になるのを今や遅しと待ち続けていたのだった。

平僧はこう言ったのである。

「ご公儀に呼ばれて室町第に行かれ、何やら持ってお帰りになられてより、ご住持はいたくご憔悴のご様子。時折、溜息をつかれては、『こんな時、一休なら如何いたしたであろう』などと独りごちてばかりでございます」

養叟宗頤は自分の知識をひけらかし、他人を見下すいやな奴だ。そんなこと、一休は百も知っている。ただ修行にも勉強にも優れて熱心で、一休のように風狂の虫が騒げば旅に出て何年も戻らない人間とは違う。だから、一休も修行した江州堅田の祥瑞庵の住職になれたのだ。それを一休は誰より知っていた。

その一方で祥瑞庵の財産を勝手に持ち出し、各界の実力者への賄賂として使ったので、大徳寺の住職になれたと世間で噂されているのも、とっくに一休の耳に入っていた。一休が養叟宗頤を俗物と決めつけたのも、「あいつならやりかねん」と思ったからである。

さらに養叟宗頤が若い頃から一休を軽蔑し、同時に、今は亡き後小松上皇の落胤であることに嫉妬して、事あるごとに、こちらに非難がましく対するのが面倒くさいので、一休は極力、大徳寺に近づこうとしなかったのだった。

だが――。

同時に、そんな養叟だからこそ、人の耳のある場所で「こんな時、一休なら」というような弱音とも聞こえる言葉を吐くことなど滅多にないのも、十分知っていた。

（これは余程の難儀が起こったようだ）

そう考ると京の北、紫野に位置する大徳寺に向かう足も自然、急いだものになっていった。

折しも立春の前日、節分である。

破れ墨染の袖を揺らす微風は近づく春の温もりのなかに、まだ氷の刃のような冷たさを帯び、空は灰汁(あく)にも似た鈍色の雲に低く覆われていた。

二

大徳寺に到着した一休はすぐに本坊の客間に案内された。公家や守護といった賓客が住持と内密な話を交わすのに使われる離れの一室である。

（こんな場所にわしを通すとは）

一休は眉をひそめた。

（いよいよもって大変な用らしい）

そんなことを思っていると、廊下の向こうから足音がする。養叟だけではないようだ。誰かを従えているらしい。だが、どんな者を従えているのだろう。二人の足音に、ジャラジャラガラガラ、と鎖を引くような音が重なって響いていた。

ほどなく足音と鎖の音は止まり、唐紙の向こうから養叟の気取った咳払いが発せられた。

鎖を板床に置く音がした。一息置いて唐紙が開かれた。正座した平僧が「ご住持にございます」と告げるのを待って、養叟は部屋の中に進み入った。

（用があるならさっさと入ればよいものを。相変わらず勿体ぶった奴だな）

げんなりした一休の前に養叟は静かに坐って咳払いをした。それが合図だったようで、後から従ってきた平僧がこちらに一礼すると、奇妙な匣を恭しく掲げて入室した。匣は縦一尺に横八寸ほどか。大事そうに掲げてきたので、白木か桐製かと思ったが、そうではない。銀燭に鈍く反射する金属製だった。

（鉛で出来ておるのか）

色と質感から、一休はそう推測した。

鉛の匣というだけでも異様なのに、それに加えて、匣は細いが頑丈そうな鎖で幾重にも巻かれている。

（ジャラジャラと喧しい音がしたのは鎖が触れ合っていたのか）

と一休は納得した。

（それにしても虎や熊を繋ぐのでもあるまいし。たかが鉛の匣一つ、どうして厳重に鎖を巻く必要がある？）

平僧は匣をそっと一休の前に据え置いた。その手が細かく震えている。平僧はこの匣に怯えているように感じられた。

匣を置くと平僧は養叟と一休に頭を下げると、部屋を辞した。その様子が、まるで逃げるように見えて、一休は笑いを噛み殺した。

「それでご用の向きは？」

「実は――」

一休と養叟は同時に言ってから慌てて口を噤んだ。少し間を置く。養叟宗頤という男はこんなふうに話を切り出す人物ではない。普段は鷹揚に時候の挨拶などして、一休に皮肉のひとつも投げてから、おもむろに本題に入るのが常なのだ。

（これは、いよいよもって大変な用事のようだな）

と思いつつ、一休は改めて口を開いた。

「お久しゅうござる。法兄にはお変わりないご様子、大慶至極に存じます。昨年師走には厚かましい無心にも関わらず米代を売扇庵にお届けくださいまして誠に……」

養叟はそこで一休の挨拶を遮った。

「米代など、どうでもいい」

苛立っているのか、焦っているのか、その秀でた額の真中に癇性な青筋が浮き上がった。

「……」

養叟は続けた。

「今日来てもらったのは、お前の経験と知恵を貸してほしいからだ」

「わたしの経験と知恵……でございますか？　さては、経験ならば豊富かもしれませんが、知恵となりますと、法兄の足元にも及びませんが」

「いや、お前しかおらぬ」

養叟はきっぱりと断じた。

その思いつめたような表情と、背中に刃を突きつけられた者のような雰囲気に、一休は苦笑を拭うと、膝の前におかれた鉛の匣を示した。

「こちらの匣にまつわる話でございますな？」

「そうだ」

「しかも、ことはご公儀の大事に関わると？」

探りを入れた一休の問いに養叟は目を剝いた。

「お、お主、どうしてそれを？」

「匣に浅く彫られた家紋は〝足利二つ引〟、まごうかたなきご公儀の家紋でございましょう」

一休に指摘されて養叟は鉛の匣に目をやった。小さく、うなずく。どうやら指摘されて初めて気づいたようだった。

「まずは、この匣が何なのか、そして、匣の中には何が納まっておるか。その辺りから順追ってお聞かせ下さいませ」

一休に促された養叟は少し沈黙した。この期に及んでも、まだ匣の素性を話すべきか否か迷っている様子だ。そうして暫し考えてから養叟は思い切ったように言った。

「実は、この匣は、六代様ゆかりの品。いわば〝遺品〟とも呼ぶべき品なのだ」

六代様とは六代将軍足利義教のことである。義教は三代義満の子の一人で、四人いた候補の中から神籤で選ばれた。それを当てこすって「籤公方」などと陰口を叩く公家もいたが、義教に知られるや、生皮を剝がれて処刑された。だが、そんなものは「恐怖時代」のほんの始まりに過ぎなかった。

　義教は幕府権力の絶対化を企図し、逆らう者には拷問と死で報い、諫言する者は僧侶・貴族・守護の別なく処刑した。さらに従う者にさえ過度の委縮と忖度を強いたのだった。

　この暴虐に、遂に帝は匙を投げ、五山はじめとする仏教界も沈黙し、公家は争って義教の歓心を買おうとしはじめた。そして守護大名は次は自分の番かと疑心暗鬼に陥ったのである。

　かくして永遠に続くかと思われた恐怖時代だったが、嘉吉元年、播磨の守護赤松満祐が義教を招いた自邸で将軍暗殺の挙に出た。六代将軍は首を刎ねられ、将軍に同行した幕閣の多くも斬殺されたのであった。これが後代「嘉吉の乱」と呼ばれる大事件である。

　嘉吉の乱から十年、元号は宝徳と改まり、将軍も八代義政と代替わりしたが、世情は義教治世の頃に比べて、より一層混沌としていた。守護大名の間でも、関東でも九州でも、大名家の内部でも、小競り合いがいたる所で起こり続けて、いつ大乱が起こってもおかしくないような不穏な空気が漲っていた。

「義教公の遺品とはまた、厄介な。誰の手にも余る事は寺の小僧でも分かるでしょうに」

　養叟の説明に、一休は思わず腕を組んだ。

「好きで引き受けたのではない。幕府の重役に押しつけられたのだ」

「ほう。どこのどいつですかな、その糞タワケは？」

「………」

　養叟は一瞬言葉を呑んだが、僧衣の膝をギュッと握って呟いた。

「山名持豊（もちとよ）という糞タワケだ」

まるで口に入った蛾を吐き出すかのごとき養叟の口ぶりに一休は思わずうすら笑いを浮かべかけたが、慌てて笑いを拭って、

「ふん、また山名か。近頃、山名と細川の名が出る時は大抵、不愉快な事が起こりおるな」

一休は横を向いて吐き捨てたが、すぐに養叟に向き直り、

「……まあいいわさ。で、山名は何と言ってきたのです？　義教公の遺品を始末した代償に、何をくれると？」

「大徳寺の格上げだ。……五山の一つに戻してやってもいいと」

五山とは幕府に保護された寺院である。足利尊氏が定めてから幾多の変遷があり、現在は天竜寺・相国寺・建仁寺・東福寺・万寿寺の五山となっている。大徳寺は後醍醐天皇が定めた五山の一つだったが、南朝の没落と共に五山から外された。それ以来、五山復帰は大徳寺の悲願となっていたのである。

「ううむ。奴め、弱い所を突いてきおったな。五山は公方様が決めること、たかが山名一人にそんな権限があるとも思えんが。……そんなことを持ち出すからには、この匣の中身は、五山のいずれの手にも余るモノなのでしょうな」

「左様」

養叟は強張った顔を縦に振った。

「で、中身は？　なんでございますかな？」

一休が尋ねれば、答えるより先に養叟の片頬が激しく痙攣した。これはそこらにある代物ではないな。そう思って眉間に皺を刻んだ一休に、養叟は言った。

「匣の中身は……まぶつだ」

その瞬間、銀燭の炎がスウッと細まった。匣に巻いた鎖が激しく鳴った。締め切った奥の間に冷たい風が走った。一休の目の前を蜘蛛の巣のような薄い影が横切った。逃げねば。一休の胸でそんな思いが閃いた。早く逃げねば。これ以上この場

にいては危険だ。早く逃げろ、一休宗純。早く逃げるのだ。危険を訴える思いが募るにつれて、匣を縛めた鎖の触合う音が大きく響く。じゃら、じゃらじゃら、じゃら……。耳障りな金属音が戦慄を呼んだ。一休は背に氷柱を押しつけられたような寒気を覚えた。

だが――。

一休は逃げることも、恐怖の叫びを上げることも、戦慄に震えることもなかった。大きく息を吸い、音を立てて息を吐いた。静かに合掌する。臍下丹田に〝気〟を凝める。合掌したまま一休は口の中で心経を唱えた。

七度唱えた時、異常は起こった時と同じように、唐突に止んだ。

合掌を解くと、一休は兄弟子に目を遣った。

養叟は目をつぶらえ、一休と同じように合掌していた。

一休の視線を感じたか、養叟は静かに瞼を開いた。

「今のはなんじゃ、養叟？」

と一休は尋ねた。

とうに兄弟子に対する礼儀など吹き飛んでいたが、そんな些事には構っていられない。匣に封じ込まれたものの正体と、たった今の異常の理由、さらにそれらと六代将軍義教との関係が知りたかった。

「六代様が未だ義宣（よしのぶ）と名乗っておられた頃、お主は六代様にお目見えしたそうだな」

と養叟は尋ねた。

「いや。わしが遭うた時には、六代はとうに義教になっておった。青連院義円（しょうれんいんぎえん）でも義宣でもなく、義教にな」

すでに一休は先々代の公方も呼び捨てである。もとより権威を憎み、権力に唾する一休だったが、売扇庵に住むようになってから、その傾向は一層進んでいる。

だが、そんな一休の傍若無人を咎めることなく養叟は言った。

「されど、その頃には既に六代様は自らを魔仏と——」

「魔仏……」

まぶつと口の端に上らせた瞬間、二人は反射的に鉛の匣に目を向けた。鎖は鳴らない。どうやら一休と養叟が心経を唱えたお陰で一時的に大人しくなったらしい。

緊張を解いて一休は言った。

「確かに彼奴——義教は当時、魔界の仏、すなわち魔仏と名乗っていたようだが。わしの前ではそんなことは言わなんだな」

「では、どうやって六代様が魔仏と変生したのかも、お主は知らんのだな」

「そんなもの、知らん。あの時、わしは朝廷より奪われた神宝、天地を創造したと言う天の瓊矛を取り戻すのに忙しかったんだ。義教が天台座主になろうが、将軍になろうが、そんなものに関わる暇はなかったよ」

と言ってから一休はハッとして、

「いや。待てよ」

「何かあったのか？」

「天の瓊矛を朝廷に戻した直後のことだった。父君様が……」

〝父君様〟とは今は亡き後小松上皇のことである。

「上皇陛下が何か申されたか？」

「うむ。足利義教は危険な男だと。奴は神と仏と魔王を統合した存在にならんとしておったと、そう教えて下さった」

「それを上皇陛下は何と呼ばれておられた」

「……魔仏、と」

口に出すや否や、鎖が鳴った。一休と養叟は素早く合唱した。二人で心経を三度唱えた。今度は妖気が漂う前に、異常は封じられた。

一休は探りを入れるような口調で尋ねた。

「その鉛の匣は何だ？」

「ここには赤松満祐が六代様を弑し奉った真の理由が入っておる」

「回りくどい。どういう意味じゃ？」

「お主の邪魔で魔仏に解脱しそびれた六代様はその後、神宝なしで魔仏となる儀式を重ねられたらしい。地獄の鬼も目を背ける、あの残虐な行ないの数々こそ、そのための儀式であったというのだ」

「なんだと。生きながら皮を剝いだり女子供を油で釜茹でにしたり手足の筋を切って山犬の餌にするような真似が、すべて儀式であったと言うのか」

「そうだ。そして、六代様は魔仏に変生せんとした。赤松満祐はそれを察知して、六代様を自邸に招き、弑し、御首級(おんくび)を槍穂に突き刺して播磨国まで持ち帰った。一見行きすぎに見えるその行為は、赤松なりの邪気祓いの儀式だったのだ。……だが、赤松満祐が六代様を襲った時はすでに何もかも手遅れだった。六代様は魔仏と化すための最終儀式を終えられていたのだ」

「最終儀式とは？」

「六代様の御心に埋もれた欲望・邪悪・悪心をその御心や肉身より切り離し、純粋な魔的意識だけの存在となる儀式だ」

「では……その鉛の匣に封じられているのは足利義教の身と心から切り離された欲望や悪心や心の闇……純粋な邪悪だというのか？」

「ある意味、魔仏とはこの匣の中身のことかも知れぬ。……山名持豊殿は赤松満祐征伐の折、これを手に入れられたと申された」

「けっ、いよいよもって山名は糞タワケだ。赤松が京から運び出してくれた魔仏をわざわざ播磨から京に戻しおるとはな」

「そのことに関しては私も同感だ」

養叟は薄く笑った。

「で？　わしに何をせよと言うんだ？」

一休は舌打ち混じりに問うた。

「六代様が封じた純粋な邪悪——この匣の中身を葬ってほしい」

「いつまで？」

「今夜。明日の夜明けが期限だ。それを過ぎれば

「下らんよ。密教だの陰陽の術だの、そんなものは迷信だ。わしら臨済の僧は耳を傾ける必要など……」

「先程の異常はお主も味わった筈だが」

養叟が静かに言った。一休は沈黙した。確かに先程体験した異常事は夢でも幻覚でもない。明晰な意識のもとで彼自身が味わった怪異ではないか。

「それで……」

一休は口の周囲に浮かんできた生ぬるい汗を拭きながら尋ねた。

「どうすればいいんだ？」

「この部屋で魔仏の復活を迎え討とう。お主と私で」

「いいや」

一休は首を横に振った。

「わしら二人でやるのは賛成だが、場所はここじゃないほうが良い」

「では何処で？」

「大徳寺で最も霊的に清浄な場所だ」

手遅れとなる」

「な、なんだと。誰がそんなことを決めた!?」

一休が食ってかかると養叟は理知的な瞳を伏せて答えた。

「赤松満祐だ」

「とっくに死んでおるだろうが」

「赤松が、山名様の夢に何度も現われて、こう申したそうだ。――魔仏は嘉吉の乱より十年目、つまり今年の節分にこの鉛の匣から解放される。それを現世で防げるのは一休禅師ただ一人。禅師はかつて魔仏と対峙しておられるので必ずや魔仏の覚醒と解放を防げるであろう、と」

「そんなもの、タダの夢じゃろうが。山名持豊は悪い物を食って、食あたりで悪夢を見たんだ」

「山名様は何人もの密教僧や陰陽師や行者に調べさせた。結論は、夢で赤松の言った通りだということだ。節分の日には陰陽の気が最も不安定にゆらぐという。その日こそ、魔仏は鉛の匣を破ってこの世に解放される」

「それは？」

養叟の問いに一休は意を決した口調で答えた。

「大徳寺伽藍の中心にあって霊的に清浄な場所と申せば御仏のおわす所しかない。……仏殿じゃ」

三

一休と養叟は本坊離れから仏殿へと席を移した。二人の後に鉛の匣を携えた平僧が従った。先程と同じ若い僧である。「口が堅く信頼できるのだ」と養叟は問われてもいないのに教えてくれた。

三人は一度、本坊から外に出た。節分の夜の空気は氷のように冷たく、時折吹く風が身を切らんばかりだ。

一休は圧迫されるような気配を覚えて、ふと天を仰いだ。空が暗鬱な低い雲に覆われている。一休は思わず口の中で心経を唱えてしまった。

仏殿に入ると、養叟が「お前は匣を中央に」と平僧に命じた。一休は二人から離れて燭台を取ってきた。勝手知ったる本山ゆえ、何年も来てなくても燭台の置き場所は知っていた。仏殿中央に置かれた大きな燭台を二台設えて大きな蠟燭を立て、明かりを灯した。

「お前はもう良い。朝になって我々が本坊に戻らぬ場合は他の者を連れて、ここに参れ」

養叟に命じられて平僧は仏殿を辞した。

一休と養叟は祀られた仏像に手を合わせてから、おもむろに鉛の匣に近づいた。

（未だ妖気は感じられない。先程のような寒気も感じないし、仏殿内の空気も清浄なままだ）

清浄な木の香に混じって、昼に焚かれた沈香（じんこう）の香が一休の鼻をかすめた。

鉛の匣を中央に、向かい合う形で座した。二人が動くたび、長く伸びた影がたゆたい、銀燭の炎の動きに合わせて、海藻のごとく揺らいだ。

「いま何刻（なんどき）かな」

一休は匣の向こうの養叟に尋ねた。

「さあ、お主が来てからまだ一刻と経ってないから酉の下刻頃だろう。どうしてそんなことを訊く?」

「大徳寺に来てから急に時刻(とき)の経つのが早くなったような気がするのだ。より正しくは、離れで匣の怪事を見聞きしてから、なんだか一刻どころか二刻も三刻……いやそれどころか一晩も二晩も経ってしまったような気が……」

そう一休が答えると、

「時間(とき)が早まるだと……」

養叟は一休の言葉を薄気味悪そうに繰り返した。端正な細面が銀燭の光に照らされて、なんだか酷く蒼ざめて見える。その表情が養叟も同じ感覚に襲われていると語っていた。

一休は兄弟子から目を逸らして何度も瞼をこすり、

「済まん。気になったら忘れてくれい。つまらぬ事を話している暇はないな」

「げにも」

と養叟はうなずくと鉛の匣を示した。

「とはいえ、魔仏の復活をどうやって阻止したものか」

「ううむ。わしらが匣をこじ開ける訳にもいかんし。まずは匣にどんな変化が起こるか、それを見守るか」

そう言って一休は腕組みしたが、これからどうすべきかは養叟より分からない。兄弟子は一休が数多くの怪異に遭遇しているので、魔仏など簡単に祓えると信じている様子だが、密教僧でも陰陽師でも行者でもなく、一休は禅僧である。九字を切ったり陀羅尼を唱えて魔物を祓うごとき行為とは最も遠い位置にいる仏教者なのだ。

一休は鉛の匣を見守る振りをしながら、そっと養叟の表情を読んでみた。養叟は熱い視線を匣に注いでいる。完全にこちらに期待した様子だった。

(ままよ)

と一休は坐り直した。

(かくなるうえは匣から如何なる変化が出現するか待つのみ。現われたら、その時はその時だ。

御仏も魔界仏界同如理（まかいぶっかいどうにょり）と教えておられる。仏殿のご本尊、釈迦如来の力を頼り、魔仏とやらを成仏得脱（じょうぶつとくだつ）させてやろう）

そう覚悟を決めて、匣に異変の兆候は見られないかと、一休は目を凝らした。

沈黙と緊張。息が詰まりそうな時が過ぎていく。養叟は時折、太腿を片手でさすった。掌に浮かんだ汗を拭っているのだ。一休は鼻を啜る振りをして呼吸を整えた。仏殿の中の時間が二人には永遠に続くように感じられる。

だが――。

匣の変化は予想以上に早く訪れた、

それは二人が仏殿に入ってから小半刻もしない時であった。

四

変化の最初は空気の変化だった。

「うっ……」

まず養叟がそれを感じた。

「むう」

ほとんど同時に一休も低く呻いて片耳に手をやった。目に見えない指で耳の奥を強く押されたような感覚に襲われたのだ。現代風にいえば急激な気圧変化によって鼓膜が押された感じである。だが、外は静かな節分の夜だ。気圧の激変などあろうはずはない。一休は水に潜って遠くなった耳を戻す時のように耳を軽く叩いた。

不意に養叟が口を押さえた。

「法兄、具合でも？」

養叟は口を押さえたまま首を横に振り、

「ちょっと吐き気を催しただけだ。もう治った。だい――」

口を押さえた手の下から養叟が「大丈夫」と言いかけた言葉にピンッあるいはピキッという鋭い音が重なった。

一休は匣のほうに振り返る。

匣を縛めた鎖が切れたと思った。

鎖は切れていない。

激しく揺れる銀燭の炎にもそれは明らかだった。

「何が起こっ……」

養叟の言葉が終わらぬうちに、また、鋭い音が響いた。確かに匣から発せられた音だ。だが、鎖に異常はない。鎖で固定された匣の蓋にも、また、異常は見られなかった。一休は養叟の顔を見やった。養叟は小さくうなずいた。養叟も目を大きく膨らませて匣を凝視している。

金属（かね）を裂くような鋭い音がした。二本の銀燭の炎が揺れた。

突如、匣をかたく縛めた鎖が撓（たわ）んだ。一休は反射的に身構えた。

鎖が切れてその破片が飛び散ると思った。

だが、鎖はちぎれず、何の異常もなかった。

異常は鎖の下の匣にこそ起こった。

頑丈な鉛の匣の蓋が、横板が、大きく内側に凹んだのだ。

一休も養叟も何かおぞましい妖物が鎖を千切って匣から飛び出すと考えていた。

しかし、発生した異変はそれとは逆だったのである。

鎖はそのままで匣のほうが内側に向けて大きく歪み、撓み、凹んだのだ。

一休と養叟が、なす術（すべ）もなく愕然と見つめるうちにも匣はさらに凹み、遂に内側に向けて破れた。養叟は思わず目を細くした。鉛の破れ目から妖しい光が発せられると考えたのだ。だが匣からは僅かな光さえ漏れはしない。

〈鉛の匣は空（から）だったのか？〉

そんな考えが一休の頭をかすめた。だが厳しい参禅で鍛えた神経が激しく危機を告げている。

何か恐ろしい事態が進行中だと一休に訴え続けているのだ。

鉛の匣は内へ内へと凹んでいく。何もない空隙（くうげき）に向かって凹み続ける。「空の匣」の中に呑まれていく。呑まれて破れ目から消えていく。消えた後には何もない。ただ「空の匣」を満たしていた

「虚無」に呑まれ、呑まれ、呑まれていって——遂に匣は完全に内側に消えていった。

　鎖が床に落ちる大きな音が仏殿に反響した。

その音が合図だった。

次の刹那、仏殿全体が幡幕のごとくはためいた。

養叟は倒れまいと身を固くする。だが、一休は素早く銀燭に目をやった。燭台も蠟燭も香煙のような動きで揺らめいているが、炎は今までのまま、寸毫も変化していない。それに思い至ると一休は言った。

「案ずるな。本当にはためいているのではない。そのように見えるだけだ」

「では、幻術か!?」

「いいや。これは幻術ではない。幻術ならば術者がいなくてはならぬ。だが術者は何処にもおらん。されど、わしらの〝識（しき）〟を幻惑する類の現象でもない」

〝識〟とは知覚や認知を指す仏教概念である。つまり一休は積年の参禅、修行、怪異との遭遇で培った神経で、目下の現象が目の錯覚ではないと看破したのである。

「これは……」

　一休は瞼を半ば閉ざすと心眼で揺らめく仏殿内を見据えた。答えはすぐに出た。一休は言った。

「これは天の理、地の気が、このように見せているだけのこと。われらごときには説明つかぬが、天然自然の狂いぞ。つまりは地より湧く虹や観音菩薩そっくりの雲と同様の異象にすぎぬ」

　一休は目下の仏殿の歪みや揺らぎが、光学的に発生した一時的な現象に過ぎないと見切ったのだった。

「では、あれはなんとする？　宙に浮くあの渦巻は？」

　養叟は鉛の匣が消えて板床に重なった鎖の上方を指差した。

「渦巻じゃと？」

　一休は示されたほうに視線を向け、目を見開いた。

見よ！

積み重なって山となった鎖の上、三寸二分ほどの低い上の空中に漆黒の渦巻が生まれつつあるではないか。

渦巻は最初は小指の先端ほどの大きさだったが、左回りに回転しながら、瞬く間に大きくなっていく。親指の先ほどに——槍の柄の太さほどに——孟宗竹を横に切った太さに——そして茶釜の口ほどもある大きさになったところで、不意に伸長は止まった。

「……これで終わりか」

養叟が囁いた。不安のためか、その声の底のほうが震えている。一休はかぶりを振った。

「分からん。見続けるしかあるまい」

突然、渦巻がクイッと下がり、床すれすれで止まった。二人は見えない手に引かれたように身を乗りだす。

それを狙いすましたかのように渦巻は鋭い角度で上昇した。


と、猛烈な勢いで渦巻が一休に向かってきた。黒い塊が視界一杯に迫る。

一休は素早く身を躱した。

唸りを上げて一休をかすめた。

まばたきする瞬間の何百分の一という刹那、渦巻の全容が、一休の意識になだれ込んできた。闇よりもなお漆黒の渦巻の色。息も止められそうなほどの速度で左回転するその渦動。渦動の内部で凄まじい勢いで回り続ける暗黒光。暗黒光は微小な点また点の集まりだ。微小な点の一つ一つに人間の昏い情動が封じ込められている。その情動とは底知れぬ欲望・汲めども尽きぬ悪意・燃え盛り続ける憎悪・燻ぶるのを止めぬ嫉妬・影のように張りついて離れぬ恨み・乾きにも似た妬み・発した己さえ傷つけるほどの嘲り・常に口から迸る虚言・目に見え耳に聞こえる妄想・飽くなき野心・井戸より深い蔑み・常に覚える痛み・背中に貼りついた怠惰・相手を選ばぬ殺意も自らも含めたあらゆる者への嗜虐衝動もあった。

　一休はそれらの全体に触れ、参禅で鍛えた直観力によって、それらの本質を見切っていた。

(純粋な邪悪で構成された虚無。あれが闇より黒いのは光を吸い込むからだ。悪は無目的な悪を生む。悪のための悪。悪を行うことが目的化した悪。すなわち虚無を)

　超高速で回転する渦巻の中心に、一休の目は凝(こご)った暗黒光の集積を見た。

　それが人間の形をしている見た。

　それはこのうえもなく醜い人間である。

　同時に、それはこのうえもなく美しい人間である。

　それは一休の知るどんな天人よりも修羅よりも——御仏よりも美しい。

　その存在は微笑んでいる。

　微笑みつつ、一休に何か囁いている。

　何かを一休に与えようとしている。

　仏界や魔界を遥かに凌ぐ世界に一休をいざなっている。

　一休にはそれが何刻もの長さと感じられたが、実際は、一刹那の何百分の一・何千分の一という極短時間に過ぎなかった。

五

「魔仏だ！」

　一休は叫んだ。

　その瞬間(とき)、一休すれすれまで迫った漆黒の稼働は自ら逸れて、鋭い角を描くや、今度は養叟に向かっていった。

「養叟、油断するな！　魔仏だ！　それが魔仏なのだ！」

　渦巻は身構えた養叟の顔面すれすれに迫り、次いで撥ねあがり、下降して、本尊仏の正反対——真っ向対峙する位置まで空中を滑ると、板床より六尺の宙に留まった。

　大きな音が仏殿に響き渡った。養叟がその場に腰から身を落とした音だった。一休は養叟のほうに駆け寄る。

「大丈夫か？」

と声を掛けて、一休は養叟に手を貸して引き起こした。握った手が氷のように冷たい。養叟もあれを見た。と、一休は察した。

「あれは……」

苦しげに洩らした養叟の声は死に際の老人のようだった。

「……あれは何なのだ？」

「六代将軍足利義教が魔仏に変生するため、己が心より分離した悪心や欲望や邪悪――純粋な悪そのものだ」

一休は黒い渦動体から目を話すことなく、厳然と答えた。

「義教は間違っていた。人は己が心より邪悪を分離しても魔仏にはなれぬ」

「それでは魔仏とは人心より分離された悪心邪悪のほうだというのか。形なき邪悪が人の形をとって魔仏になると？」

「違う」

と一休は断じた。

「真に恐懼（きょうく）すべきは悪心だの欲望だの邪悪だのではない。無目的な悪だ。愉悦や法楽のために悪しき行為を行うのは真の悪ではない。真の悪とは無目的だ。悪のために行われる悪。殺戮のために行なわれる殺戮。戦いのために戦われる戦い。それこそが真の悪だ。目的を持った悪ならば人間界のみならず魔界にも修羅界にも天界にも有り得る。我らが釈迦如来は悪や執着より解脱せよと説かれ成仏得脱せよと説かれた。だから魔界の者も天界の者も修羅界の者も仏と成りえる。だが、魔仏はそんな道とは遠く離れた存在だ。如何なる悪も欲望も邪神をも吸い込む虚無――それが魔仏なのだ」

「ば、馬鹿な。お主は詭弁を弄しておる。邪悪に生きようが、魔界にあろうが、御仏の教えに触れたならば――」

そこまで言った養叟の言葉を一休は押し戻した。

「虚無に触れた瞬間、地獄におろうが、極楽におろうが、吸い込まれる。虚無そのものとなる。光も知恵も闇も暗愚も何もかも吸い込まれてしまうのだ――魔仏に」

一休が断じると養叟は息を呑んだ。沈黙する。一休も沈黙した。漆黒の渦巻もまた音もなく超高速で回転し続ける。

広々とした仏殿に、ただ蠟燭の芯の燃えるか細い音だけが聞こえていた。

ややあって養叟が静寂を破った。

「ならば……」

一休は養叟に振り返った。

「なんじゃ？」

蒼白な顔で養叟は口早に尋ねた。

「ならば、何とする？　魔界ならば仏界と同じ理（ことわり）が通ずるから心経や祈りで封ずることも出来よう。だが、相手が虚無では心経も祈りも通じはしないぞ」

「……さてのう」

と一休は唇を歪めた。

「わしらも、いよいよ年貢の納め時やもしれぬて」

「ふざけるな。真剣に問うておるのだ」

そう吐き捨てると養叟は合掌した。瞼を半眼にして口の中で低く心経を唱えはじめる。最後まで御仏の力に頼ろうと言うのではない。他に何も出来ないから、こんな真似をしだしたのだ。それを痛いほど知っているので一休は兄弟子を揶揄することは出来なかった。

無気味に回転する漆黒の渦巻を見つめながら一休は自問する。

（何か出来るはずだ。何か……）

だが、何も思いつかない。頭は雑巾できれいに拭われたように空白であった。

（こんなことになったのも山名の糞タワケが余計な真似をしくさったからだ）

一休は歯嚙みした。

（もし無事に朝を迎えられたら必ず奴の頭を一発

どやしつけてやる〉

　そう考えた時、頭の中で笑い声が響いた。山名持豊の笑いではない。そもそもこの事態を起こした張本人。六代将軍足利義教の哄笑だった。

〈可笑(おか)しいか、義教？〉

　一休は心の中で哄笑する足利義教に問うた。

〈貴様の捨てた邪悪が虚無へと育ち、いま、魔仏という名の化け物に変化して、朝になれば、この仏殿を手はじめに何もかも呑みこみ、京はおろか天下万物の一切を呑みこんでしまうのがそんなに可笑しいか〉

　一休と養叟の眼前で渦巻は物凄い勢いで回転し続けている。その漆黒の回転を凝視するうちに一休には渦巻が魔仏の坐する蓮華座とも思えてくるのだった。

〈喜ぶがいい、義教。貴様のひった邪悪がかくもおぞましい魔仏に変じた姿を〉心の中でそう吐き捨てた時、一休の心に閃くものがあった。〈義教のひった邪悪だと？〉一休は心で呟いた。〈ということは……これもまた、かつては人間(ひと)の心にあったもの。すなわち自然の理の一つであった……禅林類聚(ぜんりんるいじゅう)に曰く、千江(せんこう)、同一の月、万戸(ばんこ)ことごとく春に逢う、と。……千の川に映る月はいずれも同一の月である。一万もの家々に訪れる春は全て同じ春に他ならない。一視同仁(いっしどうじん)。月にも春にも区別はない。いずれ平等に、天地自然が恵みたもうたもの。ならば魔仏と呼び虚無と呼ぶも、我らの天地自然に存在する限り、いまだ天の恵み自然の賜物の一つに他ならぬ……〉

　一休の瞳に光が拡がった。

その双眸で漆黒の渦巻をひたと睨み据えると、一休は養叟の腕を摑んだ。

「なにをする？」

　心経を唱えるのを中断されて小さく叫んだ養叟の腕を摑んだまま、一休は踏み抜かんばかりに床を蹴った。兄弟子を引いて漆黒の渦巻めがけて突進する。走りながら一休は祈った。

〈南無釈迦如来、我らを助けたまえ〉

見る見るうちに渦動が迫る。その中心で渦巻く暗黒光、暗黒光で形づくられた魔仏という名の虚無に呼びかけた。

「貴様らも元はと言えば足利義教の胸中にありし、悪心邪心。その人の形は本来の姿に非ず。されば、その偽りの姿を解いて悪心邪心へと戻り、一休宗純と養叟宗頤の肚(はら)へと入るべし」

「そうか」

と小さく呟き、養叟も叫んだ。

「わたしの心に入れ。入ってわが心の闇となれ。影となれ」

一休が声を限りに叫んだ。

「我が肚に入りて、我が糞となれッ！」

そして——二人は闇よりもなお黒い渦動の中心へと飛び込んだ。飛び込むと同時に渦動の中心から奇怪な声が発せられた。

「唵(おん)・魔茶(らくしゃさ)・娑嚩賀(そわか)」

しっかりと耳に響くその声は一休も養叟も聞き覚えのある六代義教のものに相違なかった。義教の声は言った。

「呑みこんでくれる。双方ともそのまま魔仏の構成因子となれ」

「なるものか。貴様ごとき魔仏でもなんでもない。義教がひった糞だ。吐き捨てた痰だ。義教のいじけ歪んだ心より絞り出された膿に他ならぬッ」

そう決めつけた瞬間——。

一休と養叟は暗黒の渦動に飛び込んでいた。

*

仏殿の扉より差し込める光で二人は目が覚めた。扉を開いたのは外で控えていた平僧であった。仏殿内で凄まじい音や叫ぶ声がしても平僧は扉を開くことなく、養叟の命じた朝——卯の下刻まで待ち続けたのである。

我に返った一休と養叟はまず互いの顔を確かめた。一休は少し煤けてうっすら銀の髭が伸びかけていたが、いつもの顔の一休だった。養叟もすっかり蒼ざめて病人のようにやつれてはいたが、端正な容貌は全く変化していない。

「どうやら……」

「お互い魔にも邪にも取り憑かれてはおらぬようだの」

そう呟き合って養叟と一休は笑みを拡げた。

「ご住持、鉛の匣は……」

仏殿の真ん中に積まれた鎖の山を見て平僧が問うと、養叟が応えた。

「案ずることはない。封ぜられたものは、わたしたちが処分した」

「しかし鉛の匣もございませんが」

怪訝な顔で尋ねた平僧に、一休は答えた。

「中身と一緒に、鉛の匣もわしらが食ってしまったのさ。お陰で、わしらの心はもう清浄ではなくなった。わしは今まで以上に口の悪い助平な意地悪爺になってしまったし、法兄はお前が知るより遥かに居丈高で、知識や出自を鼻に掛けた厭な奴になってしまったかもしれんがな。なに、心配はいらん。それだけのことだ。わしら等しく大徳寺派の名僧華叟宗曇（かそうそうどん）師より、禅の道において悟りを得た者と印可状を賜った身じゃ。如何なる闇、如何なる魔が、我らの心に忍んだとて、人も殺さねば、戦さを仕掛けたりもせん」

この一休の寝ぼけたような言葉に平僧は思わず問い返した。

「……はあ？」

その顔を見た養叟は、

「分からんか。普通一般の人間は分からぬでよい。分からぬほうがいい話だ」

そう言うと声をあげて笑いはじめた。

笑い続ける兄弟子に笑い返した一休は、次いで、あの漆黒の渦動のあったほうに、静かに一礼した。それから、誰に訊かせるでもない即興の道歌を口の端に上らせた。

我が心そのままほとけ生きぼとけ
　波を離れて水のあらばや

口寄せの夜

一

茶室のような低い潜り戸をぬけた時、不覚にも額をぶつけた。よほど強く打ったらしい。一瞬、目から火花が出て、自分が何処にいるのかも分からなくなった。

――と、銀色に染まった視界の向こうから陰気な女の声がする。

「唐紅庵にようこそ」

唐紅庵？　額に手を遣りながら、これも茶室めいた座敷に進み入った。すると女の声がさらに続けた。

「お座りなさい、蜷川親元殿」

親元は言われるままにその場に胡坐をかいた。板敷きではない。藺草の匂いもかぐわしい青畳である。畳の縁は目に痛いほどの紅で、四畳半ほどの庵室の壁は暗褐色、西に向いた丸窓に張られた障子紙の色も茶に近い赤、南側には道観（道教寺院）によくあるような神壇が設けられている。その前にはこれも鮮やかな色の緋毛氈が敷かれて、そこに白無垢の衣に身を包んだ年齢不詳の女が座していた。

「あの……」

親元が口を開くより早く、白衣の女は言う。

「貴方様は公儀目付人、蜷川親元殿。今は亡き一休禅師の件で、唐紅庵に住む行者、異庭星影に相談にいらっしゃった……」

「は、はい」

親元は少しうろたえながら、うなずいた。

「いかにも。その通りにござる」

次いで探りを入れるような表情になって親元は続けた。

「他に何かお分かりになられますか？」

「無論。この九月に亡くなられた一休禅師は僧侶の身でありながら、死して後も成仏得脱することなく、亡霊となって、八代様や日野重子様、さらには細川勝元殿や山名持豊殿の御前に姿をあらわし、大層恐れられていること、管領畠山持国様のご命令で貴方様が、都で一番の行者であるわたくしの許に、一休禅師の亡霊祓いをご依頼に参られたこと。……これくらいは、我が伊勢裡宮の秘術〝他心通〟にてすでに察しております」

　この言葉を聞いて、親元は頭から冷水を浴びせられたような寒気に襲われた。

「当たっておる！　拙者は未だ何もお話ししておらぬというのに、何もかも当たっておる。流石は亡霊祓いでは京都一の行者、異庭星影殿だ」

　感嘆した親元の声は早くも底の方が震えていた。この女行者の使う「他心通」なる術に心底から驚いただけでなく、畏怖——得体のしれなさに対する微かな恐怖さえ覚えたためだった。

「他には？　他には何がお分かりになられますか？」

　身を乗り出して尋ねた親元に、異庭星影は人差し指を唇に当てて見せた。

　薄暗い庵室に女行者の真紅の唇と、真っ白な指とが異様に艶っぽく映える。

　親元の瞳に星影の唇と指は、ほんの一刹那だけ、海底に棲む異形な生き物のように見えた。

（何を考えておるのだ、拙者は）

　親元は軽くかぶりを振って居住まいを正すと、正座し直した。その鼻先につぃっと白い手が伸ばされる。

「この手を取られよ、蜷川殿。そして、わたくしと共に参るのです」

「参る？　いずこに参ると申されますか？」

「一休禅師の亡霊が眠る場所です」

「……………」

　怪訝な表情を拡げた親元に異庭星影は言った。

「禅師の売扇庵なる寺のあった場所へ。——源宰相殿のご愛妾、東雲様のお屋敷跡へ」

　見えない糸に引かれるように親元は手を異庭星影の手の甲に重ねていく。完全に重ね合わせた瞬間、二人の手からバチッという乾いた音と、真紅の火花が散った。

「むッ」

五本の指の股を同時に針で突かれたような激痛を覚えて、反射的に親元は手を引きかけた。が、異庭星影の手と重ねたその手は引くことが出来ない。否、引くだけでなく、上げることも、横にずらすことも出来ず、ただ異庭星影の手の甲に重ねたままなのだ。

（膠(にかわ)で貼りつけられたみたいだ）

と焦った親元の前で異庭星影は真紅の唇を開いた。

その口から和歌とも祭文ともつかぬ聞いたこともない言葉が流れ出す。

「おもしろのやゆうやあらおもしろのやゆうやあらなこりおしのやゆうやな」

異国の名も知らぬ毒花を思わせる異庭星影の真紅の唇が、親元の視界いっぱいに広がった。それが「おもしろのやゆうやあらおもしろのやゆうやあらなこりおしのやゆうやな」と何度も繰り返し、閉じたり開いたりし続ける有様は言葉にならぬほど淫猥で、親元は見てはならないものを目にしてしまったような気持ちに襲われて、そっと目を逸らした。

——と、逸らした目の前を小指の先ほどの大きさの立烏帽子を被った雅楽奏者の一団が、笛や小鼓や笙(しょう)や鉦(かね)を鳴らしながら横切っていった。ただし奏でる雅楽はまったく聞こえない。

（ああ、物神(ものかみ)が歩いている）

そう考えた途端に、親元はふわりとした浮揚感に襲われた。眩暈がした。ぐらり、と身が揺れた。次の刹那、親元は赤で統一された庵室を上から眺めていた。

眼下に侍烏帽子の若侍が目を半開きにして眠り掛けている。その前には白衣に身を包んだ美しい女が端座している。四角い庵室の四方が暗くなり、さらに角が取れて丸くなって、円筒になった。円筒の中には男女が坐っている。その円筒の外側が見る見るうちに黒から赤へと変じて、瞬く間に視界を真紅に染めた。

（あっ、火が燃えている）

親元が心で呟いたのと、その意識が遠くなるのとは同時だった。

二

火が遠ざかる。それにつれて意識が甦る。視界を赤く染めた火は瞬く間に小指の先ほどに、さらに針の先ほどの大きさに、もっと小さく小さくなっていき、とうとう最も小さな星より小さな光点にまでなって——消えてしまった。

気がつけば親元は大きな屋敷の門前に立っていた。

門番の姿はなく、左右に伸びた築地塀はところどころ崩れている。門の奥に広がる前庭は長らく手入れがされていないのか、草茫々で木々も枝が勝手な方向に伸び放題であった。

その荒涼とした有様に親元が思わず、

「ここは……」

と洩らせば、すかさず左後ろから女の声が決めつけた。

「見覚えがおありでございましょう」

「えっ」

振り返ると、二歩ほど後ろに異庭星影の白衣に包まれた姿があった。

「いつの間に!?」

思わず洩らした親元の問いには応えず、異庭星影はつうっと前に踏み出した。まったく足が動かない。まるで箱車に乗っているような動きで異庭星影は荒れ放題の前庭へと進んでいった。右肩の上あたりに手を上げると、星影はその手を軽く振った。薄闇に白い手が妖しく揺らめいた。「付いて来い」と言っている、と察して親元も崩れた門を抜け、草茫々たる前庭に足を進めた。

前庭は進むにつれて次第に闇が濃くなっていく。それでも始めのうちは密生した雑草の底を大きな蝦蟇蛙が重く跳ねたり、ねじくれた老松の根方をテラテラと鱗をぬめ光らせながら長い蛇が這ったりするのが見えていたが、十歩も行かぬうちに、周囲は漆汁（うるしじる）のごとき濃密な闇に鎖（とざ）されてしまった。

そんな場所を紙燭（しそく）や松明（たいまつ）もなしに歩けば、普通なら下生えに足を取られて躓きそうなものだが、親元は確かな足取りで進み続けた。それは一つには二歩ほど前を滑って行く異庭星影の夜目にも鮮やかな純白の衣のお陰、二つ目は門を潜った時に夜空を覆った雲から顔を覗かせた月の光のお陰、さらには異庭星影の歩んだ痕をぼんやり薄緑色に光らせる苔のお陰だった。

（東雲殿の屋敷の庭に光苔（ひかりごけ）など生えていただろうか？）

ふと親元が眉をひそめた時、異庭星影は不意に足を止めた。白い瓜実顔を振り向かせて親元に呼び掛ける。

「こちらです」

星影は雑草の茂ったなかで一箇所だけ、四角く地面の見えた場所を指し示した。

「こちら……とは？」

親元が訝しい思いで訊き返せば、星影は言った。

「こちらが売扇庵のあった場所でございます」

「あった場所？　ということは、もうないのか」

思わずそう訊き返してから、

「いや。一休禅師は亡くなったのだから、売扇庵がすでにないのは当然か」

親元は自分に言い聞かせるように呟いて肩を落とした。人の世とはなんと移ろいやすく虚しいものだろう。年甲斐もなく、そんな重い感慨が胸に滲んできた。

異庭星影はそんな親元の心中を察したか、

「左様にございます。禅師亡きあと、屋敷の主は流行（はや）り病（やまい）で、やはり亡くなり、すでに屋敷は廃屋となっております」

親元の悲しみを殊更に掻き立てるような口調で静かに言った。

「東雲殿が……亡くなった……？」

「そうでございましたでしょう。一休殿が亡くなって、まるでその後を追うように、東雲殿も、源宰相様も亡くなりました。思い出されましたか？」

「そうだ」

親元は激しく瞬いた。

「……いかにも、そうでござった……」

と呟いて涙の滲んだ瞳に深い悲しみの色を拡げかけたが、親元は不意にハッとして、女行者に尋ねた。

「森殿は？　森さんはどうなった？」

「しん？　しんとは？」

「一休殿の身の廻りのお世話をいたしておった十五か六の娘だ。清楚で……美しくて……切れ長な澄んだ瞳が印象的な……。目が不自由だが、それを忘れさせるほど、立ち居振る舞いが自然な女性だった」

説明しながら親元は自然に涙が浮かんできた。

「さて、左様な娘の噂はとんと聞き及んではおりませんが」

異庭星影はきれいな富士額を翳らせて、静かに首を横に振った。

「ご存知あるまいか？　元々、歌を歌い、笛を奏で、幸若舞などを舞って見せる旅の芸人なのだが」

「盲目の旅芸人でございますか。蜷川様ともあろう御方が、何ゆえ左様な下賤な女のことを気になさいます？」

「下賤――？」

親元はムッとして異庭星影の夜目にもしろい美貌を睨み据えた。

「人の貴賤はその心と、自ら育んだ徳や品性で決まるもの。森殿は出自こそ旅芸人なれど、臨済宗大徳寺派の名知識にして、上皇陛下に心経を説くほどの名僧、一休禅師の身のお世話をいたし、一休殿より観音菩薩の化身とまで称えられた方にござる。滅多なことを申されると、拙者も黙ってはおりませぬぞ」

喧嘩腰になって親元が言えば、星影は朱唇を片手で隠して甲高く笑った。

「まあ、怖い。なんという権幕でございましょう。どうぞお許し遊ばせ」

「う……。申し訳ない。つい我を忘れてしまい申した。お許しくだされ」

　親元は慌てて謝った。

「いいえ。蜷川様がそれほどムキになられるとは。……その森なる盲目(めしい)の娘に、蜷川殿は心を寄せておいでなのですね」

「そんな、滅相な」

　親元は何度もかぶりを振ってから、小声で言い足した。

「決して拙者は森殿に惚れておる訳ではない。……ただ……庇(かば)ってくれる一休殿が亡くなられたのでは、世間の雨風も、さぞ強く冷たく森殿に当たるであろうと、左様なことをつい心配してしまっただけのこと――」

「それならば、心配することはございません」

「良かった。どこぞの優しい僧侶か武家の許にでも身を寄せておられたか」

「いいえ」

　きっぱりと否定した異庭星影の美貌を、不意に、月の光が照らし上げた。親元の目には、異庭星影が薄く笑いを浮かべているように見えた。さらに、女行者の唇は血を塗ったように紅く、その笑い(えま)は邪(よこしま)な歓びを隠しているように感じられた。

（どうして冷笑(わら)う？）

　と親元が眉を寄せれば、異庭星影の貌(かんばせ)から邪悪な微笑は吹き消されたように消えた。

　哀しげな瞳で親元を見つめて異庭星影は言った。

「お可哀そうな蜷川様……」

「拙者が可哀そう？　それは何ゆえでござろう」

　親元が尋ねると、異庭星影は言った。

「その森なる娘は一休禅師の死後、すぐに、禅師の後を追って自害いたしました」

　異庭星影の言葉が、残酷な矢と化して、蜷川親元の耳を貫いた。

三

森殿が一休様の後を追って自害した……。

蜷川親元は異庭星影の言葉を心で繰り返した。微かに開いた唇から重い溜息と同時に声が洩れた。

「おお……」

それと同時に腰から下の力が抜け、親元はその場に両膝をついていった。もう一度、その唇を衝いて嘆きの声が洩れる。

「……おお……」

親元は売扇庵跡の地面に両手をついた。そんな有様はまるで亡き一休と哀れな森のために祈りを捧げているようだ。親元は言葉を絞り出した。

「なんということだ。そんなことも知らず、拙者は、のうのうとお上(かみ)の御用を勤め続けていたのか」

「貴方様が大層お嘆きになると思って周りの方々は黙っていらっしゃったのです」

「……」

己れを責める気持ちに固く瞑(つぶ)った親元の両目から、涙が幾筋か流れていった。嗚咽を堪えて親元は森のために手を合わせた。

「森殿、許してくれ。一休殿を失ったそなたの寂しさ、心細さをもっと早く拙者が察しておったなら、決して早まった真似などさせはしなかったものを……」

詫びる親元の言葉は震えながら、次第に大きくなっていく。その声に驚いたか、ザッと羽音を立てて藪から鳥の一群が飛び立った。ねじくれた老松の枝にとまった梟も羽を大きく広げて夜空に舞いあがる。

虫の声が止み、周囲は真夜中の闇と沈黙に覆われた。

「森殿、拙者は貴女のことを……」

親元がそう言いかけた時、

「しっ」

突然、異庭星影が鋭く親元を制した。

振り仰げば女行者は真っ赤な唇に白い指を立てている。

「どうなされ――」

問いかけた親元の言葉を異庭星影は押し戻した。

「貴方様の深い嘆きと悲しみ、さらに今の声に誘われて、亡霊どもが彷徨いはじめました」

「亡霊ども……」

異庭星影は怪訝な顔になった親元に囁いた。

「あちらをご覧ください」

舞うような動きで白い手が一閃し、生い茂るにまかせた木々の一角を示す。指先は椿と赤松の間のいっそう濃くなった闇を指していた。親元はそちらに目を凝らした。はじめは何も見えない。先程から前庭に充満する漆汁にも似た夜闇(よやみ)だけだ。だが、ほんの少しその夜闇の空間を凝視するうちに――目が闇に慣れるにつれて――何かが見えてきた。

(影か。親元は瞬きした。人影だな。一つではない。二つ。……あれは人間だ。二人いる。華奢な体つきといい、垂髪(すいはつ)にした髪型といい、女のようだ。しかも先を行く女は垂髪を布で覆い、ぼんやりした光を放つものを手に持っているな。あれは紙燭を持った侍女らしい。その後を進む女は垂髪を腰近くまで伸ばして……公家の女だろうか)

親元がそんなことを考えると異庭星影が囁いた。

「公家女にはございません。あれは公家女風の装いをした下賤な身分の女。その先を行くのはそんな女の侍女にございます」

侍女が主人に振り返った。

「足元が危のうございます」

そう言った声が親元の耳にもハッキリと聞こえてくる。

「もう少し照らしておくれ」

こちらは女主人の声だ。

「あい」

二人の声に親元は聞き覚えがあるような気がした。誰だったろう。何度となく聞いた声なのだが、今は思い出せない。親元は眉間に皺を刻んで二人のことを思い出そうとした。

と。すかさず――、

「東雲（しののめ）と、その侍女の日岡（ひのおか）にございます」

「だが、東雲殿は亡くなられたのでは……」

親元がそう言い返そうとすれば、異庭星影は親元の耳朶（じだ）に接するほどに唇を寄せて、こう囁き足した。

「ただし二人とも亡霊でございますが」

「えっ⁉」

大声を発しかけて親元は慌てて口を押さえた。

その声が向こうに聞こえたか、東雲と日岡の影が立ち止まった。鼻と口を押さえたまま二人の影を見つめる親元の耳に、異庭星影は囁き声を吹き込んでくる。

「貴方様の悲しみや嘆きの心に誘われて、亡霊どもが幽冥界より迷い出て参ったのです」

その声は優しく、微かに麝香（じゃこう）を甘くしたような香りがした。

「あれが……あの二人が亡霊だと申されるか」

親元は異庭星影に小声で尋ねた。

今の声も聞こえたのであろうか、

「どなたかいらっしゃるのでしょうか」

訝しげに尋ねながら、日岡の影が紙燭を掲げた。

「動いてはなりません」

「だが、どう見ても、あれは東雲殿と侍女ではござらぬか」

「亡霊は生きていた頃の姿そのままで現われるのです。そして生きている者を誑（たぶら）かし油断させて、隙あらば生者の魂を吸い取り、あるいは幽冥界へと引きずり込んで亡霊の眷属にしてしまうのです」

「……し、しかし……あれは生きておるとしか……」

なおも言い返そうとした親元の耳に、さらに唇を近づけて、異庭星影は囁いた。

「心眼を凝らして、しかと御覧（ごろう）じませ」

「………」

「さ、しかと心眼で見極めるのです。あれが生き

てお る東雲と日岡であるか否かを――」

鼻と口を押さえたまま、親元は闇の彼方に目を凝らした。

「さあ……」

と異庭星影がまた囁く。

闇の向こうの人影を下から照らす橙色のぼんやりした明かりが激しく瞬いた。二人の女の影もそれにつれて大きくゆらいだ。まるで海底で揺らぐ海草のような動きである。揺れて、揺れて、揺れるうちに、東雲と日岡の影の輪郭が少しずつ震え、ぶれ、揺れて、その形を崩していく。

そうして――。

親元が見つめるうちに、輪郭は人間ではない別のものへと変容していった。

女でも男でもないなにか――巨大な虫とも蜥蜴ともつかぬ異形のものへと――六尺を軽く超える全身からポロポロと肉片や皮膚、さらに丸々と太った蛆虫をこぼすおぞましい化け物に――。

「や、あれが正体か。あの妖怪が」

「妖怪ではございませぬ。生前になした悪行や悪因縁によって、あのような異形と成り果てましたが。あれは亡霊。幽冥界よりこの世に迷い出た亡霊なのでございます」

「ううむ……」

親元は吐き気を催して、思わず呻き声を洩らしてしまった。

二匹の異形は同時にこちらに振り返る。

(や、気づかれてしまった!)

心で叫んだ親元を蟷螂の鎌のような手で指差すと、二匹は「ぎゃっぎゃっぎゃっ」という野獣めく声を発した。

「しまった。見つかったぞ!」

そう洩らした親元に、

「黙って。息を止めて」

異庭星影は鋭く命ずると、左手を挙げた。固く握った拳から中指と人差し指を突き出した形をとる。

その形に親元は見覚えがあった。

道教方士が道術を使う時に結ぶ印形である。

その名を「剣指」といった。

剣指の先で二匹の異形を指し示すと同時に異庭星影は朱唇を開いた。その奥から先ほど唐紅庵で聞いた奇妙な呪文が迸った。

「おもしろのやゆうやあらおもしろのやゆうやあらなこりおしのやゆうやな」

呪文を浴びた二匹は「ぎゃっぎゃっ」というような喚きをあげながら廃屋のほうに駆け去った。

完全に二匹の気配が消えるまで親元は息をすることさえ出来なかった。

「……………」

長い沈黙の後、親元は大きな溜息を落とし、掠れ声で呟いた。

「退散したか……」

それを聞いて異庭星影がかぶりを振った。

「二匹は退散しましたが、亡霊たちは幽冥界に戻り、奴輩の親玉とも呼ぶべき恐ろしき魔霊を連れて参りましょう」

「あれ以上に恐ろしい……魔霊……ですと……」

「然り」

異庭星影はきっぱりとうなずいた。

「今宵、この場所に蜷川様をお連れしたのも、その魔霊を祓う〈場〉に立会って頂かんがためでございました」

「と申されると……」

「しっ、すぐに出現いたします。身を隠して」

異庭星影に命じられて身を屈めた親元は小声で問うた。

「して、その魔霊とは……」

「それは……」

言い淀むようにして異庭星影は応えた。

「出現したものを御覧じられれば分かるでしょう」

いかにも魔霊の気配がすぐに感じられた。

四

親元の周囲の空気が俄か(にわ)に生ぬるくなった。重病人が団扇で煽いでるような力ない風が何処からともなく吹いてくる。風は生臭い。ただし腐った魚のような悪臭ではなかった。戦場に累々と転がる死骸から漂う腐敗と死の臭いである。

死臭に間違いなかった。

それに気づいて眉根を寄せた親元に、

「廃屋のほうをご覧くださいませ」

異庭星影が囁いた。

親元はかつて源宰相久我清通(こがきよみち)の愛妾東雲の屋敷だった廃屋に目をやった。

豪壮このうえもなかった屋敷は、柱が傾き、今にも屋根に押しつぶされそうな廃墟と成り果てて、その影は巨大な野獣の死骸のごとく見える。

「あそこでいったい何が起ころうとしておるのだ」

と親元が固唾を呑んで見守れば、屋敷の玄関だったあたりに、青白い光が浮かびあがった。紙燭の明かりでも蠟燭の炎の光でもない。ぽうっ……と一つ、少し離れてもう一つ。さらに二つより高い位置に三個目が浮かんだ。

三つの青白い光は子供の拳ほどの大きさの焰の球となり、長い尾を引いて黒闇闇(こくあんあん)たる空中を漂い出した。

「鬼火……」

親元が呻くように呟くと、それに応えるかのように、三つの鬼火が舞う下から、人声らしき音も響いてくる。

「ぎゃっぎゃっぎゃっ」

獣の喚きのような声は先ほど廃屋に戻っていった二匹の亡霊だった。

二匹は何度も後ろに振り返り、蟷螂の鎌のごとき手で行く手を指し示す。その仕草から窺うに、後ろからついてくるなにかに「人間がいた」とでも教えているようだ。

（してみると、後から参るのが異庭星影殿の言われる魔霊であろう）

そう考えて親元は息を殺し、さらに二匹の亡霊のあとから何がやってくるかと目を凝らした。

辺りの生臭さが次第に募ってきた。それに伴って、骨の無い手で撫でられるような弱々しい風がさらに弱く、かつ生温くなったように感じた。

いつしか虫の呻きも鳥の鳴き声も消え、親元と異庭星影は、まったき静寂の底にいる。

夜の息吹きさえ聞こえぬ沈黙だ。

その、沈黙の中を、二匹の亡霊に導かれ、異庭星影のいう「魔霊」がやって来る。

「しかと御覧じられましたか？」

異庭星影が親元に囁いた。耳朶に女行者の息が吹きかかる。香を含んでいるのか、囁き声は甘い香りを帯びていた。

親元は目を細めて、さらに夜闇に目を凝らした。だが、二匹の亡霊のおぞましい姿は細部まで見えるのに、「魔霊」らしきものは見えなかった。

「まだ。……それらしき気配も見え申さん」

親元は囁き返した。ほんの少しだけ黙っていただけなのに、その声は久し振りに口をきいた老人のように嗄れている。

「よく御覧下さいませ」

異庭星影は促した。

「御身の瞳のみならず心の瞳も凝らすのです」

「……………」

「貴方様は公儀御目付人、何気ない気配から異状を見いだす術に長けておられる方。もっと、もっと心眼を凝らされれば、必ず、魔霊を見切られる筈でございます」

異庭星影のそう囁く口調に、ふと唆すような雰囲気を感じて親元は、

「……まだ何も見えませぬ」

と言いつつ振り返った。雪白の肌に覆われた端正な美貌が視界一杯に迫っているのに驚愕し、親元は、心の臓が縮まりかけた。

いつの間にか、異庭星影は、互いの息も感じ合うほどまでに近づいていた。

「こちらではございませぬ。彼処(かしこ)です。彼処の——亡霊どもに案内(あない)されて進む魔霊を見るのです」

「そうであった」

と慌てて前庭に繁茂した木々に目を戻すが、心の臓は未だ激しく脈打っている。

周りが草の戦(そよ)ぎも絶えた静寂に包まれているせいで、黙って闇を見つめても、己れの鼓膜が脈に合わせて音を立てるのが聞こえた。

「二匹の後ろです。五尺と離れていない後方に、ほら、大きな頭に細い手足の魔霊が……」

親元は遠くを見遣る時のように目を細くした。それでも闇の向こうには何も見えない。

「見えぬことはありますまい。何かお感じになるはずです。たとえば樹と樹の狭間にわだかまる闇が風に揺れる幔幕(まんまく)のようにゆらめくとか——」

そう囁かれてみれば、椿と老松の間の空間が水面(みなも)のように波打ったような気がした。二匹の亡霊は椿の前で止まり、後ろに振り返って何事か訴えているから、その辺の、闇に包まれたあたりに「魔霊」がおるのだろう。親元は波立ったと見えた場所を睨んだ。闇が揺れた。

(やはり何かいるのだ)

親元がそう考えると、異庭星影の甘い囁きがその耳をくすぐった。

「ほら……お感じになりましたでございましょう。そうです。その位置です。そこあたりを魔霊は歩んでいるのです」

異庭星影に誘導されるように親元は闇に向けた視線を右にやり、左にやりし続けた。だが、なかなか「魔霊」を肉眼で捉えることが出来ない。

(何処だ……魔霊とやらは何処にいる。何処なんだ!?)

思わず心で苛立ちの叫びをあげた時——。

突然、二匹の亡霊が立ち止まった。

夜闇の中に二匹の異形が浮かぶ。その姿はぼんやりした橙色の光暈に縁どられて、まるで漆黒の帳を背にして立つ魔界の能役者のようだ。

と。それを目にするなり異庭星影は小さく洩らした。

「これぞ天佑神助！」

次いで剣指を結ぶと親元に呼び掛ける。

「今、わたくしが口寄せの術を――」

「口寄せ？」

「亡霊を生者のごとく眼前に眼前に現す秘法にございます。論より証拠。まずは御覧あれ」

口早に説明すると異庭星影は闇に浮かんだ二匹の亡霊の後方に剣指を据えると、あの呪文を低く唱えた。

「おもしろのやゆうやあらおもしろのやゆうやあらなこりおしのやゆうやな」

そこで呪文を切って、親元に振り返る。

「ささ、お早く。蜷川様も。わたくしのように剣指を結び、指先を亡霊の後ろに据えるのです」

「こ、こうでござるか」

親元は異庭星影を真似て剣指を結び、指先を夜闇に向けた。

「次は、わたくしに従って、口寄せの呪文をお唱え下さい」

「承知いたした」

親元が応えれば、異庭星影は親元の背後にのしかかるようにして、耳元に呪文を囁きはじめる。

「おもしろのやゆうやあらおもしろのやゆうやあらなこりおしのやゆうやな」

それを真似て親元も唱え出した。

「おもしろのやゆうやあらおもしろのやゆうやあらなこりおしのやゆうやな」

たどたどしくではあるが、呪文を間違えることなく、つかえもせず、女行者に従って唱えていくのだ。

唱えながらも親元は白衣に包まれた異庭星影の乳房の感触を生々しく背中に感じた。麝香の体臭を間近に嗅いだ。甘い息が耳朶に吹きかかるのに微かな寒気を覚えた。

「如何でございますか。ほら、二匹の後方——剣指の先に何かが見えてきたのではございませぬか」

親元の項（うなじ）に朱唇を触れさせながら異庭星影は囁いた。背後にいるのにも関わらず、親元は真紅の唇が己れの首筋に触れては離れ、離れては触れるのが見えた。

そして、背後の女の唇が視（み）えるのと同時に、亡霊たちの後ろの闇がゆらぐのが見えた。

「お、何かが見え申した」

親元が小声で言えば、

「もっと呪文をお唱え下さい。もっと心眼をお凝らし下さいませ。もっと剣指に念を込められませ」

「こ、こうでござるか」

と囁き返して親元はさらに呪文を、

「おもしろのやゆうやあらおもしろのやゆうやあらなこりおしのやゆうやな」

唱えながら剣指の先に念を集中させ、闇の一点を注視した。

「そうです。そのようになさるのです」

「おもしろのやゆうやあらおもしろのやゆうやあらなこりおしのやゆうやな」

「もっとです。もっと念をお込め下されませ」

「おもしろのやゆうやあらおもしろのやゆうやあらなこりおしのやゆうやな」

一心不乱に親元は口寄せの呪文を唱え続けた。

そうするうちに、闇のゆらぎは、さらに大きくなっていく。さらに空中にチカチカと細かい星のような光の点が幾つも幾つも瞬きはじめる。闇に覆われた空中にぼんやりと薄い人の形のようなものが浮かんでくる。

親元は神経をもっと集中させ、呪文を唱え、より一層目を凝らした。

闇に浮かんだ人の形は淡い光を帯びはじめた。高さは五尺六寸ほどか、中背の男の背の高さである。

（魔霊と申すから七、八尺ほどもある大入道かと

思ったが。これしきの身の丈ならば拙者一人で大丈夫だ。容易に抑え込めるし、倒せる）

そんなことを心の片隅で考えれば、一瞬隙が生じたのか、闇の人形がこちらに振り返った。

「いかん、気取られた！」

親元の全身の毛が逆立った。背中に氷の塊を押しつけられたような凄まじい戦慄が走り、肉身が硬直して、細かく震えだした。

人形は二匹の亡霊の背後を離れて、親元のほうに進みだした。

「おもしろのやゆうやあらおもしろのやゆうやあらなこりおしのやゆうやな」

親元は必死で呪文を唱えた。剣指をこちらに近づく人形に向け続けた。来るな。来るな。来るな。魔霊よ、去れ。来るな。来るな。来るな。呪文を何度も唱えながら親元はそう念じ続けた。

だが、人形は何ものにも遮られることなく、親元に近づいてくる。人形は内面に星を煌めかせながら、草をかき分け、灌木の茂みを踏み越えて、親元に迫ってくる。

戦慄が恐怖に変わった。恐怖は親元を金縛りにした。恐ろしさでまったく身動きできない。それでも必死に剣指を結んだ右手を、こちらに接近してくる魔霊に向けていた。

（なんの。俺は公儀目付人、蜷川親元だ。悪鬼魔怪ごとき、恐れるものか）

親元は己れに言いきかせると、奥歯を嚙みしめた。勇気を奮って、激しく身を震わせる。それと同時に金縛りが解けた。親元は力を込めて右手を振り上げた。

その目のまん前まで人形は近づいている。すでに、三尺とは離れていないだろう。

（異庭星影殿は何をしておる）

という考えが脳裏を掠めたが、すでに女行者に助けを求める暇もない。人形が静止した。親元と魔霊との距離は一尺半とない。

（かくなれば、戦うまで！）

覚悟を決めた親元は口の中で呪文を唱え、

「おもしろのやゆうやあらおもしろのやゆうやあらなこりおしのやゆうやな」

それと同時に魔霊めがけて剣指を振り下した。

魔霊も手を突き出す。

突き出した刹那、魔霊は叫んだ。

「それ、石じゃ！」

それは亡き一休禅師の声そっくりだった。

「えっ……」

驚いた親元の前で人形（ひとがた）は六十前後の男に変わった。男は襤褸（ぼろ）といえば襤褸が気を悪くするような破れ墨染をまとい、頭は剃髪もせず針のような剛（こわ）い髪を茫々に伸ばしている。

痩せて真っ黒に陽焼けした顔には人を食ったような表情を拡げ、大きな瞳いっぱいに悪童が悪戯を企んでいるような光を湛えていた。

（この御方は！）

と親元は心で叫んだ。

魔霊は一休の顔と声で言った。

「お前はハサミだから、わしの勝ちじゃな、モトチカ」

「一休殿――」

親元は激しい驚愕に打たれながら、やっとそう呟き、さらに続けた。

「生きておられました」

「なんだと」

一休は握った拳で親元を殴る真似をして、

「わしは見ての通りピンピンしておる。縁起でもないことを言うと本当に殴るぞ。そっちこそ、死人みたいな青い顔してどうしたのじゃ？　いきなりジャンケンを仕掛けたかと思えば、次は、ひとのことを故人扱いしおって。流行り病に頭をやられたか？　ボケた奴とは前から思っていたが、まさか、それほど惚けておったとは。わしは情けないぞ。亡き我が友、蜷川新右衛門殿になんと申してよいのやら……」

そこまで一気に言うと、親元の顔を覗き込んだ。

「あっちで待つ東雲殿に、気付けの酒でももらうか？」

「あっち……」

親元が一休の示した方角に目を転じれば、そこには、東雲と、その侍女の日岡(ひのおか)が心配そうな表情でこちらを眺めていた。

「あれは……東雲殿……。生きておられたのか……」

愕然として独りごちた親元の目に、二人の女と、そのずっと後方の広壮な屋敷が見えてきた。

東雲の屋敷は廃屋ではなかった。東雲も日岡もまだ死んではいなかった。当然、一休も死んではいなかったし、売扇庵はいつもの位置にあり、なかでは森が囲炉裏の前で繕い物をしていたのだった。

五

小半時ほど後——。

売扇庵のなかで、親元は一休と森を前に、自分が体験した奇怪な出来事を説明し終えると、酒を一口啜り、漆(うるし)の禿げかけた盃を置いた。酒は東雲から貰った上酒。それを入れた器は韓(から)の壺である。

「ふうむ。唐紅庵の女行者な」

一休は鼻を鳴らすと、囲炉裏に柴をくべて、欠け茶碗に注いだ酒をグビリと飲んだ。

「ご存知ですか？」

と森が針を操る手を止めて一休に尋ねた。

「なんという名だったかな、モトチカ」

一休に訊かれ、親元は応える。

「異庭星影(けずりせいえい)です。異なる庭と書いて〝けずり〟と非常に変わった姓でした」

「異なる庭と書いて異庭か……」

一休は眉間に深い皺を刻んだ。

「お心当たりでも」

「心当たりがあると言えば、ないこともないよ」

親元と森にそう応えると一休は溜息を落とした。

「遠い昔のことさ。そうさな。今から二十二、三年も前になろうか。正長の頃の話だ。当時はまだ南朝に勢いがあってな。北畠満雅(きたばたけみつまさ)なんて奴が幕府を倒さんと乱を起こし、また馬借衆や車借衆が京周辺の百姓と結んで、一揆だ、自由だ、と大変な騒ぎじゃった」

「正長の土一揆ですな」

「そう。あの時、伊勢裡宮を名乗る一派が現われて、旧司等なる邪神群の神力を借りて、この世に大乱を起こさんとした。この裡宮の女神官が、異庭斎庭といった。なかなかに恐るべき妖力を有したものであったよ」

「では、蜷川様が逢ったのは、その伊勢裡宮の女神官だったのですか」

「いや……多分、違うだろう。なんといっても、異庭斎庭は古き神の花嫁として異界に消えてしまったからのう」

「そうは申しても、拙者をたやすく誑かしたのですから、伊勢裡宮に関わりある者と……」

　親元が膝一つ進み出れば、一休は顔をしかめた。

「そもそも、お前、どうしてそんな厄介な奴と友達になったのだ？」

「いや、別に友達ではございません。ただ、拙者、細川勝元様より、花の御所の庭に飾るに相応しい、興趣溢れる大石を探して参れ、と命じられまして」

「また、勝元か。山名持豊や細川勝元が出てくるとロクなことにならんな」

「上御霊社にちょうど良い大石があったので……」

「まさかと思うが社の庭の石をかっぱらって花の御所に置こうとしたのではあるまいな」

「はい。……なりませんでしたか？」

「あーあ、これだから素人は困るのだ。寺社の境内にある物は一木一草、虫けら一匹とて神仏の深いお考えでそこにあるものなのだぞ。人間ごときが勝手にどうこうするなどもっての他だ」

「一休殿だって寒い時には仏像をくべて暖を取ったりしてるではありませんか。そっちのほうが余程に罰当たり。拙者はただ上御霊社の大石を……」

「わしは天然自然と人の拵えたモノとは区別しておる。物は物に過ぎんから大事にもしないのだ。……まあ、いいわさ。お前にこんな高尚な話をしても始まらん。それで？　上御霊社で女行者と会ったのか？」

「いいえ。それが不思議なのです。上御霊社でどうやって石を移動させようかと思案していたら、いきなり額にガンときまして」

「額にガンと？」

「はい。それで気がついたら茶室のような潜り戸を潜ったところで、どうやら、潜り戸の桟に額をぶつけたらしい、と。そう思った所に、異庭星影が『唐紅庵にようこそ』と声を掛けてきました。それで後は女行者の言葉を全て真実と思っていたのです」

「上御霊社の神々に罰を当てられたのだな。いい気味だ」

一休はそう言って笑ってから、

「冗談は兎も角、お前、無事でよかったな。口寄せというのは死霊を呼びだす邪術のことだ。きっと、そうした邪術を操る悪霊が、自分のことを亡霊退治の女行者と偽り、この売扇庵に何か悪さしようとしたのであろうよ」

「なんだか投げ遣りな解釈ですね」

げんなりした親元は、さっきから額を翳らせている森のほうに振り返った。

「森さん、貴女は何か感じましたか？　拙者の体験談で？」

明るく尋ねた親元に森は清らかな瞳を宙に向けると、

「わたくしは恐ろしいです。蜷川様のお話を伺ううちに、とてつもなく大きな災いが京の町に起こるような気がしてきました」

「大きな災い？」

一休と親元が同時に尋ねると、森は暗澹たる調子で応えた。

「わたくしの心には炎が見えます。大きな炎が上御霊社より吹き上がり、たちまちのうちに京からその周辺へと燃え広がり、何もかも焼き尽くしてしまうのが……見えるのです」

「心配するな、森さん。戦さなんて、正長の昔から二十二年ずっと日本の何処かで地震より頻繁に起こっているんだ。なに、このうえ、どんな大戦さが起ころうがタカが知れていると言うものさ」

　一休は、なおも不安の治まらぬ様子の森をそう癒すと、

　　みがけただ力こぶしに実（み）を入れて
　　　地獄の鬼にまけて帰るな

そんな即興の道歌を朗々たる声でうたい、「まあ、お前様もお飲みよ」

　盃を森に勧めて優しく笑い掛けるのだった。

＊

　時に宝徳二年（一四五〇年）晩秋である。

　森が幻視した日本全土を焼き尽くす前代未聞の大乱が、上御霊社で火の手を上げるのは、この十七年後――。

　応仁元年（一四六七年）一月のことだった。

外法経（げほうぎょう）

一

寛正六年（一四六五年）は師走に近いある日のことである。侍所頭人多賀高忠は京の二本杉にある売扇庵を訪れた。ここは今でこそ富商の邸であるが、かつて源宰相久我清通の別邸があった場所である。多賀がここを訪れたのは売扇庵の住職に用向きあってのことだった。

門番の投げ遣りな案内に従って門を潜り前庭に進めば、売扇庵はすぐにそれと知れた。手入れの行き届いた庭に、およそ不釣り合いな掘っ立て小屋である。今にも潰れそうで、入り口には木戸もなく、ただ筵が一枚、無造作に垂らされていた。禅僧の庵と言うより炭焼き小屋のような佇まいだが、筵の横に墨痕鮮やかに「売扇庵」と記された板が打ち付けられている。多賀は少しのあいだ小屋を見ていたが、やがて思い切ったように筵の前に立ち、小屋に呼びかけた。

「お頼み申す」

応えはすぐに返された。ただし予想したような僧侶の声ではなく、女の声である。多賀が怪訝に思う暇もなく、筵がめくられた。現われたのはほっそりした美しい女だ。容貌が美しいだけでなく身ごなしに品がある。多賀は女に尋ねた。

「一休禅師の売扇庵とはこちらか」

「いかにも左様にございます」

微笑んだ女の瞳は少女のように澄んでいた。

「拙者は侍所頭人、多賀高忠と申す」

侍所は現代の警視庁である。その頭人といえば警視庁長官に相当する。多賀の名乗りを耳にして、女は一揖した。並みの下女なら侍所頭人という役職を聞いただけで土下座でもするところであろうが、管領や守護大名といった身分の者が多く訪れる一休禅師の庵の者だけあって、流石にそのような真似はしない。ただ女の顔に警戒するような気配が横切ったのを多賀は見逃さなかった。女は声を潜めて言った。

「あの……お一人でいらっしゃいますか」

「無論だ。禅師は殊の外、権威格式をお嫌いになると聞いた。その庵をお訪ねいたす時は、三管四職(さんかんしき)といえども、供も連れずに参るとか。そのようにさる御方より聞かされておる」

多賀がそう断じると、女は少し安堵した顔になった。だが、それも無理はない。近頃、下級役人の中には侍所の威を借りて、女に狼藉を働いたり、土倉の屋敷から金目の物を奪ったりする者が少なくなかったのである。

「一休様にどのようなご用件でございましょう」

「禅師にご相談いたしたき儀があって参った。お取次ぎ願いたい」

多賀が続けると、女はようやく警戒を解いて、

「一休様は大徳寺に呼ばれ、もう何日にもなります。いつお帰りになるか、分かりかねますが」

そう言い置いてから、

「ただ、留守中に侍所の方が相談事にいらっしゃるだろうからと、その御方へのお手紙を預かっております。……どうやら貴方様がその御方のご様子。しばらくお待ちくださいませ」

と断って身を翻した。手探りで小屋の奥に消えていく。その時になって初めて、多賀は女が盲目であることに気がついた。

ややあって、女は一通の書状を手にして戻ってきた。

「一休様からこちらを預かってございます」

「拙者宛か」

「はい。侍所の頭人様か、所司代様が何事か、ご依頼に売扇庵にいらっしゃるから、その時はこちらをお見せするように、と。左様申し渡されております」

「禅師は拙者が売扇庵に来る(こちら)と予見しておいでだったか」

(流石は帝から上様、管領殿まで頼りとする当代一の名知識、一休宗純殿だ)

と感心しながら、多賀は受け取った書状を開いて目を落とした。そこには達筆ながらも、まるで

馬借の親方が厩番に宛てたような砕けた調子で、こんなことが記されている。
「あんたの前におる綺麗な女子は森さんという。わしの侍女だ。その森さんの霊感に従って、ここに置き手紙をしたためることにした。あんたが管領か所司代か左大臣かは知らんが、用向きはおおむね分かる。多分、京府中に奇怪きわまりない事件が起きたが手に負えないので、わしの知恵を借りに来たのだろう。知恵は貸す。ただし、それには条件がある。何よりもまず森さんと、森さんの霊感を信じなさい。森さんは目が見えん。だが、その代わりに御仏は素晴らしい霊感を賜れた。そのお陰で今まで何度となく、京府中で起こった怪事の解決を助けてもらったのだ。わしの言葉が信じられなければ細川勝元にでも山名持豊にでも確かめてみるがいい。あの怪事も、この妖変も、みんな森さんの霊感のお陰で解決したと証言してくれるだろう。だから、まず森さんを信じろ。信じたら、すぐに森さんを連れて怪事の起こった現場へ行ってみることだ。そして森さんが何をどう感じたか、それをしかと心に留めるがいい。あんたらが通り一遍にしか見えなかった事物は、森さんの助言で必ずその裏の姿を見せはじめ、あんたらが経験に基づいて築いた推量はことごとく根底から崩れてしまうだろう。そして、きっと怪事の実相が見えてくる。その時、あんたの頭を痛めていた怪事は片付き、あんたの面目が立つことだろうよ。

　だが、怪事を解明せんとする過程で、森さんにも、あんたにも、あんたの権力でもどうしようもない事態となったら、その時は大徳寺の一休宛に手紙を寄こすがいい。出来る限りの事はしてやろう。

　兎に角、今この場で森さんを信じ、森さんの言葉をわしの言葉と思って、その指示に従え。さすれば怪事は必ず解決する。もし斬った、張ったの男手が必要ならば公儀目付人の蜷川新右衛門親元という若侍を使うがいい。親元は頭こそ悪いが、腕は立つ男だからきっと役に立つだろう。わしは大徳寺に起こったゴタコダで暫く売扇庵には戻れんが、森さんさえいてくれれば、わしが戻る前に怪事件は解決しておるだろう」

一休のあまりに自信に満ちた書きように、多賀は思わず森を見つめてしまった。

（……この盲目の女の霊感とやらを今この場で信じろと申すのか）

売扇庵を訪れた理由は、まさしく一休の置手紙の通りだったが、侍所頭人という職務柄、霊感だの占いだのといった陰陽師が安売りするような事柄は一切信じない。また若い頃から「怪力乱神を語らず」を自らの信条としてきた多賀であった。

（禅師の言葉に従って、この女人にあのことを話すべきか。それともこのまま侍所に戻り、別な方向から改めて対策を練るべきか）

多賀は眉間に皺を刻んだ。森は目の前に坐して少女のように澄み切った瞳をこちらに向けている。

答えはすぐに出た。

侍所に返ったとて、現在の膠着した状態では何も解決する訳ではない。なんといっても、こちらが何度、辞を低くして請うたところで、各宗派の協力は得られないのだ。

そう思い至った時には、口が独りでに動いていていた。

「成程、禅師よりの書状は確かに拝見いたした。……されば改めて、森殿にお話しいたそう。まず、拙者の用向きとは……」

そう話しかけた多賀を制して、

「そちらではお寒うございます。まずは中へお入りくださいませ」

と禅庵のなかに招き入れた。

狭い売扇庵の中に通された多賀は、囲炉裏端に坐った。

「これより話すことは絶対に他言は無用じゃ」

そう前措いて、多賀は話しはじめた。

二

振り返ってみれば、怪事は、ひと月かそれ以上前から、すでに始まっていたようである。

ことの起こりは、ありきたりな「町のうわさ」だった。

――ある満月の夜、何処からともなく漆黒の人影が現われ、夜空に向かって唐(から)の言葉でも朝鮮の言葉でもない、聞いたこともない異様な言葉を、歌うような節をつけて発すると、それに答えて地中から白い靄が揺らめきながら立ち現われた。黒い被衣(かつぎ)のような物を頭から被った人物と、白い靄は異様な言葉を交わしたのち、消えてしまう。翌朝、妖物どもが目撃された場所を訪れると、必ず犬か猫といった生き物の死骸が打ち棄てられており、死骸はどれも胸が咲かれて、心の臓が抜かれていた。だが、それを見る余裕もなく、普通の人ならば、誰もが総毛立つほどの恐怖を覚え、悲鳴を上げてその場から逃げだしてしまった。と続けた後、うわさは「これは先の大飢饉において餓死し、京(みやこ)大路に死体を晒しても供養されなかった者が化けたものに相違ない」と締めくくっていた。

これだけならば何も侍所が乗り出すまでもない。愚民どもがまた馬鹿なことを、と嗤って済むことである。だが、うわさされる妖怪談の現場というのが花の御所のすぐ近く、上御霊社(かみごりょう)の真ん前と聞かされれば、笑い飛ばしてもおられなかった。

多賀はすぐに上御霊社の神官と神社に出入りする人間を見張るよう命じた。目付たちが飛んだ。ここでいう目付とは現代の刑事に相当する役職である。多くは盗人や人さらいか夜盗で、それが侍所に雇われたのだ。いずれも後ろ暗い連中だが、京の暗黒部に通じ、盗人や夜盗に顔が利く。捜査の役に立つので低い身分の役人としていたのである。

目付は早速、町衆への聞き込みと寺社関係への聞き込みに分かれて捜査を開始した。だが、京の悪党どもの間にも寺社方面にも何らの不審な動きは見られない。多賀が案じた南朝余党の蠢動や、公儀に謀反の気配も一切見られなかったのであった。

（では何者が）と、多賀が思いを凝らす暇もなく、次の異変が発生した。

場所は前回から相当離れた下京である。それも周囲に役所も寺社もない。下級の役人や公家の邸、在の者の家が建ち並ぶだけの寂しい一画だった。

そんな場所で、道の真ん中に夥しい量の血がぶちまけられていたのである。「人殺しが起こった」との報せを受けて目付が駆け付けた時にはすでに血はあらかた土に吸収されていたが、地面に広がった茶褐色の染みの大きさを見れば、発見当時の量と、その凄まじさがうかがわれた。

また、それと同時に目付は奇妙なことに気がついた。地面の血はまるで何かの記号のような、見たこともない図形を描いていたのである。その記号を描き写したものを検分してみたが、多賀の目には梵字とは似て非なる異国の未知の文字と見えた。

一方、聞き込みを始めた目付の耳に入ってきたのは上御霊社の時と同じ〝漆黒の衣を頭から被った何者か〟だったが、今回は黒衣の人物と共にいたのが白い靄ではなかった。〝人の形をした板のような薄っぺらなモノ〟あるいは〝影のような人〟だった。

（大量の血は前回殺された犬のものに相違ない。黒い衣を着た者ならば暗がりで影と見間違うこともあろう。そやつが下手人としても、しかし……薄っぺらなモノとは何のことだ。前回見られたのが白い靄で、今回が影のごとき人影。この違いに何か意味があるのか）

多賀が頭を悩ませているうちに第三の異変が起こった。

今度は再び花の御所の近く真正極楽寺（しんしょうごくらくじ）の寺門のまん前、しかも犬の死骸や血溜まりではない。醜く歪んだ女の首だ。首に張り付いた苦悶の表情から、殺された女は殺される時に相当な苦痛や恐怖を味あわされたものと思われた。女の素性はすぐに知れた。この辺一帯に良く立つ辻君——夜歩きする男の袖を引いて春を売ぎ、はした金を稼ぐ女である。女の名や身寄りのないことなども目付から報告があったが、それらは多賀には重要ではなかった。

(女は怨恨で殺されたのではない。これは上御霊社・下京の辻と続く動きの中で嬲り殺され、首を斬られて、晒されたのだ)

と多賀は見ていた。京の暗黒部に生息する悪党どもから「鉞 多賀」と恐れられる多賀の直感がそう訴えたのである。

陰陽師や行者からは「これは妖教立川流の仕業に相違なし。一刻も早く自分に祓わせるべし」などという訴えや押しつけがましい進言があったが、多賀の見立ては立川流に向いてはいなかった。

(立川流がらみの事件は俺も何度か関わった。だが、今回は違う。何か根本的に違うと、俺の勘が言っている)

直感に従って多賀が各宗派の意見を詳しく聞こうと決めた時、四番目の異変が起こった。

今度は京の西にある浄土宗寺院、華開院である。今回も人間の死体だ。しかも素っ裸で首のない女の死体だった。

三

女の死体を真っ先に検分したのは多賀だった。「鉞」と呼ばれた男の脳裏で閃くものがあったからである。普通なら半日後には化野の焼場に運ばれ、無縁仏として処理される処だが、多賀は「行方知れずの届けが出ている公家の娘かもしれぬ」という口実で、その処理を止めさせた。

そうして死体を戸板に載せると、四条河原の隅にある小屋に運ばせたのだった。死体を腐敗する前に検べた。それは裸体で発見されたお陰で、見つけられた時のまま、何者にも触れられることなく保存されていた。着衣ならばこうはいかない。町の者に見つけられる前に衣や帯が奪われ髪飾りが盗まれて、最悪の場合、屍姦されることがある。それが大飢饉以後の、いまの京という町だったのだ。

首の切断面近くに残された指で強く圧した痕により、首を掻き切った後、さらに首を絞めたと判明した。切断面からは相当な流血があったものとみられる。さらに完全に首を切断したのは死後であろうと推測された。これは先に発見された生首の表情とも符合する。下手人は女に恐怖と苦痛を味あわせながら喉を掻き切り、血を絞り出すように首を絞めた。それから首を切り落として、目につく場所に捨てたのだ。

と――ここまで検べたところで、多賀は死体の拳が固く握りしめられているのに気づいた。単なる死後硬直で握られたのかと思ったが、拳の端から錦のような布が覗いていた。

(下手人の小袖の切れ端か。見たところ上等の錦の様子、あるいは下手人は身分の高い者であろうか)

と多賀は用心深く死体の拳を開いてみた。現われた物はかなり上等な錦ではあるが、着衣の一部ではない。その裏に上等な紙が貼られ何やら文字が記されていた。

(表が錦、裏に紙。紙。いずれも最上質のもの。さらに紙に文字と言えば……)

答えは一つしかない。

経巻(きょうかん)である。

念のため、錦や紙に詳しい職人に調べさせれば、いかにも経巻の一部。しかも紙も錦も日本の物ではない。紙は明国。錦は朝鮮の物に間違いないという。

(経巻ならば何処の宗派のものか。それを調べれば自ずと下手人に辿り着く)

多賀はそう結論付け、経巻が何であり、いずこの宗派が主に使うか、その辺を調べるよう目付に命じた。

その頃になって、胴体は先に見つかった辻君のものに相違ないことが、「黒子の位置や乳房の形が同じだ」という胴体を見せられた、辻君の馴染みの証言で判明した。

多賀は事件をここまで調べ直して、

(これは情痴怨恨のもつれではない。何らかの目的のもとに行われたものに相違ない)

と睨んでいた。

そこに明確な儀式性を感じたのである。

(ひとつ分からないのが、地面に血で描かれた謎の記号。……これは何なのか、如何なる目的で描かれたかだが)

多賀は目付の報告に目を落とした。記号は横に四個並べられており、現場で検分した血の垂れ跡から見て、左から右に描いていったようだった。

四個のうち二個は同じ印。もう二個は違う形である。まず右端は柄杓のような形状。その左も、柄杓のような形。それから縦長の丸。左端は丸が重なった形である。奇妙な図形はいずれも梵字ではないと、梵字に通じた役人が断言していた。

(では、やはり立川流絡みか)と言えば、それとも異なっているようだ。

念のために多賀は過去の記録に残された京府中で発生した立川流絡みの事件を調べてもみたのだが、

(立川流ではない)

という印象を一層強めた。

(立川流の印形とは何かが根本的に違っている)

その考えが心から離れない多賀は、京府中にある各宗派に「最近、そちらに籍を置く僧侶で不審な動きのある者はおられぬか」と問い合わせた。

しかし各宗派からの回答はすべて同じ、「否」だった。「我が宗派に属する僧に限って左様な者は見受けられない」の一点張りである。さらに比叡のように「おかしなことを問われると、こちらも上様に訴える用意がある」などと激昂した文を返してきた宗派もあり、捜査は完全に行き詰ってしまったのだった。

——と、これまでの経緯を語った多賀は、

「……そんな思案投げ首のところ、大徳寺のさる高僧より『臨済宗より用件は承った。左様なことならば当寺の一休宗純と申す者にご相談されては如何か』という手紙を受け取ったのが昨日のことだった。一休禅師といえば先の上皇様のご落胤、かつ当代きっての名知識でこれまで京に起こった怪意を解決されたと評判の御方。これはお知恵をお借りするに如くはない、と参ったのだが。……されど最後の頼みの一休殿も出かけておられるとは。……ことは振り出しにもどったようだ」

多賀の話をそこまでじっと聞いていた森は少しの間をおいて尋ねた。

「それで一休様はなんと仰せでしょう。貴方様宛の手紙には、なんと記されておりましたか」

「お主と今すぐ出かけて現場を見聞してみよ、と。そのようなことが……」

それを聞いた森は立て掛けていた杖に手を伸ばしながら言った。

「ならば、今すぐ、参りましょう」

「参ると申しても……何処へ……」

「最初に異変の見られた場所へ、でございます。そこから順番に異変の起こった所を回ってみてみましょう」

「しかし、目付も拙者も何も見つけられなかったのだぞ」

多賀が困惑したように言えば、森は微笑みを拡げて言った。

「目の見える方には見えなくとも、わたくしのような者には見えることがございます」

四

そのような経緯で多賀は供の者も、一人の目付も連れず、森と二人だけで一連の異変のあった場所を次々と巡ることとなった。

まず上御霊社の例の現場付近に来たのだが、その後、多くの人間が歩いていて、すでに犬の死骸は片付けられ、血の痕気もない。あるのは人や牛馬の足跡だけである。

ただ道端で祈りを捧げている若い僧が目に留まったが、僧は多賀と森が近づく前に立ち上がった。多賀と目が合っても、黙礼することもなく、そのまま去っていった。

（なんだか無礼な坊主だな）

そう思った多賀の不快を感じ取ったか、森が尋ねた。

「如何なさいました」

「なんでもない。坊主が道端におっただけだ。神社前の穢れと血痕跡を清めに来たのだろう」

そう説明しながら多賀は、夥しい血で何やら描かれていたという辺りまで森を連れていった。

「最初に心の臓が抜かれた犬の死骸が捨てられていたのは、この辺りの筈だ」

そう言うと多賀は足を止めた。

森はその場にしゃがみこみ、片耳を地面に向けるような姿勢をとった。

「何か感じるかな」

多賀が尋ねると、森は小さくうなずいた。

「ぼんやりとではございますが。まず祈りを感じます」

「祈りだと」

「はい。それも神仏ではない別なモノへの祈りです」

そこで多賀の脳裏に閃いたのは伊邪那岐・伊邪那美の国産みの前に、この世は魔王が支配していた、という奇怪な伝説だった。今日、「中世神話」と呼ばれる偽りの史伝である。多賀は声を潜めて尋ねた。

「それは魔王とか魔王尊などと呼ばれる神への祈りではないのか」

「いいえ。そうではないようです。祈る者は男……。長い僧衣のような衣装をまとい、頭巾で頭と顔を覆い隠した男です」

「僧衣を着た者なら京には掃いて捨てるほどいる。今も一人おったほどだ。……だが、顔を隠した者は滅多にいない。まして、そいつが頭巾で頭を隠したのなら、お前が霊視した僧は〝漆黒の者〟という証言とも合致するな……。その近くに白い衣装の者はいなかったか」

多賀の問いに森はかぶりを振った。

「そのような者は感じません。ここに感じるのは、いま申した祈りと、微かな妖気だけです」

次に下京の犯行現場――血で奇怪な図形が幾つも描かれた現場に森を連れていこうとすると、現場に到着する前に、突然、森が言った。

「……ぼんやりと線が浮かんでくるようです」

そして、現場に着くなり森は、

「いま浮かびました。はっきりと。不思議な線です」

「どんな線だ。ちょっと拙者の掌に描いてみてくれぬか」

と、多賀は掌を森に差し出した。森はそれを取ると、霊感で得た線形を人差し指で描きはじめた。

まず、柄杓のような線である。これは現場に血で描かれていた謎の記号と、ほぼ同じ形ではないか。

「次も同じ形です。それから……」と描いたのは、丸が縦に連なった線。そして、その横に縦長の丸を描いた。これらは血で描かれた図形と同じものに間違いない。

多賀は驚きで息を呑み込むと、少し置いて尋ねた。

「他には。他に、何か見えぬか」

「感じません。次の場所へお連れ下さい」

森は静かにそう答えた。

次に多賀が森を連れて行ったのは、真正極楽寺の寺門前――辻君の首が捨てられていた場所だった。こちらも現場は塩で清められ、極楽寺の僧たちが供養した後である。もはやここに女の生首があった痕跡すらない。

だが、森は何かに引かれるように早足で進み、一点までくるとぴ・た・りと足を止めた。

慌てて多賀もあとを追った。森が立ち止まった場所に着く。森と肩を並べた瞬間、総毛立つようなさむけに襲われた。

(どうしたのだ、俺が戦慄を覚えるなどと)

多賀は思わず自問した。

(これが町のうわさに言う、そこに来るとぞっとするという事なのか)

隣で合掌し瞑目していた森が口を開いた。

「いま、このような形が浮かんで参りました」

森は五つ角のある線を一筆で描く。それを見て多賀は唸るように呟いた。

「晴明紋……」

いかにも、それは晴明紋である。陰陽師が家紋や呪術によく用いる図形だ。きわめて特殊な図形なので、平安の昔はいざ知らず、寛正の今では、行者や陰陽師といった非常に限られた人間だけに知られたものだった。

(やはり陰陽師絡みの犯行か)

という考えが一瞬、多賀の頭を過ぎったが、死体が経巻の切れ端を握っていたのを思い出して、

(いや、違う。早計は禁物だ)

そう心で否定して、森に尋ねた。

「他には何か、霊視えなかったか」

「只今の形の五つある頂点が光っております」

「それは何か意味があるのか」

「分かりません。……今は、晴明紋のうち、頂上と左下と右横が血の色に輝いて見えます。……その他は何も霊視えません」

と、森はかぶりを振った。

「この場所で何か——神仏を穢すような恐ろしい真似が行われて血や首はそんな行ないに使われたようです。でも、首が見つかった後、御坊様が塩とお経で清めてしまわれたので、もうこれ以上は何も感じません。他の場所にお連れ下さい」

森に促され、多賀はその足で四番目の犯行現場へと案内した。

「こちらに辻君の首なし死体が打ち捨てられていたのだが」

森は先程と同じように杖を使いながら早足で進んでいき、ちょうど死体の横たわっていたあたり

まで来ると、ぴたと足を止めた。ブルッと震える。

（先程の俺と同じ反応だ）

そう思った瞬間、多賀の背筋にもさむけが走り、背中一面に鳥肌が立った。戦慄の度合いは今度のほうが強い。

（下手人は辻君の胴体を用いて一体どんな忌まわしい真似をしたというのだ）

そして、多賀のほうに振り返ると言った。

「二人の気配を感じます」

「まことか」

森はうなずいて言葉を続けた。

「一人は墨染の上に黒い頭巾を被った男です」

森がこのように霊視したものの特徴が言えるのも、先天的な盲目ではなく、幼少時かいずれかの時期に、何らかの原因で視力を失ったからなのだ、と多賀は理解した。

多賀は霊視で得られたのが僧侶と聞くと、

「その者は何人かが目撃した〝漆黒の人影〟なる者に相違ない。それで、いま一人の男とは？　白い靄のような者……それは幽霊なのか」

「それが……」

と森は口を濁した。

「ゆらゆら揺らめいていまして……どうやら鼻が高くて……目が落ち窪んで……肌が褐色のようです。絶えず口を動かして聞いたこともない言葉で歌を歌い続けています」

「異人だな。天竺か、南蛮の者でもあろうか」

ここでいう「南蛮」とは西洋のことではない。室町時代、「南蛮」は中近東方面を指す言葉だった。つまり、森はインド人か、アラブ人らしき男の幻像を得た、と言っているのである。

多賀は「唐でもなく朝鮮でもない言葉の祈りあるいは歌が現場で聞かれた」という町のうわさを思い出した。

「天竺人が来航したとは聞いておらぬが、南蛮人ならば、商人や船乗りが何人も来航し、その後も京に滞在している。事によると、まだ京に何名か、滞在してるやもしれん」

多賀はそう呟いた。

五

南蛮人については、他ならぬ南蛮より明経由で来航し、そのまま定住して、楠葉西忍（くすばさいにん）という日本名を得た商人の血筋の者に尋ねてみるに限る。

だが、残念なことに楠葉家の者は商用で明に行っており、戻るのは半年先だという。それでも多賀は楠葉家の使用人の「青（せい）」という名の男と話す約束を取り付けた。

屋敷を訪ねた多賀は、

「わたくしが青異人（せいいじん）でございます」

と、現われた長身の男に驚いた。なんといっても大変な長身で、肌は薄墨ほどに浅黒く、鼻は高く、眼は落ち窪み……という、まさに森の霊視した通りの顔立ちだったのである。さらに身には見たこともない白い衣をまとっている。だが、霊視を根拠に、「辻君殺害の下手人として捕らえる」などと軽々に口にする訳にはいかない。もとより怪力乱神を語らぬというのが「鉞（まさかり）多賀」の信条なのである。

驚嘆と困惑の入り混じった多賀の表情を見て青は笑いながら、

「驚かれたようですね」

と流暢な日本語で言うと、多賀に腰掛けを勧めた。

「ご無礼仕った。……青殿と申されるから、端（はな）から明人と決めており申した」

「青異人とは明で商いする時の仮の名でして、まことの名はイクバール・アル・アドハム。アドハムの息子イクバールといった意味でございます。父の名アドハムは青葦毛（あおあしげ）の馬（黒馬）という意味なので、そこから明での苗字を青（せい）と名乗っておりまして。ワクワクとの商いを、目下、楠葉家より学んでおるところでございます」

「ワクワクとは」

「失礼。日本国のことを我々、南蛮人はワクワクと呼ぶもので」

　これは倭国(わこく)という語が南蛮風に訛ったものである。

「申し遅れた。拙者は侍所頭人、多賀高忠と申す」

　簡単に自己紹介したのち、京府中の治安を取り締まる役職の長であることを説明した多賀は、府中で連続する奇怪な事件を手短に説明した後、懐から紙片を取り出して尋ねた。

「夥しい血で斯様(かよう)な印形(いんぎょう)が、地面に描かれておったのだが、青殿は、何かご存じあるまいか」

　青は受け取った紙片に目を落とす。多賀は青の表情の一分の変化も見逃すまいと目を鋭くした。

だが、青は一目見るなり断じた。

「これは数を表す南蛮の文字です」

「数……」

「はい。左端は八を、その隣は零を表します。一つずつなら八と零。二つ並べるのなら八十ということです。これは続けて書かれていたのでしょうか？　その隣は七で、それから七」

「つまり、零・八・七・七。あるいは八十・七・七……。それだけでござるか」

「それだけです」

「数だけで意味はない、と？」

「意味はありません」

　首を横に振ってから、少し間をおいて青は続けた。

「……南蛮では数は左から右に書き表すので、この写しが正しければ、八十・七・七。それだけですが、これが仲間内の暗号か、秘密の言葉のような物を表す文字ならば右から左。そうなると、言葉として別の意味がある筈です」

「数が言葉としての意味を持つと申されるか」

　多賀は身を乗り出した。

「南蛮のほうには母国を持たず地の果てから地の果てへと彷徨(さまよ)い続ける民がおります」

「道みちの者が南蛮にもおるので？」

　多賀は思わず呟いた。

「彼らは自分たちを神に選ばれた民族と信じ、独自の宗教を持ち、一部の者は、アッラーに禁じられた魔の教えを持っているそうです」

「外法の方士のことだな。そうした輩が南蛮にもおったか」

青の説明を聞いた多賀の頭に真っ先に浮かんだのは、管狐を使い、荼枳尼天を崇めて、数々の災いを引き起こすという外道の法を使う方士や、その信者であった。

「わたくしども南蛮商人は国なき民族だけでなく、時として、魔の教えに従う人々とも取引したり付き合ったりせねばなりません」

苦笑交じりに言ってから、青は紙片に指を近づけた。

「その、外法の教えには、言葉と数には関わりがあるという考えから生まれた数秘術なるものがそうです」

「次から次へと珍奇な言葉や知識や概念が並べられて、頭が整理できんな」

多賀は困惑しきった顔で腕組みした。

青は少しのあいだ紙片を見つめていたが、突然、真剣な顔になって口を開いた。

「この紙片では八十・七・七。ただの数ならそれだけですが。国なき民の言葉と仮定して数秘術で読み解けば、左から右に読んでいくと、ペー・ザイン・ザインとなります。だとすれば、ペー・ゾ・ゾか、ペ・ザ・ザ……あるいはパ……」

と、そこまで言いかけた青の言葉が宙に消えた。

(何か、思い当たったのか)

反射的にそう直感した多賀は鋭く問うた。

「いかがなされた」

黙り込んだ青に、さらに畳みかける。

「何か、思い当たられたか」

青は突然口を押えると、眉間に皺を寄せて首を横に振った。

次いで嘔吐を堪えるような声で洩らすのだ。

「なんでもございません。……少し気分が悪くなりまして。申し訳ございませんが、今日はこれでお引き取りを」

見る見る土気色になる青の顔を見れば、これ以上食い下がる訳にはいかぬらしい。そう察した多賀は、

「お具合が悪いとあらば、この場は御免を蒙ることにいたしましょう。されど、もし何か、今の件で思い出された場合は侍所にいらっしゃるか、拙者宛に文をお仕わし下され」

そう言って、楠葉家を辞したのだった。

六

南蛮人の追跡はそこで一時的に横に置き、多賀は再び、犯行現場の検分に戻ることにした。

そこで森と共に訪れたのは、第四の現場。すなわち、辻君の胴体が捨てられていた場所である。

真正極楽寺の寺門前だった。

「こちらで異変のあった場所はすべて回ったことになる」

多賀がそう説明して、

「何か、霊視(み)えるか、気配を感じるだけでもいいのだが……」

と、森の横顔を見れば、その顔色が蒼白なのに気がついた。

「どうした。具合でも悪くなったか」

「また五つの頂きのある形が……」

そう答えた森の声はわななき、杖を持つ手も細かく震えはじめている。唇さえ色を失い、震えて、まるで瘧(おこり)に罹ったようだった。

「晴明紋だと。晴明紋がどうした。また、見えるのか」

多賀が勢い込んで尋ね掛けた瞬間、森の手から杖が離れ、同時にその意識は夢とも幻覚ともつかぬ——それでいながら現実と寸分変わらぬ感覚を伴ったまぼろしに——霊視のなかに——投げ込まれていた。

★

晴明紋。晴明紋の五つの頂点のうち、頂点・左下・右・左と点滅する。五つ目の右下はまだ光らない。ただ韓紅の色を帯びている。その韓紅に晴明紋全体が塗りこめられ、視界が鮮やかな韓紅に染まる。揺れて韓紅の煙になった。血煙。（韓紅は血の色だ）と森は直感した。血煙が斬られた胴から噴きあがる。それと同時に血煙は宙に留まった。血煙が形を変え始める。目に痛いほどの韓紅は灰色がかった白色へと変化した。その形が頭・胴・手足に分かれる。人の形になった。頭の細部に細かい陰影が現れ、平面的だった顔に凹凸が出てきた。鼻が高く目が落ち窪んだ異人の容貌。異人の顔に表情が浮かんだ。唇は微笑んでいるが、その目は憎悪で紅く燃えている。（これは〝魔〟だ）と森は霊視の中で声なき叫びをあげた。〝魔〟の前に黒い影。墨染をまとって黒い頭巾を被った男だ。巻物を広げている。巻物は垂れることなく、蛇のようにうねり頭をもたげる。黒衣に黒頭巾の人物は広げた巻物を見ながら、何処ともつかぬ異国の言葉を、奇怪な節をつけて歌うように唱え続ける。（こいつだ）と森は直感した。（こいつがこの場で人を殺し流れた血を〝魔〟に捧げたんだ）さらに森は思った。（こいつが京の四箇所で流血事を繰り返し、流した血を異国の魔神に捧げて〝魔〟を呼んだんだ！）

そう心で叫ぶと同時に、霊視の中の〝魔〟が突然こちらに振り向いた。そして異人の顔をした〝魔〟は冷笑を森に投げかけて言った。

「女よ、貴様に何が出来る」

★

多賀の目の前で、森の身は、杖を追うように静かに倒れていく。多賀は素早く森の身を抱き留めた。森の身体が熱かった。冬物の小袖を通しても、その身の熱がはっきりと感じられた。まるで熱病に冒されたようだ。

「しっかりしろ」

呼びかけた多賀に、森は小袖の胸を上下させながら洩らした。

「申し訳ありません……少し疲れてしまったようです……」

「いや。相手が目の見えぬ女人なのも忘れて引き回した拙者が悪かった。何処かで水をもらおう」

と周囲を見渡した多賀に森は震え声で続けた。

「……血です……流された夥しい血が……異国の〝魔〟を呼んだのです……」

森の言葉も今の状態では急な発作に襲われた者の譫言にしか聞こえない。

「ああ、分かった。詳しいことは後で聞く。今は何も申すな」

そう言いながら多賀は森に肩を貸し、ようやく社務所まで連れていった。腰掛を借りて森を坐らせる。さらに社務所の者に頼んで、椀一杯の水を持ってこさせた。腰を掛けて水を呑んだ森は、少し休むうちに、ようやく頬に血の気が戻ってきた。

「突然のことで驚いた。お前は心の臓でも悪いのか」

「いえ、左様なことはございませんが。このお寺に近づくうちに、頭の中で晴明紋がチカチカと瞬きはじめ、急に息苦しくなって、今まで見たこともないほどはっきりと……」

「霊視を得たのか。霊視で晴明紋それ自体が瞬いて霊視えたのと申すのか」

多賀は星の形をした印形が眩しく点滅する有様を思い浮かべた。

「それだけではありません」

と森は呟いた。

「なに」

「誰かが犬や猫や人を殺して、流した血を捧げて異国の〝魔〟を呼んだのです」

「まことか」

「晴明紋全体ではありません。晴明紋の五つの頂きのうちの三つが光り、そして四つ目が眩しく瞬いて霊視えました」

「待て。晴明紋の頂きは五個だ。お前が心で霊視たのは四個。では、五個目は」

「五つ目は……」

森は清澄な瞳を虚空に据えると、長い間をおいて洩らした。

「五つ目は血の色をしていましたが、それは未だ光りません」

「未だ光らぬ。では、これから血の色で光るということか。このうえまだ、流血の惨事が起こるのか」

思わず詰問調になった多賀に、森は苦しげな表情で首を横に振った。

「分かりません。まだ、何も分かりません」

やっと微かな声でそう洩らした森は冷や汗を浮かべている。

「済まぬ。つい夢中になってしまった」

多賀は森に詫びると、森の体調を考えて、この日の捜査はこれまでとした。それから多賀は森を二本杉の売扇庵まで送り、「明日、迎えに参る」と断ると、侍所へと戻っていった。……戻った侍所では恐ろしい報せが待っていた。

七

「何処からも断られました」

そう報告したのはちぎれた巻物の検分を各宗派に依頼するよう命じた目付である。

「どうしてだ。侍所の頼みが聞けぬと申すのか」

「比叡も高野も大谷も『斯様な不浄な巻物を寺門の内に入れさせたのみか、それを高僧に検分させようとは言語道断。この件は上様に必ず訴える』と激怒しております」

「なぜだ」

多賀が問えば、目付は眉を曇らせた。

「何か、不浄なことが着物の断片に記されていたのか」

「それもあるようですが……」

目付は口ごもった。

「他にも何かあったのか。申してみろ」

多賀が畳みかければ、目付は目を伏せて、

「これは身共の言葉ではござらぬ。あくまでも検分しようとした僧侶たちが申したことで……身共は左様な事など信じては……」

「お前の話はいい。検べようとした僧に何があったのだ」

多賀が怒った調子で言うと、目付はやっと小声で洩らした。

「なんでも……その切れ端が……生きているのだそうで……」

「巻物のちぎれた断片が生きておるだと」

多賀は愕然として言った。

「向こうが申すに、検分せんものと文机に置けば、尺取り虫のような動きで逃げ出そうとし、ならばと手に持てば腕に絡みついて締め付けようとする、と……」

「馬鹿な」

多賀は思わず呟いた。だが、目付の表情は真剣そのものである。

「高野が切れ端を箱に入れ、魔除けの封印をして、このように返して参りました」

と出された箱を見れば梵字の書かれた封印が四箇所に貼られていた。それはそのまま各宗派の真剣さと、巻物の断片の危険さを物語っているようだった。

多賀は腕組みしたまま、じっと封印された箱を見つめていたが、ややあって、

「斯様な事態さえ禅師は見越しておられたか」

そう呟くと、目付を退らせた。文机に向かって筆を執る。そして、これまでの経緯と、箱に封印された断片の内容を検分してもらいたいと、したためた。

それから別な目付を呼んで命じた。

「今すぐこの箱を大徳寺の一休禅師に」

目付が手紙と箱を持って去ると、今度は京府中を描いた地図を広げた。地図にまず上御霊社の位

置に点を付けた。次いで、下京は西本願寺の北東あたりに点を突く。次は真正極楽寺前に。さらに。華開院に。それから多賀は地図に突かれた四個の点を見つめた。

「晴明紋……か」

と呟くと、今度は地図上の四個の点を結んでいった。上御霊社—下京の外れ—真正極楽寺—四点を結んで、さらに最後の一点から線を右斜め下に向けて線を引いていく。筆が止まった。

「この当たりか」

独りごちた多賀の目の奥で蒼い稲妻が閃いた。

八

それから三日後の深更——。

臨済宗法観寺の境内に建つ五重塔、通称八坂の塔の陰に潜む多賀高忠と森の姿があった。

「ここに来て、具合はどうだ」

そう尋ねた多賀は小袖に襷を掛け、腰の刀を押さえている。

「まだ土地が穢されていないようで、大丈夫です」

そう答えながらも森は、前に一休からもらった数珠をかたく握りしめていた。

「晴明紋は見えるか」

塔の周囲に目を配りながら多賀は尋ねた。

「先程よりこの目の奥で、五つ目の頂点を光らせております」

それを聞いた多賀がうなずいたのと、夜闇の彼方で動く影を認めたのとは同時だった。

「……あれか……」

低く洩らすと多賀は息を潜めた。森も息を凝らして耳を澄ます。視覚の代わりに発達した聴覚が確かに足音を捉えていた。

ひた、ひた、ひた、と足音を忍ばせて、現れた影はこちらに向かってくる。不意に雲が切れて月が現れた。蒼い月の光にあたりが照らされる。それと同時にこちらにやってきた影の姿も現われた。

それは頭巾を被った男だ。身には墨染をまとい、両手に一巻の巻物を抱いている。そこまで確認した多賀は帯にたばさんだ二本の十手を抜くと両手に構えた。

「待て、動くな」

多賀の鋭い一喝に、黒頭巾は静止した。

少し驚いたような調子で黒頭巾は言った。

「流石は鉞多賀と呼ばれる男……よく、ここだと分かったな」

「血で穢された四地点を結び、それに晴明紋を重ねれば、必然的に八坂の塔——五番目の地点に行きつく。ここにおる森の霊視のお陰だ」

「その女の喉を掻き切り、血を真っ先に捧げれば……」

黒頭巾に皆まで言わせず多賀は右手の十手を突き付けて言った。

「非道な真似もここまでだ。大人しくお縄に就け」

「断る」

「ならば力づくで捕り押さえるまで」

多賀は十手を振おうと半歩進みだした。黒頭巾は半歩退って、そんな多賀をせせら笑うと、

「生憎だな、多賀殿。ここで貴公に邪魔されても儀式は終わらぬ」

そう言うなり片手を腰に回した。

「この期に及んで歯向かうか」

多賀が十手を上段に構えれば、

「歯向かいはせぬ。貴公に邪魔されるのも儀式のうち、と申しているのだ」

相手は黒頭巾を自ら解いていった。その下から現れたのは若い僧侶だ。多賀はその顔に見覚えがあった。上御霊社でこちらを見つめていたあの僧である。

僧が腰に回した手を戻せば、すでに腰刀を抜いていた。ぬめ光る刃を見せつけるように胸の前に持っていく。反射的に多賀が右の十手を投げつけようとした。

が、それより早く、僧は腰刀の刃を己れの横首

に突き立てた。

あまりにも予想外の動きに、十手を投擲しかけた多賀の手が止まった。そうするうちにも、僧の腰刀は自分の右横首から左へと流れていく。思い出したように横首から血飛沫が噴き上がった。僧の首から上が韓紅にけぶった。血煙で顔も見えなくなる。刹那の後、その血煙の中から声が発せられた。その声に森がハッとして、逸らしていた目を血に染まった僧に向けた。声は言葉のようだった。ただし朝鮮の言葉とも明の言葉とも違う。歌うような節をつけて唱えながら、僧は韓紅(からくれない)の煙霧に包まれるようにして倒れていった。

倒れると同時に風が起こった。多賀は素早く森を抱きとめる。風は師走のものなのに、乾いて熱く、喉と肺腑を焼きそうだった。砂埃が巻き起こり、二人は砂色に塗りこめられた。多賀は目を瞑った。熱風に息も止まらんばかりだ。凄まじい風音が耳を襲った。

そして、その風音の彼方から声が響くのを多賀と森は聞いていた。声は哄笑だった。生きとし生けるものを嘲笑う憎悪に満ちた〝魔〟の哄笑だった。哄笑に僧の絶叫が重なつたが、勢いを増す熱風と耳を聾する凄まじい風音がそれを吹き消し、そのまま二人は金縛りに遭ったように立ち尽くすばかりだった。

やがて、風は吹いた時と同じように唐突に止み、あとには首のない僧の死体、死体の手に握られた巻物、そして、呆然と立つ多賀と森だけが残された。

九

後日、大徳寺の一休から侍所の多賀宛に荷が届けられた。荷を解いてみれば例の箱と一休からの書状である。箱の封印が破かれているところを見ると一休は箱を開き、巻物の中身を検分してくれたらしい。小さくうなずいて多賀は一休からの手紙を広げて読み始めた。

「とんだ品をくれて寄越したな。お陰で上からさんざんに文句を言われたわい。が、そんなことは、まあいい。巻物の断片は確かに検分した。あんたは「経」と書いとったが、これは「経」ではない。「経」とは、どんなアホダラ経も「如是我聞」で始まり「一時仏在」と続いて、釈迦如来が説法された場所と何人の弟子が集まったか、それを記した後に、ほとけの教えに入るよう決められている。しかるに、この断片はそんなもの、一切ない。いきなり異国の魔界よりヘンテコな名前の魔神を現世に呼び出す術式（じゅつしき）に必要なモノと、その式次第（しきしだい）が記されている。密教の秘密儀式などを記した文献を「儀機（ぎき）」と呼ぶが、こいつは異国——おそらくは南蛮の魔神を呼び出す儀機の一部だ。下手人が行なった一連の行為は「血の儀式」と呼ばれているらしい。下手人は坊主ということだが、おそらく、そやつは学僧で、明国へ学びに行き、そこで南蛮の外道の教えに触れ、外法の儀式と魔神を現世に招く外術を記した書を我が国に持ち帰ったのだろう。

　こんな穢れた物、大徳寺に置いとく訳にも大徳寺内で始末する訳にもいかんので、こいつは返す。悪いことは言わん。一刻も早く、こんなもの、あんたの手で燃やしてしまえ。あんたみたいに悪人を何十人も叩き斬った男なら鬼神の親戚みたいなものだから、南蛮の魔神も祟ることはなかろう。こいつばかりは確約出来んが。多分、大丈夫だろう。早く炎で清めてしまえ。臨済の僧侶として忠告できるのはこれだけだ」

　読み終えた多賀は、その日、自邸に戻ると庭で焚火を起こした。そして燃え盛る炎に外法の巻物を箱ごと、くべてしまったのだった。

　多賀高忠の前で炎が一瞬、大きく燃え上がった。炎が六尺近く伸びあがる。紅蓮の炎の奥から笑い声が発せられた。それは八坂の塔の前で聞いた、あれと同じ哄笑だった。哄笑と同時に異国の言葉が響いた。それは青異人が口ごもったように「パ」で始まり「ズ」と続き、さらに「ズ」と発せられて——消えてしまった。
そして、師走の沈黙の底には多賀高忠と、静かに燃える火だけが残された。

京の町がかつてない炎暑に見舞われ、熱風吹く中で発生した疫病が多くの人の命を奪ったのは翌文正元年（一四六六年）夏、そして畠山家の家督争いに端を発した十年戦争が勃発したのは応仁元年（一四六七年）正月、上御霊社においてであった。

のちの世に「応仁の乱」と呼ばれるこの大乱において人々は、唯一戦火を逃れた八坂の塔前に集まったと、これは京の町衆の語り伝えたうわさである。

終幕　朽木の花

道の辺の朽木（くちき）の桜しばしとて昔を語る袖の春風

正広（しょうこう）

一、凍れる風

風が京から摂津まで運んでくれた。

国境から摂津に入った時、心に、ふとそんな考えが浮かんだのを一休は覚えている。

ただし、自分を摂津まで運んだ風は優しい微風でも、たおやかな薫風でもなかった。

真正面から吹きつける風である。息を止めるほど強くて、吹き飛ばされそうなほど烈しい風である。しかも風は眼に沁み、耳をちぎりそうなほど冷たく、しかも血と焦土の臭いを帯びていた。

国境からさらに何日に彷徨ううちに、やっと一休は、何かに憑かれたように歩き続けている自分に気がついた。

（国境から遠く離れて、わしは、どうやら摂津の外れにいるらしいな）

朝日の眩しさに瞬きながら、そう考えても足は容易に止まらなかった。

やっと立ち止まることが出来たのは、昼過ぎのことである。立ち止ったのは行く手に花が見えたからだった。

この辺りでも小さな戦闘が行なわれた名残であろうか。

ただ一輪だけ花を咲かせた大樹は表面が真っ黒に焼かれていた。

その枝にただ一つ、花が咲いている。

周囲がすっかり色を失い乾き切っているだけに、その、黒変した大樹に咲いた小さな花が目を惹いたのであった。

一休は自問した。

（花だと？）

淡い色のその花は桜だった。

文明二年（一四七〇年）二月、厳冬である。

天地を焼尽せしめんほどに燃え盛る「応仁の乱」の戦火はいまだ熄む気配すら見えない。

流血と叫喚が日常と化した京に長らく身を置いていたせいか、花に目が向くなど久し振りのことだった。

（真冬に桜などと……。あの桜の花はわしの目の迷いか？　それとも、とうに殺されてあの世におるのか？）

一休は目を凝らした。

と、風が吹いてきて、花が、ちぎれそうに戦(そよ)いだ。身を切るような風の冷たさと、今にも枝から落ちそうな花の動きが、まぎれもなくこれは現実だと教えている。

「まだ……」

一休は魂の抜けたような表情で周囲を眺め渡し、大きな溜息を洩らした。

「……まだ、わしは、いぎたなく生きておったか」

独りごちた声は空中で白く曇って消えた。微かな痛痒を覚えて、杖を握った右手に目を落とす。痛痒は冷えきった指から生じていた。さらに一息二息するうちに、一休は、ようやく凍えんばかりな凄まじい寒さに気がついた。

「坊(ぼん)さん、坊さん」

と自分を呼ぶ声も聞こえてくる。

一休は振り返った。

黒焦げの桜の大樹から少し離れた場所で、下帯に薄い半纏を引っかけただけの男たちが五人、焚き火を囲んでいる。どれも二十代半ばから三十になったばかりだろう。いずれも長身で屈強な体つきをしていた。

その中でたった一人、四十前後と思しい白髪を後ろに束ねた男が一休に手招きしていた。

「坊さん、こっちへ来(き)なはれ」

白髪の男は一休が目を合わせると、人の好さそうな笑みを拡げて続けた。

「こっちゃ来て、焚き火にあたり。ちっとは温(ぬく)いで」

白髪と肩を並べた髭面が大声で言った。

「わいらは山賊でも足軽強盗でもあらへん、馬借(ばしゃく)や」

馬借とは馬を用いた当時の運送業者である。正長の土一揆以降、馬借は百姓や国人侍（地侍）と結んで津波のごとき一揆を起こすことで各国守護に恐れられていた。

「馬借衆……」

一休の言葉に髭面は何度もうなずいて続けた。

「嘘やないて。わいの馬も仲間の馬も、蹄の手入れせなあかんよって近くの厩に預けとるんや」

「摂津の馬借は気ィは荒いが馬と女子供には優しいんや」

と白髪の男が笑いながら言った。

「そら、ツラは鬼みたいやけどな。坊さん騙して取って食うたりせえへん。名前かて大吉丸（だいきちまる）いうんや。どや、縁起ええやろ」

そんな大吉丸の口調と笑顔に惹かれ、一休はそちらに歩み出した。

笑顔を目にするのも、桜の花と同じく久し振りだった。

一度立ち止まって、再び歩いたためか、足が鉛の草鞋を履いたように重い。こんなことを自覚したのは、京を逃れて初めてのことだった。

一歩前に踏み出すごとに、関節という関節が軋み、筋肉という筋肉が痛む。それでも杖を頼りに歩き続けて、やっと五人の所に着くと、半裸の男たちは左右に分かれてくれた。

「さ、あたって温（ぬく）もり」

髭の男が一休に火を勧めた。

一休がぎごちなくうなずいて、火に手をかざすと、もう一人が竹筒を一休に渡した。

「食うもんは何にもあらへんけど、どぶろくや」

「ゆっくり、飲みなはれ」

大吉丸が一休を気遣ってか、そんなことを言った。

「忝（かたじけな）い……」

男たちに礼を言った一休の声は木枯らしのようだった。

竹筒のどぶろくを一口啜った。

何日も呑まず食わずの口に、どぶろくは果実より甘く感じられる。

一息置いて、胃の腑がカッと熱くなる。一休は大きく息をついたが、今度のは溜息ではなかった。

「坊さん、何処から来たんや」

焚き火の向こうから若い男が尋ねた。

「……京から……逃げてきました……」

一休が切れ切れに応えると、男たちは顔を見合わせた。

「京やて⁉」

「ほんまか」

「わし、侍でも野伏でものうて、いまの京から生きて出られた人に遭うたんは一年振りやで」

驚きの言葉を交わす男たちを制して、

「坊さん、ほんまに京から逃げてきたんか？」

大吉丸が尋ねた。

「……はい」

一休は力なくうなずいた。

「いまの京いうたら、地獄でっしゃろ」

「まこと地獄でござった」

「坊さん、たった一人で逃げて来たんか？」

「いいえ。……連れがござったが……西軍の猛攻と……それから逃れようとする町衆や……細川城に働く女子供や年寄りの人の津波に巻き込まれて……はぐれてしまいました……」

一休は、か細い声で切れ切れに応えた。

応える一休の脳裡に、森とはぐれた時の光景が閃く。

ただし、それは連続した光景ではない。

幾つかの断片——一休の心に突き刺さり、強烈に焼き付けられた何枚かの「絵」に過ぎなかった。

たとえばそれは、瞬く間に視野一杯に溢れる西軍の足軽。地下深く掘られた塹壕「構」から逃れようともがく女子供。迷路のような「構」を逃げ惑う人の群れ。握りしめた森の手の小ささ。土砂降りのように降り注ぐ西軍の矢。火矢。一休と森を押しのけて逃げようとする男。その男の身に瞬間的に何十本もの矢が突き立つ。森を離すまいとその手を引き寄せる——。

「大内の軍勢は頭おかしいで。女子供も年寄りも坊さんも見境なしや」

「頭おかしいんは大内だけやない。畠山も斯波も赤松もやることは一緒や。寺やろが神社やろが構わず火ぃ点けよるわ」

「神も仏もないとはこのこっちゃ」

「ほんまや。あん餓鬼ども、ほんま腹立つ」

「いつか摂津の馬借の男意気、威張りくさった侍どもに思い知らせてやらなあかんで」

そんな馬借の声高な話し声が迫って来る。

やがて最初の馬借の、

「けどな、何度も言うけど、ほんま、しょうみの話、ようもまあ殺されもせんと逃げてこられましたな」

という呼びかけで、一休は我に戻った。

「はい」

暗澹とした目で一休はうなずいた。

「本当に、わし一人……生き延びて……ここまで参りました」

そう応えた目の端に焦げた大樹が割りこんでくる。一休は竹筒をもう一口あおると、それを大吉丸に返した。よろよろと大樹に歩み寄る。その無残に焼け焦げた表面を片手で触れた。焼かれて間もないのか、キナ臭い。

一休はかすれ声で独りごちた。

「この枯れ木はわしだ」

馬借たちが一休に振り返った。

「何も為し得ず、誰一人として救えず、ただここにあることしか出来ない」

そこまで行った時、突然、強風が吹き抜けた。

凍った刃のような寒風にちぎられて、ただ一つだけ咲いていた桜の花が、一休の面前をかすめて散っていった。

それを目にした一休の目から涙が溢れて来た。

桜の花が森の優しく美しい顔を思い出させたのだ。

戦場で引き離された森は見えない瞳で一休を求め、何事か叫んでいた。

その光景を細部まで思い出すと、自然に激しい嗚咽がこみ上げてくる。

「森さん……どうか無事でいてくれ……」

嗚咽の合間から一休は洩らした。

次いで黒焦げの大樹に額を押しつけて声をあげて泣きはじめた。

馬借たちは老いた僧が母とはぐれた子供のように泣く姿に、かけてやる言葉もなく、ただ見つめていた。

やがて一番若い馬借が歩み寄り、

「坊さん……」

と一休の背に手を掛けようとする。すかさずその前を大吉丸が遮り、首を振って見せた。

「この世で一番大事な人と戦で生き別れになったんや。泣かせたり」

髭面が大吉丸にうなずいた。

「戦で女房子供とはぐれた者には泣くことしか出(で)来(け)へんのや。わいも嬶(かか)が赤松の足軽に殺された時は気ぃくるうほど泣いたわ」

「……」

若い馬借は一休に伸ばしかけた手をそっと引いた。

その時、何頭もの軍馬(いくさうま)の迫る音が物凄い勢いで響いてきた。

遠くから百姓たちの呼び交わす声がした。

「侍が来おったで」

「何処の軍勢や？」

「軍勢やない。数が少ないよって偵察やろ」

「いや、偵察やない。もっと恐ろしい奴らや」

「野伏か!?」

二、荒(すさ)み風

やがて一休と馬借たちの前に現われたのは凶暴な気配を漂わせた一団である。

その数は三名。いずれも腹当に下帯一つか、穴だらけの陣羽織を引っかけている。腹当や陣羽織は侍の死体から剝いで奪ったもの、跨る軍馬も東西いずれかの軍より奪ったに相違ない。

野伏——武装した盗賊あるいは盗賊化した地侍であった。

三人は桜の大樹前まで来ると手綱を引き、馬を止めた。脂ぎった目で馬借と一休を睨めつける。その視線は飢えた山犬そのものだった。

若い馬借が拳を握った。すかさず髭面が制し、唇に指を立てて「何も言うな」と無言で命じた。他の馬借たちは緊張した面持ちで三人の様子を見つめ続けた。

「よう、酒か食い物、持ってねえか」

一人の男が馬借たちに声を掛けた。男は頬と額を護る足軽の面具「半首（はつぶり）」で顔を覆っている。漆黒の半首から見える目は鋭く、赤く血走っていた。

「酒ならここにあるで」

大吉丸が竹筒を持ち上げた。

「寄越せ」

陣羽織の野伏が短く命じた。男の陣羽織は一見黒く見えるが、近寄れば、それが血の汚れと分かる。

大吉丸はその野伏に近づき、おずおずと竹筒を差し出した。馬上から手が伸びて竹筒をひったくった。その勢いに大吉丸は身を竦める。すかさず大吉丸の背に槍の石突が突き込まれた。音を立てて倒れた大吉丸を裸体に腹当一つの野伏が指差して笑った。こちらは恐ろしげに黒光りする鉢鉄（はちがね）で額を護っているが、左こめかみのやや上から下顎まで刀傷を光らせていた。

鉢鉄の野伏の野卑な馬鹿笑いを耳にして、ようやく一休は大樹から振り返った。

三人を見た一休の目は半分死んでいた。

京で何度となく目にした光景だ。

諦めきった瞳がそう語っている。若い頃なら野蛮な行いを目にするや否や杖を振り上げただろうが、戦に疲弊して、森のことだけを案ずる今の一休は、疲れ果てた一人の老僧に過ぎなかった。

竹筒の酒を廻し呑みしながら野伏どもは大声で話しはじめた。

「お頭（かしら）たちとこの辺の寺で合流の約束だ」

と陣羽織が言えば、すかさず半首の男が訊ねる。

「なんて寺だよ、兄貴」

「瑞輪寺といったな」

「それだけで分かるのかよ」

半首の野伏は音高く舌打ちした。

「臨済の寺だからすぐ分かると聞いたぞ」

陣羽織の野伏が言うと、

「そこに坊主がいるぜ。磐十兄貴が今いった瑞輪寺とかいう寺の坊主じゃねえのか」

槍に鉢鉄の野伏が一休を顎で指し示した。

野伏と馬借の視線が一休に集まった。

三頭の馬の足音がゆっくりと一休に近づいてくる。三頭は一休の真ん前で止まった。射抜くような視線が一休に注がれる。だが一休は睨み返すでも嫌悪の情を見せるでもなく、ただ虚ろな目で三人の野伏を見上げた。

「おう、坊主」

と最初に呼びかけたのは大吉丸を押し倒した槍に鉢鉄の野伏だった。

「俺たちゃ瑞輪寺って寺を捜してんだがよ。てめえはその寺の坊主じゃねえのか」

一休は何も応えない。

半首の男がさっきより高く舌打ちした。

「ちっ、聞こえねえのか、こいつ」

「坊主なんざ縁起でもねえ。殺っちまおうぜ」

鉢鉄の野伏がじれったそうに槍を振り上げた。

「まあ、待て」

と陣羽織の男が鉢鉄を制して一休に言った。

「坊主、一度しか尋ねぬぞ。瑞輪寺は何処だ？素直に答えるなら、それでよし。仲間の坊主を庇おうと惚ければ、この岩切り磐十の太刀が黙ってはいない」

磐十は背中に差した刀の柄に手をやった。

脅しではない。

馬借たちは同時にそう思った。

磐十は眉一つ動かさずに人が殺せる男だ。

やっと立ち上がった大吉丸が磐十の背に呼びかける。

「わいらは近くに荷を運んできただけで、ここいらのことは何(なん)もしらへんのや」

大きくうなずいて髭面の馬借も言った。

「そこの坊さんかて、今さっき焚き火にあたりに来ただけや」

「京から逃げてきた、言うとりましたわ」

「わいらも坊さんも瑞輪寺なんて知らんて」

と他の馬借も口々に磐十に訴えた。

「やかましい」

半首の野伏が怒鳴りつけた。

馬借が身を竦めて口を噤むと、磐十は言った。

「もう一度訊くぜ。ただし二度はねえ。……桜塚の瑞輪寺は何処だ？」

その時、初めて一休は顔を上げた。磐十を見上げた瞳にゆっくりと光が甦ってくる。

（桜塚……瑞輪寺……。摂津国……桜塚……瑞輪寺……）

心の中でそう繰り返した一休の心に、ずっと忘れていた昔の記憶が静かに浮かんでくる。そぼ降る雨の中、十歳ほどの少年の手を引いて、一休は歩いていた。時は八月。蒸し暑くて息をするのも苦しいような午(ひる)過ぎである。

（そうだ。あれは二十年に一度、摂津一帯を襲うという大旱天(おおひでり)の年だった。あの年、伊勢の北畠満雅が南朝復活を叫んで立ち上がり、満雅の手の者に煽られて摂津国の地侍と馬借と百姓が一揆を起こした。……年号も覚えている……正長元年……青蓮院義円が神籤(くじ)で六代将軍に選ばれたあの年の夏……）

正長元年といえば四十二年も前のことである。

（……わしは、いずくかの守護に頼まれて……男の子と共に……長い長い旅をした……）

すでに細かい記憶は定かではない。

（まるで御伽噺(おとぎばなし)のように不思議な旅だった）

その旅の最後に、一休は少年の手を引いて伊勢から摂津に旅をして、ここ桜塚までやって来たのだった。

（桜塚にある臨済の瑞輪寺へ――）

そこまでは、ぼんやりと思い出せる。

だが、自分が手を引いて一緒に歩いた少年のことになると、靄がかかったようになってしまい、はっきりとは思い出せなかった。

（あの少年……汚れた浮浪児だったような気もするし……凛々しくも聡明な面立ちをした皇子（みこ）だったような気もする……）

あの少年は誰だったろう。

一休は自問した。

あの少年のことになると何ゆえに、かくも記憶が混乱するのか。

そう己れに問えば記憶の淵の底から遠く響いてくる声がある。あれは少年のものだ。少年は一休の背にこう叫んでいた。

「俺のおっ父の名は、一休宗純だ。江州堅田（ごうしゅうかたた）の禅興庵（ぜんこうあん）の修行僧、一休宗純禅師だ！」

一休は少年の声を完全に思い出した。

（わしの息子……？）

老僧の瞳に光が拡がったのを、半首の野伏は見逃さなかった。いつの間にか馬を下り、槍を構えていた野伏は薄ら笑いを浮かべ、磐十と鉢鉄の男に振り返った。

「見なよ。坊主め、瑞輪寺が何処にあったか、思い出したらしいぜ」

それに応えるかのように一休は遠い目で言った。

「瑞輪寺にわしは行ったことがある。四十年以上も前のことだ」

「なら、早ぇとこ、そこに案内しろ」

半首が言えば、一休はその凶暴な顔をまじまじと見据えてから、大きくうなずいた。

「よかろう」

いともあっけない返事である。

野伏どもは拍子抜けしたような顔を見合わせた。

磐十がニヤリと笑って言った。

「よし、行こうぜ」

一休は歩き出した。その後を三頭の馬が進みだす。と、一休に大吉丸が駆け寄った。

「坊さん、あんた正気づいたばかりやないか。まだ元に戻ってへんのに歩いたら危ないて。な、もうちょっと休んでからにし」

――こんな奴らと行ってはいけない、という大吉丸なりの遠回しの表現である。

一休が大吉丸に振り返り、何か言い返そうとした。

だが、声を発するより早く、

「やかましい、このクソが！」

鉢鉄の怒声が飛ぶと同時に、槍穂が大吉丸の背に突き込まれた。

馬借たちから「おおっ」という声が沸いた。

大吉丸は己れの胸から飛び出した槍穂に目を落とした。信じられない、という顔で仲間に振り返った。唇が動いて何か言おうとしたが――そのまま声もなく地に倒れていった。

鉢鉄は大吉丸から槍を抜き、馬借たちを威嚇するように睨んだ。

「次は誰だ？　いつでも地獄に送ってやるぜ」

半首の野伏がそんなことを喚いた。

「……………」

馬借たちは無言である。だが、男たちは一様に拳を握り、歯軋りしていた。

一休はそんな有様を痛ましげに眺めていたが、何を言うでもなく、ただ大吉丸に向かって手を合わせるのみだった。凄まじい喪失感が一休の心から怒りや憤りといった感情を剝落（はくらく）させてしまったようであった。

一休はまた歩き出した。

野伏どもがそれに続いて進んだ。

老僧と野伏の後姿はゆっくりと遠ざかっていった。

野伏が容易に戻れない距離まで離れたのを確かめて、馬借たちは大吉丸の死体に駆け寄った。

その身を桜の大樹の下に運びながら、何人かの馬借が震え声を絞り出した。

「今に見さらせ」

「大吉丸の仇はきっと討ったる」

若い馬借がすでに見えなくなった一休のほうを見やって呟いた。

「あがいな外道と一緒じゃ、あの坊さんも無事では済まんな……」

三、憶い風

田舎道を進むうちに一休の心に遠い記憶がゆっくりと甦ってきた。

（そうだ。この道をわしは十かそこらの男の子の手を引いて歩いたのだ。そぼ降る雨のなか、傘も蓑もないのに男の子は文句も言わずに歩き続けた）

瑞輪寺は臨済宗寺院ではあるが、もともと近くにある原田神社の宮寺であった。宮寺とは神社に付属した寺院のことだ。

その本社の原田神社は東西いずれかの軍勢に焼かれたか、曇天に無残な姿を晒している。

瑞輪寺もまた山門が崩され、軍馬の駆け回った跡が一帯に残されていた。

だが、損な荒廃の跡を目にしても一休は眉ひとつ動かすことなく、

「こっちじゃ」

と足早に歩み続けた。

寺の前庭は相当に荒らされた様子だが、外から眺めた雰囲気では、本堂や僧房は無事なようである。

一休が玄関の前に立つと、一休の背後で三人が次々に馬を下りた。馬を前庭のアカマツにつなぎ、三人は声をひそめて言葉を交わした。

「兄貴、仲間の馬が見当たらねえ」

「この様子では、お頭たちはまだ着かねえようだぜ」

「仕方ない。寺で待つとしよう」

「酒と女にありつければ有り難いが。……このしけた様子じゃ、女はおろか、酒もなさそうだな」

「雨風しのげるだけでも有り難いと思え、馬鹿野

郎」

磐十は二人の弟分に吐き捨てると、音もなく一休の真後ろに移動した。気配を殺して音もなく刀を抜いた。いつでも下段から斬り上げられる構えをとる。

そうして一休の背に囁いた。

「寺の者を呼べ。もし寺の者が大勢いたら、俺たちのことは近くで合流した地侍だと言うんだ。他に誰かいるのか、いるならそれは何人くらいか、まずそれを尋ねろ。数が少なければ三人で始末できるし、多ければお頭たちが来るまで猫を被っているまでよ」

「……………」

一休はむっつりとうなずいて、玄関から声を掛けた。

「頼もう、頼もう」

遠くから「はい」と答(いら)えが返される。パタパタと早足で近づく音がして、一人の僧侶が姿を見せた。

「病人が休んでおります。目下、当寺は、拙僧と病人だけゆえ何とぞお静かにお願いします」

そう言った僧侶は五十前後か。六尺近い長身で、ひょろりとした体つきである。古武士のように精悍な面立ちで身ごなしに隙がなかった。

「お取り込みの所、まことに申し訳ござらぬ。拙僧は臨済宗大徳寺派の僧で……」

と名乗りかけた一休の背後から半首が顔を出して尋ねた。

「つまり、てめえと病人だけという訳かよ」

いきなり進み出た半首の漂わせる殺気に気づいて、僧侶は身を固くすると眉をひそめた。

「左様にござるが」

「へ、へ、そんならそうと早く言えってんだよ」

垢じみた髭面一杯に野卑な笑みを拡げて鉢鉄も前に出た。鉢鉄の脇に抱えた槍の棒身から血が滴り落ちる。それを見た僧侶は厳然として言った。

「当寺に血の臭いのする物を持ち込むことは許しませんぞ」

僧侶の言葉が終わるより早く、磐十の手が奔った。素早く背中の太刀を抜くと、宙で返して、その切っ先を僧侶の頤（おとがい）に突きつける。

「許せなきゃどうするってんだ、糞坊主？」

髪一筋でも動けば磐十の太刀が頤の薄い皮を破って突き通り、そのまま脳天まで貫かれる。

そう悟って僧侶は沈黙した。

「……」

「分かったようだな。俺は物分かりの良い坊主は好きだ。だから殺さねえ」

薄笑いを拡げると陰惨な掠れ声でそんなことを言い、磐十は少しだけ太刀を引いた。

「病人は身も心も傷つき、弱り果てて伏せっております。どうか、そこを汲んで頂きたい」

僧侶は眉を震わせて訴えた。

「安心しろ。俺たちはお頭たちが来るのをここで待たせてもらうだけだ。世話は掛けねえし、悪さもしねえ。その辺、弟分にもよく言っておくぜ」

磐十は薄笑いを浮かべて太刀を背中の鞘に戻した。

「悪さしねえって言ったろ。安心しなって」

半首が黄色い歯を剥いて笑った。

「俺たちゃ、畠山義就（はたけやまよしひろ）ンとこの足軽とは違うからよう」

鉢鉄も意味ありげに笑って槍を三和土に置いた。畠山軍の足軽の悪名は摂津にまで及んでいる。あるいは野伏は畠山軍と衝突してその勇猛と凶暴に手を焼いたことがあるのかもしれない。

「……どうぞお願いいたす」

僧侶は野伏たちに軽く頭を下げた。そうした何気ない仕草にも、背に一本筋の通った気迫が感じられる。

「まずは食い物と酒――酒が無ければ白湯（さゆ）でも貰おうか」

磐十は三和土に上がった。

「湯漬けで良ければ進ぜましょう」

「湯漬けだと」

「上等だぜ」

半首と鉢鉄が顔を見合わせて笑った。

「されば、僧房にご案内いたそう」

「済まねえな」

　磐十は心にもない礼を言うと、弟分に振り返った。

「おう、坊様の許しを頂いたぜ。てめえら、行儀よく上がらせてもらいな」

「……邪魔するよ、坊様」

　そう言い捨てると半首と鉢鉄は三和土に上がった。磐十は弟分が上がるのを見届けてから、ゆっくりと上がる。寺の奥に人が多数いないか、まだ警戒しているようだった。

　僧侶は一休に面を向けると、

「拙僧は紹偵岐翁（しょうていきおう）と申します。同じ臨済の方とお伺いしましたが、宜しければご尊名を」

「わしは……」

　名乗りかけて一休は深い溜息を洩らした。

「……すでに一切の希望も、出家としての誓いも忘（ぼう）じ果て、今はただ狂うて流離い、死ぬのを待つのみの身なれば、風狂とでもお呼びくだされ」

　それを聞いた紹偵は、

「風狂殿……」

　と眉をひくりと動かしたが、

「なにやってんだ。早く僧房に案内しねえかよ」

という半首の声に振り返って、

「ささ、御坊も。お早くお上がりくだされ」

　一休に静かに促した。

四、乱れ風

　長い廊下を渡った奥に僧房はあった。

　西向きの連子窓から冬の陽の光が差し込める板張りの部屋である。

　広さは十六畳ほどか、暖を取るような物は一切ない。あとは座布団はおろか囲炉裏さえない殺風景な小広間だ。

　南側の木戸の横に、何のまじないか二尺二寸ほどもある黒檀の鈴棒（りんぼう）——本堂の鉦を叩く棒が細紐でぶら下がっているのを目に止めて、一休はほんの少し眉をひそめた。

（前に、男の子を連れて参った時には、あんな物を下げていただろうか）

そう思った一休の心に、

（そういえば、わしがここに連れてきた、あの男の子はどうしたことだろう）

という疑問が湧き起こった。疑問とともに瞼の裏に普通のやんちゃな表情と高貴さの漂う聡明そうな表情を併せ持った男の子の顔が浮かんでくる。

（あの子は何者だったのだ？　わしは何故、あの子を瑞輪寺に連れて来たのだ？）

という思いが心に満ちて来て、どうにも堪えられなくなって、とうとう一休は紹偵に尋ねた。

「わしが以前、こちらにお預けした男の子はどうしておりましょう？　ご存知ござらぬか？」

「男の子？　名前は何と申されます？」

「それが。……歳のせいか、名前も、どうしてこちらに連れて参ったのかも、いつの事であったかも、すっかり忘れてしまいましてな」

と一休は眉を垂れさせた。

「……」

紹偵は腕を組んだ。

「戦で親を失い孤児となった男の子はよく臨済僧や、それ以外の宗派の僧、神官や山伏、名主殿などが連れて参りますが、それもこの二年ほど、戦で当寺にも余裕が無くなったのでお断りしております」

「二年どころではない。ずっとずっと前のことなんじゃが」

「目下は住職はじめ平僧も高僧も小坊主、寺男の類に至るまで残らず、戦火を逃れて寺を離れております。拙僧は寺の守りを志願して一人残っておりますゆえ、その子のことは分かりかねます」

申し訳なさそうに応えた紹偵の背に、苛ついたような半首の声が投げられた。

「おい坊主、湯漬けはどうしたんでい？　ぐちゃぐちゃ話してねえで、さっさと持って来ねえかよ」

紹偵は「只今お持ちいたす」と応えてから一休に口早に言った。

「その子については後ほど、また、お話し致しましょう」

「何とぞ」

そうして紹偵はその場を立った。庫裡のほうに行って湯漬けを作りはじめたようだ。湯漬けを待つ間、三人の野伏は自堕落な姿で休みながら話しだした。

「あの坊主の話しぶりじゃこの辺りにまで戦は及んでるらしいな」

横になって槍を弄びながらそう言ったのは鉢鉄である。

「寺の前の軍馬の足跡を見なかったのか？　あれは十人くらいの手勢がぶつかりあった跡だぜ」

半首が顔をしかめた。

「ってことは……。おい、また戻ってくるかもしれねえじゃねえか。やばくねえのかよ」

「やばいに決まってるだろ」

少し蒼くなった二人を磐十が怒鳴り付けた。

「うるせえ」

「でも、兄貴……」

「お頭が、この寺で待て、と言ったんだ。お頭に何か考えがあるとは思えねえのか、てめえらは」

「いや、それはあると思ってるけどよ。……ただよう……」

と何か文句を言おうとした半首は、磐十が自分のことを殺しそうな目つきで睨んでいるのに気づいて、

「い、いや。俺は信じてるぜ。ずうっと、そう言ってるじゃねえか」

ヘラヘラ笑いながら誤魔化した。

「てめえはどうなんだ？」

磐十は鉢鉄のほうを振り向いた。

「俺は前から少しも疑ってなんかいねえよ」

鉢鉄も作り笑いを拡げて、かぶりを振った時——。

南側の木戸の奥から小さな咳の声が起こった。

それを聞いて野伏は三人顔を見合わせた。磐十が「静かに」と唇に指を立てた。半首と鉢鉄は何度もうなずいた。

一休も顔を上げ、耳を澄ませた。

また咳が起こった。

何度も繰り返されるその声は、か細く、弱りきっている。だが、咳の主が女だということは、はっきりと聞き取れた。

「寺に女がいるぜ」

囁き声で鉢鉄が言った。その顔は野卑な笑いを拡げ、淫らな期待で舌舐めずりしている。

「病人は女だったのか。道理で、あの坊主、人を遠ざけようとする筈だぜ」

黄色い歯を剝きだして笑う半首の目は次第に血走っていくように見えた。

「まだ何もするな。まずは腹ごしらえだ」

磐十が釘を刺せば、二人の弟分はいやらしい含み笑いを洩らして、何度となくうなずいた。

「腹が減っては戦が出来ねえからな」

「何の戦だよ？　へ、へ、まったく兄貴の言うことにゃ無駄がねえぜ」

弟分から転じて磐十は一休を睨んだ。

「おう、爺。あの坊主に下手なこと言うと、てめえの命はねえからな」

赤い目で睨まれても一休は無表情だった。

応仁元年からこの三、四年、至る場所で繰り広げられた蛮行が、また一つ、ここでも行なわれるだけのことだ。

（わしに何の関わりがあろう）

深い悲しみを湛えた一休の目はそう呟いているようだった。

それを察したか、磐十は鼻を鳴らし、

「ふん。この死に損ないの抜け殻ジジイが！」

そう決めつけるなり、一休の顔に唾を吐きかけた。

だが、一休は掛けられた唾を拭うでもなく虚無のように黒い目でぼんやり野伏たちを眺めるばかりだった。

「いいじゃねえかよ、兄貴」

　と半首が唇を歪めて言った。

「女を助けようと爺に暴れられるより、こうやって、何もかも捨てた馬鹿面でボーッとしてくれてたほうがよ」

「そうさ。世話が掛からねえし、こっちの槍も汚れずに済むと言うものだぜ」

　鉢鉄が肩を揺らして笑った。

「それじゃ、ちょこっと病人の見舞いなんぞをいたそうかね」

　半首は四つん這いになると南の木戸めがけて進みだす。そんな姿は飢えた山犬が気配を殺して獲物に接近するようだ。

「調べてくれよ、兄弟。綺麗な声で咳しても、面を拝めばとんだババアってことが良くあるからな」

「任せておけって」

　言いながら半首はさらに這い進んだ。


　四つん這いから木戸に手を伸ばす。真っ黒い爪の汚れた手が伸びていく。その指先が木戸の引き口にあと少しで届きそうだ。

　一休はそちらから目を逸らした。

　逸らしたその瞳に、湯漬けの載った盆を持った紹偵が飛び込んでくる。

　紹偵はまず一休を、続いて木戸を引こうとしている半首を見た。その目に、瞬く間に怒りの光が拡がった。

「貴様、何をしておるかッ」

　紹偵が叫んだ。裂帛の怒号が壁と板床に反響する。その勢いに半首と鉢鉄は身を竦め、磐十までもが身構えた。

　それでも虚勢を張って半首は笑いながら紹偵を見上げた。

「何って、俺ァ、ただ隣の部屋の病人が咳して苦しそうだから……」

「黙れ！　京の戦乱に巻き込まれ辛酸の果てに病を得られた御方に、貴様、悪さしようと――」

紹偵に皆まで叫ばせず、磐十が片膝を立てた。

「――しようとしたが、どうした!?」

叫ぶと同時に背中に手を走らせる。

磐十は太刀の柄を握り、一瞬で抜き放った。

だが、紹偵の動きはそれより早かった。

紹偵は板床を蹴って南の壁に飛ぶ。壁から紐で下がっていた二尺二寸の鈴棒を引っ摑む。力任せに引いた。紐が切れる手応えがあった。裸足の蹠（あしうら）が冷たい板床を踏んだ時には、紹偵の手に黒檀の鈴棒が握られていた。

半首がハッとして、紹偵を見上げた。

その眉間めがけて紹偵は鈴棒を振り下ろした。

渾身の力を込めた一撃だった。

薄い黒鉄（くろがね）に漆を塗った半首が砕け散った。

さらに鈴棒は半首に護られていた野伏の顔面をも叩き潰した。

悲鳴を上げる余裕もなく、野伏は背中から倒れた。

予想もしなかった紹偵の動きに、磐十は続く動作を失った。

太刀を振り上げ書けたまま、愕然と紹偵を見つめる。

血走った眼球が膨らんでいた。

鉢鉄の男も、唇を戦慄（わなな）かせている。

「いざ」

と低く言って紹偵は黒檀の鈴棒を構えた。己れの顔面を護りながら、同時に、襲い来る敵への攻撃に備えた武芸者の構えだった。

気迫で金縛りとなったか、磐十は身動き一つ出来ない。

鉢鉄は槍を構えるが、その手が震えて、槍穂が定まっていなかった。

「……畜生……畜生……」

鉢鉄はそんな言葉を念仏のように口の中で唱えた。その目が落ち着きなく動き続ける。視線が目まぐるしい勢いで移動した。

鈴棒を構えた紹偵。

金縛りに陥った磐十。

無表情に端坐する一休。

南側の木戸。

男は激しく瞬いた。

沈黙。

小広間だけ時間が静止してしまったようだ。

鉢鉄の呼吸が次第に荒くなる。

脈拍が大鼓を打つ音のごとく聞こえてくる。

鉢鉄に護られた額から冷や汗が滴った。

まだ秒毫(びょうごう)の時も経っていないのに、すでに何刻もこうしているような気がした。

と、――突然、沈黙が破られる。

木戸の奥から女の咳の声が起こった。

鉢鉄の男はその刹那、野獣のような咆哮を上げて木戸に突進した。

槍で木戸を破った。

木戸の後ろには衝立が立てられている。

突進した勢いを止められず、鉢鉄は衝立を蹴飛ばして、その裏まで突っ込んだ。

紹偵が何か叫んで鉢鉄を追おうとする。

鉢鉄の視界に女の姿が飛び込んだ。

女は驚き、夜着を撥ね除けて身を起こした。

歳は三十四、五というところか。

化粧っ気のない細面が薄闇に映えて身震いするほど美しい。

女は清澄な瞳を鉢鉄のほうに向けて震え声で言った。

「紹偵様、どうしたのでしょう？　何かあったのでしょうか？」

その声を耳にして一休はハッとした。木戸の奥に目をやった。奥では病床の女を護らんと、紹偵が鉢鉄に摑みかかったところだった。

紹偵は鉢鉄の胸元を摑むと、鋭く足を払った。

屈強な男の身が半回転した。

男が横倒しになっても、紹偵は男の胸元を離さない。

相手に受け身を取らせない柔術特有の投げ技であった。

「なんでもない！　離れておれ――」

叫びながら紹偵は、仰向けに倒れた男の鳩尾めがけて、鈴棒を突き込んだ。

鉢鉄の男が声もなく即死する手応えを覚えつつ紹偵は女の名を呼んだ。

「離れておるのだ、森殿！」

森の名を聞いて一休は電撃に撃たれた。

瞬く間にその瞳に生気が甦る。

意識の戻った一休の目に、片膝の姿勢から立ち上がる磐十が飛び込んできた。

刹那、一休は動いた。

七十七の老人とも思えぬしなやかな動きで立ち、床を蹴る。その身が舞い、蹴り込んだ爪先が磐十の胸にめりこんだ。

一休の蹴りは敵の心の臓をたった一撃で破壊した。

驚愕と恐怖の表情を張りつけたまま、磐十は両膝をついていった。

太刀を振り上げた手が緩んだ。ゆっくりと太刀の柄が離れる。安っぽい音を響かせて、磐十の太刀は床に転がった。その音を追いかけるように磐十の身が前のめりに倒れ込んだ。

相手が倒れたのを確かめて、一休は木戸の奥に進み入った。

「さ、こちらへ」

と促す紹偵の手を借りて立ち上がった女を見つめた。それは京で生き別れになった森に他ならない。

十五の時に初めて会った時から何度となく別れと再会を繰り返し、今度という今度は二度と生きて会うことは叶わぬと絶望した森の姿を見つめる一休の目に涙が溢れてくる。

「………」

込み上げる嗚咽に邪魔されて一休は容易にその名を呼ぶことが出来なかった。

激しくしゃくりあげる一休の声に、森はハッとした。見えぬ瞳を一休の立つほうに向けた。

「どなたか……おいでですか？」

紹偵はうなずき、一休に目を向けた。

一休の口からやっと声が洩れる。

「……しんさん……」

その声を聞くなり、森は驚きの表情を広げて、盲いた瞳を一休に転じる。消え入りそうな声で森は問うた。

「一休様……？」

紹偵が手を離した。

森は一休の立つ位置まで少しずつ進みだす。進みながら確かめるように尋ねた。

「一休様でいらっしゃいますか？」

「そうだよ、わしだよ」

優しく応えて一休は両腕を広げた。

「一休様！」

森は手を前に出して杖なしで歩んでいる。一休はそんな森に飛びつき、力の限りに抱きしめた。森も抱き返してくる。

森の気配、森の匂い、森の身のたおやかさ、森の生きているという手応え——それらすべてを全身全霊で受け止めながら、一休は言った。

「森さん、よう生きてててくれた。会いたかった……会いたかったよ……」

「一休様——」

と低く洩らすなり、森は声を上げて泣きはじめた。

「泣かんでいい。もう泣かんでいいんだよ、森さん。……お互い地獄から生き延びて……こうして生きて再会できたのだ……どうして泣くことなどあろう……なあ、そうじゃないか、森さん」

泣き崩れそうになる森の身を抱いて支えながら、一休はそう繰り返した。

「西軍が大挙して襲ってきて……逃げ惑う人の波に巻き込まれて……杖も落としてしまって……」

森は泣きながら話し続ける。そこまでは一休も覚えている。その後、盲目の女の身にどんな過酷な運命が襲いかかったのか想像に難くない。

だが、一休はそんなことを聞くよりも、今はただ生きて再び会えたことを心の底から喜びあい、天に感謝したかった。

「詳しい事は後で聞かせておくれ。それより……昔の記憶に促され、さらに野伏に脅されて立ち寄った瑞輪寺に……お前様がかくまわれておったとは……」

切れ切れに言った一休の背に紹偵の声が掛けられる。

「再会を喜び合うのはそれくらいにして、まずは野伏どもの亡骸を片付けましょう」

五、温もり風

三人の凶賊の死体は寺の裏に引きずり出し、無縁仏の墓に埋めてしまった。

僧房の汚れを洗って塩で清め終えた頃にはあたりはすっかり暗くなっていた。

本堂から持ってきた燭台に火を灯し、僧房を明るくした紹偵は、一休と森に呼びかけた。

「さて。改めて、再会を祝すといたしては如何ですか」

「………」

一休と森は手を取り合った。

「森殿も一休様と会って顔に血の気が戻られたようですな。全ては釈迦如来のお導きでございましょう」

紹偵はそう言うと、その場に正座して威儀を正した。

一休も慌てて正座する。

深々と一礼した後、紹偵は言った。

「お会いしとうございました、一休宗純様」

「紹偵殿。……此度のこと、お礼の言葉もござらん」

紹偵は精悍な顔に笑みを一杯に拡げると、

「水くせえこと言うなよ」

不意に砕けた口調で呼びかけた。

「えっ……」

驚いた一休に紹偵は続ける。

「俺だよ、坊さん。……そらまるだよ」

「……そらまる……」

「そうだよ。アルキ比丘尼の息子の俺だよ」

暫しの沈黙の後、一休は感嘆の声を洩らした。

「おお……」

そんな声と共に、一休の心に、忘れられた記憶が一気に甦ってきた。

（そうだ。そうだった。南朝復興を企む北畠満雅と、将軍となって間もない頃の六代義教の暗闘に巻き込まれ、彦仁王様――御幼少の砌の今上の御御魂を受ける器として選ばれた少年だ）

その名は虚無の虚と書いて虚丸といった。

一休は虚丸と一緒に旅を続け、彦仁王の御魂を本来の肉身に戻した後は、伊勢から摂津に旅をして、虚丸をこの寺に預けたのだった。

四十二年も前のことがようやく細部まで思い出された。

そんな一休の顔を真正面から見つめて紹偵は叫んだ。

「俺のおっ父の名は、一休宗純だ。江州堅田の禅興庵の修行僧、一休宗純禅師だ！」

雨の音が聞こえた。

現実の雨の音ではなかった。

四十二年前――虚丸を瑞輪寺に預けたあの日の雨音だった。

静かな雨音が耳奥から消えた頃、一休の目から熱い滴が溢れだした。

「今日は何と言う日だろう。この世で最も大切な女と再会できたその場で、四十二年前に別れた、我が息子とまた会えるとは……」

紹偵が手の甲で涙を拭いながら言った。

「森殿は、この先の桜の大木あたりで倒れているのをお助けしたのです」

「わしも……あの黒焦げの桜の木の下で正気づいたのだ」

「そうでしたか。しかし、こともあろうに、我が父の知己であったとは。まったく諸仏のお導きと申すもの……」

紹偵の言葉を聞いて森が一休に尋ねた。

「一休様、紹偵様は一休様のお知り合いでいらしたのですか？」

すると一休は森に応えた。

「森さん、改めてご紹介するよ。紹偵さんはわしの息子じゃ」

「息子と申しても実の息子ではありません。子供の頃、拙僧が勝手にそう言ったと申す話――」

紹偵に皆まで言わせず、一休は首を横に振って、

「あんたは小さかったから何も知らんのじゃ。あんた――虚丸は、若い頃、わしがアルキ比丘尼と契って拵えた、れっきとした我が息子。一休宗純の実の息子じゃ。信じられんのなら世間が落ち着いたら、一筆したためて判をついても良いぞ」

「は、は、それは嬉しい限りで」

照れたように笑ってから、紹偵は一休に尋ねた。

「されば、父上。こちらの女性(にょしょう)は？」

「森さんかい？　森さんは……」

一休は少し間をおいて応えた。

「森さんは、この一休宗純の、〝女〟だ」

「おんな――」

紹偵が目を丸くして思わず大声を上げれば森は顔を真っ赤にして首を横に振った。

「左様な……滅相な……。わたくしは卑しい旅芸人……しかも盲目(めしい)で……すでに汚れに汚れた身……一休様の女などと……勿体のうございます」

懸命に訴える森の言葉を無視して、

「なんなら森さんとの房事を詠った漢詩を披露しても良いぞ」

一休は片目をつぶって、うそぶいた。

「いや。それはご遠慮申し上げましょう」

と断ってから紹偵は森に向き直り、

「森さん、これから一休殿とご一緒に旅をされ、いずれ世が落ち付いて共に暮らすようになっても、ご自分は〝一休宗純の女〟であると周囲には言い、ご自身もそのように信じなさい」

「それは……どうしてでございますか？」

「拙僧の見立てでは、目下の、東西に分かれ武士という武士が血を滾らせて相争う戦は、程なく京から全国に広がりましょう。つまり北は奥州から南は九州まで炎に包まれるのは必定。それから始まるのは守護代が守護を殺し、管領が将軍を殺し、親が子を殺し、子が親を殺す——野獣か修羅のごとき乱世末法の世。そうなればこの世は血と炎に沈み、人々から笑いは消え、草も木も枯れ果てて、二度と花の咲くことはなくなるでしょう」

「………」

「そうした世となった時、貴女のように目のご不自由な女人が生き延びるためには、上皇陛下の義兄（あに）君にあらせられる一休宗純殿の女であることが、何よりの武器となるはずです」

「でも、わたくしと一休様は左様なことは何も……」

「現実に一度も契ったことがなくとも、周囲には契ったことにしておきなさい。嘘も方便。一休殿の庇護の下にあり続けるのです」

紹偵はそう断じると一休に向き直った。

「父上はそのようにお考えになって、森さんをご自分の女だなどと申されたのですね」

一休は答えない。

あらぬほうを眺めて沈黙していた。

「拙僧はそのように……」

言いかけてから紹偵は訂正した。

「俺はそうだと信じてるぜ、坊さん」

「ふん」

面白くなさそうに鼻を鳴らすと一休は森に振り向いた。

「森さん、腹、減っただろう」

「い、いえ。わたくしは——」

首を振った森を無視して一休は紹偵に言った。

「森さんもわたしも腹が減ったぞ。おい、息子。わしらに湯漬けを持ってこい」

「はい、只今」

苦笑した紹偵に一休は続ける。

「森さんも何日かしたら元気になるだろう。森さんが立って歩けるようになったら、わしらは大和か和泉のほうに避難することにするよ。この摂津も危なそうだからな。……済まんが、ここを発つ時には、路銀と食い物を少し融通してくれんか？」

「はい」

大きくうなずいて紹偵は応えた。

「我が父のためならば喜んで」

六、真冬に吹く春の風

それから五日後――。

体力も気力も取り戻した森と共に、一休は瑞輪寺を辞した。途中まで送っていく、という紹偵に、

「もうこれ以上、世話になったら、わしらはタカリになってしまうでな」

「お気持ちだけ頂きます、紹偵様」

と一休と森は頭を垂れた。

「では、せめて、あの桜の木まで送らせて下さい」

紹偵はそう言って譲らない。仕方なく桜の大樹まで送ってもらうと、近くで馬が何頭も草を食み、大樹の下には何人もの男が大声で談笑していた。

「や、まずいな。磐十の奴が言ってた野伏のお頭一味か」

思わず顔をしかめて身構えようとした一休に、紹偵は眉を顰めて応えた。

「野伏とは様子が違うようですが」

「なにか温かい気配を感じます」

森も見えぬ目を前方に据えて囁いた。

「そうか？　あいつら、下帯一本の裸虫だし、髭面ばかりで赤鬼みたいだぞ」

疑わしそうに言った一休を、その赤鬼の一人が見つけて叫んだ。

「おおい、坊（ぼん）さんやないか！」

その声を聞いて他の赤鬼も一斉にこちらに振り返る。

「なんやて」

「坊さんて、あの坊さんか？」

「せや。あの坊さんや。背の高い坊さんや綺麗な女子（おなご）と一緒やで」

そんな声が一休の耳にも聞こえてきた。

「はは、野伏かと思うたが、馬借衆か」

目を細めて呟くと、一休は森に振り返った。

「あれは知り合いの馬借たちでね。瑞輪寺に来る前に世話になったんだよ」

口早に説明するうちにも一休たちは桜の大樹の下に着いていた。

三人はたちまち馬借に囲まれる。馬借たちは一休が生きていたことに驚き、かつ生きていたのを喜んでくれた。

「坊さん、よう生きとったな」

「野伏に殺されたと思（おも）とったで」

「ほんまに良かったわ」

そんなことを口々に言いながら、逞しい手で肩を叩いてくる。何本もの手に叩かれて痛いほどだが、その手はどれも温かく、優しさと親しみが籠っていた。

「お前さん方はまだここにおったのかい」

一休は馬借に笑い返すと、

「野伏どもなら、鼻息で消し飛ばしてやった。それより、お前さん方、前に会った時より数が相当増えたように見えるが。わしの勘違いかの」

「勘違いあらへん」

「わいら、きっちり、増えとるがな」

若い馬借が真っ白い歯を見せて笑った。

「わい、大吉丸のおっさん殺されて、むかっ腹立ってな。摂津の棟梁に話したったんや」

「棟梁というのは馬借の親分かい」

「せや。偉（えろ）おて強（つ）おい御方や。棟梁に話したら、野伏、皆殺しや」

「なんか話が見えないな」

一休が苦笑すると、横から年配の馬借が補ってくれる。

「摂津の馬借の棟梁に、野伏三人に大吉丸が殺されたと知らせたんや。そしたら棟梁がな、摂津の馬借を理由もなく殺した畜生に思い知らせたれ、と怒りに怒った」

「それでどうした？」

「ほいで、三人が瑞輪寺で野伏のお頭と合流しようとしてる言うから、瑞輪寺のほうに馬を駆る野伏一味を待ち伏せや」

「三十人はおったで」

若い馬借が興奮した調子で横から口を出した。すかさず別の馬借が訂正する。

「大袈裟なこと言いな、十二人やないか」

「坊さん、見てへんのや。ちょっとくらい景気付けさせぇや」

「それでその十二人をどうした？」

一休が尋ねると、若い馬借は腰に手を遣った。下帯の後ろに提げた革紐を取って、一休に見せつける。

「摂津の馬借は弓も刀も槍も使わへん。これで戦うんや」

「それは？」

「この革紐をぶんぶん振って石礫投げたる」

「石礫か」

一休は感心した調子で言った。その脳裡に馬借の大群が原田付近の人気のない野原で十二人の野伏一味に襲いかかる光景が浮かんでくる。——馬借衆は馬に乗って野伏を取り囲み、ぐるぐると周囲を回って威嚇していた。威嚇しながら、馬の鞍に括り付けた石を革紐に仕掛ける。そうして革紐を振りまわして石礫を投擲するのだ。河原の石合戦の昔から石礫は弓矢より強力な飛び道具として人々に使われてきた。刀も弓矢も使わず馬借はこの石礫で百姓や国人侍と力を合わせ、守護の軍勢と戦ってきたのである。

雨霰と降り注ぐ石礫に野伏一味は弓も槍も刀を使うこともままならず、脳天を石で砕かれて、一人また一人と落馬していく。馬から落ちた野伏を仲間の馬や、馬借の馬が踏んで行く。こうして十二人の野伏は、磐十らと待ち合わせた瑞輪寺に行くこともかなわず全滅してしまったのだ——。

「南無……」

全滅した野伏のために、紹偵が片手を上げて呟いた。

その隣で一休は、

「ようやった」

と言って破顔した。

「宜しいのですか、人殺しの群れとはいえ……」

そう訴えかけた森に一休は大きな声で言った。

「死のうが生きようが、人殺しだろうが神仏だろうが、わしはお前様を苦しめる奴、泣かせる奴、傷つけようとする奴らには、金輪際、手も合わせんし、心経も唱えん」

「………」

困惑した表情が森の貌(かんばせ)に拡がる。それに構わず一休は森の手を握り、引き寄せた。

「一休様、そんな……皆さんが見てらっしゃいます……」

頰を赤らめた森を抱きしめて一休は言った。

「お前様は、一休宗純の活き仏。まことの観音様だ」

そして力の限りに森を抱きしめた。それを見て、周りの馬借衆が手を拍ち、口笛を吹き、ヤンヤと喝采しはじめた。

若い馬借が照れたように二人から目を離し、近くに立つ紹偵に尋ねた。

「あの坊さん、一体、誰や？」

「あの坊さんか。あの御方はわいの父上や」

「坊さんのお父(とん)か？」

「せや。ほいで、京で窖(あなぐら)に縮こまっとるアホ将軍なんかより、ずっとずっと偉い御方の兄君やねんぞ」

「将軍より偉い御方の兄君かいな！」

「覚えとき。一休宗純いうのがお名前や」

「じゃ、あの綺麗な女子(おなご)は？　一休さんの嬶(かか)かいな？」

紹偵は、森の手がおずおずと一休を抱き返すのに目を細めて、馬借に応えた。

「嬶やない」

構わず紹偵は続けた。

「たといこの世が修羅のものと変じても、いつか再び、花は咲き、喜びの声も甦りましょう」

言い終えた紹偵の頬を撫でた風は柔らかく温かい。

風はまるで春を告げているようだ。


「なら、なんや？　妾か」

「ちゃう。あの女子はな……」

と一息置いてから紹偵はきっぱりと言いきった。

「一休宗純の女や」

微笑を浮かべた紹偵の鼻先を薄紅（うすくれない）の何かがかすめた。

手を上げて、紹偵はそれを摑んだ。

そっと掌を開いて目を落とした。

それは桜の花びらだった。

（厳冬に桜が？）

何処から舞ってきたのかと見渡して、初めて黒焦げになった大樹から降ったものと知った。

見上げれば、黒焦げになった朽木に満開の桜が咲き誇っている。

紹偵は朽木の花を暫し見つめていたが、近くで森と抱き合う一休の背に呼びかけた。

「父上、先日のわたしの言葉、撤回させて頂きます」

一休は答えない。

【初出】

一休葛籠　『ナイトランド・クォータリー』Vol.18（アトリエサード／以下同・二〇一九年八月）

かはほり検校　『ナイトランド・クォータリー』Vol.01（二〇一五年五月）

魔経海　『ナイトランド・クォータリー』Vol.02（二〇一五年八月）

白巾　『ナイトランド・クォータリー』Vol.06及びVol.07（二〇一六年八月〜十一月）

たそかれの宿　『ナイトランド・クォータリー』Vol.03（二〇一五年十一月）

人食い小路　『ナイトランド・クォータリー』Vol.11（二〇一七年十一月）

殺生鉤の春霞　『ナイトランド・クォータリー』Vol.13（二〇一八年五月）

迷い凪　『ナイトランド・クォータリー』Vol.14（二〇一八年八月）

むまたま暮色　『ナイトランド・クォータリー』Vol.09（二〇一七年五月）

しろがね浄土　『ナイトランド・クォータリー』Vol.08（二〇一七年二月）
井戸底の星空　『ナイトランド・クォータリー』Vol.04およびVol.05（二〇一六年二月〜五月）
魔仏来迎　『ナイトランド・クォータリー』Vol.12（二〇一八年二月）
口寄せの夜　『ナイトランド・クォータリー』Vol.10（二〇一七年八月）
外法経　『異形コレクション(50)　蠱惑の本』（光文社・二〇二〇年十二月）
朽木の花　『朽木の花　新編・東山殿御庭』（書苑新社・二〇一八年十一月）

朝松健（あさまつ・けん）

一九五六年、北海道生まれ。東洋大学文学部仏教学科卒業。国書刊行会に入社し、ラヴクラフト作品などの企画出版を手掛ける。八六年、『魔教の幻影』で小説家デビュー。オカルト・伝奇小説を中心に幅広く執筆し、近年は室町時代を題に取った作品を精力的に発表している。二〇〇五年、短編「東山殿御庭」が日本推理作家協会賞候補。アンソロジストとしても高い評価を得ている。

一休どくろ譚・異聞

２０２３年３月24日初版第一刷発行

著者　朝松健

装画　山本タカト
装幀　菊池篤
企画　菊池篤
編集　張舟

発行所　(株)行舟文化
発行者　シュウ ヨウ
福岡県福岡市東区土井2-7-5
HP　http://www.gyoshu.co.jp
E-mail　info@gyoshu.co.jp
TEL　092-982-8463
FAX　092-982-3372

印刷・製本　シナノ書籍印刷株式会社

ISBN 978-4-909735-14-0　C0093
Printed and bound in Japan

行舟文化単行本　目録

＊二〇二三年三月現在

あやかしの裏通り	ポール・アルテ著／平岡敦訳
金時計	ポール・アルテ著／平岡敦訳
知能犯之罠	紫金陳著／阿井幸作訳
殺人七不思議	ポール・アルテ著／平岡敦訳
名探偵総登場　芦辺拓と13の謎	芦辺拓著
少女ティック　下弦の月は謎を照らす	千澤のり子著
混沌の王	ポール・アルテ著／平岡敦訳
弔い月の下にて	倉野憲比古著
暗黒10カラット　十歳たちの不連続短篇集	千澤のり子著
大唐泥犁獄	陳漸著／緒方茗苞訳
森江春策の災難　日本一地味な探偵の華麗な事件簿	芦辺拓著
知能犯の時空トリック	紫金陳著／阿井幸作訳
一休どくろ譚・異聞（本書）	朝松健著

JN056787

原島博講義録シリーズ

俯瞰する知

巻2

宇宙138億年から学ぶ

原島 博 著

多元宇宙論
ビッグバン
グラビトン
脳内宇宙
ハビタブルゾーン
カンブリア爆発
大酸化イベント
K/T(Pg)境界絶滅事件
ミトコンドリア・イブ
ネアンデルタール人
特殊化
四大文明
ヘレニズム
十字軍遠征
大航海時代
市民革命
植民地獲得競争
東西冷戦
グローバル化
資本主義
バブル
失われた○○年
ポストモダン
格差の拡大
核兵器
世界終末時計
自己家畜化
ドレイクの方程式
etc.…

●——この講義録には、第1講から第7講までありますが、それぞれが1回分の講義録になっています。ここではそれなりの流れで並べていますが、塾では必ずしも順番どおり話していません。したがって、それぞれの講義の内容は、それだけで独立しています。最初から順にお読みいただいても、関心あるところだけ拾い読みしていただいても結構です。

俯瞰する知の旅へようこそ

東日本大震災のちょうど3か月後の2011年6月11日、思うところがあってささやかな私塾を始めました。学習塾ではありません。そのときに関心があることを90分お話しする個人講演会です。毎月開いていましたから、あっという間に150回を超えました。テーマは自分の専門とは関係なく、宇宙の話から生老病死の人生まで、さまざまな分野を俯瞰する形になりました。

それはまさに知の旅でした。「俯瞰する知」と題したこの全十巻の講義録は、その旅行記です。それぞれの土地（分野）には住民（専門家）がおられますが、あくまで一人の旅行者としての視点を大切にしました。その気の赴くままの旅をぜひ多くの方と共にしたいと思いました。旅は道連れ、一緒に知の観光ができればこの上ない喜びです。

「俯瞰する知」原島博講義録シリーズ【全10巻】

巻2　宇宙138億年から学ぶ　目次

第4講　直立二足歩行からの人類の歩みを振り返る　145

第5講　農耕開始以来の文明の歴史を復習する　185

第6講　近代からその先へ――成長と拡大の時代は終わった　211

はじめに

本書は原島博講義録「俯瞰する知」シリーズの二巻目です。俯瞰にはさまざまな軸があります。ここではその一つである時間軸に沿って、全体を俯瞰することを試みました。そもそも時間という物理的なしくみは、私たちの宇宙が誕生したときにできたとされていますから、宇宙138億年の歴史を眺めれば全体を俯瞰したことになります。

このような歴史はビッグヒストリーと呼ばれることもあります。それはビッグバンから現代までのすべての歴史を学際的に教育することを目的として、1990年前後にアメリカのデイビッド・クリスチャンを中心に提唱されました。最近になって、その教科書の翻訳が日本でも出版されています。

本書でカバーしている範囲もこれと似ています。でも本書はビッグヒストリーではありません。本書は歴史書ではありません。ましてや教科書でもありません。強いて言えば、シリーズ全体の「まえがき」にあるように旅行記です。

専門家でもない一人の人間が、たまたま時間軸に沿っておこなった知の旅の報告です。

そこには旅行者(原島)の視点があります。何よりもその旅行者の関心は歴史ではなく、いまにあります。いまを知るための知の旅で、そこで見えたこと、学んだこと、そして考えたことを報告しています。

この旅行記は形のうえでは宇宙138億年を通した歴史になっています。一方でそれぞれの時代の知の旅は、塾では何回かに分けて報告しましたから、それだけで独立した物語になっています。したがって、本書は興味ある時代だけの拾い読みも可能です。でも二回目に読むときは、できれば通して読んでいただきたいなとも思っています。

本書の構成は次のとおりです。第1講では、まず全体を俯瞰することを目的として、宇宙138億年の通史を眺めました。そこに自分自身を位置づけることも試みました。そして第2講から第5講は、それぞれ宇宙誕生に始まって、地球での生物の進化、人類の歩み、そして農耕開始以降の文明の歴史です。そしてもともとの関心が現在にあったこともあって、第6講で近代という時代を少しだけ詳しく扱いました。それを第7講で未来につなげました。結果として単なる過去の歴史ではなく、未来も含めた知の旅となりました。

第1講

まずは宇宙誕生からの138億年の通史

時間は途切れることなくつながっています。それは宇宙の誕生までさかのぼることができます。宇宙は138億年前に誕生しました。その宇宙の銀河系に太陽系が形成されて、その第三惑星である地球で生物が進化しました。それは人類を生み出し、その人類が文明を獲得して現在に至っています。

これらは時間的には連続しているはずなのに、その探求は別々の学術分野でなされてきました。中学や高校でもそれなりに勉強していますが、宇宙や生物は理科の時間、世界史は社会の時間と別になっています。その間がつながっていません。知識がばらばらになっています。

これを無謀にも時間的に連続してすべてをつなげてみたくなりました。これが「宇宙138億年から学ぶ」と題した本書の趣旨です。その第1講として、まずは大雑把に138億年の通史を眺めることとします。

1——138億年を一望できる年表をつくる

138億年の歴史をつなげるために、まずはそのすべてを一覧できる年表をつくってみようと思いました。一覧できる年表ですから、一枚の紙にそのすべてが記されていなければなりません。たとえばA4の紙を横にしてそこに138億年の年代目盛を等間隔にとると、1億年が2㎜になります。

ただこのようにして年表をつくると、あまり面白くないことが起こりました。何しろ1億年が2㎜ですから、人類が誕生してからの700万年はたったの0・14㎜です。そこに人類の歴史のすべてを圧縮して押し込めて年表をつくらなければいけないのです。とても無理です。ルネサンス以降の近代の歴史を含めようとすると、年表を見るためには顕微鏡が必要になります。

それではどうすればよいのでしょうか。答は簡単です。理系の人はすぐ思いつくことですが、年代の目盛を対数軸にすればよいのです。急に数学的な用語が出てきたので文系の方は戸惑うかもしれませんが、そう難しいことではありません。たとえば、歴史をさかのぼる形でいまから10年前を最初の目盛としたときに、次の目盛を20年前、30年前……とはしないで、10倍ずつとって、100年前、1000年前、1万年前とすればよいのです。そうすれば、その先は10万年前、100万年前、1000万年前、1億年前、10億年前、100億年前となって、あっという間に宇宙が生まれた138億年前に達してしまいます。

このようにして年表を作成しました（実際にはもう少し詳しい年表をつくりましたが、簡略したものを示します）。年代の目盛がここで述べたように右から10倍ずつになっていることを確

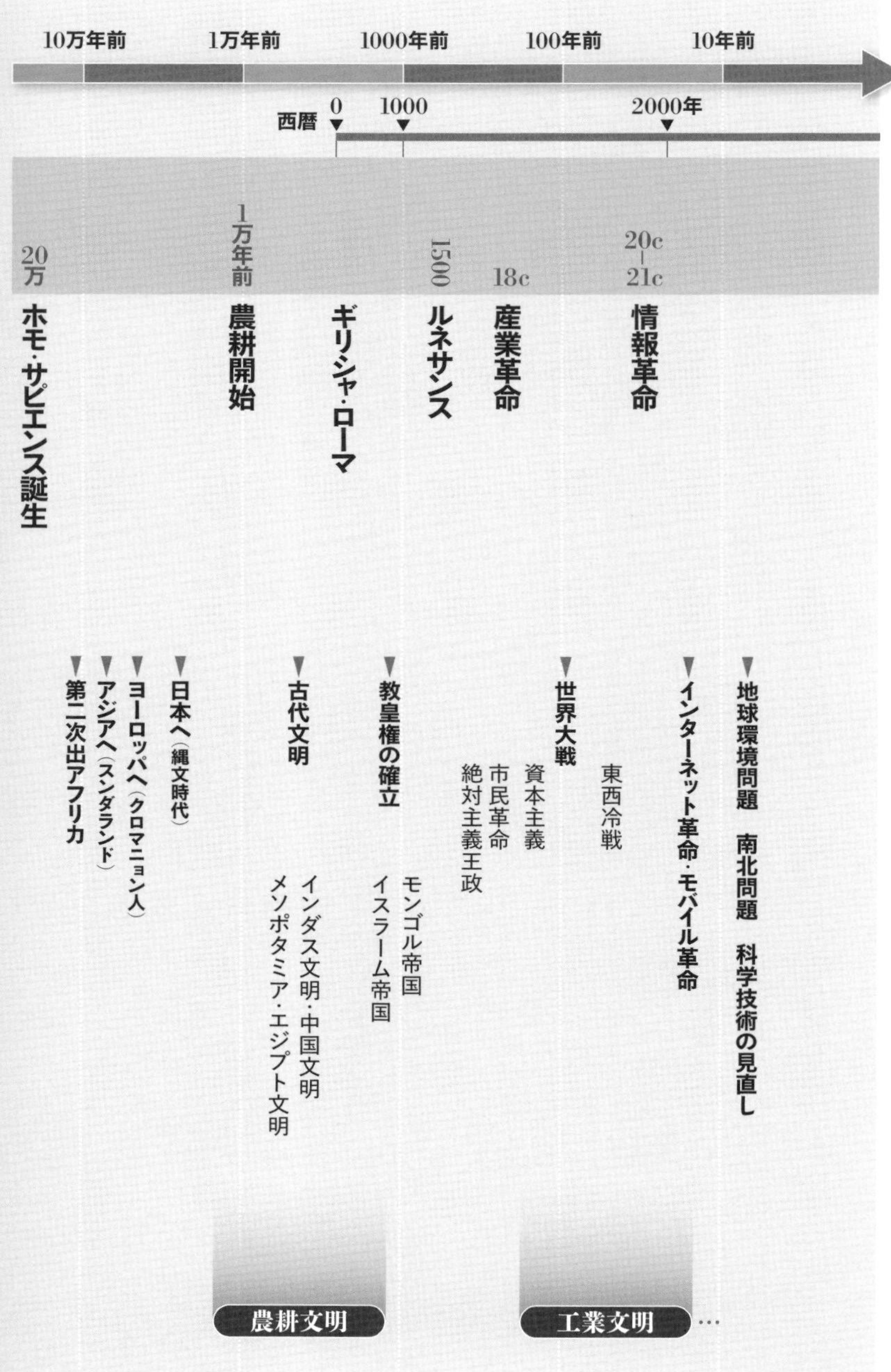
10万年前
1万年前
1000年前
100年前
10年前
西暦
0
1000
2000年
20万
ホモ・サピエンス誕生
1万年前
農耕開始
ギリシャ・ローマ
1500
ルネサンス
18c
産業革命
20c-21c
情報革命
第二次出アフリカ
アジアへ（スンダランド）
ヨーロッパへ（クロマニョン人）
日本へ（縄文時代）
古代文明
インダス文明・中国文明
メソポタミア・エジプト文明
教皇権の確立
モンゴル帝国
イスラーム帝国
絶対主義王政
市民革命
資本主義
世界大戦
東西冷戦
インターネット革命・モバイル革命
地球環境問題　南北問題　科学技術の見直し
農耕文明
工業文明…

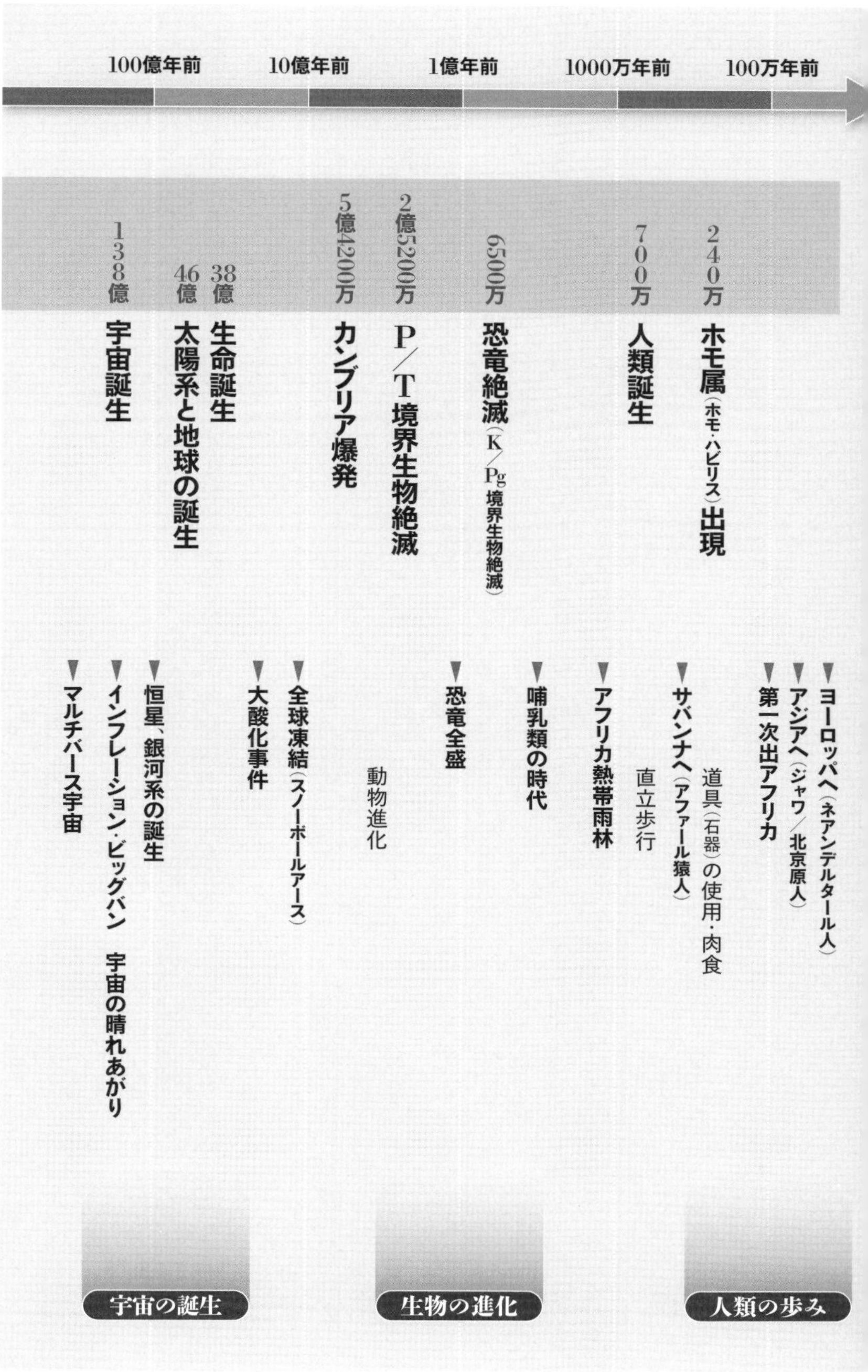

100億年前　10億年前　1億年前　1000万年前　100万年前

年代	出来事
138億	宇宙誕生
46億	太陽系と地球の誕生
38億	生命誕生
5億4200万	カンブリア爆発
2億5200万	P／T境界生物絶滅
6500万	恐竜絶滅（K／Pg境界生物絶滅）
700万	人類誕生
240万	ホモ属（ホモ・ハビリス）出現

▼マルチバース宇宙

▼インフレーション・ビッグバン　宇宙の晴れあがり

▼恒星、銀河系の誕生

▼大酸化事件

▼全球凍結（スノーボールアース）

動物進化

▼恐竜全盛

▼哺乳類の時代

▼アフリカ熱帯雨林

直立歩行

▼サバンナへ（アファール猿人）

道具（石器）の使用・肉食

▼第一次出アフリカ

▼アジアへ（ジャワ／北京原人）

▼ヨーロッパへ（ネアンデルタール人）

宇宙の誕生　生物の進化　人類の歩み

認してください。このように目盛をとると予想外の面白いことが起こりました。僕が大切だと思う歴史的な出来事を年表に記すと、それがなぜかほぼ等間隔に並んだのです。

46億年前に地球が誕生してからの生物進化の歴史、700万年前からの人類の歴史、1万年前からの農耕開始以来の文明の歴史もバランスよく並んでいます。この年表に記されていることはそれほど多くありませんが、一応時間的につながっています。したがって、まずはこれを追っていけば、138億年の歴史の全体をそれなりに把握することができます。

早速、追ってみましょう。

2――まずは宇宙が誕生して銀河系ができた歴史

宇宙は無限の過去からあって変わっていない。かつてはそう思われていました。いまの宇宙論はそうではありません。宇宙もあるとき誕生しているのです。それは138億年前であるとされています。その誕生はどのようなものだったのでしょうか。

宇宙は泡のように無数にあるとする多元宇宙論

僕のようなひねくれ者は、138億年前に誕生したのであれば、その前はいったいどうだったのかが気になります。もしかしたら、これは意味がない問いかもしれません。時間そのものが、宇宙が誕生したときに生まれたという学説があるからです。そうだとすると、宇宙には誕生以前という時間がないことになります。

一方で、最先端の宇宙物理学者は魅力的な仮説をたてています。もともと宇宙は水中の泡のように無数にあるのだと。それぞれは急に膨張して泡となり、その後は破裂するなり萎むなどして消えていく。我々の宇宙もその一つでしかないというのです。これは多くの宇宙があるという意味でマルチバース（多元宇宙）とよばれています。我々の宇宙はその一つです。マルチに対してユニバースです。

残念ながらマルチバースのそれぞれの泡宇宙は、理論的には想像できても、それが本当か確かめることは原理的にできません。我々が知ることができるのは、我々が生きている宇宙（ユニバース）だけです。ここではその宇宙の誕生から始めることにします。

宇宙は急膨張することによって生まれた

我々人間がいる宇宙（ユニバース）は、最初はほぼ点とみなしてよい小さな空間に無数の粒子がぎっしり詰まっている状態でした。それが宇宙のとりあえずの最初の姿なのです。その点のような小さな空間の直径はプランクの長さとよばれていて、

0.00000000000000000000000000000000001m

です。0が小数点以下に並んでいて35桁目にようやく1があります。このように0を並べてもよくわからないので、数学ではこれを10^{-35}mと記して、10のマイナス35乗メートルと読みます。10^{-1}mが0.1m、10^{-2}mが0.01mです。

このようにこれ以上は狭くできない空間に、無数の粒子が光の速さで飛び回っていました。想像できないかもしれませんが、そう思ってください。この狭い空間を光速の粒子はわずか10^{-43}秒（プランク時間）で通過します。宇宙が誕生してからのこのプランク時間のほんのわずかな期間はプランク時代とよばれています。そこで飛び回っている粒子は、粒子と反粒子の2種類があって、これらは対（ペア）になって生成し、また対になって消滅するということをくり返していました。それぞれ対生成、対消滅とよばれています。

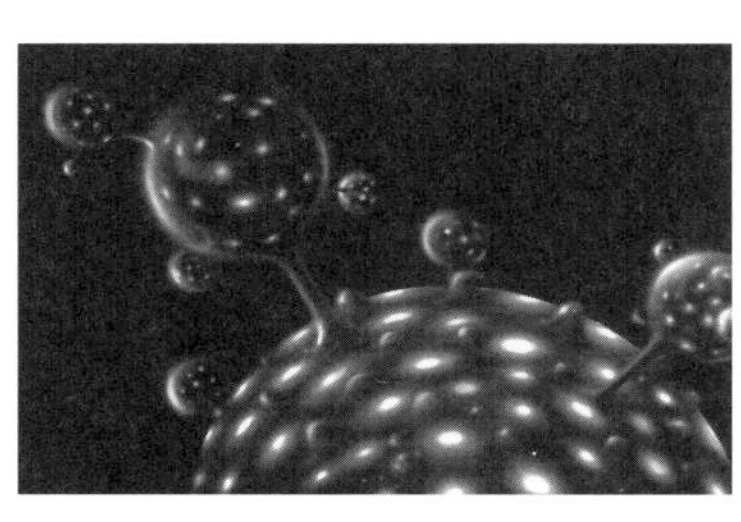

●宇宙は数限りなくある「泡」のようなもの
©沼澤茂美

重要なことは、このように小さな空間に光速で無数の粒子が活動しているわけですから、そこにはとんでもないエネルギーがぎっしり凝縮されているということです。それはプランクエネルギーとよばれます。その量は温度に換算すると

100万×10兆×10兆度

というまさにとんでもないエネルギーです。

このエネルギーが点のような空間を急膨張させます。これは宇宙が誕生してから10^{-32}秒の間に瞬時にして起こりました。インフレーションとよばれています。あっという間に宇宙は大きさが数十桁膨張して、その後はゆるやかな膨張に変わりました。

急に大きくなると宇宙の温度も急に下がります。温度が下がると宇宙の状態が劇的に変化します。これを相転移と言います。たとえば水は、温度が高いときは気体（水蒸気）、下がってくると液体（水）、さらに下がると固体（氷）に、それぞれある温度で急に状態が変わります。宇宙でも似たこと、すなわち相転移が起こりました。

インフレーションが終わったときも宇宙の相転移が起こりました。そのときに大量の熱が発生して、宇宙の爆発が起こりました。ビッグバンとよばれている現象がこれです。ビッグバンが宇宙の始まりだと言われることがありますが、まずはインフレーションがあってその直後にビッグバンがあったのです。

ビッグバンの後も宇宙の温度は下がり続けました。それによってさまざまな相転移が起きて宇宙の状態も変わっていきました。それにともなって、空間にある粒子の種類が増えました。

素粒子に力が作用して陽子・中性子、原子核がつくられた

その粒子があるとき劇的に変化しました。宇宙誕生の約10^{-11}秒後に新たな相転移が起きて、ヒッグス場（ば）とよばれるものが形成されます。そこで光速で飛びまわっていた粒子の動きが、すべてではありませんがにぶくなっていったのです。これによって粒子はそれぞれ固有の質量を持つようになりました。その粒子がもとになって、これ以降にそれらが互いに結合して原子がつくられていきます。

ここで原子について、中学や高校で習ったことを復習しておきましょう。すべての物質は原子でできています。かつて万物の根源は原子であると言われました。それは間違いではないのですが、原子はさらにこまかく分解できることがわかってきました。原子は一つの原子核とその周囲を廻る一つ以上の電子からなります。原子核は陽子と中性子に分解で

きます。そして陽子と中性子は、それぞれ3個のクォークからなっています。クォークはそれ以上分解できないので素粒子とよばれています。電子もそれ以上は分解できないという意味では素粒子の一つです。

　宇宙の初めは無数の素粒子が飛びまわっているだけでした。それが組み合わさってしだいに物質ができていきます。まずは宇宙誕生から10万分の1秒後（10^{-5}秒後）にクォークが三つずつ結合して陽子と中性子がつくられました。そして3分後には、陽子と中性子がいっしょになって原子核ができました。まずできたのが水素とヘリウムの原子核でした。水素の原子核は陽子が一つですが、ヘリウムの原子核は陽子2個と中性子2個からなっています。この後、この原子核を電子がまわるようになれば原子の出来上がりです。

　ここで重要なのは、このようにつぎつぎと粒子が結合するには、それぞれを結びつける力が必要になることです。このことを物理学では相互作用とよんでいます。力（相互作用）がなければ粒子はバラバラなままです。

　力として、皆さんは重力と電磁気力をご存知ですよね。電磁気力は磁石にはたらく力だと思っていただいて結構です。物理学では、この他にもう2種類の力があることがわかっています。それぞれ強い力、弱い力とよばれています。それぞれの力が電磁気力よりも強いか弱いかでこの名称があります。変な名称ですが正式名称です。

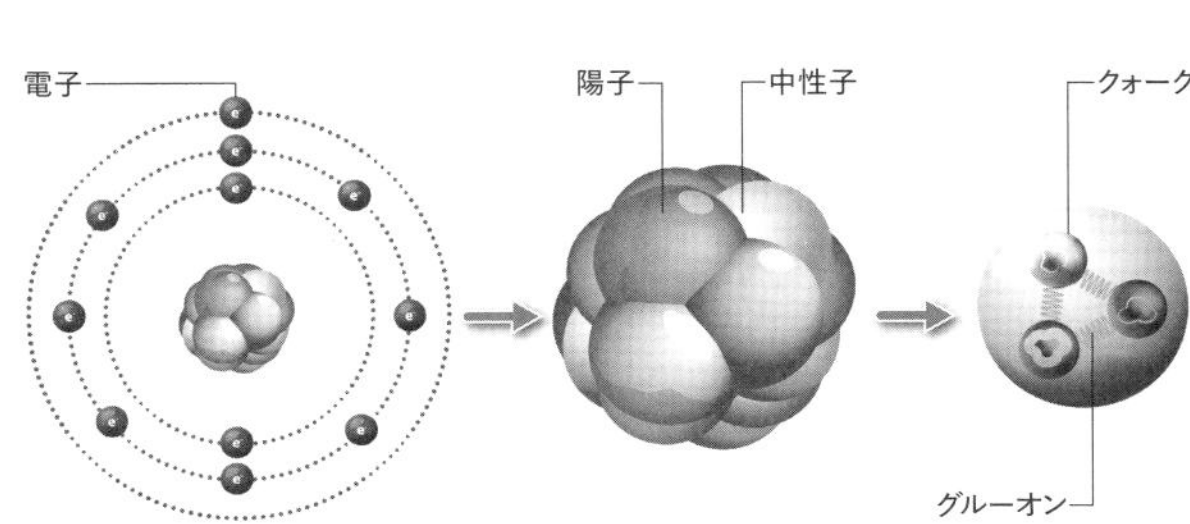

●原子の構造
物質を構成する基本粒子
©ttsz

問題はこの4種類の力がどのようにしてできたかです。最初は一つで、宇宙が誕生した直後に一つずつ分岐していったことがわかっています。下図にあるように、宇宙の温度が下がるとまずは重力が分岐し、次に強い力（色の力とも言います）が分岐して、最後に弱い力と電磁気力が分離しました。これを理論的に明らかにすることが物理学の大問題で、最後に分岐した弱い力と電磁気力の統一理論はワインバーグ＝サラム理論としてほぼ完成しています。これと強い力を統一する理論は大統一理論とよばれて現在構築中です。重力も加えた超大統一理論は将来の課題として残されています。

38万年後に原子ができて光が自由になった

こうして素粒子がもとになって、それに力（相互作用）がはたらいてしだいに物質ができてきました。先に述べたように、時間的には宇宙が誕生してから約3分後には原子核ができています。この周り

●力の分岐

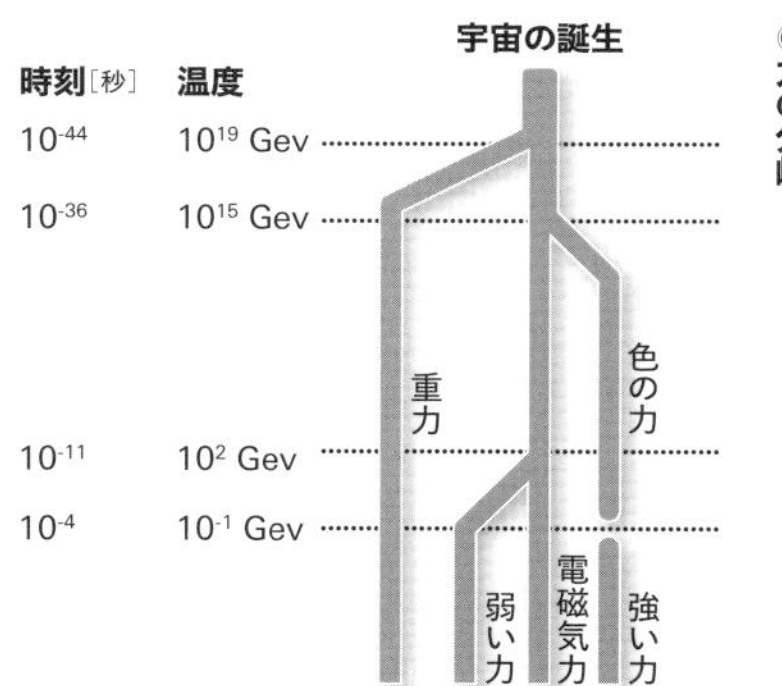

に電子がまわるようになれば原子ができるのですが、これは少しだけ時間がかかりました。かかったと言っても約38万年です。

それまでは電子は空間を自由に飛び回っていました。それが原子核に捕捉されるようになるのです。そのときにはたらく力（相互作用）が電磁気力です。原子核にある陽子はプラスの電荷、電子はマイナスの電荷を持っていますから、電磁気力によってつりあうように組み合わされて原子ができました。まずできたのは、電子が一つだけの水素と、二つあるヘリウムでした。

こうして自由に飛び回っていた電子が捕捉されると、宇宙空間に画期的なことが起こりました。それまで電子に邪魔されて窮屈な思いをしていた光子が、自由に真っ直ぐ進むことができるようになったのです。言うまでもなく、光子は我々が観測する光のもとです。光子が直進できるようになって光が生まれました。宇宙の歴史では、この霧が晴れるような状態は「宇宙の晴れあがり」とよばれています。

じつはこのときに発せられた光がいま観測されています。1964年にアメリカのベル電話研究所の研究者が、宇宙の遠くからくる電波を最初は無線通信にとっては邪魔な単なる宇宙雑音として検出しました。宇宙（マイクロ波）背景放射とよばれましたが、これが宇宙の晴れあがりのときに発せられた最初の光だったのです。

この光の分布は、いまでは衛星等を用いてかなりはっきり調べられています。下図の楕円形の内部が全天周にわたる宇宙背景放射を図示したものです。

そして星と銀河系が生まれた

宇宙背景放射は、図を見てもわかるように必ずしも一様ではありません。濃いところと薄いところがあります。この不均一さはインフレーションのときに小さな空間の量子ゆらぎがそのまま拡大したものですが、このことがその後の宇宙形成で重要でした。

宇宙が均一でなくまばらであるということは、水素やヘリウムのガスの分布に空間的な偏りがあることを意味します。密なところは、その後ガスが互いに重力で引き寄せられてしだいに凝縮していきました。そして宇宙誕生から約3億年後に、凝縮したガスのかたまりの中心部で核融合反応が起こって、そのかたまりが明るく輝きだしました。星の誕生です。

そして星どうしが引き付けあって、その集団である銀河が生まれます。我々の銀河は宇宙誕生の8億年後、言い換えるといまから130億年前にすでに誕生していたと言われています。

●**宇宙の晴れあがり**
NASAが打ち上げた宇宙探査機が捉えた宇宙(マイクロ波)背景放射
観測できる最古の宇宙
©NASA/WMAPサイエンスチーム

3――地球環境と生物進化の歴史

それからかなりの時間がたって、いまから46億年前（宇宙が誕生してから92億年後）に太陽系が形成され、その第三惑星として地球が誕生します。その地球に生命が誕生して、人類の祖先となります。以下ではその生物の進化を追ってみましょう。

生物の進化は地球環境と無縁ではなかった

生命は38億年前に深い海底の熱水噴出孔近くで誕生したとされています。そこにはメタンやアンモニアなど原始生命の材料が豊富にあったからです。その生命体が生物として進化していくわけですが、それは厳しい道のりでした。生物が生息する地球環境そのものがめまぐるしく変動したからです。

もともと海がなければおそらく生命は誕生しなかったでしょう。海は、地球が太陽からちょうどいい距離にあり、しかも適度に冷えることで生まれました。温度が高いと水分はすべて蒸発してしまいますから海はできません。あるとき地球の奥の方にある金属の流体が回転し始めて地磁気が生まれました。またあるとき、地球の酸素が急に増えて、地球全体が凍結しました。これは厳しい環境でした。凍結が終わると生物は爆発的に種類を増やしましたが、その後も地球の活動は続きました。さらには火山が大噴火を起こし、巨大な隕石が地球に衝突したこともありました。

このような地球の環境の変動が、生物の進化に大きく関係しました。それによって地球上のかなりの生物が絶滅したことが何度もありました。一方でその地球環境の変動で生物の新たな進化が可能になりました。以下ではそれをざっとですが、追ってみることにします。

地磁気の形成が浅瀬での生物の生息を可能にした

さきほど生命（生物）は深い海底で生まれたと申しました。それには意味があります。地表に近いところは、たとえ浅瀬であっても生物にとってきわめて危険だったからです。そこは危険な太陽風に晒されていました。太陽風には太陽から吹き出すきわめて高温で電離した粒子が含まれており、それに晒されると生物は生存できませんでした。

そこに28億年から27億年前に地磁気が形成されました。この地磁気が地球に到来する太陽風を遮断してくれました。それによって、地表近くであっても浅瀬であれば生物の生息が可能になりました。その頃の生物はまだ単細胞の原核生物でしたが、これが浅瀬に大繁殖しました。

浅瀬の生物は地球を大きく変えた

大繁殖したのはシアノバクテリアとよばれる原核生物（細菌）でした。深海と違って浅瀬には太陽光線が降り注いでいます。大繁殖したシアノバクテリアは、この太陽光線を受けて、光合成によって大量の酸素を発生させました。

その結果、地球に大変なことが起こりました。地球の大気の組成が変わってしまったのです。大気中の酸素が劇的に増加しました。24億5000万年前のことで大酸化事件（イベント）とよばれています。それまでは地球にはほとんど酸素はなく、生物（細菌）も酸素を必要としない嫌気性生物がほとんどでした。大酸化事件以降は、酸素を利用した代謝をおこなう好気性生物が増えました。

さらにこれは地球に大きな影響を与えました。これによって地球全体が凍結して、氷の

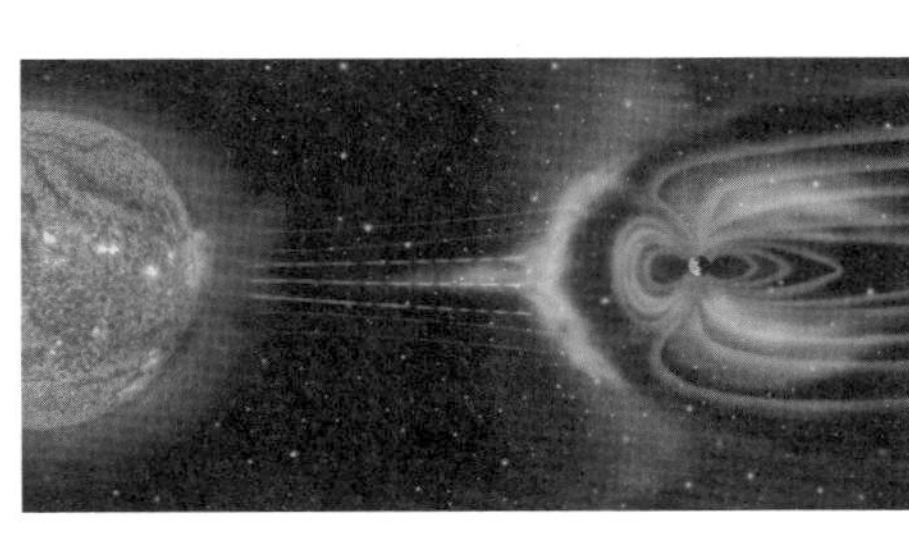

●地磁気が太陽風を遮断
地表は危険な太陽風に晒されていたが地磁気によって太陽風が遮断されて、生物は浅瀬で生息できるようになった
図はNASA提供

惑星になってしまったのです。皆さんは大気中に二酸化炭素が増えると地球が温暖化することはご存知ですよね。いま問題になっています。逆に酸素が多くなると何が起こるでしょうか。地球の温度の低下です。それが極端に起こって、地球が全面的に凍結してしまいました。これは全球凍結、スノーボールアースともよばれています。約22億年前と7億年前、6億年前の3回起きています。

これは当然ながら生物にとって厳しい環境になりました。凍結が始まった段階で存在していた原核生物のほとんどは死滅したことでしょう。一方でそのような厳しい環境を生き延びることで生物が進化しました。22億年前の凍結が終わったときに真核生物が登場しました。また7億年前と6億年前の凍結によって、生物は単細胞生物から多細胞生物へと進化しました。有性生殖がおこなわれるようになったのも、この全球凍結がきっかけでした。

凍結が終わると生物は爆発的に多様化して、地上にも進出した

全球凍結が終わって地球が温暖化すると、多細胞生物として進化した生物の種類が爆発的に増えました。特に5億2000万年前のカンブリア爆発が有名です。爆発といっても

火山が爆発したのではなく、生物の種類が爆発的に多くなったことを意味します。現在の動物の祖先がいっせいに出揃ったと言われています。

その後はさまざまな生物が登場しました。まずは節足動物の天下になり、また4億1600万年前には魚類の時代となりました。そしていよいよ生物が地上に進出します。

生物の地上進出にはいろいろな背景がありますが、一つには上空のオゾン層の形成がありました。先に地磁気によって太陽風が抑えられて生物の浅瀬進出が可能になったことを説明しましたが、地上はまだ危険でした。宇宙から紫外線が降り注いでいたからです。それをオゾン層が防ぐようになったのです。オゾン層は大酸化事件によって増加した酸素が上空でオゾンになることによって形成されました。

これによって地上が生物にとって安全になると、まずは4億3000万年前頃に植物が地上進出し、つぎに3億9000万年前に動物が地上進出しました。両生類の誕生です。

くり返し大量絶滅があって生物が進化した

こうしてさまざまな生物進化がありましたが、一方で環境の激変による生物の大量絶滅もありました。カンブリア爆発以降の大量絶滅は5回あったとされていますが、その最大規模の絶滅が2億5200万年前でした。P/T境界絶滅事件とよばれているものです。シベリアでの超巨大火山噴火による酸素の欠乏が原因で、生物種(属)の90%以上が絶滅したと言われています。

この大量絶滅後は低酸素でも生存できる動物が生き残り、最終的に爬虫類の一種である恐竜の天下となりました。この時代は長く続き、1億6000万年前には鳥類の先祖である始祖鳥も登場しています。

この恐竜の天下は6500万年前に一瞬にして終わりました。メキシコのユカタン半島に巨大隕石が衝突して大量の塵が地球を覆ってしまったからです。地球環境が激変して、恐竜は絶滅してしまいました。代わって天下をとったのは、それまで小型の夜行性の動物として生き延びてきた哺乳類です。その哺乳類として5500万年前頃に霊長類が登場し、700万年前にヒトが生まれました。

4——直立二足歩行からの人類の歩みの歴史

こうして人類の時代に入ります。その歴史を追ってみましょう。

人類はアフリカの熱帯雨林で生まれサバンナにとびだした

人類（ヒト）の定義は、安定な直立二足歩行をすることです。人類はアフリカでチンパンジーとの共通祖先から分岐して生まれましたが、チンパンジーは安定に直立歩行しません。ナックル・ウォークという指の背を地面につけながら歩く特徴的な四足運動をします。

ヒトは直立二足歩行をすることによって、700万年前にチンパンジーとの共通祖先から分岐する形で誕生しました。問題はどこで二足歩行を始めたかです。

ここでアフリカが当時どのような環境であったかを説明しておきましょう。アフリカはもともと森林で覆われていて、人類の祖先（チンパンジーとの共通祖先）は、その赤道近くの熱帯雨林で暮らしていたようです。そのようなときに約1000万年前から700万年前にかけてアフリカ大陸の東部で大きな地殻変動が発生しました。プレートテクトニクスによる火山活動などによって地盤の隆起、陥没がくり返されました。その結果形成された大地溝帯は、グレート・リフト・バレーとよばれています。

熱帯雨林はなくなって、そこは広大な草原地帯になりました。それがサバンナです。じつは長いことヒトの化石はこのサバンナで発見されるだけでした。ヒトはサバンナで誕生したと思われていました。イースト・サイド・ストーリーとよばれています。たとえば1974年にエチオピアの318万年前の地層から推定20歳の女性の化石人骨が発見されました。全身の約40％の骨がまとまって発見されて、ルーシーと名づけられました。またやはりアフリカ東部のタンザニアで、もしかしたら家族かもしれない直立歩行している3人の足跡が見つかっています。彼ら（彼女ら）はアファール猿人とよばれています。その後人類は、猿人、原人、旧人、新人と段階的に進化してきたと考えられていました。新人が我々のホモ・サピエンスです。

ところが最近（2001年）になって、この仮説が覆されるような発見がありました。中央アフリカのチャド北部で、約700万年前のトゥーマイ猿人（サヘラントロプス・チャデンシス）が発見されたのです。これは初期猿人がアフリカ東部以外の森林地帯にいたことを意味しており、論争が続けられています。

また、人類は必ずしも猿人、原人、旧人、新人と段階的に進化してきたわけではないことがわかってきました。同時期に原人と旧人

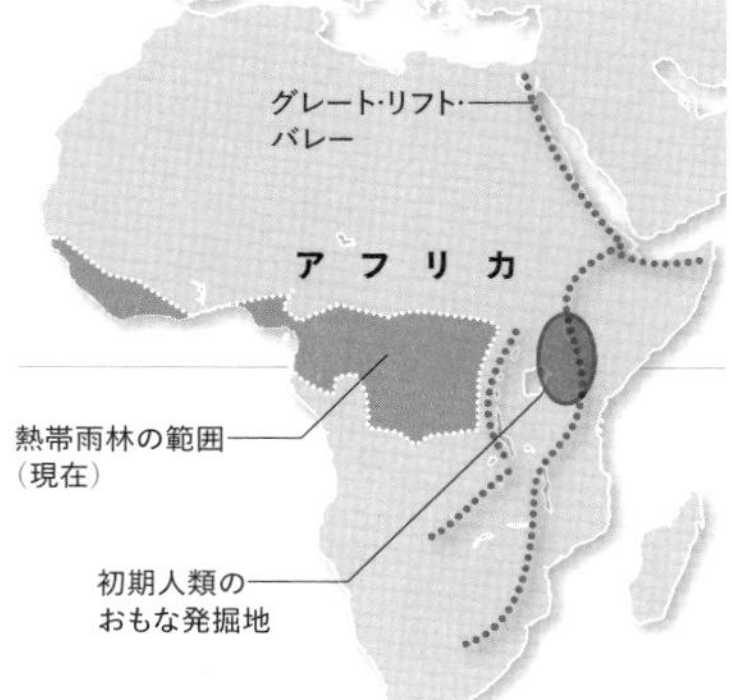

●イースト・サイド・ストーリー
長時間歩行が可能になったヒトは、東アフリカのサバンナにとびだした

あるいは新人が生息していたことが明らかになってきたからです。たとえば、旧人であるネアンデルタール人と新人であるクロマニョン人がヨーロッパで同時期に生きていて、しかも互いに交流があったことが最近の遺伝子研究でわかっています。また、原人の生き残りとも言えるホモ・フロレシエンシスが、5万年前までインドネシアの小さな島に生存していたことが発見されて、人類学の関係者はびっくりしました。

人類進化の分岐点［1］ 頑丈型猿人と華奢型猿人

このように人類の進化は必ずしも単純ではありません。ここで興味深いのは、人類の進化でいくつかの分岐がありましたが、その一方は途絶えて、最終的にはホモ・サピエンス以外はすべて滅んでしまったことです。それはなぜなのでしょうか。

特筆すべき大きな分岐が二百数十万年前にありました。その頃、地球の環境の変動があって、サバンナの環境がさらに厳しくなったのです。柔らかい果実は乏しくなって、これに代わる食物が必要になりました。

ここで人類は二通りの対応をしました。ある猿人は、硬いナッツ類や根茎類を新たに食物とすることにより生き延びようとしました。そのためには硬い食物を咬むために、自らのあごや咬むための筋肉（咬筋）を極端に発達させました。顔の咀嚼部分が頑丈になったので頑丈型猿人とよばれています。パラントロプス属の猿人がこれです。

一方で、果実の代わりに肉食を始めた猿人もいました。草原には猛獣に襲われた動物の死肉が残されています。それを食べるようになったのです。硬いものを食べる必要がないので、自らの身体そのものはあまり変わらず華奢型猿人とよばれています。ところがこの肉食は、そう簡単ではありませんでした。肉は骨にこびりついていたからです。それを処置するために、華奢型猿人は道具を使うようになりました。その道具は落ちている石をそのまま利用するのではなく、きちんと特別に製作していたようです。かなり精巧な石器が発見されています。

この華奢型猿人の戦略は大成功を収めました。肉には豊富なカロリーがあり、結果的に脳を大きくしました。また道具の使用は、その後さまざまな意味でヒトの文化のレベルを上げました。これに対して、頑丈型猿人は滅んでしまいました。自らの身体を環境に適応するように極端に変えて生き延びようとしたのですが、これはさらに環境が変わると追いついていけなくなってしまいました。生き延びるために環境にあわせて自らの身体を大きく変えることを、人類学では特殊化と言います。ある環境だけに適応するために身体を特

●**頑丈型猿人**（パラントロプス属）
2012年8月にナイロビ国立博物館で撮影されたパラントロプス・ボイセイの頭蓋骨「KNMER 406」
強力な咬筋がつき頭頂部には矢状稜が目立つ
撮影Uspn

殊化してしまうと、もはや別の環境では生きられなくなります。こうして頑丈型猿人は滅んでしまったのです。

華奢型猿人は、約230万年前に最初のホモ属へと進化しました。ホモ・ハビリスです。それは猿人から原人への進化でもありました。ホモ属であるための条件は、脳が大きいことと、石器を製作して使用することです。ホモ・ハビリスは、脳容積はそれまでの猿人の1・5倍で、オルドヴァイ石器とよばれるかなり精巧な石器が人骨とともに発見されています。

こうして進化したホモ属（原人）はホモ・エレクトスの時代になると、生まれ故郷のアフリカを飛びだしました。出アフリカです。アジアにも到達して北京原人やジャワ原人として発掘されています。ホモ・エレクトスは180万年前から長いこと生息していましたが、その流れと思われるホモ・フロレシエンシスが5万年前まで生きていたことがわかって話題になりました。

●ホモ・ハビリス
［右］現生人類につながる頭蓋骨
［左］道具を使うようになったホモ・ハビリスのシルエット

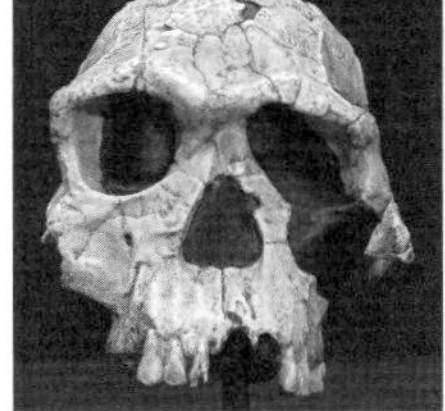

人類進化の分岐点〔2〕
ネアンデルタール人とクロマニョン人

そしていま人類は、新人であるホモ・サピエンスだけが生き残っています。他の種はすべて滅んでしまいました、ホモ・サピエンスの他に最後に残ったのはホモ・ネアンデルターレンシス、ネアンデルタール人とよばれる旧人でした。先ほども述べたように、新人であるクロマニョン人とヨーロッパ大陸で同時に生きていた時代があったのですが、ネアンデルタール人は滅んでしまいました。それはなぜなのか論争が続いています。

ここでホモ・サピエンスについて少し説明しておきましょう。新人であるホモ・サピエンスは、それまでの原人や旧人がそれぞれの地域で進化したものであると、長いこと信じられてきました。ところが遺伝子（DNAやRNA）を調べることによって覆されました。遺伝子をさかのぼっていくと、何と世界中のホモ・サピエンスは約20万年前にアフリカにいたひとりの女性の子孫だったのです。

これはイブ仮説とよばれています。この仮説は世界中のそれぞれの地域のヒトが、その土地で進化したのではなく、アフリカのイブの子孫が再びアフリカを出て、新たに入れ替わったことを意味します。多地域進化説に対してホモ・サピエンスの単一起源説です。

●頑丈型猿人は絶滅し華奢型猿人は更なる進化をとげる

ホモ・ネアンデルターレンシス
（ネアンデル渓谷のヒト）
35万年前から
2万8000年前
寒冷地に適応したずんぐり型の頑丈な体型
©ウェルカム図書館（ロンドン）

さて、ヨーロッパ大陸でネアンデルタール人とクロマニョン人が同時期に暮らしていたのにも拘わらず、なぜネアンデルタール人のみが滅んでしまったのでしょうか。いろいろな説がありますが、僕はこれは先に述べた特殊化が関係しているのではないかと思っています。

その頃のヨーロッパは寒冷な気候でした。ネアンデルタール人は、その寒冷な気候に適応するように自らの身体を特殊化し、頑丈な身体になりました。それに対してクロマニョン人の身体は華奢です。どのようにして寒冷な気候を凌いだのでしょうか。

それはひとことで表現すると「文化」でした。具体的には衣服を縫製して着用しました。それであれば環境が変わっても、衣服を工夫することによって柔軟に適応できます。さらに言えばクロマニョン人は言語機能が発達していて、工夫して手に入れた文化を次の世代に伝承することもできていたようです。

これに対してネアンデルタール人は、言語機能が弱かったので文化を伝承できず、数十万年の間、文化はほとんど進歩していなかったと言われています。

ホモ・サピエンス
（賢いヒト）
20万年前〜現在
華奢な身体、
下肢は長くほっそりしている

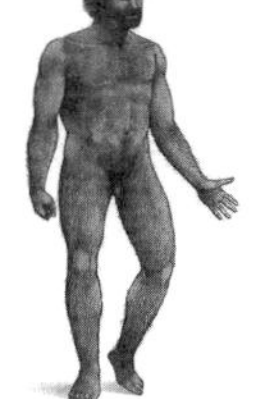

5——農耕を開始してからの文明の歴史

こうして文化を獲得して伝承することにより唯一生き残ってきたホモ・サピエンスは、さらに進化します。文明の獲得です。

まずは「世界史」の時代区分から

ここからは中学や高校で学ぶ世界史の復習です。たとえば受験科目として世界史を選択すると、学ばなければならないことは山のようにあります。年号を覚えるだけでも大変です。もちろんそうした出来事をここで記すつもりはありません。全体を眺めてみることにします。まずは世界史において、どのような時代区分がなされているかを説明しておきましょう。

歴史はまず先史時代と歴史時代に分けられます。歴史時代とは変な用語です。その前にも宇宙の歴史、生物や人類の進化の歴史がありました。これに対して歴史学者は、歴史をより狭く定義します。すなわち「史料を評価・検証することによって得られた過去の事実」

です。したがって、文字で記された史料がない時代は歴史時代ではありません。それより以前は先史時代とよばれます。

そして歴史時代は、普通は古代、中世、近代と区分されています。僕はこのそれぞれを勝手に、古代＝都市の時代、中世＝大陸の時代、近代＝地球の時代と位置づけています。近代をその前半と後半に分けて、前半を近世とし、後半を近代とよぶこともあります。この定義では近代は市民革命・産業革命以降になります。近世も含めて近代を定義するときは「広義の近代」、近世とは区別するときは「狭義の近代」とよぶことにします。

さらには現代という時代を特別に定義することもあります。その定義はかなり恣意的で、現在をどうみなすかによって変わってきます。日本では現代は第二次世界大戦の終戦以降ですが、1989年のベルリンの壁崩壊以降を現代とすることもあります。

農耕と牧畜の開始が文明を生み出した

農耕開始以降の人類の歴史は、地球の環境の変動と関係していました。もともと地球は250万年以上前から氷河時代になっていて、その後、氷期と間氷期をくり返していました。そして1万5000年前に比較的温暖な間氷期に入ったのです。温暖であることは人類にとって良いことのように思えますが、環境が激変することは必ずしもそうではありませんでした。

生態系が変わって、それまでのマンモスやトナカイなどの大型動物が絶滅あるいは北上しました。また環境が乾燥化して、それまでの狩猟・採集・漁労生活が困難になりました。食糧危機です。人類はここで、自然環境の変化に対応して新しい生活様式をつくりだしました。農耕と牧畜の開始です。これらは約1万数千年前にユーラシア大陸の中部低緯度地帯で始まったようです。

農耕と牧畜の開始は、人類が自分の力で食糧生産を始めたことを意味します。自然の恵みのなかで生きる存在ではなく、自然に働きかける存在となりました。経済学的に言えば、獲得経済から生産経済への転換です。それは人類がこの後に文明を築いていく大きなきっかけとなりました。これ以降の歴史は、世界史とよぶよりも文明史であったと僕は思っています。

定住することによって都市の時代となった古代

農耕・牧畜が始まると、人々は定住生活、集団生活をするようになりました。獲得経済から生産経済への移行によって生産性が向上し、それは余剰食糧を著しく増加させました。この余剰食糧によって人々の間に貧富の差が生じるようになります。階級の分化も起こりました。

集団生活での人口も増加しました。人口が増加すると農地が不足し、畑を広げるために大規模な治水灌漑工事がなされるようになりました。それは多数の労働力を必要とします。こうして集団の規模がさらに大きくなって都市が生まれ、その都市がネットワーク化されて文明が築かれました。

まずは氾濫をくり返す大河川流域に四大文明が生まれました。チグリス・ユーフラテス川流域のメソポタミア文明、ナイル川流域のエジプト文明、インダス川流域のインダス文明、そして中国の黄河流域の黄河文明と長江（揚子江）流域の長江文明です。それぞれにおいて都市国家が生まれ、それが地中海沿岸のエーゲ文明のギリシャ、ローマへとつながっていきます。これが都市の時代である古代です。ローマ帝国の衰退とともにその時代は終

●氾濫をくり返す大河川流域に四大文明が生まれた

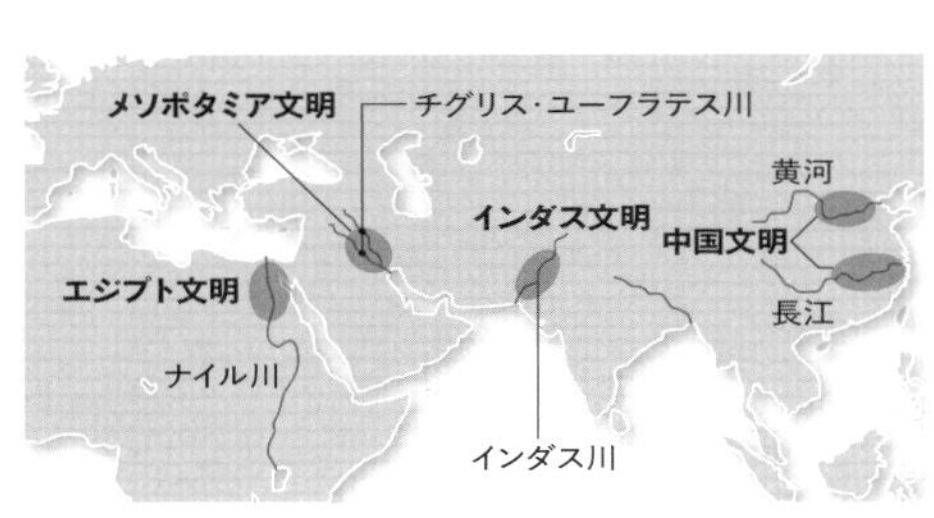

わりました。

宗教を指導原理として大陸規模で発展した中世

ローマ帝国が栄えた紀元前後は、地球も温暖な時代であったと伝えられています。しかし、その温暖な気候も長くは続きませんでした。紀元4世紀から5世紀頃には再び寒冷な気候になり、中央アジアに発した民族大移動がヨーロッパ大陸全体に広がりました。それが結果的にローマ帝国を解体しました。古代が終わって、中世の始まりです。

この中世を僕は大陸の時代と位置づけています。そしてそれぞれの大陸において宗教が指導原理となりました。ヨーロッパではキリスト教、西アジアではイスラーム教、インドではヒンズー教、そして中国では仏教や儒教です。これらは古代における民族宗教に対して世界宗教としての性格を持ち、異なる民族を大陸規模で束ねる役割を果たしました。

特に西アジア（ヨーロッパからみれば中東）ではイスラーム国家が繁栄しました。ユーラシアの広い地域に勢力を拡大して、政治的にも文化的にも中世の中心になりました。これに比べればヨーロッパは辺境の土地でした。

皆さんはもしかしたら中世は暗黒の時代であったと、悪いイメージを持たれているかもしれません。確かに中世末期にはペストが流行しました。でも中世初期の民族大移動が終わってから後の9世紀から13世紀は、比較的温暖な気候が続きました。それを背景にそれぞれの地域で経済が発展した時期でもあったのです。アジアでモンゴルが帝国を築いたのもその頃です。

ヨーロッパ大陸でも、教会や修道院が中心になって大陸の大開墾がおこなわれました。もともと森であった大陸が農耕地あるいは牧草地になりました。ところがそれがしだいに大陸の生態系を崩してしまったのです。14世紀になると再び寒冷な気候が続くようになり、凶作、飢饉、戦争、そしてペストの流行と、暗黒の時代になっていきました。中世という時代が終わりました。

ひたすら拡大をめざして地球規模で展開した近代

そして近代が始まります。ヨーロッパ中心の時代となりました。近代はひとことで表現すると拡大の時代であったと思います。そして地球の時代となりました。

ヨーロッパ諸国は大航海時代を経て、アフリカ大陸とアメリカ大陸を植民地にすることに成功しました。そして、悪名高い環大西洋での三角貿易によって巨大な富を蓄えました。三角貿易は、ヨーロッパから西アフリカへは繊維製品、ラム酒、武器などを輸出し、西アフリカからアメリカ大陸へは黒い積み荷として奴隷を輸出し、アメリカ大陸からヨーロッパ大陸へは、奴隷によって生産された砂糖や綿などの白い積み荷を輸出するという貿易です。

この貿易は宗教戦争を通じて形成された主権国家によっておこなわれました。それは絶対主義国家を支えましたが、しだいに力をつけたのが商人階級でした。三角貿易による富が商人を中心とする市民階級を生んだのです。そしてこの市民階級が、18世紀の終わりに市民革命を起こしました。そしてほぼ同じ時期に産業革命が起こりました。

産業革命は人類の歴史において画期的でした。1万数千年前の農耕開始に匹敵するとさえ言われています。それは、数億年かけて地球に蓄積された資源とエネルギーを、いま生きるために利用することを可能にしました。それは当然ながら生産性を圧倒的に高めました。世界の人口も急増しました。産業革命前の1750年の7億人からいまでは81億人(2024)と、十倍以上に増えています。

こうして市民革命と産業革命によって力をつけたヨーロッパやアメリカなどの西洋諸国は、19世紀から20世紀にかけて、更なる拡大を求めてアジアに進出しました。新たな植民

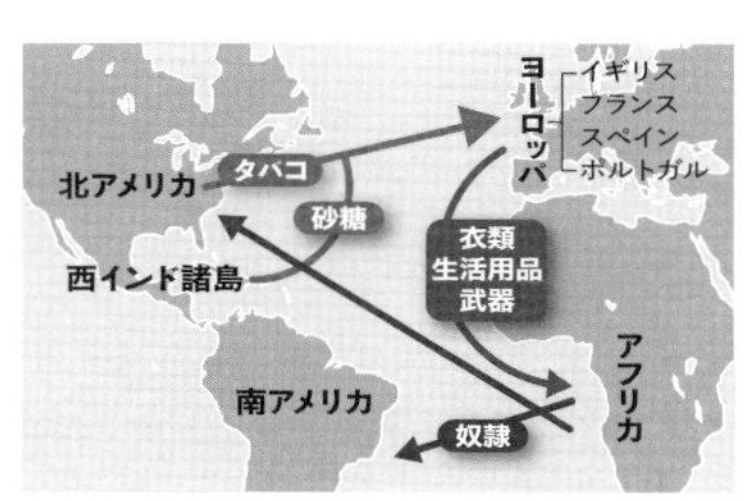

●近代：大航海時代を経てアメリカ・アフリカに進出
（植民地化）
植民地化した環大西洋での「三角貿易」は巨万の富を生む
富の蓄積が商人を中心とする市民階級を生んだ

地獲得競争です。それは結果として2度の世界大戦を引き起こして現在に至っています。

そしていま、さまざまな課題を遺して近代が終わろうとしている

産業革命によって農耕社会から工業社会へと移行して、それは人類に未曽有の物質的な豊かさをもたらしました。一方で、さまざまな深刻な課題を将来に遺してしまいました。その一つは、資源やエネルギーを一瞬にして使い果たしてしまったことです。代わって放射性物質やプラスチックなど大量の廃棄物を次の時代に遺してしまいました。そして何と言っても地球環境問題です。地球温暖化への対策が迫られています。

じつは14世紀以降の地球の寒冷化は小氷期とよばれ、19世紀前半まで続いていました。17世紀は特に厳しく、ロンドンのテムズ川が再三凍結したと言われています。それが19世紀後半以降は温暖期に

●**市民階級は市民革命を起こし、富の蓄積は産業革命をもたらす**

「世界人口の推移（推計値）」
国連人口基金駐日事務所ホームページをもとに作成

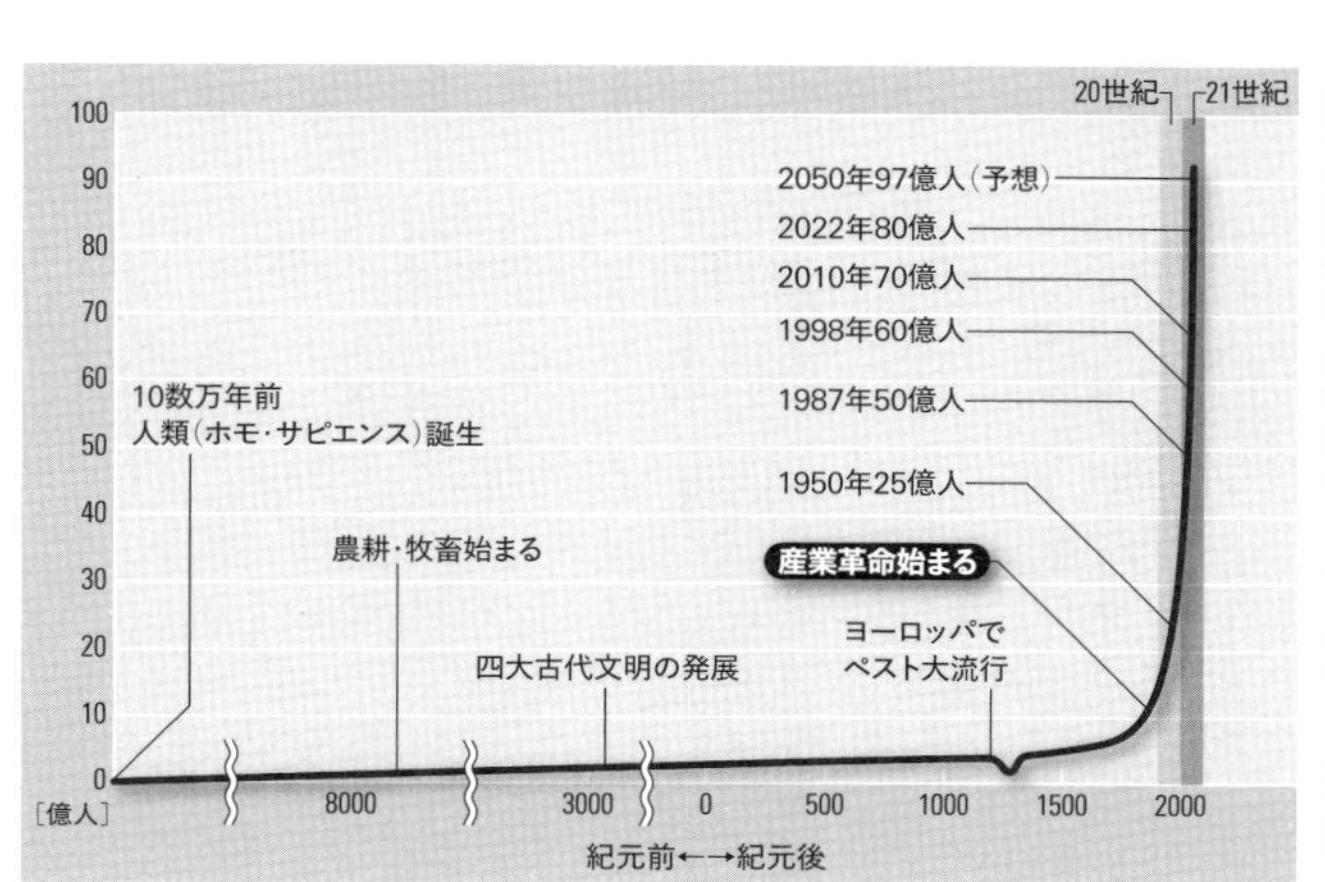

なったのですが、問題はそれでは説明がつかない温暖化がいま進んでいることです。言うまでもなく、それは二酸化炭素などの温室効果ガスの排出による温暖化です。警告は発せられているのですが、さまざまな利害があって有効な対策を打ち出すことができていません。

もしかしたらひたすら拡大してきた近代という時代が、いま終わろうとしているのかもしれません。もはや植民地獲得によって拡大することはできなくなりました。資源やエネルギーも有限であることは明らかです。近代の前提が崩れ始めているのです。そのようなときに競争を煽って経済の無理な成長を図ると、逆に格差が拡大します。その格差はさまざまな意味で分断をもたらします。

そろそろ古代、中世、近代と続いてきた文明史（世界史）において、次の時代を模索するときになっているのかもしれません。

6——宇宙138億年の通史から何を学ぶか

こうして宇宙138億年の通史を、駆け足で眺めてきました。これを通じてつくづく思うことがあります。

まずは歴史を解明した人の英知に驚く

その一つは、通史を眺めてみて、よくもここまで人類は自分自身の歴史を知ったなということです。特に宇宙誕生の歴史は驚異です。誰もそれを経験したことはないのに、単なる想像でなく、高等数学を駆使して解明して、しかも検証しているのですから。生物や人類の進化の歴史も同じです。いまやヒトも含めた生物の設計図である遺伝情報の解読を通じて、その本質に迫ろうとしています。

これは素晴らしいことです。まさに人類の英知です。一方で、少し空恐ろしくなりました。宇宙において、あるいは地球において、もともとヒトはちっぽけな寄生する生物にすぎません。それがこのように英知を持ってしまったのです。寄生している宿主のことを、これほどまでに知ってしまったのです。

残念ながら人は知るだけで満足する生き物ではありません。知ったことを、自分のために最大限に活用しようとします。宿主を改変あるいは改造することも厭いません。実際、地球に対しておこなってしまいました。それを通じて人は地球で大繁殖しました。さらには遺伝子の改造によって、不老不死にもなろうとしています。

いまや地球上に展開された人類の文明は、宇宙からも観測できるほどになっています。地球の夜の姿を人工衛星や国際宇宙ステーションから眺めると、ヒトの活動が光って見えます。これは人類の文明の素晴らしさを宇宙へ向けて光らせていると見ることもできますが、僕は人体のがん細胞を発光させた画像を想像してしまいました。それはまさに地球に巣食っているがん細胞のように見えたのです。

もし人類が地球にとってがん細胞のような存在だとすれば、そのがん細胞が宿主についてすべてを知ってしまったことになります。そして自分自身が生き残るために宿主の改造をも始めました。ご承知のようにがん細胞は、自らは死ぬことができません。宿主を殺すことによって死にます。人類も同じ運命をたどることになるのでしょうか。

それぞれの進化の歴史から何を学ぶか

ここでは宇宙の誕生から始まって、生物の進化、人類の進化、そして文明を獲得してからの歴史を眺めてきました。それぞれの進化の歴史からも学ぶことが数多くありました。

生物の進化からは、カンブリア爆発によって生物が多様化してから、何度も(少なくとも5回)

大量絶滅を経験してきたことを学びました。それは地球環境の変動、たとえば火山の爆発や巨大隕石の衝突によるものでした。そしていま新たな大量絶滅が進みつつあると報告されています。すでに絶滅危惧種がかなりの割合となっています。問題は、これが自然環境の変動によるものではなく、人類が引き起こしているということです。人類が自分自身にあわせて自然を大きく改変してしまったことが原因となって、いま新たな生物の大量絶滅が起ころうとしています。これはどう考えるべきなのでしょうか。やはり人類は自分ファーストなのでしょうか。

その人類自身の生き方もこのままでよいのか気になります。人類の進化の歴史において、自らの身体をその環境に極度に適応させた種は滅んでしまったということを学びました。極度に環境に適応させることは特殊化とよばれています。

人はいまや自然を環境としては生きていません。自然を改造して人工的な環境をつくり、そこで生きています。それは管理された空間です。人はそこでしか生きられなくなっています。人類学ではこれを自己家畜化とよんでいます。そして人はその管理された空間に適応するように自己を特殊化してしまっています。特殊化してしまうと、環境が変わったときに生き延びることができません。もし何らかの自然災害あるいは自らが引き起こす災害によって、人工的な管理空間がおかしくなったとき、それが人類が滅ぶときなのかもしれ

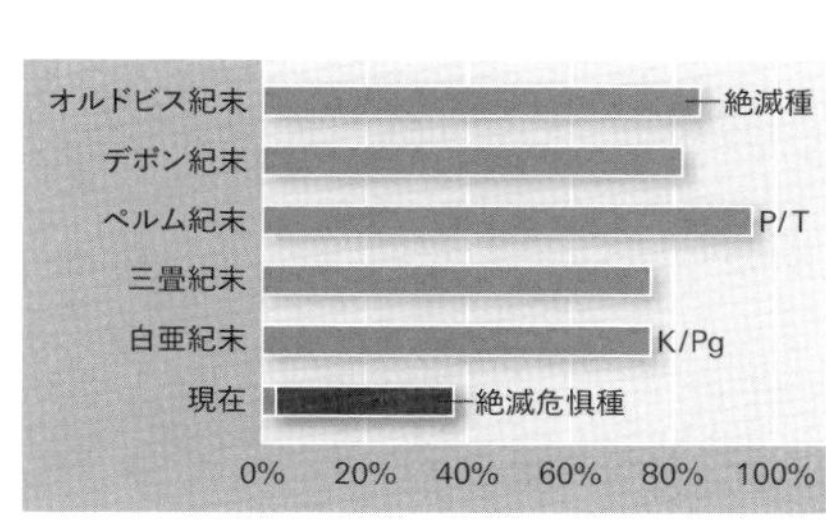

●過去の大量絶滅と現在の絶滅

現在の絶滅は自然ではなく人類がもたらしたもの

ません。

もっと身近な問題は、人類の文明の歴史において、近代という時代がもはや限界に近づいていているのではないかということです。資本主義も民主主義も近代という時代の産物ですが、それがいまおかしくなっています。その結果として、さまざまな分断が始まっています。一方で残念ながら資本主義も民主主義も、それに代わるシステムの候補を持ち合わせていません。とりあえずはそのもとで生きていくことになります。このまま矛盾がますます拡大して、大変なことにならなければいいのですが。

7——まとめ——138億年の年表の再点検——

「まずは宇宙誕生からの138億年の通史」と題した本講は、その138億年を一覧できる年表づくりから始まりました。そしてそれぞれの時代をそれなりに眺めてきました。いま、この最初に作成した年表が、果たしてこのままでいいのか気になっています。いくつか問題があるのではないかと思うようになりました。

138億年の年表の何が問題なのか

その一つは、この年表が現在で終わっていることです。時間は過去から現在そして未来と連続的につながっています。時間は未来もあるのです。その意味では、未来がない年表は未完成であると言わねばなりません。現在で終わっているということは、現在を中心に、あたかもそれが到達点であるかのように歴史を理解していることになります。決して客観的ではありません。特に作成した年表では、現在から遡って対数軸で年代をとりましたからなおさらです。現在という自己中心の年表です。それはしっかり認識しておかなくてはいけません。

もう一つあります。それは宇宙の歴史から始まって、生物の歴史、人類の歴史、そして農耕開始以来の文明の歴史と、そのまま連続して展開されていることです。これも客観的ではありません。あくまで人間中心です。多元宇宙論では宇宙は無数にあるとされていますが、この年表は明らかに人間が生存している宇宙（ユニバース）の年表です。他の宇宙では違うものになったはずです。さらには生物の歴史も、あくまで地球という特別な惑星での歴史です。地球外生命がその歴史を記したなら異なったものになるはずです。人類と文明の歴史も同様です。ゴキブリの歴史もあるのにあえて人類の歴史だけを記したのは、人間中心に考えているからです。

別にゴキブリの歴史が重要である（ゴキブリの研究者にとっては重要でしょうが）と主張しているわけではありません。あくまで人間中心、それも現在を生きる人間中心の主観的な年表であることを認識しておいた方がよい、そう言っているのです。

未来史も自分史も含めた年表をつくる

このようなことを考えながら、年表を少しだけ作り直してみました。次のページにあります。まずは、未来をつけ加えてみました。これも10年後、100年後、1000年後……と対数軸になっています。また宇宙の歴史、生物の歴史、人類の歴史、文明の歴史は、それぞれそのまま連続しているわけではないという意味で、独立した別の線にしました。その線は、いつかわからないそれぞれの滅亡で終わっています。

この年表は過去と未来の年代が対数軸ですから、時間軸はいまが基準です。決して客観的ではありません。あくまで主観的です。そうであるなら主観に徹しようと、ついでに自分（原島）自身の線も一本つけ加えてみました。自分史です。仮に2020年を現在とすると、75年前にこの世に誕生して、11年前に定年という形で第二の人生が始まっています。それぞれを別の線としました。第二の人生は、とりあえず5年後に認知症という形で終わることにしました。そして10年後にこの世を去るという想定になっています。

過去も未来も対数軸になっていますから、その目盛をたとえば1日前あるいは1日後からとることができます。そうすれば自分史を、最近のことを中心に明日の予定も含めてかなり詳しく記すことができます。これはまさに、宇宙の誕生から始まる歴史のなかに、自分自身の歴史を自然な形で位置づけたことになります。138億年の歴史と言えども、自分とは無関係でないのです。これが僕の歴史の視方です。

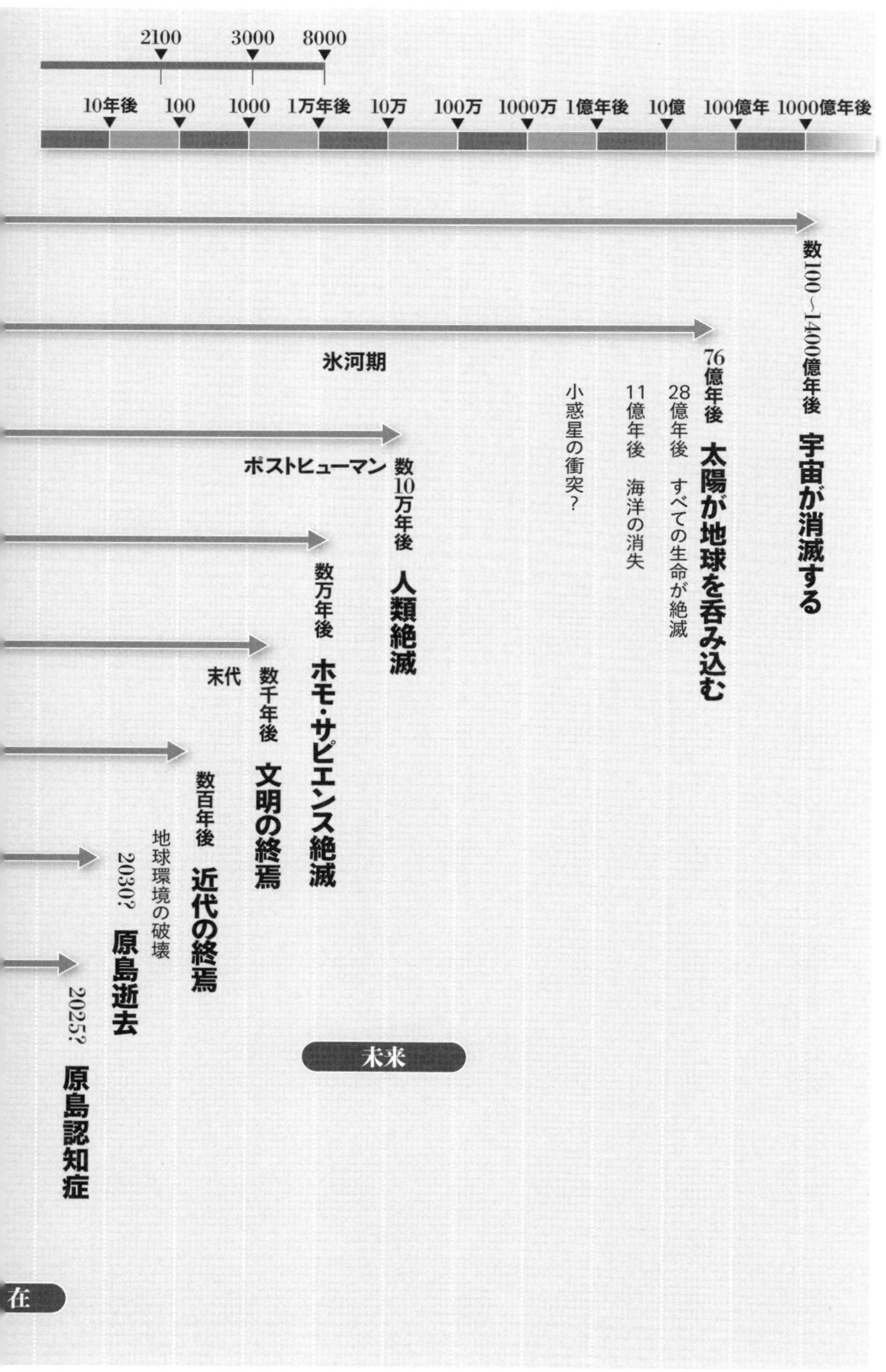
2100
3000
8000
10年後
100
1000
1万年後
10万
100万
1000万
1億年後
10億
100億年
1000億年後
数100〜1400億年後
宇宙が消滅する
76億年後
太陽が地球を呑み込む
28億年後　すべての生命が絶滅
11億年後　海洋の消失
小惑星の衝突？
氷河期
ポストヒューマン
数10万年後
人類絶滅
数万年後
ホモ・サピエンス絶滅
末代
数千年後
文明の終焉
数百年後
近代の終焉
地球環境の破壊
2030?
原島逝去
2025?
原島認知症
未来
在

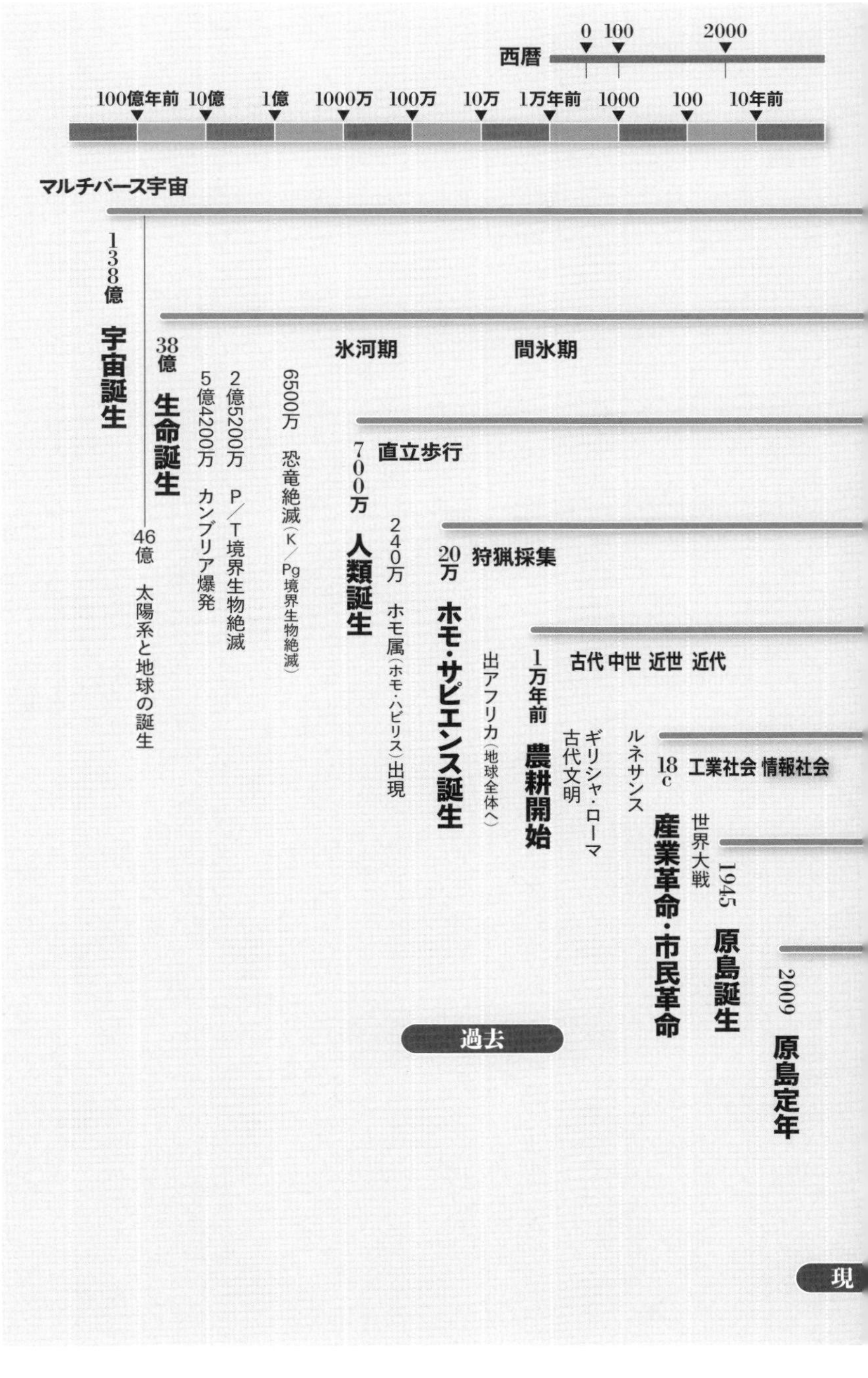

西暦
0 100 2000

100億年前 10億 1億 1000万 100万 10万 1万年前 1000 100 10年前

マルチバース宇宙

138億 宇宙誕生

46億 太陽系と地球の誕生

38億 生命誕生

5億4200万 カンブリア爆発

2億5200万 P／T境界生物絶滅

6500万 恐竜絶滅（K／Pg境界生物絶滅）

氷河期

間氷期

700万 人類誕生

直立歩行

240万 ホモ属（ホモ・ハビリス）出現

20万 ホモ・サピエンス誕生

狩猟採集

出アフリカ（地球全体へ）

1万年前 農耕開始

古代 中世 近世 近代

古代文明

ギリシャ・ローマ

ルネサンス

18c 産業革命・市民革命

工業社会 情報社会

世界大戦

1945 原島誕生

2009 原島定年

過去

現

第2講

宇宙は無からどのようにして誕生したのか

忘れられない思い出があります。まだ幼稚園の頃だったでしょうか。僕は東京育ちですが、ある夜ふと空を見上げるとそこは満天の星でした。まさに星が降り注いでいました。こわくなるほどでした。残念ながら、いまの東京にはそのような星空はありません。

一方で、いまはその先に宇宙があることを知っています。その宇宙の星の一つに太陽があって、地球がその周りを回っていることを知っています。宇宙に始まりがあることも知っています。いまは実際に満天の星を眺めることが難しくなっていても、脳内にイメージする宇宙ははるかに豊かになっているのかもしれません。

その宇宙を個人的にさらに知りたくなりました。もちろん断片的な知識はありましたが、少し系統だって調べたくなりました。

1——脳内宇宙と実宇宙

おそらくいまから数百万年前に誕生した人類は、夜になるとその星空を見上げていたことでしょう。それぞれの時代に観測できる宇宙がありました。その観測された宇宙にもとづいて、その先にある宇宙がどのようなものであるか想像を巡らせてきました。そのようにしてできたのが、それぞれの時代の宇宙像です。

かつての宇宙は肉眼で観察できる範囲でした。それにもとづいてできたのが神話や宗教にある宇宙の創造物語でした。近代のガリレオの時代になると望遠鏡ができました。それを通じて宇宙を観測すると、たとえば木星にも衛星があることがわかりました。宇宙のイメージが新しくなって、宇宙像が変わりました。そしていまでは、電波望遠鏡や人工衛星……、さまざまな形で宇宙を観測することが可能になっています。

このような観測にもとづいて、宇宙物理学者はいま「宇宙はこうなっている」というイメージを持っています。宇宙物理学者の脳内の宇宙像です。それをここでは「脳内宇宙」とよぶことにしましょう。それはもしかしたら数式ばかりの宇宙かもしれません。あるいは無数の短いひもが飛び交っているイメージかもしれません（なぜひもがでてくるかは、本講の最後で説明します）。

ここでわざわざ「脳内宇宙」とよんだのは、それは必ずしも実際にある宇宙、つまり「実宇宙」そのものではないからです。そのように言うと宇宙物理学者は怒るかもしれませんが、最新の宇宙論にも、まだまだ仮説があります。仮説は新たな観測データによって否定される可能性があります。

この脳内宇宙と実宇宙は、下図のような関係にあります。重なっている部分が「観測宇宙」です。脳内宇宙は、観測宇宙とそれにもとづいて構成された仮説からなります。かつての

●脳内宇宙と実宇宙
観測技術の発達によって
脳内宇宙は実宇宙に近づく

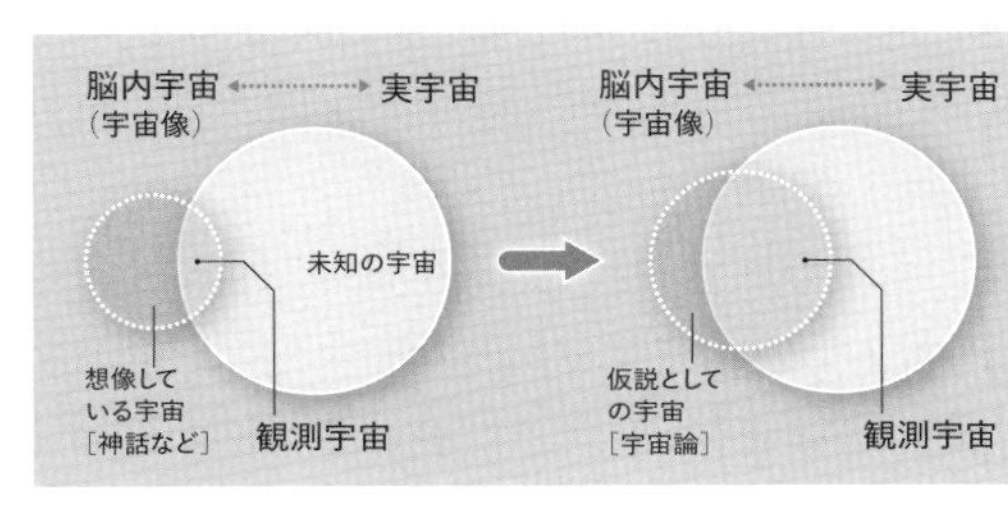

神話や宇宙創造物語も仮説でした。一方の実宇宙は、観測宇宙とまだ観測されていない未知の宇宙からなります。脳内宇宙における仮説と実宇宙における未知の宇宙は同じかもしれないし、違うかもしれません。仮説から未知の宇宙を理論的に導いて、それが間違いないことがその後の観測で実証されると、その仮説はその範囲で正しいことになります。

こうして宇宙の観測技術の発達によって観測宇宙が拡がり、さらにはそれを説明する宇宙論が精緻になってくると、しだいに脳内宇宙は実宇宙に近づいてきました。あるとき知り合いの宇宙物理学者に聞いてみました。「どこまで宇宙はわかってきたのですか?」。その答えはこうでした。「何がわからないかがわかってきました」。これは素晴らしいことです。でもそこに至るまでは長い道のりがありました。

2――我々の先祖は、宇宙をどう見てきたのか

そこでまずは、脳内宇宙としての宇宙像が歴史的にどのようにして形成されたかを振り返ってみることにしましょう。

●**古代文明の時代の宇宙像**
古代エジプト

古代文明の神話の時代の宇宙像

太陽が朝に東から昇り、夕方には西の方角に沈みます。夜は肉眼で見える満天の星、それが最初の観測宇宙でした。それを見ながら古代の人々はさまざまな宇宙像を作りだしてきました。それが神話や宗教として残っています。

古代エジプトでは、女神という形で表現されています。大地の四隅には天を支える高い山があり、その中央を流れるのがナイル川でした。星は天に張りついたまま天と一緒に動きます。そして太陽の神と月の神が毎日ボートに乗って、天のナイル川を渡ることで昼夜ができると考えていました。

古代インドでは、大地は巨大な亀とその上にいる三頭の象に支えられていると考えられていました。この大地の上には須弥山(しゅみせん)という高い山がそびえ、太陽や月はこの山の中腹を回っています。そして大きな蛇が天空を覆っています。

古代バビロニアでは、大地は海でかこまれ、その海はまた高い壁で外側をかこまれており、その上に釣鐘(つりがね)形の天井がおおいかぶさっていると考えられていました。

古代インド

古代バビロニア

古代ローマの時代に プトレマイオスの天動説

このような古代の宇宙像に共通していることは、まずは自分たちが宇宙の中心にいるということです。大地は静止していて、太陽や星の方が動いています。天動説です。その大地は、いまの人は地球が球体であることを知っていますが、その昔は平面であると信じられていました。それが球体であるとされたのは古代ギリシャの時代のようです。

その後の紀元1世紀から2世紀の古代ローマの時代に、クラウディオス・プトレマイオス（83頃–168頃）が、球体である地球が宇宙の中心にあり、太陽やその他の惑星が地球の周りを回っているという説を唱えました。有名な「プトレマイオスの天動説」です。ただ単に回っているだけでは、火星などの惑星で見られる逆行を説明できません。逆行とは、惑星が素直に回らずに、ときどき逆に戻る動きをすることです。惑星の「惑」なる名はここからきています。これを説明す

●プトレマイオスの天動説（1–2世紀）
古代ローマの学者プトレマイオスと天動説にもとづく天球図

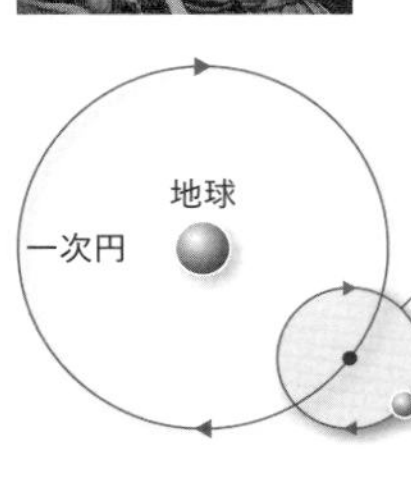

るために、プトレマイオスのモデルでは、惑星は「周転円」という小さな円を描きながら地球の周りを回転しているとしました。

16世紀になって コペルニクスの地動説

このプトレマイオスの天動説は、長いこと宇宙の標準モデルでしたが、近代（近世）になって、これを大きく覆す説が登場しました。16世紀前半の「コペルニクスの地動説」です。

ニコラウス・コペルニクス（ポーランド：1473-1543）は、惑星の逆行を説明するために、天動説の周転円よりも太陽中心の地動説で説明した方が、はるかに自然かつ簡単であることに気づきました。コペルニクスは1510年頃のかなり早い時期に気づいていたようですが、正式に公表されたのは亡くなる年の1543年に出版された『天球の回転について』を通じてでした。

これが太陽中心のコペルニクスの地動説です。地動説はその後ガ

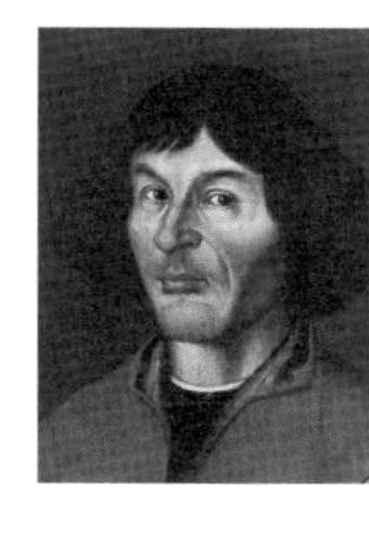

●コペルニクスの地動説（16世紀前半）
コペルニクス（1473-1543）『天体の回転について』（1543）より

リレオの時代に教会の教えに反すると問題になりましたが、コペルニクスの頃は必ずしもそうでなかったようです。実際コペルニクス自身がカトリックの司祭であり、カトリック教会もその説を知って問題にしませんでした。想像ですが、カトリックの司祭であるコペルニクスには、神が創造したものは美しいはずだ、天動説よりも地動説の方がはるかに美しいという気持ちがあったのかもしれません。

いまでこそ地動説は「コペルニクス的転回」とよばれるほど画期的なものとされていますが、じつは16世紀の段階ではそれほどではありませんでした。その時代はまだ天体の観測データの精度が悪く、観測データを説明するのに天動説でも地動説でもそれほど差がなかったからです。

17世紀にガリレオ、ティコ・ブラーエ、ケプラー

この状況が大きく変わるのは17世紀になってからです。その背景の一つとして観測技術の進歩があります。画期的だったのは17世紀初頭の望遠鏡の発明です。

その発明を知ったガリレオ・ガリレイ(イタリア:1564-1642)は、望遠鏡を自作して、木星

の衛星、月面のクレーター、太陽の黒点などを発見しました。これらを通じてガリレオは地動説を信ずるようになりました。それが異端とされてローマ教皇庁の裁判で有罪になったことは、「それでも地球は動いている」という言葉とともに有名です。

　ガリレオの素晴らしいところは、理論や思考実験だけでなく、観測器具や実験道具を自ら作って、現象を自分の眼で確かめることを重視した点です。天体観測以外でも、自由落下の加速法則などを見出しています。それを確認するための実験道具も自作しています。このような方法は、その後の科学の発展に大きく貢献するもので、ガリレオは「近代科学の父」ともよばれています。

　さて、ガリレオよりも少し前の16世紀末になりますが、ティコ・ブラーエ（デンマーク：1546－1601）の業績も無視できません。ティコ・ブラーエは、望遠鏡を使用せずに肉眼による天体観測をおこなった最後の天文学者でした。その観測は20数年という長期間に及んでいます。また観測精度も当時最良の観測よりも5倍ほど正確であったと言われています。

●天文学の立役者たち

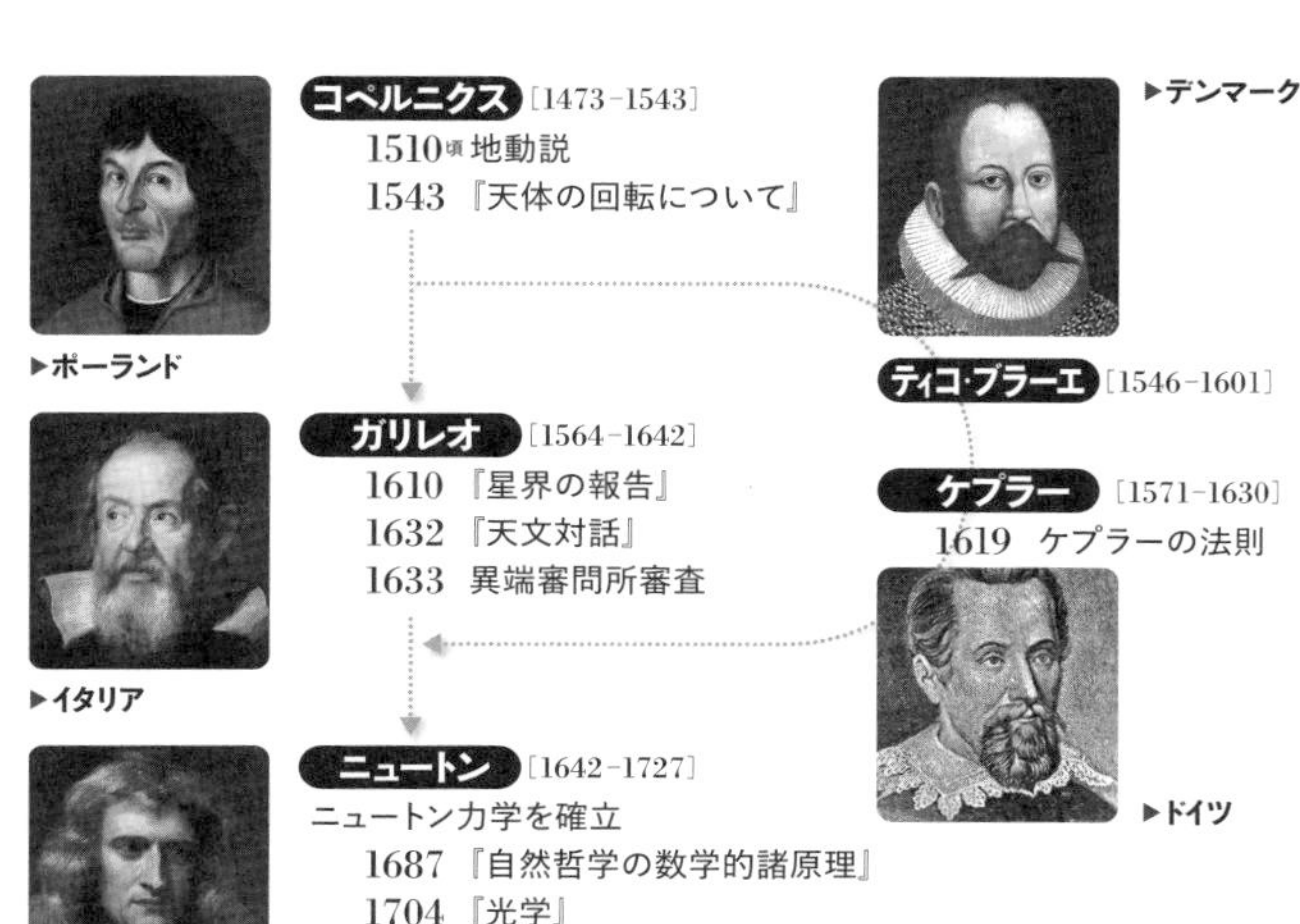

ティコ・ブラーエは17世紀に入ってすぐ亡くなりましたが、その膨大な観測データを助手のヨハネス・ケプラー(ドイツ:1571−1630)が引き継ぎました。ケプラーは視力が悪く、自分ではまったく天体を観測しなかったと言われていますが、データの読み取り能力は抜群でした。そこから有名な「ケプラーの法則」を導いています。これは三つの法則からなりますが、画期的だったのは、惑星の公転軌道が、円形ではなくて楕円であるとしたことです。回転が円であれば、それは当然だとして特別の説明は不要でした。そうではなくて楕円だとすると、なぜそうなのかを説明する理論構築が必要になります。

そして17世紀後半にニュートン

それをきちんと説明したのが、17世紀後半に活躍したアイザック・ニュートン(イギリス:1642−1727)でした。ニュートンの業績としては万有引力の法則が有名です。本当かどうかは別としてリンゴの落下から着想を得たと言われていますが、重要なことはその身近なリンゴの落下と宇宙における惑星の運動が同じ原理にもとづいているとしたことです。それが万有引力です。

こうして地上と天体が同じ法則によって支配されているとしたことで、いまではニュートン力学とよばれている普遍的な力学が可能になりました。1687年に刊行された『自然哲学の数学的諸原理』にまとめられています。ちなみに、ニュートンは力学をきちんと記述するために、いま高校生が数学の時間に悩まされている微積分法も初めて考案しました。

このニュートン力学は強力でした。あまりにも美しい体系で、それまで知られている天体の運動はほとんどすべて説明されてしまったのです。そればかりでなく、それにもとづいた新たな発見もありました。最も外側を回っているとされた天王星の運動をニュートン力学にもとづいて解析すると、外側にもう一つ未知の惑星がないと説明できないことが判明したのです。その軌道を計算して、そこを望遠鏡で観測すると、まさにそこに未知の惑星がありました。それが1846年の海王星の発見でした。

18世紀と19世紀は化学と電磁気学の時代

このように17世紀におけるニュートン力学があまりにも強力であったので、次の18世紀と19世紀は天文学の分野での学術的な発展はあまりありませんでした。17世紀を物理学の時代とよぶならば、18世紀は化学や熱力学の時代となりました。たとえばラヴォアジエの燃焼理論の確立があります。『化学原論』（1789）にまとめられています。これは19世紀に入ってエネルギー保存則の体系化につながっていきます。

これに加えて19世紀は電磁気学が発展した世紀でもありました。ボルタによる電池の発明（1800）から始まって、アンペールの法則（1820）、オームの法則（1825）、電磁誘導則の発見（1831）などがあります。これらはマクスウェルの電磁気学（1864）として体系化されました。その電磁気学によって電波の存在が予言され、ヘルツによる実験（1887）で確認されました。

この電波が、次の時代の天文学の有力なツールになりました。電波望遠鏡による電波天文学です。

3——20世紀になって宇宙像は大きく変容した

ニュートン力学によってほぼ完成したと見られていた物理学は、20世紀になって画期的な進展がありました。その立役者がアインシュタインでした。

●アルベルト・アインシュタイン
（ドイツ：1879－1955／1947年撮影）

天才アインシュタインの宇宙方程式

アルベルト・アインシュタイン（1879–1955）はドイツ生まれのユダヤ人の理論物理学者です。光量子仮説（1905）でノーベル賞を受賞していますが、業績として一般に知られているのは何と言っても「相対性理論」でしょう。これは特殊相対性理論（1905）と一般相対性理論（1916）からなりますが、宇宙物理学に大きく貢献したのは一般相対性理論です。そこで、宇宙の振舞いを記述する壮大な理論を展開しました。

一般相対性理論は、「重力場」の理論ともよばれています。重力は物体が地球に引き付けられる力で、地上では万有引力と自転による遠心力の合力として定義されますが、宇宙論では万有引力と同じ意味で使われています。

アインシュタインは、その重力＝万有引力がはたらくメカニズムを、重力場という概念を用いて説明しました。質量のある物体があると重力場が歪んで、その歪んだ場によって物体が作用される。それを重力としたのです。

下図はその様子を示したものです。重力場は空間ですが、図では平面で示されています。たとえば地球という物体があると、図のようにもともとは平坦であった重力場が歪みます。

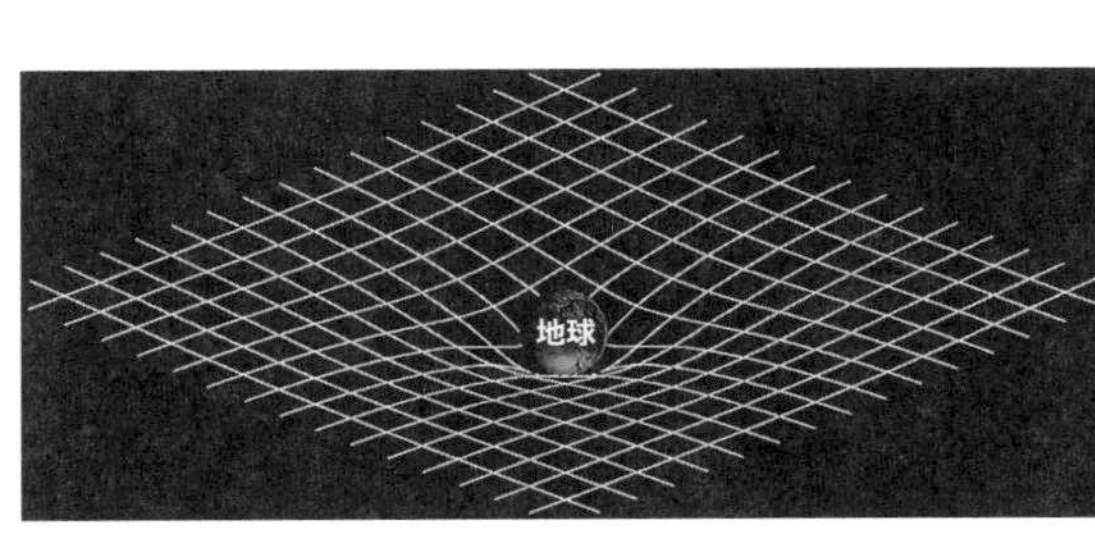

●**重力場**
質量のある物体により歪んだ重力場

そこに月という別の物体がおかれると、重力場が歪んでいるので月は地球の方角に近づこうとします。それが地球から月にはたらいた重力（万有引力）だとするのです。もちろん月によって重力場が歪むので、地球も月に近づこうとします。見かけ上、お互いに引きつけあいます。

そしてアインシュタインは、この重力場の歪み具合を方程式で記述しました。「アインシュタイン方程式」とよばれています。アインシュタインの縮約記法とよばれる特殊な記法を用いているのでわかりにくいのですが、左辺が時空の曲がり具合を表し、右辺は物質のもつエネルギーを表すと思ってください。

宇宙は膨張している

宇宙物理学においてアインシュタイン方程式が重要なのは、宇宙全体を記述しているためで、「宇宙方程式」ともよばれています。これを解けば宇宙が空間的に、そして時間的にどのような振舞いをするかがわかるという画期的かつ壮大な方程式です。

ところが、ここで驚くことが起こりました。この宇宙方程式の解が、アンシュタインの

●アインシュタイン方程式（宇宙方程式）とその修正

$$R_{\mu\nu} - \frac{1}{2}g_{\mu\nu}R = \frac{8\pi G}{c^4}T_{\mu\nu}$$

$$R_{\mu\nu} - \frac{1}{2}g_{\mu\nu}R = \frac{8\pi G}{c^4}T_{\mu\nu} - \Lambda g_{\mu\nu}$$

予想とは違ったものになったのです。その解は、宇宙はひたすら膨張（あるいは収縮）するというものでした。アインシュタインは、宇宙は静止していると信じていましたから、宇宙方程式が間違っているとして修正しました。宇宙項の追加です。

ところがです。その10年後の1929年に宇宙は確かに膨張していることがエドウィン・ハッブル（米：1889–1953）によって発見されたのです。宇宙項は必要ありませんでした。アインシュタインは「宇宙項の導入は生涯最大の失敗」としてそれを撤回しました（じつはこの宇宙項は、後に重要性が再認識されて復活するようになります）。

●エドウィン・ハッブル（アメリカ：1889–1953）

膨張しているからには始まりがある

宇宙が膨張しているとすれば、始まりがあるはずです。1948年にロシア生まれのアメリカの理論物理学者ジョージ・ガモフ（1904–1968）が、宇宙は爆発から始まったとする「ビッグバン宇宙論」（火の玉宇宙論）を提唱しました。

問題はそれが本当にあったかです。ガモフは、ビッグバンがあったとすると、そのときの光は宇宙の膨張とともに波長が変化してマイクロ波という電波となって、いまでも観測できるはずだと予想しました。そしてそれが実際に、1965年に「宇宙（マイクロ波）背景放射」として観測されたのです。観測したアメリカのペンジャスとウィルソンはベル電話研究所の無線通信の研究者で、宇宙雑音として測定したものが宇宙（マイクロ波）背景放射でした。これによって、ガモフのビッグバン理論は揺るぎのないものとなりました。

ビッグバンの前に宇宙の急膨張（インフレーション）があった

このビッグバンは必ずしも宇宙の始まりではありませんでした。ビッグバンの前に宇宙の指数関数的な急膨張があったのです。それは1981年に佐藤勝彦（日本：1945－）とアラン・グース（アメリカ：1947－）によって理論的に提唱されました。「インフレーション理論」とよばれています。この理論によって宇宙誕生の謎の多くが説明されるのですが、残念ながらまだ観測によって実証されていません。

佐藤らは、「インフレーションがあったかは、直接的には重力波の検出が必要であるが、間接的には宇宙背景放射の揺らぎで検証できる」としています。2014年にハーバードスミソニアン天体物理学センターがこれを検出したとのニュースが流れましたが、残念ながら検出は誤りでした。もし検出されていれば、佐藤のノーベル賞受賞は確実だったのですが。

このインフレーションを直接観測するためには、そのときに発生した重力波を観測することが必要です。重力波はアインシュタインが重力場の振動として予想したものですが、その検出はきわめて難しく、ようやく2016年に地球から13億光年離れた二つのブラックホールが合体した時の重力波が初めて観測されました。宇宙誕生のときのインフレーションによって発生した重力波の検出は今後の課題です。

4――ついでに超ミクロの素粒子の世界も覗いてみよう

じつは佐藤勝彦は、同い年で個人的にもよく存じあげています（アインシュタインと同じく呼び捨てにして申し訳ありません）。あるときタクシーをご一緒する機会があって、このような質問をしてみました。「宇宙論を支えている基礎理論は何ですか？」。その答えが、相対性理

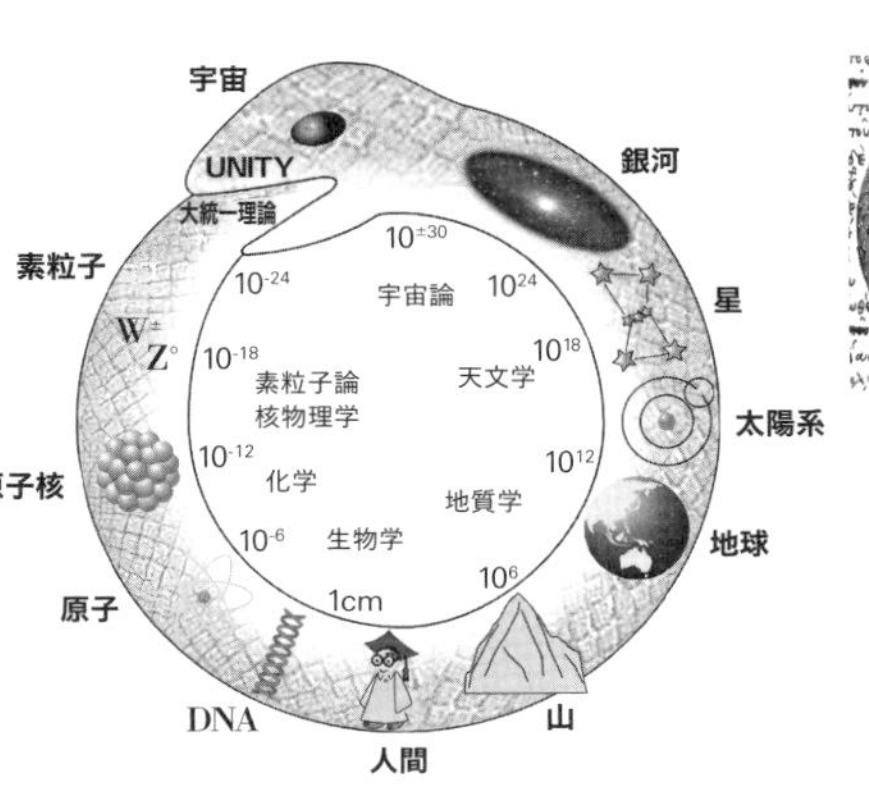

●**ウロボロス**
［**右**］中世後期のビザンチン・ギリシヤの錬金術の写本より
［**左**］宇宙論の最先端は、素粒子論と結びつく
©KEK 素粒子原子核研究所

論と素粒子論でした。相対性理論は予想していましたが、素粒子論は意外でした。素粒子論は、超ミクロな世界の理論です。それが超マクロな宇宙の基礎だと言うのです。でも改めて考えてみればそれは当然かもしれません。宇宙が誕生したときは、そこには素粒子しかありませんでした。

ウロボロスという伝説の蛇がいます。自分の尾を噛んで輪の形になっています。宇宙論の最先端である超マクロの相対性理論は、超ミクロの素粒子論を噛む形で結びついているのです。

宇宙を知るには素粒子も知らなければなりません。簡単に説明しておきましょう。

吉永小百合は素粒子からなる

勉強のために素粒子論の講演を聴講したことがあります。そこではアイドルの名をだして素粒子の大切さが力説されました。そのときのアイドルが誰であったか忘れたので、ここでは仮に僕がファンである吉永小百合としておきましょう。

まずは吉永小百合の身体は「細胞」でできています。細胞は「分子」でできています。分子は「原子」でできています。そしてその原子は第1講022ページで示したように、「原子核」と「電子」でできています。原子核は「陽子」と「中性子」でできています。陽子と中性子は「クォーク」という粒子でできています。このクォークと電子はこれ以上分解できないので、素粒子とよばれています。物質を構成する最小単位です。素粒子がなければ、吉永小百合は存在していません！　吉永小百合だけではありません。すべての物質がそうなのです。

素粒子にはどのようなものがあるのか

いまでは数多くの素粒子が知られています。素粒子論には標準模型というものがありますが、そこでは素粒子は物質粒子、ゲージ粒子、ヒッグス粒子に分類されています。やや複雑になりますが、少しだけ説明しておきましょう。

物質を構成する物質粒子はフェルミ粒子（フェルミオン）ともよばれ、

●標準模型における素粒子

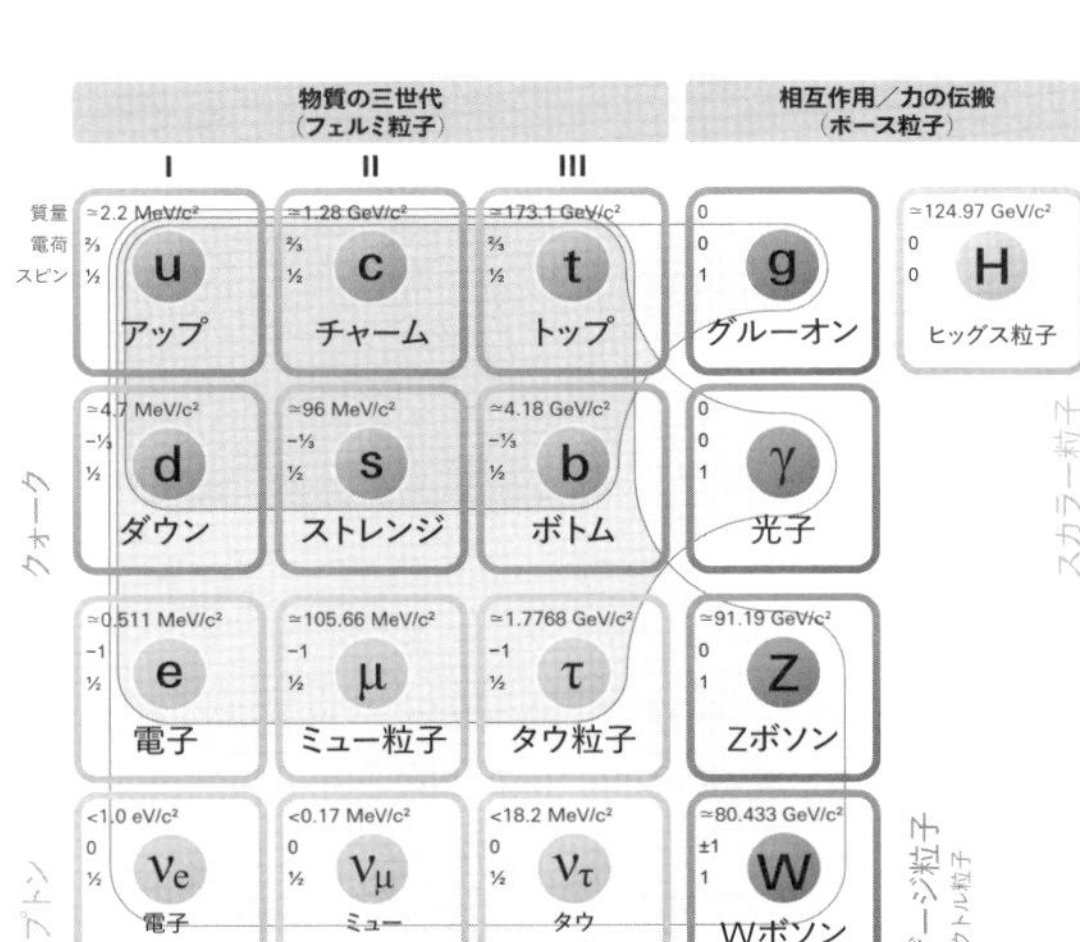

これはさらにクォークとレプトンに分類されます。クォークは前述のように原子核の中の陽子と中性子を構成する素粒子で6種類あります。一方のレプトンは、電子とその仲間たちでやはり6種類あります。2015年の梶田隆章のノーベル賞受賞で知られるニュートリノは、このレプトンに属する素粒子です。

ゲージ粒子は、物質でなくて力を伝える素粒子です。力を伝えるなんて不思議に思うかもしれません。そのためには力とは何かについて知っておく必要があります。これはこのすぐ後で説明します。

ヒッグス粒子もまた不思議な素粒子です。他の素粒子に質量を与える役割を持ちました。これだけではよくわかりませんね。ここで中途半端に説明すると、もっとわからなくなるのでこれも後述することにします。なお、ゲージ粒子とヒッグス粒子は、あわせてボース粒子(ボソン)とよぶこともあります。

じつは素粒子はこれだけではありません。物質を構成するフェルミ粒子には、それぞれに「反粒子」とよばれている粒子がペアとしてあります。これは簡単に言うと、もとの素粒子とは電荷の値だけが正負逆になっている素粒子です。たとえば電子は電荷がマイナスですから、その反粒子は電荷がプラスで陽電子とよばれています。

さらに最近の素粒子論は、それぞれの素粒子に対して「超対称性粒子」とよばれるものがあると予想しています。素粒子には電荷や質量の他にスピンという属性がありますが、超対称性粒子はもとの素粒子のスピンを1/2だけずらしたものを言います。すべての素粒子に対してちょうど鏡に映ったような形になっているので、超対称性という名前がつけられました。超対称性粒子を仮定することによって体系だった宇宙論が展開されるのですが、いまのところ一つもその存在が実験的に確かめられていません。

素粒子を結びつける力（相互作用）

先にゲージ粒子は力を伝えているという、よくわからない説明をしました。ここでその「力」について少し解説しておきましょう。

宇宙論における力とは、簡単に言うと素粒子も含めた物質と物質をつなぎ合わせるはたらきです。力は「相互作用」ともよばれます。力（相互作用）がなければ、ばらばらの素粒子が一緒になって物質を作ることはできません。

力は4種類あるとされています。重力、電磁力、強い力、弱い力です。「重力」はニュートンが万有引力として発見したおなじみの力です。ニュートンはこれによって天体の運動を説明しました。じつはこの重力は、他の力に比べて桁がはるかに違うほど弱いのですが、マイナスの重力はないので相殺することはなく、遠方ではこれが主体となります。たとえば月は重力によって（遠心力と釣り合う形で）地球を回っています。

「電磁力」は磁石にはたらいている力で、これもおなじみです。原子核と電子の間にはこの電磁力がはたらいているので、電子が原子核の周りを回っています。重力よりもはるかに強い力ですが、プラスとマイナスがあるので、遠方には互いに相殺して影響を及ぼしていません。

身近な力は重力と電磁力の二つですが、ミクロになるにつれて、さらに二つの力が必要になりました。「強い力」と「弱い力」です。強い力は電磁力より強く、弱い力は電磁力よりも弱いので、それぞれこの名称があります。変な名称ですが正式名称です。

強い力は、陽子どうしを結びつける力です。原子番号の大きい原子の原子核には複数の陽子が密集しています。陽子はプラスの電荷を持っていますので、そのままでは電磁力で互いに反発して密集することができません。電磁力よりも強い力が互いを引きつけていなければ原子核を構成できません。この力が「強い力」です。強いけれどもその力が影響する距離はわずか10^{-15}mですので、日常生活には関係ありません。

弱い力はベータ崩壊の時にはたらく力と説明されます。電磁力よりも弱いので、弱い力

●力（相互作用）は4つある

❶重力
天体ではたらく力
（影響距離∞）

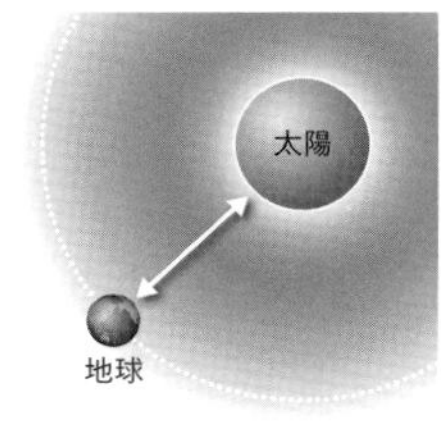

❷電磁力
原子核と電子の間の力
（影響距離∞）

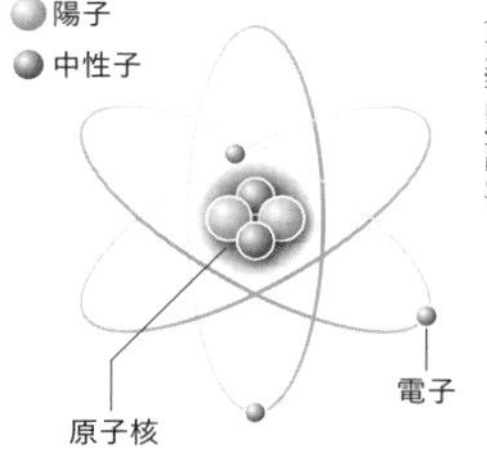

と正式によばれています。影響距離は10^{-18}mで、強い力よりもっと短距離で、もちろんこれも日常生活に関係ありません。これを説明するにはベータ崩壊などの物理学用語を解説しなければならず、泥沼にはまってしまいそうなので、ここでは省略します。

素粒子論では、これまで述べたように、この四つの力を担っているのが素粒子（ゲージ粒子）であるとしています。電磁力は光子、強い力はグルーオン、弱い力はウイークボソンで2種類（Z粒子とW粒子）があります。重力を担う素粒子はグラビトン（重力子）と名づけられていますが未発見です。

粒子で力が伝わるなんてわかりにくいですよね。比喩がいいかどうかわかりませんが、次のような場面を思い浮かべてください。ある静かな湖面にボートが2艘浮かんでいます。その間でボールのやりとりをします。やりとりするたびにボートは離れていきます。離れていくということは力がはたらいているわけで、その力はボールが媒介しているのです。

こうして重力、電磁力、強い力、弱い力があることがわかりました。じつはこの四つの力は、宇宙が誕生したときは同じものでした。それがしだいに一つずつ分岐して四つの力となりました。その分岐がどのようなメカニズムで起きたかが、いまの宇宙論の大問題になっています。本講の最後で簡単に触れることにします。

❸強い力
陽子どうしを結びつける力
（影響距離10^{-15}m）

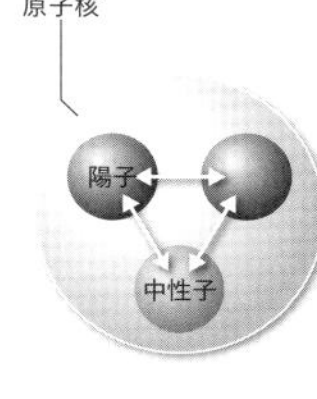

❹弱い力
ベータ崩壊の時にはたらく力
（影響距離10^{-18}m）

5——宇宙はどのようにして誕生したのか

さて、宇宙が誕生したときにあったのは素粒子だけでした。それが四つの力(相互作用)によって互いに結びついて物質ができました。それが集まって星ができて、いまの宇宙ができあがりました。そのような宇宙の誕生と成長を、順に追ってみましょう。

なお、宇宙の誕生の様子は超遠方にある天体を観測すればわかるとされています。たとえば138億光年先の天体が光で観測されたら、それは138億年前に発せられた光なのです。

ところが光による観測には限界があります。光(電波)で観測できるのは誕生してから38万年後の宇宙からなのです。なぜなのでしょうか。じつはそれまでは光は自由に直進することができずに、閉じ込められていたのです。一方で驚くべきことに、宇宙誕生のたった38万年後に初めて発せられた光の観測に成功しています。それが前述の宇宙(マイクロ波)背景放射です。

宇宙が誕生してからそれまでの間に何があったのでしょうか。なぜ光では観測できないのでしょうか。それを知るには宇宙誕生の神秘に迫る以外にありません。これからの説明は第1講と重なるところがありますがお許しください。

まずは宇宙誕生の全体像

次ページの図は宇宙の誕生の歴史を年表にしたものです。年代の軸が、宇宙が誕生してから1秒を中心に対数軸になっていることに注意してください。

宇宙誕生は力が分岐して、物質ができる歴史です。まずは四つの力が分岐して、次に素粒子であるクオークから始まって、それにもとづいて陽子や中性子ができ、さらには原子核ができて、これに電子が捕捉されて原子ができました。原子ができたのは宇宙誕生の38万年後ですが、それ以外はわずか1秒のことでした。その1秒の間に宇宙の主役はつぎつぎと交代しました。それによって、その短い時代が次のようにこまかく区分されています。

① プランク時代：無数の粒子が対生成と対消滅をくり返していた時代
② 大統一時代：重力と強い力が分岐した時代
③ インフレーション時代：宇宙が急膨張してビッグバンがおきた時代
④ 電弱時代：さまざまな素粒子が発生してプラズマになっていた時代
⑤ クオーク時代：ヒッグス場によって素粒子が質量を持ち、電磁力と弱い力が分岐した時代

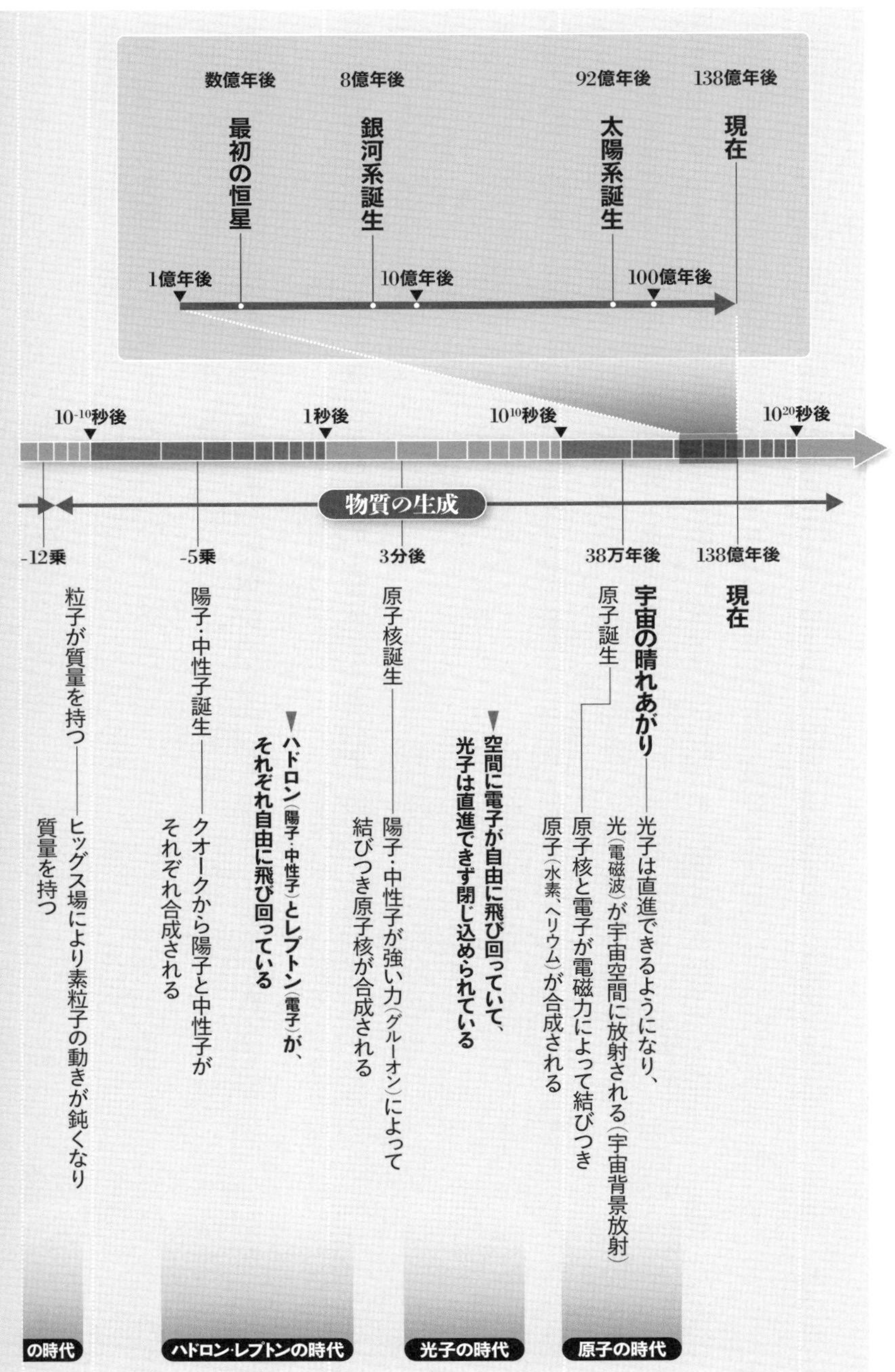

数億年後
最初の恒星
8億年後
銀河系誕生
92億年後
太陽系誕生
138億年後
現在
1億年後
10億年後
100億年後
10^{-10}秒後
1秒後
10^{10}秒後
10^{20}秒後
物質の生成
-12乗
-5乗
3分後
38万年後
138億年後
粒子が質量を持つ
ヒッグス場により素粒子の動きが鈍くなり質量を持つ
陽子・中性子誕生
クオークから陽子と中性子がそれぞれ合成される
ハドロン（陽子・中性子）とレプトン（電子）が、それぞれ自由に飛び回っている
原子核誕生
陽子・中性子が強い力（グルーオン）によって結びつき原子核が合成される
空間に電子が自由に飛び回っていて、光子は直進できず閉じ込められている
原子誕生
原子核と電子が電磁力によって結びつき原子（水素、ヘリウム）が合成される
宇宙の晴れあがり
光子は直進できるようになり、光（電磁波）が宇宙空間に放射される（宇宙背景放射）
現在
の時代
ハドロン・レプトンの時代
光子の時代
原子の時代

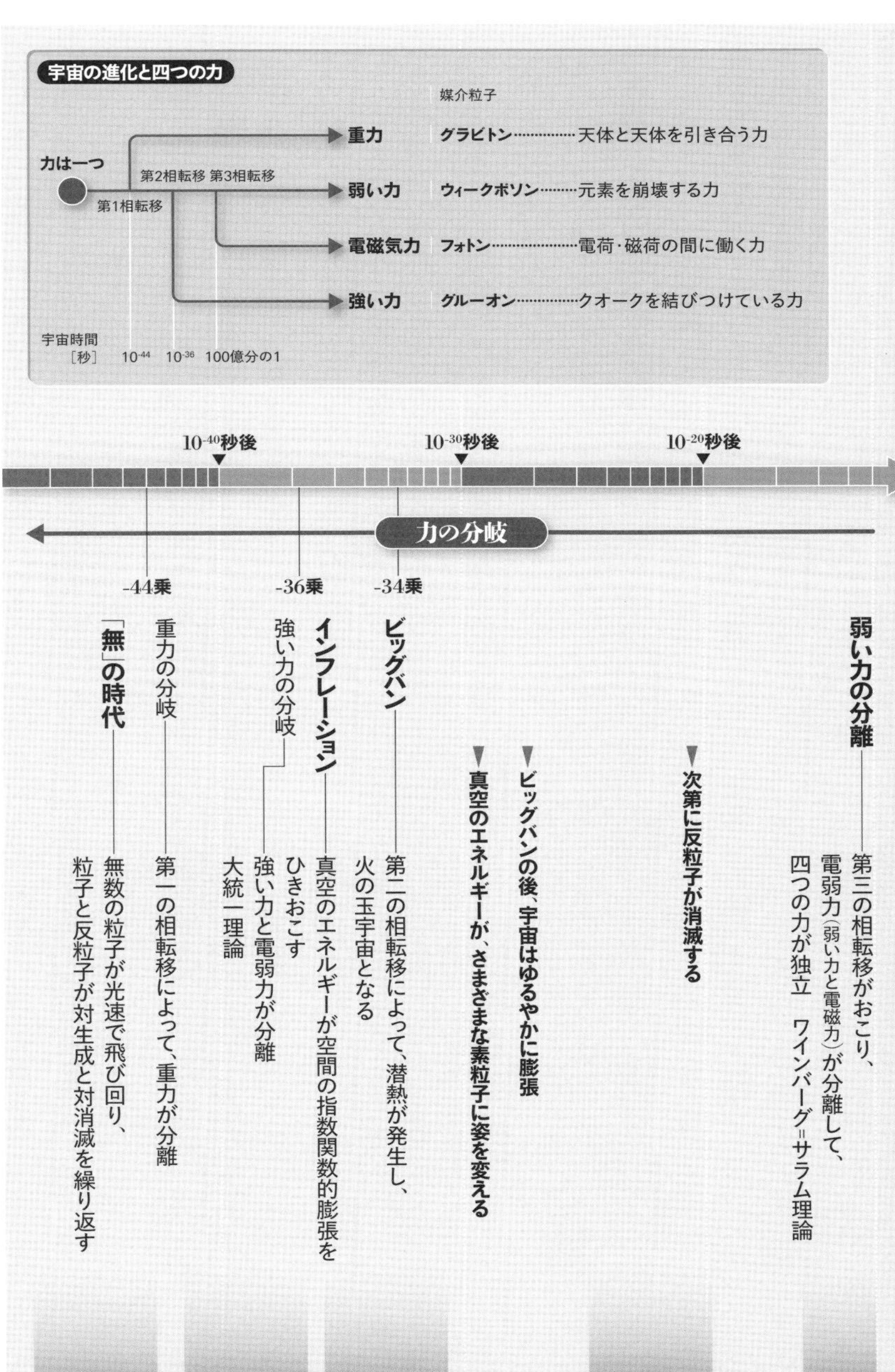
宇宙の進化と四つの力
媒介粒子
力は一つ
第1相転移
第2相転移 第3相転移
重力 グラビトン……天体と天体を引き合う力
弱い力 ウィークボソン……元素を崩壊する力
電磁気力 フォトン……電荷・磁荷の間に働く力
強い力 グルーオン……クオークを結びつけている力
宇宙時間［秒］ 10^{-44} 10^{-36} 100億分の1
10^{-40}秒後
10^{-30}秒後
10^{-20}秒後
力の分岐
-44乗
-36乗
-34乗
「無」の時代――無数の粒子が光速で飛び回り、粒子と反粒子が対生成と対消滅を繰り返す
重力の分岐――第一の相転移によって、重力が分離
強い力の分岐――強い力と電弱力が分離 大統一理論
インフレーション――真空のエネルギーが空間の指数関数的膨張をひきおこす
ビッグバン――第二の相転移によって、潜熱が発生し、火の玉宇宙となる
▼真空のエネルギーが、さまざまな素粒子に姿を変える
▼ビッグバンの後、宇宙はゆるやかに膨張
▼次第に反粒子が消滅する
弱い力の分離――第三の相転移がおこり、電弱力（弱い力と電磁力）が分離して、四つの力が独立 ワインバーグ=サラム理論
プランク時代
大統一時代
インフレーション時代
電弱時代
クオーク

ここまでで力の分岐は終わり、このあと質量を持った粒子から物質が形成されていきます。

⑥ハドロン時代：クオークから陽子と中性子などのハドロンができた時代

⑦レプトン時代：一時的に電子などのレプトンが主役になった時代

⑧光子時代：陽子や中性子から原子核ができた時代

⑨宇宙晴れあがりの時代：電子が原子核に捕捉されて原子ができ、光が自由に直進できるようになった時代

こうして宇宙を光で観測できる時代となりました。少し詳しくなりますが、それぞれの時代を駆け足で眺めてみましょう。

▼最初は「無」だった「プランク時代」

宇宙論では、宇宙のもともとの状態は「無」であったとしています。物質も空間も、時間さえもない状態です。そこに何らかの原因で我々の宇宙に発展するいわば種（たね）が生まれ、それが成長していきました。

その種は、最初は直径がプランクの長さ（10^{-35}m）、つまりほとんど「点」といっていい空間に無数の粒子が光速で飛びまわっている状態だったようです。粒子と反粒子の2種類あって、対（ペア）になって生成し、また対になって消滅するということをくり返していました。それぞれ対生成、対消滅とよばれています。

そこにはとんでもないエネルギーがぎっしり凝縮されていました。プランクエネルギーとよばれています。その量は1019ギガエレクトロンボルト、これではわかりませんね、温度に換算すると100万×10兆×10兆度というエネルギーです。

▼まずは重力と強い力が分岐した「大統一時代」

この後に宇宙の温度が急に下がっていきます。温度が下がるとある段階で宇宙の状態が劇的に変化します。これを相転移と言います。たとえば水は、温度が高いときは気体（水蒸気）、下がってくると液体（水）、さらに下がると固体（氷）に、それぞれある温度で急に状態が変わります。宇宙でも似たことが起こりました。これが相転移です。

その相転移によって、まずはもともと一つであった力（相互作用）から重力と強い力が分岐しました。宇宙論における大統一理論で記述されるこの時代を大統一時代と言います。時間的には宇宙が誕生してから約10^{-43}秒後から約10^{-36}秒後の間です。

▼宇宙の急膨張とビッグバンが起きた「インフレーション時代」

次に宇宙の急膨張が起こりました。アインシュタインの宇宙方程式の修正版を思い起こしてください。右辺の宇宙項にとんでもないエネルギーがあると宇宙は急膨張します。実際に宇宙が誕生してから10^{-32}秒の間に瞬時にしてこれが起こりました。インフレーションです。あっという間に宇宙はとんでもなく膨張しました。具体的には直径が少なくとも10^{26}倍になりました。

急に大きくなると宇宙の温度も急に下がります。温度が下がると相転移が起きます。インフレーションが終わったときも相転移が起こりました。そのときに大量の熱が発生して、宇宙の爆発が起こりました。ビッグバンとよばれている現象がこれです。ビッグバンが宇宙の始まりだと言われることがありますが、まずはインフレーションがあってその直後にビッグバンがあったのです。この時代はインフレーション時代とよばれています。

▼クオークとグルーオンからなるプラズマ状態であった「電弱時代」

インフレーション時代が終わった後の、宇宙誕生の約10^{-32}秒後から10^{-12}秒後の間は、宇宙はクオークとグルーオン（強い力の粒子）からなるプラズマ状態になりました。この時代は電磁力と弱い力がまだ分岐しておらず、両者が合体した電弱相互作用が主体でしたので、電弱時代と言われています。

▼素粒子が質量を持って電磁力と弱い力が分岐した「クォーク時代」

この後、宇宙は、クォーク、ハドロン、レプトン、そして光子とつぎつぎと主役を変えていきます。

まずはクォーク時代です。まだ宇宙の温度が高くクォークは互いに結びつくことがなく単独で存在していました。この時代は宇宙誕生の約10^{-12}秒後から約10^{-6}秒後まで続きます。このクォーク時代に画期的なことが起こりました。新たな相転移が起きて、ヒッグス粒子によってヒッグス場とよばれるものが形成されたのです。そこで光速で飛びまわっていた粒子の動きが、(すべてではありませんが)にぶくなっていったのです。これによって粒子はそれぞれ固有の質量を持つようになりました。

このとき電弱作用を担っていた粒子が光子とウイークボソンに分離して、電磁力と弱い力が分岐しました。ウイークボソンは質量を持ち動きがにぶくなりましたが、光子は質量を持たずに光速で運動しているので両者が区別できるようになりました。こうして力は、最終的に四つに分岐しました。

▼陽子と中性子が形成された「ハドロン時代」

宇宙の温度がさらに下がると、いよいよクォークが互いに結合して陽子や中性子が形成されるようになりました。この陽子や中性子、そしてここでは説明していませんが湯川秀樹によってその存在が予想された中間子は、あわせてハドロンと総称されています。

この時代はハドロンが宇宙の質量の大半を占めていたので、ハドロン時代とよばれます。ただ反粒子である反ハドロンも形成されて最初は両者は共存していましたが、しだいに対消滅によって反ハドロンはなくなり、少量のハドロンだけになりました。

▼宇宙誕生の約1秒後に「レプトン時代」

反ハドロンの消滅は、宇宙誕生の1秒後までには完了し、次にレプトン時代が始まりました。電子やニュートリノなどのレプトンが宇宙の質量の大半を占めていた時代です。この時代は、レプトンと反レプトンが熱平衡にありましたが、しだいに宇宙の温度が下がると、大部分のレプトンと反レプトンは対消滅して、少量のレプトンだけが残りました。

▼原子核が形成された「光子時代」

その後、宇宙のエネルギーは光子に占められるようになって光子時代となりました。

この時代に特筆すべきことは、原子核の形成です。まずできたのが水素とヘリウムの原子核でした。水素の原子核は陽子が一つですが、ヘリウムの原子核は陽子2個と中性子2個からなっています。この原子核は、光子時代の最初の数分間に形成されて、残りの期間は宇宙は原子核、電子、光子からなる熱く濃いプラズマに満たされていました。

▼38万年後にようやく原子が形成されて宇宙が晴れあがった

このプラズマ状態の中で、空間を自由に飛び回っている電子が電磁力によって原子核に捕捉されるようになると、原子ができあがります。これには少し時間がかかって、宇宙が誕生してから38万年後のことでした。

こうして自由に飛び回っていた電子が捕捉されると、宇宙空間に画期的なことが起こりました。それまで電子に邪魔されて窮屈な思いをしていた光子が、自由に真っ直ぐ進むことができるようになったのです。言うまでもなく、光子は我々が観測する光のもとです。光子が直進できるようになって光が生まれました。宇宙の歴史では、この霧が晴れるような状態を「宇宙の晴れあがり」とよんでいます。

このときに発せられた光がいま観測されています。宇宙（マイクロ波）背景放射です。この光の分布は、いまでは衛星等を用いてかなりはっきり調べられています。第1講026

ページの図の楕円形の内部が全天周にわたる宇宙（マイクロ波）背景放射を示したものです。

▼そして星と銀河が生まれた

宇宙（マイクロ波）背景放射は、図を見てもわかるように必ずしも一様ではありません。濃いところと薄いところがあります。この不均一さはインフレーションのときに小さな空間の量子ゆらぎがそのまま拡大したものですが、これがその後の宇宙形成で重要でした。

宇宙が均一でなくまばらであるということは、水素やヘリウムのガスの分布に空間的な偏りがあることを意味します。密なところは、その後、ガスが互いに重力で引き寄せられてしだいに凝縮していきました。そして宇宙誕生から約3億年後に凝縮したガスのかたまりの中心部で核融合反応が起こって、そのかたまりが明るく輝きだしました。星の誕生です。

そして星どうしが引き付けあって、その集団である銀河が生まれます。我々の銀河は宇宙誕生の8億年後、言い換えるといまから130億年前にすでに誕生していたと言われています。

なお、銀河は数百から数千集まって銀河群や銀河団を形成しています。これらがさらに集まって超銀河団や超銀河団Complexを形成しています。これはフィラメント状の壁のようになっていて、宇宙の大規模構造とよばれています。これは巨大な泡のような構造をしていて、泡構造とよぶこともあります。この形成には次に述べる宇宙のダークマターが関係しているとされています。

6——宇宙はこれからどうなるのか

こうしていまの宇宙ができました。その宇宙はこれからどうなるのでしょうか。それを探るにはまだまだわからないことが多すぎます。

宇宙は、わからない物質とわからないエネルギーだらけ

たとえばダークマターとダークエネルギーがあります。最新の宇宙論では、宇宙でわかっている物質は、たったの5%だけというのです。残りはダークマターとよばれるものが約27%、ダークエネルギーがよばれるものが約68%です。

ダークマターとは何でしょうか。日本語では暗黒物質と言いますが、真っ黒な物質ではありません。見えていない物質という意味です。宇宙には、見えている物質の約5倍の「見

えない物質」があるのです。

ダークマターは、1934年にフリッツ・ツビッキがかみのけ座銀河団の運動から予言しました。また1970年代にヴェラ・ルーディンがアンドロメダ銀河系の回転速度が半径によらず一定であることを観測しました。これは見えない物質としてのダークマターがなければ説明できないことでした。

このダークマターが宇宙にどのような分布で存在しているかは少しずつわかってきましたが、その正体は依然不明、つまりダークです。ダークマターの候補として、ニュートラリーノ（超対称性粒子）とアクシオンなどが挙げられていますが……。

一方のダークエネルギーとは何でしょうか。宇宙は誕生したときにインフレーションによって急膨張しましたが、いま宇宙は再び加速膨張しています。パールムッター、シュミット、リースの3人が発見して2011年のノーベル賞を受賞しました。宇宙が加速膨張しているのは、未知のエネルギーがあるからです。アインシュタインの宇宙方程式の宇宙項に相当します。これはもしかしたら第二のインフレーションかもしれないと言われています。

宇宙の未来は、ダークエネルギーが握っている

このダークエネルギーは重要です。それはダークエネルギーがこれから増えるか、そのままか、減るかによって宇宙の未来が変わってくるからです。その可能性は次の3通りが想定されています。

①ビッグリップ：ダークエネルギーの加速膨張がさらに強くなって宇宙が破裂。
②冷えきった宇宙：ダークエネルギーが一定だと宇宙はさらに膨張して超低温となる。
③ビッグクランチ：ダークエネルギーが減るとその影響がしだいに小さくなり、宇宙は自分自身の重力でつぶれる。

さてこのどれになるのでしょうか。宇宙は真空のエネルギーのインフレーションで誕生して、ダークエネルギーのインフレーションでその一生を終えるのかもしれません。

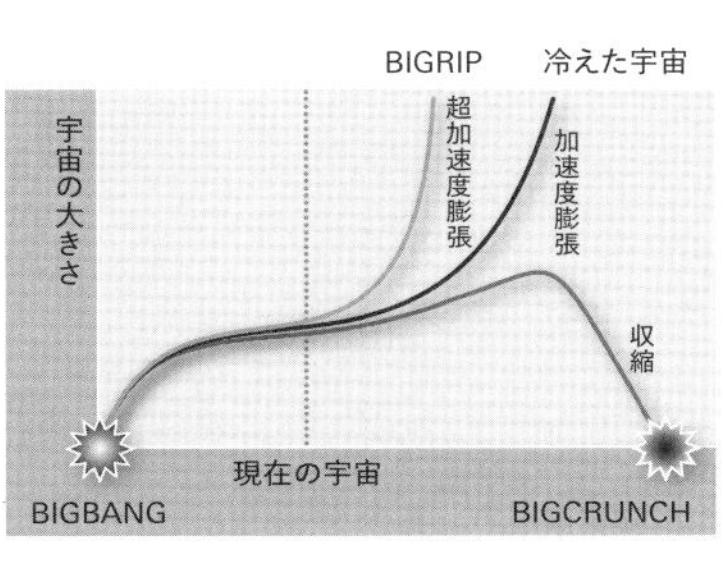

●宇宙の三つの未来
ダークエネルギーが握る3通りの可能性

7——宇宙はじつは数多くある

いずれにせよ宇宙には寿命があります。寿命があるからと言って、絶望する必要はありません。我々人間にも寿命がありますが、それですべてが終わるわけではありません。我々は子どもを産めるからです。未来があります。

じつは宇宙も同じように子どもを産めるとするのが、最新の宇宙論です。信じられないかもしれませんが。

多元宇宙論（マルチバース）

それは「多元宇宙論」とよばれています。宇宙は一つではありません。数多くあって、宇宙は子どもを産むことができます。あくまで仮説ですが、子宇宙が産まれるときは、親宇宙と子宇宙はワームホールでつながっているとされます。もしかしたら、その入口が親宇宙のブラックホールで、ワームホールはへその緒のようなものかもしれません。ホーキングによれば、そのへその緒はいつまでもあるわけではなく、子宇宙が産まれたらすぐ途切れてしまいます。

多元宇宙は「マルチバース」とよばれます。その一つが我々の宇宙で、ユニバースです。このように数多くの宇宙があるとすれば、それぞれはどのような宇宙なのでしょうか。残念ながら、それを観測することは原理的にできません。多元宇宙はあくまで理論でしかありえない仮説です。でも宇宙の外側にさらに無数の宇宙があるなんて楽しいではありませんか。さらにその先には何があるのでしょうか。それは無だと哲学的なことをいう人もいるかもしれません。それも含めて想像が掻き立てられます。

宇宙の人間原理

この多元宇宙論に関連して、最先端の宇宙物理学者はこのようなことも考えています。我々の宇宙のことはかなりわかってきました。数多くの宇宙があるとすれば、人間が知ることができた宇宙像は、他の宇宙でも通用するでしょうか。答えは否です。他の宇宙ではまったく別の法則が支配しているかもしれません。あくまで、この宇宙にいる人間が知ることのできる宇宙は、人間が生存できた宇宙なのです。この宇宙の法則は（結果として）人間の生存に適した形で作られています。これを「宇宙の人間原理」と言います。

宇宙の人間原理なんて、まるで宗教のようです。なぜ宇宙物理学者は、このようなことを考えるのでしょうか。宇宙にはさまざまな物理定数がありますが、なぜその値になるのか説明できないものがあるからです。経験的に得られた法則も、その必然性が明確でないものがあります。それはたまたま人間がいるこの宇宙でそうなっているに過ぎず、他の宇宙では別の物理定数や別の法則になっているのかもしれません。そうすればこの問題は解決します。必然性がないので、それ以上考える必要はありません。

ただし、これは考えようによっては研究者の敗北宣言になってしまいます。たまたまいまわかっていないだけで、将来はきちんと説明できることかもしれません。多くの研究者は、宇宙の人間原理を持ち出すのは最後の最後でいいとしているようです。

8——宇宙物理学に残された課題

こうして宇宙はかなりのことがわかってきました。冒頭に述べたように、何がわからないかがわかってきたと言えるレベルになってきています。そのわからないこと、すなわち宇宙論と素粒子物理でのいまの課題を最後にまとめておきましょう。

課題1：四つの力の統一理論

宇宙が誕生したときは力（相互作用）は一つでした。それが四つの力、すなわち重力、強い力、弱い力、電磁力に分かれました。どのようにして分かれたのでしょうか。

この力の統一理論が宇宙物理学のホットな課題なのです。力はまずは重力が分岐して、次に強い力が分かれ、最後に弱い力と電磁力が分離しました。この最後の弱い力と電磁力の分離、言い換えればこの二つの力の統一理論は、1967年に発表されたワインバーグ＝サラム理論（電弱統一理論）として解決されています。その次の強い力と「弱い力＋電磁力」の統一理論は大統一理論とよばれています。これはいくつか仮説はありますが未完成の理論です。

そして最後の重力も含めた超大統一理論は将来の課題です。特に重力に関しては、わからないことだらけです。たとえば重力だけが他の力に比べて極端に弱いのですが、それはなぜなのでしょうか。いまの宇宙論は標準模型によって理論展開されていますが、じつは重力を完全に無視しています。無視しても重力以外のことはほとんどが説明できてしまうからです。これに加えて重力を担う素粒子（ゲージ粒子）であるグラビトン（重力子）も未発見です。

課題2：相対性理論と量子論の統合

20世紀になって発展した物理学に相対性理論と量子論があります。アインシュタインが展開した特殊相対性理論、一般相対性理論などの相対性理論はマクロな世界の理論です。一方の量子力学を中心とする量子論はミクロな世界の理論と言えるでしょう。この二つを「量子宇宙論」とすれば、すべてを統一する体系ができあがります。これが難問なのです。安易に統合すると解が無限大∞になってしまって、理論が破綻してしまいます。これをどう避けるかが大きな課題です。

課題3：増えすぎた素粒子の一般理論

標準模型では素粒子は17種類（未発見のグラビトンを加えると18種類）あります。物質をつくるフェルミ粒子にはそれぞれ反粒子がありますから、それを含めればもっと多くなります。超対称性理論によれば、さらにその2倍になります。

いずれにせよ最初の予想に反して、素粒子の種類は増えすぎました。そうだとすれば、それを統一的に説明するモデルが欲しくなります。かつて物質を構成する元素（原子）が数多く発見されたときに、それをきれいに構造化して配列することが試みられました。19世紀後半にロシアの化学者ドミトリ・メンデレーエフが提案した周期律表が有名で教科書にも載っています。素粒子についても周期律表のように統一して説明する一般理論は、果たして可能なのでしょうか。

課題4：未知の物質や素粒子の解明と発見

そしてダークマターとダークエネルギーの解明です。それが何であるかはわかっていません。もしかしたらダークマターは超対称性粒子の一つ（ニュートラリーノ）かもしれませんが、まったく違う素粒子である可能性もあります。

超対称性粒子は、理論的に予想されているだけでまだ一つも見つかっていません。さらには今後も新しい素粒子が見つかる可能性があります。クオークとレプトン（電子やニュートリノ）はそれぞれ6種類ありますが、6種類必要なことは理論的に予想されたことでした。そしてそのとおりの素粒子が発見されました。いまのところ素粒子の標準模型では、それで十分だとされています。7種類目以降は必然性がありません。ただし標準模型にも未解決問題があり、その解明を通じて新たな素粒子（アクシオンなど）が要請される可能性があります。アクシオンはダークマターを構成する粒子の候補にもなっています。

課題5：なぜ、反粒子が自然界で消滅してしまったのか

宇宙が誕生したときは、粒子と反粒子が同数ありました。それが対生成と対消滅をくり返していました。それがいつのまにか反粒子は消滅して、自然界は一方の粒子だけになってしまいました。それはなぜなのでしょうか。どうしてそのバランスが崩れてしまったのでしょうか。

その解明のきっかけとなるのではと期待されているのがニュートリノです。反粒子はもとの粒子に対して電荷の符号が逆になっているものですから、もともと電荷をもたないニュー

トリノは、それ自体が反粒子に近いのです。粒子＝反粒子である素粒子はマヨラナ粒子とよばれますが、それがバランスを崩した理由かもしれません。

課題6：期待されている超弦理論（超ひも理論）

これらの課題の解決に対して、最も有望であると期待されているのが超弦理論です。専門用語ではありませんが一般には超ひも理論とよばれているので、ここではその名称を使います。

超ひも理論では、自然界の最小単位を粒子（点）ではなく、振動するひも（弦）であるとします。そしてそのひも（弦）の振動のしかたによって、それぞれの素粒子の性質が統一的に説明できるとします。この理論の優れたところは重力子（グラビトン）も説明できることです。重力子は閉じたひも、それ以外の素粒子は開いたひもとして説明しています。こうして重力をも取り込むことによって、超ひも理論によって重力も含めた超大統一理論を構築できる可能性があります。

さらには、素粒子を大きさのない点（粒子）でなく、有限の長さのひもとすることによって、

●超弦理論における素粒子
自然界の最小単位を振動するひも（弦）であるとする考え方から生まれる

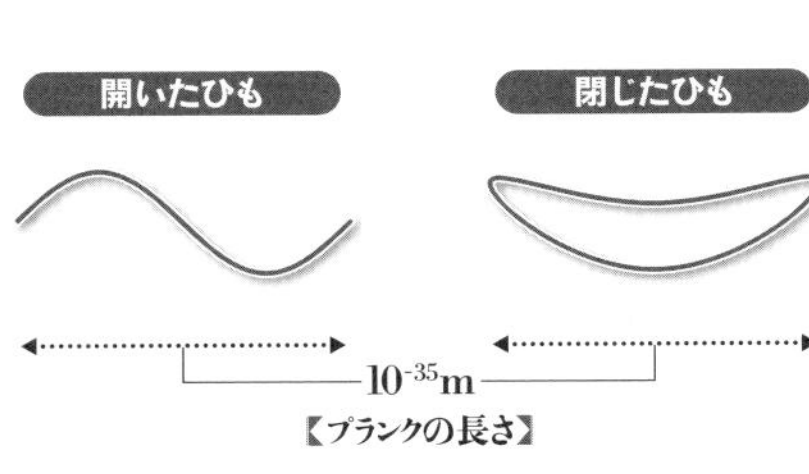

量子宇宙論の難問であった無限大の発散を避けられるかもしれません。さまざまな可能性がある理論なのです。

この理論は、最初はひも理論（弦理論）として提案されましたが、超対称性粒子の理論と結びついて一般化されて超ひも理論（超弦理論）となりました。その概要を箇条書きで記すと次のようになります。

①　素粒子は点でなく、ひも（弦）である。
②　ひもには固有振動があり、それぞれが素粒子に対応している。
③　ひもには、開いたひも（開弦）と閉じたひも（閉弦）がある。
④　開弦には端があり、その端が実空間に拘束されている。
⑤　重力子は閉弦で実空間に拘束されておらず強さが小さい。
そして驚くべき主張があります。
⑥　時間を除いて9次元あるいは10次元の空間がある。

いま我々がいる空間は3次元です。それがじつは9次元あるいは10次元であるとするのです。残りの次元はいったいどこにあるのでしょうか。

この残りの次元は余剰次元と言われています。プランク長（10^{-35}m）くらいに小さくコンパクトに丸まっているとされています。宇宙が誕生したときは9次元（あるいは10次元）のすべての次元が小さく丸まっていたのですが、そのうち3次元だけがインフレーションによって急膨張していまの宇宙があるのかもしれません。

この超ひも理論は、ブレーン宇宙論やエキピロティック宇宙モデルなどさまざまに発展しています。宇宙物理学者の知的好奇心は止まることを知りません。

9——まとめ——夢は広がる、でも……

宇宙の解明は、まさに人類の夢でした。いまその夢はますます広がっています。広がるのはよいのですが、いま大きな壁が待ち受けています。それは、こう言っては元も子もないのですが、一つにはお金の問題です。

金の切れ目が科学の切れ目？

宇宙や素粒子の理論はますます発展しています。そこでは超対称性粒子などの未発見の素粒子の存在が要請されています。存在しないと整合性のある理論を組み立てられなくなってしまうからです。ところがそれが本当にあるのか実験的に検証することが、いま非常に難しくなっています。それは、検証するための実験装置がますます巨大かつ巨額になっているからです。

そのほとんどは宇宙が誕生した直後に存在していたとされる粒子です。その頃の宇宙はいまより遥かに高いエネルギーレベルでした。それと同じような状況を人工的に作りだす必要があります。これが大変なことなのです。

たとえば素粒子に質量を与えたヒッグス粒子の存在を実験的に確認したのはスイスとフランスの国境にある欧州原子核研究機構（CERN）の大型ハドロン衝突型加速器（LHC）でした。これは全周が27kmに及ぶ円形の加速器です。東京の山手線の全周が約35kmですから、その大きさが想像できるでしょう。この組織は約1000億円の年間予算で運営されています。

さらにはこのヒッグス粒子の性質をより詳しく調べることを目的とした国際リニアコライダー計画（ILC）があります。これは全長20kmの直線加速器で、関係する研究者の間では日本の北上山地が建設候補地とされています。建設費が7700億円前後にもなり、その実現が危惧されています。

これほど巨額ではありませんが、他の宇宙関連の実験も似たところがあります。ニュートリノを観測したカミオカンデは、スーパーカミオカンデを経ていまハイパーカミオカンデが計画されていますが、その建設費予算は約650億円、JAXAの小惑星探査機はやぶさ2の総開発費は289億円でした。

問題は国際協力しても、これだけの費用をこれからそれぞれの国の予算で支えられるかです。国の予算と言っても税金ですから、国民の理解がなければ推進できません。正直言って、たとえば超対称性粒子が見つかったとしても、国民生活にはまったく関係ありません。そのような意味では役に立ちません。

そのような役に立たない研究を巨額の費用を投じて進める必要がどこにあるのか。それがいま問われています。僕自身は、人々に夢を与えていることで、十分だと思っていますが、しだいに厳しい時代となっています。

改めて科学とは何なのか これからどう展開されるのか

科学という営みは、理論（仮説）と実証を二本の柱として展開されてきました。宇宙や素粒子に関する科学もそうでした。理論があって、それを検証する実験がおこなわれ、実験によって得られた現象を説明するために理論が発展しました。

このうち理論が先行することも、実験が先行することもありました。たとえば20世紀の中頃に加速器が登場すると、いまではハドロンとよばれる新たな粒子がつぎつぎと人工的に生成されました。それを説明することが理論の役割でした。実験が先行した時代でした。その後は素粒子理論が整備されて、そこで予言されたヒッグス粒子などの素粒子が実験的に確認されるようになりました。

そしていま、宇宙論や素粒子物理学は、理論がはるかに先行している分野のように見えます。もちろん、ニュートリノの質量の発見のような素晴らしい実験による発見もあるのですが、理論は実験の追従を許さない領域へ突入しています。

本来科学は理論と実証が二本柱だったはずなのに、その一方の実証が事実上困難になるとどうなるのでしょうか。宇宙はしだいに科学の対象ではなくなっていくのでしょうか。

あるいは科学そのものの考え方を変えなくてはいけない時期にきているのでしょうか。実証に代わる新たな柱が要請されているのかもしれません。

宇宙論の研究者は、数学という柱に全面的な信頼をおいています。これは単に現象を説明するための記述言語ではなくて、数学こそが宇宙の本質であると考えています。宇宙は数学によって動かされているとするのです。実際に宇宙物理学は、数学という神が予言したことを実験的に検証するという道筋で発展してきました。海王星の発見はニュートン力学の予言でした。電波はマクスウェルの電磁気学の予言でした。最近見つかった重力波はアインシュタインの相対性理論で予言されていました。いまの最先端の理論は超対称性粒子の存在、そして宇宙が9次元あるいは10次元あることなどを予言しています。

研究者はその神の予言が正しいことを確かめることに必死ですが、じつはいま重要なことは実証よりも、それらの予言が数学的に矛盾なく美しい体系をなしているかどうかなのです。それが可能になれば神の本質に迫ったことになります。

本講の冒頭で話したことに戻れば、そのような形で研究者の脳内宇宙はますます進化しています。目が離せません。

第3講

地球環境のもとでの生物の進化を追う

現役を退いて隠居の身になると、自らのルーツが気になって家系図に関心を持つ人が多くなります。僕もその年齢になって、自分のルーツを追ってみたくなりました。それも思い切って数十億年前にさかのぼって。

下図は原始生物が誕生してから霊長類に至るまでのおおまかな生物系統図です。実際にははるかに複雑なのですが、かなり省略しています。これが僕の家系図です。おそらく祖先はとんでもない苦労をしてきたことでしょう。地球はそんなに優しくないからです。一方で、いま僕が奇跡的に生きているということは、その地球の恵みがあったからでしょう。まさに感謝です。

本講ではそのような歴史を追ってみたいと思います。

●地球環境と生物進化

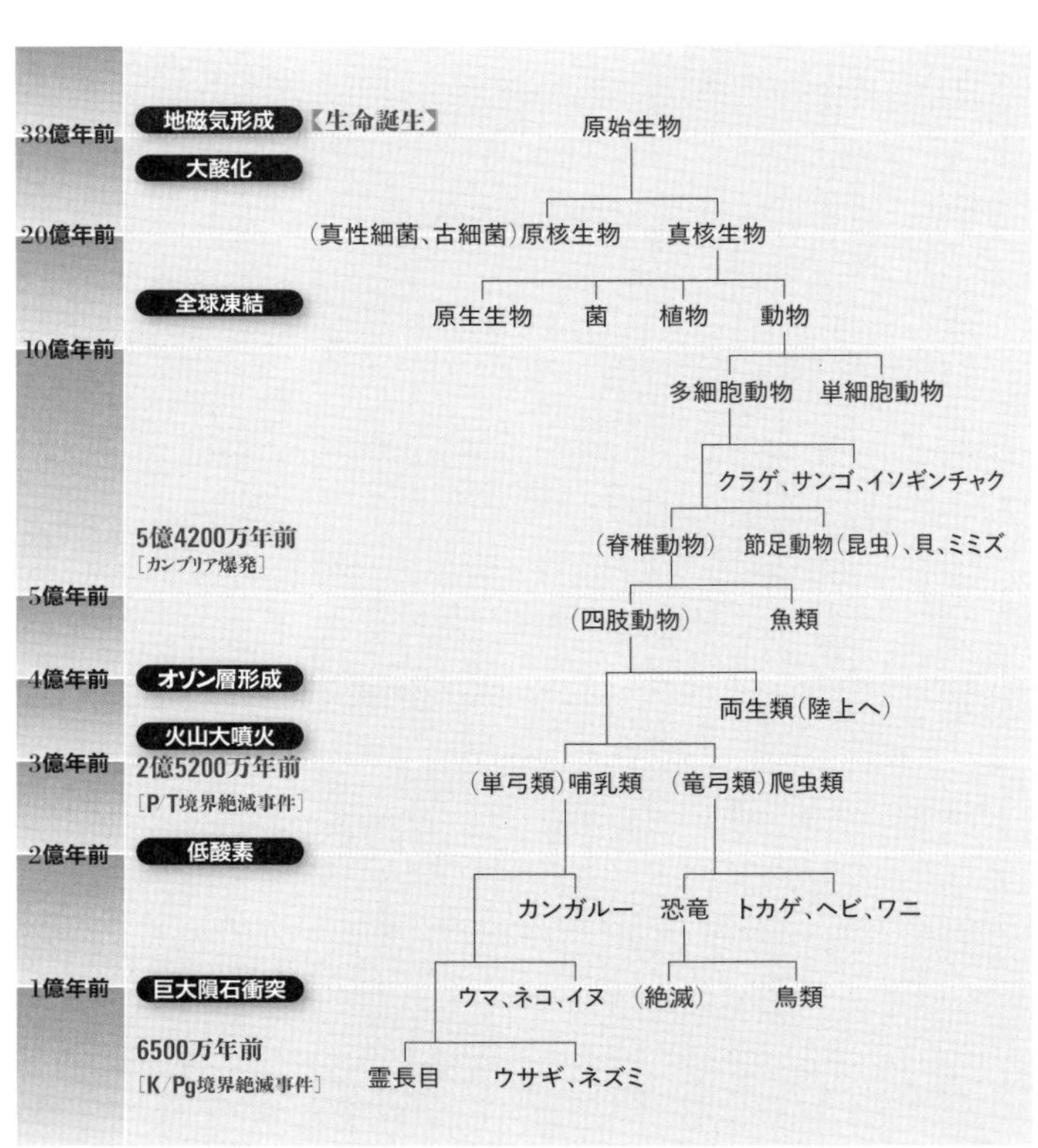

1――まずは生物が進化した地球について

生物は地球で進化しました。まずはその地球という惑星がどのようなものであるか、ざっと眺めてみましょう。

地球は太陽系の第三惑星としてちょうどよい位置にある

地球は言うまでもなく、太陽系の惑星です。太陽系には8つの惑星（水星、金星、地球、火星、木星、土星、天王星、海王星）があります。地球は三番目に太陽に近いので、「第三惑星」ともよばれます。水星のように太陽のすぐそばでもないけれども、海王星のようにはるかに離れてもいません。地球と太陽の距離は約1億5000万km、海王星のおよそ30分の1です。

その地球は生物にとってちょうどよい位置にあります。それが重要です。ちょうどよい位置にあるから、そこに生物が誕生して進化

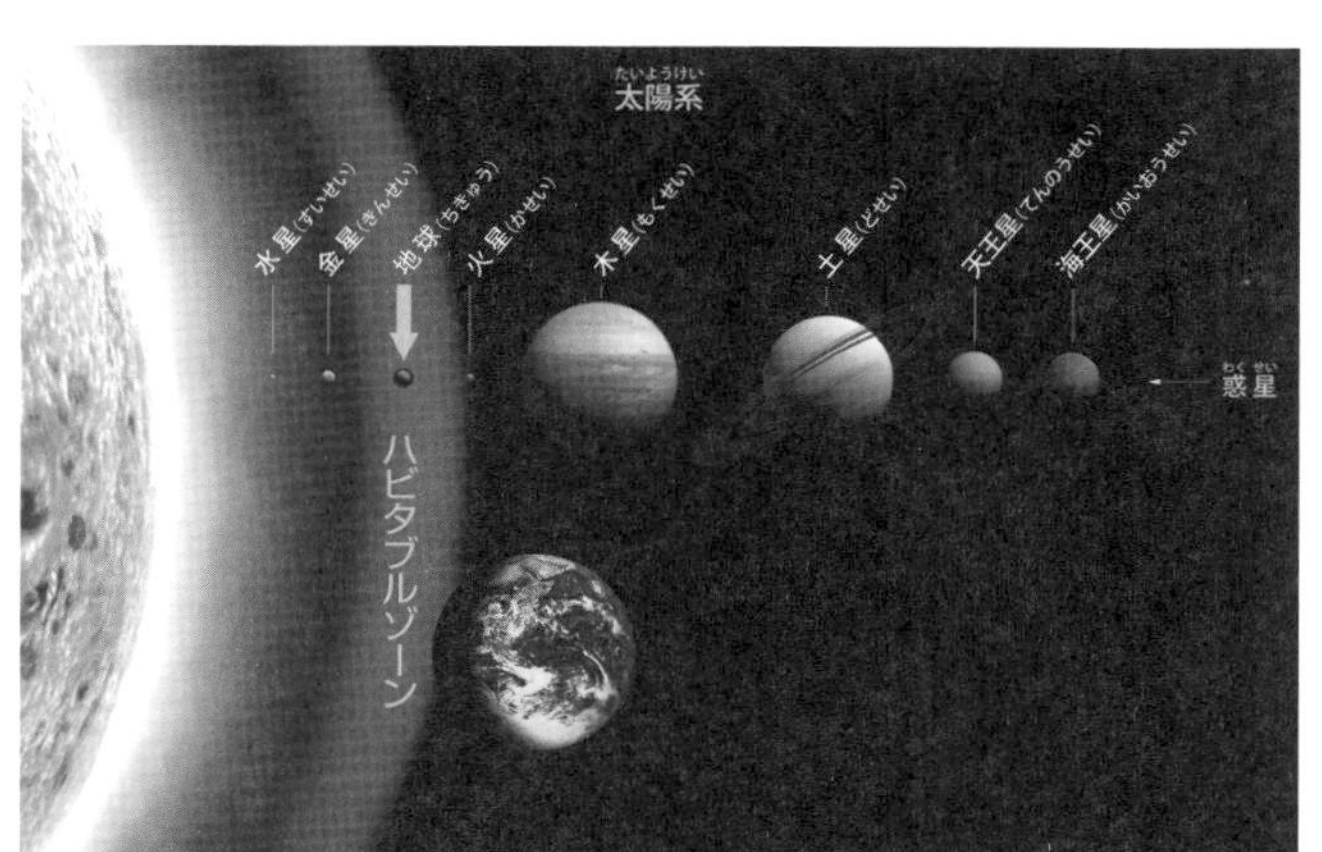

●ハビタブルゾーン（生命居住可能領域）
International Astronomical Union より

したのです。その位置は「ハビタブルゾーン」とよばれています。生命の生存が可能な領域です。太陽系では地球と火星がハビタブルゾーンにあるとされています。

ハビタブルゾーンの条件は何でしょうか。さまざまな説がありますが、少なくとも地球の生命は、液体の水がなければ誕生しませんでした。生命は水の中で誕生して、その体の成分の60%以上が水です。その水が液体として存在するためには条件があります。太陽に近すぎると水はすべて蒸発してしまいます。遠すぎると氷になってしまいます。ちょうどよい距離のところに地球と火星があります。

地球が岩石でできていることも、液体としての水が存在するために重要です。じつは太陽系の惑星は次の三種類があります。

① 岩石型惑星：太陽に近い水星、金星、地球、火星
② 巨大ガス惑星：木星と土星
③ 巨大氷惑星：天王星と海王星

岩石型惑星であれば、その表面に水がたまって海ができます。液体としての水が安定して存在できます。

こうして太陽系の惑星では地球と火星だけがハビタブルゾーンにあることがわかりますが、火星には少なくともいまは液体の水はありません。それは火星が地球よりも小さいからです。惑星が小さいと重力が弱く、大気を表面につなぎとめておくことができずに宇宙空間に逃げてしまいます。実際、火星の大気圧は地球の1%以下しかありません。大気圧が低いと液体の水はすべて蒸発してしまいます。もしかしたら大昔は、原始的な生命が火星にいたかもしれませんが、いまその可能性はゼロです。タコのような火星人はいません。残念でした。

地球の内部は活動している

次に地球の内部を見てみましょう。地球は例えていえば、ゆで卵のような構造をしています。まずはゆで卵の殻に相当する「地殻」があります。その内側に白身に相当する「マントル」、そして中央に黄身に相当する「核」があります。

さらにマントルと核は、それぞれが二層になっています。マントルはカンラン石（ケイ酸塩鉱物）からなる「上部マントル」と、酸化マグネシウムとペロブスカイトからなる「下部

●地球の内部構造

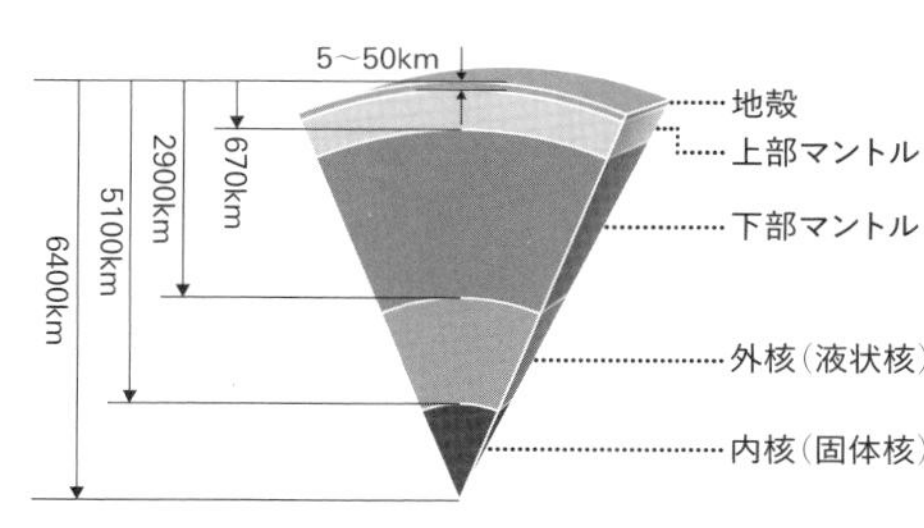

マントル」に分けられます。その内側の核は鉄とニッケルからなりますが、これも液体状の「外核」と固体状の「内核」に分けられます。

重要なことは、このような地球がいまでも盛んに活動しているということです。それは火山の活動や地震で地表からも知ることができますが、地球の内部はさらに活発です。

まずはマントル。マントルそれ自体は固体の岩石ですが、それがゆっくりと動いています。なぜでしょうか。それは地球の内部の熱が外に逃げるためです。地球の内部は8000度近い高温です。一方で地表は冷えているので温度差が生じます。上と下で温度差があると、熱いものは外側へ移動し、それが冷めると内側へ移動します。この現象は「対流」とよばれています。

さらに内部の外核でも対流があります。外核は高温の液体金属でできています。それが活発に対流しているのです。金属が対流するとそこに電流が流れて、地球全体が棒磁石のようになって、そこに磁気が発生します。これが「地磁気」です。28億から27億年前に形成されました。

●地球内部には二通りの対流がある

マントルの対流は、内部の熱を逃がし、地殻のプレートを移動させている
外核の対流は地磁気を形成している

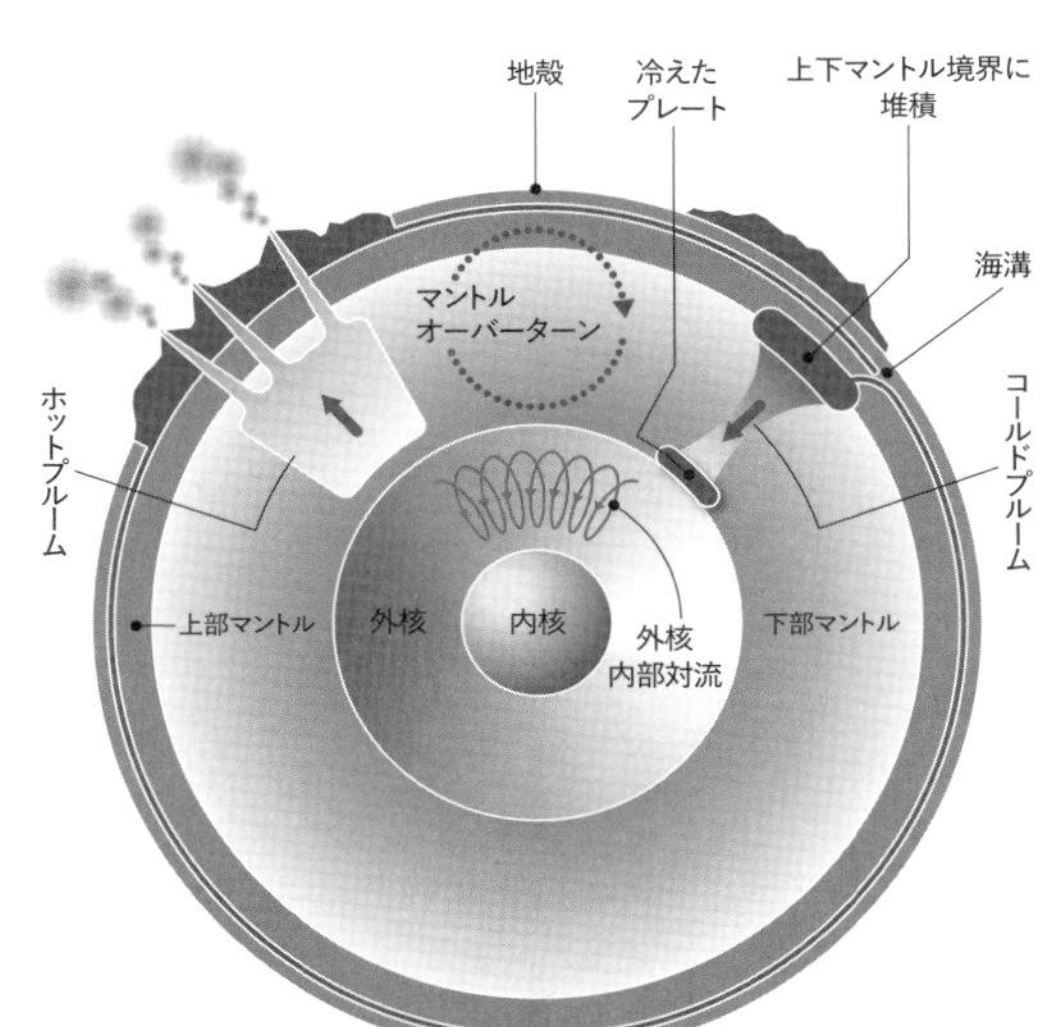

じつはこの地磁気の存在が生物にとって重要でした。太陽からは、生物にとってきわめて有害な太陽風が地球に降りそそいでいます。それを地磁気がつくる磁場が防いでいるのです。外核の対流がなければ地磁気はなく、生物は地球で生存できませんでした。

地球の活動はこれだけではありません。地球の表面は10数枚の固い岩盤の板で覆われています。「プレート」とよばれています。そのプレートがマントルの対流に引きずられてつねに移動しています。プレートが移動すると、プレート同士の衝突も起こります。巨大地震はプレートの境界で発生しています。

さらに長い地球の歴史では、このプレートの動き（プレートテクトニクス）によって大陸ができました。大陸どうしが集合して「超大陸」ができたこともありました。またその超大陸が分裂して新しい大陸ができたこともありました。

このような大陸の集合と分裂が、地球の生物の多様性にもつながったと言われています。

2——地球の歴史の時代区分

さてこのような地球の歴史はどのようなものだったのでしょうか。地球には46億年の歴史がありますが、それがどのように区分されているかを眺めてみましょう。

冥王代、太古代、原生代そして顕生代

地球の歴史は次のように大きく四つに時代区分されています。

・冥王代（46億から40億年前）

地球が形成されてから、地球最古とされる岩石が出現するまで。

火星サイズの天体が地球に衝突して月が生まれ、海洋と陸地ができました。

・太古代（40億から25億年前）

深海に生命が誕生しました。その後、地磁気が形成され、大陸も急成長して、その浅瀬に生物が生息するようになりました。始生代ともよばれます。

・原生代（25億から5億4100万年前）

浅瀬に繁殖した生物の光合成によって地球の酸素濃度が急激に増加しました。一方で二酸化炭素が減少して、地球が冷えて全体が凍結した時代でした。

・顕生代（5億4100万年前から）

その厳しい環境を生き残った生物が真核生物、多細胞生物へと進化しました。

生物が爆発的に多様化して、地層からも豊富な生物化石が発見されるようになりました。その後たびかさなる生物の大量絶滅を経て、一時期は恐竜の天下となりましたが、いまは人類の時代となっています。

これが46億年の地球の歴史です。

この最後の顕生代のきっかけとなった生物の爆発的な多様化は「カンブリア爆発」とよばれています。これは地球と生物の歴史において画期的なことでした。地球の歴史をこれによって大きく二分して、それ以前の冥王代・太古代・原生代を「先カンブリア紀」、カンブリア爆発があった顕生代以降を「後カンブリア紀」とよぶこともあります。

顕生代はさらに古生代、中生代、新生代に区分される

顕生代＝後カンブリア紀において、生物はめまぐるしく進化しました。この顕生代は、次のように古生代、中生代、新生代に区分されています。このそれぞれの時代にはさらに詳しい区分があって、「○○紀」という名前がついています。それもあわせて名称だけ示し

ておきます。

・古生代（5億4100万から2億5200万年前）

カンブリア爆発を経て、節足動物、魚類が登場した時代です。生物の陸上への進出もあって魚類は両生類、さらには爬虫類へと進化しました。この古生代はカンブリア紀、オルドビス紀、シルル紀、デボン紀、石炭紀、ペルム紀からなります。

・中生代（2億5200万から6500万年前）

史上最大の生物絶滅（P/T境界絶滅事件）があって時代が変わりました。低酸素で生息できる動物が生き残り、恐竜の天下になりました。この中生代は三畳紀、ジュラ紀、白亜紀からなります。

・新生代（6500万年前から）

巨大隕石の衝突により恐竜が絶滅（K/Pg境界絶滅事件）して、その後は哺乳類の天下となり、霊長類そして人類が誕生しました。この新生代は古第三紀、新第三紀、第四紀からなります。

なお、この最後の新生代はさらに細かく、古第三紀は暁新世、始新世、漸新世、新第三紀は中新世、鮮新世、第四紀は更新世、完新世に区分されていますが、ここでは省略します。

3——地球と生物進化の歴史［1］——
カンブリア爆発以前——

このような時代区分にもとづいて、地球と生物進化の歴史をもう少し詳しく眺めてみましょう。まずはカンブリア爆発以前（先カンブリア紀）の冥王代、太古代、原生代です。

●冥王代（46億から40億年前）

冥王代は、太陽系の第三惑星として地球が形づくられた時代でした。地球が誕生したのは46億年前とされています。まずは地球が形成されて月が生まれ、海洋と陸地が誕生しました。

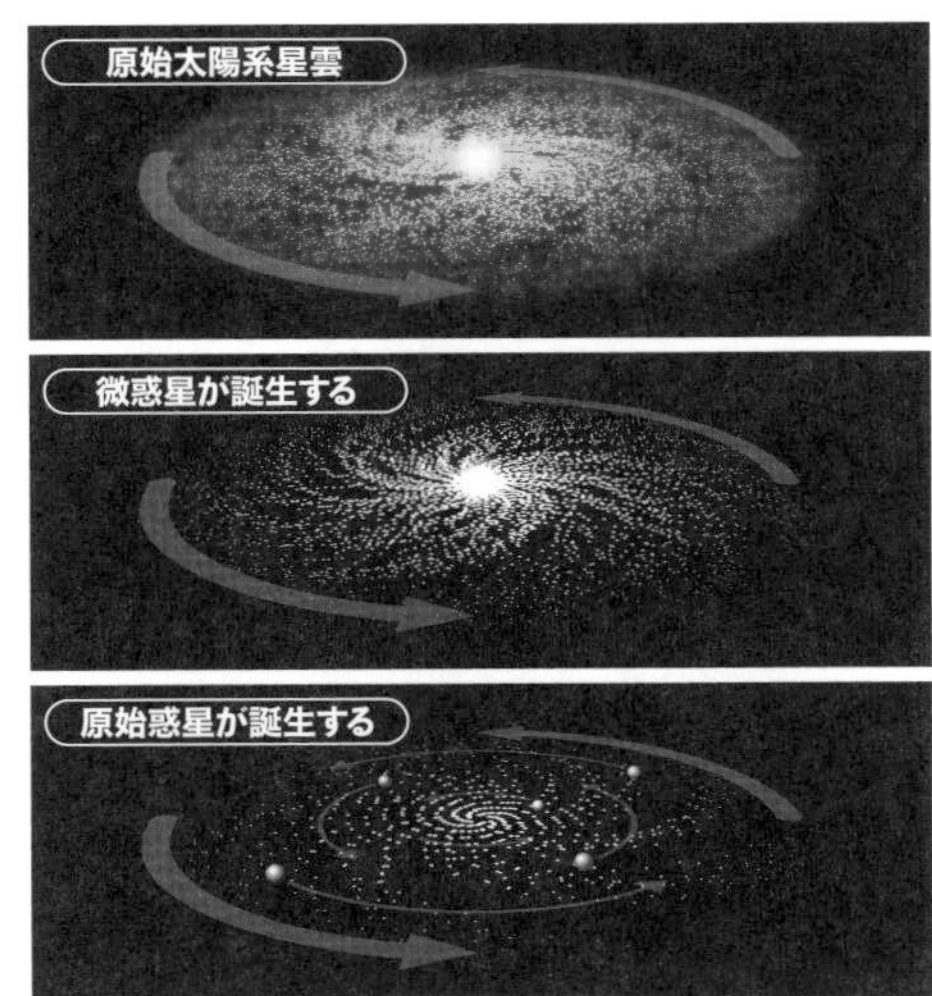

●地球の誕生（46億年前）
図は「太陽系ができるまで」
画像提供：国立科学博物館（参考に作図）

まず地球と月ができた

地球の誕生は次のように説明されています。まずは原始的な太陽ができたとき、その周りにあるガスと塵がしだいに集積して、数多くの小さな惑星（微惑星）ができました。そしてこの微惑星が衝突をくり返して、より大きな惑星（原始惑星）がつくられました。この原始惑星も互いに巨大衝突をくり返しました。この巨大衝突を通じて、さらには周囲の微惑星も吸収しながら誕生したのが地球でした。

この数千万年後、いまから45億5000万年前に月ができました。これは原始惑星の巨大衝突によって起きました。「ジャイアント・インパクト」とよばれています。火星ほどの大きさの原始惑星が地球に斜めに衝突したのです。そのときに飛び散った岩石物質が互いの重力で引き寄せられてできあがったのが月です。こうして地球と月が誕生しました。

次に海洋と陸地が形成された

次は海と陸の形成です。ジャイアント・インパクトの直後の地球の表面は、ドロドロに溶けたマグマの海（マグマオーシャン）が広がっていました。そこからは水蒸気と二酸化炭素が放出されて、地球は大気に覆われていました。

その水蒸気は雨として地表に降りようとしましたが、最初は地表の温度が1000℃以

●**月の誕生**（45億5000万年前）
ジャイアント・インパクト説
出典：学習教材の部屋を参考に作図

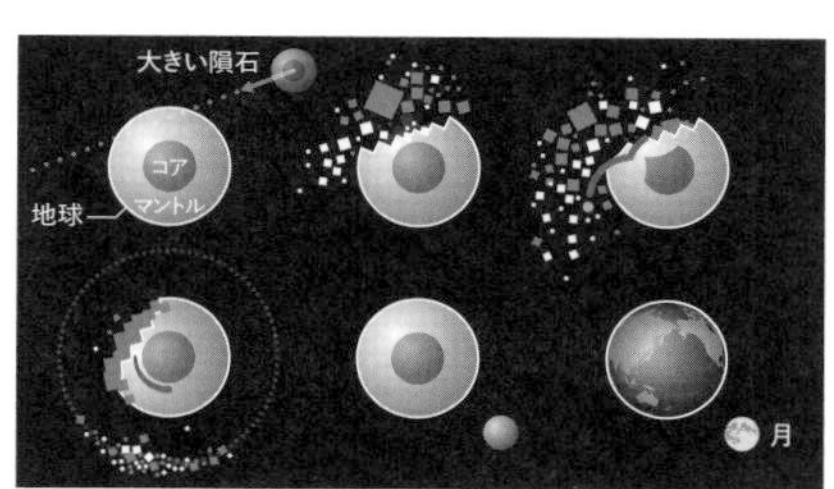

上もあって、雨は地表に到達する前に途中で蒸発してしまい、大気圏内を循環していました。雨として地表に到達するようになったのは、地表が数百℃以下にさがってからです。すると地表は、その雨によってさらに冷やされて、マグマオーシャンの表面がしだいに固まるようになりました。原始地殻の誕生です。

そこに降り注いだ雨がたまってできたのが海です。最初は地球全体が海に覆われていましたが、先に述べたプレートテクトニクス（地表のプレートの動き）が始まり、それによって小さな陸地ができました。現在見つかっている地球最古の岩石は、約40億年前にできたものとされています。ここまでが冥王代です。

●太古代（始生代）（40億から25億年前）

次が太古代です。始生代ともよばれます。生命が誕生し、バクテリアとして進化した時代です。

38億年前に深海底で生命が誕生した

生命が誕生したのは約38億年前とされています。その起源は謎が多く宇宙から来たとす

●海と陸地の誕生（44億〜38億年前）
地表が冷えることにより、雨の循環が地表に達し、海が生まれた

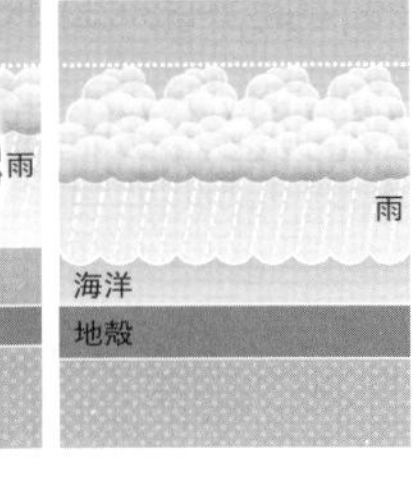

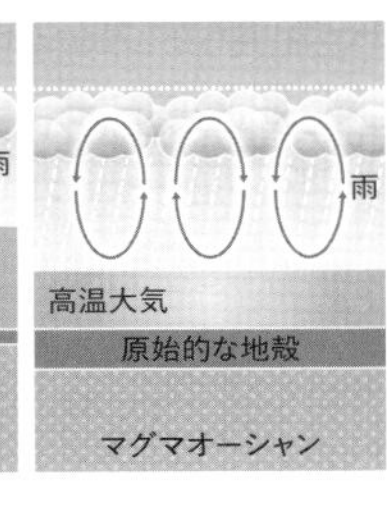

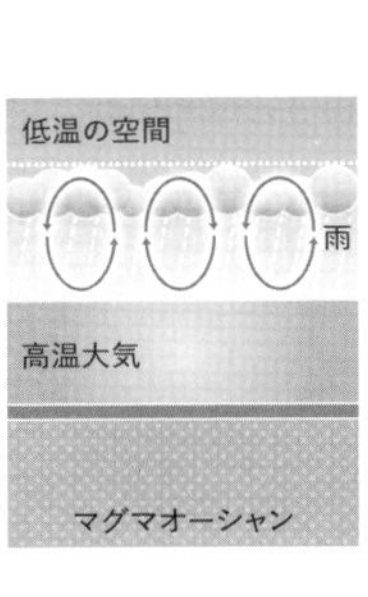

る説もありますが、ほとんどの研究者は深い海底で生命が誕生したと考えています。その最も有力な場所は、深い海底の「熱水噴出孔」のそばです。そこにはメタンやアンモニアなどの生命の材料が豊富にありました。これをもとにして、タンパク質や核酸（DNAやRNA）がつくられたとされています。

地磁気が形成されて太陽風から地表が守られるようになった

なぜ生命は深い海底で誕生したのでしょうか。それには意味があります。その頃の地球は太陽からの太陽風に晒されていて、陸地や浅い海はとても生命が生存できる環境ではなかったからです。

それを救ったのが地磁気の形成でした。先に述べたように地球内部の外核は高温の液体金属でできています。これが対流を始めることによって地磁気が生まれました。28億から27億年前のことです。この地磁気は生命にとって危険な太陽風を遮断してくれました。これによって太陽の光が届く浅い海でも生命は生存できるようになりました。

そこに大繁殖したのがシアノバクテリアという細菌です。このシアノバクテリアによって、地球の環境が大きく変わりました。次の原生代への突入です。

●原生代（25億から5億4100万年前）

原生代は地球環境が大きく変動した時代でした。まずは海の浅瀬に繁殖したシアノバクテリアによって光合成がおこなわれて大気中の酸素が急増しました。その後、地球全体が凍りつきます。これを通じて生物も、原核生物から真核生物へ、そして多細胞生物へ進化していきました。

大気中の酸素濃度が急増した（大酸化事件）

原生代に入ると大気中の酸素濃度が急増しました。これはその後の地球の歴史において画期的なことで「大酸化事件」よばれています。

それまで地球の大気に酸素はほとんどありませんでした。それがこの時期にいまの100分の1以上のレベルまで急増したのです。約24億年前のことです。それは浅い海底で大繁殖したシアノバクテリアによる光合成の結果だと言われています。浅い海底であれば海の中であっても太陽光は降り注いでいます。シアノバクテリアは細菌の一種ですが、光合成によって酸素を放出することを特徴としています。シアノバクテリアが集まってできた化石はストロマトライトとよばれ、いまでもオーストラリア大陸の一部の海岸で見る

●地球の酸素濃度が急激に増加

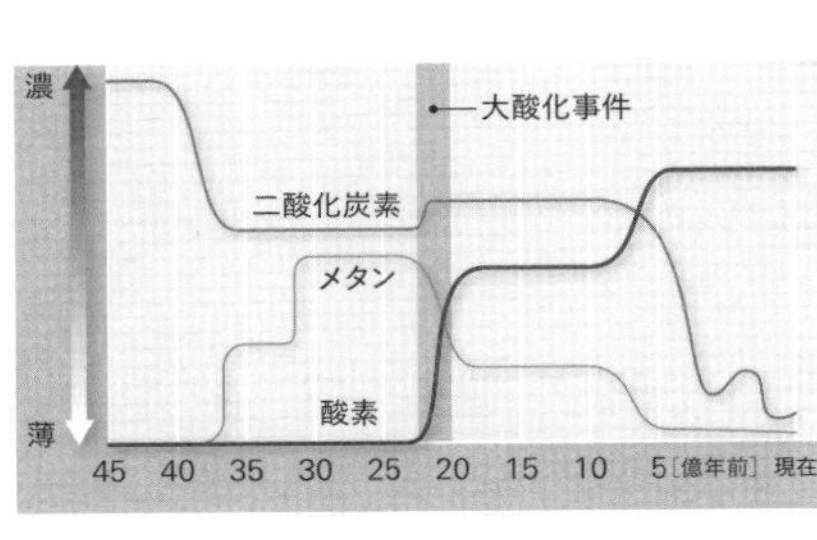

ことができます。

こうして地球全体に酸素が多くなると、生物（バクテリア）の主役交代も起きました、酸素嫌いの嫌気性生物から、酸素を好む好気性生物への交代です。嫌気性生物にとって酸素は毒でした。酸素によってDNAが破壊される危険がありました。一方で、酸素を積極的に利用する生物も登場しました。酸素を利用すると20倍近いエネルギーが得られます。これが好気性生物です。

地表に大陸が形成された（超大陸の誕生）

なぜシアノバクテリアが地球の環境を変えるほどに繁殖したのでしょうか。それはこの時代に大陸が形成されて浅瀬が広がったからです。

地中にはマントルがあって、そこが対流していることはすでに述べました。もともとマントルは2層あって、上部マントルと下部マントルにはそれぞれ別の対流がありました。地表に関係するのは上部マントルですが、最初はその対流は比較的小さく、陸地もそれほど大きくない島が中心でした。その上部と下部のマントルの対流が、この時期に一体化したのです。対流が巨大化して、プレートも大きくなって、超大陸が形成されました。19億年前の超大陸ヌーナが最初とされています。

そしてその超大陸は合体と分裂をくり返すようになりました。超大陸が分裂すると、海には大陸棚ができて、浅瀬も広がりました。そこにシアノバクテリアが大繁殖しました。

なお、シアノバクテリアが光合成するには、それなりの日照時間が必要です。この時期に地球の回転が遅くなって一日が長くなりました。これも地球の酸化に関係しているのかもしれません。

その後、地球全体が凍りついた（全球凍結）

超大陸の分裂によって陸地の浸食作用も活発になりました。岩石も風化して大気中の二酸化炭素をとりこんで石灰岩として固定されるようになりました。これによって大気中の二酸化炭素の濃度が急低下しました。

大気中の二酸化炭素の濃度は大気圏内の地球の温度と密接に関係しています。二酸化炭素の濃度が高くなると地球は温暖化します（いまこれが問題になっています）。一方でその濃度が低下すると、地球は冷えていきます。氷河時代が始まり、氷床が極地から増えていきま

●地球全体が凍結する氷河期がおこる

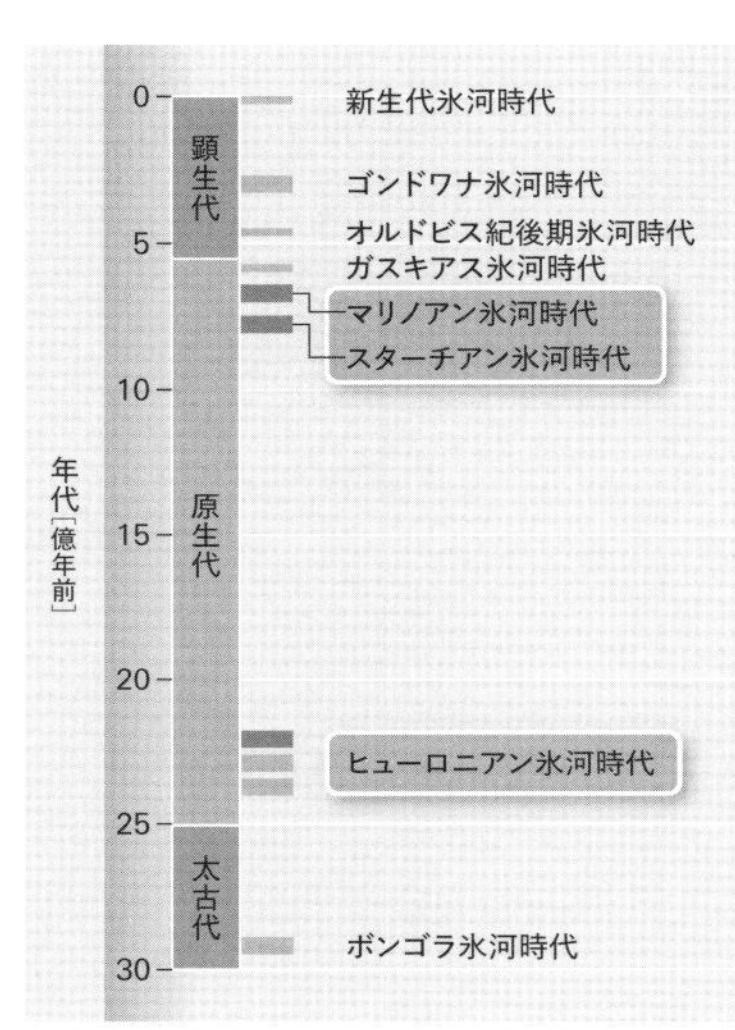

す。氷床が増えるとそこで太陽光は反射してしまいますから、ますます地球は冷えていきます。

こうして最終的に地球全体が凍りつくという異常事態が地球に起こりました。これは「全球凍結」とよばれています。1990年代にスノーボールアース仮説として提唱されましたが、いまでは多くの研究者によって支持されています。

全球凍結は少なくとも三回ありました。原生代初期の23億年前のヒューロニアン氷河期、原生代後期の7億年前のスターチアン氷河期と6億3000万年前のマリノアン氷河期です。

生物は真核生物、多細胞生物へと進化した

この全球凍結は、生物にとっては厳しいできごとであったことでしょう。多くの生物は絶滅したはずです。それでも生き残った生物がいました。それによって生物が進化しました。

全球凍結よりも前は、ほとんどが単細胞の原核生物でした。原生代初期の全球凍結が終わると酸素呼吸をおこなう真核生物が登場し

●原核生物から真核生物へ（21億年前）

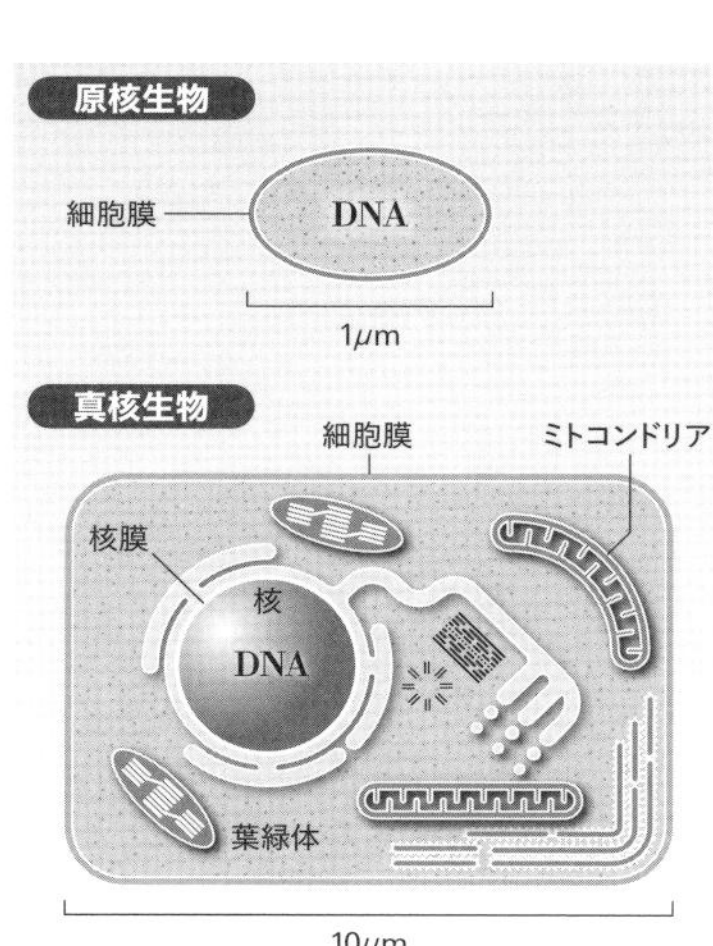

て繁栄しました。原生代後期の全球凍結が終わると、多細胞生物が出現するようになりました。

そして全球凍結が終了した原生代末期には、凍結の反動として地球は超温室状態になりました。その環境の下で5億7500万年前頃には「エディアカラ生物群」とよばれる軟体性の大形生物が出現しています。大きなものでは長さ1mを超える生物化石が発見されています。互いの生存競争がなく楽園のような環境だったようですが、すべて絶滅してしまいました。この後、硬組織を持つ生物群が爆発的に進化して、次の顕生代に入ります。

4――地球と生物進化の歴史［2］――カンブリア爆発以降――

顕生代から生物の多様な化石が数多く発見されるようになります。この顕生代は先に述べたように、古生代、中生代、新生代に分けられます。

●古生代（5億4100万から2億5200万年前）

まずは古生代です。これは生物が爆発的に多様化して進化した時代でした。節足動物、魚類が生まれ、オゾン層形成によって生物が陸上へ進出しました。

まずは生物が爆発的に多様化して、その後大量絶滅をくり返した

約5億4200万年前のことです。硬い殻の骨格を持った多様な生物が一気に登場しました。この現象は「カンブリア爆発」とよばれています。爆発と言っても火山の爆発ではなく、生物が爆発的に多様化して進化したのでこの名があります。現在の動物の祖先がいっせいにでそろったと言われています。

それだけではなく奇妙な生物(動物)も登場しました。たとえばアノマロカリス(奇妙なエビ)は、全長50cm以上にも及ぶと推測され、その名のとおり奇妙な動物です。頭部の前方にエビのしっぽに似た2本の触手が下向きに曲がって生えているのが特徴です。これは獲物を捕らえるためにあったようです。他にも多様な動物がカナダのロッキー山脈のバージェス頁岩という地層から多数見つかっており、これらの動物はバージェス動物群とよばれています。これは、古生代の初期のカンブリア紀に現れましたが、次のオルドビス紀には絶滅しています。

節足動物から魚類の時代へ

その後、さまざまな生物が登場し、絶滅をくり返しながら進化していきました。

まずは節足動物の天下になりました。複数の体節に足がついている動物で、いまで言えば昆虫やエビ、カニなどが属します。この時期は三葉虫やウミサソリが大繁殖してその化石が多数発見されています。ところが、これらは4億4000万年前に大量絶滅してしまいます。カンブリア爆発以降の生物進化の過程で大量絶滅は5回あるとされていますが、その第1回絶滅です。氷河の発達と後退にともなって海面の低下と上昇が起こり、浅瀬の海底に暮らす三葉虫などの生物が絶滅してしまいました。

その後は魚類の時代となりました。脊椎動物の登場です。魚類そのものはカンブリア爆発のときに出現していましたが、その頃はまだ小魚でした。それがしだいに大型化して、口には顎を持つようになり、海の支配者になっていきます。板皮類（甲冑魚）、軟骨魚類（サメなど）、硬骨魚類など多様な魚が登場しました。ところが

●カンブリア爆発
全生物のプロトタイプが誕生したとされる
イラスト：Dotted Yeti

3億7000万年前に第2回絶滅があって、多くの海生生物が絶滅、すべての生物種の約80％が絶滅してしまいました。海水中の酸素濃度が低下したためであるとされています。

オゾン層が形成されて、生物が陸上へ進出した

この頃からしだいに海だけでなく陸上でも生物が生息できるようになりました。なぜ可能になったのでしょうか。大酸化事件によって濃度が高まった酸素が上空に達してオゾン層を形成して、生物にとって有害な紫外線が弱くなったためであるとされています。

まずは4億3000万年前に植物が陸上に進出しました。そこではシダ類が繁栄しました。そして3億9000万年前に動物が上陸しました。一部の魚類が足をもつようになって陸上に進出したのです。両生類の誕生です。

3億5000万年前には、陸上には空前の大森林が出現して、そこに昆虫が多様化して繁殖しました。この大森林は湿地に埋没して、長い年月をかけて大量の石炭になっていきます。

●2億5200万年前に
史上最大の生物大量絶滅があった
P／T境界絶滅事件
（ペルム紀 Permian と三畳紀 Triassic の間）
生物種（属）の90％以上が絶滅

●中生代（2億5200万から6500万年前）

そしていまから2億5200万年前に、史上最大の大量絶滅が起きます。これによって地上の生態系は大きく変わりました。時代は中生代に入ります。中生代の後半は恐竜の時代となりました。

史上最大の生物大量絶滅

2億5200万年前に史上最大の生物大量絶滅が、第3回絶滅としてありました。「P／T境界絶滅事件」とよばれています。ペルム紀（Permian）と三畳紀（Triassic）の境界にあったのでこの名があります。生物種（属）の90％以上が絶滅してしまいました。

その頃、地球上の大陸は1か所に集合して超大陸パンゲアをつくっていました。そこで大規模な火山の超巨大噴火が大規模に起きたのです。現在のシベリア付近だとされています。大量の火山ガスと粉塵が大気中に放出され、それによって太陽光が遮られて寒冷期が到来しました。太陽光が地上に届かなければ、植物は光合成ができま

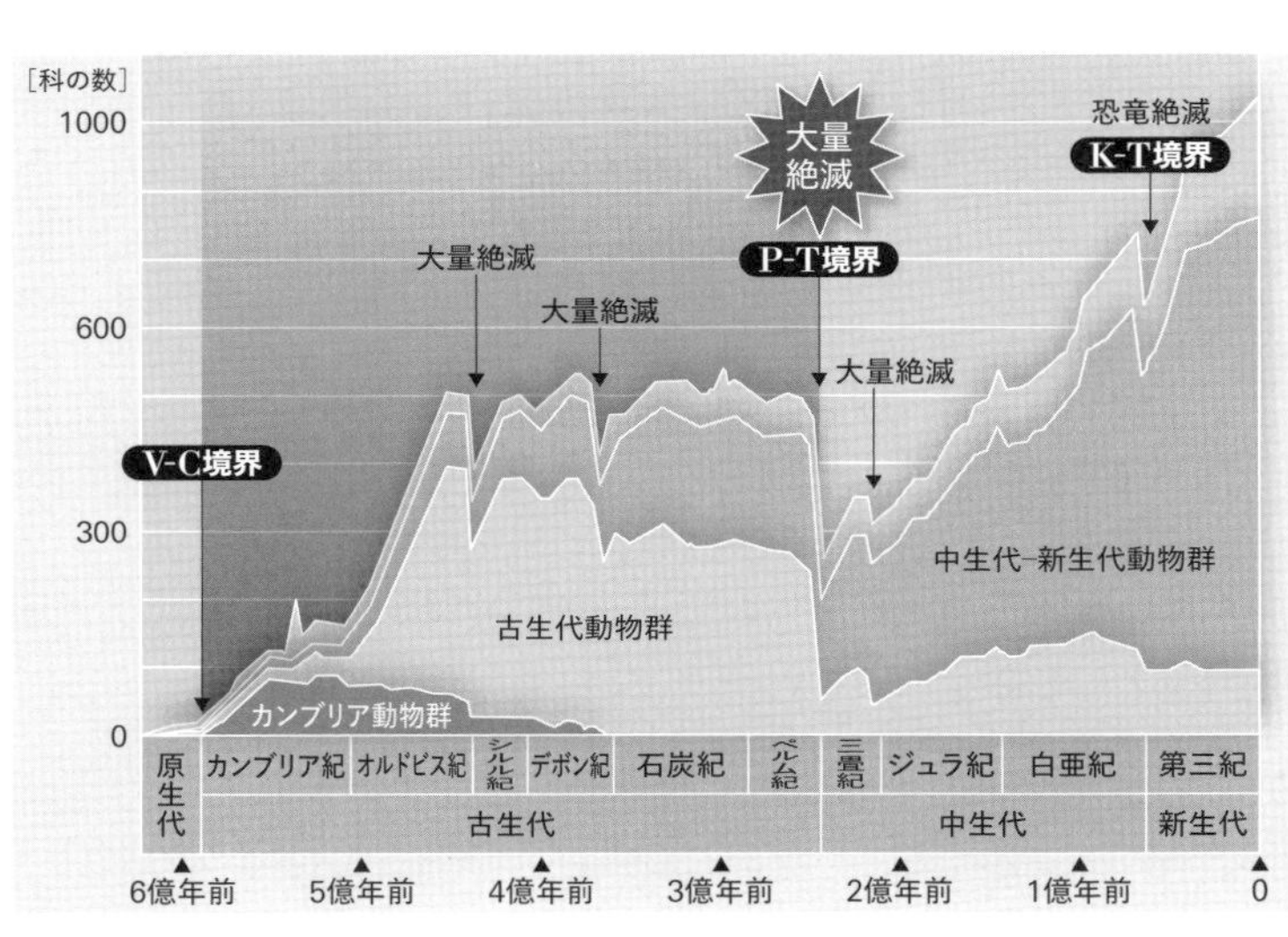

せん。結果として酸素が欠乏するようになり、超酸素欠乏事件（スーパーアノキシア）が起きました。これを原因とするのがP／T境界絶滅事件です。

大量絶滅後は低酸素でも生存できる動物が生き残った

大量絶滅後は、超大陸パンゲアを舞台として、低酸素でも生存できる動物が三つ巴の生存競争を繰り広げました。

まずは2億5000万年前に、哺乳類の祖先でもある単弓類が支配しました。ついで2億4000万年前にクルロタルシ類が支配するようになりました。現在のワニの祖先です。ところが2億1500万年前にカナダのケベックに巨大隕石が衝突して、単弓類とクルロタルシ類のほとんどが絶滅してしまいました。第4回絶滅です。

この後は恐竜の天下となりました。恐竜は爬虫類が進化したものですが、中生代の三畳紀からジュラ紀、白亜紀の1億5000万年以上の長期にわたって、世界中で繁栄しました。全長が20m以上の大型の恐竜も登場しました。

1億6000万年前には始祖鳥が登場しました。さらに恐竜から分岐する形で鳥類が生まれます。一方で哺乳類は、小型の夜行性の動物として、身を潜めながら細々と生き延びていました。

●新生代（6500万年前から）

新生代は恐竜が絶滅して、哺乳類が主役になった時代です。そして人類が誕生しました。

6500万年前に巨大隕石が衝突して、恐竜が絶滅した

恐竜の絶滅は突如として起こりました。第5回絶滅で、K/Pg（K/T）境界絶滅事件（白亜紀 Kride と古第三紀 Pakeogene の間）とよばれています。メキシコ・ユカタン半島に巨大隕石が衝突したのです。大量の塵が地球を覆って、太陽光が地球に届かなくなりました。気温が数十度低下して植物が枯れ、草食動物が餓死して、肉食動物も死滅しました。そのような環境の変化に最も影響を受けたのが巨大化した恐竜でした。全滅してしまいました。

哺乳類が天下をとるようになって、人類が生まれた

恐竜がいなくなると、それまでは身を潜めていた小型動物の時代になりました。特に哺乳類は急速に多様化を進めていきました。

哺乳類は中生代の三畳紀に出現した単弓類を祖先としていますが、恐竜が支配していた中生代後半は、先に述べたように小型の夜行性動物として生き延びていました。巨大隕石

●6500万年前に巨大隕石の衝突があって恐竜が絶滅
K/Pg（K/T）境界絶滅事件（白亜紀 Kride と古第三紀 Pakeogene の間）
メキシコ・ユカタン半島に巨大隕石が衝突

の衝突によってその哺乳類の多くも絶滅してしまいますが、その中でもしぶとく生き残ったのは真獣類と有袋類でした。有袋類にはいまのカンガルーなどが属し、腹の袋で子を育てます。真獣類には現生哺乳類のほとんどが属し、まずは親の胎内で子を育てます。

そしていまから5500万年前に、我々人類の祖先である霊長類が登場しました。その多くは熱帯雨林などの樹木の上で生活をして、果実などを食料としていました。そこに直立二足歩行する人類が700万年前に誕生しました。こうして現在に至っています。

5――地球と生物進化の歴史に何を学ぶか

以上が、大雑把ですが、地球と生物進化の歴史です。これを振り返ってみると、地球に生物が誕生して進化してきたこと、そしていま人類がいることは決して偶然ではなかったことがわかります。地球が優しかったから、そして厳しかったから、いま我々がいるのです。

地球が優しかったから我々がいる

いま地球に人がいることは、ほとんど奇跡かもしれません。地球がたまたま優しかったから、それが可能になったのです。どう優しかったか、まとめておきましょう。

生命は海のなかで誕生したとされています。地球で生息しているほとんどの生命の体は、約60％が水からなっています。これから次のことが言えます。

① 地球に水がなかったら生命は誕生しなかった。

② その水は、もし地球が太陽と絶妙な距離になかったら存在しなかった。

③ 地球が岩石型惑星でなかったら海ができなかった。

この海がなければ、生命は誕生しませんでした。

さらに言えば、地球で生物が生息できるためには次のことが必要でした。

④ 地球に磁場ができなかったら、深海以外で生物が生息できなかった。

生物にとって危険な太陽風を地磁気が防いでくれたおかげで、浅瀬でも生物が生息できるようになりました。約27億年前のことです。その浅瀬の生物が光合成によって酸素を供給しました。その酸素によってオゾン層ができました。
⑤　大気圏にオゾン層ができなかったら、生物は陸上に進出できなかった。
オゾン層は、宇宙から到来する大量の紫外線が地表に到達することを防いでくれました。それによって生物が陸上でも生息できるようになりました。そして
⑥　もし6500万年前に隕石衝突がなかったら、人類は進化できなかった。
隕石衝突がなかったら、おそらくいまでも恐竜の天下です。小型の夜行性動物であった哺乳類は進化できませんでした。人類も誕生しなかったでしょう。

地球が厳しかったから我々がいる

もし地球が優しいだけであったら、地球がいつも楽園であったら、おそらく生物はそれに安住して進化しなかったでしょう。厳しかったからこそ、いまなお我々がいるのです。どのような厳しさがあったのでしょうか。
①　地球はさまざまな天変地異をくり返してきた。
地球はそれ自体が活動しており、大陸は集合と分裂をくり返しています。それによって

巨大火山の噴火があり、地震、津波がありました。氷河期が到来して、地球全体が凍結したことや、巨大隕石が衝突したこともありました。

② 天変地異は生物の大量絶滅を引き起こした。

カンブリア爆発以降、少なくとも5回の生物の大量絶滅がありました。その史上最大の大量絶滅が古生代と中生代の境界にあったP/T境界絶滅事件で、生物種(属)の90%以上が絶滅しました。中生代と新生代の境界にあった巨大隕石の衝突によるK/Pg(K/T)境界絶滅事件は、恐竜を絶滅させました。カンブリア爆発以前にも地球全体の凍結がありました。それによっても、それまでの単細胞の原核生物のほとんどが絶滅したことでしょう。

③ 大量絶滅のような厳しい環境によって生物が進化した。

一方で、この大量絶滅によって生物は進化しました。厳しい環境のもとで生物は自然淘汰され、環境の変化に適応できた生物だけが生き残ったのです。それが進化でした。この進化がなければ、いまの地球上の生物は38億年前に生命が誕生したときのままです。人類もそうです。もしかしたらその方が幸せだったかもしれませんが。

6——まとめ——ところがいま人は——

人類が生き延びるためには地球との共生が必要であるといわれますが、共生とは、その優しさだけでなく、厳しさをも受け入れることなのです。ところがいま人類は地球との共生ではなく、その征服をめざしているように見えます。

人は、科学の力で征服すべき相手を知ってしまいました。宇宙のしくみ、自然のしくみ、人体のしくみ、遺伝のしくみ、脳のしくみ、そして近い将来には、心のしくみ……。知ってしまうと人は、自分の都合がいいように相手を改造したくなります。

いま人類は地球の生態系を変えようとしている

そして特に近代は、地球の自然生態系を人工生態系へと改造してきた時代でした。自然生態系は、大気、水、土壌、生物、太陽エネルギーなどを構成要素として、その物質循環にもとづいています。これに対して人工生態系は、耕地化、家畜化、都市化によって形成された人工的に管理された生態系であるといえます。そこでは地球に蓄積されてきた化石エネルギーをもっぱら消費して、代わって循環しないプラスチックなどの化学物質を大量生産してきました。温室効果ガスによる地球温暖化も問題になっています。

地球の生態系が大きく変動すると何が起こるか

こうして地球の自然の生態系が変わると何が起こるのでしょうか。長い地球の歴史のなかで、これまで天変地異などによって自然生態系が大幅に組み替わると、生物が大量絶滅します。カンブリア爆発以降でも5回の大量絶滅がありました。

そしていま6回目の新たな大量絶滅が起ころうとしています。生物の絶滅危惧種が増えつつあり、これから100年の間に地球上の半分の種が絶滅する危険性が指摘されています。問題はこの新たな大量絶滅が、これまでのような天変地異ではなくて、人類が引き起こしているということです。人類が自分だけに都合がよいように地球の生態系を変えてしまった結果です。当然ながら人類以外にとっては、その生態系は厳しいものとなります。

僕自身が個人的に心配になるのは、その影響を最も受けるのは、外ならぬ人類かもしれないということです。これまでの大量絶滅で生態系が崩れて滅んでいったのは、そのときに最も繁栄していた種でした。恐竜がそうでした。次は人類の絶滅かもしれません。

人類は自らの進化のしくみも変えようとしている

地球の生態系だけではありません。人類はいま科学技術の力によって、自らの進化のしくみも変えようとしています。ひとことで言うと、「自然進化から計画(人為的)進化へ」です。

もともと地球上の生物の進化のしくみは、ダーウィンの進化論で説明されてきました。すなわち生物はまずは突然変異などによって多様性を確保して、環境が変わったときに自然淘汰によって進化してきたとするものです。これが自然進化で、少なくとも数万年以上のタイムスパンで遺伝子が書き換えられることによって起こります。

これに対して計画(人為的)進化は、いわば人の英知によって遺伝子を直接操作することによって進化を図ろうとするものです。たとえばがんを引き起こす遺伝子がわかれば、それを改造することによって、生まれつきがんにならない人類へと進化することができます。自然進化は数万年かかりますが、計画(人為的)進化は、瞬時にしてできます。

人類はこれからどうなるのか

すでに人類は、野生動物を家畜とするだけでなく、自分自身も完全管理された人工的な空間でしか生存できないように変えてしまいました。これは人類学の用語で「自己家畜化」とよばれます。自己家畜化された人類は、もはや自然のなかでは生存できず、自然法則に従わない存在になってしまったのかもしれません。

そうだとすれば、人類は計画進化を図りながら自らの力で生き延びなければならない、そのような宿命を背負ったことになります。それは果たして成功するでしょうか。中途半端な英知で自らを進化させて失敗したら、そのときに人類は滅亡することになります。

地球に生命が誕生してから38億年、爆発的に多様化してから5億年半、恐竜が絶滅して哺乳類の天下になってから6500万年、人類が生まれてから700万年、ホモ・サピエンスが誕生してから約20万年、人類はいま大きな岐路に立っています。そもそも人類とは何なのでしょうか。それは次講で扱うことにします。

第4講

直立二足歩行からの人類の歩みを振り返る

ここに二つの写真があります。これを見比べて考えこんでしまいました。果たして人類は（進歩という意味で）進化しているのだろうかと。この二つの動物の遺伝子の違いはわずか1％程度であるといわれています。遺伝子レベルではほとんど違わないのです。そうであるのにもかかわらず、いま人類は大きな顔をしています。チンパンジーと比べてはるかに進化していると勝手に思い込んでいます。左の顔の動物に言ってあげたい。本当にそうなのですかと。

ヒトとチンパンジーの共通祖先は、アフリカの熱帯雨林で生活していました。両者が分かれたのは約700万年前であるとされています。人類は本当に進化しているのか。それを探るために、本講では、その700万年の人類の歩みを振り返ってみることとします。

1——そもそもヒトとはどういう動物なのか

その前にまずは本質的な問題を考えます。そもそもヒトとはどのような動物なのでしょうか。

●人類は進化しているのだろうか

ヒトは700万年前にチンパンジーとの共通祖先から分かれた

ヒト（Homo sapiens）は生物進化の系統では、ウィキペディアによれば、広義にはヒト亜族（Hominina）に属する動物の総称であるとされています。ヒト亜族とは、きちんと言うと哺乳綱霊長目（サル目）に属するヒト上科ヒト科ヒト亜科ヒト族の亜族です。ヒトばかり並んで面倒ですね。わかりにくいので下図を見てください。ヒト上科にはテナガザル科、オランウータン科とともにヒト科が属します。そのヒト科にはヒト亜科があります。そのヒト亜科はゴリラ族とヒト族に分かれて、ヒト族がチンパンジー亜族とヒト亜族に分かれるのです。

簡単に言うとヒト（ヒト亜族）には、兄弟としてチンパンジーがいて、親の兄弟（叔父叔母）の流れとしてゴリラがいます。オランウータンはもう少し遠い親戚です。

ここからもわかるように、ヒトに一番近い親戚はチンパンジーです。約700万年前に、その共通祖先から分岐したとされています。

●ヒトの系図

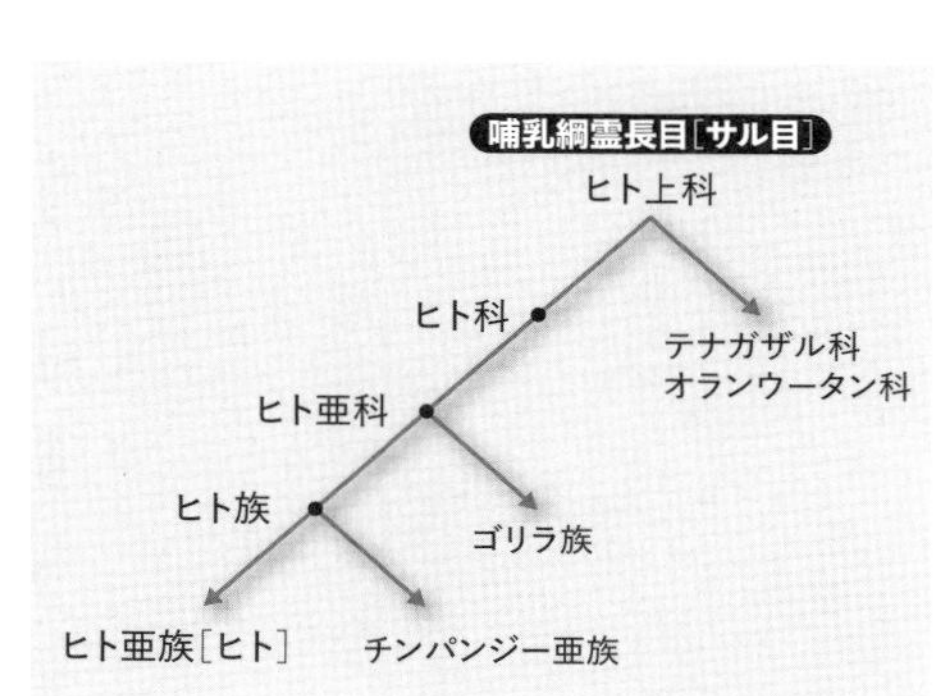

それではヒトとチンパンジーはどこが違うのでしょうか。

ヒトは直立二足歩行をする動物

ヒトの最大の特徴は直立二足歩行をすることです。これは、脚と脊椎を垂直に立てておこなう二足歩行のことで、現存する生物ではヒトだけが直立二足歩行をします。チンパンジーは、ナックル・ウォークと言って、手（前足）の指を軽く握って、指関節の外側を地面につけながら歩きます。

このように言うと、ペンギンも直立二足歩行をしていると反論がでるかもしれません。でも身体がマントのようなもので覆われているのでそう見えるだけで、マントの中ではいつもひざを曲げた状態で歩いています。

他にもヒトの特徴があります。直立二足歩行しやすいように骨盤が変化しました。犬歯の短小化や尾の退化などもあります。

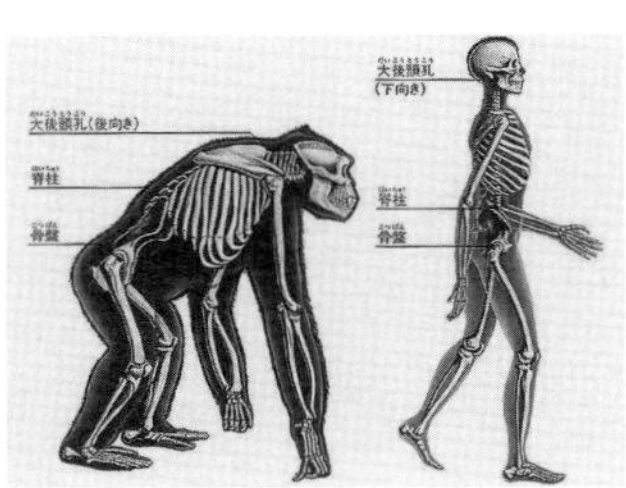

●ヒトは直立二足歩行をする
歩行するヒトと
チンパンジーの骨格
出典：FMT整体サイト

なぜ直立二足歩行をしたのか それによって何が変わったのか

なぜヒトは直立二足歩行をするようになったのでしょうか。それにはいろいろな説がありますが、少なくとも直立二足歩行することによって、ヒトが生き延びるために有利なことが少なからずありました。

ヒトは意図して直立二足歩行したのではなく、結果的にそのような有利な選択をした我々の祖先が、厳しい環境での自然淘汰に勝って進化してきたのかもしれません。

ここではその立場から、直立歩行にどのような意味があったのかを考えてみましょう。それぞれは、それを目的として直立二足歩行をするようになったと考えたときに○○説とよばれるものになります。

①手が自由になることによって食物の運搬が容易になった（食物運搬説）

直立二足歩行すると二本の手が自由になって、遠方で採集した食物を抱える形で運搬できます。四つ足では口にくわえての運搬になりますから、その量は限られます。二本の手で多くの量を運搬すれば、その食物をひとりで独占せずに身近な仲間に分配できます。特に乳飲み子を抱えた母親は、父親が運んでくる食物をあてにしていたことでしょう。これが家族の起源であるとする説もあります。

②エネルギー消費が少なく長距離の移動ができた（エネルギー効率説）

速く走るときは四つ足が適していますが、長距離を移動するときは直立歩行がエネルギー的に効率がよいとされています。後に述べるようにヒトが誕生した頃はアフリカ大陸の気候が変わって、食物がすぐそばになく、遠方まで採集に行く必要がありました。そのようなとき直立二足歩行は有利でした。

③太陽光からの日射を緩和できた（日射緩和説）

直立すると太陽光のあたる部分が少なくなって、身体が必要以上に体温上昇するのを避けられます。また地表の熱気も避けられます。これによって日射病を回避できました。

他にも、相手を威嚇するときに立ち上がったほうが有利で、それによって肉食獣の襲来を防いだとするディスプレイ（威嚇）説などがあります。

なお、これは直立二足歩行の理由ではなくて、ヒトがホモ属になってからのことですが、脳が大きくなったときに、それを安定に支えるためにも直立二足歩行は適していました。

また直立することによって、喉の咽頭の位置が下がり、これによって多様な音声コミュニケーションが可能になったと言われています。

2――ヒトの進化をどう分類するか

いまのヒトはホモ・サピエンスとよばれていますが、700万年前にヒトが誕生してすぐにホモ・サピエンスとなったわけではありません。進化のプロセスでさまざまな人類が登場しては消えていきました。それらはどのように分類されているのでしょうか。

属と種による人類の分類

現生人類はホモ・サピエンスです。これはホモ属サピエンス種であることを意味しています。まずは「属」があって、その下の分類として「種」があります。種は自然の条件下で交配して子孫を残せる生物学の基本単位です。

こうして人類は属と種に分類できますが、これは必ずしもはっきりしたものではありません。研究者によって分類の仕方が違うからです。ある研究者は細かく分類することを好み、スプリッター（分割派、分けたがり屋）とよばれます。一方で、できるだけ大きくまとめたがる研究者はランパー（統合派、まとめたがり屋）とよばれています。

研究者の心理としては、自分が見つけた化石は未発見の属あるいは種であると思いたいでしょう。そうすると細かく分類するスプリッターになっていきます。一方で進化はある程度連続して起こると考える研究者は、ランパーとして大きくまとめたがる傾向にあります。

後述するように最古の人類は、少なくともいま発見されている範囲では、700万年前のサヘラントロプス属のチャデンシス種、つまりサヘラントロプス・チャデンシスとされています。その後下図にあるようにさまざまな属の人類が登場しました。その属として最後に残ったのがホモ属でした。そのホモ属にも多くの種がありましたが、現生人類であるホモ・サピエンスのみが唯一生き残って、それ以外は絶滅してしまいました。

今後も多くの新しい属や種が発見される可能性があります。人類学はジグゾーパズルのようなものです。発見されているのはとびと

●ヒトはホモ・サピエンス以外は、すべて滅んでしまった

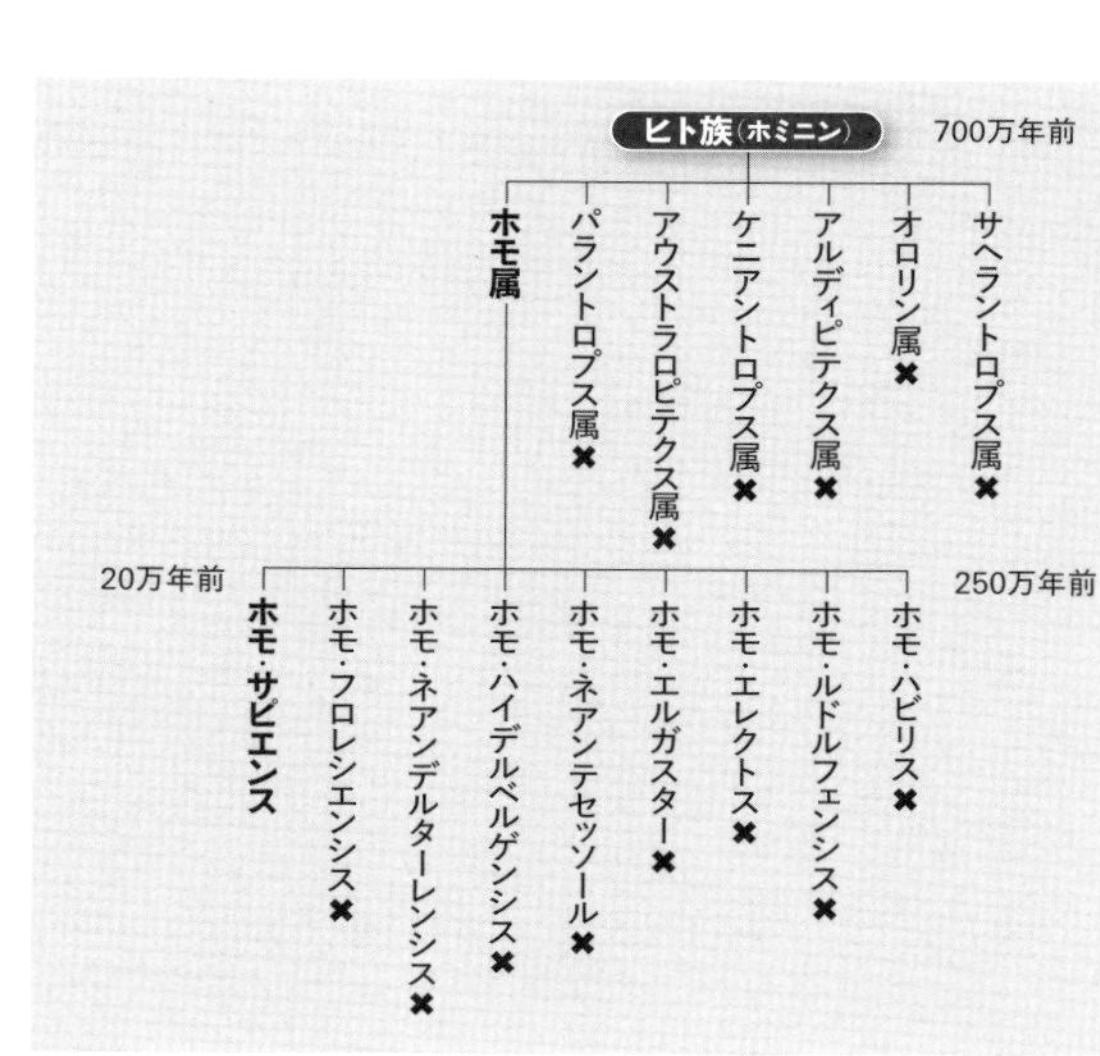

びのピースでしかありません。研究者は新たなピースの発見に躍起になっています。その限られたピースから、いかにしてジグゾーパズル全体を想像するかが研究者の腕の見せどころであるといえます。

猿人、原人、旧人、新人という分類

もう一つ、日本でなじみのある分類法があります。それは猿人、原人、旧人、新人という分類です。最近では猿人の前に初期猿人を付け加えることも多くなっています（初期猿人を猿人に含めることもあります）。大雑把にいうと次のような分類です。

初期猿人（700万年から400万年前）
　最初にアフリカ大陸に登場したとされる人類
　サヘラントロプス属、オロリン属、アルディピテクス属
猿人（400万年から130万年前）
　初期猿人に続いて東アフリカを中心に生息した人類（ホモ属以外）

アウストラロピテクス属、パラントロプス属、ケニアントロプス属など

原人（250万年から20万年前）

ホモ属として登場した人類。石器の使用と脳が大きいことを特徴とする。

ホモ・ハビリス、ホモ・エレクトスなど

旧人（35万年から数万年前）

現生人類に近い人類の段階

ホモ・ネアンデルターレンシス（ネアンデルタール人）など

新人（20万年前から現在）

20万年前に登場した現生人類

ホモ・サピエンス（ヨーロッパではクロマニョン人）

ただしこの分類に慎重な研究者もいます。これが日本独自の分類で国際的に認められたものではないこと、そして人類は必ずしもこの順に段階的に進化したわけではないからです。たとえば、旧人で

●人類は枝分かれしながら進化してきた

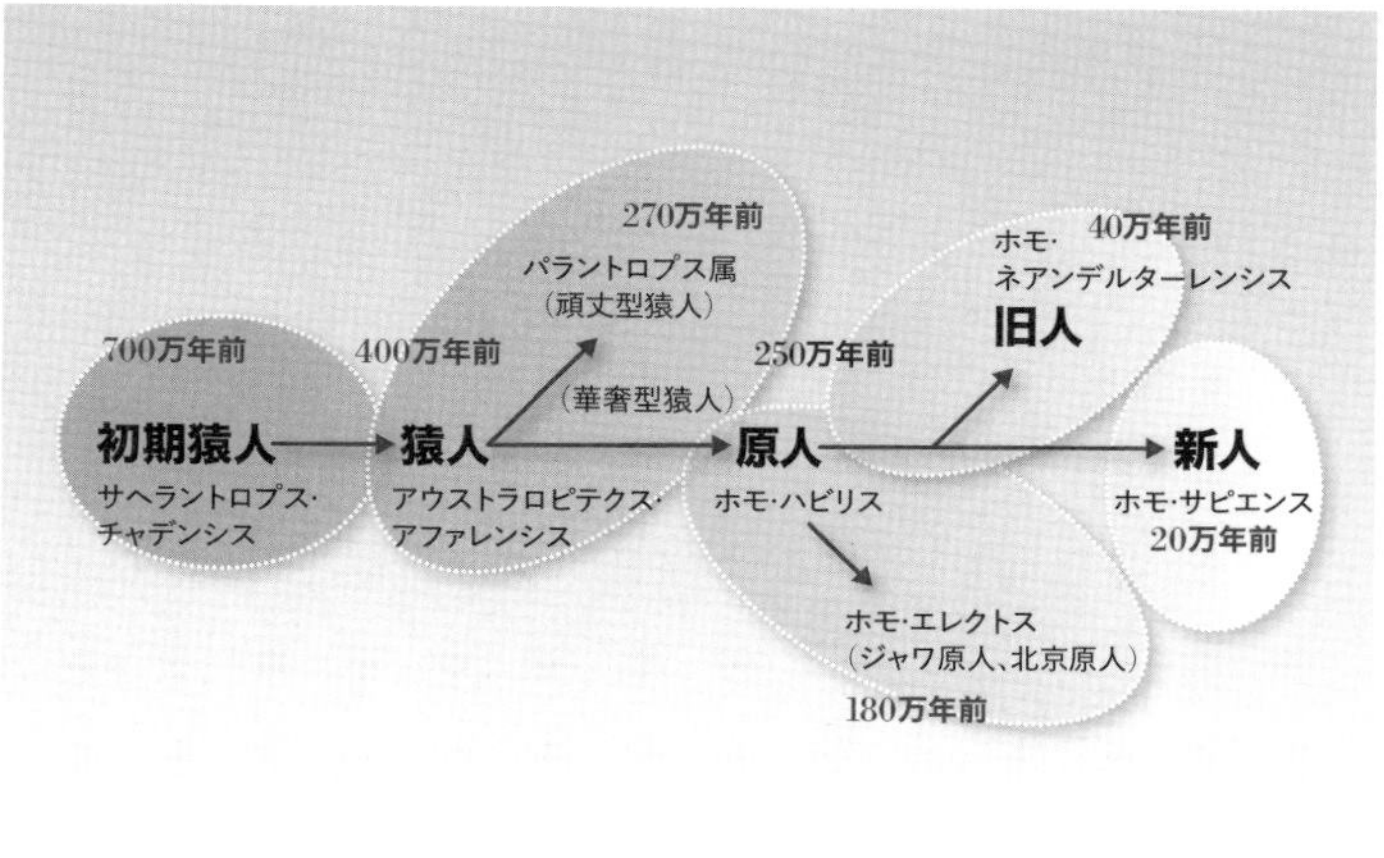

あるネアンデルタール人は、新人であるクロマニョン人（ホモ・サピエンス）の先祖ではありません。同じ時期にネアンデルタール人とクロマニョン人が生きていたことも知られています。上記の年代が重なっていることからもわかるように、人類は直線的ではなく、さまざまに枝分かれしながら現生人類になったのです。

ただ人類の進化をわかりやすく説明するときは、大雑把にグループ化することも必要です。それには初期猿人、猿人、原人、旧人、新人というグループ化は便利です。以下では（批判はあるかもしれませんが）、このようにグループ化して、我々の祖先がどう進化してきたかを説明することにします。

3——700万年から400万年前にいた人たち［初期猿人］

ヒトは700万年前にチンパンジーとの共通祖先から分岐して誕生したと言われています。その共通祖先はアフリカの熱帯雨林の樹上で生活していました。そこは手を伸ばせば果実を中心とする食物がたっぷりあり、敵も襲ってこない楽園でした。

ところが800万年から500万年前に、地球規模の寒冷化と乾燥化によって、密林は疎林となって、しだいに草原も含めたモザイク状態になっていきました。ヒトの祖先は、そこで直立二足歩行を始めたのです。初期猿人とよばれるヒトたちの登場です。

21世紀になって700万年前の祖先が発見された

20世紀後半から21世紀初頭にかけて人類学の分野で定説をひっくり返す大発見が相つぎました。その一つとして人類誕生の年代があります。それまで発見されていたヒトの化石は古くても400万年前でした。それが新たな発見によって年代が一挙にさかのぼりました。いまでは人類の誕生は700万年前とされています。古い順に記すと次のようになります。

サヘラントロプス・チャデンシス(700万年から600万年前)2001年発見
オロリン・トゥゲネンシス(600万年前)1974年発見
アルディピテクス・カダバ(570万年から520万年前)2004年発見
アルディピテクス・ラミダス(450万年から400万年前)1992年発見

このうち特に注目されているのが、サヘラントロプス・チャデンシスとアルディピテクス・ラミダスです。

中央アフリカにいた
サヘラントロプス・チャデンシス

2001年のサヘラントロプス・チャデンシスの化石の発見は衝撃的でした。それがヒトとチンパンジーが分岐したとされる直後の700万年前の化石であったこともありますが、それ以上にそれが中央アフリカのチャドで発見されたことでした。

それまで人類は、アフリカ東部の草原地帯（サバンナとよばれます）で誕生して進化したと思われていました。実際にそれまでのヒトの化石の発見のほとんどは東アフリカでした。

それが覆されました。サヘラントロプス・チャデンシスと名づけられた新たな人骨が中央アフリカで発見されて、その頭蓋骨（トゥーマイとよばれています）が直立二足歩行を示唆していたからです。より詳しくは頭蓋骨の底部に背骨（脊椎）と接続するための大きな開口部（大後頭孔）があります。その位置はチンパンジーでは後方ですが、トゥーマイではより前方にあって、それが直立二足歩行の証拠でした。

700万年前、中央アフリカは気候が変動して森林と草原のモザイク地帯が広がっていたようです。人類はそこで樹上生活も併用しながら直立二足歩行を始めたのです。

●サヘラントロプス・チャデンシス
脳容積：300〜325cc
チンパンジー並
大後頭孔が下方（前方）
提供：フランス、チャド古人類調査隊（MPFT）

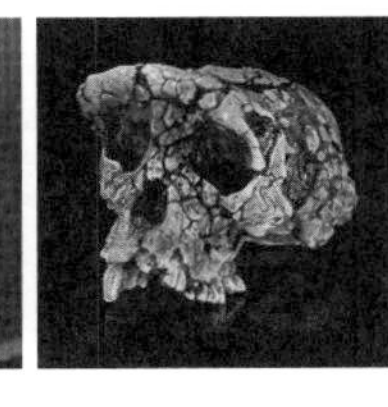

全身骨格が発見されたアルディピテクス・ラミダス

アルディピテクス・ラミダスは1990年代にエチオピアで発見されました。最初に発見したのは、いまは東京大学名誉教授の諏訪元です。1992年の8月、小石ほどの歯の化石を見つけて、それが未発見の祖先であることを見抜きました。

そしてその直後の1994年に、何とその全身骨格が発見されたのです。メスの骨格で「アルディ」という愛称がつけられました。その骨格はさまざまな意味で興味深いものでした。

そのなかで特に注目すべきは、手が長く、足の親指が現代人と違って他の4本と並行ではなく、手の親指のように開いていたことでした。その形であれば樹上で足を使って木の枝をつかむことができます。アルディは直立二足歩行をしましたが、樹上生活が中心であったことがこれよりわかります。

4——400万年から130万年前にいた人たち［猿人］

先にも述べたように、長いこと人類は約400万年前に誕生したと考えられてきました。

●アルディピテクス・ラミダス
450〜400万年前
（地上のサルの根源）
脳容積：300〜370cc
身長1.2m

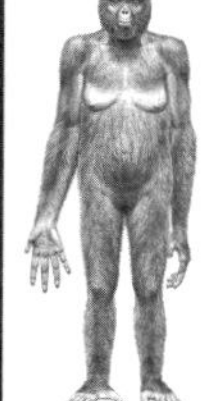

実際にその頃のヒトの化石が数多く発見されていたからです。
この時期の人類は次のようにアウストラロピテクス属として一括りにされています。

アウストラロピテクス・アナメンシス（420万年から390万年前）1994年発見
アウストラロピテクス・アファレンシス（400万年から300万年前）1974年発見
アウストラロピテクス・バールエルガザリ（350万年前）1995年発見
アウストラロピテクス・アフリカヌス（330万年から210万年前）1924年発見
アウストラロピテクス・ガルヒ（250万年から230万年前）1990年発見

人類の祖先とは認められなかったアフリカ産の南のサル

このなかで発見が一番古いのはアウストラロピテクス・アフリカヌスです。1924年に南アフリカで発見されました。ヨーロッパでは後述するネアンデルタール人の発見が19世紀中頃にあり、アジアではジャワ原人や北京原人などの発見がありましたが、アウストラロピテクス・アフリカヌスはアフリカで最初に発見された人類でした。

ただし発見当初はそれがヒトであるとは認定されませんでした。アウストラロピテクス・アフリカヌスは「アフリカ産の南のサル」という意味です。当時のヨーロッパではアフリカは低く見られていて、自分たちの祖先がアフリカで生まれたとは信じたくなかったからです。

イーストサイド・ストーリーをつくりあげたアファール猿人

アウストラロピテクス属のなかでは何と言ってもアウストラロピテクス・アファレンシス（アファール地方の南のサル）が有名です。アファール猿人とよばれています。

その画期的な発見は1974年にありました。エチオピアのタンザニアでひとりの女性の全身化石が発掘されたのです。喜んだ調査隊は、そのときキャンプで流されていたビートルズの「Lucy in the Sky with Diamonds」にちなんで、その女性をルーシーと名づけました。

その4年後の1978年には、同じタンザニアのラエトリでアファール猿人のものと思われる足跡も見つかりました。その大きさは26cm、21cm、18cmで、少なくとも3人の足跡であるとされています。この3人はもしかしたら家族だったのかもしれません。足の親指

●アウストラロピテクス・アファレンシス
400〜300万年前
エチオピア、タンザニアで1974年発見
脳容積：400〜500cc
身長1〜1m
写真は骨格が半分残っているアファール猿人の女性個体ルーシー

が他の4本の指と平行で、土踏まずがありました。それは明らかに直立二足歩行をしている人類の足跡でした。

この他にもタンザニアを中心とする東アフリカでは、数多くのヒトの化石が見つかっています。そこはサバンナとよばれる草原地帯でした。いまから約800万年前に、アフリカ大陸東部でプレートの大きな移動があって、そこに大地溝帯がつくられました。それによって乾燥化が進んで森林が減少して、そこは広大な草原地帯、つまりサバンナとなったのです。

そこで数多くのヒトの化石が発見されたことから、人類はそのサバンナで直立二足歩行を始めて、誕生したと思われてきました。人類学ではそれを「イーストサイド・ストーリー」とよんでいます。もちろん映画の『ウェストサイド・ストーリー』のもじりです。

先にも述べたように、20世紀後半から21世紀初頭の新発見によって、それは覆されました。ヒトが直立歩行を始めたのは中央アフリカだったのです。ではなぜ東アフリカで数多くのヒトの化石が発見されているのでしょうか。一つの理由はそこが乾燥地帯であることです。熱帯では骨は腐りやすく化石になりません。たまたま乾燥地帯だったから、そこにヒトの化石が多く残っていたのかもしれません。

それもあるかもしれませんが、後に述べるようにサバンナが厳しい環境だったからこそ、そこで人類が進化できたのでしょう。「イーストサイド・ストーリー」は、人類にとってやはり本質だったのです。

環境が厳しくなって
ヒトは二通りの対応をおこなった

そのサバンナの環境は、その後さらに厳しくなりました。300万年前に氷期・間氷期のサイクルが顕著になって、さらなる乾燥化が進んだのです。果実が乏しくなって、これに代わる食物が必要になりました。

ここでヒトは二通りの対応をおこないました。まずは頑丈型猿人とよばれる人たちです。柔らかい果実がなくなったので、硬いナッツ類や根茎類を食物として、顎や噛むための筋肉を極端に発達させました。

それは半端なものではありませんでした。身体はそれほどではないのに顔だけが大きく、その頭蓋骨を見ると頭頂に矢状稜とよばれる突起が前後に走っています。下顎を引っ張り上げて咬むための側頭筋が発達して、それが頭頂まで達していました。その付け根が突起として外にとび出ているのです。

この頑丈型猿人は、パラントロプス属として分類されています。代表的な頑丈型猿人として

パラントロプス・エチオピクス（270万年から230万年前）ケニア、エチオピアで発見
パラントロプス・ボイセイ（230万年から140万年前）タンザニアで発見
パラントロプス・ロブストス（200万年から120万年前）南アフリカで発見

が知られています。

一方で肉食を始めた猿人もいました。身体は特殊化せず、頭蓋骨も小さなままでした。華奢型猿人とよばれています。代表的な華奢型猿人はアウストラロピテクス・ガルヒ（250から230万年前）です。これは先に紹介したアファール猿人と同じ属に分類されており、「驚くべき南のサル」と名づけられています。なぜ驚くべきなのか。それはこの人骨が発見された地層から、多くの石器が見つかっているからです。華奢型猿人はその石器を使って、猛獣に襲われた動物の死肉を解体して食物としていたようです。

この二通りの猿人は、その後の運命を分けました。硬いものを食べるために自らの身体を特殊化して対応した頑丈型猿人は絶滅しました。一方で道具を使って肉食を取り入れた

華奢型猿人は、さらなる進化をとげました。ホモ属の登場です。

5――250万年から20万年前にいた人たち［原人］

初期のホモ属は原人とよばれています。ホモ属の条件は、①脳が大きいことと、②石器を制作して使用することです。アウストラロピテクス・ガルヒは②の条件は満たしていましたが、まだ脳は小さく、450cc程度でした。脳が大きくなった最初のホモ属は、ホモ・ハビリス（240万年から160万年前）であるとされています。そしてその次のホモ・エレクトス（180万年から3万年前）はアフリカをとび出して、アジアまで旅しました。北京原人、ジャワ原人として知られているのはホモ・エレクトスです。

最初のホモ属としてのホモ・ハビリス

ホモ・ハビリスは、比較的早い時期（1860年頃）に、タンザニアのオルドヴァイ渓谷で石器（オルドヴァイ石器）とともに発見されました。歯が小さく肉食をしていたことがわかっています。

肉食による豊富な栄養は、しだいにヒトの脳を大きくしました。ホモ・ハビリスは脳容積が600から700ccで、上記のホモ属の第一の条件もみたしていました。

かつて脳が大きいことがヒトとチンパンジーを区別する重要な特徴であるとされたことがありました。でもヒトは初期の頃は必ずしもそうではなく、脳が大きくなるのは、ホモ属になってからです。まずは700万年前に直立歩行して、その後かなりたって約240万年前頃に脳が大きくなり始めたのです。

直立二足歩行していることが、大きな脳を安定に支えることを可能にしました。もし四足歩行であったら頭は前方につきでているので、脳が重くなったときに首はその重さに耐えることはできなかったでしょう。一方で、直立二足歩行と大きな脳は矛盾します。直立二足歩行したヒトは産道を広くできず、もし出産前に胎児の脳が大きくなってしまったら、とても生まれることができません。そうならないように、脳を大きくしたヒトは、胎児の脳が小さいうちに早目に子を産むようになりました。

身体も進化して長身になった
ホモ・エルガスター

原人は脳だけでなく身体も進化しました。ケニアのトゥルカナ湖西岸で、170万年前の少年の全身骨格が発見されています。トゥルカナボーイとよばれるその少年は、身長が160cmあって、足が長く長距離歩行に適していました。318万年前のアファール猿人の化石人骨ルーシーの身長が110cmですから、その体格の違いは明らかです。

なぜ体格がよくなったのでしょうか。肉食を始めた人類は、しだいに積極的に狩猟をするようになり、獲物を追って草原を走り回ったからだとされています。そのときにかく汗を蒸発させるために、皮膚から体毛がほとんどなくなりました。

トゥルカナボーイは、ホモ・エルガスター(働くヒト)として分類されることもありますが、アフリカ型ホモ・エレクトスとして独立した種としない立場もあります。

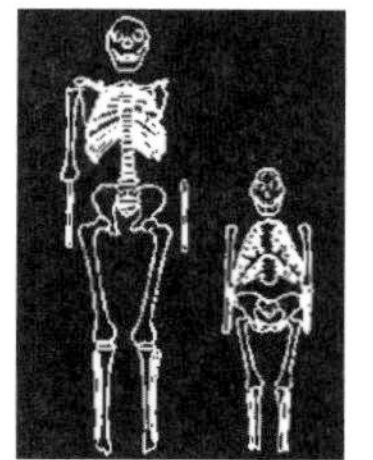

●脳だけでなく身体も進化した
右が318万年前の化石人骨「ルーシー」身長110cm
左は「トゥルカナボーイ」身長160cm
肉食も含む雑食

アフリカから世界へとび出したホモ・エレクトス

そのホモ・エレクトス（直立するヒト）は、その後アフリカ大陸をとび出しました。実際にホモ・エレクトスの化石はアフリカ大陸以外で発見されています。すなわち、

グルジア原人：180万年前グルジアのドマニシ（1983年に発見）
ジャワ原人：160万年前インドネシア・ジャワ（1891-1992年に発見）
北京原人：80万年前北京近くの周口店（1921-1923年に発見）

比較的早く発見された北京原人はシナントロプス・ペキネンシス、ジャワ原人はピテカントロプス・エレクトスと命名されたこともありましたが、いまではいずれもホモ・エレクトスの亜種であるとされています。

このホモ・エレクトスの時代は長く続きました。インドネシア・ガンドンで数万年前まで生存して、そこで絶滅したと思われていました。ところが21世紀になってびっくりする発見がありました。2003年に、オーストラリアとインドネシアの合同チームが、イン

●世界へ飛び出したホモ・エレクトス

ドネシアのフローレス島で、ホビットとよばれることになった人類化石を発見したのです。驚いたのはその身長がわずか1mであることでした。脳容積も400ccと猿人並みでしたが、石器を作り、原人並みの知恵を持っていました。ホモ・フロレシエンシスと名づけられました。初期のジャワ原人がフローレス島に漂着して、長いこと小さな島で生活していたので、それにあわせて身体も小さくなったと言われています。

6——60万年から3万年前にいた人たち［旧人］

90万から60万年前になると、アフリカの原人のなかから、脳の大きさも身体もいまの我々に近い人類が登場しました。それは旧人とよばれていて、次のような人たちがいました。

ホモ・ハイデルベルゲンシス（60万から20万年前）

ホモ・ネアンデルターレンシス（35万から2万8000年前）

かつてヨーロッパにいたネアンデルタール人の正式名称がホモ・ネアンデルターレンシスです。

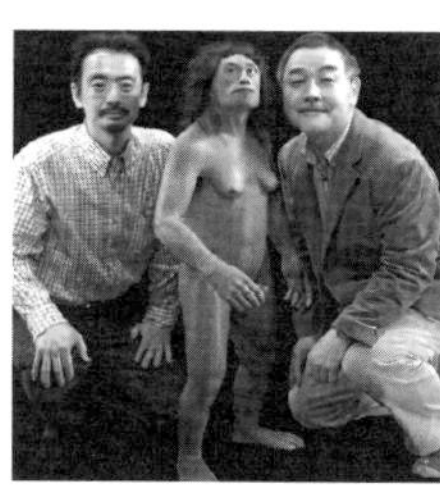

●フローレス原人の研究
完成したホモ・フロレシエンシスの復元像と国立科学博物館の研究員
画像提供：国立科学博物館

まずは
ホモ・ハイデルベルゲンシス

そのネアンデルタール人と現生人類（ホモ・サピエンス）の共通祖先とされているのがホモ・ハイデルベルゲンシスです。最初に発見されたのがたまたまヨーロッパのハイデルベルグなのでこの名がありますが、もともとは東アフリカ大地溝帯にいた人類で、アフリカではタンザニアのカブウェで人骨が発見されています。身長は現代人と同じ180cm以上で、体重は80kgほどあったとされますが、顔はどちらかというと原人に似ていました。

このホモ・ハイデルベルゲンシスはやがてアフリカをとび出して、ヨーロッパやアジアへ拡散していきました。ヨーロッパでは次に述べるネアンデルタール人へと進化していきます。

ヨーロッパ全域に長いこといた
ネアンデルタール人

ネアンデルタール人は、ドイツのネアンデルタール渓谷で1856年に発見されたのでこの名がありますφ。最初に人骨が発掘されたときは、まだダーウィンの進化論も知られておらず、くる病や痛風にかかって変形した現代人の老人の骨格と主張されたこともありました。

ヨーロッパ全域からシベリア・西南アジアにわたる広い地域に生息し、寒冷地に適応したずんぐり型の頑丈な体型だったようです。鼻の孔が大きく、鼻腔は広く、顔は中央部が突出、脳容積は1200から1750ccで、平均は現代人よりも少し大きかったようです。

このネアンデルタール人は、遺体を埋葬した最初の人類であるとされていますが、いまから2万8000年前に絶滅してしまいました。ヨーロッパでは現生人類であるクロマニョン人と同じ時代を生きたこともあったようですが、クロマニョン人は生き残り、ネアンデルタール人は絶滅しました。

7——20万年前からいる人たち［新人］

そしていよいよ現生人類であるホモ・サピエンス（賢いヒト）の時代となりました。ほぼ20万年前に登場しました。脳容積は1000から2000cc、華奢な身体で、下肢は長くほっそり、大腿骨は内側に傾き、左右の足の間が狭いことが特徴です。足の指は太くアーチ構

●一大論争
ネアンデルタールはクロマニヨンの先祖か
ジャワ原人や北京原人は我々の先祖か

造で、長時間歩行に適した身体となっています。

ホモ・サピエンスのルーツはそれぞれの地域なのか、それともアフリカなのか

ここで一大論争が起きました。ホモ・サピエンスは新人ともよばれますが、それは先にアフリカをとび出した原人や旧人とどのような関係にあるのでしょうか。アジアでは北京原人が進化して新人になったのでしょうか。ヨーロッパではネアンデルタール人の子孫としてクロマニョン人が生まれたのでしょうか。このように人類はそれぞれの地域で進化したとする説は多地域進化説とよばれています。

そうではなく、新人であるホモ・サピエンスはアフリカで生まれて、その後アフリカをとび出したとする説もあります。先にアフリカをとび出した原人や旧人とは関係なく、それぞれの地域では入れ替わっただけとする説です。これは単一起源説とよばれています。

これは論争になりましたが、結論から言うと、いまほとんどの

【多地域進化説】

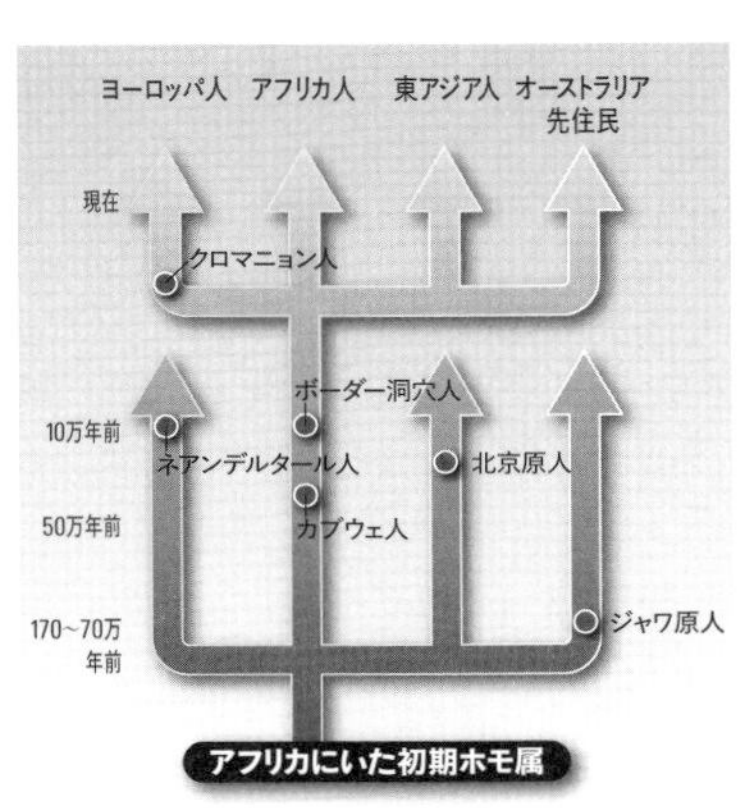

【単一起源説】

人類学者は単一起源説を支持しています。現代人のミトコンドリアDNAの変異を調べてつくられた系統樹が単一起源説を結論づけたからです。それは現生人類の共通の祖先は、20万年前にアフリカにいたひとりの女性であるとするものでした。イブ仮説と名づけられました。その子孫がその後アフリカを再びとび出して、全世界に拡散していきました。これが現代人です。

その後の展開：じつはさまざまな混血があった

こうして単一起源説が勝利を収めましたが、じつはもっと複雑なようです。最近、ホモ・サピエンスにもネアンデルタールの遺伝子が一部混ざっていることがわかってきました。アフリカに残ったヒトには混ざっていないことから、その混血は出アフリカ後のことのようです。

さらにはデニソワ人の発見も話題になっています。ロシア・アルタイ地方のデニソワ洞窟で、2008年に発見された4万年前の人骨です。100万年前に分岐した原人とみられていますが、西南太平洋にいる現代メラネシア人と4から6%のDNAを共有していることがわかりました。

これらはもちろん基本的な枠組みとしての単一起源説を揺るがすものではありませんが、人類学はいまも現在進行形で進化をし続けています。

8——なぜいま世界にホモ・サピエンスしかいないのか

いま地球で生息している人類はすべてホモ・サピエンスです。他の属や種は（その血は一部受け継いでいるかもしれませんが）すべて絶滅してしまいました。それはなぜなのでしょうか。

先に述べたように人類の進化の過程で、大きな分岐点が少なくとも2回ありました。それぞれについてもう一度振り返ってみましょう。

なぜ頑丈型猿人が絶滅して、華奢型猿人が生き残ったのか

一つは230万年前にホモ属が誕生する直前です。その頃に環境が激変して、それまで食物としていた果実が乏しくなって、これに代わる食物が必要になったことは、先に述べ

たとおりです。そのとき、我々の祖先であるヒトは二通りの対応をおこないました。

頑丈型猿人とよばれるヒトたちは、硬いナッツ類や根茎類を食物として、顎や咬むための筋肉を極端に発達させました。自分自身の身体を環境に適応させて生き延びようとしたのです。これを人類学では「特殊化」とよんでいます。一方で、華奢型猿人とよばれるヒトたちは、自分自身の身体は変化させずに、道具を使って新たに肉食を始めることによって対処しました。

結果として、頑丈型猿人は絶滅して、華奢型猿人は生き残ってさらなる進化を遂げてホモ属となりました。なにが運命を分けたのでしょうか。さまざまな説がありますが、キーワードは「特殊化」かもしれません。自らの身体を特殊化して生き延びようとした頑丈型猿人は、その後にさらに環境が激変したときに対応することができませんでした。それに対して、道具を使いこなすという技術を新たに手に入れて、栄養価の高い肉も食料とした華奢型猿人は生き延びることができたのです。

なぜネアンデルタール人は滅んでクロマニョン人が生き残ったのか

いまから35万年前からヨーロッパを中心に生きていたネアンデルタール人は、2万8000年前頃に絶滅しました。それはなぜなのでしょうか。

これにも、くる病説（北欧の乏しい日射量による）や言語能力説（クロマニョンに比べて劣っていた）など数多くの議論があります。おそらくは多くの要因が複雑にからみあって滅んだのだと思いますが。個人的には「特殊化」をキーワードとする説に関心があります。ネアンデルタール人は、身体を寒冷地に適応（特殊化）し過ぎて、その後の気候の変化（地球の温暖化）に再適応できなかったとする説です。

一方で、同時代に生きていたとされるクロマニョン人（ホモ・サピエンス）は、なぜ生き残ったのでしょうか。それは自らの身体を特殊化せず、文化を発達させて厳しい環境に適応したからです。

たとえば、クロマニョン人は寒さを凌ぐために衣服を縫製して着用していたようです。縫製するための針が見つかっています。これに対してネアンデルタール人の衣服は、単になめした皮をまとっただけのようでした。クロマニョン人の狩猟も槍投げ器を使用するなど、さまざまな工夫がありました。

クロマニョン人（ホモ・サピエンス）は言葉を使って話すこともしていたようです。直立二足歩行は喉の咽頭の位置を下げ、さまざまな種類の発声を可能にしました。ネアンデルタール人も音声によるコミュニケーションをしていたようですが、それは単語を発声するのみで、複雑な文法をもつ言語を駆使したのはホモ・サピエンスからだとされています。

老人が長生きすることもホモ・サピエンスにとって重要だった

ホモ・サピエンスには老人がいた証拠があります。ほとんどの動物は子を産めなくなったら死にます。ところが、少なくともホモ・サピエンスから老人、特におばあさんが長生きするようになったのです。なぜでしょうか。

人類学者ホークスは、次のような「おばあさん仮説」を提唱しています。それは、ヒトの女性は歳をとると自ら子を産むことをやめて、むしろ閉経を早くして、その代わりに若い世代の出産を助けることによってヒトの繁殖に寄与したとする説です。若い母親も、子育てのノウハウをおばあさんに学び、さらには育児をおばあさんに託すことができたので、離乳を早くして次の子を産むことができました。

おばあさんだけではありません。おじいさんにも「文化の伝承」という重要な役割がありました。文化は獲得するだけでは意味はなく、それが伝承されることによって発展していきます。

ヒトは二通りの方法で「遺伝子」を子孫に残していると言われます。一つは生物学的遺伝、DNAやRNAなどの生物学的遺伝子によるものです。これは生殖によるもので、老人にはその機能はありません。いま一つは文化的遺伝です。それを担っているのが、ミームとよばれる文化の遺伝子です。ミームは、生物学的遺伝子からの類推によって定義された思考上の概念ですが、これを子孫に伝えることによって、ヒトの文化が発展してきました。そしてこの文化の伝承は、まさに老人の役割であったのです。

こうして、ホモ・サピエンスは言語を獲得し、さらには知識を蓄積・伝承することによって進化して、現在に至っています。

9——人類の歩みから何を学ぶか［その1］

こうして人類は、それぞれの時代にさまざまな戦略をたてて生き延びてきました。それをここでまとめておきましょう。

共同生活をして、互いに助け合うことにより生き延びてきた

チンパンジーと人類の共通祖先はアフリカの熱帯雨林での樹上生活が中心でした。そこは楽園でした。手を伸ばせば果実がたっぷりあるし、猛獣が襲ってきても樹上に逃げれば安全でした。ところがよせばよいのに人類は直立二足歩行を始めて、アフリカ東部のサバンナにとびだしていきました。そこはきわめて厳しい環境でした。猛獣が襲ってきたときに、すぐ樹上に逃げるわけにはいきません。食物も草原ですから遠くへ採集に出かけなければなりません。

そのような厳しい環境で我々の祖先がとった戦略は、集団で共同生活をして、互いに助け合うことでした。集団であれば猛獣にも太刀打ちできます。食物も分担して採集にでかけ、それを分配すれば、それぞれが遠方まで行かなくても済みます。

子育ても互いに助け合いました。厳しいサバンナでは幼児の死亡率が高くなります。そこで生き残るためには子どもを数多く産んで育てる必要があります。哺乳類は、乳を赤子

に与えているときは、次の子を産めません。サルやチンパンジーは、5年から7年の長い間ひたすら母親が赤子に乳を与え続けます。

これに対して、ヒトは離乳を約1年と早くして、すぐ次の子を産むという戦略をたてました。これによって多産が可能になりました。ただ問題は1年で乳飲み子は自立するほど育っていないことです。母親は次の子にかかりきりになってしまいますから、離乳した赤子はとてもひとりでは生きていけません。

ここでヒトは、互いに助け合って共同で子育てするという戦略をたてました。それはサルやチンパンジーにはない、ヒトに特有の戦略でした。これによって母親は安心して次の子を産めるようになりました。ホモ・サピエンスになって、おばあさんが育児に重要な役割を果たすことなったことは、先に述べたとおりです。

ヒトは文化を獲得して伝承することにより生き延びてきた

いま一つの重要なヒトの生き残り戦略は、文化の獲得と伝承でした。くり返しになりますが、環境が激変したときに、自分自身の身体を環境に極端に適応させて特殊化した種は、その後絶滅してしまいました。それに対して、たとえば華奢型猿人は道具を使うという新たな文化を獲得して、それによって食生活を肉食に変えることにより生き延びました。

現生人類であるホモ・サピエンスの生き残り戦略はまさに文化でした。音声言語によって豊かなコミュニケーション能力を獲得したことも、文化を共有して伝承するために大切なことでした。特に世代間の文化の伝承は、老人がその役割を果たしました。ネアンデルタール人もそれなりの文化を獲得していましたが、世代間の伝承がほとんどなくて、その発展は遅々たるものであったようです。

10——人類の歩みから何を学ぶか［その2］

このように、ヒトは互いに助け合い、自らを特殊化せずに、文化を獲得して世代間で伝承することにより生き延びてきました。ところがいま現代人は、そのヒトとしての生存戦略を放棄しているように見えます。

現代人は共同で助け合うことが少なくなった

現代人は、必ずしも直接助け合わなくても生活できるようになりました。金銭さえあれば何でも手に入る時代となったからです。たとえば都会ではコンビニで買い物をすれば、とりあえずの生活に必要なものは調達できます。

現代人は自らの生活で必要なことを、ほとんどすべて外注（アウトソーシング）して暮らしています。食物は農家を除いて自分では生産していません。衣服も自分で作らずに、ほとんどを金銭で購入しています。子どもの教育は学校にまかせています。安全の確保も警察まかせです。

助け合って子育てすることもなくなりました。老人が同居しなくなり、おばあさんが育児を手伝うことが少なくなりました。隣近所など、地域で助け合うこともなくなりました。子育てはもっぱら母親だけにまかされ、それが難しいときは税金によって運営されている保育所に期待するようになりました。要するに、現代社会は互いに助け合うことも、自分たちで直接せずに、行政に税金という形で、金銭で外注（アウトソーシング）するようになったのです。

世代間の文化の伝承もなくなった

ホモ・サピエンスの特徴は、老人が長生きをして世代間の文化を伝承することでした。それは伝統芸能の世界では引き継がれています。友人の狂言師からこのようなことを聞いたことがあります。狂言の世界では、父親からは芸は学ばない。父親は第一線で忙しいし、何よりも父親に対しては反抗して学ぶことができない。代わって祖父から学ぶのがこの世界だ。小さいときから徹底的に躾られる。

もともと日本は、老人による文化の伝承が中心の世界でした。祖父(母)から孫へ、それが基本だったのです。それが先の敗戦によって途切れてしまいました。老人は自信を失い、語らなくなりました。若者は古いものを馬鹿にして、学ばなくなりました。こうして老人の役割がなくなっていったのです。

ホモ・サピエンスで老人が長生きしたのは、若い世代を助ける側としての役割があったからでした。それがなくなりました。それどころか、近代医療は老人を助けられる側にしてしまいました。老人の延命は介護問題を生みました。それは若い世代の負担となりました。もともと、ヒトの老人は助ける側の存在であったのに、それを逆にしてしまったのです。

くり返します。もともとヒトは、互いに助け合うことを生存戦略として、世代を超えて文化を継承することで進化してきたのに、現代社会はそれを自ら捨ててしまったのです。

その代わりとなるシステムを、いまきちんと構築できているのでしょうか。

自己家畜化という形で自分自身を特殊化してしまった

そして、最後にもう一つ。本講で述べたように、人類の歴史において、そのときの環境に過度に適応して、自らをその環境でしか生きられないように変えてしまった種は、結果として絶滅してしまいました。その後の環境の変化に対応できなかったからです。

ところがいま、人類はまさに自らを特殊化しつつあるように見えます。それは自らが作り上げた人工的な環境に対する特殊化です。野生から完全管理へ。人類はいま自分自身を自然とは切り離して、人工的な環境であたかも家畜のように完全管理をするようになりました。人類学では、これを「自己家畜化」とよんでいます。

そして、自らの身体をも、その管理された環境でしか生存できないように変えてしまいました。くり返しますが、人類の歴史において、特殊化した人類は結果として絶滅しました。人類のいまの恵まれた環境は、未来永劫続くはずはありません。

自己家畜化してしまったいまの人類は、結局は絶滅する運命にあるのでしょうか。そうならないために、人類はこれからどうすればよいのでしょうか。

第5講

農耕開始以来の文明の歴史を復習する

みなさんは中学や高校の教科で世界史を学んだことと思います。大学の受験で世界史を選択した方もおられるかもしれません。僕自身がそうでした。

じつはそのときの世界史の参考書が、いまも手元にあります。改めて数十年ぶりにその参考書を開いてびっくりしました。じつに詳しい内容の参考書で、そこへの書き込みも中途半端ではないのです。当時はこれを懸命に勉強したのでしょう。

ところがです。いまほとんど忘れています。恥ずかしいほどです。受験のときにいったい何を勉強したのでしょうか。もしかしたら単に参考書を丸暗記しただけで、歴史とは何かをまったく理解していなかったのかもしれません。だから受験が終わったら、すべてをきれいさっぱり忘れてしまったのでしょう。

その反省もあって、世界史をもう一度復習してみたくなりました。

1——もしかしたらいまは近代の終わりかもしれない

その一つのきっかけは環境問題でした。それを通じて、古代→中世→近代と続く世界史の時代区分にあって、いまはその大きな区分である「近代の終わり」なのではないかと思うようになったのです。そうであるとすれば、世界史の重要な時期にいま我々がいることになります。世界史を改めて学ぶことが重要になります。

僕が環境問題を強く意識するようになったのは、20世紀から21世紀になろうとする頃でした。近代になって、19世紀と20世紀は右肩上がりの時代でした。工業生産が右肩上がりに増え、それによって人口も増え続けました。それに対して21世紀は、そう単純ではありません。近代における工業生産は、地球の資源やエネルギーを消費することによってなされてきましたから、資源やエネルギーが有限であれば、いつかは限界がきます。その工業生産の廃棄物による汚染が数十年遅れで蓄積されて、それが工業生産の伸びを抑えつけます。それが意外と早いのではないかと、いま問題になっています。

これは「文明には必ず寿命がある」という一般原則の再確認であるとも解釈できます。文明そのものは、新たな技術の獲得に始まり、それによって社会の生産性が高まって、経済が発展します。しかしそれは一方では自然資源を枯渇させ、環境を悪化させます。それによって経済が停滞し、最後には飢饉、疫病の流行、戦争によって文明が終焉します。もし21世紀がそうなるようであれば、まさに歴史の危機です。

世界史を眺めると、過去にも似たようなことがありました。いまから700年前の「14世紀の危機」です。ヨーロッパ中世の末期です。中世末期はペスト(黒死病)が流行した暗黒の時代というイメージがありますが、じつはその前の12世紀から13世紀に経済が大きく発展していたのです。三圃制などの農業技術の進歩によって、教会や修道院の指導のもと、ヨーロッパ大陸の大開墾がおこなわれました。それまではほとんどが森であった大陸は、あっという間に畑や牧草地になりました。

一方でこのような大開墾はヨーロッパ大陸の生態系を乱します。それに続く14世紀から15世紀は最悪の時代になりました。低温と長雨による天候不順、凶作、飢饉、戦争、そして伝染病の大流行が社会を破滅的に荒廃させていったのです。中世と言う時代がこれによって終わりました。

中世は大陸規模での環境の破壊でした。これをいま、地球規模でくり返しているように見えます。19世紀から20世紀に、工業技術の進歩によって、産業界が中心になって地球の大開発がおこなわれました。産業革命は地球に蓄えられている資源を生産に転化する技術を人類に教えてしまったのです。その結果が地球規模の環境の破壊でした。

歴史はまさにくり返しています。中世で大陸規模で起こったことを、近代は地球規模で展開してきたのです。このように考えると、歴史の時代区分は意外と単純なのかもしれません。歴史は古代、中世、近代と分類されますが、それぞれは次のように位置づけることができるでしょう。

古代［都市の時代］：農耕開始によって都市が生まれて文明が築かれた時代

中世［大陸の時代］：それぞれで大陸規模の覇権が争われた時代
近代［地球の時代］：地球規模で交易がおこなわれ、世界が一つになった時代

もちろんこれ以前には先史時代として森林草原の時代がありました。近代は近世と狭義の近代に分けられます。近世は海の覇権を争い、狭義の近代はしだいに空の覇権を争うようになりました。

本講では、このような観点から、歴史をもう一度振り返ってみることとします。

2——都市の時代としての古代

人類が700万年前に誕生してから長いこと、食物の獲得は果実を中心とする野生の植物を採集することが中心でした。それが2百数十万年前にホモ属になってから肉食を始めて、狩猟をするようになりました。さらには海や河川の生物を漁労することも始めました。このような採集・狩猟・漁労生活は、もっぱら自然の恵みを獲得することによって成り立っていました。その意味で「獲得経済」とよばれることもあります。

それがいまから1万数千年前に、我々の先祖は農耕と牧畜を始めました。受け身ではなく自然に働きかけて食物を生産するようになったのです。「獲得経済」から「生産経済」へ

の移行です。

人類が農耕・牧畜を始めた理由についてはさまざまな説がありますが、気候変動が大きく関係していたようです。その頃に地球環境の激変がありました。もともと人類は氷河期を生き延びてきましたが、間氷期に入って地球が温暖化したのです。海水面が上昇して広大な土地が水没しました。大陸内部は乾燥化して、広大な森林が失われていきました。

このように環境が変わって、狩猟・採集・漁労生活を営んできた人類はまさに食糧危機に直面しました。その危機が新たな時代を生み出しました。農耕・牧畜による生産経済への移行です。ユーラシア大陸の中部低緯度地帯でのムギの農耕、牛や羊、ヤギなどの牧畜が最初であるとされています。

農耕・牧畜によって人は定住して都市が生まれた

農耕・牧畜によって我々の祖先は安定的に食物を得ることが可能になりました。人々は定住して、そこで集団生活を始めるようになりました。これが社会を大きく変えていきます。

それまでの採集・狩猟・漁労の時代は、人々は助け合って自然の恵みを獲得し、食物は平等に分配していました。首長がいても権力はなく、貧富の差もありませんでした。ところが農耕・牧畜の時代になって生産性が上がると、しだいに余剰生産物を生み出すようになって、人々の間に貧富の差が生じてしまったのです。貧富の差は階級の分化を引き起こしました。

人口も増えました。農耕・牧畜は限られた土地で、より多くの人が集団生活をすることを可能にしたのです。狩猟・採集ではひとり当たり10km²の土地が必要であったのに対して、農耕ではひとり当たり500m²でよくなったという計算もあります。こうして人口が増加すると農地が不足し、畑を広げるために大規模な治水灌漑工事をおこなうようになりました。それは多数の労働力を必要としました。こうして都市が生まれ、その都市がネットワーク化されて文明が生まれたのです。

氾濫をくり返す大河川流域に四大文明が生まれた

文明は氾濫をくり返す大河川流域で生まれました。次の四大文明が有名です。

メソポタミア文明（BC5000）　チグリス・ユーフラテス川流域
エジプト文明（BC4000）　ナイル川流域
インダス文明（BC2300）　インダス川流域
黄河・長江文明（BC2000）　黄河と長江（揚子江）流域

このうち、ある文明は衰退し、ある文明は抗争をくり返して発展しました。インダス文明は、紀元前1800年頃に衰退しました。さまざまな説がありますが、都市建設に必要なレンガを焼くために流域の樹木を乱伐したからだとされています。

メソポタミアでは、シュメール人の都市国家が分立していましたが、紀元前18世紀に古代バビロニア王国が統一します。さらには時代が下って、紀元前671年にアッシリア朝がエジプトを征服してオリエント世界を統一しました。これによってメソポタミア文明とエジプト文明がつながりました。そして紀元前525年には、西アジアでアケメネス朝ペルシャが大帝国を築きました。

地中海沿岸で海洋文明として栄えたギリシャとローマ

四大文明に比べれば古くはありませんが、地中海沿岸には紀元前2000年頃から、クレタ文明やミケーネ文明などの独自の海洋文明がありました。そこに誕生したのがギリシャのポリスです。紀元前8世紀頃とされています。ギリシャはまさに都市国家でした。アテネを中心に栄え、そこでソクラテス、プラトン、アリストテレスに代表されるギリシャ哲学が生まれたことでも有名です。

その後、アレクサンドロス大王がギリシャ世界とオリエント世界を統一する大帝国を築きました。ヘレニズム時代です。しかしそれは一代だけで終わって、覇権はローマに移っていきます。

都市国家ローマは、地中海沿岸を統合する世界帝国を築きました。もともとは紀元前509年に君主制から共和政に変わったという歴史がありましたが、紀元前27年にアウグストゥスによって帝政が始まって、それ以降ローマ帝国として栄えました。

その全盛期は紀元後96年から180年の五賢帝時代とされています。広大な地域を支配して、東西の交流も盛んに進められました。ローマと中国(漢)を結ぶ草原の道、オアシスの道（シルクロード）、海の道を通じて東西をまたいで都市がネットワーク化されたのがこの時代です。

そのローマ帝国も4世紀末（395年）に東西に分裂します。西ローマ帝国と東ローマ帝国です。西ローマ帝国は476年に滅亡しますが、東ローマ帝国はビザンツ帝国として、中世の終わりの1453年まで続きます。

いずれにせよ、このローマ帝国の分裂によって都市の時代である古代が終わりました。

3――大陸の時代としての中世

次は大陸の時代である中世です。古代はオリエント世界と地中海沿岸で覇権が展開されましたが、中世はアジアを中心に時代が動きました。西洋史では、ヨーロッパを中心に歴史が記述されますが、世界から見ればヨーロッパはまだ辺境の地でした。

中世はイスラーム帝国とモンゴル帝国が大陸を支配した

中世の大陸規模の覇権は、まずは西アジアと東アジアで展開されました。東アジアは黄河と長江流域で展開された王朝の交代ですが、ここでは西アジアを中心に述べます。

7世紀半ばまでの西アジアはササン朝ペルシャ（224–651）の時代でした。ゾロアスター教を国教として、その勢力は東はインダス川まで及び、西はビザンツ帝国（東ローマ帝国）と対峙するという時代が長く続きました。

そこに突如として勢力を伸ばしたのがアラビア半島のアラブ遊牧民でした。ムハンマドが622年（イスラーム元年）に創始したイスラーム教が、多くの遊牧部族を結びつけたのです。それは正統カリフ時代の大征服運動を経て、まずはアラブ人中心のウマイヤ朝（661–750）として勢力を伸ばします。そしてそのウマイヤ朝を倒したアッバース朝（750–1258）は中心をイラクに移して、イスラーム教のもとで異民族をも巻き込んだ大帝国をつくりあげます。イスラーム帝国です。その勢力範囲は、西は北アフリカからイベリア半島（現在のスペイン、ポルトガル）、東は中央アジアからイランまで広範囲に及びました。

なぜイスラーム帝国が繁栄したのでしょうか。これほどまで勢力範囲をひろげたのでしょうか。それにはいくつかの理由がありました。少し詳しく述べます。

・強力な軍事力：ラクダと馬による機動力、強い忠誠心（聖戦意識）

・商業の発展：イスラーム教による商業の肯定、政府による商業活動の保証、征服による一大商業圏の誕生、世界共通貨幣の発行（小切手も）

・財産寄進による社会基盤整備：イスラーム法の財産寄進制度（ワクフ）、寺院（モスク）、学校（マドラサ）、公衆浴場（ハマム）などの整備

・知識人を積極的に登用：イスラーム法を学んだ知識人（ウラマー）が社会のリーダーとなった。ギリシャ、ヘレニズム、ペルシャ、インド、中国の文化を継承して発展（天文学、医学、物理化学、数学など）

そして何よりも特筆すべきは

・異教徒に寛容（アッバース朝以降）：税金（人頭税・シズヤ）を払えば、異教徒に対しても生活の安全を保証した

ことです。

それでも9世紀になるとイスラーム帝国は分裂し、代わってトルコ人が台頭してきました。11世紀から12世紀にはセルジューク朝（1038–1194）が築かれます。後に述べるように、この

セルジューク朝が1071年にエルサレムを占領したことが、十字軍遠征の発端となりました。

そして13世紀になるとモンゴルが大帝国を築いて、東アジアから西アジアへ至る大陸全体を征服しました。西アジアではイル＝ハン国（1258–1363）、東アジアの中国では元（1271–1368）が建国されています。

このモンゴル帝国も14世紀には衰えて、中国では明（1368–1644）、西アジアではオスマン帝国（1299–1922）の時代となります。トルコ人によって建国されたので、オスマントルコとよばれることもあります。

辺境の地であるヨーロッパでは

このようにアジアではイスラーム帝国やモンゴル帝国が覇権を握っていたとき、辺境の地であったヨーロッパでは何が起きていたのでしょうか。

ローマ帝国が栄えていたときは地球は温暖でしたが、紀元4、5世紀に寒冷期に入り民族大移動が起きました。それが結果としてローマ帝国を滅ぼして、ヨーロッパの中世という時代が始まります。

古代が都市の時代であったのに対して中世は大陸の時代でした。そして宗教の時代でした。広大な大陸をまとめるためには、そこでの異なる民族を束ねる力として宗教を必要としました。西アジアではイスラーム教、ヨーロッパではキリスト教がその役割を果たしました。

イスラーム帝国では、帝国の支配とイスラーム教が一体化していましたが、中世ヨーロッパでは必ずしもそうではありませんでした。紀元481年に建国されたフランク王国（481–843）を中心とする世俗勢力とカトリック教会の教皇権が並立して、二極構造のヨーロッパ社会が形成されたのです。フランク王国は843年に三つに分裂して、現在のドイツ、フランス、イタリアのもとになりました。その一つである東フランク王国は神聖ローマ帝国（962–1806）となって、形のうえでは近代まで続きました。

教皇権が頂点を迎えたのは11世紀でした。ちょうどその11世紀末から13世紀にかけて十字軍派遣（1096–1270）がおこなわれました。その頃のヨーロッパ大陸は温暖期で、大陸の大開墾によって経済が発

●4–6世紀、ゲルマン民族が大移動してヨーロッパ社会が形成される

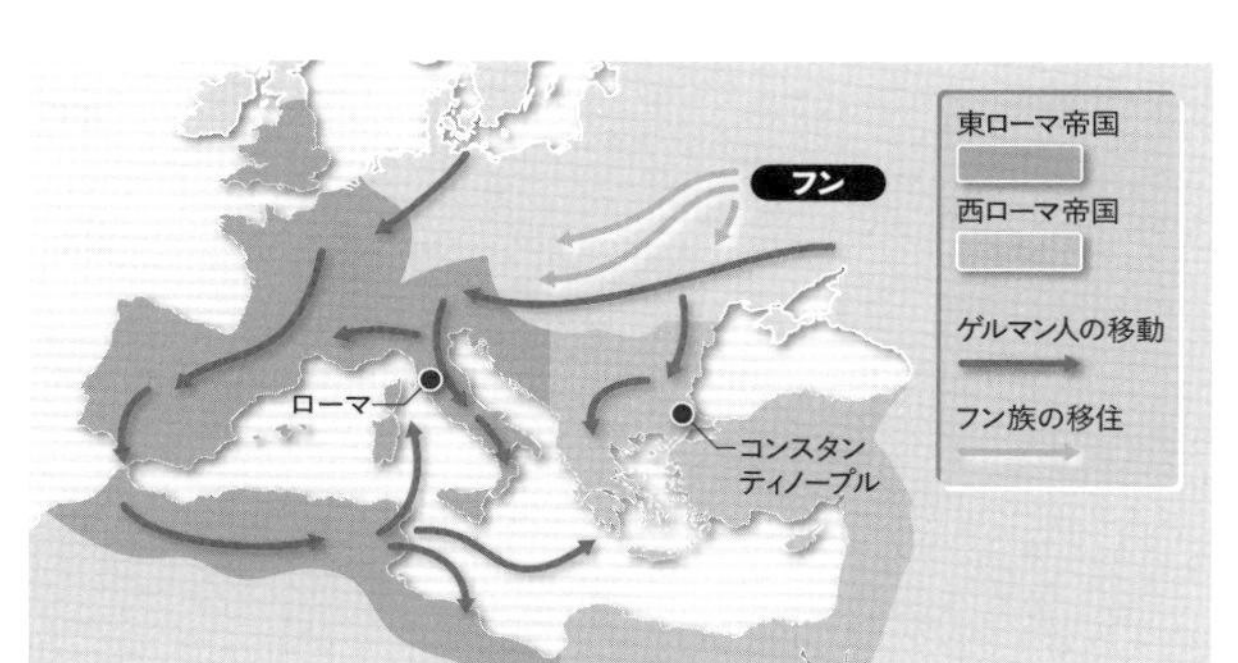

展しました。それがヨーロッパ大陸の生態系を乱して、14世紀の寒冷期になると、ペストの流行もあって暗黒時代を迎えることはすでに述べたとおりです。

十字軍も失敗に終わりました。その失敗とペストの流行は、結果的に教皇権を衰退させて、中世の封建社会を大きく揺るがせました。そして、1453年にコンスタンティノープルが陥落してビザンツ帝国（東ローマ帝国）が終焉し、ヨーロッパの中世という時代が終わりました。

4――地球の時代としての近代

そして近代になります。中世が大陸の時代であったのに対して、近代は地球の時代でした。それは海の時代でもありました。そしてその時代はヨーロッパ諸国によって担われました。

近代は大航海時代から始まった

なぜヨーロッパ諸国は海に飛び出したのでしょうか。それはコンスタンティノープルを陥落させたオスマン帝国（オスマントルコ）が地中海を制覇して、アジアへの陸路を封鎖したからでした。海を通じてしかヨーロッパ社会はアジアとつながることができなくなったのです。地中海のイタリア都市は没落して、ヨーロッパ大陸の西の端にあるイベリア半島のスペインとポルトガルが大航海時代の主役となりました。

1492年のコロンブスによるアメリカ大陸の発見、そして1519年から22年のマゼランの艦隊による世界周航は、まさに海の時代の到来を告げました。これによってヨーロッパ諸国は、アメリカ大陸とアフリカ大陸を植民地として、巨万の富を得ました。特に大西洋を舞台におこなわれた三角貿易は、産業革命の資金源にもなりました。一方で奴隷貿易によってアフリカ社会は荒廃して、それはいまのアフリカにも大きな影響を与えています。

主役が交代しながら、近世から狭義の近代へ

近代を二つの時代に分けることもあります。近世（early modern period）と（狭義の）近代（modern period）です。産業革命以前の近世は、その後の（狭義の）近代へ向けた準備期間であったと位置づけることもできます。

近世は、絶対主義王政が争った時代でした。宗教戦争のなかで主権国家が形成されて、それぞれが富国強兵を図り、つぎつぎと主役が交代していきました。16世紀のスペイン・ポルトガルから、17世紀のオランダ、そしてフランスとの争いを経て、18世紀にはイギリスが覇権を握りました。重商主義経済のもと、ヨーロッパ経済は、新大陸からの大量の銀の流入もあって活況を呈しました。経済の発展は商人を中心とする市民階級の力をつけました。それは国家体制そのものを変えていきました。国民国家体制への移行です。

早かったのはイギリスです。1642年から49年のピューリタン革命、1688年の名誉革命によって議会政治が整備されました。そして18世紀後半にはアメリカとフランスで市民革命が起きました。1776年のアメリカの独立宣言は、まさに市民革命宣言とよんでもよいものでした。そして1789年にはフランスで市民革命が起きました。この革命はナポレオンによってヨーロッパ全体に輸出されました。市民革命は、近世から（狭義の）近代への移行をもたらしました。

産業革命は帝国主義をもたらし世界を再編した

（狭義の）近代を特徴づけるもう一つの革命が産業革命です。近世の植民地獲得戦争を制し、早目に国民国家体制に移行したイギリスが、大英帝国として世界貿易の中心になり、そこに産業革命が起きました。産業革命は資本主義を生み出し、帝国主義の形をとって、アジアを巻き込んだ新たな植民地獲得戦争をひき起こしました。

つぎつぎとアジア諸国がヨーロッパの植民地になっていきました。先にも述べたように中世は、イスラーム帝国やモンゴル帝国などが覇権を握り、アジアの時代でした。ところが中世が終わると、世界はヨーロッパ中心に展開するようになりました。

その間、アジアはいったい何をしていたのでしょうか。じつはヨーロッパ諸国が互いに戦争をくり返していた間、アジアは少なくとも19世紀までは太平な時代でした。実際、西アジアではオスマン帝国（1299–1922）が、インドではムガール帝国（1526–1858）が、中国では清（1644–1912）が、そして日本では江戸幕府（1603–1868）が、それぞれ数百年にわたって長期の覇権を維持していました。

そのような平和なアジアが一瞬にして翻弄されたのが19世紀でした。資本主義は帝国主義となり、列強による世界再分割がおこなわれていきました。その争いの帰結として20世紀前半に2度の世界大戦がありました。第一次世界大戦と第二次世界大戦です。そこで力をつけたのがアメリカでした。20世紀はアメリカの時代となりました。

戦後は東西冷戦、その冷戦の終結は歴史の終わりか始まりか

そして戦後です。第二次大戦の戦後はまさにアメリカの時代として始まりました。それに対抗したのが共産主義国家であるソ連でした。東西冷戦は1989年にベルリンの壁が崩壊し、1991年にソ連が解体するまで続きました。

こうして東西冷戦が終結して、市民革命、産業革命、帝国主義、世界大戦と続く世界の歴史は一つの区切りを迎えました。アメリカの政治経済学者のフランシス・フクヤマは、これを「歴史の終わり」としました。国際社会において民主主義と自由経済が最終的に勝利しました。これは政治体制の最終形態であり、これからは政治体制を破壊する戦争やクーデターなどの歴史的大事件は起こらなくなるという主張です。

本当にそうなのでしょうか。むしろ、新たな「歴史の始まり」のようにも見えます。や

はりアメリカの政治学者のサミュエル・P・ハンティントンは、「文明の衝突」の時代が始まるとしました。冷戦が終わった現代世界においては、文明と文明との衝突が対立の主要な軸となって、東西対立（先進国の間のイデオロギーの対立）から南北対立（異なる文明間の対立）の時代になるとしています。

実際に東西冷戦終結後の世界を見ると、一極集中になったアメリカを中心としたグローバル化、そして経済圏の再編成が起こりましたが、一方でイスラーム復興運動が顕在化して、西洋諸国を悩ませています。その象徴として2001年の同時多発テロがありました。

一方でいま、資本主義の先進国もおかしくなりつつあります。イギリスのEU離脱とアメリカの分断、これは何を意味するのでしょうか。アメリカの一極集中になってからの経済のグローバル化は、本当に資本主義の先進国を豊かにしたのでしょうか。もしかしたら資本主義そのものが限界に達していて、見直しが必要なのかもしれません。民主主義も、使い方を誤ると自らの首を絞めることになります。

5——歴史から何を学ぶか

こうして現在に至っています。駆け足でしたが、このような歴史から何を学ぶことができるでしょうか。それはこれからの課題ですが、ここでは一つだけ確認しておきます。それは、世界史＝西洋史ではないということです。

中世までは世界の中心はヨーロッパではなかった

中世が終わる15世紀までは、世界の歴史はオリエント世界、そしてアジアを中心に展開されました。ギリシャ・ローマはヨーロッパではなく、むしろ地中海文明でした。ヨーロッパ大陸が世界史の教科書に登場するのは、中世の初めのゲルマン人の大移動以降です。しかしそこは世界の辺境の地でした。中世の世界の中心は（西）アジアでした。ササン朝ペルシャ、イスラーム帝国、セルジューク朝、モンゴル帝国、そしてオスマン帝国が築かれました。

ヨーロッパが世界にとびだすのは近代になってから

ヨーロッパが本格的に世界で覇権を握るようになったのは、16世紀の大航海時代以降です。しかし近代の前半である近世の時代に、とりあえず植民地として支配できたのはアメリカ大陸とアフリカ大陸のみでした。アジアは交易相手であり、そこから香辛料や絹など、ヨーロッパにはない、いわば東方文化を輸入していたのです。

そのアジアも含めてヨーロッパが世界の中心になったのは19世紀以降です。なぜヨーロッパが世界の中心になれたのでしょうか。

・三角貿易による巨大な富の蓄積があった。
・合理的な思考により科学的な知を手に入れた。
・産業革命、市民革命によって国力を身につけていた。

などが挙げられます

そして、近世以降ヨーロッパは互いに戦争を繰り返していました。それに対して先に述べたように、17世紀から19世紀半ばまでアジアはほとんど戦争がなく、太平な時代でした。戦争ばかりくり返して、しかも産業革命によって力をつけたヨーロッパ世界が強いのはあたりまえです。あっという間にアジアはヨーロッパに呑みこまれてしまいました。

ヨーロッパ中心であった近代がいま問われている

ヨーロッパ人は、古くから自分たちが世界の中心で、自分たちだけが文化を担える優秀な民族であると信じてきました。「ヨーロッパ中心主義」です。一方で東洋を蔑んできました。それは「オリエンタリズム」とよばれます。オリエンタリズムでは、東洋人は好色で怠惰、自分の言語や地理などを把握できず、独立国家を運営する術もなく、肉体的にも劣っているとされました。

またヨーロッパで信じられてきた「大いなる物語」とよばれるものもあります。それは西洋が進めてきた近代化によって人間が解放され、自己実現がなされ、人類は進歩するというものです。いま教科書になっている世界史は19世紀にヨーロッパで編まれました。世界史となっていますが、当然それはヨーロッパ中心でした。

いま、そのヨーロッパ中心主義に対して疑問符が打たれています。それはヨーロッパ中心に展開してきた近代という時代の見直しにもなっています。たとえば、エドワード・サイードは「オリエンタリズム批判」(1978)で、西洋哲学の根幹にヨーロッパ中心主義があることを指摘しました。ジャン＝フランソワ・リオタールは「ポストモダン」(1984)の枠組みで、大いなる物語の終焉と知識人の終焉を唱えています。

6──まとめ──歴史は動いている──

いま我々は、たまたま西洋によってもたらされた「近代」という時代にいますが、それは歴史の到達点ではありません。歴史はつねに動いています。まだまだ歴史には未来があります。そればかりか、本講の最初で述べたように、古代、中世、近代と続いてきた歴史の大きな転換が、それほど遠くない未来に来そうな気がしています。「近代の終わり」です。

アメリカの覇権はそう長く続きそうもありません。近代を支えてきた資本主義も、限界がきているように見えます。そもそも地球の財産として、そこに蓄積されてきた資源やエネルギーを使い果たしてしまった近代という時代が持続可能であるとはとても思えません。

そうであるとすれば、いま改めて近代とは何であったのかを考え直す必要があります。

それは次講で扱うこととします。

第6講

近代からその先へ——成長と拡大の時代は終わった

いま、アメリカの分断も含めて最近の世界の動きが気になっています。前講でも述べましたが、いま時代が大きく変わろうとしています。もしかしたら近代という時代が終わろうとしているのかもしれません。

いま私たちが生活している現代が近代の終わりであるとすれば、そもそも現代とはどのような時代なのでしょうか。それは文明の歴史、大げさに言えば人類の歴史においてどのように位置づけられるのでしょうか。これからどうあったらよいのでしょうか。

本講のテーマは「現代」です。過去の歴史については標準的な教科書がありますが、現代についてどう考えるかは人それぞれでしょう。ここでもかなりの偏見と独断が入ることはお許しください。

1――現代という時代はいつから始まったのか

文明の歴史は、古代、中世、近代と展開してきました。近代は、近世と産業革命以降の狭義の近代に分けることもあります。そしていまは現代です。その現代という時代はいつから始まったのでしょうか。

じつは現代の定義はそう簡単ではありません。古代から近代へと至る時代の定義とは少し違うのです。現代とは、その時代が言及される時点において、現にいま進行している時代です。したがって、たとえば800年前の十字軍の時代に自分がいるとすれば、時代は中世ですが、まさにその時点が現代です。

本書の出版は2024年です。皆さんがお読みになっているのは202*年だとして、ここではその現在と直接つながっている時代を現代と考えます。それはいつ始まったのでしょうか。それにはさまざまな説あるいは立場があります。まずはこのそれぞれについて簡単に紹介しておきます。

現代の始まり〔1〕第二次大戦が終わった1945年から

日本およびアジアでは、先の第二次世界大戦が終わった1945年から現代になったと考える人が多いようです。確かにたとえばアジアには第二次大戦が終わってから独立した国が多く、その国にとってはその時点からが現代でしょう。近代になって欧米に占領されたフィリピン（1946年独立）、インドネシア（1949年独立）、ビルマ（ミャンマー1948年独立）、カンボジア（1953年独立）……などです。

その後、二度の世界大戦と同じ規模の戦争は起こりませんでした。第二次大戦前とは大きく時代が変わりました。どうでもよいことですが、原島は1945年に生まれました。まさに戦後が現代でした。

現代の始まり〔2〕
第一次大戦が終わった1920年頃から

西洋ではこう考える人が多いと聞いたことがあります。第一次大戦以降、アメリカの時代になりました。それ以前の世界の覇権は大英帝国が握っていました。第一次大戦によってその大英帝国の時代が終わって、20世紀はアメリカの時代となりました。

その後の第二次大戦と東西冷戦は第一次大戦の後始末として連続しています。その後始末の失敗によって第二次大戦が起きました。東西冷戦も第一次大戦中のロシア革命の結果です。いずれにせよアメリカの時代はいまも続いています。それを現代とする定義がこれです。

現代の始まり［3］東西冷戦が終結した1990年頃から

最近ではこの説をとる歴史家が多くなっているようです。東西冷戦は二度の世界大戦とつながっていました。19世紀後半の帝国主義から東西冷戦までを一連の歴史としてみれば、東西冷戦の終結は確かに一つの「歴史の終わり」（フクヤマ）でした。

冷戦終了後に新たな時代となりました。アメリカ一極集中となって、グローバル経済が進展して、金融資本主義の時代となりました。1995年はインターネット元年と言われています。その頃からモバイルも含めて情報革命が進行しました。日本ではバブルがはじけて、「失われた○○年」が始まりました。

現代の始まり［4］ニクソンショックの1970年代以降

少し変わった説を紹介します。1970年代から現代が始まったとする主張です。いまではほとんど忘れられているかもしれませんが、1970年代初頭の1971年にニクソンショックがありました。

第二次世界大戦後の世界経済は金＝ドル本位制によってアメリカが支えていましたが、もはやそれを維持できなくなったとアメリカのニクソン大統領が告白したのです。第一次大戦に始まるアメリカの時代に陰りが見え始めました。これ以降アメリカの財政や貿易は赤字が続きました。

近代の限界が見えてきたのもこの頃でした。たとえば「成長の限界」（ローマクラブ／1972）では、地球の資源やエネルギーは有限で、これまでと同じ成長は持続できないと警告を発しています。

後に述べるように成長を前提とする資本主義も、この頃におかしくなり始めました。18世紀後半からの近代という時代のほころびが、この1970年代に始まったのです。

なぜ1970年からが現代なのか

時代に一つの区切りがあったという意味では、最近の歴史家が主張するように、東西冷戦後の1990年代がその区切りでした。一方で、その後の時代を理解するには、上で述べたように1970年代にさかのぼる必要があります。

まとめるとこのように言えるかもしれません。1990年代に近代の一つの区切りがありました。一つの時代が終わってすぐ次の時代になるわけではありません。次の時代の兆候はその前に始まっているはずです。現代を近代のそのままの延長ではなく、次の時代の準備の時代と考えるならば、それは1970年代に始まったと言えます。

2——改めて近代を振り返る

1970年代に現代が始まったとする主張を理解するには、近代という時代がどのような時代であったかを、改めて振り返る必要があります。一部前講のくり返しになりますがお許しください。

成長と拡大の歴史が近世から始まった

近代の前半は近世とよばれています。後半が狭義の近代です。いずれも「成長と拡大の歴史」でした。その歴史を大急ぎで振り返ってみましょう。

近世はヨーロッパ諸国が自らの経済圏を新大陸へ拡大することから始まりました。大航海時代です。アメリカ大陸とアフリカ大陸を植民地として、ヨーロッパ大陸も含めた環大西洋で、三つの大陸をむすぶ三角貿易によって巨万の富を生みだしました。アフリカ大陸からアメリカ大陸へは黒人奴隷が輸出されたので、奴隷貿易ともよばれています。

この富の蓄積が、商人を中心とする市民階級を生みだしました。その市民階級はしだいに力をつけて、18世紀後半に市民革命を起こしました。そして富の蓄積は産業革命をもたらしました。産業革命は、ピューリタン革命（1642–1649）、名誉革命（1688）という形で、実質的な市民革命を1世紀早く成し遂げたイギリスで起こりました。近世を勝ち残ったイギリスは大英帝国を築きました。

産業革命で近代となり拡大は地球規模になった

産業革命によって狭義の近代になりました。それこそまさに成長と拡大の時代でした。ひとことで表現すると、産業革命は数億年かけて地球に蓄積された化石エネルギーを、いま生きるために消費することを可能にしたのです。これによって人類の飛躍的な発展が可能になりました。世界の人口も産業革命によってこれまでにない勢いで増加しました。

この産業革命のもとで資本主義が発達しました。資本主義の大前提は、後にも述べるように成長と拡大です。ヨーロッパのイギリス、フランスなどの列強は、それまでの新大陸だけでなく、アジアも含めた地球規模に活動範囲を広げて、そこを自らの勢力圏とする形で市場を広げていきました。そこに当時の大国であったロシアが加わりました。さらには1870年代から後発組として、ドイツ、日本、イタリアが新たに参入しました。

資本主義はしだいに帝国主義へと変質して、その拡大競争が互いに衝突して2回の世界大戦を引き起こしてしまいました。こともあろうにこの大戦はそれぞれ自らの国土であるヨーロッパ大陸内でおこなわれました。悲惨な戦いになりました。それまで世界の中心であったヨーロッパ諸国は、これによって国土的にも経済的にも疲弊して、大英帝国も幕を閉じました。

二度の世界大戦で20世紀はアメリカの時代となった

大英帝国に代わって20世紀はアメリカの時代となりました。18世紀後半の1776年にイギリスの植民地から独立したアメリカは、19世紀はまずは自らの大陸内部で領土の拡大をおこない、西部開拓を通じて発展しました。その大陸内部のフロンティアが消滅したのが1890年代です。その頃からアメリカも帝国主義に仲間入りしました。

その直後の20世紀前半に起きたのがヨーロッパ大陸での二度の世界大戦です。アメリカは、自らの国土は戦場とはならずに、外部から戦場に対して軍需物質を提供する形で富を蓄積しました。

第一次世界大戦(1914-1918)が終わった後の1920年代に、アメリカに未曽有の好景気がありました。ニューヨークの摩天楼はこの頃に建築されています。ところがこの20年代の最後の1929年に大恐慌が起きてしまいます。この危機に対して当時の資本主義の先

●**20世紀はアメリカの時代となる**
写真は1929年、ニューヨークのウォールストリート

進国はブロック経済という保護貿易で何とか凌ぎましたが、新規参入国であるドイツ、イタリア、日本の経済は破綻してしまいました。それが次の第二次世界大戦（1939−1945）へとつながっていきました。

この第二次世界大戦後も、戦場とならなかったアメリカに、世界の富のかなりの部分が集中しました。世界経済も、アメリカのドルが金との交換を保証するという「金＝ドル本位制」によって支えられました。アメリカによって世界の繁栄と平和があるという「パクス・アメリカーナ」の時代の到来です。20世紀はまさにアメリカが覇権を握った時代でした。

東西の冷戦とその終結

このアメリカの覇権に対抗しようとしたのがソ連（ソビエト社会主義共和国連邦）を中心とする共産圏でした。第一次大戦中の1917年に共産主義革命をなしとげたソ連は、その後の大恐慌の影響を受けずに計画経済によって発展しました。そして第二次大戦後はアメリカに並ぶ超大国になりました。

第二次大戦後は、西側のアメリカ合衆国を盟主とする資本主義・自由主義陣営と、東側

●金本位制から金・ドル本位制へ

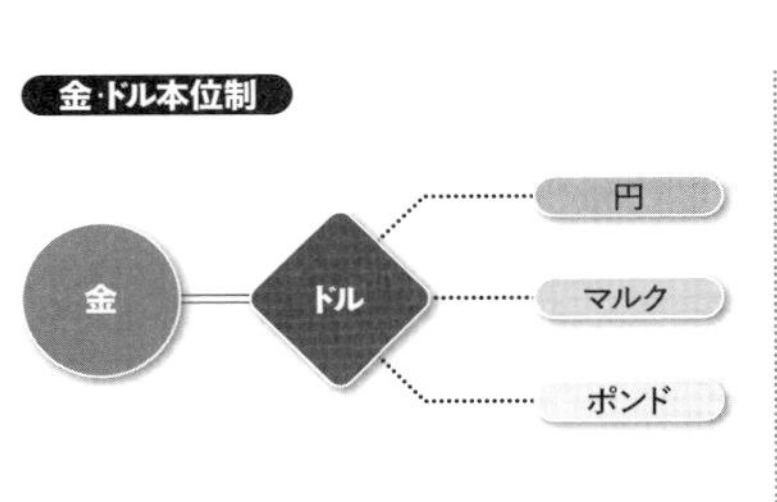

のソビエト連邦を盟主とする共産主義・社会主義陣営が対立しました。それは東西冷戦とよばれました。しかしそれも1989年にベルリンの壁が崩され、1991年にはソ連が解体されました。東西冷戦は西側のアメリカが勝利する形になりました。一つの時代が終わりました

3——近代の成長と拡大はこれからも続くのか

ここまでが、1990年前後までの近代の歴史です。これを見ると東西冷戦の終結によって19世紀から始まった大きな流れの一つの区切りがきたように思えます。実際にアメリカの哲学者のフクヤマは、『歴史の終わり』と題した書を著しています。

東西冷戦終結以降はアメリカの単独覇権

冷戦終結後はアメリカの単独覇権となり、アメリカ主導のグローバル化が進められました。グローバル化はインターナショナル化ではありません。インターナショナル化＝国際

化は、それぞれの国には独立した経済や文化があることを前提として、その国家間の結びつきが強まることを意味します。それに対して、グローバル化＝地球化は、その名のとおりこれまでの国家の境界を超えて、地球規模で一つになった活動が進められることです。

グローバル化にはさまざまな側面がありますが、経済的には単一の国際市場の出現と生産の国際分業で特徴づけることができるでしょう。それによって、それまでは国単位である程度独立していた経済の相互依存がきわめて強くなりました。そしてそれは世界がアメリカをめざす形で進行したのです。その意味で「グローバル化＝アメリカ化」とされることもあります。

このこと自体はアメリカにとっては素晴らしいことでした。20世紀はアメリカの時代でしたが、21世紀もまた同じ時代になることを誰もが予想しました。ところがいまアメリカ社会は分断状態です。アメリカがこれからも世界の覇権を握っていけるのか、危惧する声もあります。

なぜなのでしょうか。資本主義の先進国に何が起きているのでしょうか。

1970年頃より
アメリカの経済がおかしくなり始めた

近代は成長と拡大の歴史でしたが、すでにその限界が見えてきているとの指摘があります。上で述べたように第二次大戦後の世界経済は、金＝ドル本位制のもとでアメリカによって支えられていました。じつはそれが1970年前後からしだいに怪しくなってきたのです。世界を驚かせたのが1971年のニクソンショックでした。当時のニクソン大統領が、金＝ドル本位制の大前提である金とドルの交換停止を宣言したのです。もはやアメリカにはそれを支える経済能力がないことを、世界に向けて自ら告白したことになります。

なぜアメリカ経済がおかしくなったのでしょうか。直接的には、東西冷戦に対抗するため西欧諸国に多額の資金援助をおこなったこと、そしてベトナム戦争（1960–1975）などの軍事支出の増大がその理由です。これに二度の石油危機（オイルショック：1973,1979）が追い打ちをかけました。世界同時不況（1980–1983）となり、その後もアメリカは貿易赤字と財政赤字の双子の赤字で苦しむようになりました。

そのころすでに資本主義の限界がきていたとする指摘

アメリカ経済がおかしくなった理由として、より本質的な議論もあります。そもそもの資本主義が1970年頃より機能しなくなっているのではという指摘です。たとえば水野和夫の『資本主義の終焉と歴史の危機』（集英社新書／2014）にその指摘があります。

その頃より世界的に超低金利時代が始まりました。国債金利もその頃から超低金利が始まっています。バブル後に日本で超低金利が続いていますが、世界的には1970年代からその兆候があったのです。

それはなぜでしょうか。先に世界同時不況があったことを述べました。一般に不況になったときは、金利を下げて貨幣を流通させれば経済が活性化して景気が回復します。ところが当時この経済がなかなか回復しなかったのです。結果として金利だけが下がることになってしまいました。

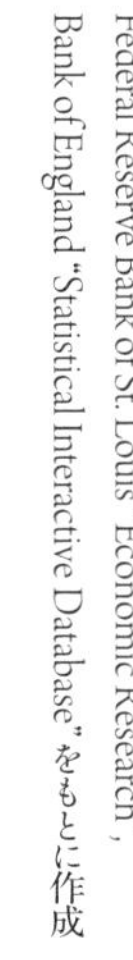
●近代における資本主義の限界　財務省「国債金利情報」、Federal Reserve Bank of St. Louis "Economic Research", Bank of England "Statistical Interactive Database" をもとに作成

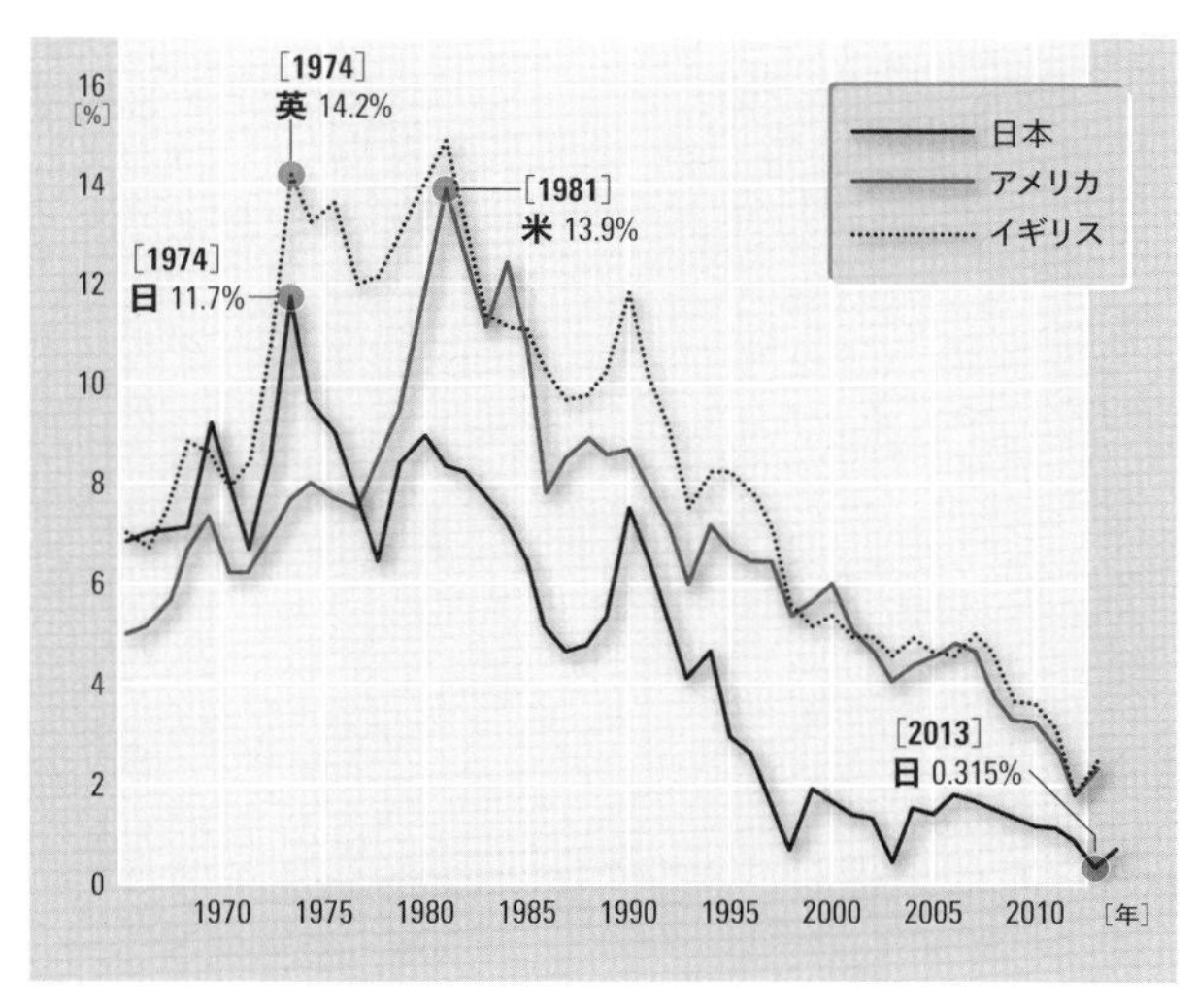

これは資本主義の原理からはおかしなことです。資本主義とは市場を拡大して、そこに資本を投入することにより利潤を得て、資本の自己増殖を進めるシステムです。金利を下げれば、銀行から借金をしやすくなり、投資が活性化して経済が成長します。ところが、1970年代後半から、超低金利時代が続いても経済が活性化しなくなりました。それは資本主義そのものが機能しなくなったことを意味しています。

資本主義の前提となる成長と拡大の時代が終わった

なぜ機能しなくなったのでしょうか。それは貨幣を流通させても新たに投資する先がなくなったからです。そもそも資本主義の前提は、新しい市場（フロンティア）をつぎつぎと開拓して成長と拡大を図ることでした。資本主義の発展期は、植民地の獲得等を通じてフロンティアを開拓してきました。ところがそのような経済成長のもとになるフロンティアが、第二次大戦後になくなったのです。植民地は独立して、新興国はライバルとなりました。考えてみれば、無限の成長はそもそもありえません。地球の資源やエネルギーは有限ですし、地球環境問題もあります。

ケインズ経済学から新自由主義へ

時代はこれをどう乗り越えようとしたのでしょうか。資本主義はその前にも危機の時代がありました。二つの大戦の間に起きた大恐慌（1929）です。そのときアメリカは、国家が経済に積極的に介入することによって不況を脱出しました、フランクリン・ルーズベルト大統領のニューディール政策が有名です。これに関連してケインズ（1883–1946）の経済学が注目されるようになりました。

資本主義は、もともとは18世紀のアダム・スミス（1723–1790）の経済理論にもとづく自由経済主義の立場をとってきました。国家は介入せずに市場にまかせればすべてうまくいくという立場です。自由放任主義（レッセフェール）ともよばれます。これに対して、ケインズは国家による金融政策と財政政策が資本主義の発展には重要であることを説いたのです。

このケインズの経済学に対して、世界同時不況の1970から80年代に起きた新たな経済政策の潮流が「新自由主義」でした。その名のとおり自由経済主義への回帰です。できるだけ小さな政府にして、市場を競争原理にまかせることを主張しました。1980年代のアメリカのレーガノミクス、イギリスのサッチャリズムはこの新自由主義にもとづいて

●ケインズ経済学から新自由主義へ

ジョン・メイナード・ケインズ（1883–1946）

イギリスの経済学者

ミルトン・フリードマン（1912–2006）の肖像

©フリードマン教育選択財団

います。バブル後の日本の小泉構造改革もその延長線上にあります。そのキーワードは民営化による国の歳出削減、規制緩和、そして法人税の減税でした。このように企業を優遇して自由に競争させることによって経済の再生を期待したのですが、先にも述べたように、景気はなかなか回復せずに超低金利時代が続きました。

グローバル化と金融市場の肥大化

そして1990年前後に東西冷戦が終わりアメリカ一極集中になりました。そこで更なる経済の拡大を目的として進められたのが先に述べたグローバル化でした。生産と市場をそれぞれの国に限定せずに地球規模で分業して、そこで新自由主義にもとづいて競争させれば、それによって経済が活性化するであろうと目論んだのです。あわせてバーチャルな金融市場への投資が活発になり、それは実体経済をはるかに超える規模となっていきました。

これは果たして成功したのでしょうか。東西冷戦に勝利したアメリカは、確かにこれによって再び元気になったように見えます。しかし一方で、アメリカの社会はその後分断されて、政治的にもポピュリズム的な大統領が登場するなど、政局も不安定になりつつあります。なぜなのでしょうか。

それはもしかしたら、経済の発展をめざしたはずのグローバル化と金融市場の拡大がもたらした結果（もしくは必然）なのかもしれません。このような新たな経済によって恩恵を受けたのは、果たして誰であったかという問題とも関係しています。

格差の拡大と社会の分断

もし経済が成長と拡大を続け、全体の経済規模が大きくなれば、それによって一般の国民も豊かになっていくでしょう。産業革命以降の資本主義の高度成長によって、確かに国民全体の生活レベルがあがりました。

一方で、成長と拡大の時代が終わって、全体の経済規模が変わらないのであれば、そこでの競争はゼロ・サムゲームとなります。有限のパイの取り合いですから、当然ながらそこには勝ち組と負け組が生まれます。結果として格差が拡大していきます。本来ならば従業員の待遇改善や社会還元（法人税など）に回されるはずの利潤を、金融市場がそのまま吸収する役割を果たしているとすれば、これも格差拡大につながります。

実際にアメリカでは、富裕層とそうでない層の格差が著しく拡大しているとのデータがあります。たとえば、上位1％の富裕者の所得が国全体の所得のどのくらいの割合を占めているかを見ると、第二次世界大戦後の東西冷戦のときは10％程度であったものが、20世紀末の冷戦終了後は次第に割合が上昇して20％になっています。それは世界大戦前の貧富の差が激しかったときの水準を超えようとしています。世界の62人の大富豪の資産と、世界人口（72億人）の下位半分36億人の総資産が同じという衝撃的な報告もあります。

いずれにせよ、このような弱者への配慮なき経済は、政治も含めて社会そのものをきわめて不安定にします。もしこれが、資本主義が機能しなくなった結果であれば、いまアメリカで起きている社会の分断は、日本も含めて資本主義の先進国にとって明日は我が身です。

4——近代を超えるためにどうすればよいのか

このように時代を振り返ってみると、1970年代に時代の大き

●格差が広がる
アメリカの上位1％の所得割合が国全体の20％へ
The World Top Income Data Baseより作成

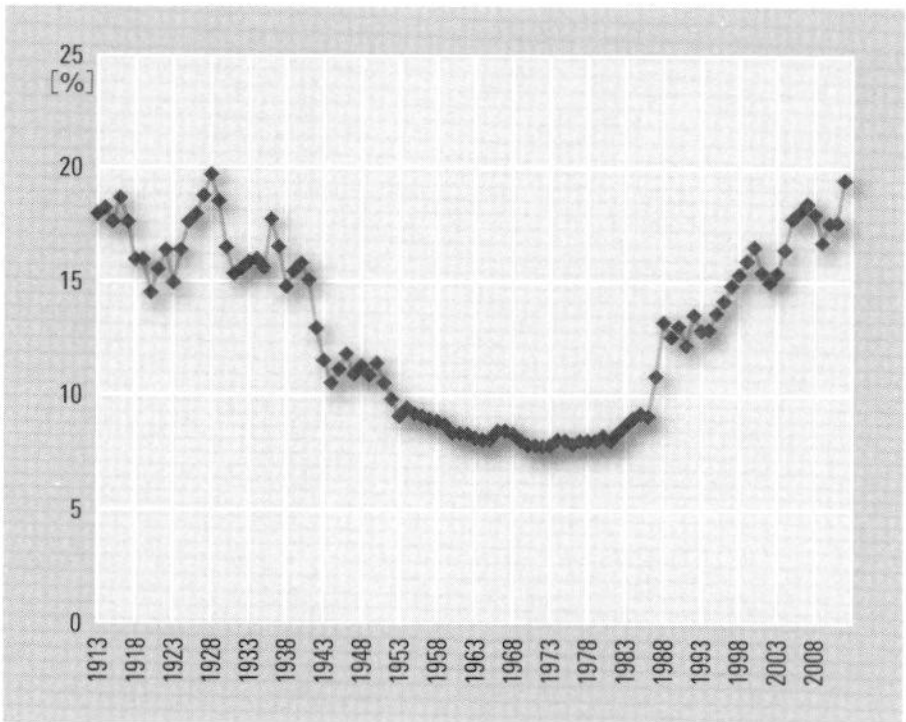

な転換があったことがわかるでしょう。近代における成長と拡大に陰りが見え始めたのが1970年代でした。成長と拡大を前提とした資本主義もおかしくなりました。それを何とかして持続させようとする試みは、逆に格差を拡大して資本主義社会そのものの存立を危なくしています。そしてこれが現在につながっています。現代という時代が1970年頃から始まったとするのは、このような時代認識にもとづいています。

もしこのようにいま近代の終わりにあるとすれば、現代に生きる私たちはこれから何をしたらよいのでしょうか。

とりあえずは近代的なシステムの見直し

まずは成長と拡大を前提としてつくられてきた近代的なシステムの見直しです。資本主義はその一つです。それが機能しなくなっているとすれば、それに代わる経済システムを模索しなければなりません。ところが残念ながらいま、資本主義に代わる持続可能な経済システムは全く見えていません。共産主義が提案されて壮大な実験が20世紀におこなわれましたが、さまざまな問題があることがわかり代案にはなりませんでした。これまでは、経済の破綻を戦争でリセットしてきましたが、それをくり返すことはもはや許されません。

とりあえずはいまの資本主義を持続可能にするしかないのですが、それもかなりの見直しが必要になります。成長と拡大を前提としない定常経済をどうデザインするかについていくつかの提案はありますが、いずれもきわめて難しい課題があります。

そのときに気をつけなければならないことがあります。そのような社会システムの移行期には、そのしわ寄せを受ける人たちがいること、そしてそれが弱者であるということです。たとえば成長が前提の経済が定常経済へ移行するときは、大勢の失業者がでる可能性があります。強者は貯えがありますから何とか乗り越えられたとしても、弱者はそうではありません。弱者を犠牲にした改革は失敗に終わります。

応急措置ではなく体質改善を

さらに言えば、もしいまが近代という時代の変わり目であるとすると、そこで必要なことは応急措置ではなくて、時代の体質改善です。

もちろんいまの早急の問題を解決するためには応急措置が必要です。命が危ない病人の緊急事態でまず必要なのは応急措置です。たとえば地球環境問題は、いますぐにでも対応しなければ大変なことになります。一方で長い目で見ると、その場限りの応急措置では何も解決しません。

本当に必要なのは体質改善です。近代において人類は自然を征服することを当然として、自然を自分本位に改造してきました。そしてひたすら成長と拡大をめざしてきました。体質改善するためには、そのような近代的な価値観の転換が必要になります。

ここではあえてその具体的な内容については言及しません。すぐ解答をだすのではなく、それを皆で一緒に考えることが、いま何よりも大切であると思うからです。

5――まとめ――バブルの時代のその先へ――

まとめに入ります。138億年の宇宙の歴史とは言わないまでも、人類の歴史さらには文明の歴史でいま大きな時代の転機にあります。ここで大切なことは、未来を単純に近代の延長と考えないことです。近代は特別な時代でした。近代の産業中心社会は、地球に蓄積されていた資源とエネルギーを使い尽くすことによって成り立ってきたのです。いまの私たちの生活もそれに支えられています。それだけではありません。広い意味での産業廃棄物は、地球温暖化を含めた環境破壊をもたらしました。この環境問題は、すでに待ったなしの緊急課題となっています。思い切った決断をしないと、それこそ近代という時代が前倒しで終わってしまいます。

長い人類の歴史からみれば、一瞬だけ繁栄した近代は、まさにバブルでした。どう考えても持続可能ではありません。そのバブルのほころびが見え始めたのが1970年代でした。そしていまの現代があるのです。近代がバブルであると考えると、その前後の時代の方が本来の姿なのかもしれません。いまは近代の後始末の時代ですが、次の時代の準備のときでもあります。

最後に確認しておきたいことがあります。次の時代は決して昔に戻ることではありません。人類は近代を経験してしまったのですから、もはやそれ以前に戻ることは不可能です。科学技術をはじめとして、近代になってから人類が手に入れた財産あるいは文化があります。それを継承しながら、その次の時代をどうデザインするかが、いま現代に生きる私たちに問われているのです。

●近代はバブルであった
バブルの延長ではなく、新たな時代をどうデザインするかが問われている

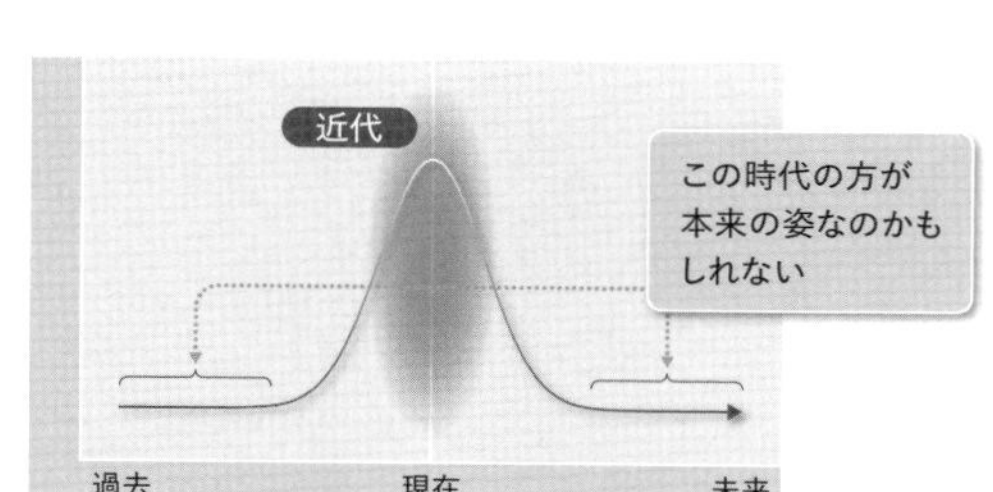

第7講

人類の未来——滅亡は避けられるのか

本書では宇宙138億年のこれまでの歴史を大急ぎで俯瞰してきました。その最終講として、これからの未来を考えます。宇宙138億年ですからさまざまな未来がありますが、ここでのとりあえずの関心は人類の未来です。

おそらくいつかは、人類は滅亡するでしょう。それはどのくらい先なのでしょうか。どのようにして滅亡するのでしょうか。それはだれも予測できません。はるか先のことだと思う人が多いかもしれませんが、もしかしたらすぐ近くにきているのかもしれません。

今回は、これまで述べた宇宙138億年の歴史をふまえて、さまざまなスケールで人類の未来を考えることにします。未来の話ですから、勝手な推測になることはお許しください。

1――天変地異による人類の未来

まずは自然の天変地異を考えます。究極の天変地異は宇宙の消滅です。本書は138億年前の宇宙誕生から歴史をたどってきましたので、まずはその宇宙の消滅から議論を始めることとしましょう。

宇宙がなくなれば人類は滅びる

確認しておきます。人類は必ず滅びます。宇宙がなくなって人類が生存していることはあり得ないからです。

宇宙はこれからどうなるのでしょうか。膨張と収縮をくり返すとするサイクリック宇宙論もありましたが、いまは宇宙に終わりがあるとする研究者が多くなっています。ただし、いつどのようにして滅びるかはわかっていません。それはダークエネルギーと名づけられた宇宙の未知のエネルギーが、これからどうなるかまったくわかっていないからです。

宇宙が138億年前に誕生したときに、インフレーションとよばれるとんでもない加速膨張がありました。膨張はその後に緩やかになりましたが、それがまた加速膨張し始めたのです。加速膨張しているのは未知のエネルギーが宇宙に充満しているからです。それがダークエネルギーです。

宇宙の未来は、そのダークエネルギーがこれからさらに増えるのか、一定なのか、あるいは減っていくのかによって決まります。

①ダークエネルギーが増えると、加速膨張が強まって最後は破裂します。これをビッグリップと言います。

②ダークエネルギーが一定だと、膨張は続きますがしだいに薄まった冷えた宇宙になっていきます。

③ダークエネルギーが減ると、宇宙は再び収縮して、最後は自分自身の重力でつぶれて消滅します。ビッグクランチとよばれます。

この終焉の時期はまったくわかっていません。いまを折り返し点だとすれば、宇宙の終焉は約138億年後ですが、数百億年後あるいはそれ以上先かもしれません。いずれにせよ宇宙は消滅します。

いまの宇宙がなくなっても、他の宇宙に移住すればよいのではと思う人もいるでしょう。多元宇宙論（マルチバース）の立場にたてば、いま我々がいる宇宙（ユニバース）は水泡のように数ある宇宙の一つです。宇宙が消滅する前にワームホールなどを通り抜けて別の宇宙に行くことができるかもしれません。そして宇宙が消滅するたびにまた別の宇宙に引っ越しをすれば、人類は永遠に生き延びることができます。でも残念ながら、それは映画やSFではありえても、現実には夢物語だと考えた方がよさそうです。

その前に太陽系と地球がなくなる

宇宙が消滅するよりもずっと以前に太陽系がなくなります。そのときに太陽が地球を呑みこめば、人類も消滅します。

太陽は恒星です。恒星には寿命があります。それは恒星の質量によって違って、質量が大きいほど寿命は短くなります。太陽くらいの大きさでは、寿命は約100億から150億年程度とされています。太陽は約46億年前に誕生しているので、残された寿命は50億年から100億年です。

寿命が近くなると太陽は膨張します。そのときにどうなるか。次のような試算があります。63億年後に太陽は赤色巨星となって水星と金星を呑みこみます。そして76億年後に地球も呑みこまれます。問題はこのときに人類はどうなっているかです。太陽系以外に移住している可能性もゼロではありませんが、それが難しければ人類は滅亡します。

地球に生物が棲めなくなる

もし同じ宇宙のなかで他の天体に移住しなければならないとすれば、その期限はいつでしょうか。地球は太陽系の第三惑星です。生物の生存に適したちょうどよい距離にあります。それはハビタブルゾーンとよばれています。

ここでの関心は地球がいつハビタブルゾーンから外れるかです。それは17億5000万年後から32億5000万年後の間だとされています。その後は太陽熱で地球の温度が上がって海水が蒸発し、最終的に生物が絶滅します。地球は水の惑星です。その地球から水がなくなったら生物の危機です。最後に残るのは微生物など熱に耐える生物です。人類をはじめとする複雑で高等な生物はもっと早くに絶滅してしまうでしょう。

巨大隕石が地球に衝突するかもしれない

人類の絶滅はそれよりずっと早いかもしれません。かつての地球には恐竜がわがもの顔で生息していました。いまは人類の天下ですが、その頃は恐竜の天下だったのです。その天下は1億5000万年以上の長期にわたって続きました。

それがいまから6500万年前に突然終わりを告げました。巨大隕石が衝突して地球の生態系が大きく崩れました。その影響を厳しく受けたのが、最も巨大化して繁栄していた恐竜だったのです。絶滅してしまいました。もしこれから同じようなことが起きれば、まず生存が厳しくなるのが、いまわがもの顔で振舞っている人類です。

「驕れるもの久しからず、盛者必衰」です。

そのような巨大隕石の衝突は、どの程度頻繁にあることなのでしょうか。地球の近くにある天体が地球に衝突する確率については計算があります。トリノスケールとよばれています。1999年のイタリア・トリノで開催された国際天文学連合の会議で採択されたので、この名前がついています。

そのトリノスケールでは、衝突の危険性はレベル0（危険性なし）からレベル10まであります。人類の生存に影響するような衝突はレベル10です。それは衝突が確実で、文明の存続が危ぶまれるほど全地球的な気候の壊滅的な異変を起こすレベルです。そしてこの確率は10万年に1回か、それ以下とされています。

確率ですから明日にでも起こる可能性があります。それを考えると夜眠れない人もいるかもしれません。そのような人のために天体の地球衝突をきちんと監視している「スペースガード」という活動があることを紹介しておきます。つねに天体を監視していて、衝突の可能性のある隕石がみつかったら、その大きさや衝突時期、衝突場所などを警告として発します。その警告がなければ、危機的な天体の衝突が近日中に起こることはないと考えていいでしょう。

天体の衝突を回避するためにどうしたらよいかも検討されています。でもそれは限界がありそうです。万が一衝突した場合に、その被害が最小になるように準備しておくことも必要です。これは技術だけの問題ではなく、社会システムをどう構築しておくかも関わってきます。まさに「人類の危機管理」です。

人類絶滅とはいかなくても……

天体が衝突しなくても、地球の環境はそれ自体がつねに変動しています。いまの環境がこれからも続くとは限りません。たとえば、地球は約300万年前から（南極では3000万年以前から）氷河期に入って、その後、氷期と間氷期がくり返されましたが、いまは間氷期です。1万2000年前に間氷期に入って、人類は農耕を始めました。IPCC（気象変動に関する政府間パネル）によれば、次の氷期は数万年後です。

人類が誕生したのは700万年前で、それ以降も地球の環境は大きく変動してきました。氷期と間氷期もくり返されています。したがって多少の気候変動があっても人類そのものの滅亡はないでしょう。一方で、人類は温暖な気候が続くことを大前提として、文明を築いてきました。数千年前に文明が生まれてからは、人類はまだ本格的な氷期を経験していません。いまの人類の文明が環境変動に対してどこまで頑強であるかが気になります。かつては問題とならなかった天変地異が人類の生存に関わってくるかもしれません。

じつは近世になってからも、16世紀から19世紀中頃まで小氷期がありました。イギリスのテムズ川などが凍結しました。これから氷期がくれば地球の生態系は大きく崩れます。近代になって人類は、地球に蓄積されてきた石炭、石油、天然ガスなどの自然エネルギーを一瞬にして浪費するという愚行をおかしてしまいました。本来な

●南極での気温変化（Barnola 2003）

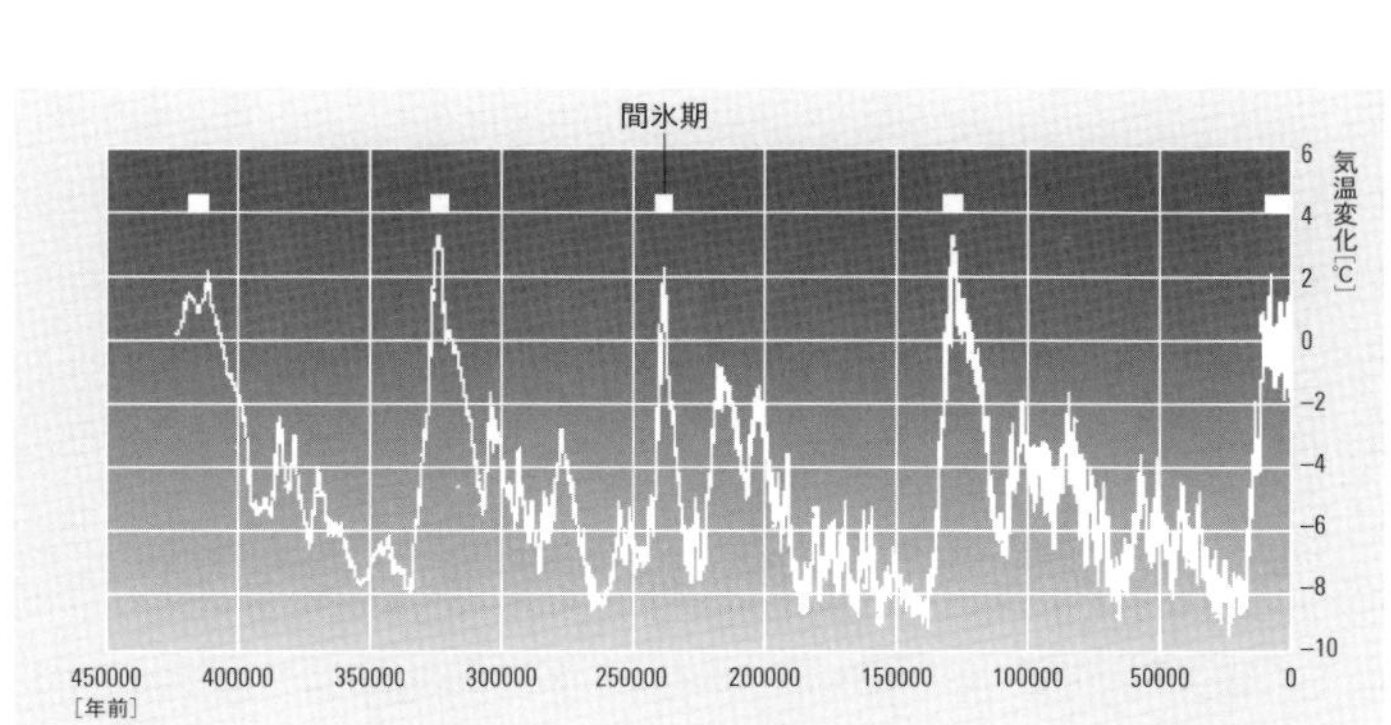

らば、それは次の氷期を人類が生き延びるための貴重なエネルギーだったのですが……。

天変地異には磁気嵐もあります。太陽にスパーフレアが起こると磁気嵐が起こります。最近でも1859年に発生して、ハワイでもオーロラが観測されました。その磁気嵐によって電子機器が破壊される可能性があります。それは情報社会を機能不全にするかもしれません。磁気嵐も含めて、天変地異に対する「人類の危機管理」は、まさにいますぐの問題なのです。

2——いますぐの突然の自滅シナリオもある

人類の滅亡は天変地異だけではありません。天変地異がなくても、人類は自らの行為によって自滅してしまう可能性があります。それは意外に近いかもしれません。明日とは言わないまでも明後日かもしれません。

たとえば核戦争

いま大国はボタンを押すだけで核戦争を始められます。核兵器は世界の覇権を握る大国でなくても比較的容易につくれるようになりました。情勢が不安定になれば、テロリストも何らかの方法で核兵器を持てるようになるかもしれません。原爆が開発されたのは1945年で80年近い昔です。核兵器の製造は決して最先端技術ではありません。極端なことを言えば、悪意がなくても、個人でも遊び半分で核兵器をつくれる時代になるかもしれません。そうなったら大変です。

核兵器による全面戦争の危機はすでにありました。朝鮮戦争で国連軍の総司令官だったダグラス・マッカーサーは核兵器の使用を主張しました。その頃ソ連も核兵器の開発に成功しており全面戦争になる可能性がありました。それは当時のアメリカ大統領トルーマンによって、マッカーサーが総司令官から解任されることで避けられました。

忘れられないのは、1962年10月のキューバ危機です。ソ連がキューバに核ミサイルを配備して、それに対してアメリカが海上封鎖して臨戦体制に入りました。ケネディは2分の1から3分の1の確率で核戦争を覚悟していたと回想録にあります。もしそうなったら人類滅亡とは言わなくても、それに近い悲惨なことになったでしょう。寸前のところで免れたのです。

いま核兵器の保有国はかなり拡散しています。アメリカ、フランス、イギリス、中国、ロシアの5カ国に加えてインド、パキスタン、北朝鮮があり、イスラエルも保有が確実視されています。疑惑国も含めればさらに増えます。保有している核兵器の総数は5カ国だけで1万2270（2022年現在）です。なぜこれだけの数の核兵器を保有する必要があるのか、信じられない驚くべき数字です。

化学兵器や生物兵器もある

核兵器だけではありません。人類は化学兵器や生物兵器も生みだしました。核兵器が開発されたのは第二次大戦中ですが、化学兵器としての毒ガスが初めて戦争で使われたのは第一次大戦です。生物兵器の歴史は古く、ウィキペディアには古代ギリシャでアテナイ軍が有害物質を水源に投入して、住民に激しい下痢を起こさせて侵略に成功したという記述があります。

化学兵器には、マスタードガス（イペリット）、サリン、VXガスなどがあります。これらの化学兵器は使用するだけでなく、開発することも、生産することも、保有することも化学兵器禁止条約で禁止されました。1993年にパリで署名され、1997年に発効しています。

生物兵器には、天然痘ウイルス、炭疽菌、ボツリヌス毒素などがあります。これも保有することも含めて生物兵器禁止条約で禁止されました。化学兵器よりも早く1972年に署名されて、1975年に発効しています。

このように化学兵器と生物兵器は、国として保有することも禁じられています。一方でその製造は比較的容易であるので、テロリストなどの使用が危惧されています。化学兵器禁止条約発効の直前の1995年に日本で地下鉄サリン事件が起こり、世界に衝撃を与えました。

なお核兵器については、核兵器全廃へ向けた核兵器禁止条約が2017年に国連総会で採択され、2021年に発効しています。ただし核保有国は参加しておらず、アメリカの核戦略の傘下に入っているNATO諸国やアジア諸国も参加していません。唯一の被爆国である日本も批准していません。

人類絶滅の警鐘を鳴らす世界終末時計

人類絶滅の危機に対して警鐘を鳴らす試みとして世界終末時計が知られています。これは核戦争などによる人類の絶滅（終末）を午前0時として、それまでの残り時間を「0時まであと何分（秒）」という形で示すものです。その時計はアメリカの雑誌『原子力科学者会報』(Bulletin of the Atomic Scientists)の表紙絵として使われています。広島原爆投下の2年後の1947年に始まりました。いまでは核兵器だけでなく、環境破壊や生命科学も含めて人類の脅威となるものを総合して針の動きが決定されています。

この世界終末時計が始まった1947年は、針は終末の7分前でした。その2年後にはソ連の核実験があって3分前となり、その後部分的禁止条約などが締結すると針が戻り、新たにフランスや中国が核実験をおこなうと針が進むなど、一進一退を続けました。最も針が戻ったのは東西冷戦が終結してソ連邦が解体した1991年で17分前でした。しかしアメリカ同時多発テロなどによって針が進み、2023年現在でロシアのウクライナ侵攻に伴う核兵器使用の懸念が高まって最悪の90秒前になっています。

このような警鐘を受けて、人類の英知がますます問われています。

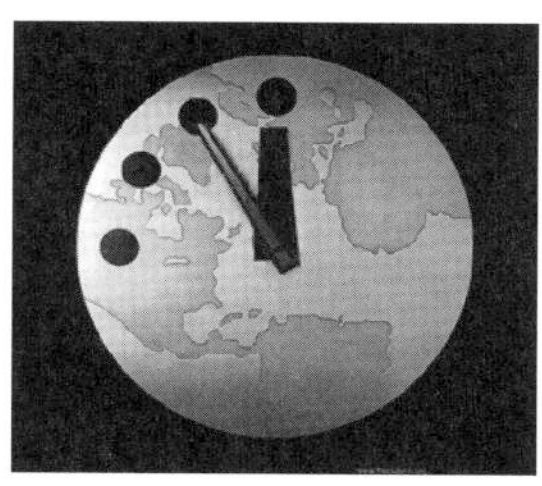

●**世界終末時計**
人類の終末を午前0時として残り時間を表示
グラフは1947-2023年の推移

3——生物と人類の進化に見る滅亡シナリオ

本書では宇宙138億年のスケールで歴史をたどってきました。それに沿って人類の未来を考えてみましょう。それぞれの時代で述べたことと重複になることはお許しください。宇宙のスケールでの未来はすでに述べたので、次は生物進化のスケールでのシナリオです。

生物の進化は大量絶滅の歴史であった

本書の第3講でも扱いましたが、地球における生物の進化は大量絶滅の歴史でした。それを簡単にもう一度ふりかえってみましょう。

地球における生命の誕生は約38億年前とされています。深海底の熱水噴出孔のそばであるとする説が有力です。その後、地球全体が凍結してしまいました。スノーボールアースです。まだ原核生物であった生命体のほとんどが絶滅したことでしょう。一方で生き残った生命体は真核生物、そして多細胞生物へと進化していました。

地球の凍結が終わって温暖になると、生物は爆発的に種の数を増やしました。カンブリ

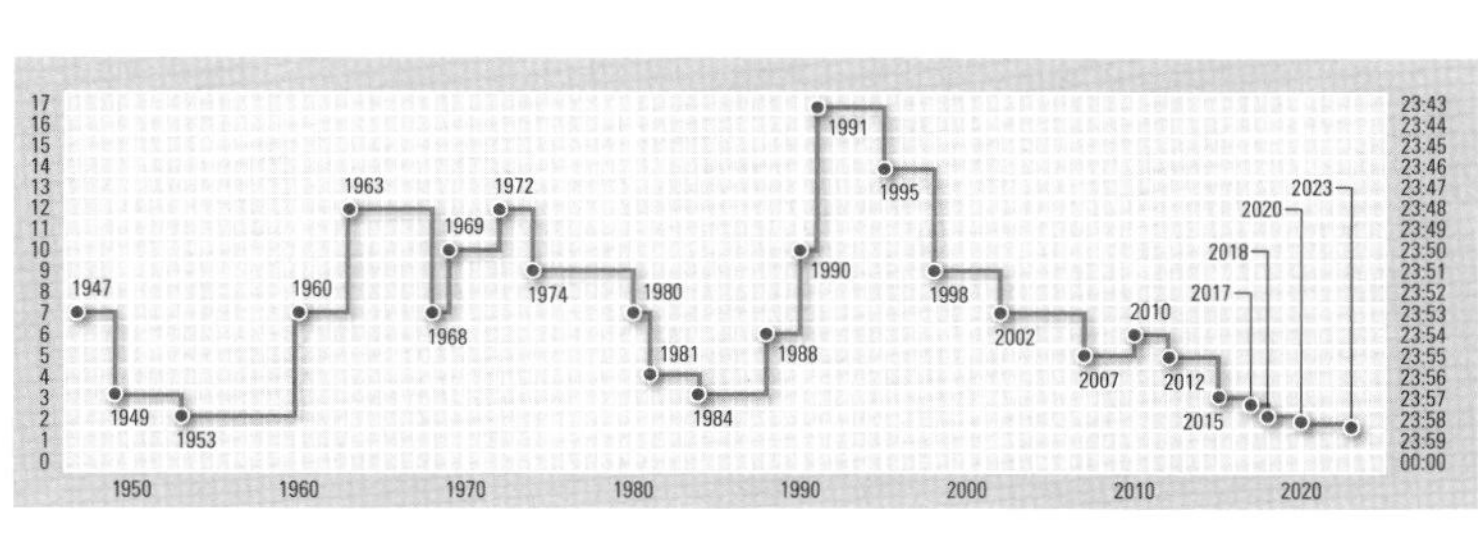

ア爆発とよばれています。5億4200万年前のことです。その後、生物は魚類、両生類、爬虫類と進化していきますが、その間に何度も大量絶滅の危機にさらされています。カンブリア爆発以降で少なくとも5回あったとされています。

その最大の大量絶滅が2億5200万年前のP／T境界絶滅事件です。生物種（属）の90％以上が絶滅してしまいました。大規模な火山活動（プルーム）によって酸素が欠乏したためです。そして最も最近の5回目の大量絶滅が6500万年前のK／Pg（K／T）境界絶滅事件です。メキシコのユカタン半島に巨大隕石が衝突して、恐竜が絶滅しました。

そしていま新たな大量絶滅が起ころうとしています。絶滅危惧種が増えており、これから100年の間に地球上の半分の種が絶滅する危険性が主張されています。重要なことは、これは天変地異ではなく人類がひき起こしているということです。

これまで、天変地異などによって自然生態系が大幅に組み替わると生物の大量絶滅が起きました。いま人類は、自然の生態系を大幅に組み替えようとしています。それも人類だけに都合がよいように組み替えています。当然ながら、家畜を除いて他の生物は棲みにくくなっています。絶滅へ向かっています。

これは人類の地球における勝利シナリオなのでしょうか。僕はそうは思いません。これまで自然の生態系が崩れたときに、その影響を厳しく受けるのは最も繁栄している生物でした。いまは人類です。第1講では、もしかしたら人類は地球にとって、通常の生物ではなく、ガンのような存在になっているのかもしれないと述べました。ガンは自分では死なずにもっぱら増殖します。増殖して自らの宿主である人体を滅ぼして死ぬのです。それと同じことをいま地球で人類がしていれば、それは人類の自滅シナリオとなります。

人類の歴史も絶滅のくり返しだった

次に第4講を振り返りながら、人類の進化という観点から考えます。

人類には700万年の歴史があります。人類の進化にはいくつかの分岐点がありました。まずは700万年前の人類の誕生です。アフリカで誕生しました。なぜ、アジアでなかったのでしょうか。アフリカにはチンパンジー、ゴリラ、ボノボがいますが、アジアにはオランウータンがいます。アジアでオランウータンとの共通祖先から分岐して誕生してもおかしくなかったのです。結論は簡単です。アジアは気候が良すぎたのです。

これに対してアフリカは気候変動が激しく、特にアフリカ東部はサバンナとよばれる厳しい草原地帯でした。人類にはホモ・サピエンス以外に多くの属や種がありますが、そのほとんどは絶滅してしまいました。それを通じて生き残った人類が進化してきたのです。

いまから240万年前にも大きな分岐点がありました。地球は氷河期に入って環境が激変したのです。人類のほとんどの属は滅びてホモ属だけが生き延びました。そのホモ属もほとんどが絶滅しました。いま生き残っているのは約20万年前にアフリカで新たに生まれたホモ・サピエンスだけです。これも分岐点でした。

なぜこのようにほとんどの人類が絶滅してしまったのでしょうか。個人的にはこのように思っています。そのキーワードは特殊化です。人類の歴史において、環境が変わったときに自らの身体を新たな環境に特殊化した人類は滅びています。第4講で述べたように頑丈型猿人が滅んで華奢型猿人だけがホモ属として生き残りました。ホモ属のなかでは身体を特殊化しないで文化という戦略を採用したホモ・サピエンスだけがいま生存しています。

いま人類は自らが生息する環境を大きく変えています。もともとの自然は少なくなり人工的な都会環境が中心となりました。気になるのは現代人が、自らが作り出した人工環境に自らの身体を変えているように見えることです。その人工環境は快適に暮らせるように完全管理されています。現代人はその完全管理された環境でしか生きることができなくなっています。自分自身を変え、家畜のような存在になりました。人類学ではこれを自己家畜化とよんでいます。

これはまさに特殊化です。人類の歴史において、環境に過度に適応して特殊化した属や種は絶滅しています。人工的な環境が崩壊したときにホモ・サピエンスとしての人類は絶滅する運命にあるのでしょうか。

くり返します。人類には厳しい自然のなかで生き延びてきた戦略がありました。その戦略を現代人は自ら捨てているようにみえます。厳しいアフリカの東部のサバンナで人類はいかにして生き延びてきたのでしょうか。それは共同で互いに助け合うことでした。猛獣の攻撃を共同で防いで、食物も共同で獲得して分配しました。子育ても母親だけでなく共同で行いました。厳しいサバンナで、互いに助け合うことにより人類は進化したのです。

ところが現代社会は、自ら直接的に助け合うことが少なくなりました。助け合わなくても生活できるようになったからです。金銭さえあれば、何でも手に入る時代となりました。互いに助け合うことも、行政に税金という形で、金銭で外注するようになりました。

このような基本的な生存戦略を自ら放棄して、果たして人類の未来はあるのでしょうか。

4——科学技術がもたらす未来

少し暗い話になってきました。人類を悪く言うだけでなく、もっと信用してもよいのかもしれません。いま人類は科学技術という強力な武器を手に入れました。産業革命によって始まった近代は素晴らしい時代となりました。人類の夢がつぎつぎと実現されました。生活も豊かになりました。「人類は進歩している」とする実感が誰にもありました。

科学技術は人類を救うのか

多くの科学技術者はこう信じています。科学技術は、これまでと同様に人類の発展に貢献する。地球環境問題など、科学技術によって一時的に問題が生じたとしても、人類は、科学技術の力で必ずそれを解決して発展すると。

僕の専門は情報技術ですが、これはこれからますます発展します。その発展は止められません。もはや後戻りできません。発展が止められない以上、人がその情報技術にあわせて変わっていかなければなりません。歴史的には、こうして変わっていくことによって人類が進化してきたのです。

いまの話題は人工知能です。それはどのような人類の未来をもたらすのでしょうか。人工知能はますますます進化しています。すでに、コンピュータの計算能力、記憶能力は人を大きく上まわりました。思考能力も人を超えようとしています。囲碁や将棋などのゲームでは、人をはるかに超えています。人がする質問に、それなりに模範的な回答をする人工知能も登場しています。

人工知能がもたらす二通りの未来

人工知能に代表される科学技術によって、これから人類はどう変わっていくのでしょうか。大きく分けると二通りのシナリオがあります。

まずは人類が手に入れた強力な技術を武器として、人類はこれからますます進化するというシナリオです。人工知能も道具として使いこなせば、それこそ鬼に金棒です。ビジネスなどの競争社会では、相手に打ち勝つために必須であると言ってもよいでしょう。さらには、人よりもはるかに優れた人工知能を人の脳に直接組み込むことによって、人はスーパーヒューマンになるとの予測もあります。身体も改造してサイボーグ化すれば、人類はポスト・ヒューマンとして、新たな「人類」へと進化していきます。

いま一つのシナリオは次のようなものです。科学技術は便利であればあるほど、人はそれに依存するようになります。逆に自らの人としての能力は失われていきます。さらに言えば、技術が人よりもはるかに優れた能力を持つようになると、人はそれを制御できなくなります。技術は人の意志とは無関係に、独り歩きをするようになります。

たとえば人工知能の進化によって、人はしだいに自ら考えて判断することを止めるかもしれません。人よりも優れた人工知能にまかせた方が、ある意味で賢明だからです。政治も変わるかもしれません。非効率な民主主義よりも、政治判断は人工知能にまかせた方がよいと人々は思うようになるかもしれません。

これによって人類の未来はどうなるのでしょうか。人工知能については、この「俯瞰する知」シリーズでは巻1の「情報の時代を見わたす」の最後でも扱いました。興味ある方は、お読みいただければ幸いです。

5——宇宙の知的生命体に学ぶ人類の未来

このような科学技術の未来と関連して、もう一つ気になっていることがあります。ある宇宙学者と話したときのことです。宇宙からの未確認飛行物体UFOが果たして存在するかが話題となりました。UFOが存在するとしたら、それを送り込んだ文明は、地球の人類の文明よりもはるかに進んでいるはずです。もしそのような人類を超える知的生命体が宇宙にいるとしたら、それがどのような運命を辿っているかで、人類の未来がわかるかもしれません。

宇宙に知的生命体がいる可能性

広い宇宙で地球は特別な星ではありません。そうだとすると知的生命体がいないはずがありません。そう考えるのが自然です。そうであるとすればどのくらいいるのでしょうか。

ドレイクの方程式とよばれるものがあります。銀河系内の通信可能な文明の数Nを計算する式で、物理学者のフランク・ドレイク（1930–2022）が1961年に提唱しました。具体的には次のとおりです。

$$N = R \times f_p \times n_e \times f_l \times f_i \times f_c \times L$$

ここにRは銀河系に1年に生まれる恒星の数、f_pは惑星をもつ恒星の割合、n_eは生命が存在できる環境を持つ惑星の平均数、f_lはその惑星に生命が生まれる割合、f_iはその生命が知的生命体に進化する割合、f_cはその知的生命体が星間通信できる文明をもつ割合、そしてLはそのような文明を持続できる長さ（年）です。

多くの変数がありますがL以外はそれなりの数値を想定することができます。たとえば、R＝10、f_p＝0・5、n_e＝2、f_l＝1、f_i＝0・01、f_c＝0・01です。問題は知的生命体が文明を持続できる長さLです。ドレイクはL＝10000として、銀河系内の星間通信可能な知的生命体の数をN＝10としました。

もし宇宙に知的生命体がいないとしたら

一方で、宇宙の知的生命体の探索はいまのところほとんど失敗しています。もしかしたら銀河系での知的生命体は地球だけ、つまりN＝1なのかもしれません。そうだとすると文明の持続年数はL＝1000となります。わずか千年です。

これは何を意味するのでしょうか。じつは宇宙学者とUFOが存在するかを議論したときに、不思議に合意した結論は「存在しない」でした。なぜUFOは存在しないのでしょうか。人類以上に高度な文明を持つ知的生命体でなければUFOを地球に派遣できません。一方で知的生命体は、高度な文明を獲得したときに滅亡します。その文明はもはや制御できないレベルまで達しているからです。したがって、UFOは存在しません。

この結論は、人類は科学技術を自ら制御できないところまで進化させて自滅することを示唆しています。そしてそれはそれほど遠くない未来かもしれません。千年後かもしれません。

6――まとめ――悲観的になることはない、なってはいけない――

ここではさまざまなスケールで人類の未来を考えてきました。本講のタイトルの副題は「滅亡は避けられるのか」でした。結果として、人類の絶滅に至るシナリオが多くなってしまいました。暗い結論になってしまいました。

最後にまとめとして申し上げておきたいことがあります。これによって悲観的になることはないということです。宇宙138億年の歴史では人類はちっぽけな小さな存在です。決して宇宙全体の主役になることはありません。一方で私自身も含めて、いまを生きる人類としては、せめて我々の子孫だけは幸せに生きてほしいと願っています。子どもや孫たちの顔を見ると、切にそう思います。悲観的になったら可哀そうです。

未来を考えることは、いまという時代が果たしてこのままで良いかを真剣に問い直すことです。ここで述べたことはその問い直しのための問題提起です。問い直しをきちんとできれば未来は決して悲観的ではありません。それを信じて、いまできることをしっかりすれば、未来は必ず拓けます。

「人類の未来」と題した本講はこれでおしまいですが、人類は決しておしまいにしてはいけません。

おわりに

本書で扱った宇宙138億年の歴史は、それ自体は楽しい旅でした。宇宙誕生のドラマはワクワクします。生物の進化、人類の歩みも同様です。塾で話すときも楽しい時間でした。ところがです。この講義録を執筆しているうちに次第に不安になりました。全10巻のまだ2巻目なのに弱音が出るなんて何ということでしょう。恥ずかしいのですが、ここで白状してしまいます。

まず、この本を記した原島は、ここで扱ったすべての分野で専門ではありません。原島の専門はコミュニケーション技術です。宇宙も生物も人類も、そして世界の歴史も専門ではありません。そのような非専門家が記した本を誰が読んでくれるのでしょうか。その分野を究めた専門家の執筆だからこそ読者は安心して読めます。ある僕の友人が言いました。「素人が執筆した本なぞ読む気にならない」と。

それ以上に気になったのは、それぞれの本当の専門家がどのように本書を見るかです。おそらく専門家の目からは、本書を含めたこのシリーズの内容は気になるところだらけでしょう。できるだけ間違いがないように心掛けましたが、どうしても限界があります。専門家だけではなく、読書家と呼ばれる人たちからも、この本には深みがない、あるいは何ら新しいことが書かれていないと批判されそうです。

そうなのです。このシリーズで扱う分野が広ければ広いほど四面楚歌、さらには百面楚歌、全方位楚歌になるのです。原島の知識はこの程度であったのかと、軽蔑されるかもしれません。この講義録シリーズはそのような宿命を背負っているのです。

そうであるにもかかわらず、なぜこのような危険なことをするのでしょうか。それはこれを面白がって、支えてくれる人たちがいるからです。社交辞令かもしれませんが、たまたま存じ上げている大学の先生もこう励ましてくれました。学術は専門知だけでなく、これからは俯瞰することも大切だよねと。

僕自身にとっては、俯瞰する知の旅は新鮮な発見の連続です。中途半端に俯瞰していると、つくづく思います。やはり専門家はすごいと尊敬の念がわきます。ライフワークとして取り組んでこられたその方の業績の一端に触れると、そこには感動があります。僕自身が研究者であるので、よくわかります。

おそらくはそれぞれの専門分野についてまったく知識がなければ、専門家はすごいとの感動は生まれないでしょう。たとえ浅くとも少しでも知識があれば、その素晴らしさに触れることができます。それぞれの専門をもっと知りたいという学ぶ意欲もわきます。俯瞰することの意味がそこにあるのです。

この感動をみなさんと共有したいとの想いが、このシリーズにあります。俯瞰は楽しいことです。本書はまだ2巻目ですが、これからもよろしくお付き合いいただければ幸いです。

2024年5月5日　原島　博

【参考文献】

第1講▼まずは宇宙誕生からの138億年の通史

デヴィッド・クリスチャンほか（長沼毅日本語版監修）『ビッグヒストリー――われわれはどこから来てどこへ行くのか』明石書店 2016

第2講▼宇宙は無からどのようにして誕生したのか

梶田隆章『ニュートリノで探る宇宙と素粒子』平凡社 2015

佐藤勝彦『宇宙137億年の歴史』角川選書 2010

佐藤勝彦『宇宙論入門――誕生から未来へ』岩波新書 2008

大栗博司『重力とは何か』幻冬舎新書 2012

大栗博司『大栗先生の超弦理論入門』講談社ブルーバックス 2013

青木薫『宇宙はなぜこのような宇宙なのか――人間原理と宇宙論』講談社現代新書 2013

秋本祐希『宇宙まで まるわかり――素粒子の世界』洋泉社 2013

福島肇『新装版　相対論のABC』講談社ブルーバックス 2007

第3講▼地球環境のもとでの生物の進化を追う

田近英一監修『地球・生命の大進化』新星出版社 2012

新星出版社編集部編『徹底図解 地球のしくみ』新星出版社 2006

地球科学研究倶楽部編『地球がまるごとわかる本』学研パブリッシング 2013
土屋健、宮崎正勝『地球と人類の46億年史』洋泉社Mook 2013

第4講▼直立二足歩行からの人類の歩みを振り返る

アリス・ロバーツ編著（馬場悠男日本語版監修）『人類の進化大図鑑』河出書房新社 2012
クリス・ストリンガーほか（馬場悠男ほか訳）『ビジュアル版 人類進化大全』悠書館 2008
バーナード・ウッド（馬場悠男訳）『人類の進化――拡散と絶滅の歴史を探る』丸善出版 2014
河合信和『ヒトの進化700万年史』ちくま新書 2010
三井誠『人類進化の700万年――書き換えられる「ヒトの起源」』講談社現代新書 2005

第5講▼農耕開始以来の文明の歴史を復習する

『アカデミア世界史　時代と地域の羅針盤』浜島書店 2010

第6講▼近代からその先へ――成長と拡大の時代は終わった

水野和夫『資本主義の終焉と歴史の危機』集英社新書 2014

第7講▼人類の未来――絶滅は避けられるのか

佐藤勝彦編『宇宙の誕生と終焉――最新理論でたどる宇宙の一生』別冊日経サイエンス　日経サイエンス社 2013

ま

や

ら

わ

な

は

た

さ

か

索引

◉人物名

あ

か

さ

た

な

は

ま

や

ら

◉事項

あ

●著者紹介

原島 博［はらしま・ひろし］東京大学名誉教授

2009年3月に東京大学を定年退職。東日本大震災直後の2011年6月から個人講演会として原島塾を毎月開催。人と人の間のコミュニケーションを支える情報工学を専門として、その一つとして顔学にも関心を持つ。科学と文化・芸術を融合した自分なりの新しい学問体系の構築を夢として、学際的な「ダ・ヴィンチ科学」へ向けた活動を進めた。文化庁メディア芸術祭の審査委員長・アート部門主査、グッドデザイン賞（Gマーク）審査委員などもつとめた。1945年の終戦の年に東京で生まれる。

主な編著書に、情報理論の教科書として『情報と符号の理論』（共著 岩波講座情報科学4 1983）、『信号解析教科書』（コロナ社 2018）、情報工学関連で『感性情報学』（監修 工作舎2004）、顔学関連で『顔学への招待』（岩波科学ライブラリー 1998）、『顔の百科事典』（編集委員長 丸善出版 2015）などがある。

俯瞰する知　原島博講義録シリーズ

巻2●宇宙138億年から学ぶ

発行日――2024年6月30日
著者――原島 博
編集――田辺澄江＋塩澤陸
エディトリアル・デザイン――宮城安総
印刷・製本――シナノ印刷株式会社
発行者――岡田澄江
発行――工作舎　editorial corporation for human becoming
〒169-0072 東京都新宿区大久保2-4-12 新宿ラムダックスビル12F
phone 03-5155-8940　fax 03-5155-8941
url: www.kousakusha.co.jp　e-mail: saturn@kousakusha.co.jp
ISBN978-4-87502-564-1

俯瞰する知

原島博講義録シリーズ【全10巻】

巻1▼情報の時代を見わたす

情報の時代はいかにして到来したのか／コンピュータの過去・現在・未来を10年単位で俯瞰する／コミュニケーション技術の進化を100年単位で俯瞰する／情報文明を1000年単位で歴史に位置づける／情報社会は本当に人を幸せにするのか／情報技術の発展と人類の未来を展望する／そもそも情報とは何なのか――改めて考える

巻2▼宇宙138億年から学ぶ

まずは宇宙誕生からの138億年の通史／宇宙は無からどのようにして誕生したのか／地球環境のもとでの生物の進化を追う／直立歩行からの人類の歩みを振り返る／農耕開始以来の文明の歴史を復習する／近代からその先へ――成長と拡大の時代は終わった／人類の未来――滅亡は避けられるのか

巻3▼哲学と宗教をいま一度

人は知をいかに営んできたのか／西洋哲学をソクラテスからサンデルまで垣間見る／中国の諸子百家の思想はどう展開されてきたのか／無の思想を中心にインド哲学と仏教の世界を垣間見る／人はなぜ宗教を信ずるのか　その営みを垣間見る／日本思想の系譜　それはいかに展開されてきたのか

巻4▼生老病死と向き合う

そもそも人はどのような一生を送っているのか／人の子はいかにして大人になるのか／恋する男と女の不思議な関係／社会にあって生きる。個人として生きる／人はどう生きているのか。何を生きがいとしているのか／人はなぜ老いるのか。老いてから何をするのか／人はなぜ病むのか。病いとどう付き合えばよいのか／人はなぜ死ぬのか。死とどう向き合えばよいのか

巻5▼科学技術のいまを問う

知と技の歴史を振り返る――まずは19世紀までの歴史／知と技の歴史を振り返る――それは20世紀に変容した／科学の知を再考する――それは人のいかなる知の営みなのか／工学の知を再考する――創造の知としての新たな展開／人は自らをどこまで改造して良いのか／人は科学技術とどうつきあったらよいのか／研究という営みを解剖する――研究者であること、人間であること／社会とともにある科学技術を推進するオープンスパイラルモデル

巻6▼歴史から現代を視る

アメリカの盛衰――いま何が起きているのか／分断の時代に民主主義とは何かを考える／覇権の世界史――盛者必衰の帝国の歴史を探る／歴史はくり返すのか――長い19世紀と長い20世紀／近代という時代の終わりにこれからの21世紀を考える／ほとんど知らない中東とイスラームの世界を覗く／ほとんど知らなかったロシアの国と歴史

巻7▼改めて見つめる日本

戦後日本を振り返り、現代の課題を探る／崩壊しつつある家族という難題を考える／これからのコミュニティのありかたを考える／これからの日本と未来社会のデザイン／文化をキーワードに日本の歴史を紐解く／近代の日本の歴史と文化／起承転結の歴史を日本の未来へつなぐ

巻8▼西の文化・東の文化

西洋の美術を覗く――顔を中心に西洋美術史を概観する／日本の美術を覗く――みやび、かび、わび、あそびの文化／西洋の音楽を覗く――顔からクラシック音楽史を探る／日本の音楽を覗く――身近なはずの邦楽の世界を紐解く／西と東の歴史と文化――何が似ていて何が違うのか／東の日本の文化を改めて考える／文化とは何なのだろうか――ささやかな私論

巻9▼ヒトの顔・人の顔

顔とは何か――なぜヒトに顔があるのか／顔学は百学連環――俯瞰知としての展開／顔が似るということ――似顔絵から顔の秘密を探る／美女と美男のイメージ――時代とともにどう変わってきたのか／メディアとしての顔――匿顔の時代がやってきた／笑う顔には福来る――笑顔の秘密とその力／いい顔とは何か――そのつくり方

巻10▼俯瞰知への道・補遺

改めて知を再考する1――デカルトの知をどうのりこえるか／改めて知を再考する2――創造の知へ向けて／俯瞰知の試み――なぜ俯瞰が大切なのか／原島個人にとっての俯瞰、そして原島塾／私家版「知の技法」――いかに発想して発信するか／大震災から十余年、個人的に思うこと／コロナの時代に考えたこと、学んだこと／超ミクロ探検の歴史――標準模型へと至る素粒子物理